Henri Lœvenbruck

Né à Paris en 1972, Henri Lœvenbruck a pris goût à la musique et à la culture anglo-saxonne dès son plus jeune âge. Après ses études, il a vécu au Royaume-Uni, où il a enseigné le français. À son retour, il a exercé divers métiers. Intéressé par le journalisme, il s'est lancé dans la radio et la presse écrite, puis a créé son propre magazine. Puis en 1998 il a décidé de se consacrer entièrement à l'écriture. *Le Testament des Siècles* et *Le syndrome Copernic*, ont rencontré un succès international. L'auteur, désormais qualifié de « nouveau maître du thriller français » par le Nouvel Observateur, partage aujourd'hui son temps entre la littérature et la musique.

Le Rasoir d'Ockham

Du même auteur
aux Éditions J'ai lu

LE SYNDROME COPERNIC
N° 8550

LE TESTAMENT DES SIÈCLES
N° 8251

LA MOÏRA

LA LOUVE ET L'ENFANT
N° 6757

LA GUERRE DES LOUPS
N° 6935

LA NUIT DE LA LOUVE
N° 7331

GALLICA

LE LOUVETIER
N° 8542

LA VOIX DES BRUMES
N° 8662

Site de l'auteur :
http://www.henriloevenbruck.com

Henri
LŒVENBRUCK

Le Rasoir d'Ockham

J'AI LU

Aux frères Séchan,
fins amateurs de sssrilleur,
et aux habitants d'une petite maison
de rêve sur la butte Montmartre.

Avant-propos

Ce livre est une fiction. Loin de moi l'idée de faire croire à quiconque que ce que vous y trouverez est bien réel. Je ne suis pas de ces gens-là…

Toutefois, le carnet de Villard de Honnecourt existe vraiment et, selon les historiens, il manquerait plusieurs feuilles à ce mystérieux portfolio.

Retrouvé en 1825 dans un fonds provenant de l'abbaye de Saint-Germain-des-Prés, ce qu'il reste du manuscrit daté du XIIIe siècle est à présent conservé à la Bibliothèque nationale sous la référence MS. Fr. 19093. Vous pouvez également en trouver de nombreuses reproductions sur Internet.

Je tiens à remercier vivement Fabrice Mazza, auteur du Grand Livre des énigmes, *qui m'a aidé à décrypter les pages secrètes de Villard.*

PREMIÈRE PARTIE

La lumière

« Les entités ne doivent pas être multipliées par-delà ce qui est nécessaire. »

Guillaume d'Ockham (1285-1347)

« Villard de Honnecourt vous salue et prie tous ceux qui utiliseront les machines que l'on trouvera dans ce livre qu'ils se souviennent de lui. »

Villard de Honnecourt (~1200-~1240)

01.

Quand il entendit s'enfoncer doucement la longue et large aiguille dans l'arrière de son crâne, Christian Constantin comprit qu'il allait mourir d'une atroce manière.

Et cette lumière*, de plus en plus éblouissante.*

Allongé sur la table en chêne, cela faisait longtemps déjà qu'il ne pouvait plus bouger. Le paralysant qu'on lui avait injecté était redoutablement efficace et particulièrement vicieux : Christian Constantin était conscient de tout ce que l'on faisait subir à son corps, à sa chair, à son crâne, mais sans pouvoir lutter. Il ne pouvait pas même laisser s'exprimer la peur panique qui l'envahissait pourtant de façon si violente.

On avait attaché ses mains et ses bras, au tout début sans doute, avant que le produit ne fasse effet, et à présent il ne parvenait plus à déplacer une seule partie de son corps. Il ne pouvait qu'assister, impuissant, à son lent assassinat. Ne pas comprendre, ne pas savoir qui le contrôlait et pourquoi, était la plus cruelle et la plus barbare des tortures, bien plus effroyable que l'idée de la mort elle-même.

S'il ne pouvait vraiment la sentir, cette aiguille qu'il avait vue scintiller dans un éclat vif, il entendait toutefois sa progression à travers la fontanelle et par le trou étroit qu'on avait percé dans la suture de l'os frontal et des pariétaux.

Il y eut d'abord des bruits de succion répugnants, suivis d'un frottement sec, celui d'un morceau de fer qui glisse contre une écorce épaisse. Puis la pénétration superficielle et délicate dans un corps flasque : son lobe pariétal. Une invasion méticuleuse et franche, comme la trompe d'un insecte géant venu planter ses œufs dans la chair vivante.

On me trépane alors que je suis éveillé.

À mesure que l'aiguille pénétrait dans son cerveau, il essayait de se persuader qu'il rêvait. *Mais les rêves n'ont pas cette couleur, Christian.* Les rêves peuvent nous abuser, mais le réel, lui, ne ment pas.

Le liquide se propagea dans son cerveau. Et la peur, soudain, se transforma en une nuée d'images imprécises.

Ce fut alors le début d'un grand égarement. Une issue de secours, peut-être, ou l'annonce d'une mort qui se voyait approcher dans un dernier miroir. Une fanfare funèbre. Des flashes sans queue ni tête envahirent son esprit et son champ de vision. Des petits bouts de sa vie, ou de la vie d'un autre, sa femme, soixante années d'existence, des visages inconnus, oubliés, des bruits étourdissants, *et cette lumière, de plus en plus éblouissante.*

Et tout s'éteignit d'un coup.

Puis vint le froid de la mort, ce courant glacial qui le violait tout entier. La douleur, l'effroi, mille milliers de cris qui refusèrent de sortir.

Christian Constantin, quelques dixièmes de seconde à peine avant de s'éteindre enfin, eut une dernière pensée, brève et précise. Une dernière bribe de conscience.

Dans un éclair, un sursaut, il comprit.

Il comprit pourquoi on le tuait.

Son *carré*. Leur secret. C'était une évidence. Tardive mais absolue. On allait dérober leur secret. Leur secret si ancien.

Et alors il mourut.

02.

I. Au commencement.

Le premier carré est entre nos mains. La rosace renferme déjà à elle seule tous les mystères du microcosme et du macrocosme.

Plus rien ne pourra nous arrêter.

Le creux doit sortir.

DEUXIÈME PARTIE

Le ciel

L∴VdH∴

LE OG SA VI CI RR BR PB

Cil qui set lire co qui est escrit el. CV petites uerres roondes enuiron cele rose, conoist les secres de lordonance del monde, mais a cele fin couient que li uoirres sache bon ueure.

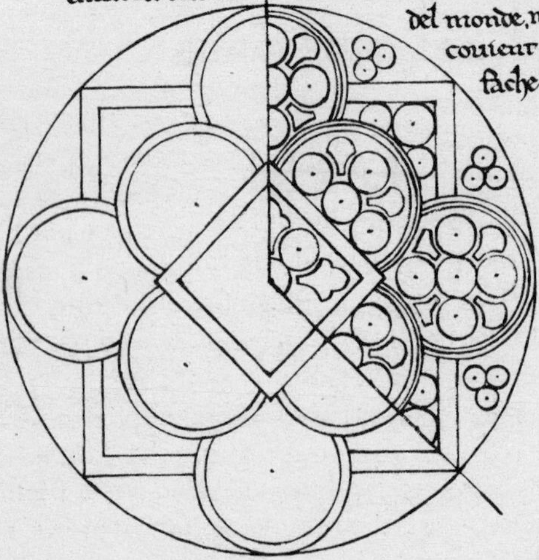

Se es destines, si come iou, à faire haute ouraigne, si lordenance de coses enteras. Lors greignior sauoir te liuerra Vilars de Honecort car il i a un point de le tiere u une entree oblie est muchie lequele solement conoisent li grant anchient del siecle grieu et par la puet on Visiter Interiora Terræ.

03.

Ari Mackenzie fut réveillé en sursaut par la sonnerie de son téléphone, à l'autre bout de l'appartement. Le soleil bas de l'hiver filtrait à travers les volets en rais de lumière blanche. Il se frotta les yeux, tourna la tête et regarda le réveil sur sa table de nuit. Il peina à lire les quatre chiffres rouges. L'image floue s'éclaircit lentement. 08 :13. Qui pouvait bien l'appeler à cette heure-là ?

Après plusieurs sonneries, le répondeur se mit en route. Ari se redressa sur son lit. Il hésita. À quoi bon se précipiter dans le salon, puisque, comme toujours, la personne allait raccrocher avant qu'il n'arrive ? Il connaissait le principe : c'était l'une des manifestations vicieuses de la loi de Murphy. Il grogna. Il avait horreur d'être réveillé ainsi, surtout quand il s'était couché tard la veille en compagnie d'un single malt écossais.

Dès le premier mot, il reconnut la voix de Paul. Paul Cazo, le plus vieil ami de son père. Rapidement, il comprit qu'il se passait quelque chose d'anormal.

« Ari ! Je t'en supplie... C'est très urgent. Viens me voir à Reims dès que tu peux. Aujourd'hui. Ça ne peut pas attendre. Je... Je ne peux rien te dire au téléphone. C'est très grave... Je... »

Ari bondit hors de son lit et courut vers le salon, mais quand il atteignit le téléphone, Paul Cazo avait déjà raccroché et la cassette du vieux répondeur était en train de se rembobiner.

Il ouvrit brusquement le tiroir de la commode et en sortit son carnet d'adresses. Il composa rapidement le numéro de Paul Cazo. La ligne était occupée. Il pesta, raccrocha, puis fit le numéro une seconde fois, sans succès.

Sans attendre plus longtemps, il courut dans la salle de bain, enfila son jean et sa chemise blanche, attrapa son téléphone portable, puis partit vers l'entrée en glissant les pans de sa chemise dans son pantalon. Il prit son holster au portemanteau, y glissa le 357 Magnum Manurhin qu'il gardait caché dans une boîte à chaussures, puis il mit son trench-coat noir et sortit de l'appartement.

La dernière phrase de l'ami de son père résonnait dans la tête d'Ari Mackenzie tandis qu'il descendait en courant l'escalier grinçant de son vieil immeuble parisien : « Je ne peux rien te dire au téléphone. » Tournant autour de la vétuste cage d'ascenseur, il enjambait quatre à quatre les marches couvertes d'un lino rouge défraîchi. Arrivé en bas, il attrapa son téléphone dans sa poche et, sans s'arrêter, composa une nouvelle fois le numéro de Paul Cazo. La ligne était toujours occupée.

L'hiver était tombé bien vite sur la capitale, cette année-là. Pas un de ces petits hivers complexés qui vous frôlent gentiment la nuque, non, un bon gros hiver bulldozer qui remplit le métro de sans-abri, quand il ne les saisit pas d'un coup, foudroyés sur une grille de platane dans le silence des cœurs enneigés, un sale hiver de Première Guerre mondiale, qui fait fumer les bouches et monter les épaules des silhouettes en laine.

Dans la plupart des quartiers de Paris, le froid n'incitait pas à sortir, mais il restait toujours beaucoup de monde sur les trottoirs de la rue de la Roquette. C'était d'ailleurs en partie pour cela qu'Ari n'avait jamais quitté le coin : quelle que fût la période, il y avait constamment de l'animation, de la vie. Et malgré l'embourgeoisement quelque peu agaçant de la Bastille, il n'aurait pu abandonner le grouillement de ses faubourgs ; peut-être s'était-il un peu embourgeoisé lui-même.

D'un pas vif, le col relevé, les poings serrés au fond des poches de son manteau, il traversa la grande place.

« Viens me voir à Reims dès que tu peux. Aujourd'hui. »

Jamais Ari n'avait entendu cet accent de panique dans la voix de Paul Cazo. C'était un être d'une grande sérénité, pas du genre à s'affoler pour une broutille. Il était même l'homme le plus pondéré qu'Ari eût jamais rencontré, un gentleman à l'anglaise, toujours souriant, calme et confiant. L'inquiétude qui avait transparu dans son message ne laissait rien présager de bon.

Depuis que son père avait partiellement perdu la raison, Ari avait trouvé chez Paul un réconfort discret mais sans faille. Cet ancien architecte à la retraite faisait régulièrement le trajet Reims-Paris pour rendre visite à son vieil ami dans sa résidence spécialisée de la porte de Bagnolet et lui manifester son soutien et son indéfectible attachement. Puis il passait des heures avec Ari, comme s'il se sentait responsable. Il était la seule personne avec qui Ari pouvait évoquer l'ancien temps, l'époque pas si lointaine où son père était encore capable de tenir une véritable conversation.

Paul Cazo avait connu Jack Mackenzie au tout début des années 1950, quand ce dernier était arrivé du Canada sans un sou. Très vite, ils étaient devenus proches, et Paul avait toujours été présent lors des moments pénibles : à la mort d'Anahid, la mère d'Ari, puis après l'« accident » qui avait laissé Jack Mackenzie dans l'état de démence précoce où il se trouvait aujourd'hui. Ari lui était infiniment reconnaissant et, à présent, il ne pouvait s'empêcher d'être des plus inquiets. Il s'était certainement passé quelque chose de grave.

Il s'engouffra dans le métro bondé pour rejoindre la gare de l'Est.

04.

II. Il y a une étendue.

Je continue sur cette étendue, la voie qui m'est tracée.

Étrangement, ce fut plus facile que la première fois. Les gestes me viennent presque naturellement, maintenant. Et puis j'étais en terrain connu. Il est mort sans surprise, en silence.

J'ai ressenti la même excitation et peut-être du plaisir. Le plaisir de retrouver cette intensité. Le sang. La peur dans leurs yeux, au tout dernier instant. L'intérieur de leur crâne. L'interdit.

Je me débarrasse de ce qui pourrait me retenir. C'est comme si je n'étais pas moi-même dans ces moments-là. Pourtant c'est ce que je dois devenir. C'est ma mission. Par elle, je me dépasse.

Les choses se mettent en place. Le secret se dévoile. Les carrés se juxtaposent et le message prend forme. Le secret se dessine sur l'astrolabe. Bientôt nous pourrons retourner à la source.

Le creux doit sortir.

05.

Quand le taxi le déposa au pied de l'immeuble de Paul, dans la rue Salin, au cœur du vieux Reims, Ari Mackenzie sut aussitôt qu'un drame était survenu et son rythme cardiaque s'accéléra.

Le ciel sombre était pommelé de nuages menaçants. Deux voitures de police et une camionnette de pompiers étaient garées en épi devant le trottoir. À 18 heures à peine, il faisait déjà noir. L'obscurité et le froid de l'hiver, quelques curieux dressés sur la pointe des pieds, les flashes bleus des gyrophares qui se reflétaient sur les murs de pierre, tout respirait la tragédie et Ari se sentit gagné par une bouffée d'angoisse. Au vu du nombre de policiers mobilisés, un événement grave avait forcément eu lieu.

D'une main tremblante, il paya le chauffeur de taxi et sortit dans le froid mordant. Son esprit était si tourmenté que les bruits de la rue lui parvenaient confusément, comme étouffés. À mesure qu'il avançait, les souvenirs défilaient comme une vieille bande-annonce couleur sépia, avec images et voix.

10 juin 1981. Comme chaque jour, un peu après 16 h 30, retour de l'école par la rue Jean-François-Lépine, dans le 18e. Arrivée à l'appartement du boulevard de la Chapelle, en haut du vieil immeuble. Là, derrière la porte, le visage troublé de Paul Cazo : « Ta maman est… ta maman est morte, mon petit.

— Qu'est-ce que ça veut dire ?

— Ça veut dire… Ça veut dire qu'elle a arrêté de vivre. »

Puis Paul, chez eux, pendant de longues semaines, le temps que Jack Mackenzie retrouve la force de faire front. D'élever seul son fils.

Ellipse. Jack Mackenzie, veuf, taciturne, silencieux, qui ne parle pas beaucoup, même à son fils. La journée, il est lieutenant de police dans le quartier de la Goutte-d'Or, le soir, il boit, un peu. 31 décembre 1992. L'« accident ». Mission de routine dans un squat de dealers. Le contrôle tourne mal. Jack reçoit une balle de 9 mm en pleine poitrine. Nouvel an, les pompiers tardent à venir. Arrêt cardio-respiratoire de plus de dix minutes. Hypoxie, lésions au cerveau. Le médecin diagnostique une démence neurologique précoce. « Il faut bien comprendre que votre père ne retrouvera jamais toute sa tête, monsieur

Mackenzie. » Et à nouveau, le visage de Paul, toujours là, fidèle, discret. Indéfectible.

Fondu au noir.

Ari se faufila péniblement entre les badauds et se précipita vers la porte cochère. Là, il exhiba sa carte, un geste superflu car il devina dans le regard de son collègue que celui-ci l'avait identifié en tant que membre « de la maison », peut-être même reconnu.

Jusqu'en province, il arrivait qu'on reconnaisse Ari Mackenzie, non qu'il jouît de la notoriété d'un grand flic parisien, mais plutôt à cause de la réputation sulfureuse qu'on lui avait faite quelques années plus tôt au sein de la Police nationale.

— Qu'est-ce qui s'est passé ?

— Homicide.

En entendant ce mot, Ari sentit comme un coup de poignard dans ses entrailles. C'était pire qu'il ne l'avait imaginé.

Mais il refusait d'additionner les évidences. Il tenta de calmer sa respiration. Inutile de paniquer si vite. Il y avait encore la possibilité que la victime fût quelqu'un d'autre ; après tout, Paul n'était pas le seul à habiter l'immeuble. Néanmoins, la coïncidence était grande.

Rassemblant tout son courage, Ari traversa le hall vieilli et se dirigea vers l'escalier en colimaçon. Était-il prêt à affronter ce qu'il trouverait là-haut ? Il lui semblait entendre encore la voix de Paul. *Je ne peux rien te dire au téléphone.*

Il monta les marches, lentement d'abord, puis de plus en plus vite. Son corps semblait avoir déjà compris l'inéluctable. Ses jambes peinaient à le porter. S'appuyant sur la vieille rambarde en bois, il leva la tête et vit l'attroupement sur le palier du deuxième étage. Porte droite.

Pas de doute. Il s'agissait bien de l'appartement de Paul Cazo.

06.

C'était un restaurant chic de l'avenue Franklin-Roosevelt, face au Palais de la Découverte, richement décoré dans un style Belle Époque. Dorures et velours, linge blanc éclatant, lumière tamisée. Les clients parlaient à voix basse dans l'ambiance feutrée de la grande salle et les serveurs, impeccables dans leurs costumes sombres, marchaient sans faire de bruit. C'était un havre de silence au milieu de la cohue parisienne.

Les deux hommes étaient assis face à face, autour d'une table à l'écart. Ils n'avaient pas choisi l'endroit au hasard. Ici, la discrétion faisait partie du service.

Le premier, la soixantaine passée, long visage, tête chauve, mince, avait l'élégance d'un lord britannique, ou d'un vieil acteur du Royal National Theatre de Londres. Le second, la quarantaine, visage rond, peau mate, courts cheveux noirs et lunettes de soleil, ressemblait plutôt à un jeune chef d'entreprise du CAC 40, survolté, avec une lueur d'arrogance dans le regard.

— Tenez, dit le plus âgé en faisant glisser une enveloppe de papier kraft sur la nappe blanche.

— C'est l'original ?

— Allons ! C'est une copie, pour le moment. Vous ne récupérerez les originaux qu'à la fin. Ce sont les termes de notre arrangement, mon cher, vous le savez bien.

L'homme aux lunettes noires prit l'enveloppe et la rangea sans même l'ouvrir dans la poche intérieure de sa veste.

Un serveur vint essuyer leur nappe avec un ramasse-miettes en métal. Les deux hommes commandèrent un café ; le vieil homme avec une amabilité exagérée et le second avec une sécheresse qui contrastait sensiblement.

— Êtes-vous sûr d'avoir confié ce travail à la bonne personne ? s'enquit le plus jeune.

— Tout à fait. Je n'en doute pas un seul instant. Nous avons les deux premiers carrés, n'est-ce pas ? Pour le moment, vous êtes bien obligé d'admettre que tout se déroule exactement comme nous l'avions prévu.

— Pour le moment, oui. Mais je n'aurais peut-être pas fait le même choix que vous. Vous avez opté pour la personne la plus mystique de votre… groupe. Elle peut nous claquer dans les doigts n'importe quand.

— Les plus dévots sont souvent les plus dévoués. Je pense que son allégeance à notre cause est, au contraire, bien plus forte que celle de n'importe qui d'autre. Vous n'avez aucun souci à vous faire de ce côté-là, ayez confiance. En revanche, il se pourrait que nous ayons un léger problème…

L'homme fronça les sourcils. Il avait toujours eu horreur des euphémismes. Pour lui, un « problème » ne pouvait pas être « léger ».

— De quoi s'agit-il ?

— L'architecte avait, semble-t-il, contacté l'un de ses amis. Or cet ami… Comment dire… Il ne s'agit pas de n'importe qui.

— C'est-à-dire ?

— Ari Mackenzie, cela vous dit quelque chose ?

Le visage du quadragénaire s'assombrit.

— Je vois. C'est embêtant. Vous faites bien de me prévenir.

— Voulez-vous que je l'ajoute à la liste ? demanda le vieil homme.

— Non. Je vais m'occuper de lui. Votre recrue ne doit pas perdre de temps avec ce genre de chose. Terminez ce que vous avez à faire. Concentrez-vous sur les carrés, je me charge du reste.

— C'est entendu.

— Il vous en reste quatre…

— Quatre en effet. Et le creux pourra sortir…

— Si vous le dites, conclut l'homme aux lunettes en avalant son café d'une seule traite.

07.

Ari eut un haut-le-cœur en entrant dans la pièce.

Il y avait déjà foule à l'intérieur. Les techniciens de l'IJ[1] s'affairaient sur la scène du crime. Photographie, relevé d'empreintes, prise de cotes… Mais Mackenzie parvint à voir le cadavre derrière eux.

Dans sa carrière, il avait plusieurs fois été amené à découvrir des corps mutilés et des scènes d'homicide particulièrement atroces. Avec les années, il avait fini par s'y habituer. Mais cette fois, le corps allongé devant lui n'était pas celui d'un inconnu. C'était le corps de Paul. Et maintenant, il était mort. Avec un trou au milieu du crâne.

Ari ferma les paupières un instant et s'appuya sur l'encadrement de la porte. Mais l'image restait là, gravée comme une persistance rétinienne.

Le vieil homme, entièrement nu, avait été ligoté sur la table à l'aide d'une fine corde blanche, par les poignets, les chevilles et le torse. Il portait plusieurs marques de coups sur les bras, la poitrine, et son arcade sourcilière droite était ouverte, maculée de sang séché. Des lividités apparaissaient çà et là, qui donnaient à sa peau une couleur violacée. On avait méticuleusement rasé son crâne ; quelques cheveux gris étaient éparpillés sur le coin de la table et le sol. Presque au milieu du scalp, à l'emplacement de la fontanelle, un orifice d'environ deux centimètres de diamètre laissait s'échapper les dernières gouttes d'un liquide visqueux et grisâtre. Son visage, figé, exprimait un effroi qu'un début de rigidité accentuait encore et ses yeux, grands ouverts, fixaient le plafond. L'aspect de la cornée, déjà piquetée, donnait à son regard un air glacial.

Il régnait dans la pièce une odeur forte qui piquait les narines. Il y avait certes le mélange écœurant de la chair en charpie, de la sueur et des excréments, mais

1. Service de l'identification judiciaire.

Ari était certain de distinguer autre chose. Un parfum acide qui lui rappelait celui des salles de dissection et s'ajoutait à la nausée qui le gagnait davantage.

La fenêtre de la cuisine était ouverte et laissait entrer le froid de janvier. Ari plaqua un mouchoir sur son nez et se frotta le visage, comme si cela avait pu chasser ces images.

— Il a le droit de rester ici, lui ? Oh ! monsieur ! Vous me faites de l'ombre, là...

C'était la voix du photographe de l'IJ.

— C'est bon, Marc, monsieur est de la maison.

Le commissaire Alain Bouvatier, un homme d'une trentaine d'années, petit et maigre, le cheveu court, un bouc taillé de près, les traits fins, s'avança vers Ari.

— Ça va ? Vous êtes tout pâle.

Au même instant, un nouveau flash éblouit Ari. Sous la vive lumière, l'espace d'une seconde, le sang répandu tout autour de la table prit une teinte écarlate et le corps de Paul sembla plus blanc encore.

— Ça va, répondit Ari sans conviction. Ça va... C'est juste que je... Je le connaissais.

Le commissaire fronça les sourcils.

— C'est pour ça que vous êtes là ? J'ai cru que la DCRG[1] était sur le coup... Vous n'êtes pas en service ?

— Non, lui et moi avions rendez-vous...

Bouvatier hocha lentement la tête. Il avait beau prendre un air assuré, Ari devinait qu'il n'était pas habitué à ce genre de spectacle. À Reims, ce n'était sûrement pas son lot quotidien et il était encore un jeune commissaire.

— Vous pouvez me confirmer qu'il s'agit bien de Paul Cazo ?

1. Direction centrale des renseignements généraux, ou RG, service du ministère de l'Intérieur chargé de la recherche et de la centralisation des renseignements destinés à informer le gouvernement, essentiellement sur la sécurité intérieure.

Ari déglutit douloureusement. Il aurait aimé pouvoir affirmer le contraire.

— C'est bien lui.

— Je vois. Merci. Bon, ce n'est peut-être pas une bonne idée que vous restiez ici. D'autant que vous n'avez pas d'habilitation judiciaire, aux RG, hein... Allez, vous devriez sortir, maintenant, je prendrai votre déposition demain au commissariat.

— Non... Attendez, c'était un ami de mon père, je voudrais...

— Justement, coupa le commissaire. Je suis désolé, mais il faut nous laisser faire notre boulot. Et puis le procureur va débarquer d'un instant à l'autre...

Ari acquiesça. Il savait qu'il ne servait à rien d'insister et il n'aimait pas entrer en conflit avec des collègues. À vrai dire, ce dont il avait vraiment envie, à présent, c'était d'un whisky sec.

Il jeta un dernier coup d'œil à l'appartement de Paul et tâcha de mémoriser tout ce qu'il pouvait y voir. Il voulait se raccrocher à ça : l'analyse. C'était ce qu'il savait faire de mieux, sa spécialité, sa force. Embrasser d'un seul regard, enregistrer, utiliser sa mémoire photographique. À cet instant, cela l'aidait à se focaliser sur autre chose que le choc qu'il venait de subir. Il détailla la pièce. Les meubles luxueux, assortis, les quelques bibelots, un tableau représentant un temple ancien, une vitrine, les objets exposés à l'intérieur, la télévision, éteinte, le magnétoscope, encore sur l'heure d'été, la bibliothèque, les livres, si nombreux, certains très vieux, un ordinateur, un bureau mal rangé... C'était comme s'il scannait discrètement tout ce qui l'entourait, comme s'il cartographiait les lieux du crime.

Il adressa un dernier regard au commissaire et sortit rapidement.

De plus en plus de curieux s'étaient attroupés sur le trottoir. Au loin, entre les immeubles, on apercevait un flanc de la cathédrale de Reims, majestueuse, comme un vaisseau ancien flottant au milieu des brumes, prêt à partir. Au-dessus d'un portail de la façade ouest, Ari distingua une parcelle du gâble. Le Christ, sur un trône, soutenait à bout de bras le globe terrestre, au milieu d'une myriade d'anges.

La mine grave, Mackenzie se faufila à travers la foule puis, à quelques centaines de mètres de l'immeuble de Paul Cazo, il trouva un café encore ouvert.

C'était un troquet de province qui n'avait pas tout à fait quitté le siècle précédent, avec des tables usées, des miroirs décorés à l'effigie de grandes marques de bière, des vieux cendriers jaunes, un comptoir en aluminium, un panneau du tiercé et deux ou trois clients qui avaient l'air d'être ici comme chez eux.

En franchissant le pas de la porte, on était saisi par une odeur de renfermé. Un flipper jouait en boucle une musique nasillarde, à peine couverte par les vieux tubes d'une station de radio locale qui passaient sur le poste posé au-dessus de la machine à café.

Ari s'assit au fond de la salle, à une table cachée dans l'ombre. Le patron ne tarda pas à venir prendre sa commande en traînant des pieds, le regard fuyant.

— Qu'est-ce que vous avez comme whisky ?

Il grimaça en entendant la réponse. Il aurait donné n'importe quoi pour un bon single malt d'une petite île d'Écosse, mais ce n'était évidemment pas la bonne adresse. Inutile de jouer les Parisiens.

— Bon, eh bien, servez-moi ce que vous voulez, mais un double et sans glace, surtout. Sans glace.

Tandis que le patron lui apportait son verre, Ari prit soudain conscience que la dernière fois qu'il avait vu Paul, ils avaient justement bu un verre dans un bar à whisky du Marais, à Paris. Sans doute était-ce, inconsciemment, ce qui l'avait amené ici.

Il porta le verre à ses lèvres. En reposant son whisky, il nota la présence d'une femme, la trentaine passée, qu'il n'avait pas remarquée en entrant. Elle était assise de l'autre côté de la pièce, comme lui, seule à une table. Elle avait une longue chevelure blonde et, peut-être, les yeux bleus – en tout cas Ari aima à le penser. Elle l'observait fixement et lui adressa un sourire. Il crut lire dans ses yeux un peu de compassion. Quelque chose d'un « qu'est-ce qu'on fout là, hein ? ». Ari inclina la tête poliment. En d'autres circonstances, il n'aurait pas résisté à l'envie de lui offrir un verre et d'entamer la conversation. Il n'était pas du genre à se priver de ces plaisirs-là. Mais son esprit ne pouvait se détacher de la scène de crime. Une seule chose le préoccupait. Pourquoi Paul ? Pourquoi l'avait-on assassiné ? Et pourquoi le vieil homme lui avait-il dit : « Je ne peux rien te dire au téléphone. » ? Quel message important voulait-il lui transmettre ?

S'il y avait une chose que tous ses amis – et même les amis de son père – savaient au sujet d'Ari, c'était qu'il était un homme de confiance et que, en cas d'urgence, on pouvait toujours compter sur lui. Non qu'il fût un benêt dévoué, loin de là, mais il avait construit ses amitiés sur le principe qu'un appel au secours n'était jamais à prendre à la légère. En réalité, c'était même là sa définition de l'amitié : l'important n'était pas forcément d'être présent les jours de fête, mais de ne jamais être absent les jours de crise. En outre, Ari était un célibataire de trente-six ans, sans enfants, et son drôle de métier avait beau lui prendre beaucoup de temps, il lui laissait une certaine liberté de mouvement. En bref, c'était un homme plutôt disponible. Pourtant il ne lui semblait pas que cela fût la seule raison pour laquelle Paul l'avait appelé. Pour le prier ainsi de venir au plus vite à Reims, sans pouvoir parler au téléphone, le vieil homme avait certainement eu quelque chose de très grave à lui confier. Mais quoi ?

Un peu après minuit, obligé de quitter le café qui fermait, Ari se paya une chambre minable dans un hôtel minable, à quelques pas de là. Il aurait aimé rentrer à

Paris, chez lui, mais il avait promis au commissaire d'aller faire sa déposition. Il faudrait attendre le lendemain.

Allongé sur son lit, Ari revoyait l'image du corps de Paul, ligoté sur sa table de cuisine. Après tout, c'était l'achèvement idéal d'une soirée comme celle-là : déprimer seul dans une chambre qui sentait le moisi et cuver les quelques mauvais whiskys de trop qu'il avait avalés dans un troquet de seconde zone.

Il éprouva alors un sentiment violent de solitude. La mort de Paul le laissait seul face à son père. Il héritait soudain d'une responsabilité qu'il avait jusque-là partagée avec le vieil architecte et il se demandait s'il serait capable de faire front. Étrangement, Ari s'était depuis longtemps préparé au décès de son père, mais pas à celui de Paul.

L'isolement qu'il subissait dans cette chambre ne lui paraissait qu'une allégorie de ce que sa vie, bientôt, allait devenir. Quatre murs enfermant un silence profond. Aucun partage, aucune béquille, plus personne sur qui s'appuyer, apprendre à vivre seul.

Apprendre à vivre seul.

Après tout, était-on jamais autre chose que livré à soi-même ? La vie ne nous menait-elle pas, irrémédiablement, vers une expérience qui ne se partage pas ?

À 2 heures du matin, tandis que le sommeil et les effets de l'alcool commençaient enfin à atténuer son angoisse, Ari se leva pour fermer les volets. Il vit alors une voiture démarrer en bas de l'hôtel. Une vieille et longue berline américaine marron. Et il ne put s'empêcher de se dire qu'il avait déjà vu cette voiture.

08.

Ari était réveillé depuis près d'une heure, étendu sur son lit, le regard perdu, la tête prise par une migraine carabinée, quand le téléphone de la chambre se mit à sonner.

— Allô ?

— M. Mackenzie ?

— Oui.

— Bonjour, Mona Safran à l'appareil. Je suis une amie de Paul.

Ari se redressa sur le lit, fronçant les sourcils. Comment cette femme dont le nom ne lui disait rien pouvait-elle savoir qui et où il était ?

— On se connaît ? demanda-t-il d'une voix méfiante.

— Moi, je vous connais. Je sais que Paul devait vous voir et, après ce qui est arrivé, j'ai pensé que vous deviez loger dans l'un des hôtels près de chez lui. J'ai tenté ma chance. Je voudrais vous rencontrer.

Quelque chose ne tournait pas rond. Cet appel tombait comme un cheveu sur la soupe.

— Quand ça ?

— Maintenant, si vous le pouvez. Je suis dans une brasserie à deux pas de votre hôtel.

— Vous êtes une amie de Paul ?

— Il était mon professeur à l'École d'art et de design de Reims, il y a quelques années. Nous sommes restés amis... Alors, vous me rejoignez ?

Ari hésita avant de répondre. Ce coup de fil lui paraissait étrange mais, après tout, il pourrait peut-être apprendre quelque chose. Et pour le moment, toute information était la bienvenue.

— Entendu. Laissez-moi un quart d'heure et je suis là.

N'ayant emporté aucune affaire de rechange, il partit dans la minuscule salle de bain enfiler ses vêtements de la veille. Cette tenue ne changeait pas vraiment de celle qu'il portait chaque jour. En toute saison, Ari arborait un jean, une chemise blanche et son long trench-coat noir ; cela lui évitait d'avoir à réfléchir à la façon de s'habiller le matin et il semblait qu'en prime cela seyait plutôt bien à sa taille, ses yeux bleus et ses épais cheveux poivre et sel. C'était son *look*, voilà tout. Lola lui avait dit un jour qu'il ressemblait à George Clooney, en moins grand ; il n'en demandait pas plus.

Dehors, Ari découvrit le visage de Reims, à la lumière du soleil d'hiver. Dans ce quartier, la cité des sacres avait gardé quelque chose de médiéval. Où qu'il posât son regard, Ari ne put apercevoir le moindre immeuble moderne. La ville offrait un spectacle anachronique. Il ne manquait plus que la foule en guenilles des portefaix déambulant au milieu du cloaque des ruelles, entre les rangées d'échoppes et de magasins que les artisans, orfèvres, boulangers, drapiers, apothicaires et autres bouchers, apprêtaient de mille couleurs criardes dans l'espoir d'appâter le chaland, le tout sous la protection de la cathédrale, dressée au-dessus des toits.

Ari marcha dans les artères de la ville, se laissant pénétrer par la beauté des pierres. Une dizaine de minutes plus tard, il entra dans la brasserie que lui avait indiquée sa mystérieuse interlocutrice. Il vit une femme lui faire signe, assise à une table au fond de la salle.

C'était une femme élégante dont il se dégageait une aura sombre, presque dramatique. Ses cheveux mi-longs, légèrement dégradés, étaient d'un noir profond et lumineux, ses sourcils deux traits fins, ses yeux obscurs et sévères, comme des têtes d'épingle, et elle portait un manteau droit foncé qui lui faisait de larges épaules. Telle une femme fatale tout droit sortie d'un vieux polar, elle s'efforçait visiblement de masquer son chagrin derrière une apparence austère.

— Mona Safran, enchantée. Asseyez-vous.

— Merci.

— C'est moi qui vous remercie d'avoir accepté de venir…

— Si vous êtes une amie de Paul, c'est normal.

— Une bonne amie, oui.

— Il ne m'a jamais parlé de vous.

Un vague sourire s'esquissa sur le visage de la jeune femme.

— Mais il m'a souvent parlé de vous, en revanche. Il vous aimait beaucoup.

— Vous habitez Reims ?

— Non.

— Alors, que faites-vous ici ?

— J'ai essayé de joindre Paul au téléphone toute la soirée d'hier. Inquiète, j'ai fini par appeler sa voisine qui m'a appris la terrible nouvelle. Je n'arrive toujours pas à y croire. Je suis venue ce matin au plus vite.

Elle marqua une pause.

— Vous êtes dans la police, n'est-ce pas ?

— En quelque sorte.

— Paul vous appelait le « chasseur de sectes », dit-elle d'une voix presque ironique.

— Vous avez une idée de la raison pour laquelle on l'a assassiné ? demanda Ari, peu désireux de s'étendre sur sa profession.

— Non, pas la moindre. J'espérais que vous pourriez m'éclairer. Paul m'avait juste confié qu'il avait des soucis et qu'il voulait vous en parler, sans me dire de quoi il s'agissait.

— À moi non plus. Il n'en a pas eu le temps.

— Les policiers de Reims ont-ils une idée là-dessus ?

— Pas que je sache, répondit Mackenzie.

Mona Safran, le visage grave, sortit de son sac un paquet de Black Devil. Elle glissa l'une de ces étranges cigarettes noires dans sa bouche et tendit le paquet à Ari.

— Vous fumez ?

— Oui, mais pas ça, désolé...

Il prit son paquet à son tour et lui offrit du feu.

La femme tira une bouffée sur sa cigarette parfumée et laissa s'échapper lentement la fumée d'entre ses lèvres.

Un silence embarrassant s'installa entre eux. Ari était persuadé que cette femme lui cachait quelque chose et il ne pouvait s'empêcher de penser que sa démarche n'était pas naturelle... Pourquoi était-elle venue si vite sur les lieux ? Quels liens l'unissaient à Paul ? Ils devaient avoir trente ans d'écart, Ari ne pouvait imaginer qu'elle ait été sa maîtresse.

— Pourquoi êtes-vous ici ?

— Parce que Paul était l'un de mes meilleurs amis et qu'il n'a pas de famille. Il m'avait désignée comme exécutrice testamentaire...

— Je vois, dit Ari en tâchant de masquer sa surprise. Et pourquoi vouliez-vous me voir, moi ?

— Il fallait bien que nous nous rencontrions un jour. Et j'ai pensé que, de par votre métier, vous pourriez m'en dire plus sur ce qu'il s'est passé.

— Tout ce que je sais, c'est que Paul a été assassiné de façon atroce. Je ne peux rien vous dire de plus.

— Je vous laisse mon numéro, monsieur Mackenzie. Si vous en apprenez davantage, je vous serais reconnaissante de me tenir au courant. La police ne voudra sans doute pas tout me dire... Paul comptait beaucoup pour moi, et j'ai besoin de comprendre.

Ari se contenta de prendre le morceau de papier sur lequel Mona Safran avait écrit son numéro.

La femme regarda sa montre puis elle lui adressa un sourire désolé.

— Je vais devoir vous laisser. N'hésitez pas à m'appeler, Ari.

Elle se leva sans rien ajouter, le salua et régla l'addition au comptoir avant de sortir de la brasserie.

Interloqué, Ari resta encore quelques minutes à sa table en se demandant ce que pouvait bien cacher cette rencontre invraisemblable. Ce n'était pas seulement la façon dont s'était déroulée la courte entrevue qui le dérangeait, mais aussi la personnalité de cette femme. À la fois distante et entreprenante, hautaine et étrangement sensuelle. Ari ne voyait pas ce qui pouvait la relier à Paul Cazo. Et que celui-ci ait désigné comme exécutrice testamentaire une femme dont Ari n'avait jamais entendu parler était pour le moins troublant.

Il but plusieurs cafés, fuma cigarette sur cigarette. Après être parvenu à diminuer largement sa consommation d'alcool, cela faisait cinq ans maintenant qu'Ari essayait de se débarrasser de cette autre addiction, sans succès. Il avait même tenté la méthode Allen Carr dont tout le monde disait qu'elle faisait des miracles ; il avait arrêté deux semaines puis repris de plus belle en jetant le livre à la poubelle. Le plus paradoxal, c'était que, depuis le décès de sa mère, Ari était terrifié à l'idée de mourir jeune. Cette peur l'habitait au quotidien et, pourtant, la lourde menace d'un cancer ne suffisait pas à lui donner la force d'arrêter le tabac. C'était comme si, au contraire, la cigarette était le seul moyen de calmer ses angoisses de mort.

Mackenzie écrasa nerveusement son dernier mégot dans le cendrier et, vers 10 h 30, il alla faire sa déposition au commissariat de police, de l'autre côté de la ville.

Alain Bouvatier, le commissaire de la veille, se montra plutôt courtois, compatissant même. Ari ne savait jamais à quoi s'en tenir avec les collègues. Depuis quelques années, sa réputation lui jouait souvent des tours. Il était devenu une sorte de vilain petit canard de la DCRG.

En 1992, brillamment diplômé de l'école de police et déboussolé par l'« accident » de son père, Ari, sur un coup de tête, s'était engagé au sein de la FORPRONU[1], en tant que policier civil, afin de participer à une mission de démilitarisation en Croatie. Là-bas, il en avait vu de toutes les couleurs. Un peu trop, sans doute, pour

1. Force de protection des Nations unies.

un jeune homme de son âge. Après qu'il eut passé un an de service dans l'enfer de Zagreb, la DCRG avait débauché cette jeune recrue prometteuse, fils de flic de surcroît. Il avait alors connu son heure de gloire, en 1995, quand le précédent directeur des RG, en accord avec le gouvernement de l'époque, avait fait de la lutte contre les sectes une priorité. Ari, qui s'était révélé l'un des plus brillants analystes de sa génération, féru d'ésotérisme, avait été chargé de monter le fameux « groupe sectes » de la rue des Saussaies. Jouissant des faveurs de sa hiérarchie, il avait alors été considéré comme l'une des figures montantes du renseignement et rapidement atteint le grade de commandant. Mais après ces débuts idylliques, le changement de gouvernement avait entraîné une révision des priorités. Les violences des banlieues avaient fait passer la problématique des dérives urbaines au tout premier plan et relégué la question des sectes. Néanmoins, pour Ari, cela ne faisait aucun doute : quelqu'un en très haut lieu avait cédé aux pressions des principales organisations sectaires installées sur le sol français et contraint les RG à lever le pied sur ce sujet délicat. Fou de rage, il avait failli à son devoir de réserve et laissé filtrer des informations dans *Le Canard enchaîné*. L'affaire avait fait grand bruit et Ari avait dû subir la foudre de ses supérieurs mis dans l'embarras.

Malgré tout, Mackenzie était un élément bien trop précieux pour que la Direction centrale se résolût à se séparer de lui, et il bénéficiait de l'estime et de la protection de certains de ses supérieurs. En outre, personne en France n'avait une aussi bonne connaissance des sectes et de tous les sujets qui pouvaient s'en approcher de près ou de loin, mysticisme, occultisme...

Après cette faute professionnelle, on avait ôté à Ari tous ses collaborateurs et il s'était retrouvé seul dans sa section. Un jour ou l'autre, il le savait, celle-ci serait amenée à disparaître. Dans le renseignement, l'heure était au remaniement : nul n'ignorait la fusion, dans un avenir proche, des RG avec la DST[1], avec laquelle ils partageaient déjà de nouveaux locaux. Ari ne doutait pas que son « groupe » – pouvait-on encore parler de « groupe » à présent qu'il était seul ? – serait dissous à cette occasion.

Pour l'heure il n'était pas mécontent de travailler en solitaire, cela lui donnait une certaine liberté.

Ainsi, Ari Mackenzie traînait à travers toute la Police nationale une réputation de trublion des RG, passé par la Croatie, ce qui lui valait tantôt l'admiration des uns tantôt la méfiance des autres. Le jeune commissaire, visiblement, faisait partie de la première catégorie. Il prit la déposition d'Ari sans trop le bousculer.

— Depuis quand ce rendez-vous avec M. Cazo était-il fixé ?

Ari rapporta l'appel de Paul. Le commissaire l'écouta avec attention tout en prenant des notes. Après une bonne heure d'interrogations, celui-ci lui posa une dernière question :

— Connaissez-vous Mona Safran ?

— Depuis ce matin seulement.

— Elle vous a appelé ?

— Nous nous sommes rencontrés.

— Vous n'aviez jamais entendu parler d'elle ?

— Non.

— C'est étonnant… Vous dites que M. Cazo était un de vos meilleurs amis, et vous ne connaissez pas son exécutrice testamentaire.

— Cela m'a étonné, moi aussi.

---

1. Direction de la surveillance du territoire, service de renseignement du ministère de l'Intérieur chargé du contre-espionnage, de la lutte antiterroriste et de la protection du patrimoine économique et scientifique de la France.

— Très bien. Je n'ai pas d'autre question...

— Vous me tiendrez au courant des avancées de votre enquête ?

— Je vous dirai ce que je pourrai, Mackenzie. Mais ne m'en demandez pas trop. Vous savez comment ça marche...

— Vous avez des pistes ?

— Non. C'est un peu tôt. Ce que je peux vous dire, pour le moment, c'est que M. Cazo est décédé aux alentours de 17 heures et que son assassin lui a... vidé le crâne. Entièrement.

09.

Vers midi, quand Ari arriva devant sa chambre d'hôtel pour récupérer ses affaires, il vit que la porte était entrouverte. Peut-être la femme de ménage... Lentement, il la poussa du bout des doigts.

Le lit était encore défait, les volets fermés. Il fit un pas en avant. Il entrevit alors son sac posé par terre, grand ouvert, et toutes ses affaires étalées autour. Sans un bruit, il avança dans la pénombre et s'approcha de la salle de bain. Le cœur battant, il se pencha pour jeter un coup d'œil à l'intérieur. Personne.

Il relâcha ses muscles et alluma la lumière. La chambre affichait un sacré désordre. On avait soulevé le matelas, ouvert les meubles et fouillé ses effets personnels à la va-vite. Quelques minutes avant qu'il n'entre, probablement.

Sans hésiter, il saisit son sac, fourra tout en vrac dedans, sortit de la chambre et courut à la réception.

— Vous partez ?

— Quelqu'un est venu dans ma chambre ?

Le patron de l'hôtel écarquilla les yeux.

— Pardon ?

— Est-ce que quelqu'un est venu pendant mon absence ?

— Non, monsieur, non, je ne crois pas. Vous attendiez quelqu'un ?

— Vous n'avez vu personne ?

— Non. Il y a un problème, monsieur ?

— Non, non. Tenez, dit Ari en tendant rapidement sa carte de crédit, je voudrais vous régler.

Tout en payant, il jeta des coups d'œil dehors. Son visiteur n'était peut-être pas très loin.

Une fois sur le trottoir, ne voyant personne, il se dirigea vers la gare de Reims, située à quelques rues de là, s'il se souvenait bien. À l'aller il avait pris un taxi, mais une petite marche dans le froid de l'hiver ne lui ferait pas de mal. Ari n'était pas un grand marcheur, cela n'avait jamais été son truc. Pour tout dire, il avait même horreur de ça. Mais il y avait des exceptions ; il n'était pas du genre à se complaire dans le malheur et quand il sentait venir les symptômes d'un coup de déprime, il dérogeait à la règle et soignait le mal par la marche.

Il s'engagea dans la ruelle pour rejoindre le trottoir d'en face ; à peine avait-il posé un pied sur le pavé qu'il entendit un crissement de pneus. Surpris, il s'immobilisa et aperçut à quelques mètres une voiture qui fonçait droit sur lui. Il hésita un millième de seconde. Un millième de seconde de trop, peut-être. Sauter en avant ou reculer ? Quand il opta pour la deuxième option, la voiture n'était qu'à une dizaine de mètres de lui seulement. Il y eut un nouveau crissement de pneus. La berline chassa légèrement du train arrière sur la chaussée glissante. Ari fit un bond de côté. Son dos heurta le capot d'un véhicule et il bascula par-dessus. Puis il y eut un vacarme énorme, un choc soudain, un bruit de verre brisé et de tôle froissée. Le monde se mit à tourner autour de lui. Propulsé en l'air, il sentit une douleur pénétrante au niveau de la hanche avant de retomber violemment sur le sol. Sans attendre, il se redressa et vit la berline marron s'éloigner. Il en était certain : c'était la même voiture qu'il avait vue démarrer en trombe la veille depuis la fenêtre de sa chambre. Il n'eut pas le temps de déchiffrer la plaque mais reconnut une immatriculation allemande. La voiture disparut dans une rue adjacente.

Ari se reposa un instant contre la voiture accidentée, sonné. C'était sûrement le type qui avait fouillé sa chambre. Quelqu'un en voulait à sa peau ou cherchait à l'intimider. À le dissuader d'enquêter sur la mort de Paul...

Le patron de l'hôtel, alerté par le vacarme, courut jusqu'à lui.

— Vous allez bien ? lança-t-il d'un air affolé.

— Oui, oui, ça va, répondit Ari en se massant la hanche.

— Qu'est-il arrivé ?

— Je ne sais pas. Un chauffard qui a perdu le contrôle...

— Vous avez relevé sa plaque ?

— Non.

— Restez ici, je vais appeler la police.

Ari n'avait pas envie de faire une nouvelle déposition. Une seule chose comptait à présent : rentrer à Paris et faire le point. Inutile de moisir ici. Les policiers se débrouilleraient avec le patron de l'hôtel. Il renfila sa chemise dans son pantalon et descendit la rue en boitant.

Trois quarts d'heure plus tard, il était installé dans le train pour Paris. La tête appuyée contre la fenêtre, il regardait disparaître à l'horizon la ville du sacre des rois et tentait d'oublier la douleur à la hanche qui le lançait de plus en plus.

À mesure qu'il s'éloignait de Reims, Ari n'arrivait pas à croire qu'il ne reverrait plus jamais Paul. Peut-être prenait-il seulement maintenant conscience de cette terrible réalité.

10.

En fin d'après-midi, Ari arriva fourbu à Levallois-Perret, devant les nouveaux locaux de la DCRG, au 84 de la rue de Villiers.

Malgré sa hanche endolorie, il était venu directement de la gare, se doutant qu'on devait s'inquiéter de son absence. Et il avait une ou deux choses à vérifier. Après ce qui s'était produit, il ne pouvait pas rester les bras croisés. Il avait besoin de réponses.

Il monta rapidement dans son bureau au dernier étage. C'était un large immeuble moderne, tout en verre, où la sécurité, assurée par le SSMI[1], était particulièrement impressionnante. Sas, badges, gardiens, caméras de surveillance, portes blindées, vitrages pare-balles jusqu'au deuxième étage, renforcement de la protection périmétrique pour réduire l'effet de souffle en cas d'attaque terroriste à l'explosif... À présent que les RG partageaient leurs locaux avec la DST, Ari avait l'impression d'avoir fait un bond dans le futur. Malgré le confort des nouveaux bâtiments, la modernité des bureaux et de l'infrastructure, il regrettait l'époque de la rue des Saussaies. Le vieil immeuble en pierre, les bureaux en bois et la moquette élimée... Ari était un Parisien pure souche et l'idée de venir se perdre dans ce coin de banlieue sans caractère ne l'avait pas enchanté. En outre, il était connu pour son allergie à la technologie moderne et se moquait de l'équipement dernier cri dont disposaient désormais les services. Des quelque six cents policiers qui travaillaient pour la DCRG à Levallois, Ari était certainement le seul qui rechignait encore à se servir de l'informatique. C'était devenu une plaisanterie en interne, plaisanterie qui, toutefois, n'amusait pas tout le monde. Mais il était un

1. Service de sécurité du ministère de l'Intérieur.

homme de papier, de livres, et moins il se servait des machines, mieux il se sentait. Son travail était la plupart du temps irréprochable, ce qui coupait court aux critiques de sa hiérarchie.

Le commissaire divisionnaire Gilles Duboy, chef de la section Analyse et Prospective, entra sans frapper. C'était un homme de petite taille, la cinquantaine, les cheveux noirs coupés court et coiffés à la romaine, les yeux sombres, la mâchoire carrée, le visage dur.

Le bureau d'Ari Mackenzie était un espace étroit, tout au bout du couloir de la section, ce qui en disait long sur l'importance que l'on accordait à ses recherches. Quand Duboy daignait passer sa porte, c'était rarement pour venir échanger des amabilités.

— Vous avez vu l'heure, Ari ?

— Désolé. J'ai eu des petits soucis personnels...

Le visage de Duboy se détendit légèrement.

— Oui. Je suis au courant. C'était un ami proche, ce Cazo ?

Ari n'avait pas envie de répondre. En outre, sa hanche le faisait encore atrocement souffrir et il était pressé que Duboy disparaisse avant qu'il ne remarque quelque chose.

Voyant que Mackenzie restait silencieux, le commissaire divisionnaire enchaîna sur un ton sec :

— J'ai reçu un coup de fil du procureur de Reims qui veut savoir ce qu'un de mes agents foutait là-bas... Vous n'êtes pas censé aller sur le terrain sans mon accord. Vous aviez un tuyau, Ari ?

— Non. Paul Cazo m'avait téléphoné le jour même, il voulait me voir de toute urgence. J'ignore pourquoi.

— Ah oui ? Vraiment ?

— Vraiment.

Duboy fit une moue sceptique.

— Mettez-vous au boulot, mon vieux, vous avez un paquet de notes qui sont remontées de province entre hier et aujourd'hui et il est déjà trop tard pour les synthèses de fin de journée.

Duboy s'apprêta à refermer la porte derrière lui.

— Gilles ! Attendez !

— Quoi ?

— Ils ont trouvé quelque chose, à Reims ?

— Vous vous moquez de moi ?

Ari fut étonné du manque de compassion de son supérieur. Certes, ils avaient toujours entretenu des rapports un peu tendus. Duboy estimait que Mackenzie profitait de sa réputation d'excellent analyste pour s'octroyer des libertés qu'aucun autre agent ne se permettait et cela l'agaçait au plus haut point. Il n'y avait jamais eu beaucoup de tendresse entre eux, mais Ari ne s'était pas imaginé qu'il était indifférent à Duboy au point que celui-ci ne manifeste pas la moindre empathie dans un moment aussi pénible. Il mit cela sur le compte du stress. En période d'élections, la direction des RG était toujours sur les nerfs.

— Pas du tout. Simplement... Le modus operandi n'était pas banal. On n'aurait pas dit que c'était un coup d'essai. Le procureur vous a peut-être dit quelque chose...

— Non, Ari, il ne m'a rien confié. Il n'est pas censé me confier quoi que ce soit. Quant à vous, vous n'avez pas intérêt à mettre votre nez là-dedans, c'est clair ? Le ministère ne vous paie pas pour jouer les officiers de police judiciaire, mais pour écrire des synthèses sur les sectes, vous vous souvenez ?

— Bien sûr, comment oublier ?

Le chef de section secoua la tête d'un air blasé.

— Au travail, Ari. J'en ai marre de vous couvrir auprès de l'état-major qui ne vous voit pas souvent derrière cette vitre...

Mackenzie acquiesça en le regardant partir. Dès que la porte fut fermée, il décrocha son téléphone.

— Iris ? C'est Ari.

— Tiens, un fantôme...

— Tu pourrais me sortir des infos sur deux personnes dans les fichiers automatisés ?

— Et puis quoi, encore ? Tu peux pas consulter les fichiers sur le réseau comme tout le monde ?

— Tu sais bien que j'ai horreur de ces machines, Iris.

— Je suis pas ta secrétaire !

— Iris, je t'en prie. Je te demande une faveur...

— Bon, vas-y, je t'écoute...

Il épela lentement les noms de Paul Cazo et Mona Safran.

— C'est noté. Mais t'abuses, quand même...

— Je sais... J'en ai vraiment besoin.

— Ça va. Je t'envoie ça sur ta messagerie dès que possible.

— Non, non, je passerai les prendre sur ton bureau, je préfère une version papier.

Il raccrocha. Sans conviction, il balaya du regard les notes des sections départementales qu'on avait déposées sur son bureau. Il les éplucha une à une et ne releva rien d'extraordinaire. Ici, les Pionniers du Nouvel Âge qui installaient une antenne dans une petite ville d'Alsace, là, des scientologues qui démarchaient en vendant les bouquins de Ron Hubbard dans un café, plus loin, une autre secte qui ouvrait une école de musique pour recruter... Rien qui éveillât son intérêt.

L'esprit ailleurs, il commença néanmoins la rédaction d'une première synthèse. Tout en écrivant, il ne pensait qu'aux événements de la veille. Qui pouvait en vouloir à un type comme Paul ? Avait-il été choisi au hasard par un tueur fou ? Mais il l'avait appelé en urgence. Il se sentait forcément menacé... Et qui était au volant de la berline marron ? Le meurtrier ? Avait-il essayé de tuer Ari ou simplement de l'effrayer ? Et cette Mona Safran, que cachait-elle ? Comment se faisait-il qu'elle avait été choisie par Paul pour l'exécution de son testament ?

Se poser toutes ces questions l'aidait aussi à contenir son chagrin. Inconsciemment peut-être, refusant de céder au désespoir, Ari préférait laisser la place à la rage et à la colère. Et peut-être même à la vengeance. À cet instant, il se fit une promesse. Celui qui avait charcuté Paul paierait.

Une heure s'écoula sans qu'il pût réellement se concentrer sur son travail, puis, alors qu'il remâchait sans cesse les faits, la sonnerie de son poste le fit soudain sursauter.

— Ari Mackenzie ?

— Oui.

— Commissaire Bouvatier, de Reims.

Ari reposa aussitôt ses dossiers sur son bureau et fit pivoter sa chaise vers la fenêtre.

— Vous avez du neuf ?

— Pas grand-chose. Mais j'ai reçu les rapports d'autopsie et toxicologique. Nous connaissons mieux la cause du décès. J'espère que vous êtes conscient que je ne suis pas censé vous appeler, hein ? Le proc' ne serait pas ravi...

— Je vous écoute, Bouvatier. Je vous revaudrai ça.

— Mouais. Je vous préviens, ça risque d'être pénible à entendre...

— Je vous écoute, répéta Ari.

— Bon. On a affaire à un véritable malade. Le meurtrier a d'abord ligoté sa victime avant de lui injecter un dérivé de curare dans le sang.

— C'est un anesthésiant ?

— Non. Le curare, ça n'anesthésie pas, ça paralyse. La victime ne peut plus bouger du tout mais reste entièrement consciente et sensible à la douleur.

— Je vois.

— Ensuite, à l'aide d'un trépan, son ou ses meurtriers lui ont foré un trou à l'emplacement de la fontanelle.

— Paul était-il encore conscient ?

— Oui, mais avec le curare, il ne pouvait pas se débattre.

Le commissaire marqua une pause.

— Allez-y, insista Ari.

— Ensuite, le ou les tueurs ont injecté un mélange d'acide concentré et de tensioactif, un détergent industriel, à l'intérieur du cerveau, avec une longue seringue.

Ari se souvint de l'odeur qu'il avait remarquée en découvrant le corps de Paul. Une odeur qui piquait le nez.

— La mort n'a pas été immédiate, poursuivit le commissaire. La victime a probablement eu, pendant de longues secondes, de terribles hallucinations avant de décéder. Le cerveau s'est liquéfié avant d'être aspiré au moyen d'une pompe d'un genre indéterminé. Le crâne de la victime était presque entièrement vide. Pour le moment, c'est tout ce que je peux vous dire. On a relevé des empreintes, mais je n'ai encore rien là-dessus.

Ari resta silencieux le temps d'assimiler ces informations. De les accepter à défaut de les comprendre.

— Vous savez si le modus operandi correspond à celui d'autres meurtres ? demanda-t-il enfin.

— A priori, non. Mais on cherche, vous vous en doutez bien.

— Je... Je peux peut-être vous aider, non ?

— Écoutez, Mackenzie, je vous ai promis de vous mettre au courant, j'ai l'habitude de tenir parole, mais laissez-nous faire notre boulot, OK ? Quand un collègue se mêle d'une affaire personnelle, ça tourne toujours mal. Et puis, c'est pas votre domaine. Entendu ?

— Mmmh.

— Si vous voulez que je continue de vous informer, promettez-moi de ne pas vous en mêler, d'accord ?

— Oui, oui.

Ari savait pertinemment qu'il ne pourrait pas tenir sa promesse. Son interlocuteur ne devait pas être dupe non plus.

— Bien. Je vous tiens au courant.

Ari raccrocha et sortit un carnet Moleskine de son bureau pour noter, comme à son habitude, les informations qui lui semblaient essentielles. Écrire sur ces carnets noirs lui permettait de mettre de l'ordre dans ses idées. Quand il eut fini, il glissa le calepin dans sa poche et descendit dans le bureau d'Iris Michotte, abandonnant derrière lui les synthèses qu'il aurait dû écrire pour son chef de section.

Iris et lui entretenaient des rapports particuliers. Cinq ans plus tôt, cette trentenaire qui travaillait à la sous-direction de la Recherche était sortie avec Ari. Leur histoire avait duré quelques mois – un record pour Mackenzie. À cette époque, Ari buvait beaucoup et cela n'avait pas facilité les choses. Leur rupture avait été l'occasion d'éclats de voix et de scandales, toutefois ils gardaient l'un pour l'autre une certaine tendresse. Avec le temps, leur relation s'était transformée en amitié. Ils se chamaillaient beaucoup, mais Iris avait à présent pour lui une affection presque maternelle. Elle était en tout cas la seule personne à la DCRG que Mackenzie considérait comme une amie.

— Tiens, dit-elle en lui tendant deux minces dossiers. Il n'y a pas grand-chose. Pas de casier judiciaire, rien de palpitant.

Ari récupéra les deux chemises et remercia sa collègue d'un signe de la tête.

— Ouh la ! Toi, il y a quelque chose qui ne va pas, lança-t-elle en fronçant les sourcils.

Elle avait un visage rond, une chevelure courte, rousse, coiffée dans un style années 1930, à la Joséphine Baker, et des rides qui lui donnaient quelques années de plus que son âge.

— Rien de grave, t'inquiète pas.

Ari ne lui laissa pas le temps de poser d'autres questions et quitta son bureau en lui adressant un semblant de sourire.

Sans se soucier de ce que pourrait en penser Duboy, il sortit directement de l'immeuble de Levallois et prit le métro. Installé au fond du wagon, il parcourut discrètement les pages que contenaient les deux chemises.

Sur Mona Safran, rien d'intéressant. Âgée de trente-quatre ans, célibataire, sans enfants, elle habitait le village de Vaucelles, dans le Nord, et tenait une galerie d'art à Cambrai. Elle avait bien suivi des cours à l'école d'art et de design de Reims, où elle avait dit avoir rencontré Paul. Au fichier des infractions constatées, elle apparaissait deux fois, mais en tant que victime, dans des affaires de vol. Rien au fichier des renseignements généraux, aucune mention répertoriée pour des activités politiques, philosophiques, religieuses ou syndicales.

Quant à Paul Cazo, ce n'était pas beaucoup mieux. Rien qu'Ari ne sût déjà. Seules ses activités d'architecte et d'enseignant étaient mentionnées. L'information qu'Ari recherchait ne figurait nulle part. La veille, dans l'appartement de Paul, un détail l'avait intrigué et il avait espéré trouver une confirmation dans le fichier des RG, mais ce n'était pas le cas.

Il lui faudrait regarder ailleurs.

11.

À la sortie du métro Bastille, Ari s'arrêta pour savourer le moment : retrouver son quartier était la seule chose positive qui lui fût arrivée depuis la veille.

Il se sentait chez lui, à l'ombre de la colonne de Juillet. Pour rien au monde il n'aurait abandonné le secteur, ni son appartement situé au début de la rue de la Roquette, dans un ancien immeuble dont la seule gloire, à en croire le panneau qui ornait la façade, était d'avoir accueilli Paul Verlaine et sa mère pendant une année... Les plus chauvins du quartier affirmaient même que le maître du clair-obscur y avait rédigé *Les Poètes maudits*, et les autres, beaucoup plus nombreux, n'en avaient tout simplement rien à faire. Ari appréciait l'anonymat dont on pouvait encore jouir dans une rue si fréquentée. Bien sûr, quelques-uns des plus anciens commerçants – et une bonne partie du personnel de l'An Vert du Décor, le bar qui avait sa prédilection – savaient plus ou moins qu'il était flic, ou quelque chose comme ça, mais les visages changeaient souvent, les boutiques se renouvelaient rapidement et les traiteurs chinois se chassaient les uns les autres à la même vitesse que celle de la hausse de l'immobilier. Anonyme ou non, après quinze années passées dans le coin, Ari avait établi des routines rassurantes qu'il n'était pas près d'abandonner.

Arrivé dans son appartement, il fut accueilli par les ronronnements de son vieux chat de gouttière.

— Tu dois mourir de faim, mon pauvre Morrison !

L'animal qui hantait le domicile d'Ari Mackenzie était une légende. Nul ne connaissait son âge réel, mais il devait avoir au moins quatorze ans puisqu'il était arrivé clandestinement dans le deux pièces peu après qu'Ari avait emménagé. Il n'était pas très beau, pas très aimable et Ari disait qu'il miaulait faux et de dos, raison pour laquelle il l'avait appelé Morrison, lui qui n'avait jamais été un fan des Doors. Mais avec le temps, il s'était attaché à l'animal et jamais il n'aurait supporté qu'il s'échappe de l'appartement et retourne vivre dans les rues de Paris, avec les plus voyous de ses congénères.

Il lui donna à manger, puis il se servit un whisky et s'installa à la table du salon pour lire son courrier. La première enveloppe était une relance d'EDF. Ari ne prit pas la peine de l'ouvrir et la déposa sur la pile qui s'entassait derrière lui. Son salaire de commandant de police était tout à fait honorable, mais entre les mensualités de ses deux prêts immobiliers – quelques années plus tôt, sur un coup de tête, il avait aussi acheté une petite maison dans l'Hérault où il se réfugiait dès qu'il pouvait – et l'argent qu'il consacrait à son père, Mackenzie avait souvent des fins de mois difficiles. Il avait pris la mauvaise habitude de régler ses factures en retard, et c'était devenu un cercle vicieux. À peine payait-il les deux ou trois mois accumulés que déjà les nouvelles quittances arrivaient... La deuxième enveloppe contenait une carte postale de sa tante Mariam qui lui demandait quand il viendrait enfin la visiter à Nice, où elle avait ouvert un restaurant. Il la mit de côté en se promettant d'y répondre au plus vite. Mariam était la seule famille qui lui restait du côté de sa mère ; il s'en voulait de ne pas lui accorder plus de temps. Le reste du courrier n'était que publicités et relevés bancaires. Le lot quotidien, comme si rien n'avait changé, comme si la mort de Paul n'altérait aucunement le cours des choses.

Ari but son whisky d'une seule traite, il partit se doucher, se raser, avant de ressortir.

Au coin de la rue des Tournelles, de l'autre côté de la place, Ari aperçut la devanture bigarrée du Passe-Murailles. C'était une librairie à la façade d'un vert terni, étroite, coincée entre une banque et la porte cochère d'un immeuble haussmannien. Dans la vitrine, derrière les affiches élégantes des galeristes du quartier, on devinait déjà l'adorable désordre des librairies à l'ancienne, pleines de promesses et de trésors, où les piles de livres semblent tenir par miracle et où la logique du classement est si peu manifeste qu'elle invite au dialogue avec le libraire.

Ari se faufila entre les présentoirs où s'élevaient les clichés noir et blanc des cartes postales de Robert Doisneau et poussa la fragile porte vitrée. Il n'y avait qu'un seul client à l'intérieur, un jeune garçon rondouillard, le nez plongé dans une bande dessinée, à l'arrière du premier rayon. C'était un tout petit fonds de commerce, d'une vingtaine de mètres carrés, où le soin apporté à l'optimisation de l'espace l'emportait largement sur le moindre souci d'harmonie visuelle. Au beau milieu, un large meuble divisait la pièce en deux couloirs, l'un consacré aux romans, le second aux BD et aux beaux livres. Ari aurait pu jurer qu'il y avait davantage de bouquins entre ces quatre murs que dans certaines des plus grandes enseignes de la rue de Rivoli. Sans compter les piles qui prenaient la poussière dans la cave exiguë qu'il avait eu un jour le privilège de visiter.

Tout de suite à gauche, derrière une vieille caisse enregistreuse grise, perchée sur un tabouret de bar, une jeune femme leva lentement son regard préoccupé vers le nouvel arrivant. Adossée au mur, accroupie sur le tabouret, elle ressemblait à une étudiante d'université avec ses baskets à l'effigie des Sex Pistols. Elle portait un haut turquoise, bien léger pour la saison, dont la couleur se mariait à ses grands yeux bleus de petite fille étonnée, soigneusement soulignés de noir, et à sa belle peau cuivrée. Ses lunettes rectangulaires lui donnaient un faux air de secrétaire studieuse qui contrastait avec le piercing en acier qu'elle avait sur la langue et qu'elle ne cessait de faire glisser entre ses dents. Sa chevelure brune entourait son visage chafouin et descendait en cascade sur ses épaules fragiles. Elle avait un petit nez gracieux, de discrètes fossettes et des lèvres délicates, harmonieux ensemble où l'on devinait des sourires faciles. Elle était belle comme une nymphe qui s'ignore et fumait comme une star de l'Actor's Studio.

D'un air contrarié, la jeune femme posa sur ses genoux le volume des Presses de la Renaissance qu'elle était en train de lire.

— Tiens ! C'est le retour du flicard...

Elle avait une délicieuse voix cassée qu'elle ne supportait pas mais qui avait toujours séduit Ari.

— Bonjour, Lola.

— Eh bien ! Ça faisait une éternité ! Tu viens me rendre visite ou t'as un service à me demander ?

Ari haussa les épaules en jetant un coup d'œil au jeune client replet de l'autre côté de la boutique. Le garçon semblait bien trop occupé par sa BD pour leur prêter attention. C'était l'un de ces étudiants passionnés à qui la libraire laissait tranquillement découvrir les nouveautés du rayon. Ces gamins n'avaient pas les moyens d'acheter beaucoup de titres mais, mieux informés qu'elle, ils n'étaient pas avares de conseils et lui permettaient de connaître les dernières tendances quand passaient les représentants.

— Non, non, je venais te saluer. Qu'est-ce que tu lis ?

— *Éloge du désir* de Blanche de Richemont, répondit la jeune femme en exhibant un instant la couverture de son livre. Laisse tomber, c'est pas ton truc.

— Le désir ?

La libraire leva les yeux au plafond en tirant une bouffée sur sa cigarette.

— Mais non, ce genre de bouquins, pauvre idiot ! C'est trop bien pour toi. Tu pourrais au moins me faire la bise !

Ari se mit sur la pointe des pieds, passa la tête pardessus la caisse enregistreuse et déposa un long baiser sur la joue de la jeune femme. Il réprima une grimace de douleur en sentant la blessure à sa hanche qui se réveillait.

— Où t'étais, Ari ?

— Bah, beaucoup de boulot en ce moment... Et toi ?

— Il n'y a pas grand monde, c'est pas folichon.

— On croirait entendre ton patron. Vous êtes toujours mécontents, vous, les commerçants !

— Ben, regarde. On peut pas dire qu'il y ait foule...

Le jeune homme derrière eux n'avait pas terminé sa lecture et personne d'autre n'était entré.

— En effet. Bon... En fait, Lola, euh...

La libraire secoua la tête, désabusée.

— J'en étais sûre ! T'as un service à me demander !

Ari passa de l'autre côté de la table et attrapa la main de la jeune femme d'un air penaud. Cela faisait maintenant trois ans qu'ils se connaissaient et il fallait bien admettre que leurs rapports n'étaient pas des plus simples.

Depuis quinze ans qu'il habitait le quartier, Ari, qui était un lecteur compulsif, avait toujours fréquenté le Passe-Murailles. Il aimait bien le propriétaire, un vieil anarchiste bolivien dont il se demandait comment il faisait pour rentabiliser son affaire et qui prétendait aujourd'hui être trop âgé pour tenir la boutique. Trois ans plus tôt, le Sud-Américain avait donc embauché une jeune femme – trente-cinq heures par jour, comme elle disait ironiquement – et la fréquence des visites d'Ari, déjà fort honorable, avait étrangement décuplé. Dès le premier jour, il était tombé sous le charme de Dolores Azillanet – qu'il était le seul à pouvoir appeler Lola –, une Bordelaise âgée de vingt-trois ans à l'époque, passionnée de littérature, de peinture et de bons mots. Enjouée, dissimulant sa fragilité derrière des airs délurés, elle avait rapidement manifesté, malgré leurs dix ans d'écart, l'intérêt qu'elle lui portait en retour. Trop vite et trop fort pour cet handicapé de l'engagement qu'était Ari. Ils avaient été amants pendant près d'un an, puis le fourbe avait pris ses distances, peut-être parce qu'il se sentait trop bien avec elle et qu'il avait peur de l'amour, du grand amour. Depuis, ils entretenaient tant bien que mal une amitié complice mais ambiguë. Lola, persuadée qu'ils étaient faits l'un pour l'autre, en voulait à Ari de refuser l'évidence, et Ari, terrifié à l'idée de la décevoir un jour, feignait de ne plus éprouver pour elle qu'une connivence fraternelle, couchait avec des femmes sans intérêt, mais la désirait en secret. En somme, ils étaient deux imbéciles, comme tous les gens qui s'aiment.

— Tu dînerais avec moi ce soir ?

La libraire écarquilla les yeux.

— Tu te moques de moi ?

— Non... Ça me ferait plaisir.

— Tu as un problème ? Ou bien ça fait longtemps que t'as pas tiré un coup ?

Ari pencha la tête d'un air las.

— Non, non. Ça me ferait plaisir, c'est tout.

— Et on dînerait où ?

— Chez moi.

Lola secoua la tête en ricanant.

— Je vois le genre...

— Mais non, je t'assure ! Bon, fais comme tu veux, Lola. Ça me ferait vraiment du bien de dîner avec toi, juste dîner, mais si ça te saoule, je comprendrais parfaitement.

— Quelle heure ?

— 21 h 30 ? Je vais d'abord passer voir mon père.

Elle capitula en soupirant. Ari lui caressa la joue d'un air reconnaissant, puis sortit sans rien ajouter.

12.

Depuis son « accident », Jack Mackenzie vivait dans une résidence spécialisée, porte de Bagnolet, payée, en partie seulement, par sa pension d'invalidité de la Police nationale. Logé dans un studio relativement confortable, il bénéficiait des services de la résidence et d'un suivi médical, tout en gardant un semblant d'indépendance. Pourtant, chaque fois qu'Ari traversait le hall d'entrée, il ne pouvait réprimer un frisson où se mêlaient un sentiment de culpabilité et l'angoisse de retrouver son père mort au milieu de son appartement.

— Bonjour, papa.

Le vieil homme avait ouvert la porte et dévisageait son fils d'un air hagard. Âgé de soixante et onze ans, il en paraissait bien dix de plus. Les joues creusées, les paupières tombantes, les yeux jaunes, une barbe taillée en pointe et les cheveux gris, il avait le regard triste des gens qui n'attendent que la mort. Il portait une robe de chambre bleue et Ari se demanda si son père avait enfilé des vrais vêtements ce jour-là, ou même la veille.

— Il faut se méfier de la haine pour Pinochet, pour la CIA, pour la société et compagnie, chuchota Jack Mackenzie en guise de bonjour, avant de refermer la porte à clef derrière son fils.

Comme il le faisait chaque fois, le vieil homme rejoignit directement son fauteuil. Ensuite, il regardait fixement le poste de télévision éteint, comme s'il était captivé par des images que personne d'autre ne pouvait voir.

Ari, respectant la routine, entra dans la cuisine et fit un peu de vaisselle. Puis il vint s'asseoir à côté de son père.

L'appartement n'était pas grand et le mobilier, qui n'avait pas été changé depuis la construction de la résidence, était modeste et austère. Les murs, peints en beige, n'étaient ornés d'aucun tableau et il n'y avait pas de bibelots dans le salon. Jack Mackenzie avait toujours refusé qu'Ari y apportât la moindre touche de décoration. Il préférait l'ambiance neutre et apaisante de son appartement. Ari le trouvait encore plus sinistre qu'une chambre d'hôpital.

— Papa, j'ai une mauvaise nouvelle à t'annoncer.

— Il y a aussi le grave problème de la respiration.

Ari avait renoncé depuis longtemps à répondre aux phrases de son père quand il n'en comprenait pas le sens. Sinon, la conversation n'en finissait pas et devenait de plus en plus surréaliste. Par moments, Jack Mackenzie exprimait des choses sensées – il aimait par exemple parler avec son fils des chansons de Georges Brassens ou évoquer l'histoire du Canada et de l'Arménie – et Ari se raccrochait à ces rares instants de lucidité. Ce soir, il espérait seulement que son père en aurait un. Parce qu'il avait une question importante à lui poser.

— Papa, je suis venu te dire que Paul, ton ami Paul Cazo, est mort hier soir.

Le vieil homme resta silencieux. Il ne regarda même pas son fils. Après quelques secondes, qui parurent une éternité à Ari, il leva lentement le bras et bougea les doigts comme s'il tenait la télécommande pour changer de chaîne.

Ari posa sa main sur l'épaule de son père.

— Allons, ne fais pas comme si tu ne m'avais pas entendu. Je sais que ça te fait beaucoup de peine, papa. Je sais que tu aimais Paul plus que n'importe qui.

Jack Mackenzie cligna plusieurs fois des yeux, sans quitter du regard l'écran gris-bleu. Son visage, soudain, sembla se détendre, perdre un peu de sa rigidité.

— C'est que, vois-tu, je ne veux aucun rapport avec le contexte, articula-t-il à voix basse avec une lenteur exagérée, et Ari vit alors une larme perler au bord de sa paupière.

Il serra le bras de son père, comme soulagé que celui-ci lui ait montré, à sa façon, qu'il comprenait, au moins partiellement, ce qui se passait autour de lui.

Ils restèrent un long moment ainsi, sans parler, puis le vieil homme se tourna vers son fils.

— Ari, qui a gagné la Coupe du monde de football en 1998 ?

— La France, papa, c'était la France. Tu te souviens ? Je t'ai emmené sur les Champs-Élysées le soir de la finale, quand tout le monde faisait la fête.

— Non. Non, je ne m'en souviens pas. Tu sais, Ari, je crois que je perds la tête.

— Mais non, papa.

— C'est depuis qu'Anahid est morte, tu vois. Tout le monde meurt, maintenant. À part moi. Et toi, tu es amoureux d'une femme, mon fils ?

Ari ne put s'empêcher de sourire. Chaque fois que son père revenait à la réalité, il lui posait la même question.

— Non, papa, toujours pas.

— Tu devrais faire plus attention aux femmes, Ari. Leur offrir des fleurs. Les femmes adorent qu'un homme leur offre des fleurs. Anahid, je lui portais des orchidées. Elle adorait les orchidées. Un jour, à Londres, je l'ai emmenée voir le musée des orchidées. Tu ne peux pas imaginer combien d'espèces différentes il existe. Plus de vingt mille, si je me rappelle bien. Vingt mille, tu te rends compte ? Bien sûr, elles ne sont pas toutes aussi belles, mais tout de même ! Tu ne m'avais pas parlé d'une fille qui vend des livres à la Bastille ?

— Papa, je voudrais te poser une question au sujet de Paul.

— Paul ? Paul Cazo ? Oh, tu sais, c'est un type extraordinaire. Cela fait longtemps que je ne l'ai pas vu.

— Papa...

Ari se demandait si c'était bien la peine d'interroger son père. Si c'étaient le lieu et l'heure... Mais la veille, dans la vitrine de Paul, deux objets l'avaient intrigué. Et il avait envie de savoir. Parce que cela aurait pu être une piste. Un début de piste.

Sur l'une des étagères en verre, parmi d'autres bibelots, il avait remarqué un compas et une équerre entrecroisés. Depuis, la question le poursuivait sans qu'il ait pu trouver la réponse dans les dossiers que lui avait donnés Iris. Personne ne connaissait Paul aussi bien que Jack Mackenzie. La réponse se nichait peut-être quelque part dans les méandres de ses souvenirs.

— Papa, est-ce que Paul était franc-maçon ?

Le vieil homme ne réagit pas tout de suite. Puis il se frotta la barbe, un geste qu'il faisait souvent quand il voulait montrer qu'il réfléchissait.

— Si on inventait un langage sans précédent et sans aucun rapport, c'en serait fini de notre caractère démentiel.

Ari soupira.

— Papa, s'il te plaît, essaie de te souvenir. Est-ce que Paul était franc-maçon ?

— Attends... Attends... Oui, Ari. Pierre Mendès France était franc-maçon.

— Oui, papa, je sais, mais Paul ?

— Oh, il y en a eu beaucoup. Voltaire, Mozart... Et même Louise Michel. Cette incroyable Louise Michel ! Et puis, comment s'appelle-t-il déjà, celui qui a inventé Sherlock Holmes ?

— Conan Doyle.

— Oui, c'est ça. Conan Doyle. Il était franc-maçon. Il y en a beaucoup. C'est pour ça que les nazis voulaient les tuer. Comme les juifs. Et puis il y a eu le génocide arménien, aussi. C'est pour ça que ta mère est venue en France avec ses parents et qu'elle t'a appelé Ari. C'était le prénom de son grand-père, mort là-bas.

— D'accord, mais tu ne m'as pas répondu pour Paul. J'ai vu chez lui une équerre et un compas, dans une vitrine. Tu crois qu'il était franc-maçon ?

— Mais non, Ari ! Paul était architecte ! Ce n'est pas la même chose. Tu dis n'importe quoi. Un jour, j'ai commencé à apprendre le swahili.

Ari se leva doucement. Pourquoi lui avait-il posé cette question ? Après tout, même si son père avait répondu par l'affirmative, il n'aurait pu en être sûr.

Il resta auprès de lui jusqu'à 20 heures, rangeant ici et là quelques affaires, parlant de tout et de rien, comme les médecins le lui avaient recommandé, pour obliger son père à discuter. Puis il lui servit le dîner qu'on avait laissé devant la porte, sur une table roulante, et il lui annonça enfin qu'il devait partir, avec ce pincement au cœur qui l'étreignait chaque fois.

Jack Mackenzie, qui ne montrait jamais de tristesse, le raccompagna jusqu'à la porte. Mais, avant de s'enfermer, il attrapa Ari par l'épaule, se pencha à son oreille et lui chuchota :

— Tu devrais lui offrir des orchidées, à ta libraire. Je suis sûr que les libraires aiment les orchidées.

13.

Un peu avant l'heure prévue, Lola sonna à la porte de l'appartement. Ari lui cria depuis la cuisine que c'était ouvert et qu'elle pouvait entrer.

Les célibataires endurcis comme Ari Mackenzie ont deux choix, en cuisine. Soit ils se font livrer leurs dîners, réchauffent des plats surgelés ou passent leur temps dans les restaurants, soit, pour lutter contre la routine, ils deviennent des cuisiniers hors pair. Ari faisait partie de la seconde catégorie. Il était devenu, avec le temps, un véritable cordon-bleu et son seul défaut était d'être assez lent. Il prenait son temps, s'attardait à chaque étape, mais il concoctait des plats toujours différents, souvent inventifs. Lola et lui avaient même établi un petit jeu auquel ils ne dérogeaient jamais : il y avait dans l'entrée un carnet sur lequel la libraire donnait une note et livrait ses impressions sur le repas, chaque fois qu'elle venait dîner rue de la Roquette.

— J'ai piqué un côte-rôtie dans la cave de mon oncle, annonça la jeune femme en entrant dans le salon.

— Laisse pas sortir Morrison ! s'écria Ari dans la pièce adjacente.

— C'est bon, arrête de stresser comme ça, j'ai fermé la porte !

La jeune femme entra dans la cuisine.

— Ça sent bon...

— Merci, mais tu n'as rien à faire ici, tu sais que j'ai horreur qu'on me regarde cuisiner. Va plutôt déboucher ta bouteille et attends-moi dans le salon, j'arrive.

— OK, OK !

Lola attrapa le tire-bouchon et partit exécuter sa tâche. Puis elle s'affala sur le vieux canapé bordeaux, fatiguée par sa longue journée de travail.

Cela faisait deux ou trois semaines qu'elle n'était pas revenue chez Ari et elle sourit en voyant que rien n'avait changé. Toujours le même désordre.

Ari se moquait des apparences. En ce qui concernait ses vêtements ou la décoration de son appartement, il n'avait pas le moindre goût pour le luxe. Les deux seuls caprices que l'analyste s'était autorisés dans sa vie, c'était sa maison dans l'Hérault et sa voiture ; une MG-B cabriolet de 1968, vert anglais, qu'il gardait soigneusement dans un box de l'autre côté de l'immeuble et qu'il ne sortait qu'occasionnellement. Il avait emmené Lola en balade une ou deux fois et elle avait été étonnée du sourire de gosse qu'arborait Ari dans ces rares moments. À sa connaissance, il n'y avait que deux choses dans la vie qui donnaient à Mackenzie ce regard malicieux. Sa décapotable anglaise et les bonnes bouteilles de whisky écossais.

Le deux pièces ressemblait à un appartement d'éternel étudiant, à la seule différence qu'il n'y avait pas d'ordinateur et que, Mackenzie vivant, il n'y en aurait sans doute jamais. Une seule des trois fenêtres du salon n'avait pas de jalousie et il faisait toujours assez sombre à l'intérieur. Cinq larges bibliothèques bondées emplissaient deux des quatre murs. Depuis plusieurs années elles ne suffisaient plus et les livres – dont la plupart avaient été achetés au Passe-Murailles – débordaient de partout, au-dessus des strates plus anciennes. Il y avait même des piles par terre et Lola s'était toujours demandé comment Ari pouvait s'y retrouver. Mais c'était un sujet tabou. On ne touchait pas aux livres de M. Mackenzie.

Dans un coin, entre deux bibliothèques, il y avait les deux guitares d'Ari. Sur les autres murs étaient accrochés quelques posters, essentiellement des clichés noir et blanc de grands photographes américains de la seconde moitié du XXe siècle. Ari avait horreur des tableaux. Surtout des natures mortes. Un jour, au musée d'Orsay, il avait fait pleurer Lola de rire en lâchant à voix haute devant une toile de Cézanne : « Quand je vois une nature morte, j'ai envie de l'enterrer. »

Les meubles, quant à eux, étaient tous dépareillés, récupérés à droite et à gauche au fur et à mesure des années, sans réel souci esthétique. En face du canapé trônait une immense télévision, encadrée de tours de DVD bancales, surchargées elles aussi.

Et puis, derrière la télévision, il y avait la grande armoire secrète. Du moins ce que Lola s'amusait à désigner ainsi. Ari y conservait tout ce qui concernait de près ou de loin son travail. Autant dire qu'il y avait là non seulement une incroyable collection de documents, de livres et de films sur les sectes, les religions, les sciences occultes, l'ésotérisme et l'alchimie, mais aussi des objets divers et variés touchant à ces domaines. Un véritable petit musée du mysticisme, d'autant plus incongru qu'Ari Mackenzie était un parfait cartésien, athée, allergique aux croyances populaires. Lola aimait d'ailleurs le taquiner avec ça, affirmant, juste pour l'agacer, qu'elle croyait fermement au surnaturel, ce qui était exagéré, bien qu'elle fût plus ouverte que lui sur ces questions. Ari démarrait au quart de tour et plus d'une fois elle s'était amusée à le rendre hystérique en lui racontant qu'elle avait une amie qui avait une amie qui avait assisté à un phénomène paranormal, ou tout simplement en faisant mine de lire devant lui son horoscope de la semaine.

Lola aimait cet appartement qui ressemblait bien à Ari : ses goûts personnels, sans fioritures, ses livres, le paradoxe entre son côté adolescent et ses habitudes de vieux célibataire. En même temps, elle le maudissait parce qu'il était le lieu qui symbolisait ce qu'elle n'aurait sans doute jamais avec lui. Un espace de vie commun. Une intimité à partager. Ari lui avait mille fois signifié qu'il ne voulait pas franchir le pas. Pourtant, elle sentait qu'il l'aimait, plus fort sûrement qu'il n'avait jamais aimé. Et elle, elle aurait donné n'importe quoi pour être enfin avec lui. Mais Ari, un jour, avait refermé la porte. Et elle ne comprenait pas vraiment pourquoi. Elle ne comprenait pas ce qui le retenait. Un soir, il lui avait dit qu'il ne voulait pas d'enfants. Elle avait répondu que ce n'était pas un problème pour elle, que ce qu'elle souhaitait, c'était lui et rien d'autre. Peut-être avait-il deviné que ce n'était pas tout à fait vrai. Que l'idée de ne jamais être mère effrayait Lola. Et que même si elle était prête à ce sacrifice, cela restait, malgré tout, un sacrifice. Ou bien était-ce autre chose, de plus profond, de moins explicite. En attendant, elle l'aimait, et la douleur silencieuse de devoir se contenter de cette amitié complice la chagrinait. Mais elle n'avait pas le choix.

Elle ne voulait pas le perdre.

Laissant glisser son regard de l'autre côté de la pièce, Lola remarqua un bouquet de fleurs roses aux larges pétales striés de fuchsia, glissé dans un vase et encore enrobé de papier de soie blanc. Ce n'était pas dans les habitudes d'Ari d'avoir des fleurs chez lui.

— C'est pour qui, les fleurs ? lança-t-elle en direction de la cuisine.

Ari apparut dans le salon avec des biscuits apéritif.

— Eh bien, c'est pour toi. Ce sont des orchidées. Enfin, un *orchis papillon*, plus exactement.

— Tu vas me faire croire que tu les as achetées pour moi ? se moqua la jeune femme.

— Oui.

Lola sourit.

— Je ne te crois pas, mais c'est gentil quand même.

Elle se poussa pour lui laisser une place. Ari s'assit à côté d'elle en grimaçant.

— Bon, alors, Ari, dis-moi ce qui se passe. Tu n'as pas l'air dans ton état normal.

Il s'enfonça dans le canapé, prenant garde à sa hanche endolorie. Il aurait aimé lui dire la vérité, déballer son histoire, mais il ne s'en sentait pas la force. Pas maintenant. Il avait envie de penser à autre chose et il ne voulait pas passer la soirée à jouer les victimes.

— Rien. Beaucoup de boulot, c'est tout.

Lola s'approcha et lui posa une main sur la cuisse.

— Elle est jolie ?

Ari leva les yeux au plafond.

— Ben quoi ? insista la jeune femme en souriant. Elle est jolie ou pas ?

— Écoute, franchement, Lola, je ne vois pas de quoi tu parles...

— Eh, oh, je te connais, mon vieux. Je te vois pas pendant des semaines, puis soudain tu réapparais, tout déprimé, et là, je trouve des fleurs dans ton appartement ! Tu me prends pour une idiote ? Tu t'es fait larguer, c'est ça ?

Ari sourit à son tour.

— Tu sais bien que je n'ai d'yeux que pour toi, Lola.

— Ouais, ben, dans ce cas-là, tu ferais mieux de me demander en mariage avant que je convole avec un autre !

— J'étais sûr qu'en t'invitant chez moi, j'allais pouvoir me changer les idées...

Il prit la main de Lola sur sa cuisse et la serra entre ses paumes.

— Ça faisait longtemps, murmura-t-il.

La jeune femme se laissa faire un instant, puis elle enleva sa main et se redressa sur le canapé.

— Alors ? On le boit, ce côte-rôtie ? Mon oncle va m'étriper quand il découvrira que j'ai piqué une bonne bouteille, alors autant la déguster dignement.

Ari se leva péniblement, partit chercher des verres et revint dans le salon, mais il s'installa cette fois en face de son amie, sur un fauteuil.

— Tu t'es fait mal quelque part ? demanda Lola en le voyant grimacer. C'est elle ? T'es tombé sur une griffeuse, c'est ça ? Une lionne ?

— Mais non ! C'est un chauffard qui a failli me renverser, je me suis un peu égratigné la hanche, c'est tout.

— Fais voir...

— Non, non, je t'assure, ça va.

Il prit la bouteille de vin et remplit leurs deux verres.

— Allez, à la tienne !

Après quelques verres, Ari parvint à changer de sujet de conversation et ils passèrent enfin à table.

Malgré le peu de temps qu'il avait eu pour préparer le repas, Ari n'avait pas failli à sa réputation. Amoureux des îles – où il avait promis à Lola qu'un jour il s'enfuirait avec elle –, il s'essayait régulièrement à la cuisine antillaise. Ce soir-là, il avait concocté un poulet au citron avec un peu d'ail et de piments, qu'il avait accompagné d'un gratin de légumes et d'un peu de riz blanc. Lola se régala et s'efforça de lui changer les idées en parlant littérature. Elle connaissait son amour pour Guy Debord et lui vanta les mérites d'une nouvelle édition commentée. Il se laissa entraîner avec plaisir sur ce terrain, plutôt heureux de penser à autre chose, au moins le temps d'un repas. En vingt-quatre heures, il avait découvert le cadavre de son plus proche ami et manqué mourir écrasé par un inconnu... La présence de Lola lui évitait de ressasser ; le répit ne serait néanmoins que de courte durée. Il n'était pas certain de trouver facilement le sommeil. Alors ils parlèrent encore de Dos Passos, de Faulkner, de Romain Gary et, comme toujours, Ari finit par réciter son laïus sur les auteurs français qui avaient depuis trop longtemps oublié d'être « aussi » des *story-tellers*, ce qui irritait Lola. Chaque fois qu'elle lui présentait un nouveau romancier national, Ari faisait la fine bouche en prétextant qu'il avait déjà lu ça quelque part et elle lui reprochait de bouder son plaisir, par snobisme.

À la fin du dîner, Ari se leva avec difficulté, à cause de sa hanche mais aussi parce qu'ils avaient vidé à eux seuls la bouteille de vin.

— Bon, je vais nous faire des cafés ?

Lola le regarda d'un air amusé.

— Je sais pas si c'est une très bonne idée que tu prennes un excitant... Je te préviens, c'est pas parce que t'as l'air triste et vulnérable ce soir qu'on va baiser pour autant, hein ?

— Très drôle ! Tu veux un café, oui ou non ?

— Avec deux sucres.

Il se dirigea vers la cuisine, mais alors qu'il passait devant la dernière fenêtre du salon, il s'immobilisa.

— C'est pas vrai ! lança-t-il, stupéfait.

— Qu'est-ce qu'il y a ?

Ari ne répondit pas et se précipita dans l'entrée. C'était comme s'il était dégrisé d'un seul coup.

— Qu'est-ce que tu fous ?

Il s'arrêta devant la commode, ouvrit le premier tiroir et en retira son 357 Magnum qu'il glissa dans sa ceinture, puis il sortit sur le palier sans donner d'explication à son amie et descendit l'escalier en trombe. Une fois en bas, il traversa la cour obscure à toute vitesse, la poitrine fouettée par le vent glacial, ouvrit le porche et bondit sur le trottoir.

Mais la voiture n'était plus là.

Pourtant, il était certain de l'avoir vue. Là, garée en bas de chez lui. La longue berline américaine marron. Il ne pouvait pas s'être trompé : il avait même eu le temps de vérifier la tôle froissée à l'endroit où la caisse avait tapé.

Ari fit quelques pas sur le trottoir, se hissa sur la pointe des pieds, mais non. Elle avait bien disparu. Il jura et remonta dans son appartement.

— Ça va pas, non ? Mais qu'est-ce qui t'a pris ? T'es gonflé, quand même !

Lola l'attendait, debout dans l'entrée, les bras croisés.

— J'ai cru voir un fantôme.

— Qu'est-ce que c'est que ces conneries ?

— Rien, je t'assure, laisse tomber. Ferme vite, le chat va sortir.

Lola fronça les sourcils. Depuis qu'elle connaissait Ari, elle ne l'avait jamais vu aussi nerveux. Il avait beau n'avoir rien dit, elle devinait qu'il se passait quelque chose de grave.

— Tu veux venir dormir à la maison, Ari ?

— Non, non.

— Tu es sûr ?

— Certain. Je t'appelle un taxi. Ne t'inquiète pas pour moi.

— Tu ne vas pas m'appeler un taxi, j'habite à deux minutes de marche !

— Alors je te raccompagne.

— Non. Tu es crevé, t'as vraiment pas l'air dans ton assiette, mon vieux. Je peux rentrer toute seule, je te remercie. Mais promets-moi de te reposer un peu, d'accord ?

— Je te raccompagne jusqu'en bas.

Lola enfila son manteau et s'apprêta à sortir.

— Attends !

Ari fit demi-tour et retourna dans le salon. Il revint avec le bouquet.

— Tu as oublié tes orchidées.

La jeune femme prit les fleurs en souriant, puis ils descendirent ensemble au pied de l'immeuble. Là, Ari la serra fort dans ses bras. Il aimait tant la sentir blottie près de lui, sentir sa petite poitrine écrasée contre son cœur, son souffle dans son cou. Il recula la tête et résista à une terrible envie de l'embrasser sur la bouche, comme ils l'avaient fait mille fois dans le passé. Lola dut s'en rendre compte et se dégagea.

— Prends soin de toi, Ari, et appelle-moi vite, OK ?

— Promis.

La jeune femme s'éloigna, le pas mal assuré. Il la regarda jusqu'à ce qu'elle disparaisse au bout de la rue.

Hanté par les images des deux derniers jours, il ne trouva le sommeil que très tard.

14.

La nuit noire et glaciale était tombée depuis longtemps sur Cambrai. Les rues, scintillantes de pluie, étaient désertes et toute la ville était plongée dans le silence. Mona Safran referma la porte en verre de la galerie, jeta un dernier coup d'œil sur le trottoir et baissa le rideau électrique.

Elle enleva son long manteau trempé et s'ébouriffa les cheveux en frissonnant. Elle était pressée de rentrer chez elle, mais elle avait une dernière chose à faire qui ne pouvait pas attendre. Elle ramassa le paquet de courrier amassé au bas de la porte et le posa sur le comptoir.

Elle traversa la longue pièce sans allumer la lumière. Elle n'avait pas l'habitude de voir sa galerie ainsi, dans la pénombre. Les tableaux accrochés aux murs prenaient une teinte différente, sombre et mystérieuse. Elle entra dans la réserve et se dirigea tout droit vers le coffre. Du bout des doigts, elle composa le chiffre symbolique de la combinaison : 1 488.

Elle sortit de son sac le boîtier métallique qui protégeait le carré, l'ouvrit avec précaution et regarda le vieux parchemin. Le visage grave, elle caressa délicatement la surface rêche du papier, puis elle referma le petit réceptacle et le glissa dans le coffre.

Pour le moment, il était plus prudent de le garder ici.

La grande brune récupéra ses affaires et sortit affronter le froid de l'hiver, impatiente de retrouver le confort de sa maison. Les questions du commissaire de Reims l'avaient éreintée. Elle avait dû réfléchir soigneusement à chacune de ses réponses, sans le laisser transparaître, et se plier sans sourciller à la prise de ses empreintes. Nul doute que la police les avait retrouvées partout dans l'appartement. Mais cela ne la confondait pas pour autant : Mona venait souvent dans l'appartement de Paul. Pour le moment, l'enquête du commissaire ne l'inquiétait pas vraiment ; il semblait complètement perdu. Non, ce qui la préoccupait surtout, c'était Ari Mackenzie. Paul avait-il eu le temps de lui parler ? Elle craignait que l'agent de la DCRG n'en sache bien plus qu'il ne voulait l'admettre. Et ils avaient besoin de savoir à quel point. D'une façon ou d'une autre, elle allait devoir le faire parler.

15.

Le lendemain matin, Ari se rendit tôt à Levallois, beaucoup plus tôt que d'habitude, bien décidé à poursuivre ses recherches.

Après avoir lancé un rapide coup d'œil aux notes encore entassées sur son bureau, il passa le reste de la matinée à essayer de trouver une piste dans la vie de Paul Cazo. Une faille, quelque chose de caché qui pût indiquer qu'il avait des ennemis, qu'il avait commis des erreurs ou trempé dans des affaires suspectes.

Paul avait été architecte. Il avait obtenu son diplôme au milieu des années 1960 après des études à l'École nationale supérieure des beaux-arts. Quatre ans plus tard, il avait été inscrit sur les listes d'aptitude à l'enseignement de l'architecture. Il avait d'abord travaillé dans un grand cabinet de Reims, puis s'était installé à son compte au cœur de la ville. Lauréat de nombreux prix, il avait été président du Corps des architectes conseils trois années consécutives. Pendant les quinze dernières années de sa carrière, il s'était consacré presque exclusivement à l'enseignement, à la recherche et aux études d'urbanisme et de réhabilitation. À en juger par la liste de ses réalisations, il avait souhaité travailler essentiellement sur des projets de logements sociaux, ce qui n'étonna guère Ari. Paul était un homme dévoué qui s'intéressait davantage à ce qu'il était en mesure d'apporter à la société qu'à l'argent que pouvait lui rapporter son métier. Ne laissant rien au hasard, Ari éplucha une à une les différentes créations du défunt ; pas une seule n'était entachée du moindre scandale, aucune n'avait défrayé la chronique. Nulle mention de pots-de-vin, d'abus de biens sociaux... Le parcours de Paul Cazo était exemplaire, rien dans sa carrière ne laissait soupçonner qu'il ait pu s'attirer de véritables ennuis.

Vers midi, alors qu'il n'avait toujours pas trouvé d'indice, Ari vit apparaître le visage rond d'Iris à la fenêtre de son bureau. Il lui fit signe d'entrer.

— Tu viens déjeuner en bas ? demanda son ex avec un sourire aimable.

— Je supporte plus cette cantine...

— On peut aller au resto, si tu veux. Il faut bien que tu manges, mon garçon !

— Non, je t'assure, c'est gentil, mais j'ai pris du retard dans mon boulot.

— Comme tu voudras.

Elle s'éclipsa aussi discrètement qu'elle était apparue et, quelques minutes plus tard, Ari se leva de son bureau. Ayant épuisé toutes les pistes sur le passé de Paul, il voulait à présent descendre aux archives, et l'heure du déjeuner était sans doute la meilleure. Il y avait rarement du monde pendant les repas.

Le transfert des fichiers manuels de la DCRG de Paris jusqu'à Levallois n'avait pas été une mince affaire. Et même si le gigantesque travail de numérisation, ralenti par les évolutions successives des systèmes d'exploitation utilisés par les services, avait bien avancé, il restait une quantité impressionnante d'archives papier, de microfiches et de microfilms.

La question de l'appartenance de Paul Cazo à la franc-maçonnerie continuait de tarauder Ari et même s'il n'était pas certain que cela pût avoir une véritable importance, la présence de l'équerre et du compas dans la vitrine du vieil homme était pour l'instant la seule chose qui l'avait étonné. Peut-être se laissait-il influencer par l'habitude professionnelle qu'il avait de s'intéresser aux sociétés secrètes ; l'appartenance à une loge maçonnique restait un fait somme toute assez banal, mais c'était le seul indice qui pût indiquer qu'il y avait dans le passé de Paul Cazo quelque chose qu'Ari ne savait pas encore. Quelque chose d'un peu mystérieux. Pour peu que l'architecte ait occupé un poste important dans l'une des diverses obédiences maçonniques françaises avant que tout soit informatisé aux RG, il se pouvait qu'Ari en trouve la trace au sous-sol.

Parcourir les fichiers manuels des renseignements généraux était un travail de fourmi, long et laborieux, mais il adorait ça. Ari était capable de passer des heures au milieu de ces vieilles fiches poussiéreuses ; il aimait l'écriture soignée des agents de l'époque, la couleur jaunie du papier et l'excitation que l'on éprouve chaque fois que l'on tire un nouveau tiroir en bois, impatient de voir quel secret il recèle.

Année par année, il consulta les archives constituées par ses aînés sur les activités des loges maçonniques entre le début des années 1960, moment à partir duquel Paul aurait pu être initié, et la fin des années 1970, quand la saisie de ces fichiers devint informatisée. Il consulta la liste des dignitaires, puis le nom des frères ayant participé à des colloques ou à des réunions publiques, ce que les maçons appelaient des « tenues blanches ouvertes ». N'ayant rien remarqué de spécial, il élargit sa recherche à toutes les fiches évoquant la maçonnerie en général.

Il était près de 18 heures quand Ari dut se résoudre au fait qu'il ne trouverait probablement rien ici, que le nom de Paul Cazo ne figurait nulle part et qu'il ne lui restait plus qu'une seule solution. Une solution qu'il aurait préféré ne pas envisager, mais il n'avait pas d'alternative. Il se raccrochait à un ridicule brin de paille, mais c'était tout ce qu'il avait. Il décida de remonter dans son bureau pour appeler un contact qu'il avait au Grand Orient de France.

Arrivé au septième étage, Ari tomba nez à nez avec Duboy. Le chef de la section Analyse et Prospective semblait fou de rage.

— Vous vous moquez de moi, Mackenzie ?

— Pardon ?

— On vous a cherché tout l'après-midi. Vous n'êtes même pas joignable sur votre portable !

— J'étais aux archives.

— Qu'est-ce que vous foutiez aux archives ?

— Je cherche des infos pour une note.

— Tout l'après-midi ? Vous me prenez pour un imbécile, Mackenzie... Vous croyez que je ne devine pas ce que vous êtes en train de faire ? Je vous avais demandé de ne pas vous mêler de cette affaire !

— Ces synthèses seront demain matin sur votre bureau, chef.

Ari avait prononcé ce dernier mot avec une pointe d'ironie qui n'avait pas échappé à son supérieur.

— Vous ferez moins le malin tout à l'heure : le directeur adjoint vous attend dans son bureau.

Ari fut certain de déceler un sourire sur le visage de son supérieur.

— Depierre a quelque chose d'urgent à vous annoncer, Mackenzie. Si j'étais vous, je ne le ferais pas attendre une seconde de plus.

Le chef de section lui tapa sur l'épaule d'un air condescendant et s'éloigna d'un pas rapide.

Ari resta un instant immobile dans le couloir. Un rendez-vous inopiné chez le directeur central adjoint n'était pas bon signe, surtout si cela provoquait la satisfaction de Duboy. Ari devina qu'il allait se faire remonter les bretelles. Mais au lieu de se rendre directement chez Depierre, comme le lui avait recommandé le chef, il partit dans son propre bureau.

En traversant l'étage, il croisa les regards de collègues qui le dévisageaient d'un air inquiet. Tout l'immeuble devait être au courant de ce qui l'attendait. Il s'efforça de ne pas y prêter attention. Il avait d'autres soucis en tête.

Arrivé dans son bureau, il s'assit sur son fauteuil pivotant. Une diode rouge clignotait sur son téléphone. Il consulta la liste des appels en absence. Les numéros de poste de Depierre et de Duboy apparaissaient plusieurs fois. Mais ce n'était pas ce qui l'intéressait. En haut de la liste, il reconnut un numéro qui lui sembla bien plus important : celui du commissaire de Reims. Il le rappela aussitôt.

— Commissaire Bouvatier ?

— Oui. J'essaie de vous joindre depuis tout à l'heure, Mackenzie.

— Vous avez du nouveau ? le pressa Ari.

— Sur le meurtre de votre ami, pas grand-chose...

— Alors quoi ?

Le commissaire se racla la gorge, puis il annonça enfin la nouvelle.

— On m'a appris cet après-midi qu'il y avait eu un meurtre à Chartres ce matin. Et devinez quoi ?

— Même mode opératoire ?

— Oui. La victime, un homme d'une cinquantaine d'années, a été ligotée sur la table de sa salle à manger et on lui a entièrement vidé le crâne.

TROISIÈME PARTIE

La terre

L·V∂℉C·:

LE RP —O VI SA

Je ui cet enggen que gerbers daureillac aporta ichi
li quez nos aprent le mistere de co qui est en son
le ciel et en cel tens navoit
nule estriture desore.

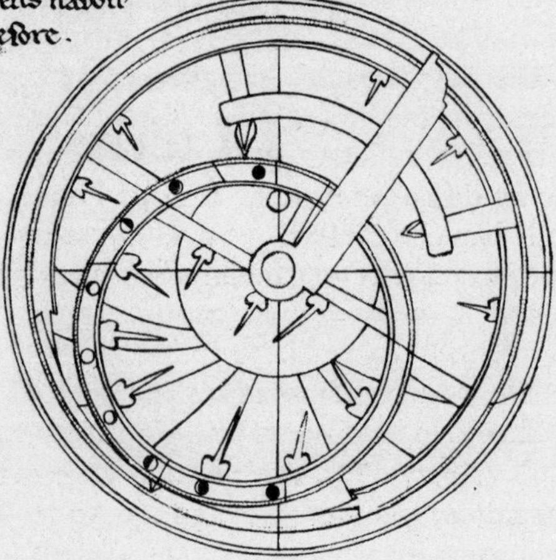

Por bien comenchier, ia le cors de le lune deuras siuir
les uiles de franche e dailleurs lors prenras tu
mesure por co que acueilles bon kemin.

16.

Les deux hommes, par précaution, avaient choisi de ne jamais se rencontrer deux fois au même endroit. Ce jour-là, ils s'étaient donné rendez-vous sous la Grande Arche de la Défense. Le vent de l'hiver sifflait sous la toile blanche dressée entre les colonnes de la gigantesque structure et faisait vibrer les longs câbles entrecroisés. Il y avait peu de monde, en cette saison, et l'esplanade ressemblait à un port abandonné. Les grandes tours scintillaient au soleil bas de l'hiver, projetant mille éclats de lumière dans le ciel blanc de Paris.

Ils entrèrent côte à côte dans l'ascenseur en verre qui menait au sommet de la Grande Arche. Le temps de la montée suffisait pour ce qu'ils avaient à se dire et, ici, personne ne pouvait les entendre.

La capsule transparente s'éleva au-dessus du parvis ivoirin.

— Tenez, dit le plus âgé en sortant une enveloppe de sa poche. Et de trois.

— Vous l'avez regardé ?

— Évidemment. Ce qu'il contient m'intéresse tout autant que vous.

— Cela prend forme ?

Le vieil homme haussa les épaules.

— C'est difficile à dire, pour le moment. Le troisième carré représente une statue que je n'ai pas encore identifiée. Il faudra attendre de les avoir tous, soyons patients. Mais vous verrez, il y a des choses passionnantes. Nous ne serons pas déçus, j'en suis certain.

— Parfait.

L'élégant homme chauve se retourna vers la baie vitrée et admira la vue qu'ils avaient sur la longue voie royale de la capitale. L'Arc de triomphe et la Concorde s'alignaient parfaitement.

— Vous vous êtes occupé de Mackenzie ? demanda-t-il sans quitter ce spectacle des yeux.

— C'est en cours. Dites à votre recrue de ne plus s'en mêler. Mes hommes ont repéré sa voiture en bas de chez Mackenzie. Ce n'est pas malin. Je vous ai dit que je m'en chargeais moi-même... Je n'aime pas l'improvisation.

— Bien sûr. Je lui dirai. Ne vous inquiétez pas. Tout se déroule comme prévu.

L'ascenseur s'immobilisa en haut de la Grande Arche. Les deux hommes en sortirent et chacun partit de son côté.

17.

— Asseyez-vous, Mackenzie.

Ari s'installa en face du directeur central adjoint. Depierre était un homme de la cinquantaine, un peu fort, brun, le crâne gagné par un début de calvitie, et qui portait sur son nez de trop grosses lunettes aux montures nacrées. Il avait fait l'essentiel de sa carrière à la DST avant d'atterrir à la DCRG au grade d'inspecteur général. Il s'avérait un directeur adjoint fin, brillant et pour lequel Ari avait beaucoup de respect. Il était arrivé à ce poste au mérite, sans le moindre appui politique, et on sentait qu'il aimait la maison, qu'il avait une vision plutôt saine du rôle que devaient jouer les RG au sein de la République. Le mot « service » n'avait pas à ses yeux n'importe quelle valeur. Mais c'était aussi un homme strict et rigoureux qui, s'il connaissait les qualités de Mackenzie, n'était pas particulièrement fanatique de ses méthodes.

— Écoutez, monsieur l'inspecteur général, je suis sincèrement désolé si je suis un peu absent, ces temps-ci, mais...

— Je vous arrête tout de suite. Ce n'est pas pour ça que je vous ai convoqué, Mackenzie, même si votre absentéisme notoire n'arrange pas les choses.

Ari fut surpris par la réponse de son supérieur, mais surtout par le ton qu'il avait employé, d'une inhabituelle gravité.

— J'ai eu droit à un coup de fil furieux du procureur de Reims. Il n'apprécie pas que vous mettiez votre nez dans son enquête et je partage son agacement.

— Je ne mets pas mon nez dans son enquête !

— Allons, Mackenzie, ne faites pas l'innocent ! Je sais que M. Cazo était proche de votre famille et je comprends que vous ayez envie de savoir ce qu'il s'est passé, néanmoins vous connaissez nos principes. On ne mélange pas le boulot et la vie privée. Un point c'est tout.

— Écoutez, Depierre, je n'ai rien fait de bien méchant. J'essaie juste de comprendre pourquoi cet homme sans histoires s'est fait assassiner. C'est un type à qui je dois beaucoup, et...

— Justement, Mackenzie, justement. J'ai peur que vous ne vous mettiez dans une situation délicate, avec cette affaire, et je n'ai pas envie que cela rejaillisse sur votre travail ou sur celui de vos collègues. Je respecte vos compétences, mais vous ne pouvez pas négliger nos méthodes. Ici, on est une équipe, et dans une équipe, on doit respecter les règles. Vous êtes sur le point de faire des bêtises, là. J'ai décidé de vous donner quelques jours.

Ari écarquilla les yeux, incrédule.

— Une mise à pied ?

— N'exagérons rien... Vous avez des jours de vacances à prendre et je pense que c'est le bon moment. Prenez un peu de distance, le temps que cette enquête soit finie. Un petit voyage vous ferait du bien, non ?

— Non. Pas du tout, non ! J'ai du boulot. Excusez-moi, mais je n'ai absolument pas envie de prendre des vacances !

— Vous n'avez pas l'air de comprendre, Ari. Je ne vous propose pas de prendre des vacances. Je vous l'ordonne.

L'analyste se laissa tomber contre le dossier de son fauteuil. Il ne manquait plus que ça ! Après le meurtre inexplicable de Paul, cette histoire de vacances forcées était complètement irréelle. Il aurait aimé croire qu'il s'agissait d'une mauvaise plaisanterie, mais ce n'était pas le genre du directeur adjoint.

— Alors je fais quoi, moi ? Je prends mes affaires et je rentre chez moi, c'est ça ?

Depierre ajusta ses grosses lunettes.

— Eh bien, ma foi, oui. Vous avez quinze jours de vacances à rattraper, je vous demande de les prendre immédiatement.

— Quinze jours ? !

Sidéré, Ari jugea toutefois qu'il ne servait plus à grand-chose de rester ici. Il se dirigea vers la sortie, puis, avant de fermer la porte, il adressa un dernier regard au directeur adjoint.

— J'en ai vu de toutes les couleurs, ici, mais le coup de la mise à pied déguisée en vacances, on me l'avait jamais fait !

Depierre ne sut quoi répondre et, de toute façon, Ari ne lui en laissa pas le temps. Il claqua la porte et regagna son bureau. Hors de lui, il prit son trench-coat et s'apprêta à sortir. Mais alors qu'il gagnait la sortie, son regard se posa sur la corbeille du courrier. L'une des enveloppes portait une écriture qu'il aurait reconnue entre mille.

C'était celle de Paul Cazo.

18.

— Sylvain Le Pech, cinquante-six ans, patron d'une entreprise de charpenterie. Un homme sans histoires, à première vue. Il a été retrouvé ce matin par sa voisine, vers 11 heures, chez lui, ligoté sur la table de sa salle à manger, et en piteux état. C'était pas beau à voir…

L'autopsie était quasiment terminée quand Alain Bouvatier était entré dans la salle où un médecin légiste officiait sous les yeux d'un commissaire divisionnaire. Sans hésiter, Bouvatier avait fait le trajet depuis Reims pour rencontrer son collègue et échanger des informations.

En traversant les rues de Chartres, il n'avait pu s'empêcher de comparer la ville à Reims. Les cœurs des deux cités avaient de nombreux points communs, tant par la couleur des murs que par la domination imposante de leur cathédrale. Il avait l'impression de retrouver ici quelque chose de l'esprit qui régnait chez lui… Une sorte de survivance du passé, muette, portée par les pierres.

C'est le commissaire divisionnaire Allibert, de la division criminelle de la DIPJ[1] de Versailles, qui était chargé de l'enquête. Un homme d'une cinquantaine d'années, bedonnant, avec quelques rares cheveux qui se battaient sur le crâne. Bouvatier sentit tout de suite qu'ils n'étaient pas de la même école.

Allibert lui tendit deux Polaroïd.

— Regardez. Ça ressemble au vôtre ?

1. Direction interrégionale de la police judiciaire.

Bouvatier prit les photos et les étudia minutieusement. Tout concordait. La position du corps, étendu nu sur la table, la fine corde blanche sur les poignets, les chevilles et le torse et, bien sûr, le trou sur le dessus du crâne, du même diamètre.

— Oui, très exactement. Vous avez retrouvé des traces d'acide et de tensioactif dans la boîte crânienne ? demanda Bouvatier.

Le médecin légiste, qui était en train de recoudre la poitrine du cadavre de l'autre côté de la pièce, opina du chef.

— Une sacrée dose, oui.

— Et du curare dans le sang ?

— Ça, il faudra attendre les résultats de l'analyse, mais cela pourrait être le cas, en effet, j'ai noté une certaine hypotonie musculaire.

— Vous m'avez apporté votre dossier ?

— Oui. Il est là, répondit Bouvatier en lui donnant une chemise. Vous pourrez me passer une copie du vôtre ?

Allibert fronça les sourcils.

— Eh bien... Vous n'êtes pas au courant ?

— De quoi ?

— Je suis gêné, mais... Le procureur Rouhet, de Chartres, a décidé de regrouper les deux instructions. C'est ma division à la DIPJ qui va reprendre toute l'enquête.

— Vous plaisantez ?

— Non, je suis désolé...

— Vous voulez dire qu'on me retire l'affaire ?

— Disons qu'il a paru plus simple aux deux procureurs de centraliser le dossier. On a visiblement affaire à un meurtrier en série, c'est assez logique.

— Ils auraient pu me prévenir !

— Je suis navré. Je vous tiendrai au courant, si vous voulez...

— J'aimerais bien, oui, c'est quand même moi qui ai ouvert le dossier !

— Allons, ne vous plaignez pas, Bouvatier. À mon avis, ça va être un sacré merdier, cette histoire.

Le commissaire de Reims ne répliqua pas. En réalité, il savait pertinemment que son collègue était ravi de récupérer l'enquête pour lui seul. Une affaire comme celle-là, c'était une aubaine dans une carrière de flic. Mais il était inutile de résister. Le procureur de Chartres aurait certainement le dernier mot et Bouvatier n'était pas un homme de réseau, il ne pourrait pas faire pression pour garder la main.

— Je vois. Vous direz au procureur qu'il aurait pu m'avertir et m'éviter le trajet.

— Bah, vous savez comment ça marche, Bouvatier.

— Oui. Je sais...

— Je vous raccompagne ?

19.

Comme à son habitude, Ari s'était arrêté à l'An Vert du Décor, à l'angle de la rue de la Roquette et de la rue de Lappe, un de ces établissements qui suivaient la mode des lounge bars, avec une déco faussement vieillie. Gros fauteuils feutrés, murs gris peints à l'éponge, une *ambient music* diffusée sur des haut-parleurs discrets et un mobilier qui semblait tout droit sorti de chez un brocanteur.

Le personnel était jeune, les deux serveuses plus que charmantes et le plaisir des yeux comptait pour beaucoup dans la fidélité d'Ari. Il fallait bien reconnaître qu'avec les années son faible pour les jeunes femmes s'aiguisait, et il aimait ce jeu de flirt complice, sans véritable arrière-pensée, auquel il se livrait volontiers avec elles, comme si c'eût été une forme de politesse. Ce rituel amusait beaucoup moins Lola quand il s'y prêtait devant elle, mais cela le motivait peut-être encore davantage. Lola était si jeune et si belle, attirait tant de regards qu'il avait parfois ce besoin bassement humain de chatouiller un peu sa jalousie.

— Bonjour, Ari. Ça fait un moment qu'on ne t'a pas vu ! On commençait à s'inquiéter que tu aies changé de crémerie !

Élodie était une grande blonde affable, légère et enjouée, qui portait toujours des tenues incroyablement sexy pour mettre en valeur ses longues et belles jambes, ses épaules menues et son dos délicieusement musclé. Cela faisait un peu plus d'un an qu'elle travaillait dans le bar et, à force de le voir traîner ici jusque tard dans la nuit, elle avait fini par bien connaître Mackenzie. À une ou deux reprises, elle était allée nourrir Morrison pour lui rendre service. En échange, Ari avait fait sauter quelques-uns de ses PV.

— Mais non. Tu sais bien que je ne peux pas me passer de vous. Mais j'ai pas mal de boulot, en ce moment, répondit-il.

— Pauvre chou ! Un whisky ?

— Comme d'habitude. Et dis au patron de me changer cette musique inaudible !

La serveuse éclata de rire.

— Pas assez rock pour toi, c'est ça ?

— C'est de la soupe !

— Quand est-ce que tu nous fais un concert ici ?

— Un jour, peut-être...

Élodie s'éloigna en lui adressant un clin d'œil.

L'année précédente, le jour de la fête de la musique, Ari, qui n'était pas mauvais guitariste, était venu faire un bœuf avec le groupe de blues qui avait investi les lieux. Depuis, le patron de l'An Vert du Décor ne cessait de lui proposer de venir faire son propre concert. Mais cela faisait longtemps que Mackenzie avait laissé la musique de côté. Pendant toute son adolescence, il avait participé à plusieurs formations de rock et de blues, arpenté les petites scènes parisiennes avec un certain succès ; il avait complètement arrêté depuis son entrée dans la police. Question de temps. Il se contentait de jouer tout seul chez lui, certains soirs. L'envie de remonter sur scène le titillait régulièrement, bien sûr, mais il était incapable de franchir le pas.

La programmation changea enfin dans les haut-parleurs avec une chanson de Benoît Dorémus. Ari eut un sourire satisfait. Il avait besoin d'un bon whisky et de rock. Un mélange qui, paradoxalement, lui permettrait de réfléchir plus librement.

Pendant le trajet de Levallois à Bastille, il n'avait pu s'empêcher de se demander si cette histoire de mise à pied avait un rapport avec ce qui se passait depuis deux jours. Quelqu'un avait-il fait pression sur ses supérieurs pour les obliger à mettre Ari à l'écart ? À moins que les liens qu'il croyait voir entre les événements de ces dernières vingt-quatre heures ne fussent que la conséquence de son habituel sentiment de persécution. Lola lui reprochait souvent d'être complètement parano, ce à quoi il se contentait de répondre que c'était une qualité essentielle dans son travail.

La serveuse lui apporta un verre de whisky.

Ari apprécia le nez légèrement fumé du breuvage, but une première gorgée et dégusta le bouquet de malt et de sherry. Il aimait ces single malt d'Écosse qui avaient un goût en bouche assez doux tout en gardant un caractère prononcé. Celui-ci avait la particularité d'avoir un final assez long où des saveurs d'épices refaisaient surface.

Ari sortit de sa poche l'enveloppe de Paul. Il l'avait ouverte dans le métro mais avait voulu attendre l'intimité du bar pour l'examiner de plus près.

Il n'y avait pas de lettre, pas un seul mot de son ami, mais seulement une photocopie, sans la moindre explication.

Ari aplatit le papier devant lui et l'inspecta.

C'était la copie d'une feuille de manuscrit visiblement très ancien. La page comportait du texte ainsi qu'un large dessin qui occupait presque tout l'espace. On eût dit l'extrait d'un codex de Léonard de Vinci ou quelque chose de plus vieux encore. Par endroits, les contours de la page originale étaient révélés par le contraste de la photocopie, imprécis, abîmés comme ceux d'un antique parchemin. En haut de la feuille, il y avait neuf lettres et un tiret, groupés deux par deux, qui faisaient penser à une sorte de code secret. « LE RP –O VI SA ». Plus bas, deux textes de tailles différentes, l'un à côté, l'autre en dessous de l'illustration, évoquaient de l'ancien français et le tracé des lettres trahissait une écriture médiévale. Ari reconnaissait les racines de certains mots, mais pas suffisamment toutefois pour comprendre le sens du message.

Le dessin représentait une sorte de boîtier circulaire où deux disques gradués venaient se superposer autour d'un axe, lequel était fermé à son sommet par une cheville. Le disque supérieur était ajouré ; il semblait pouvoir pivoter, et sur l'une de ses branches étaient dessinées les différentes phases d'un cycle lunaire.

Tout en haut de la feuille, à gauche, une inscription plus moderne surplombait l'ensemble. Elle avait sans doute été écrite au stylo à plume par-dessus l'original : « L :. VdH :. ».

La seule chose qu'Ari savait avec certitude, c'était que ces trois points en triangle qui apparaissaient après certaines lettres étaient caractéristiques des abréviations utilisées par les francs-maçons dans leur alphabet crypté. Pour le reste, il se demandait bien ce que pouvait représenter cette feuille et, surtout, pourquoi Paul Cazo la lui avait envoyée par la poste.

Ari tentait de déchiffrer le texte quand il sentit son téléphone vibrer dans sa poche.

— Allô ?

— Mackenzie ?

Il reconnut la voix du commissaire Bouvatier.

— Bonsoir. Vous avez du neuf ?

— J'ai une mauvaise nouvelle et, comment dire... une plus mauvaise nouvelle encore à vous annoncer.

— Allez-y, je ne suis plus à ça près.

— Je suis à Chartres. La mauvaise nouvelle, c'est que nous avons bien affaire à un meurtrier en série. Les deux affaires concordent : le détergent, le curare, le crâne vidé...

— Et la plus mauvaise nouvelle ?

— On m'a retiré le dossier.

— Comment ça ?

— Le procureur de Chartres veut garder le bébé pour lui tout seul : il a confié l'enquête à la DIPJ de Versailles. Le procureur de Reims lui confie le dossier. Je ne suis plus sur le coup.

Ari se garda de préciser que, décidément, c'était la journée des licenciements abusifs. Bouvatier reprit :

— Je suis désolé. Je vais tout de même essayer d'avoir des infos... Je vous tiendrai au courant si j'ai quoi que ce soit, promis, mais l'affaire n'est plus entre mes mains.

— C'est très aimable, Bouvatier. Pourquoi faites-vous ça ?

— Bah, on est un peu pareils, vous et moi.

— Vraiment ? Eh bien, je vous plains.

Le commissaire laissa échapper un rire.

— J'ai suivi de loin vos histoires, au moment du remaniement, chez vous. Je me sens assez solidaire de vos... prises de position.

— C'est gentil, merci. Cela dit, je me demande si je n'aurais pas mieux fait de la fermer, à l'époque.

— Des soucis ?

— Bah... Je vous raconterai un de ces quatre. En tout cas, merci à vous. Si un jour je peux vous rendre service...

— On verra. En attendant, bon courage, Mackenzie.

Ari raccrocha. Il commençait à se faire tard et l'An Vert du Décor était de plus en plus bondé. Cela devenait difficile de travailler. Il rangea la mystérieuse lettre dans sa poche, but son whisky, posa un billet sur la table et prit la direction de son appartement.

Le vent hivernal s'infiltrait dans son trench-coat et il en releva le col contre son cou en frissonnant. La nuit était déjà tombée et Ari accéléra le pas, pressé de trouver chez lui un peu de calme et de chaleur. Dehors, il y avait encore foule. Habitués du quartier qui filaient tête basse, fêtards amassés dans les bistrots et sur les trottoirs, touristes curieux, commerçants chinois ouverts jusque tard dans la nuit, voitures, scooters, la rue grouillait comme un jour d'été. Il passa le porche, prit son courrier puis s'engouffra dans le vieil escalier. Arrivé en haut des marches, alors qu'il était sur le point d'ouvrir la porte de son appartement, il s'immobilisa. Il venait d'entendre un bruit.

Il s'approcha et colla son oreille contre le bois. Il en était certain maintenant : quelqu'un était à l'intérieur.

Par précaution, il plongea la main dans son manteau et prit son revolver. Puis il ouvrit la porte et s'engagea dans l'entrée, l'arme au poing. Son salon était sens dessus dessous. La scène de l'hôtel de Reims se répétait. Tous les tiroirs avaient été ouverts, tous les objets jetés au sol...

Les bruits venaient de la chambre. Ari sentit le rythme de son cœur s'accélérer. Il avança prudemment. Ne pas signaler sa présence. Il fallait voir qui était là, avant de décider comment réagir.

Les doigts serrés sur son revolver, il progressa en crabe, penchant la tête pour essayer de regarder l'intérieur de la chambre. Au milieu du salon, il marcha malencontreusement sur un boîtier de CD. Immédiatement, les mouvements cessèrent de l'autre côté de la cloison. Il était repéré.

— Qui est là ? lança-t-il. Sortez doucement !

À peine eut-il prononcé ces paroles qu'une ombre vacilla dans la pièce voisine et qu'un coup de feu éclata. Ari roula sur le sol pour se mettre à l'abri. Il tenta de reprendre sa respiration.

Une chose était sûre, ce n'était pas un banal cambriolage...

Il devait vite se mettre à couvert. Accroupi, il rejoignit la cuisine, son revolver pointé vers la chambre. À mi-chemin, il crut voir une silhouette bouger et, d'instinct, tira à son tour. La déflagration résonna dans tout l'appartement, suivie d'un bruit de chute et de verre brisé. Un tableau qui s'était décroché. Les voisins avaient probablement déjà appelé la police. Un troisième coup de feu éclata, mais Ari, réfugié dans la cuisine, était désormais hors de portée. Le tireur, visiblement seul, essayait peut-être de couvrir une sortie, mais il n'avait aucun moyen d'atteindre l'entrée sans s'exposer entièrement. Il était bloqué dans la chambre. La seule issue possible pour lui était la fenêtre, mais du troisième étage, Mackenzie lui-même ne s'y serait pas risqué.

Placé en embuscade, prêt à tirer, Ari n'avait rien de mieux à faire qu'attendre.

Voyant que l'autre ne bougeait pas, il se décida à lui parler.

— T'as le choix, mon pote. Soit tu sors gentiment de ma piaule avec les mains sur la tête, soit tu te fumes une clope sur mon lit en attendant sagement l'arrivée des flics, mais là, je veux pas te décevoir, je vois pas comment tu vas pouvoir t'en sortir...

Aucune réponse, évidemment.

Après un court instant, Ari entendit un petit bip, puis une voix qui murmurait. « Michaël ? C'est moi. Le type est rentré. Je suis bloqué dans l'appartement. Viens me sortir de là. »

Coup de bluff ? Pas sûr. C'était en tout cas trop dangereux pour Ari de rester dans la cuisine. Si un autre individu entrait dans l'appartement, les choses risquaient de se compliquer. À un contre deux, sauf dans les mauvais films, les chances de s'en sortir étaient minces. Il fallait réagir. Bloquer la porte de l'appartement en espérant l'arrivée de la police ? Non, il deviendrait à son tour une cible facile. Sortir ? Hors de question qu'il laisse le champ libre à ces types. Il fallait les affronter une fois pour toutes et savoir qui ils étaient. Plus de temps à perdre, il devait mettre un terme à cette situation, par la force.

Ari prit sa respiration, puis, brusquement, sortit de la cuisine. En entendant la voix de son adversaire, il s'était fait une idée de l'endroit où il s'était réfugié : derrière le lit, accroupi sans doute, les bras en appui sur le matelas, prêt à tirer si Ari pénétrait dans la pièce.

Sans quitter sa chambre des yeux, il traversa l'appartement d'un pas rapide. Arrivé près de la fenêtre, il estima la hauteur où devait se trouver l'homme et tira par trois fois dans la cloison. Il le savait, les balles de son 357 Magnum n'auraient pas de peine à traverser la fine couche de plâtre.

Il entendit alors le bruit sourd et lourd d'un corps qui s'effondre. Peut-être était-ce du bluff. Mieux valait rester prudent.

En silence, il s'approcha, se plaqua contre le mur, puis roula à l'intérieur. Les gestes qu'il avait appris en Croatie lui revenaient naturellement, comme des automatismes. Le cœur battant, il s'immobilisa à quelques pas de la porte, son arme pointée devant lui. Puis, tout doucement, il tourna autour du lit et finit par apercevoir le corps inerte de son adversaire, étendu dans cette position grotesque que donne parfois la mort violente. Comme disloqué.

Du bout du pied et tout en le maintenant en joue, il bascula l'homme sur le dos. Par miracle, deux des trois balles qu'il avait tirées avaient atteint leur cible. L'une à l'épaule, et l'autre, fatidique, à la tempe. Le visage de l'intrus était en bouillie.

Alors qu'Ari s'apprêtait à le fouiller, il sursauta : quelqu'un venait d'enfoncer la porte d'entrée. Il se demanda si c'était le complice du type étendu devant lui, ou bien les flics, enfin. Mais il n'avait pas entendu leurs sirènes... La réponse ne se fit pas attendre. Il distingua bientôt les pas de plusieurs personnes, puis une voix qui s'écria :

— Police !

Ari se pencha, prit rapidement le portefeuille dans la poche du cadavre et lut son nom avant de le remettre à sa place. Il n'était pas du genre à voler des indices à des collègues... Puis, saisissant le téléphone portable que le cadavre tenait encore serré au creux de sa main, il appuya sur la touche verte pour faire apparaître le dernier numéro appelé, celui du dénommé « Michaël ». Il le mémorisa instantanément.

En repositionnant le téléphone dans la main du cadavre, Ari remarqua sur son avant-bras un tatouage représentant un soleil noir. Il avait déjà vu ce symbole quelque part, mais ce n'était pas le moment de fouiller dans ses souvenirs. Il se redressa rapidement.

— Je suis là, dans la chambre ! lança-t-il en se retournant vers le salon. Je suis le commandant Mackenzie, de la DCRG, et le propriétaire des lieux...

— Sortez les mains sur la tête.

Ari rangea son arme dans son holster, prit sa carte de police dans la main droite et sortit lentement de la pièce, les bras en l'air. En haut de son placard, il fut soulagé d'apercevoir Morrison, blotti entre deux piles de vêtements. Le pauvre chat s'était réfugié là, terrorisé par les coups de feu.

Ari entra dans le salon. Trois policiers en uniforme, blafards, lui faisaient face, l'arme au poing.

— Vous n'étiez pas obligés de défoncer la porte, glissa-t-il ironiquement, elle était ouverte...

Puis il pointa du pouce en direction de son lit.

— Le type est là. Mais je crois que c'est trop tard pour le SAMU…

20.

Vers 23 heures, Ari quitta le commissariat avec l'inspecteur général Depierre, venu le rejoindre au pied levé.

En quarante-huit heures, c'était la deuxième déposition qu'il avait dû faire et il avait eu du mal à garder son calme. L'arrivée en renfort du directeur central adjoint des RG avait toutefois permis de clarifier la situation. Légitime défense ou non, il y avait eu homicide, et sans l'aide de Depierre, Mackenzie aurait probablement passé la nuit en garde à vue.

Après plus de deux heures d'explications, Ari avait été autorisé à repartir libre, mais l'accès à son appartement, devenu scène de crime, lui était interdit.

— Merci, dit-il en s'arrêtant sur le trottoir.

Les deux hommes se faisaient face dans l'obscurité. La température était si basse que des bouffées de vapeur s'échappaient de leurs bouches.

— De rien, Mackenzie. Vous reconnaîtrez maintenant que mon idée de vous mettre à l'écart était plus que justifiée ? Je vous reproche de vous être trop impliqué dans une affaire criminelle, et le soir même vous abattez un type dans votre appartement…

Ari fit une moue embarrassée.

— Il y a quelque chose que je devrais savoir, Mackenzie ? demanda le directeur adjoint en enlevant ses grosses lunettes pour en essuyer les verres avec son mouchoir.

— Je vous assure que je n'en sais pas plus que vous, mais j'ai la certitude que tout cela a un rapport avec le meurtre de Cazo. Quelqu'un essaie de me faire peur, de m'empêcher de mettre mon nez là-dedans.

— Ça tombe bien, puisque vous allez prendre des vacances. Il est impératif que vous gardiez vos distances le temps que l'on éclaircisse toute cette histoire. Vous voulez que je vous fasse mettre sous protection ?

— Certainement pas !

Le directeur adjoint sourit. Il ne s'était pas attendu à une autre réponse.

— Vous avez quelque part où aller ce soir ?

— Oui, oui, ne vous en faites pas pour moi.

— Je vous dépose ?

— Non, merci, cela me fera du bien de marcher.

— Entendu. Je ne veux plus entendre parler de vous pendant deux semaines, Ari, c'est bien clair ?

Depierre serra vigoureusement la main de son collègue et Ari crut déceler dans le regard de son supérieur une sincère compassion. Pour lui, c'était déjà un grand soulagement.

— Encore merci d'être venu m'assister.

Le directeur adjoint acquiesça, puis les deux hommes partirent chacun de leur côté.

Depuis le début de la semaine, le thermomètre tombait chaque soir en dessous de zéro et on annonçait de la neige dans les prochains jours. Le froid et l'épaisseur de la nuit alourdissaient l'atmosphère et n'arrangeaient en rien l'humeur déjà chargée de Mackenzie. Ses pas le guidèrent naturellement vers la place de la Bastille.

En chemin il se remémora la scène dans son appartement, comme s'il prenait conscience maintenant de ce qu'il s'était vraiment passé.

Il avait tué un homme.

Le constat lui tomba dessus comme un fardeau qu'on lui aurait lâché sur le dos par surprise. Il y avait des années qu'il n'avait pas supprimé la vie à un homme, et même si la légitime défense ne faisait aucun doute – l'autre avait tiré le premier –, il ne pouvait s'empêcher de ressentir dégoût, malaise et culpabilité. Il ne voulait pas être de ces hommes qui tuaient sans la moindre hésitation. Et pourtant… Pourtant, il n'avait pas hésité. Pas un seul instant. Et cela ne faisait pas de lui l'homme qu'il aurait aimé être.

Ce n'était pas le moment de s'apitoyer. Pour l'instant, il devait concentrer son attention sur une seule chose : quelqu'un avait assassiné Paul, et c'était probablement cette même personne qui s'attaquait à lui. L'heure était venue de reprendre les choses en main, d'agir. Il le devait à Paul. Il se l'était promis. Il prit son téléphone portable et composa un numéro qu'il s'était juré de n'utiliser qu'en cas d'extrême urgence. Il lui semblait que les circonstances le justifiaient.

— Allô ? Manu ? C'est Ari à l'appareil.

— Tiens, Mackenzie en personne !

Emmanuel Morand était un agent de la DST qu'Ari avait rencontré en Croatie et avec qui il avait travaillé à plusieurs reprises. L'un et l'autre s'étaient souvent rendu service, bien que leurs maisons respectives fussent pour le moins en concurrence et que la collaboration entre elles ne fût pas toujours évidente. La DST et la DCRG avaient plutôt pour habitude de se tirer dans les pattes, surtout depuis que la rumeur selon laquelle le président de la République souhaitait fusionner les deux services s'était confirmée. Mais Ari et Emmanuel étaient l'un comme l'autre des agents à part, qui n'avaient pas la culture corporatiste et ils avaient l'un pour l'autre une estime qui dépassait largement le cadre du protocole et les querelles de clochers.

— Je sais pas pourquoi, j'aurais pu parier que tu allais m'appeler ! glissa Morand avec un soupçon d'ironie dans la voix.

— Vraiment ?

— Tu sais, les rumeurs courent vite… Maintenant que j'ai des collègues à la même adresse que toi, je suis au fait de toutes les conneries que tu fais, mon pote !

— Écoute, Manu, j'ai besoin d'un service.

— Je m'en doute, sinon tu n'appellerais pas sur ce numéro et à cette heure ! Bon, dis-moi vite ce que je peux faire pour toi... Je suis en plein boulot, là.

Après quelques années de terrain, Emmanuel Morand travaillait à présent au centre d'écoutes de la DST que l'on situait, officiellement, « en forêt, dans la banlieue parisienne ».

— Tu pourrais me tracer un téléphone portable ?

— Rien que ça ?

— Eh ! On a un contrat, Manu ! Si je te réclame ça, c'est que j'ai pas d'autre solution.

Son ami fit entendre un petit rire nerveux.

— OK, OK, c'est bon, balance.

Ari lui dicta le numéro de téléphone portable qu'il avait mémorisé. Deux heures au moins s'étaient écoulées, mais le complice, le supposé « Michaël », se trouvait peut-être encore dans le quartier, ou pas très loin.

— C'est noté. Je t'appelle si je le chope... Mais tu sais, ça peut prendre du temps, hein ? D'abord, il faut que je trouve une fenêtre de disponibilité, et si ton type est hors zone ou s'il a coupé son portable, c'est plus difficile. S'il enlève sa batterie, là, c'est carrément impossible.

— Fais comme tu peux, Manu. Et appelle-moi dès que tu le localises. Quelle que soit l'heure.

— Ça marche. Prends soin de toi, Ari.

Mackenzie raccrocha et se remit en route. S'il y avait un moyen de retrouver le complice de l'homme qu'il venait de tuer, il pourrait les identifier et peut-être comprendre ce qu'ils cherchaient chez lui. Il patienterait, s'il le fallait... Pour l'instant, c'était sa meilleure piste.

21.

Lola écarta doucement la frange noire qui lui retombait sur le front, puis, cherchant désespérément le meilleur arrangement, elle la remit en place tout en éparpillant un peu ses cheveux. Elle poussa un soupir. Elle n'aimait pas son front. Elle le trouvait trop grand et elle n'arrivait jamais à trouver une coiffure qui le dissimulât correctement. Elle fixa son visage dans le miroir ovale de la salle de bain, puis soutint son propre regard, comme pour se défier elle-même. Ses yeux étaient encore rouges et brillants.

Mais qu'est-ce que tu fous, ma fille ?

Elle avait passé la soirée à pleurer, comme elle le faisait trop souvent, ces jours-ci. En rentrant de la librairie, elle s'était assise sur son clic-clac et s'était laissée flotter vers ce territoire sombre qui, chaque fois, la faisait chavirer. C'était comme une drogue, un rituel idiot. Elle insérait dans la chaîne hi-fi ce CD où elle avait elle-même compilé tous les morceaux de musique qui avaient marqué des moments forts de sa relation avec Ari, puis, les pieds recroquevillés sous les fesses, enfoncée dans le canapé, elle relisait ses lettres. Ces si belles lettres qu'il lui avait envoyées, au tout début, débordantes de phrases et de rêves délicieux, des lettres d'adolescent à peine fardées par les mots abandonnés d'un adulte raisonnable et cultivé. Tout à la fois naïves et sincères, elles célébraient cet amour passionnel, inattendu, qui les avait bouleversés l'un et l'autre, et trahissaient déjà l'angoisse d'un avenir flou, peut-être impossible. *Je ne sais pas où on va, mon petit dauphin, mais la route est si belle !* Elle avait versé tant de larmes sur ces grandes feuilles blanches que, ici et là, un mot disparaissait sous une tache d'encre diluée ; peu importait puisqu'elle les connaissait par cœur. Elle aurait pu réciter chaque phrase les yeux fermés, la voix d'Ari résonnant à travers ses propres lèvres.

Comme elle se sentait stupide !

Pourquoi ce besoin de replonger dans des souvenirs dont elle savait pourtant qu'ils ne pourraient lui faire que du mal ? C'était comme si elle éprouvait l'intime obligation de faire renaître cette peine, de la revivre dans une célébration autodestructrice. Elle s'abandonnait à corps perdu et se noyait dans ses pleurs pendant de longues soirées. Peut-être était-ce, à long terme, le remède dont elle avait besoin. Se faire du mal pour se faire du bien.

Il y avait ce morceau sur lequel ils avaient fait l'amour pour la première fois. *Glory Box*, ballade envoûtante du groupe de trip hop anglais Portishead. Dès la première note, elle savait que cette musique lui tirerait des larmes douloureuses qui lui brûleraient la gorge jusqu'à la faire suffoquer. Puis les paroles du refrain redoubleraient le flot de ses pleurs...

Give me a reason to love you,
Give me a reason to be... a woman ![1]

Pourtant elle l'écoutait jusqu'au bout, et parfois même une seconde fois. Et elle pleurait plus fort encore.

À présent, debout dans sa salle de bain, la poitrine serrée dans un soutien-gorge noir, son corps fragile appuyé contre le lavabo, elle se demandait pourquoi. Et jusqu'à quand. Jusqu'à quand durerait ce refus d'oublier. Ses amis, depuis tout ce temps, s'étaient lassés de lui demander de passer à autre chose et d'envoyer Ari au diable. Sa propre mère, quand elle daignait l'appeler de Bordeaux, semblait chaque fois plus désespérée de constater que sa fille restait enfermée dans cette abnégation. *Tu n'as qu'à revenir à Bordeaux, Dolores. Je t'avais bien dit que tu n'aurais pas dû t'en aller. Et ça t'apprendra à aller avec des types plus vieux que toi. Je savais bien que c'était un salaud, celui-là. Sortir avec une gamine !* Cela faisait presque un an que tout

---

1. *Donne-moi une raison de t'aimer,*
Donne-moi une raison d'être... une femme !

le monde lui disait que c'était ridicule, qu'*elle* était ridicule. Mais Lola en avait assez d'écouter les autres, d'écouter sa mère. Elle voulait vivre enfin à sa manière, indépendante. Et tant pis si c'était douloureux. Au moins, elle avait, pour la première fois, le sentiment de choisir.

Car voilà… Elle aimait Ari plus que tout et, quelque part au fond de son âme, elle savait que c'était Lui, et que ce ne serait jamais personne d'autre. Ça, nul ne pouvait l'entendre, nul ne pouvait le comprendre. Ces choses-là ne s'expliquent pas. Malgré tout ce qui les séparait, malgré cette porte close qui ne s'ouvrirait peut-être jamais plus, elle savait qu'il était l'homme de sa vie. Il était tout simplement celui qui lui donnait ces foutus papillons dans le ventre.

Mais il fallait croire qu'elle n'était pas faite pour le bonheur. Cette idée était stupide, elle le savait. *La fatalité n'existe que quand on croit en elle*, disait ce texte de Simone de Beauvoir que Lola avait affiché dans ses toilettes, au milieu des cartes postales. Pourtant elle avait fini par se persuader qu'elle ne pourrait jamais être heureuse. Quand elle avait quitté Bordeaux pour monter à la capitale, elle s'était dit que sa chance allait enfin tourner. Elle avait cru laisser derrière elle toutes les blessures profondes d'une adolescence catastrophique : divorce violent de ses parents, décès de son petit frère et cette sale, sale histoire dont elle taisait le nom, même en souvenir, car cet homme lui avait fait l'indicible. Elle en gardait une large cicatrice sur le poignet droit mais, en arrivant à Paris, elle avait eu la certitude de pouvoir enfin repartir de zéro et s'ouvrir à une vie simple et sans bagages. Elle était venue chercher ici ce qu'elle croyait être son droit le plus fondamental, le droit au bonheur, et à peine l'avait-elle touché du doigt qu'il lui avait échappé. Alors comment y croire encore ? Elle se voyait déjà vieillir seule, incapable de cicatriser, condamnée à relire ces lettres encore et encore dans la solitude cruelle de son appartement.

Il allait bien falloir qu'elle avance, qu'elle *vive un peu*, comme lui disaient ses amies. Alors ce soir elle avait décidé de sortir, de rejoindre « les miss ». Et peut-être même qu'elle chercherait quelqu'un, comme ça, pour la nuit, pour oublier, pour se sentir désirée. Trouver un garçon, pour une fille comme Lola, rien n'était plus aisé. Mais garder celui qu'elle aimait...

Elle enfila son haut noir échancré, l'ajusta, lissa le fin tissu sur ses hanches, puis se maquilla pour masquer la mine terrible que lui avaient donnée les pleurs.

À cet instant, la sonnerie de son interphone retentit dans l'entrée.

22.

Alors qu'il approchait de l'appartement de Lola, boulevard Beaumarchais, Ari reçut un appel masqué sur son téléphone. Il décrocha, intrigué.

— Allô ?

— M. Mackenzie ?

C'était une voix féminine qu'Ari ne connaissait pas.

— Oui.

— Ne quittez pas, je vous mets en ligne avec M. Beck.

Ari écarquilla les yeux. Il se demandait ce que le vieil homme pouvait bien lui vouloir à une heure pareille, et il était toujours amusé par ces personnes qui demandaient à leur secrétaire de passer leurs appels à leur place, estimant sans doute qu'ils étaient bien trop importants pour risquer de tomber sur un répondeur ou un numéro occupé.

Frédéric Beck était le président d'honneur et l'actionnaire principal de la SFAM, la deuxième plus importante société d'armement en France. Le sexagénaire, grand officier de la Légion d'honneur, était également l'une des plus grosses fortunes de France et possédait notamment, par le biais de son entreprise, des participations dans l'industrie automobile, la presse et le bâtiment... Mais surtout, il était le père d'une fille de trente-deux ans qu'Ari avait un jour sortie des griffes d'une secte évangéliste installée dans l'Essonne et, depuis lors, le vieil homme s'imaginait avoir une dette envers lui.

Ari, qui estimait n'avoir fait que son travail, était gêné par cette affection soudaine et avait toujours refusé les nombreuses rétributions que l'industriel avait voulu lui offrir. En outre, il n'était pas particulièrement à l'aise avec les entrepreneurs richissimes de la trempe de M. Beck. Malgré tout, les deux hommes se parlaient de temps en temps et, bien qu'ils fussent issus de milieux fort différents, ils avaient fini par nouer des liens amicaux ou tout au moins respectueux.

— Ari ?

— Bonsoir, monsieur Beck.

— Je me suis laissé dire que vous aviez des ennuis...

Ari secoua la tête. C'était donc ça...

— Rien de grave, monsieur, rien de grave.

— Vous êtes sûr ?

— Oui, oui. Je vous assure. La situation est... sous contrôle, dirons-nous.

— Écoutez, je ne veux pas vous déranger, Ari, mais je voulais simplement me rappeler à votre bon souvenir, et vous dire encore une fois de ne pas hésiter à m'appeler si je peux vous être utile d'une façon ou d'une autre...

Le vieil homme avait évidemment le bras long et de nombreuses accointances dans les sphères politiques. Il fallait bien reconnaître qu'il était parfois tentant d'avoir recours à ses faveurs, mais Ari s'y était toujours refusé.

— C'est très aimable, mais je vous assure que tout va bien. Transmettez mes amitiés à Mme Beck.

— Je n'y manquerai pas.

Le vieil homme raccrocha.

Ari, amusé par cet appel inopiné, rangea son téléphone dans sa poche en arrivant enfin au pied de l'immeuble de Lola.

Il s'arrêta devant la porte. Était-ce vraiment une bonne idée ? Était-ce le meilleur endroit où aller ce soir ? N'avait-il pas déjà fait assez de mal à cette fille pour lui imposer tout ce qu'il vivait à présent ? De quel droit pouvait-il encore demander du réconfort à une jeune femme qu'il avait tant fait souffrir – et qu'il faisait encore souffrir aujourd'hui ? Mais Paul n'était plus là et son père n'était pas en état de comprendre ; Lola était finalement la dernière personne à laquelle il pouvait encore se confier.

Il appuya sur l'étiquette « Dolores Azillanet » en haut de l'interphone. De longues secondes plus tard, la voix cassée de Lola répondit enfin dans un grésillement.

— Oui ?

— C'est moi, répondit-il simplement.

— Ari, qu'est-ce que tu fais là ?

— Je peux monter ?

Il y eut un silence.

— T'as le don d'arriver toujours au mauvais moment, toi. J'étais sur le point de partir ! Allez, ramène-toi. Vite !

La porte s'ouvrit devant lui et il monta jusqu'à l'appartement de la libraire qui, à en juger par sa tenue, malgré l'heure tardive, était effectivement en train de se préparer à sortir. Elle portait un ensemble noir, élégant et décontracté à la fois, et elle était maquillée avec soin.

Ari entra dans le salon d'un air gêné.

Il adorait cet endroit. Il reflétait tant la personnalité de Lola ! Les meubles, la moquette, la housse de son clic-clac, tout était couleur pastel. Elle avait accumulé tant de babioles et de gadgets qu'il y aurait eu de quoi remplir un appartement deux fois plus grand ; pourtant tout était bien rangé, bien à sa place : ses cadres colorés avec les photos de ses amis et de sa famille, ses petites figurines japonaises à la mode, ses centaines de livres, ses bougies parfumées, ses montagnes de CD, ses collections de magazines d'art contemporain et tous les objets apparemment anodins qui entretenaient sûrement en elle de vieux souvenirs secrets : flacons de parfum vides, capsules de bouteilles de bière, cailloux, paquets de cigarettes étrangères... Sur les murs, les posters de groupes de rock le disputaient aux affiches de films et aux illustrations fluo de designers urbains underground. Seule sa garde-robe échappait à son obsession du rangement. Les jeans, les jupes, les hauts, les chaussures, la lingerie, tout était entassé en vrac derrière les portes mal fermées d'un placard Kazed.

Ari se laissa tomber sur le canapé-lit.

— Bon, tu me dis ce que tu fais chez moi ? Je suis attendue dans une demi-heure au Triptyque...

— Tu vas à un concert ?

— Soirée électro hardcore. Laisse tomber, tu comprendrais pas. Bon, allez, accouche...

Ari la regarda de ses grands yeux bleus. Il était encore temps de faire marche arrière, de la laisser tranquille. Mais il n'avait pas la force de garder tout ça pour lui. Plus maintenant. Il avait besoin de parler. Parler à quelqu'un qui le connaissait et qui, il l'espérait, le comprendrait.

— Lola, je viens de tuer quelqu'un.

La jeune femme resta bouche bée, puis, comprenant que la conversation allait être plus sérieuse qu'elle ne l'avait imaginé, elle s'assit doucement en face de lui.

— Comment est-ce arrivé ?

Ari lui raconta tout depuis le début. Le meurtre de Paul, la voiture dans les rues de Reims, la lettre mystérieuse qu'il venait de recevoir et, pour finir, ce type qu'il avait abattu de deux balles à travers la cloison de son appartement et qui portait sur le bras un tatouage en forme de soleil noir. La libraire l'écouta, perplexe, sans dire un mot.

— J'ai l'impression de vivre un cauchemar, Lola. Et je ne peux pas m'empêcher de penser que tout est lié, évidemment.

— C'était donc ça, ton humeur d'hier soir ? Pourquoi tu ne m'as rien dit ?

— J'avais pas envie de t'embêter avec tout ça...

— T'es vraiment trop con !

— Tu me connais ! Tu vois, maintenant que je t'ai tout raconté, je me sens idiot. J'ai l'impression de t'emmerder avec mes histoires, alors que t'es attendue à ta soirée... T'as sûrement mieux à faire que d'écouter les complaintes d'un vieux flic.

— Laisse tomber, Ari. Je ne suis pas vraiment obligée d'y aller, à cette soirée... Tu veux un whisky ?

— Avec plaisir.

Elle leur servit un verre à tous les deux.

— Tu n'as rien à te reprocher, Ari. Le type était rentré par effraction chez toi, il t'a tiré dessus. C'était ta vie ou la sienne.

— Oui, enfin, il ne suffit pas de se dire qu'on n'avait pas le choix pour assumer facilement d'avoir zigouillé un type.

— Ari ! le secoua-t-elle. T'es un flic ! Tu as participé à une opération en Croatie... Tu ne vas quand même pas te laisser démonter par cette histoire !

— Je n'étais pas soldat, là-bas, Lola. J'étais policier civil. Je participais à une opération de démilitarisation. J'ai pas passé mon temps à flinguer des mecs.

— Oui, enfin... tu en as quand même vu d'autres, hein ?

— Ouais. Mais... je sais pas. C'est pas pareil. C'était la guerre. Là, j'accuse le coup.

— T'es sûr que ce n'est pas plutôt la mort de Paul qui te travaille ?

Ari avala une gorgée de whisky.

La jeune femme serra tendrement le genou de son ami.

— Bon. Montre-moi la lettre que Paul t'a envoyée, dit-elle enfin.

Ari prit la photocopie dans sa poche et la déplia sur la table basse. Lola, qui s'était assise par terre en tailleur, se rapprocha et inspecta le document.

— Qu'est-ce que c'est que ce dessin ? On dirait une sorte de compas pour la navigation ou un appareil d'astronomie du Moyen Âge...

— Oui, c'est sans doute ça.

— Et toutes ces inscriptions... C'est en quelle langue ?

— Je ne sais pas, en haut, on dirait une phrase codée : « LE RP –O VI SA ». Quant aux deux textes du bas, ça ressemble à de l'ancien français, non ?

Lola tenta de déchiffrer l'écriture calligraphiée.

— « *Je ui cest engien que gerbers daureillac aporta ichi li quex nos aprent le mistere de co qui est en son le ciel et en cel tens navoit nule escriture desore.* » Il y a quand même pas mal de mots qu'on peut comprendre... Montre-moi le deuxième texte : « *Por bien comenchier, ia le cors de le lune deuras siuir par les uiles de franche e dailleurs lors prenras tu mesure por co que acueilles bon kemin.* » C'est vrai qu'on dirait de l'ancien français.

— Oui. Mais ce doit être une forme bien particulière... Et tu vois, là, l'inscription « L :. VdH :. » ? Les trois points en triangle, c'est la ponctuation que les francs-maçons utilisent comme abréviation pour crypter leurs textes. Le truc qui m'étonne, c'est que le document semble bien plus ancien que le XVIIIe siècle, époque à laquelle a été créée la maçonnerie. Pourtant, l'autre jour, chez Paul, j'ai vu une équerre et un compas entrecroisés dans une vitrine. Ça ne peut pas être une coïncidence. Je me demande si Paul était maçon, et, surtout, quel peut être le lien avec son assassinat...

— Tu crois que s'il avait été franc-maçon, il te l'aurait caché ?

— Non. Je ne vois pas pourquoi il en aurait fait mystère.

— En tout cas, ce dessin est incroyable. Tu veux qu'on fasse des recherches sur le Net pour voir ce que ça peut être ?

— Ah non, pitié ! Pas Internet ! Et si je veux avoir l'esprit clair demain, j'aurais intérêt à ne pas passer la nuit devant un ordinateur...

Lola sourit. L'allergie d'Ari à l'informatique l'avait toujours amusée. Elle n'ignorait pas que c'était une forme de coquetterie de sa part : il aimait bien se donner des airs d'intellectuel décalé.

— Comme tu voudras...

Après avoir étudié en silence le document, la jeune femme ouvrit un tiroir sous la table basse et en sortit une vieille boîte en bois. Elle en vida méticuleusement le contenu : il y avait de longues feuilles de papier à cigarettes, des bouts de carton découpés en rectangle, du tabac et un paquet enrobé de papier aluminium.

— Ça dérange pas tes instincts de flic si je roule un pétard ? demanda-t-elle en levant les yeux vers Ari.

— Ce sera pas la première fois, répondit-il d'un air indifférent. Et puis, officiellement, je suis en congé.

En général, quand Lola fumait un joint en sa présence, Ari se contentait de la regarder d'un air vaguement paternaliste... Mais cette fois, il avait envie d'en profiter avec elle. Il se doutait d'ailleurs qu'elle n'avait pas sorti ça par hasard. Cela faisait des années qu'il n'avait pas fumé du hasch et, pour autant qu'il s'en souvînt, cela avait sur lui l'effet plaisant d'un somnifère. L'idée de bien dormir était assez tentante.

Quand il tendit la main après qu'elle eut tiré deux ou trois bouffées, elle le regarda avec un sourire moqueur.

— On se lâche, mon commandant ?

— Écoute, ma fille, t'étais encore à la maternelle quand j'ai fumé mon premier pétard, hein…

Lola éclata de rire et lui passa le joint. Elle adorait quand Ari jouait les jeunes décontractés. Cela lui allait si mal que c'en était attendrissant.

— Tu sais, je n'ai jamais compris ce qu'un type comme toi fichait aux RG… Tu corresponds si peu à l'image qu'on se fait d'un flic, surtout d'un flic aux renseignements.

— Bah… Je voulais être guitariste ! Mais ce sont les hasards de la vie, Lola. Après le bac, je me foutais un peu de mes études, ce qui m'intéressait, c'était la musique. Et puis j'ai fini par entrer à l'école de police pour faire plaisir à mon père. La mort de ma mère l'avait tellement détruit que j'ai pas osé le contrarier. Après, il y a eu son accident, j'ai un peu pété les plombs et je suis parti en Croatie sans réfléchir. Et puis tout s'est enchaîné. Mais c'est vrai que je fais un peu tache, là-bas. Cela dit, tu serais surprise si tu voyais certains de mes collègues. On a même un ou deux anars, dans nos bureaux. Les flics ne sont pas tous des gros bourrins…

— Arrête, tu vas me faire pleurer ! Ça me rappelle *Willy Brouillard*, la chanson de Renaud. *Willy Brouillard* le flicard !

— C'est un peu ça, répondit Mackenzie amusé. Appelle-moi Willy.

Ils fumèrent le joint en silence et passèrent le reste de la soirée à boire quelques verres en écoutant de la musique. Lola avait rangé la compilation secrète qui la faisait tant pleurer et l'avait remplacée par un album de Led Zeppelin : c'était l'un des rares groupes qui leur plaisaient à tous les deux malgré leurs dix ans d'écart. Ari se détendit, avachi sur le canapé-lit, bercé par les envolées aiguës de Robert Plant, les complaintes bluesy de la Gibson de Jimmy Page et les effets du hasch.

C'était si bon de se laisser aller, de s'abandonner un peu !

Ari n'avait personne, dans son entourage, avec qui il se sentait aussi bien. Sans doute parce qu'ils partageaient beaucoup de choses. Les blessures de l'adolescence, la disparition prématurée d'un être cher : quand Ari avait perdu sa mère, il avait à peu près le même âge que Lola à la mort de son petit frère. Et puis ils se complétaient bien. Mackenzie, rongé par la peur de vieillir, avait l'impression de rester accroché à sa jeunesse quand il était avec elle. Quant à la libraire, elle avait besoin de l'assurance que lui donnait ce trentenaire endurci. C'était comme si chacun répondait aux angoisses de l'autre.

Tard dans la nuit, Lola ouvrit le clic-clac et ils se couchèrent côte à côte sans rien dire. La jeune femme lui caressa longuement la tête, comme pour l'endormir, puis elle l'embrassa sur le front. Ari se retourna sur le ventre et passa un bras autour d'elle. Tendrement, du revers de sa main, il effleura la peau douce de son ventre musclé. Elle avait les abdominaux d'une sportive, absolument parfaits. Il savait que ces gestes étaient ridicules et dangereux. Que cela ne servait à rien, pire, que c'était parfaitement égoïste. Mais il ne pouvait s'en empêcher. Il aimait tellement sentir le corps de Lola sous ses doigts. Sa pureté, sa douceur, son parfum, elle était tout entière comme un irrésistible aimant. Ari remonta lentement la paume vers la poitrine de Lola, deux petits seins fermes et soyeux, mais elle lui agrippa aussitôt le poignet.

— Arrête.

Il enleva sa main et la posa sur la joue de la jeune femme.

— Excuse-moi, murmura-t-il.

— Allez, dors, maintenant.

Il ferma les yeux et le sommeil arriva plus vite encore qu'il ne l'avait espéré.

23.

III. Et que le sec paraisse.

Les gestes sont devenus un rituel. C'est comme si je comprenais peu à peu le sens de la cérémonie qui s'est imposée à moi. Il n'y a pas de hasard.

Je garde soigneusement les cerveaux liquéfiés que je récupère les uns après les autres. C'est l'essence même des êtres que je vide. Je sacrifie leurs âmes, pour le creux. Ils représentent tout ce qui devra disparaître, tout ce qui devra se dissoudre devant Eux.

Le troisième carré est celui de notre Mère. La signification secrète des pages m'apparaît, à présent. Nous suivons le bon ordre, nous ne nous sommes pas trompés. Et le creux va sortir.

24.

Ari fut réveillé par le bruit de la porte.

Il se redressa et vit que Lola était partie, sans doute à la librairie. Il regarda sa montre. Il était un peu plus de 9 heures. Sur la table basse qu'ils avaient poussée sur le côté, il aperçut un mot sur un morceau de papier. « Je pars au Passe-Murailles. Tu peux me rejoindre pour le déjeuner si tu veux. Claque la porte en partant. Je t'adore. Bises. »

Il attrapa son téléphone pour s'assurer qu'il n'avait pas raté un appel d'Emmanuel Morand pendant la nuit. Aucun appel en absence. Visiblement, son ami de la DST n'avait pas encore retrouvé la trace du suspect, qui avait dû se débarrasser de son cellulaire.

Ari se leva, se fit un café dans la minuscule cuisine, puis il s'habilla et mit un peu d'ordre dans l'appartement. Quand il eut terminé, il prit son carnet Moleskine et appela Iris Michotte au siège de la DCRG.

— Ari ? C'est toi ? J'ai appris pour ce type dans ton appartement hier soir. Je suis vraiment désolée. J'espère que tu tiens le coup...

— Merci. T'en fais pas pour moi. Tu peux me rendre un service ? Depierre m'a mis en congé forcé, je suis tricard à Levallois...

— Oui, j'ai entendu ça. Tu t'es encore affiché, hein ? Bon, qu'est-ce que je peux faire pour toi ?

— J'ai besoin d'infos sur le type que j'ai... le type qui était chez moi hier soir.

Il lui épela le nom qu'il avait inscrit sur son carnet.

— Je sais pas si ça peut t'aider, mais il avait un soleil noir tatoué à l'intérieur de l'avant-bras droit.

— C'est noté. Je te rappelle dans un quart d'heure, ça te va ?

— Parfait.

Il raccrocha, puis alla fouiller dans la bibliothèque de Lola. Il récupéra deux encyclopédies illustrées et les posa sur la table basse. Il parcourut tous les articles se rapportant à l'astronomie au Moyen Âge. Il espérait trouver une iconographie qui ressemblât à celle du document envoyé par Paul.

Dans la première encyclopédie, il tomba d'abord sur des portraits des grands astronomes de l'époque, Copernic, Brahé, Kepler... Puis sur un dessin du tout premier télescope, créé par Galilée. Mais rien qui se rapprochât de son dessin. Il ouvrit la seconde encyclopédie et dès la première page du chapitre consacré à l'astronomie islamique, il vit une photo d'un objet qui correspondait presque parfaitement. Il lut la légende : « Astrolabe perse, XIIIe siècle ». Aucun doute. C'était donc le nom de cet appareil. Un astrolabe. Il approfondit ses recherches.

Cet instrument était aussi désigné sous le nom d'Almicantarat, un mot d'origine arabe qui signifiait « cercles de latitude céleste » ; il désignait une double projection plane permettant de représenter le mouvement des étoiles. Bien qu'il fût apparu à l'époque grecque, c'étaient les astronomes de l'Islam qui avaient développé son utilisation. À en croire les diverses explications qu'Ari put trouver, cet outil permettait à la fois d'enseigner l'astronomie et de calculer l'heure par l'observation soit du soleil, soit des étoiles.

Il examina plusieurs représentations d'astrolabes pour voir si l'un d'eux ressemblait à celui dessiné sur la photocopie. Mais aucun ne lui était similaire, car tous portaient des inscriptions en arabe sur les différents disques, tandis que celui de Paul ne contenait aucune écriture, seulement des graduations et les différents dessins de la lune.

Ari prit rapidement des notes sur son Moleskine. Il ne savait pas où le mènerait cette découverte, mais il avait enfin l'impression d'avancer.

À cet instant, son téléphone se mit à vibrer. Il s'attendit à Iris ou Morand, mais le numéro qui s'afficha ne correspondait à aucun des deux. C'était à nouveau le commissaire Bouvatier. Il décrocha, impatient.

— Ari ! Le meurtre de votre ami n'était pas le premier. Il y a eu un autre assassinat en tout point similaire la veille, dimanche 20 janvier.

— Comment se fait-il que cela ait pu vous échapper ?

— Cela ne s'est pas produit en France, mais à Lausanne. Il faut croire que la communication entre les services de police français et suisses reste à améliorer.

— Et la victime ?

— Christian Constantin. Un prof de fac, la soixantaine, quasiment à la retraite...

— Il enseignait quoi ?

— L'histoire de l'art.

Ari griffonna sur son carnet.

— Vous ne m'avez pas dit ce que faisait la troisième victime, assassinée à Chartres...

— Il était patron d'une entreprise de charpenterie spécialisée dans la restauration de bâtiments très anciens.

Ari remplit consciencieusement un nouveau paragraphe.

— Christian Constantin assassiné le 20 janvier à Lausanne, Paul Cazo le 21 à Reims et Sylvain Le Pech le 23 à Chartres, énonça-t-il lentement. Trois lieux différents en quatre jours. Le meurtrier, s'il agit seul, est un sacré voyageur... Trois hommes entre la cinquantaine et la soixantaine, dont deux enseignants, et travaillant tous dans des domaines liés à l'art ou l'architecture.

— Oui, répondit le commissaire. Le lien est mince, mais on a peut-être un début de profil.

— Le problème, c'est que ce n'est pas avec ça qu'on va pouvoir réduire le champ pour identifier ses prochaines victimes potentielles...

— Oui. Et il y a fort à parier qu'il ne va pas s'arrêter là. Vu la vitesse à laquelle il a enchaîné ses trois premières victimes, il faut s'attendre à voir la liste s'allonger dans les prochains jours.

— Les collègues de la DIPJ de Versailles ont-ils au moins une piste ?

— Pas que je sache.

— Rien sur Mona Safran ?

— Ses empreintes étaient partout dans l'appartement de Paul Cazo, mais cela n'indique rien. Ils attendent sans doute de pouvoir comparer les analyses scientifiques des trois scènes de crime. Ces choses-là prennent du temps. Et j'ai du mal à obtenir des infos. Honnêtement, j'ai l'impression qu'ils pédalent un peu dans la choucroute. En revanche, de mon côté, j'ai tenté d'établir le profil psychologique du meurtrier avec un collègue criminologue.

— Je croyais que vous n'étiez plus en charge du dossier...

— Eh, Mackenzie, c'est l'Hôpital qui se fout de la Charité !

Ari ne put réprimer un léger ricanement.

— Il est ici, avec moi, reprit le divisionnaire. Son hypothèse est intéressante. Il veut bien vous donner son avis, si vous voulez... Tout ça est off, bien sûr.

— Bien sûr.

— Je vous le passe.

Ari tourna une page dans son carnet Moleskine et s'apprêta à prendre de nouvelles notes.

— Bonjour, commandant.

Le collègue à l'autre bout du fil semblait ne pas vouloir décliner son identité.

— Comme vous l'a dit le commissaire Bouvatier, nous avons travaillé ensemble sur le profil psychologique du meurtrier. Mais ce n'est qu'une hypothèse. Vous connaissez les limites du *profiling*...

— Je vous écoute.

— À partir des éléments dont nous disposons, je pense pouvoir dire que nous avons affaire à un profil bien précis. Ce que nous appelons aujourd'hui un pervers narcissique criminel.

— C'est-à-dire ?

— En psychopathologie, un pervers narcissique est une personne atteinte à la fois d'un narcissisme exacerbé et de perversion morale. Poussée à l'extrême, cette pathologie peut amener la personne à commettre des actes criminels. C'est un profil relativement fréquent chez les tueurs en série.

— Et quels en sont les principaux traits ? demanda Ari tout en griffonnant sur son carnet.

— Il faut bien savoir que tout ceci est théorique et que nous sommes obligés de généraliser. Mais cela permet d'avoir une première idée de la psychologie de l'individu que vous recherchez.

— Ne vous inquiétez pas, je sais faire la part des choses.

— Alors, avant tout, le pervers narcissique présente une absence totale de morale et d'empathie et donc une indifférence absolue à la souffrance d'autrui. La plupart du temps, c'est un personnage qui a tendance à endosser une personnalité factice. Il souffre d'une constante dévalorisation de son identité et, pour se donner une image plus satisfaisante de lui-même, il s'invente un personnage pour être perçu tel qu'il aimerait être. Ce sont souvent des individus qui n'ont pas réussi à se réaliser à l'âge adulte. Ils en retirent un sentiment de jalousie extrême et un besoin de détruire le bonheur d'autrui.

— Cela peut aller jusqu'au meurtre ?

— Oui, malheureusement. Pour s'affirmer, le pervers narcissique doit triompher de quelqu'un d'autre, ce qui peut aller jusqu'à le détruire, en prenant d'abord du plaisir dans sa souffrance. Il éprouve de la jouissance à voir l'autre souffrir devant lui, à l'asservir et à l'humilier, jusqu'à l'éliminer. Cela, dans le cas qui nous intéresse, explique notamment l'utilisation du tensioactif et de l'acide dilué qui, plutôt que de tuer la victime sur le coup, prolonge sa souffrance tout en la laissant assister à sa mort inéluctable.

— Ce sont des psychopathes ?

— Pas du tout. Et d'ailleurs, dans le cas d'un tueur en série, c'est presque plus inquiétant. Ils ont en général un excellent niveau culturel, sont plutôt intelligents et, surtout, ce sont de fins psychologues. Les pervers narcissiques renvoient la plupart du temps l'image de personnes parfaitement calmes, maîtresses d'elles-mêmes, et sont capables d'attirer la sympathie.

— Un bon moyen de rassurer leurs proies potentielles.

— Oui, exactement. Ce sont de grands manipulateurs, qui savent se rendre aimables avant de s'attaquer à leurs victimes. Ensuite, ils peuvent faire preuve d'une absence d'état d'âme déroutante. Le pervers narcissique n'a pas le moindre respect, n'éprouve jamais de remords, n'a jamais de problème de conscience, ce qui le conduit à banaliser le mal. Ce qu'il faut noter, et je crois que c'est le cas dans ce dossier, c'est que cette banalisation du mal devient parfois doctrinale, militante.

Pour se justifier, il embrasse une cause, souvent illusoire ou complètement déraisonnable. Le maquillage des meurtres qui ont été commis me fait pencher pour ce type de pathologie. Le meurtrier cherche à donner un sens symbolique à ses actes.

— Je vois. Et qu'est-ce qui peut motiver de telles pratiques ?

— En général, c'est une personne qui n'a jamais été reconnue pour ce qu'elle est vraiment. Un enfant qui a subi un investissement narcissique important de la part de ses parents, par exemple, et qui a donc été obligé de s'inventer une personnalité, pour exister conformément à l'image attendue de lui. Le fait de n'avoir jamais été apprécié pour ce qu'il est le pousse ensuite à satisfaire, toute sa vie, un besoin de reconnaissance, mais aussi de vengeance.

— Dans le cas qui nous intéresse, le meurtrier choisit des cibles bien précises, utilise un mode opératoire récurrent... Pourrait-il tuer en dehors de ce cadre-là ?

— Malheureusement, c'est fort possible. En cas d'échec ou s'il éprouvait un sentiment de rejet. Les pervers narcissiques ne supportent pas l'échec. Orgueilleux et mégalomanes, ils veulent gagner à tout prix, sans cesse, et ne peuvent admettre de perdre, ne serait-ce qu'une fois.

— Bien. Je vous remercie, c'est... très instructif.

— Je vous en prie. Si je peux me permettre un dernier avis, je vous recommanderais la plus grande prudence, commandant. Les pervers narcissiques sont des adversaires redoutables. Ils font souvent preuve d'une combativité et d'une capacité à rebondir particulièrement étonnantes. La mégalomanie et la paranoïa ne font que renforcer leur pugnacité. Ils ne lâchent jamais.

— Je vois... De toute façon, je ne m'attends pas à tomber sur un enfant de chœur.

En raccrochant, Ari vit qu'il avait reçu un SMS d'Iris pendant sa conversation. « Rien trouvé sur ton type.

Fausse identité. J'essaie de voir si les collègues ont relevé ses empreintes et te tiens au courant. »

Mackenzie fut touché par le zèle qu'Iris mettait à lui rendre service. Malgré leur aventure passée – ou grâce à elle peut-être – elle gardait pour lui une amitié dévouée. Elle lui avait donc pardonné leur rupture brutale et n'avait nourri aucune rancœur. Partir pour lui à la pêche aux infos à la PJ, ce n'était pas vraiment légal, et si leurs supérieurs respectifs apprenaient cela, elle risquait un blâme. Il culpabilisa en songeant qu'il ne se montrait sans doute pas aussi serviable en retour. Un jour, il allait devoir trouver une façon de lui exprimer sa reconnaissance. Mais pour le moment, il y avait plus urgent.

Il regarda sa montre. Il était déjà 11 heures. Ce qu'il venait de découvrir concernant le document envoyé par Paul était certes encourageant, mais assez mince, et il n'avait toujours pas résolu la question de l'appartenance de son ami à la franc-maçonnerie.

Il chercha dans son portefeuille le morceau de papier avec le numéro de téléphone de Mona Safran. Après tout, elle prétendait bien connaître Paul et s'était dite prête à échanger des informations. Cela valait le coup d'essayer. Et peut-être serait-ce l'occasion d'en apprendre davantage sur elle.

— Allô ?

Instantanément, il reconnut la voix posée de son interlocutrice, et son visage, ses allures de femme fatale quelque peu maniérée lui revinrent en mémoire.

— Ari Mackenzie, à l'appareil.

Il y eut un silence. Visiblement, elle ne s'attendait pas à ce qu'il l'appelle.

— Bonjour, Ari. Vous avez du neuf ? demanda-t-elle.

— Oui. Il y a eu deux autres meurtres identiques à celui de Paul. Il faut croire que nous avons affaire à un tueur en série.

Elle ne répondit rien. Ari ne sut si elle était trop surprise pour parler, ou si au contraire elle était déjà au courant. Peut-être y avait-il eu des papiers dans la presse ; il n'avait pas vérifié.

— Dites-moi, j'ai une question à vous poser, madame Safran.

— Appelez-moi Mona.

— Vous m'avez dit que vous étiez une amie très proche de Paul.

— En effet.

— Savez-vous s'il était franc-maçon ?

À nouveau, un silence un peu trop long.

— Non. Pas à ma connaissance.

— Il ne vous avait jamais parlé de franc-maçonnerie ?

— Non.

Décidément, elle n'était pas loquace. Ses réponses étaient trop brèves pour ne rien dissimuler. Cette femme gardait un secret.

— Bon… Je… Je vous remercie, balbutia Ari, troublé par les blancs qui ponctuaient leur conversation.

— Je vois que vous ne m'avez pas téléphoné en appel masqué… Dois-je en conclure que je peux vous appeler moi aussi, à présent que je connais votre numéro ?

Ari se mordit les lèvres. Ses collègues lui avaient conseillé mille fois d'activer l'option de masquage de numéro sur son portable, mais il n'avait jamais pris le temps de se pencher sur ce détail technique.

— Euh… Oui, bien sûr.

— Vous m'en voyez ravie, dit-elle d'un ton qui était tout autant empreint de sensualité que de malice. Alors à bientôt, Ari…

— À bientôt…

Il raccrocha, perplexe. Cette femme était pour le moins singulière et il ne s'expliquait toujours pas quel lien avait pu l'unir à Paul Cazo. Il se demanda s'il avait finalement bien fait de l'appeler. En attendant, il n'avait toujours pas sa réponse. Le moment était venu de chercher ailleurs.

Enfilant son manteau, il sortit de l'appartement et claqua la porte derrière lui.

Une vingtaine de minutes plus tard, il sortit du métro Cadet et se dirigea vers le siège du Grand Orient de France. Il avait un contact, un ami même, qui travaillait au secrétariat de la première obédience française, et il était bien décidé à trouver enfin une confirmation à ses soupçons.

Il traversa la rue animée où les commerçants occupaient même les trottoirs étroits, mordant sur cette voie semi-piétonne. Il y avait beaucoup de bruit et de monde. Ici, Paris avait gardé un peu de son visage populaire d'autrefois. Ari longea une librairie où s'empilaient des livres sur l'ésotérisme, puis il passa les barrières de sécurité du plan Vigipirate et pénétra dans le grand bâtiment à la façade argentée.

À l'entrée, un grand Noir l'arrêta et lui demanda poliment ce qu'il cherchait.

— J'ai rendez-vous avec Pascal Bayard au secrétariat, mentit Mackenzie.

Son ami aurait sans doute l'élégance de confirmer.

Le tuileur – c'était ainsi que les maçons désignaient cette fonction – appela quelqu'un, puis invita Ari à monter au cinquième étage.

Il traversa le grand hall où quelques hommes en costumes sombres discutaient à voix basse sur des bancs, passa devant un large buste de Victor Schoelcher, aperçut les escaliers qui menaient vers les temples, puis il obliqua à droite et monta dans un ascenseur. Les locaux ressemblaient à une fac des années 1970, propres mais déjà marqués par le temps. Arrivé à l'étage indiqué, il frappa à la porte du bureau qu'occupait son ami.

— Entre !

Pascal Bayard l'accueillit debout, tout sourire. La quarantaine, les tempes grisonnantes, il tenait une pipe dans la main gauche.

— Vous avez le droit de fumer, ici ? s'étonna Ari en prenant place face au bureau.

— Euh… En fait, non.

— Eh bien ! lança Mackenzie d'un ton ironique. Moi qui croyais que vous autres maçons vous efforciez de respecter scrupuleusement les lois de la République !

— Bah… Les maçons sont des hommes, et les hommes ne sont jamais parfaits, que veux-tu ! Perfectibles, à la limite…

— Je vois.

— Que me vaut le plaisir de ta visite ?

Ari savait que sa demande allait embarrasser Bayard et il n'était même pas sûr de parvenir à le convaincre. Mais c'était sans doute sa dernière chance. Il fallait tout tenter.

— J'ai trois noms, là, sur ce carnet, et, vois-tu, je voudrais savoir s'ils apparaissent sur ton fichier.

— Tu plaisantes ?

— Non. Pascal, faut que tu m'aides. J'ai vraiment besoin de savoir si ces types sont maçons… Ou plutôt s'ils l'étaient.

— Comment ça, « s'ils l'étaient » ?

— Ils ont été assassinés au cours des cinq derniers jours.

— Et tu penses que c'est parce qu'ils étaient maçons ? s'exclama Bayard. Tu crois pas que t'es en plein polar, là ? *Meurtre au Grand Orient* ou un truc dans le genre ? Non, franchement, Ari, des meurtres liés à la maçonnerie, faut pas exagérer…

— Pascal, s'il te plaît, je te donne trois noms, tu me dis juste oui ou non.

— Mais j'ai pas le droit ! L'appartenance à la maçonnerie reste du domaine privé, tu le sais. Un maçon a le droit de révéler son appartenance, mais pas celle d'un autre frère. Surtout pas moi, avec les fonctions que j'occupe.

— Mais ils sont morts, qu'est-ce que ça peut faire, maintenant ?

— Ça ne change rien, Ari, fais pas l'innocent. Ils seraient morts il y a cinquante ans, je dis pas...

— Écoute. L'un d'eux était le meilleur ami de mon père. Tu veux pas au moins regarder pour lui ?

Pascal Bayard soupira, exaspéré. En général, il ne refusait pas de donner une ou deux informations à Ari, tant que cela ne violait pas la vie privée d'un frère ; des tendances, des bruits de couloir... Qui risquait de devenir le prochain Grand Maître par exemple, ou qui, au contraire, risquait de se faire blackbouler. Mais là, c'était différent.

— Ari, vraiment, ça m'embête.

— Et quand je te faisais sauter tes PV, petite crapule, ça t'embêtait pas, hein ?

— Ben justement, tu peux plus, maintenant ! répondit le maçon avec une moue ironique.

— Allez, Pascal, je suis coincé, là, je piétine. Il y a un malade qui a enchaîné trois victimes en moins de cinq jours. Il faut absolument qu'on le retrouve, et pour ça, qu'on comprenne déjà comment il choisit ses cibles. Je voudrais juste une confirmation. Paul Cazo. Tape ce nom sur ta foutue bécane et dis-moi s'il appartenait à une loge, après j'arrête de t'embêter. Tu ne peux pas me laisser comme ça...

Bayard fronça les sourcils d'un air faussement fâché.

— Tu lâches jamais, toi, hein ?

— Honnêtement, tu ne fais rien de mal, là. C'était un très bon ami à moi, il est mort, et il n'a pas d'enfants. Je t'assure que tu ne trahis pas un frère. Au contraire. Tu vas peut-être m'aider à comprendre pourquoi il s'est fait assassiner, et à retrouver l'ordure qui a fait ça. Dis-toi qu'en réalité tu fais un acte purement fraternel en me rendant ce service !

— Bon, ça va ! Allez ! Me la joue pas mélodramatique ! T'écris ça comment ?

Ari épela le nom et le secrétaire tapa les quatre lettres sur son ordinateur. Puis il releva la tête d'un air désolé.

— Non. Que dalle. Ton type n'a appartenu à aucune loge du GO. Ou alors, il l'a quittée avant les années 1980, quand les fichiers n'étaient pas encore informatisés.

— Et si c'était le cas ? Vous avez des fiches quelque part ?

Bayard pencha la tête d'un air accablé.

— Au sous-sol.

— On y va ?

— Tu fais chier.

— Je sais. On y va ?

Bayard passa devant en traînant des pieds.

— Tu sais que normalement t'es même pas autorisé à descendre avec moi ?

— Ça va, Pascal, me fais pas ton numéro, toi non plus. Vous me faites marrer avec vos grands mystères !

Le maçon haussa les épaules. Il savait qu'avec Ari il était inutile de discuter. Ils prirent l'ascenseur et descendirent dans les sous-sols de la rue Cadet. Après plusieurs couloirs, ils débouchèrent dans une pièce exiguë où des milliers de fiches étaient conservées dans des longs boîtiers rectangulaires.

— On se croirait chez nous ! glissa Ari en souriant.

Pascal Bayard chercha le casier qui correspondait au nom que lui avait donné son ami. Une à une, il parcourut les petites fiches jaunes ou blanches, certaines emplies de texte tapé à la machine, d'autres écrites à la main. Après quelques minutes de recherche, il fit à nouveau une moue désolée.

— Non. Rien de rien. Mais tu sais, il y a quand même une dizaine d'obédiences en France, alors ça veut rien dire, il appartenait peut-être à l'une des autres, ton ami. À la Grande Loge de France, ou au Droit humain, j'en sais rien... Et je veux pas te décourager, Ari, mais ça m'étonnerait que tu trouves des bonnes poires comme moi dans les autres obédiences. Qu'est-ce qui te fait croire qu'il était maçon ?

— Il avait une équerre et un compas entrecroisés dans sa vitrine.

— Ah. Certes. Mais bon... Il était peut-être simplement sympathisant. Ou bien... Nous ne sommes pas les seuls à utiliser ce symbole. Il pouvait aussi être compagnon du devoir. C'est un symbole dont ils se servent aussi souvent que nous. Ils l'ont même utilisé bien avant nous.

Ari resta bouche bée. Comment n'y avait-il pas songé plus tôt ? Cela lui paraissait tellement évident, à présent ! D'abord, les lieux des deux derniers meurtres, Reims et Chartres, étaient des villes où le compagnonnage avait toujours eu une place importante. Ensuite, les métiers des trois victimes pouvaient correspondre au profil : architecte, charpentier... et même professeur d'histoire de l'art, après tout ! La formation que recevaient les compagnons du devoir menait éventuellement à ce genre de carrières. En outre, le système d'abréviation avec les trois points en triangle avait également été utilisé par les compagnons bien des siècles avant que la franc-maçonnerie n'existe dans sa forme actuelle. Bref, ça pouvait coller.

Il ne pouvait en être absolument sûr pour le moment, il lui fallait des preuves, mais il était persuadé qu'il avait moins de chances de perdre son temps en cherchant d'abord de ce côté-là plutôt qu'en essayant de fouiller les archives de toutes les obédiences maçonniques françaises.

Ari, excité à l'idée d'avoir peut-être une piste sérieuse, sortit la photocopie de Paul et la montra à son ami.

— Cela t'évoque quelque chose ?

Pascal fixa le dessin, dubitatif.

— Je ne sais pas. Un extrait d'un carnet de dessins d'un compagnon du Moyen Âge, non ?

— Tu dis ça à cause de l'inscription, en haut ?

— Oui…

— Qu'est-ce que ça peut vouloir dire, « L :. VdH:. » ?

— Aucune idée. Le « L:. », cela peut signifier « Loge ». En tout cas, chez nous, c'est comme ça qu'on l'écrit et les compagnons utilisent souvent les mêmes abréviations que nous… Donc, c'est possible.

Ils regardèrent encore le document pendant quelques minutes, sans trouver de piste concrète, puis, certain d'avoir malgré tout avancé dans son enquête, Ari remercia Pascal et quitta le temple de la rue Cadet.

25.

— Ari. Ton type a sans doute passé la nuit et la matinée dans un sous-sol. Il vient de réapparaître il y a tout juste deux minutes. Il marche dans la rue du Faubourg-Saint-Antoine, en direction de Nation…

Mackenzie n'en revenait pas. D'un seul coup, tout s'accélérait. Son enquête prenait enfin un peu de consistance. C'était souvent ainsi. D'abord, on piétinait, perdu au milieu de plusieurs pistes, et puis soudain un fil venait et toute la pelote se déroulait.

— OK. Ne coupe pas, je prends un taxi et j'y vais, répondit-il sans perdre une seconde.

Il chercha son kit mains libres dans sa poche, le brancha sur son portable et plaça l'écouteur dans son oreille. Il sortit au pas de course de la rue Cadet puis héla un taxi.

Une fois à l'intérieur du véhicule, il décida de tenter quelque chose. Il tendit sa carte de police au chauffeur, un grand roux d'une trentaine d'années.

— Bonjour, monsieur, je suis un agent de la DCRG, je suis en mission, j'ai besoin que vous m'emmeniez au plus vite rue du Faubourg-Saint-Antoine...

— Mais... Vous plaisantez, là ? Vous n'avez pas de voiture dans votre service ?

— Pas ici, non, et je n'ai pas le temps d'en récupérer une, alors soyez gentil, foncez !

— Euh... Oui, mais, euh... Je respecte les limitations de vitesse, moi... Il me manque assez de points comme ça sur mon permis !

— Ne vous en faites pas, j'en prends la responsabilité... Il n'y aura pas de problème, lança Ari. Allez, dépêchez-vous, bon sang !

Impressionné, le chauffeur finit par obtempérer. Il appuya sur l'accélérateur et la voiture partit sur les chapeaux de roues.

La voix de Morand, hilare, grésilla dans l'oreillette.

— Bravo, Ari ! Je vois que tu as toujours des méthodes irréprochables...

Ari se contenta de sourire, en espérant que le chauffeur ne le voyait pas.

La voiture fonça sur la voie de bus et Mackenzie se demanda même si le taxi n'y prenait pas un certain plaisir.

— Il est à pied ? chuchota Ari dans le petit micro qui pendait sur sa chemise.

— J'en ai bien l'impression pour le moment, confirma Morand. Il n'avance pas vite. Il continue de remonter vers la place de la Nation.

Ari s'approcha du fauteuil passager devant lui et fit signe au conducteur de maintenir le rythme.

— Je le grille ? demanda celui-ci à l'approche d'un feu rouge.

— Ralentissez. Si vous ne voyez personne, passez.

Le chauffeur s'exécuta. Il laissa passer une voiture sur la droite puis s'engouffra sur le carrefour et le traversa en accélérant.

— J'ai le droit de savoir ce que vous faites, exactement ? tenta-t-il en jetant un coup d'œil dans son rétroviseur central.

— Je dois intercepter un criminel. Allez !

De l'autre côté du fil, Ari entendait les rires de son collègue. Tout ça n'était pas réglementaire, et compte tenu que l'analyste n'était même pas censé être en service, il espéra ne pas tomber sur un agent de la circulation un peu trop zélé.

— Il vient de tourner à gauche, rue de Charonne.

Ari pesta. Ils n'étaient même pas encore arrivés à Bastille. Mais le chauffeur se débrouillait plutôt bien et prenait de bonnes initiatives. Dès qu'il voyait qu'une voie de bus était bouchée, il changeait brusquement de file et se glissait entre les autres voitures, récoltant au passage coups de klaxon et poing levé.

— Il s'est arrêté, annonça la voix de Morand dans son écouteur.

Au loin, l'ange de la place de la Bastille se profila entre les rangées d'immeubles.

— On n'est plus très loin, expliqua Ari.

— Je sais, bonhomme, je sais.

Emmanuel Morand ne faisait pas les choses à moitié. Il ne s'était pas contenté de tracer l'homme qu'ils poursuivaient. Il avait également localisé le portable d'Ari sur ses moniteurs et suivait toute la scène en direct depuis le centre d'écoutes de la DST.

— Dis à ton chauffeur de couper par la prochaine à gauche !

Ari répéta la consigne au taxi.

— Le type se remet à bouger. Je pense qu'il est monté dans une voiture...

Le taxi donna un coup de volant et obliqua vers la gauche. La voiture entra dans la rue du Pasteur-Wagner en crissant des pneus. Ils franchirent le canal à pleine vitesse.

— On dirait que vous avez fait ça toute votre vie, encouragea Ari, étonné par la fougue grandissante du chauffeur.

— Il ne faut pas sous-estimer les taxis parisiens, monsieur !

Il réinséra parfaitement sa voiture dans l'axe et fonça vers le nord, les deux mains cramponnées au volant.

— Ari, le type vient de tourner dans la rue des Taillandiers.

Mackenzie eut une hésitation, puis il débrancha son kit mains libres et approcha son téléphone du conducteur.

— Manu, je te mets sur haut-parleur, le chauffeur t'entend.

— Parfait. Vous êtes trois rues derrière lui. Ralentissez un peu, le temps que je voie de quel côté il tourne.

Le taxi relâcha l'accélérateur.

— Prenez tout de suite à gauche ! s'exclama Morand.

Le chauffeur s'exécuta, manquant heurter le rétroviseur d'une camionnette au coin de la rue.

— Prenez la rue Boule, puis à droite dans la rue Sedaine et vous êtes derrière lui.

La voiture s'engagea dans les rues indiquées par Morand. Mais soudain, le taxi écrasa la pédale de frein. Les pneus émirent un cri strident sur l'asphalte lisse. Ari se rattrapa de justesse au dossier devant lui pour ne pas passer par-dessus.

Un camion-poubelle bloquait le passage au milieu de la rue.

— Désolé ! lâcha le conducteur.

— Manu, on est bloqués par un camion !

— OK. Revenez au croisement derrière vous et contournez par la droite.

Sans perdre de temps, le chauffeur engagea la marche arrière, passa la main droite derrière le fauteuil passager et accéléra d'un coup en faisant hurler le moteur. Tant bien que mal, il maintint une trajectoire rectiligne. Fort heureusement, personne n'était venu bloquer la rue derrière eux. Au croisement, il immobilisa la voiture et repartit brusquement en avant. Il contourna alors le pâté de maisons par la droite. Quand ils furent dans la bonne rue, ils ne virent aucune voiture devant eux.

— Il est où, bordel ?

— Il a tourné à droite, rue Basfroi, expliqua Morand.

Le taxi donna un nouveau coup d'accélérateur puis vira du bon côté.

— Voilà, il est devant vous ! s'exclama Morand, satisfait.

— Attends, il y a deux voitures, grogna Ari. Comment savoir dans laquelle il est ?

— Ah, merde ! Bon, eh bien collez la première voiture, je vous dirai à combien de mètres vous êtes de lui.

— On est collés, là !

— Alors c'est pas celle-là. Ce doit être celle encore devant.

Ari ouvrit sa fenêtre, se pencha à l'extérieur et essaya de mieux voir la voiture qui était en tête de file. C'était une Rover assez récente, gris mat, et il n'y avait qu'un seul homme à l'intérieur.

— Je pense que je le tiens ! s'écria Ari. Essayez de doubler le type devant nous !

— Il n'y a pas la place, répliqua le taxi, désolé.

— Reste patient, Ari.

La Rover tourna dans une rue à gauche.

— Tu le vois tourner, là ? demanda Ari dans le petit micro.

— Oui, à gauche.

— Alors c'est sûr, c'est bien lui.

La voiture devant eux continua tout droit. Ils se retrouvèrent enfin derrière le suspect.

— Et maintenant, qu'est-ce que je fais ? s'inquiéta le chauffeur de taxi.

— Pour l'instant, on le suit, répondit Mackenzie qui avait du mal à garder son calme.

Ils restèrent quelques mètres en retrait. Ari espérait que le type ne les remarquerait pas.

La Rover tourna à nouveau dans une rue, puis son conducteur ralentit, s'immobilisa et enclencha son clignotant. Il allait faire un créneau et se garer là.

— Lâchez-moi un peu plus loin. Manu ? C'est bon, je tiens le mec, je coupe. Je te rappelle au cas où...

— Ça marche. Fais attention à toi, ne joue pas les gros bras, hein ? C'est plus ton boulot...

Ari raccrocha au moment où le taxi s'arrêtait sur une place de livraisons.

— Dépêchez-vous, monsieur, votre type est sorti de sa voiture, pressa le chauffeur.

Mackenzie sortit et se pencha à la fenêtre du taxi.

— Combien je vous dois ?

— Laissez tomber, j'ai même pas démarré le compteur.

Il lui adressa un sourire reconnaissant et partit d'un pas rapide vers son suspect. Il le vit qui marchait en direction d'un immeuble en pierre blanche. C'était un grand blond, plutôt carré, les cheveux taillés en brosse. Il était à quelques mètres à peine, à présent.

Ari glissa la main sous son manteau, pour vérifier que son Magnum était toujours dans son holster, comme s'il avait pu disparaître... Il serra une seconde la crosse dans sa main, cherchant à se rassurer, puis il accéléra le pas. Le type ne semblait pas l'avoir remarqué.

Au bout de la rue, le grand blond poussa une haute porte cochère et se faufila à l'intérieur du bâtiment. Ari se précipita et entra à son tour dans le hall obscur, typique des vieux immeubles parisiens : pavés carrés au sol, trottoirs de chaque côté de l'allée centrale, moulures au plafond et grandes portes vitrées menant à deux escaliers opposés.

Mais alors qu'il s'était arrêté pour tenter de deviner de quel côté était parti son suspect, il sentit soudain un grand choc sur la nuque.

Ari s'écroula sur le sol en poussant un râle de douleur. Il eut la vue troublée quelques courtes secondes, le champ de vision comme empli de mille étoiles brillantes, puis il reprit rapidement ses esprits. Il recula malhabilement sur ses coudes et découvrit devant lui la silhouette du grand blond, les deux poings serrés. Il porta aussitôt sa main vers son holster, mais le type ne lui laissa pas le temps de saisir son arme et jeta ses cent kilos de muscles sur lui. Mackenzie releva les genoux pour bloquer son adversaire et tenta de le saisir au cou. Il ne parvint pas à l'arrêter et reçut un coup de tête en plein front. À nouveau, sa vue se brouilla, et cette fois il crut qu'il allait perdre connaissance.

La colère et l'instinct de survie lui donnèrent toutefois la force de relever son bras pour bloquer les nouveaux assauts du colosse. Il réussit à placer son poignet sous la pomme d'Adam du grand blond et appuya dessus de toutes ses forces. Celui-ci poussa un grognement avant de reculer pour ne pas étouffer. Ari profita de cette seconde de retrait pour balancer, de sa main gauche, un large crochet au visage de son attaquant. L'homme encaissa le choc sans grogner. Aussitôt, Ari lui asséna un deuxième coup de poing, du droit cette fois, plus puissant. Le grand blond reçut la frappe en pleine tempe. Il fit un bond sur le côté, dégageant presque complètement le corps d'Ari.

Mackenzie glissa en arrière et se releva. Il remarqua alors le tatouage sur l'avant-bras de son adversaire. Le même que celui qu'il avait déjà vu sur l'homme chez lui. Un soleil noir.

Avant qu'Ari n'ait eu le temps de récupérer son arme, le grand costaud lui sauta dessus et lui saisit les deux jambes pour le faire tomber à la renverse. Mackenzie perdit l'équilibre et ne put ralentir sa chute. Il s'écroula lourdement contre l'une des deux portes vitrées. Les innombrables petits carreaux volèrent en éclats et quand Ari atterrit sur le sol au milieu des morceaux de verre, il sentit les multiples coupures sur ses mains et son dos. Il tenta péniblement de se relever, au milieu des débris qui jonchaient le sol. Avant de se remettre sur ses pieds, il vit le grand blond se précipiter vers la porte cochère.

— Putain ! Mais qu'est-ce que c'est que ce mec !

Ari enleva rapidement quelques bouts de verre plantés dans ses paumes puis se hâta à son tour vers la porte.

Une fois dehors, il jura : le type avait déjà démarré sa voiture. Sans perdre une seule seconde de plus, Ari pointa son arme en direction du conducteur.

— Stop, police ! hurla-t-il, sans vraiment y croire.

Le véhicule quitta sa place et s'engagea dans la rue.

Ari tira une première balle. La custode arrière vola en éclats, mais la voiture filait toujours. Il courut au milieu de la chaussée, tira une deuxième balle, puis une troisième. En vain. Le type venait de tourner dans la première rue à droite.

— Merde et merde et merde ! s'écria Ari en attrapant son téléphone.

Tout en composant le numéro de Morand, il courut dans la direction où s'était enfui le suspect. Son collègue répondit rapidement. Il suivait probablement toute la scène depuis le centre de la DST.

— Je l'ai perdu ! s'exclama Mackenzie. Vite, dis-moi où il est !

— Ben... Il est juste derrière toi, dans l'immeuble.

— Hein ? Dans l'immeuble ?

— Le signal ne bouge plus depuis une bonne minute. J'ai cru que tu lui avais fait la peau, mon pote.

— Eh merde, il a dû lâcher son portable, l'enfoiré !

Mackenzie se laissa tomber lourdement sur un banc.

— L'enfoiré ! répéta-t-il.

Il avait été à deux doigts de l'intercepter. Quel gâchis ! Un à un, il enleva les éclats de verre encore plantés dans ses mains, puis il se releva et retourna dans le hall de l'immeuble. Il n'y avait toujours personne. Visiblement, malgré le vacarme de la porte qui avait explosé, la bagarre n'avait pas attiré l'attention des voisins. Pas encore en tout cas. Après avoir ramassé le téléphone du grand blond, il sortit dans le vent de l'hiver.

Il marcha dans la rue d'un pas décidé. Cela ne servait à rien de désespérer. Il n'avait pas tout perdu. Ce téléphone renfermait peut-être des informations précieuses. Et puis il y avait ce tatouage : plus il y pensait, plus Ari était certain d'avoir déjà remarqué ce symbole quelque part.

L'information essentielle, toutefois, c'était qu'il y avait bien un lien entre le type qu'il avait tué dans son appartement, le grand blond et les assassinats des derniers jours. Ce qui signifiait que, tout compte fait, il n'avait pas affaire à un meurtrier en série, mais plutôt à une organisation criminelle. Les tueurs en série agissaient seuls, ou en couple à la limite, mais là, à sa grande surprise, son enquête le menait dans une direction bien différente : une entreprise de crime organisé qui déguisait ses homicides en meurtres en série. Oui, peut-être était-ce cela.

Ari regarda sa montre. Il était déjà 14 heures. Il songea qu'il aurait tout le temps d'étudier la question de plus près le soir même. Pour le moment, il avait autre chose à faire.

26.

« T'aurais pu venir manger avec moi, canaille ! Tu redors chez moi ce soir ? »

Ari lut le texto de Lola en sortant du métro Pont-Marie. Après son excursion au Grand Orient de France et la poursuite avec le grand blond, il avait complètement oublié de rappeler la libraire. Il prépara un SMS d'excuses et précisa qu'il dormirait plutôt chez lui si la police le lui permettait. Accumuler les nuits auprès de Lola n'était pas une bonne idée, ils finiraient certainement par faire l'amour et Ari savait pertinemment où tout cela menait : dans une impasse. Et ce n'était pas le moment.

Il envoya le texto, un peu à contrecœur malgré tout, puis il en profita pour contacter à nouveau Iris.

— Toujours rien de neuf ?

— Non, rien, Ari. Mais ne t'inquiète pas, je ne t'ai pas oublié... Dès que j'ai des infos sur ton type, je t'appelle.

— Tu vas me détester, mais j'ai encore besoin de tes services. Promis, c'est la dernière fois.

— Je t'écoute.

— Peux-tu vérifier si Paul Cazo était compagnon du devoir ?

— Hein ?

— Le type sur lequel tu t'es renseignée pour moi, l'ami de mon père, je veux que tu regardes si son nom apparaît quelque part. Par exemple dans les archives des différentes associations qui s'occupent de la formation des compagnons du devoir. Je sais pas, moi... Essaie de trouver un lien entre lui et le compagnonnage.

— OK. Je vais voir ce que je peux faire.

— Parfait. Euh... Pour lui, et pour deux autres personnes, aussi. Christian Constantin, un Suisse de Lausanne, et Sylvain Le Pech, à Chartres. Ce sont les deux autres victimes de l'assassin de Paul. J'essaie de trouver des liens dans leurs profils et quelque chose me dit qu'ils étaient peut-être tous les trois compagnons du devoir. Tu crois que tu peux me dégoter l'info ?

— Je vais essayer, je te dis !

Ari remonta l'artère qui partait du Pont-Marie, abandonnant la Seine embrumée derrière lui, et obliqua à droite dans la rue de l'Hôtel-de-Ville. Les trottoirs, plongés dans l'ombre, étaient déserts. Ce secteur du IVe arrondissement évoquait un Paris médiéval, avec ici et là de très vieilles maisons aux angles imparfaits, aux fenêtres étroites et opaques. Les murs gris et le pavé souillé assombrissaient l'atmosphère. Ari traversa la rue d'un pas rapide et s'arrêta devant le numéro 82.

C'était une porte basse, comme écrasée sous cet immeuble ancien, et qui ne portait qu'une pancarte discrète : « Bibliothèque des compagnons du devoir ». Ari ajusta sa chemise, frotta ses mains et épousseta son jean qu'il avait sali dans la bagarre, puis entra à l'intérieur, découvrant au passage les outils symboliques accrochés aux murs et quelques chefs-d'œuvre en bois posés à même le sol, comme abandonnés. Traversant une cour, il se dirigea, de mémoire, vers une autre partie du bâtiment. Là, il aperçut l'entrée discrète de la bibliothèque et ouvrit doucement la porte. Quelques jeunes gens travaillaient, attablés en silence près des immenses étagères emplies de livres.

Une petite femme d'une cinquantaine d'années, le visage austère, de courts cheveux blancs en bataille, vint à sa rencontre.

— Je peux vous aider ? lui demanda-t-elle avec un regard suspicieux.

— Eh bien, oui.

Ari sortit de sa poche la photocopie de Paul et la tendit à la bibliothécaire.

— J'essaie d'identifier la provenance de ce document et je me demandais, étant donné l'inscription qu'il y a en haut, s'il n'était pas d'origine compagnonnique...

La femme prit la feuille d'une main et de l'autre fit descendre sur son nez les lunettes demi-lunes qu'elle avait sur le crâne. Elle regarda le papier un moment, puis le posa sur une table et s'assit pour l'inspecter de plus près.

— C'est possible, oui, murmura-t-elle. Encore que l'inscription en haut de la page est récente alors que tout le reste semble très ancien. Cela ressemble à un extrait d'un carnet de croquis.

Elle marmonna quelques mots tout en lissant soigneusement la feuille.

— Et l'abréviation « VdH :. », tiens... Oui...

— Quoi ? la pressa Ari en s'asseyant près d'elle.

— Le dessin et le texte m'évoquent un célèbre manuscrit du XIIIe siècle : les carnets de Villard de Honnecourt. Et l'abréviation « VdH :. » correspond bien à ses initiales. Ça pourrait venir de là ?

— Je n'en ai aucune idée...

— Écoutez, je ne peux pas vous le garantir, mais c'est peut-être ça. Ça y ressemble en tout cas. D'autant que les deux textes du bas semblent bien être en picard médiéval. Oui, cela pourrait être un extrait des carnets de Villard.

— Et ce Villard de Honnecourt... C'était un compagnon ?

— À proprement parler, non. Vous savez, au XIIIe siècle, le compagnonnage n'existait pas de façon très formelle. C'étaient les tout débuts. Quant à ce Villard, on ne sait pas grand-chose de lui, presque rien en vérité. On ignore s'il était architecte, maître d'œuvre ou simplement un voyageur curieux et habile au dessin. Ces carnets sont assez célèbres, il y a eu pas mal d'études sur ce sujet et je sais que l'original est conservé à la Bibliothèque nationale.

— Et en quoi consiste ce carnet, exactement ?

— Eh bien, c'est un recueil de textes et de dessins, essentiellement consacrés à l'art des bâtisseurs, et un peu à l'ingénierie.

— Le « L :. » devant l'abréviation « VdH :. » pourrait-il signifier qu'il existe une loge compagnonnique qui porte son nom ?

— Peut-être. La « Loge Villard de Honnecourt ». Ça pourrait éventuellement être le nom d'une loge compagnonnique, en effet.

Ari sourit. Cette journée lui réservait de bonnes surprises.

— Il y a un moyen de vérifier si elle existe ?

— Je peux jeter un coup d'œil, si vous voulez, mais je n'ai pas accès à la liste de toutes les loges, vous savez. Il faudrait que j'appelle le secrétariat...

— Vous feriez ça pour moi ?

La bibliothécaire releva ses lunettes sur son front et fixa Mackenzie du regard.

— Excusez-moi, mais dans quel cadre effectuez-vous vos recherches ?

Ari hésita un instant. Son interlocutrice était plutôt affable et il n'aimait pas trop mentir, mais il se voyait mal lui raconter toute l'histoire.

— Oh... C'est la copie d'un document que j'ai trouvé chez un antiquaire, je voudrais juste savoir ce que c'est, d'où il vient...

— Eh bien ! Si c'est une page originale du carnet de Villard, s'amusa la petite femme, vous allez faire fortune ! Mais ça m'étonnerait qu'un antiquaire laisse filer comme ça un manuscrit du XIIIe siècle... Bon, restez là, je vais voir ce que je peux trouver.

Ari la remercia et la regarda s'éloigner. Son enquête avançait pas à pas de manière concrète. Il ne comprenait toujours pas la raison de l'envoi de Paul, mais peut-être allait-il bientôt y voir un peu plus clair.

Son téléphone vibra dans sa poche. C'était un message d'Iris : « Confirmé. Constantin, Cazo, Le Pech, tous trois formations compagnonniques dans leur jeunesse. J'ai d'autres infos pour toi. RV ce soir à 18 heures chez Dada. »

Cette fois, c'était sûr, il était sur la bonne voie. La franc-maçonnerie était bien une fausse piste.

Les trois victimes avaient donc un point commun et le document envoyé par Paul laissait penser que c'était probablement à cause de ce lien qu'ils étaient morts. La question était : qui pouvait avoir intérêt à assassiner d'anciens compagnons du devoir, et pourquoi ? Quel était le rapport avec ce Villard de Honnecourt et ce dessin d'un vieil astrolabe ?

Quelques instants plus tard, la bibliothécaire réapparut. Elle tenait des livres dans les bras qu'elle déposa un à un sur la table.

— Voilà tout ce que j'ai pu rapporter sur Villard de Honnecourt. Vous aurez pas mal d'infos là-dedans, y compris des reproductions de toutes les pages du fameux carnet. Sinon, j'ai effectué quelques recherches et a priori il n'existe pas de loge compagnonnique qui porte ce nom-là... En tout cas, aucune ne figure sur nos listings ou dans nos archives, je suis désolée.

— Je vous remercie, c'est vraiment très aimable.

— Je vous laisse consulter tout ça. Vous pouvez lire les livres ici et il y a une photocopieuse à pièces au bout de la salle, si vous voulez, mais nous fermons à 17 heures.

— Entendu. Je vais faire vite.

La bibliothécaire s'éloigna et Ari étala les ouvrages devant lui. Il sortit son Moleskine et commença sa lecture en prenant des notes.

Peu à peu, il découvrit l'étonnante histoire des carnets de Villard de Honnecourt. En 1825, ce document du XIIIe siècle avait été retrouvé, comme par miracle, dans un fonds provenant de l'abbaye de Saint-Germain-des-Prés et, comme l'avait précisé la bibliothécaire, il était à présent précieusement conservé à la Bibliothèque nationale.

Il s'agissait d'un portfolio de trente-trois feuilles de parchemin, soit soixante-six pages, cousues dans une épaisse reliure en cuir marron. Les feuilles étaient de qualité médiocre et pas toutes exactement de la même taille – quoique proches de 23 cm en hauteur et 16 cm en largeur, ce qui correspondait à peu près à la page photocopiée par Paul. Ari en déduisit que l'auteur des carnets n'avait pas acquis toutes les feuilles en même temps et que le contenu de ce recueil s'étalait sûrement sur plusieurs années. Tous les ouvrages que consulta Ari s'accordaient d'ailleurs sur un point : le portfolio était incomplet, les différentes numérotations des pages laissant entendre qu'il en manquait plusieurs.

La seule chose que les historiens connaissaient de ce mystérieux Villard de Honnecourt était ce carnet qui contenait près de deux cent cinquante dessins et schémas ainsi que de nombreux textes, lesquels étaient bien écrits en ancien picard. Les quelques phrases qui apparaissaient sur la photocopie étaient probablement dans cette langue. Il allait falloir les faire traduire.

Quant à Villard, son nom ne figurait sur aucun autre document historique, aucune archive, aucun registre contemporain de l'époque où il avait vécu. Au fond, la seule preuve de son existence était ce carnet, et sa renommée à travers l'histoire venait uniquement de la qualité exceptionnelle de ses dessins. Au sein du portfolio, Villard ne mentionnait lui-même son propre nom que deux fois, et sous deux orthographes différentes : « Wilars dehonecort » et « Vilars dehoncort ». Toutefois, son patronyme et la langue qu'il utilisait avaient permis aux historiens de déduire qu'il était probablement né dans le village de Honnecourt-sur-Escaut, en Picardie. Les dates exactes de sa naissance et de sa mort ne pouvaient être connues, mais selon toute vraisemblance il avait vécu entre les années 1200 et la fin des années 1240.

Quant au contenu du carnet, il ressemblait de façon troublante à ce qu'il y avait sur la photocopie de Paul.

Les dessins de Villard de Honnecourt avaient été effectués, semblait-il, lors de ses nombreux voyages à travers l'Europe. La plupart représentaient des édifices architecturaux, mais on y voyait aussi des figures géométriques, des personnages, des scènes religieuses ou encore des schémas d'ingénierie, des automates et quelques dessins symboliques, sinon ésotériques. En somme, c'était tout à la fois un carnet de voyage, un carnet de notes et une somme précieuse des connaissances architecturales et techniques du XIIIe siècle.

Ari décortiqua alors les soixante-six pages qui étaient reproduites dans l'un des ouvrages. Il recopia soigneusement ce qu'il y découvrit.

D'abord de nombreux plans d'architecture, comme ceux de chœurs d'église, d'élévations de chapelles... Beaucoup, accompagnés de commentaires, prodiguaient des conseils en matière de construction ou de géométrie : comment vérifier un aplomb, mesurer la distance d'un point inaccessible, tracer un angle droit avec un compas... Villard livrait également dans ses croquis des notions de stéréotomie, une technique issue de l'art du trait, cher aux compagnons du devoir, et qui permettait entre autres de tailler les pierres brutes à l'avance et avec précision. Sur d'autres pages, il donnait aussi des conseils de mnémotechnique, qu'il appelait lui-même « l'art de iométrie ». D'autres dessins étaient consacrés à d'étranges inventions, des sortes d'automates ou de machines insolites, des grandes roues complexes. Villard de Honnecourt semblait obsédé par la question du mouvement perpétuel et la façon de « faire tourner une roue par elle seule ».

Mais ce qui intrigua surtout Ari, c'étaient toutes ces pages énigmatiques qui traitaient de sujets bien plus mystérieux. Certains dessins évoquaient un symbolisme proche, justement, de celui des compagnons du devoir : des croquis sur le rectangle d'or, une esquisse du tombeau d'un Sarrasin, qui aurait bien pu être celui d'Hiram, l'un des personnages légendaires de la culture compagnonnique.

Ari inspecta ces reproductions avec une excitation grandissante, mais il constata rapidement qu'aucune, toutefois, n'était l'originale de la photocopie envoyée par Paul. Pourtant, cela ne faisait aucun doute : l'écriture et le trait des dessins étaient parfaitement identiques.

Mais alors, était-ce une copie inspirée de ces originaux, ou bien pouvait-il s'agir, par miracle, de l'une des pages disparues dont parlaient les historiens ?

Il continua ses recherches, décidé à en apprendre davantage sur cet étonnant personnage.

Soudain, alors qu'il griffonnait encore frénétiquement, Ari laissa tomber son stylo et empoigna l'ouvrage à deux mains pour lire une seconde fois un paragraphe : l'auteur donnait la liste des villes dans lesquelles serait passé Villard de Honnecourt et où il aurait exécuté ses dessins. Or, cela ne pouvait pas être une coïncidence. Dans cette liste figuraient Reims, Chartres et Lausanne. Ari sentit son pouls s'accélérer. Cette fois, aucun doute, il était sur la bonne piste. Un lien direct existait entre Villard de Honnecourt et les assassinats. Mais ce n'était pas tout. Il y avait plus troublant encore…

Plus bas, dans la notice biographique, l'auteur affirmait que Villard avait probablement travaillé, en tant qu'architecte ou maître d'œuvre, sur le chantier d'une immense abbaye située à quelques kilomètres de Honnecourt-sur-Escaut, son village natal. Cette abbaye, dont il ne restait plus que quelques ruines aujourd'hui, était un chef-d'œuvre qui mêlait harmonieusement art gothique et art roman. Elle se trouvait à Vaucelles. Ari n'eut pas besoin de vérifier dans son carnet. Il savait pertinemment où il avait vu ce nom. Vaucelles n'était rien d'autre que le village où habitait Mona Safran.

27.

Ari, impatient, sortit de la bibliothèque des compagnons du devoir pour passer son coup de fil.

L'énigmatique Mona Safran était bien impliquée dans cette affaire, d'une façon ou d'une autre. Depuis le premier instant, Ari avait senti que quelque chose ne collait pas. Et maintenant, il détenait la preuve qu'elle ne pouvait être étrangère à ce qu'il se passait.

Fébrile, il composa son numéro. L'idée qu'elle puisse ne pas décrocher le saisit aussitôt. Or il voulait une réponse, tout de suite. L'obliger à lui expliquer quel était son lien avec toute cette histoire.

Finalement, la femme décrocha.

— Mackenzie ? C'est vous ?

Ari ne prit pas la peine de répondre et alla droit au but.

— Mona, je crois qu'on a assez joué, vous et moi. Dites-moi la vérité, à présent : quel est le lien entre vous, Paul et les carnets de Villard de Honnecourt ?

Elle marqua un moment d'hésitation.

— Pardon ?

— Vous m'avez très bien entendu, Mona. Vous habitez Vaucelles, une ville où a travaillé Villard de Honnecourt. Sa ville natale, Honnecourt-sur-Escaut, se trouve à une quinzaine de kilomètres à peine de chez vous. Et, comme par hasard, Paul me poste le jour même de sa mort une lettre contenant un dessin évoquant ce fameux Villard de Honnecourt. Alors ne me prenez pas pour un idiot, Mona. Vous savez quelque chose à ce sujet. Si vraiment vous êtes une amie de Paul, expliquez-moi ce que vous cachez.

— Je ne vois pas de quoi vous voulez parler, Ari, désolée, répondit-elle d'une voix posée. Je suis confuse, mais je suis à la galerie, voyez-vous, j'ai des clients, je suis obligée de vous laisser...

Elle raccrocha avant même qu'Ari ait eu le temps de l'interrompre. Furieux, il la rappela, mais elle avait coupé son téléphone.

Ari secoua la tête. Cette femme avait quelque chose à se reprocher, ou tout au moins à cacher. Il avait néanmoins du mal à imaginer qu'elle pût être responsable de tous ces meurtres. Elle ne serait pas venue se jeter ainsi dans la gueule du loup à Reims. Toutefois, il supputait à présent que ces crimes n'étaient pas le fait d'une seule personne, mais plutôt d'un groupe. Si Mona n'en était pas l'exécutrice directe, elle avait certainement un lien avec celui ou ceux qui les avaient commis...

Ari se mit en route pour rejoindre Iris chez Dada, ou elle lui avait donné rendez-vous. À la station Hôtel-de-Ville, avant de descendre dans la bouche du métro, il acheta *Le Parisien* au kiosque à journaux puis rejoignit le quai direction La Défense.

Installé seul sur une banquette du wagon, il feuilleta le journal. Depuis son retour de Reims, il n'avait pas encore eu le temps de consulter la presse ou d'écouter les informations et il se demandait si les trois meurtres avaient été révélés au public. Il en eut rapidement la confirmation. Ainsi qu'une surprise de taille. Un énorme titre couvrait la première double page du *Parisien* : « Le trépaneur serait une femme ! »

Les journalistes avaient donc déjà trouvé un surnom au supposé tueur en série, « le trépaneur ». Cela signifiait que l'affaire était suivie de près depuis plusieurs jours par les journaux. Avec les années, le temps de latence entre les grands homicides et leur révélation dans la presse était de plus en plus court. Avec Internet, notamment, la police avait de plus en plus de mal à garder son avance sur les journalistes, ce qui posait souvent problème aux enquêteurs.

Toutefois, l'information essentielle n'était pas le surnom du tueur, mais ce soupçon sur son identité. Une femme ?

Ari parcourut rapidement le sous-titre. « Consternation au parquet de Chartres : selon un rapport de la DIPJ de Versailles, établi à partir de relevés ADN effectués par les services d'identification judiciaire sur les lieux des trois meurtres, le tueur en série serait de sexe féminin. » Impatient, il continua la lecture de l'article. Le journaliste commençait par un rappel des faits.

« Dimanche 20 janvier, Christian Constantin, professeur d'histoire de l'art à la faculté de Lausanne, 62 ans, est retrouvé mort chez lui par la police suisse, ligoté nu sur la table de sa salle à manger, un trou de deux centimètres de diamètre percé au sommet du crâne, lequel est entièrement vide. Le lendemain, lundi 21 janvier, Paul Cazo, architecte, sexagénaire lui aussi, est retrouvé à Reims dans les mêmes conditions. Mercredi 23 janvier, enfin, c'est au tour de Sylvain Le Pech, 56 ans, patron d'une entreprise de charpenterie, de subir le même sort.

Dans les trois cas, selon les rapports de police, le mode opératoire est strictement identique. La victime est attachée, le meurtrier lui administre un paralysant puis il la trépane alors qu'elle est encore consciente. Ensuite, il lui injecte de l'acide et du détergent industriel dans le cerveau et... »

Ari termina rapidement le paragraphe, constatant qu'il n'y apprendrait rien de neuf, puis il prêta attention au passage suivant.

« La découverte des experts de la division criminelle de la DIPJ de Versailles a surpris tout le monde, hier soir, y compris le procureur Rouhet, au parquet de Chartres, qui a demandé à deux nouveaux spécialistes de confirmer les faits. En effet, à en croire les premières analyses ADN effectuées par la police scientifique dans le cadre de l'enquête menée par l'équipe du commissaire Allibert, de la division criminelle de la DIPJ, celui que l'on avait tôt fait de surnommer "le trépaneur" serait en réalité une femme.

La nouvelle peut surprendre, mais contrairement à ce qui est souvent affirmé, les femmes tueuses en série – bien qu'elles soient beaucoup moins nombreuses que les hommes – existent bel et bien. Une cinquantaine de cas célèbres ont déjà été étudiés et on estime que 8 % des tueurs en série sont de sexe féminin, ce qui est certes peu, mais ne permet pas d'invalider la thèse des policiers de la DIPJ de Versailles.

On se souvient du cas d'Aileen Carol Wuornos, une prostituée qui, en 1992, avait été condamnée en Floride pour avoir abattu sept de ses clients.

Toutefois, le profil du tueur que la police a établi correspond à une typologie précise qui, elle, est presque exclusivement masculine.

Plusieurs études mettent en évidence les différences sensibles qui existent entre les tueurs en série des deux sexes. La principale réside dans le fait que les femmes *serial killer* sont, si l'on peut dire, plus efficaces que les hommes, parce qu'elles s'avèrent souvent plus méthodiques et, surtout, plus discrètes. Ainsi, une étude portant sur cent cas a démontré que les femmes se faisaient prendre par la police au bout de deux fois plus de temps que les hommes.

Mais surtout, là où la typologie diffère le plus, c'est dans la présence d'un mobile concret. Si les experts distinguent plusieurs catégories de tueuses en série, chacune d'entre elles a en général des motivations assez claires.

Il y a les "veuves noires", celles qui tuent leurs époux ou leurs amants les uns après les autres. La plupart du temps, le mobile est lié à l'argent ; ces femmes tuent pour toucher héritage ou assurance-vie (*cf.* Belle Gunness dans notre encadré). On distingue aussi les "anges de la mort" qui, dans les hôpitaux ou les maisons de retraite, tuent les personnes dont elles sont responsables, persuadées d'agir pour leur bien, et grisées par leur pouvoir de vie ou de mort sur ces patients sans défense... Enfin, pour un tiers des cas, les crimes sont de nature sexuelle (*cf.* Gwendolyn Graham et Catherine May Wood dans notre encadré). En fait, les femmes tueuses en série n'assassinent pas pour le simple plaisir de tuer mais toujours pour des raisons précises.

Or, d'après les premiers éléments de l'enquête, le type de tueur en série auquel semble correspondre le trépaneur est celui du psychopathe sans mobile réel, qui tue par boulimie, pour le simple plaisir qu'il tire de ses actes.

Ce qui pousse ce genre de tueur à agir, d'après les spécialistes, c'est un sentiment de supériorité, sentiment qui l'amène à croire qu'il ne sera jamais pris et qui le conduit parfois – comme c'est le cas ici – à mettre en scène ses meurtres pour les sacraliser davantage et, par la même occasion, narguer la police. Ainsi, ces tueurs en série ne tuent pas par fanatisme ou par appât du gain, mais seulement pour éprouver ce sentiment de toute-puissance que leur procurent leurs crimes. Or, et c'est là que le bât blesse, ces tueurs-là sont presque toujours des hommes.

Le trépaneur serait-il donc le premier cas connu d'une femme tueuse en série correspondant à ce profil des tueurs psychopathes dénués de mobile ? »

Ari continua l'article. Nulle part le journaliste ne faisait mention des liens possibles entre les profils des trois victimes. Aucun mot sur le fait qu'ils étaient tous trois d'anciens compagnons du devoir. Soit la police n'avait pas encore établi le lien, soit cela n'avait pas filtré jusque dans la presse. De même, l'auteur du papier privilégiait largement la thèse du tueur unique, alors qu'Ari soupçonnait la présence d'un groupe organisé derrière ces homicides.

Mackenzie aurait pu passer un coup de fil au commissaire divisionnaire de la DIPJ pour lui confier ses dernières découvertes, mais il n'était pas loin de penser que celui-ci avait participé aux pressions exercées par le procureur sur Depierre et qui avaient débouché sur ses « vacances forcées ». Il décida que, puisqu'on l'avait mis en congé, ce qu'il faisait ne regardait que lui. S'il trouvait une piste concrète qui pût mener tout droit au tueur, il ne manquerait certes pas de prévenir la DIPJ. Mais pour le moment, il voulait mener sa propre enquête. Il le devait à Paul et puis d'avoir manqué se faire écraser et vu son appartement mis à sac suffisait à l'impliquer directement dans l'histoire. Il n'avait pas la moindre intention de lâcher le bébé.

La grande question, toutefois, restait de savoir si les analyses de la DIPJ permettaient ou non de déterminer si cette femme était Mona Safran. Il faudrait pour cela attendre une fuite du commissaire Bouvatier.

Ari referma le journal sur ses genoux et songea un instant à ce qu'il venait de lire. Se pouvait-il vraiment qu'une femme fût derrière tout cela ? Une femme était-elle réellement capable de meurtres aussi abjects que ceux de Constantin, Cazo et Le Pech ? Cela faisait longtemps qu'Ari avait perdu ses dernières illusions et, depuis la Croatie, Ari savait que n'importe qui était capable de commettre des crimes atroces. Il avait compris que le monde ne se divisait pas entre les bons d'un côté et les méchants de l'autre, mais qu'il était composé de six milliards d'individus différents, capables de franchir la limite pour peu que le contexte les y contraigne. Les pires travers de l'être humain le désolaient encore, mais ne l'étonnaient plus.

Arrivé à la station Charles-de-Gaulle-Étoile, Ari sortit du métro et marcha jusqu'au Dada, le café de l'avenue des Ternes où Iris et lui étaient déjà allés boire quelques verres depuis que la DCRG s'était installée dans l'Ouest parisien.

Certain qu'Iris l'attendait à l'étage, il salua un serveur à l'entrée et monta directement l'escalier. Son ex-petite amie était là, en effet, installée à une table près de la fenêtre. Il aperçut sa chevelure rousse, ses épaules rondes. Elle ne l'avait pas vu arriver et il la surprit en lui déposant un baiser sur le front.

— Tu m'as fait peur, imbécile !

— Désolé. Alors, qu'est-ce que tu as pour moi ? dit-il en s'asseyant en face d'elle.

— D'abord, je t'ai rapporté les documents qui relient les trois victimes et le compagnonnage. Tu verras que les trois hommes ont été formés par des compagnons et qu'ils ont effectué leur fameux Tour de France...

Elle lui tendit une fine chemise en carton.

— Merci.

— Tu as aussi un dossier sur le type que tu as flingué dans ton appartement. La DIPJ l'a identifié.

— Alors ?

— C'est un ancien mercenaire, recyclé comme employé dans une société de sécurité privée, le schéma classique de l'homme de main. A priori, ça ne t'aidera pas beaucoup, parce que ces mecs ne laissent pas de traces, on ne sait jamais pour qui ils bossent. La seule chose qu'on peut supposer, c'est qu'il a été payé pour venir chercher quelque chose chez toi.

— Je vois.

Ari jeta un coup d'œil au dossier. Le casier judiciaire de l'homme était loin d'être vierge et sa fiche RG était bien remplie aussi : participation à des missions de sécurité privée au Nigeria, en Serbie, en République démocratique du Congo... Pas un enfant de chœur. Toutefois, ses activités semblaient interrompues depuis deux ans. Toutes les informations à son sujet remontaient à une époque antérieure. C'était comme s'il était soudain entré dans l'ombre.

— Parfait. Dis-moi, je voudrais pas abuser, mais j'ai encore un petit service à te demander. Est-ce que tu pourrais me trouver un spécialiste des carnets de Villard de Honnecourt ?

— Qu'est-ce que c'est que ça ?

— Un manuscrit du XIIIe siècle. J'ai besoin qu'un type me donne des infos dessus, tu peux me trouver ça ?

Iris inscrit le nom sur son agenda.

— D'accord. Je te trouve le bonhomme et ses coordonnées. Mais attends, c'est pas tout. J'ai encore quelque chose pour toi. J'ai gardé le meilleur pour la fin.

— Quoi ?

Iris fit un large sourire et sortit de son sac une enveloppe blanche.

— Qu'est-ce que je ferais pas pour toi, hein ? Je surveille ton courrier depuis que tu es... en vacances. Tu as reçu ça, aujourd'hui. Si c'est pas une lettre anonyme, je me fais nonne !

Ari prit l'enveloppe dans sa main. Son nom et l'adresse de la DCRG étaient en effet écrits avec la calligraphie caractéristique des expéditeurs qui ne veulent pas être identifiés. Des lettres majuscules tremblantes, de tailles inégales.

— Tu l'as ouverte ? demanda Ari, perplexe.

— Tu vois bien que non, enfin !

Il s'empressa de la décacheter et lut aussitôt la lettre qu'elle contenait. Il n'y avait qu'une seule ligne, dans la même écriture et avec la même encre que sur l'enveloppe. Trois mots seulement. Un prénom, un nom et une ville.

« Pascal Lejuste Figeac ».

Ari comprit immédiatement de quoi il s'agissait.

C'était l'identité de la prochaine victime.

QUATRIÈME PARTIE

Les astres

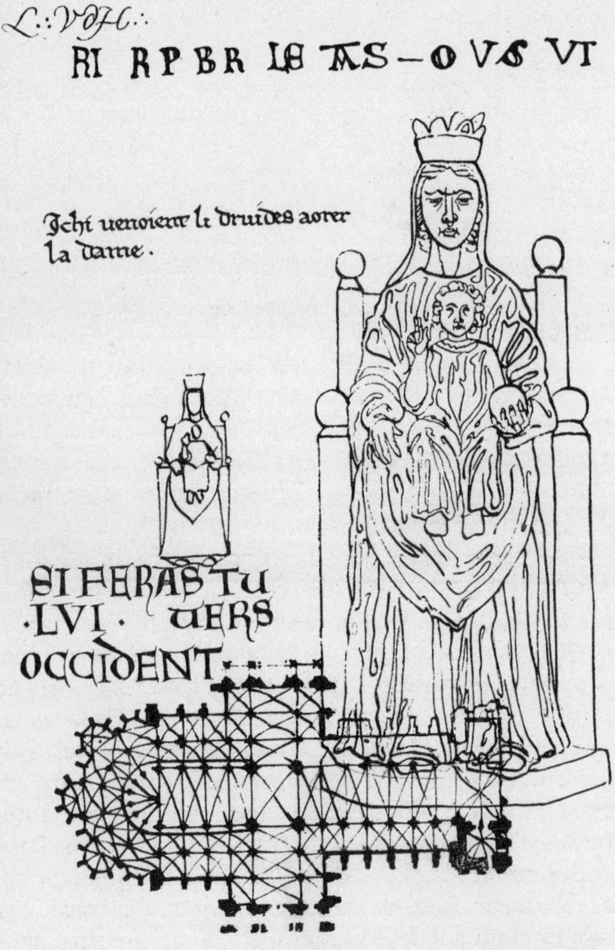
Ichi uenoient le druides aorer la dame.
SI FERAS TU .LVI. UERS OCCIDENT

28.

La MG-B s'engagea sur l'autoroute déserte à travers les nuées de lumière blanche des hauts lampadaires.

Comme il avait été trop tard pour prendre un train, Ari était rentré chez lui, avait cherché dans l'annuaire les coordonnées de Pascal Lejuste à Figeac puis, après avoir essayé en vain de contacter l'intéressé, avait emballé quelques affaires en quatrième vitesse, récupéré les clefs de la décapotable et quitté Paris.

Une fois sorti de la capitale, il s'était demandé s'il n'aurait pas dû prévenir la police de Figeac afin qu'ils envoient des agents chez cet homme pour vérifier qu'il était encore en vie. Mais il eût alors risqué de se compromettre et surtout, il fallait bien l'admettre, Ari ne pouvait résister à cette impérieuse nécessité de continuer lui-même l'enquête. Jamais, de sa vie, il n'avait ressenti un tel besoin de vengeance. Il savait combien ce sentiment était stupide et bas, combien son entêtement était dangereux, déraisonnable, mais Paul était mort et Ari était devenu incapable, justement, de se raisonner. Rien ne l'arrêterait tant qu'il n'aurait pas mis la main sur les responsables de ce meurtre abominable.

La mâchoire serrée, il filait droit sur la quatre-voies, les mains crispées sur le volant.

Avec 135 kilomètres/heure de pointe environ, le trajet risquait d'être un peu long, mais c'était toujours mieux que d'attendre un jour de plus. Ari espérait seulement que le moteur de sa vieille anglaise ne le lâcherait pas au beau milieu de nulle part.

Il écoutait en boucle sur son autoradio d'époque la cassette qui restait toujours dans l'appareil ; une compilation des Creedence Clearwater Revival qu'il connaissait par cœur. La voix plaintive de John Fogerty se mariait à merveille à l'ambiance étrange de ce départ impromptu dans l'obscurité d'une nuit d'hiver.

Une fois passé le premier péage, il profita du trajet pour faire le point. Ari ne réfléchissait jamais aussi clairement que quand il était au volant de sa MG. Le bruit du moteur, les vibrations de la capote, le son nasillard des vieux haut-parleurs, rien ne pouvait le déconcentrer. Au contraire, c'était comme si ce vacarme l'aidait à plonger au plus profond de ses pensées.

Compilant tous les éléments qu'il avait, il essaya d'établir une hypothèse. Il y avait encore de nombreuses failles, néanmoins il était en mesure d'envisager une première théorie et d'y voir plus clair.

Comme à son habitude quand il tentait de résoudre une énigme, Ari respecta un principe que lui avait enseigné son père, à l'époque où il était entré à l'école de police. Celui du rasoir d'Ockham.

Ce mode de raisonnement, qui relevait davantage de la philosophie et de la science que des méthodes policières, datait du XIVe siècle, mais Jack Mackenzie lui avait toujours répété que, à ce jour, on n'avait rien trouvé de mieux pour éviter de s'éparpiller sur des pistes trop nombreuses. En vérité, utiliser la philosophie d'un moine franciscain du Moyen Âge plutôt que la technologie moderne de la police scientifique n'était pas pour lui déplaire.

En énoncé de ce principe, on prêtait à Guillaume d'Ockham la formule selon laquelle les entités ne doivent pas être multipliées par-delà ce qui est nécessaire. L'idée était de s'astreindre au principe de parcimonie et d'exclure la multiplication des raisons et des démonstrations à l'intérieur d'une construction logique, comme si, justement, l'on passait une lame de rasoir sur tout ce qui était superflu.

Appliquée à la résolution d'une énigme policière, la démarche consistait à chercher d'abord l'hypothèse la plus simple et à ne pas en utiliser de nouvelles tant que celle déjà énoncée suffisait. Ainsi, Ari avait appris que, lorsqu'on avait plusieurs solutions possibles à un seul problème, la plus simple était très souvent la meilleure. Mais aussi la plus élégante.

Il aimait donc se référer à ce principe et était capable de parler de Guillaume d'Ockham pendant des heures, avec une passion qui dépassait l'entendement... ce qui amusait beaucoup Lola, laquelle y voyait la marque d'un snobisme désuet, mais charmant.

En réalité, de nombreux aspects de la vie de ce moine le fascinaient.

Tout d'abord, Guillaume d'Ockham était considéré comme l'ancêtre du nominalisme, une école de philosophie à laquelle Ari était particulièrement sensible : pour les nominalistes, seul le particulier existe, alors que le concept d'universalité n'est qu'une invention humaine, une commodité artificielle créée pour mener à bien une réflexion. Cette notion répondait parfaitement au pragmatisme d'Ari qui préférait se fier aux faits plutôt qu'aux concepts et qui fuyait comme la peste cette tendance si humaine à vouloir tout généraliser.

Ensuite, Ari était naturellement attiré par l'anticonformisme du moine franciscain qui, comme lui, faisait figure de vilain petit canard dans le milieu où il évoluait. Ockham avait été surnommé le « vénérable initiateur » par ses pairs, parce qu'il n'avait pu achever son *inceptio* – les études donnant le titre de docteur –, interrompu par une convocation du pape qui l'accusait d'hérésie. Attaqué de toutes parts en raison de ses positions radicales, il avait même été obligé de fuir Avignon pour trouver refuge à Munich, aux côtés de Louis de Bavière.

Enfin, bien qu'il fût moine franciscain, la fascination d'Ockham pour la science et la raison l'avait poussé à affirmer, longtemps avant que n'existe le concept de laïcité, qu'il devait y avoir une séparation franche entre la raison et la foi. Pour Guillaume d'Ockham, il ne devait pas y avoir de hiérarchie entre la science et la théologie et, surtout, la première ne pouvait devenir servante de la seconde. Il considérait en conséquence que le pouvoir religieux ne devait pas se mêler de politique, ce qui, bien évidemment, n'avait rien fait pour apaiser la colère papale. Ari, pour qui le concept de laïcité était absolument fondamental, avait donc une sympathie toute particulière pour ce précurseur.

Ainsi, une fois de plus, il décida d'appliquer le principe du rasoir d'Ockham pour tenter d'unifier le plus simplement les différents éléments dont il disposait.

Un groupe de personnes – et non pas un tueur unique – certaines identifiables au tatouage qu'ils avaient sur leur avant-bras, avait organisé les meurtres de trois hommes. Ces crimes avaient été visiblement commis par une femme, probablement membre de ce groupe, à moins que les assassins n'aient volontairement laissé de fausses pistes pour tromper les enquêteurs. Les trois victimes étaient d'anciens compagnons du devoir. L'un d'eux, Paul, se sentant menacé, avait tenté de prévenir Ari en lui envoyant un document qui devait être lié au mobile de ces meurtres. Mackenzie s'étant alors penché sur l'affaire, ce groupe de personnes avait d'abord tenté de l'intimider, puis avait fouillé son appartement, peut-être pour retrouver ce document envoyé par Paul. Un indicateur anonyme avait alors mis Ari sur la piste de la prochaine victime ; cela, il ne pouvait encore en être sûr, mais tout au moins était-ce son pressentiment. Quant à l'identité de l'expéditeur, il ne devait pas écarter la possibilité que cela fût le ou les meurtriers eux-mêmes, soit pour le défier, soit pour le lancer dans une mauvaise direction.

Ainsi, trois zones d'ombre se dégageaient.

D'abord, que signifiait ce tatouage en forme de soleil noir, qui étaient les responsables de ces crimes, et y avait-il réellement une femme parmi eux, exécutrice directe des trois meurtres ?

Ensuite, quel était le mobile de ces homicides ? Contrairement à ce que laissait entendre l'article du *Parisien*, Ari était persuadé qu'il ne s'agissait pas d'actes insensés commis par un ou une psychopathe, mais bien de crimes crapuleux liés, d'une façon ou d'une autre, au carnet de Villard de Honnecourt ou à un document s'y rapportant.

Enfin, quel était le lien de Mona Safran avec toute cette histoire ? Le fait qu'elle se fût présentée comme une amie de Paul Cazo et qu'elle habitât dans une ville liée de près à l'histoire de Villard de Honnecourt ne pouvait pas être une coïncidence. Faisait-elle partie du groupe responsable de ces meurtres ? Était-elle la femme impliquée par les analyses ADN de la DIPJ de Versailles ?

Beaucoup de questions sans réponses se bousculaient dans la tête d'Ari, mais au moins avait-il des pistes. Le téléphone du grand blond à faire analyser, le soleil noir, un symbole qu'il était certain d'avoir déjà vu quelque part, et cette Mona Safran, à qui il n'avait certainement pas fini de poser des questions. Et pour finir, il était certain d'en apprendre davantage s'il retrouvait Pascal Lejuste à Figeac. Il espérait simplement qu'il serait là à temps.

29.

— Cela ne sert à rien de vous débattre. Le produit que je vous ai injecté va bientôt faire effet et vous ne pourrez plus bouger. Alors même si vous arriviez à vous détacher, vous ne pourriez pas aller bien loin. Tout ce que vous risquez, c'est de vous faire mal aux poignets... Soyez gentil, restez calme.

Pascal Lejuste, à bout de forces, cessa de tirer sur ses liens et tenta de reprendre son souffle. Le torchon que sa tortionnaire avait enfoncé dans sa bouche pour le faire taire l'empêchait partiellement de respirer et il risquait de s'étouffer.

Les yeux emplis de panique, il observait, incrédule, la femme qui tournait lentement autour de la table où elle l'avait ligoté.

Il s'en voulait tant ! Comment avait-il pu être aussi stupide ? Après la mort des trois autres, il était pourtant resté sur ses gardes. Il s'était méfié de tout, avait pris mille précautions. Il avait tout vérifié chez lui, changé les horaires de ses trajets, demandé à sa femme de partir quelques jours chez sa mère en Alsace. Il avait même fermé le restaurant. Cela faisait deux jours qu'il ne travaillait plus. Et finalement, ça avait été son erreur. Parce qu'il s'était remis à boire.

Seul, sans nouvelle des autres, torturé par l'angoisse, il avait cédé à ses vieux démons. En deux jours, il avait entièrement vidé l'armoire où il gardait ses alcools forts et ce soir, poussé par cette insatiable nécessité, il s'était rendu dans la seule boîte encore ouverte à Figeac. Pas la mieux fréquentée.

Mais comment avait-il pu être aussi stupide ?

Ce n'était pas elle qui était venue à lui. Elle était entrée dans la boîte une heure après lui, environ, et avait attiré aussitôt son regard, avec sa longue chevelure et son petit ensemble sexy.

En temps normal, jamais il ne serait allé l'aborder. Non qu'il n'eût jamais trompé son épouse – cela lui était arrivé plus d'une fois, y compris avec l'une de ses propres serveuses – mais aborder des femmes dans un bar n'était pas son fort, surtout quand elles étaient aussi belles et qu'elles semblaient avoir une vingtaine d'années de moins que lui... Mais, ce soir-là, il avait beaucoup bu et il avait fait le premier pas.

Voilà ce qui le rendait le plus furieux : *c'était lui qui avait fait le premier* pas. Le premier pas vers cette femme qui, dans quelques instants sans doute, allait le tuer.

Mais comment avait-il pu être aussi stupide ?

30.

Il était près de 1 heure du matin quand Ari vit se dessiner dans le ciel étoilé, perchés tout en haut de la colline de terre rouge, les contours orangés de Figeac.

Il caressa bêtement le tableau de bord de sa MG comme on le fait pour féliciter sa monture après un long trajet. Sa vieille anglaise ne l'avait pas lâché.

La ville, construite en amphithéâtre sur un mont arboré du Lot, avait préservé son visage d'antan. Ses élégantes maisons en grès, certaines ornées de colombages sur le dernier étage, s'entrecroisaient autour des venelles étroites et tortueuses. Les toits de tuile rouge faisaient un harmonieux ensemble d'où s'extirpaient un clocher roman et les sommets en pierre d'un vieux château.

Arrivé au centre de Figeac, Ari se gara sur une place pavée, sortit, fourbu, de la décapotable et inspecta un plan de la ville placardé sous un grand panneau de verre. Il chercha dans l'index la rue de Pascal Lejuste, la repéra au nord-est de la ville et mémorisa le trajet.

Retournant vers la MG d'un pas rapide, il aperçut une fumée blanche qui sortait du moteur par les interstices du capot.

— Ah non ! s'exclama-t-il tout haut. Pas maintenant !

Entêté, Ari s'installa derrière le volant et tourna la clef dans le Neiman. Le moteur hoqueta plusieurs fois, projetant encore plus de fumée alentour. Impossible de démarrer.

— Et merde !

Ari ouvrit le capot brûlant. Un nuage blanchâtre s'échappa du carter.

— Et mer-de ! répéta-t-il, furieux.

Mais il était inutile de perdre son temps. Ari claqua le capot, ferma la voiture à clef et partit d'un pas vif en direction de chez Lejuste. Tout en s'engageant dans les ruelles pavées de Figeac, il tenta de l'appeler une nouvelle fois.

Cela sonnait toujours dans le vide.

31.

Pascal Lejuste sentit progressivement monter les effets du paralysant que sa tortionnaire lui avait injecté dans le sang. Ses membres s'engourdirent peu à peu, devinrent lourds et bientôt il réalisa qu'il ne pouvait plus bouger du tout, pas même un doigt. La terreur qui l'avait envahi depuis longtemps culmina à cet instant et il sentit, sans pouvoir lutter, les gouttes de sueur perler à son front et glisser lentement sur son visage.

La femme n'avait même pas pris la peine de se rhabiller. Elle le regardait fixement, vêtue de ses seuls dessous noirs qu'il avait tout à l'heure trouvés si sexy et qui à présent lui paraissaient une morbide provocation.

Ils avaient fait l'amour la lumière éteinte, il n'avait alors pas vu ce qui lui aurait permis de comprendre, avant qu'il ne fût trop tard, qui elle était vraiment : elle portait sur le bras le tatouage d'un soleil noir.

Arrêtée à côté de lui, elle lui caressait doucement le cuir chevelu et souriait, d'un sourire qui trahissait sa folie.

— Ce qui m'étonne le plus, Pascal, c'est votre manque de sérieux à tous.

Elle avait une voix grave et suave et parlait avec une lenteur exagérée, pleine d'une cynique tendresse.

— Vous êtes des proies si faciles ! Trop faciles, presque. Après tout ce temps, c'est étonnant, mais vous ne semblez pas vous rendre compte de l'importance de ce que vous avez entre les mains. Regarde...

Elle agita sous ses yeux le document qu'elle avait dérobé dans le manteau de Pascal Lejuste après l'avoir attaché sur la table.

— Comment peux-tu être assez négligent pour garder ton carré sur toi ?

Il avait failli à sa mission. Il le savait, les autres, ceux qui étaient encore là, ne lui pardonneraient jamais. Parce qu'il n'avait aucune excuse.

— Vous n'êtes pas dignes de ce que vous avez reçu. Aucun de vous. Tu veux que je te dise, Pascal ? Vous êtes des arriérés. Tous autant que vous êtes.

Il ignorait si les gouttes qui coulaient à présent sur ses joues étaient de la sueur ou des larmes. Il sentait qu'il perdait la tête et il aurait tant voulu qu'elle se taise ! Qu'elle se taise et qu'elle l'achève enfin ! Mais il savait que sa fin serait atrocement lente.

Elle était derrière lui, à présent, et il entraperçut l'éclat d'une lame de métal. Un rasoir. Puis, sans vraiment sentir le contact sur son crâne, il entendit qu'elle commençait à lui raser méticuleusement les cheveux.

— Je ne comprends même pas que l'on ait confié une chose aussi précieuse à des hommes. J'aurais eu beaucoup plus de difficultés avec des femmes. Mais vous, les hommes, vous ne pensez qu'avec votre queue, Pascal, c'est bien connu. Et voilà le résultat. Tu couches avec la première venue, sans imaginer un seul instant qu'elle soit capable de te dérober ton bien le plus cher. Et maintenant, tu vas mourir.

Tout en lui parlant, elle lui raclait le cuir chevelu à l'aide de la longue lame aiguisée. Par moments, ses gestes amples laissaient apercevoir le rasoir maculé de cheveux et de sang.

— L'avantage, c'est que je ne ressens aucune pitié. Des hommes comme vous ne méritent pas de vivre. Vous me facilitez le travail.

Quand elle eut terminé, elle rangea le rasoir, attrapa la tête de Pascal par les tempes et approcha sa bouche de son oreille. Puis elle susurra, comme en confidence :

— Vous n'avez pas votre place dans le monde que nous préparons.

Alors elle se retourna et sortit de son champ de vision. Il l'entendit fouiller dans des affaires, au fond du sac qu'elle avait emporté avec elle, sans doute. Puis il y eut un bruit métallique, plus lourd.

Quand elle réapparut, Pascal découvrit avec horreur qu'il ne s'était pas trompé. Elle tenait dans sa main une petite perceuse électrique. Pas de celles que l'on trouve dans les magasins de bricolage, non. Mais plutôt dans les salles de dissection.

Tout en plantant son regard dans les yeux de sa victime, elle ajusta une scie loche étroite au bout du mandrin.

Pascal Lejuste, à cet instant, aurait voulu hurler. Mais il ne pouvait plus. Ses cordes vocales aussi semblaient paralysées. Et le seul son qu'il entendit fut celui de la perceuse qui se mettait en route.

32.

Ari arriva, essoufflé, devant la maison de Pascal Lejuste. C'était une vieille demeure étroite, tout en pierre de taille, entourée d'un jardin bordé de haies. Le premier étage était engoncé sous un élégant toit de brique rouge. Tous les volets étaient fermés et aucune lumière ne filtrait de l'intérieur.

Ari appuya une première fois sur la sonnette située près de la grille d'entrée. Puis une fois encore. Rien. Aucune réponse, pas un bruit, pas une lampe qui s'allumât.

Il n'y avait personne dans la ruelle et le seul lampadaire du trottoir était éteint. Tout était calme et silencieux. Ari s'agrippa à l'une des colonnes de pierre de l'entrée et passa de l'autre côté du mur. Une fois dans la cour, il se précipita vers la maison, gravit les marches du perron et donna un violent coup de pied au niveau de la serrure. La porte résista et Ari comprit aussitôt qu'il était inutile d'insister. Elle était bien trop solide pour céder sous ses assauts.

Il fit le tour de la maison par la droite et s'arrêta devant une fenêtre. D'un geste, il tira sur les volets et le crochet de métal qui les maintenait fermés se brisa. Il ramassa une pierre dans le jardin et cassa un carreau. Tant pis si les voisins alertaient la police. Trop tard pour les regrets. Il enjamba la fenêtre.

L'intérieur était plongé dans l'obscurité et le silence total. Était-il arrivé trop tard ? Ou bien Lejuste avait été prévenu et quitté son domicile ? Ari attrapa son revolver d'une main puis de l'autre sortit son téléphone pour s'en servir de lampe torche improvisée. À la lumière du petit écran il parvint à se diriger dans le salon et trouva enfin un interrupteur.

La pièce s'illumina et il constata que tout était en ordre. Il passa alors dans la pièce adjacente. C'était la cuisine, vide et bien rangée elle aussi. Gardant son arme au poing, il fit le tour du rez-de-chaussée, prêt à tout. Il savait qu'à tout moment il pouvait tomber nez à nez avec le meurtrier – ou la meurtrière – ou découvrir le corps inanimé de l'occupant des lieux. Mais il ne trouva rien. Il s'engagea alors dans l'escalier de bois qui s'élevait au milieu de l'entrée. Une à une, il grimpa les marches grinçantes de la vieille maison, les deux poings fermés sur la crosse de son revolver. Il se contenta de la lumière qui venait d'en bas pour progresser dans la première pièce. Une chambre. Vide et en ordre. Le lit était fait. Il la traversa jusqu'à la salle de bain attenante. Rien ici non plus. Il revint sur ses pas et passa de l'autre côté du palier.

Il arriva devant une porte close. Tout doucement, il abaissa la poignée. La serrure n'était pas fermée. En entrant, il distingua un grand bureau en désordre. De nombreux livres entassés, des documents, des cartons, des bouteilles d'alcool et des verres traînaient ici et là. Mais pas de trace du drame qu'Ari s'attendait à découvrir.

Il avait fouillé toute la maison et n'avait pas trouvé la moindre anomalie. L'idée que son indicateur anonyme ait pu l'envoyer sur une fausse piste lui semblait de plus en plus probable.

Il était sur le point de redescendre quand il aperçut à travers les volets les flashes bleus d'un gyrophare.

Les flics avaient donc été avertis, sans doute quand il avait brisé la fenêtre. Ari rangea son arme et rejoignit directement la porte d'entrée. Il alluma la lumière extérieure, ouvrit le loquet et sortit sur le perron en exhibant sa carte de police.

Deux gendarmes s'approchèrent de lui, l'arme au poing.

— Qui êtes-vous ? demanda le plus gradé des deux.

— Commandant Mackenzie, de la DCRG.

— Qu'est-ce qu'il se passe ici ? On nous a signalé un cambriolage.

— Non. C'est moi qui ai cassé la fenêtre pour entrer. L'homme qui habite ici est en danger de mort. Pascal Lejuste. Vous n'avez pas idée de l'endroit où il pourrait être ?

Les deux gendarmes se regardèrent, hébétés.

— Je l'ai vu aujourd'hui, je sais qu'il est en ville. Mais à cette heure-là, son restaurant est fermé…

— Il est où, son restaurant ?

— Pas très loin.

— Emmenez-moi tout de suite, demanda Ari en claquant la porte derrière lui. Il n'y a pas de temps à perdre !

Les deux gendarmes échangèrent quelques mots en aparté puis ils invitèrent Ari à monter dans leur voiture.

33.

Celle qui se faisait appeler Lamia par ses pairs essuya la perle de sang sur son ventre musclé et la porta à ses lèvres.

C'était la première fois qu'elle avait accompli le rituel nue et les gouttes d'hémoglobine qui avaient éclaboussé son torse l'avaient excitée davantage. Elle chérissait ce sentiment de puissance qui se révèle, violent, au moment même où l'on sent la vie quitter sa proie. Ces secondes de contrôle où l'on peut décider d'arrêter à tout instant, ou bien de continuer et de les voir passer, là, sous ses yeux, de l'autre côté. Car au fond, ils n'étaient pour elle que des objets. Aucun d'entre eux ne méritait la moindre empathie. Trop faibles. Les tuer n'était plus un crime, c'était un jeu. Tout au plus leur douleur comblait-elle un peu le vide qu'elle éprouvait au contact de ces êtres inférieurs.

À chaque nouvelle exécution elle prenait encore plus de plaisir. Elle avait même appris à reconnaître ce moment si précieux où le regard, soudain, se vide.

Ce sont les yeux qui trahissent.

Lamia lécha langoureusement le bout de son doigt et prit le visage blafard de Pascal Lejuste entre ses mains. Son cerveau n'était pas encore complètement liquéfié, mais l'homme avec qui elle avait fait l'amour était déjà bien mort. Elle sourit.

Des claquements de portière résonnèrent dans la rue. Elle se précipita aussitôt vers la fenêtre et remarqua la voiture de la gendarmerie qui s'était arrêtée juste devant le restaurant. Elle poussa un juron. Comment avaient-ils pu être là si vite ?

Soudain, elle le vit. Ces cheveux poivre et sel, ce visage dur, cette barbe de trois jours, ce long trench-coat noir... Elle l'aurait reconnu entre mille. Ari Mackenzie, tel qu'elle l'avait vu à Reims. Toujours lui. Le président avait pourtant promis qu'ils la débarrasseraient de lui. La tâche devait vraisemblablement être trop dure pour eux et elle allait devoir s'en charger elle-même. Comme elle aurait dû le faire depuis le début.

Sans attendre, elle renfila ses vêtements et ramassa son sac. Elle lança un dernier regard au corps immobile de Pascal Lejuste, frustrée de ne pouvoir achever son œuvre. Cette fois-ci, elle ne pourrait repartir avec son trophée. L'essentiel était d'avoir trouvé le carré, mais elle n'avait récupéré qu'une partie de la cervelle liquéfiée du compagnon et cela la mettait dans une colère noire. Elle ne supportait pas cette impression d'inachevé. L'imperfection. Mackenzie avait troublé son travail. Elle lui ferait payer.

34.

— La lumière est allumée dans la salle du haut. Il doit être là !

Dans la voiture, Ari avait expliqué aux deux gendarmes que tout ceci était en rapport avec l'affaire du « trépaneur ». Ils savaient à quoi s'en tenir.

Le gradé frappa à la porte du restaurant, mais Ari n'attendit pas de réponse. À la seconde même où il avait aperçu la lumière dans le bâtiment, son instinct lui disait qu'il était déjà trop tard. Il tenta d'abaisser la poignée, mais elle résista.

— Aidez-moi, chuchota-t-il avant de donner un premier coup de pied au niveau de la serrure.

L'un des deux gendarmes l'imita, et à deux ils parvinrent, après plusieurs essais, à enfoncer la large porte.

Ari entra le premier. L'arme serrée entre les mains, tenue canon vers le sol au bout des deux bras presque tendus, il avança à pas rapides mais assurés, effectuant des pauses à intervalles irréguliers. Sans même vérifier que les deux gendarmes le suivaient, il s'engouffra dans l'escalier et monta prudemment les marches, le dos collé au mur, le regard à l'affût du moindre mouvement, de la plus petite ombre vacillante. Cette fois, il en était certain, il se passait quelque chose ici.

Arrivé en haut des marches, il se plaqua contre la cloison qui séparait le palier de la grande pièce éclairée. Il inspira profondément, puis il jeta un coup d'œil à l'intérieur avant de reprendre aussitôt position.

Il ne s'était malheureusement pas trompé. Ils étaient encore arrivés trop tard. Au beau milieu de la pièce, ligoté sur une table, il avait aperçu le corps d'un homme nu, en train de se vider de sa propre cervelle par un orifice percé à la base du crâne.

— On a un cadavre ici ! cria-t-il à l'intention des deux gendarmes.

— La porte de la terrasse est ouverte. Elle a été forcée ! répliqua l'un d'eux.

— Vérifiez toutes les pièces du rez-de-chaussée, ordonna Ari, certain toutefois que le meurtrier, ou plus probablement la meurtrière, s'était déjà enfui.

De son côté, il fit le tour de la grande salle et, sans baisser la garde, analysa méthodiquement la scène.

Il reconnut l'odeur d'acide et de détergent qu'il avait respirée pour la première fois dans l'appartement de Paul Cazo. Il ne visualisa aucune trace de lutte et les vêtements de l'homme étaient soigneusement posés sur une chaise. Soit la victime s'était déshabillée sous la menace d'une arme, soit elle l'avait fait d'elle-même. Peut-être la meurtrière usait-elle de ses charmes pour amadouer ses proies. Les analyses diraient sans doute s'il y avait eu rapport sexuel. Le commissaire de Reims n'avait rien mentionné à ce sujet concernant les trois précédents meurtres, mais la nudité de toutes les victimes permettait en tout cas d'envisager cette hypothèse.

La position du corps, l'emplacement des liens, le trou percé dans l'os pariétal, tout correspondait aux autres homicides. Le crâne, toutefois, n'était pas entièrement vide : la cervelle était visiblement encore en cours de liquéfaction. Ce qui signifiait que la meurtrière n'avait pas achevé le rituel qu'elle avait pratiqué sur ses trois autres victimes. Peut-être l'avaient-ils interrompue. Auquel cas elle ne devait pas être loin…

— Rien à signaler en bas ! s'exclama un gendarme.

Ari embrassa une dernière fois la pièce du regard puis descendit rapidement l'escalier.

Il traversa la grande pièce du bas et se rendit sur la terrasse. La porte avait été enfoncée. La meurtrière s'était enfuie de ce côté-là, sans doute en entendant arriver la voiture des gendarmes. Elle pouvait se cacher dans le jardin du restaurant.

À moitié courbé, il rejoignit rapidement la haie qui longeait la terrasse pour rester dans l'ombre. Pas à pas, il avança vers le fond du jardin. Son cœur battait à tout rompre. Il était bien trop exposé. À tout moment, la femme pouvait surgir et l'abattre. Mais il n'avait pas le choix.

Arrivé au milieu du jardin, il s'agenouilla et posa un regard circulaire sur toute la zone. Il cherchait une silhouette de trop, mais n'en trouva aucune. Une main frôlant l'herbe pour garder l'équilibre, il se remit en mouvement. Il vit alors une ombre vaciller derrière une branche. Il s'immobilisa, mais comprit vite que ce n'était qu'un oiseau ou un petit animal effrayé. Il avança encore et atteignit le fond du jardin. Une porte en fer forgé était grande ouverte.

Ari sortit sur le trottoir et examina les deux côtés de la rue. Personne. Au hasard, il courut vers la droite jusqu'à la prochaine intersection. Les rues étaient plongées dans le noir. Désertes. Il revint sur ses pas et partit inspecter les rues de l'autre côté. Toujours rien.

La mâchoire serrée, il rejoignit les deux gendarmes dans la maison.

De là où il était, il ne put ni voir ni entendre la longue berline marron qui démarra deux rues plus bas et quitta la ville phares éteints.

— Nous sommes arrivés quelques minutes trop tard, lâcha Mackenzie en rangeant son revolver sous son manteau. Vous pouvez appeler votre état-major... Dites-leur de prévenir le procureur de Chartres. Et dites-leur aussi de faire quadriller le secteur. On recherche une femme qui n'est pas de la région. Elle ne doit pas être bien loin. Je parierais qu'elle était encore là il y a un quart d'heure.

L'un des deux gendarmes se dirigea vers sa voiture pour passer le message radio.

Ari, dépité, se laissa tomber dans un fauteuil. Non seulement il n'avait pu empêcher ce quatrième meurtre, mais il allait devoir expliquer au procureur la raison de sa présence sur les lieux. Quant à Depierre, il risquait de se montrer beaucoup moins compréhensif, cette fois-ci...

35.

IV. Séparer le jour d'avec la nuit.

Quand le creux pourra s'ouvrir, il n'y aura plus de jour, plus de nuit. Seuls les élus pourront connaître cette ère nouvelle, et je serai leur servante, moi qui les ai appelés.

Les carrés, bientôt, seront réunis. La coquille, sur le quatrième, ne laisse aucun doute sur l'ordre. Et le lieu se dessine. Il n'en reste plus que deux et alors nous connaîtrons le chemin pour que le creux puisse s'ouvrir enfin.

Je rangerai les armes et pourrai m'offrir à eux.

36.

— Commandant Mackenzie, on peut dire que vous cherchez vraiment les emmerdes.

Ari ne répondit pas. Assis face au directeur adjoint Depierre, il regardait fixement le téléphone d'où émanait la voix grave et rauque du procureur Rouhet. Le magistrat de Chartres n'avait pas pour réputation d'être un homme compréhensif et Ari s'attendait au minimum à une véritable mise à pied. Il espérait seulement que le blâme ne serait pas plus grave encore.

Il était épuisé, à bout de nerfs, et pas en état d'affronter ce genre de scène. Il avait passé une bonne partie de la nuit à s'expliquer auprès des gendarmes, puis le matin il avait dû patienter le temps qu'un mécanicien de Figeac répare sa MG avant de pouvoir faire le trajet du retour, lui-même guère reposant.

En entrant dans la pièce, il n'avait pu lire la moindre information sur le visage de Depierre. Le directeur adjoint s'était montré d'une froideur muette et tout ce qu'Ari avait pu interpréter de son regard, c'était une profonde déception.

Mais Mackenzie n'éprouvait pas réellement de scrupule ou de remords. Certes, il était très largement sorti de ses prérogatives et avait ostensiblement désobéi à ses supérieurs – qui lui avaient tout de même expressément demandé de se mettre en vacances et de ne pas se mêler de l'enquête – mais, après tout, il n'avait fait que son devoir. Son devoir d'ami, en tout cas. Celui qui comptait le plus pour lui.

— Non seulement vous interférez dans une enquête qui ne dépend pas de votre service, mais en plus vous vous comportez comme un OPJ[1] – ce que vous n'êtes absolument pas habilité à faire en tant qu'agent de la DCRG – le tout alors que votre directeur adjoint vous a mis en congé, justement pour éviter ce genre de dérapage. C'est à croire que vous cherchez à vous mettre dans la situation la plus difficile possible.

Ari se frotta les joues d'un air las. Il n'avait pas besoin que le procureur lui rappelle les faits, et cette mise en scène l'agaçait au plus haut point. Il avait l'impression de revenir vingt ans en arrière, dans le bureau d'un directeur de collège en train de faire la morale à un étudiant chahuteur.

Toutefois, quelque chose l'intriguait. Cette petite cérémonie si bien orchestrée dans le bureau de Depierre semblait cacher quelque chose. Ari se demanda si le procureur n'avait pas une idée derrière la tête et n'allait pas lui proposer un arrangement. S'il avait voulu le faire sanctionner, il n'aurait pas pris la peine de l'appeler lui-même. Et cette façon de commencer par une réprobation théâtralisée annonçait peut-être une proposition de marché.

Ari se demanda même si Frédéric Beck, le puissant patron de la SFAM, qui le surveillait de loin, n'était pas intervenu en sa faveur auprès du ministère. Quoi qu'il en fût, il décida de jouer la provocation, dans l'espoir d'enlever à son interlocuteur le moindre sentiment de

1. Officier de police judiciaire.

supériorité dans la bataille qu'ils allaient sans doute se livrer. Il détestait qu'on le prenne pour un imbécile et qu'on le traite comme un gosse.

— Bon… Monsieur le procureur, où vous voulez en venir ? Vous ne m'avez pas convié dans le bureau d'un inspecteur général pour me faire la morale par téléphone, je suppose ? Alors je vous écoute, allez droit au but, je suis certain que votre temps vous est précieux en ce moment.

Depierre, perplexe, écarquilla les yeux et se prit la tête à deux mains d'un air effondré. Il se tapota ensuite la tempe de l'index en fixant Mackenzie avec insistance, l'air de dire : « Ça va pas, non ? » Mais Ari était presque sûr d'avoir joué la bonne carte. Le procureur attendait quelque chose de lui.

Après plusieurs secondes de silence, Rouhet reprit enfin la parole.

— Vous pouvez faire le malin, Mackenzie, mais je vous préviens tout de suite, ne me cherchez pas trop non plus… Parce que je ne suis pas très patient, voyez-vous, et si vous ne voulez pas que je vous colle une enquête de l'IGS, je vous recommande de quitter rapidement ce petit ton supérieur.

— Nous savons tous les deux ce que nous avons à perdre et à gagner dans cette histoire, monsieur le procureur. Je vous propose simplement de sauter l'introduction protocolaire et de passer tout de suite à votre proposition.

— Mackenzie, en moins d'une semaine, j'ai quatre meurtres sur les bras et pas l'ombre d'une piste. Tout ce qu'on a pour l'instant, c'est la certitude que le meurtrier est une femme, et croyez-moi, ce n'est pas le genre d'information qui suffit à calmer qui de droit. J'ai tellement de monde sur le dos que j'ai même plus le temps de dormir. Le garde des Sceaux, la place Beauvau, Matignon, on me harcèle de tous les côtés.

— J'ai toujours adoré les périodes électorales, railla Ari qui savait pertinemment ce que redoutait le procureur.

Celui-ci ne releva pas l'ironie et continua.

— Pendant ce temps-là, la DIPJ de Versailles piétine. Je ne sais pas comment mais, visiblement, vous en savez beaucoup plus qu'eux. Alors, voyez-vous, deux choix se présentent à moi aujourd'hui. Soit je vous envoie l'IGS et vous leur racontez comment il se fait que vous vous soyez trouvé deux fois sur les lieux du crime, vous leur dites tout ce que vous savez et vous recevez une belle punition pour désobéissance caractérisée, soit…

— Oui ?

— Soit je vous donne provisoirement une habilitation d'OPJ et vous me trouvez ce foutu meurtrier. Votre directeur adjoint se dit prêt à vous laisser occuper cette fonction le temps nécessaire, ce qui est fort bienveillant de sa part, vous l'admettrez.

Ari ne put réprimer un ricanement. Il était certain que Depierre l'avait perçu, mais le procureur, à l'autre bout du fil, n'avait rien entendu.

Il ne s'était donc pas trompé. Rouhet était aux abois, il était prêt à tout pour boucler l'enquête, y compris à la confier au plus indiscipliné des agents de la DCRG, dont ce n'était absolument pas la fonction.

— Vous voulez que je dirige l'enquête de la DIPJ ? plaisanta Ari en s'approchant du téléphone.

— N'exagérons rien, Mackenzie. Disons plutôt que je veux bien vous laisser continuer votre enquête de votre côté, mais à une seule condition.

— Vous voulez que je vous fasse une lettre de recommandation pour le prochain garde des Sceaux ?

— Très drôle. Non, Mackenzie. J'exige un rapport circonstancié tous les soirs.

La situation était bien plus cocasse qu'Ari ne l'aurait imaginé et, tout compte fait, il commençait à s'amuser.

— Bref, vous me mettez en concurrence directe avec la DIPJ de Versailles… En gros, vous voulez que je me fasse détester par tous les flics de France ?

— Je m'occupe de gérer l'ego des uns et des autres, Mackenzie, ne vous souciez pas de ça. De toute façon, vous n'avez pas besoin de moi pour soigner votre réputation auprès de vos collègues, et ce qu'on dit de vous ne semble pas vous gêner… Alors contentez-vous de continuer votre enquête. C'est ce que vous souhaitez, non ? Visiblement, vous n'avez pas envie de lâcher l'affaire. Alors soit, on vous laisse poursuivre. Et mieux que ça, on vous donne même provisoirement une habilitation. Mais je vous préviens, Mackenzie, si un seul soir vous négligez de me faire votre rapport, je vous fais boucler et je m'assure personnellement que vous preniez le maximum, c'est compris ?

— Ma foi, monsieur le procureur, tout cela me semble être les bases d'une saine et amicale relation, ironisa Ari en se redressant sur son fauteuil. Je suis véritablement enchanté.

En réalité, il n'était pas mécontent de si bien s'en tirer. Pour lui, l'essentiel était en effet de pouvoir continuer son enquête, le reste n'avait pas d'importance. Après tout, si tout le monde y trouvait son compte, tant mieux. Il savait que le procureur ne lui montrerait pas la moindre gratitude et en récupérerait probablement tout le mérite une fois l'enquête terminée, mais ce n'était pas sa préoccupation. Pour lui, une seule chose comptait : faire mettre derrière les barreaux les personnes responsables du meurtre de Paul Cazo.

— Monsieur le procureur, j'ai encore une question.

— Je vous écoute.

— Les relevés ADN ont déterminé que le meurtrier était une femme…

— Oui.

— La DIPJ a-t-elle procédé à une comparaison ADN avec Mona Safran ?

— C'est en cours. Je vous ferai suivre le dossier dès qu'ils auront le résultat. Une affaire de quarante-huit heures tout au plus.

Quand le procureur raccrocha enfin, Depierre poussa un long soupir et croisa les mains sur son bureau.

— Vous avez de la chance, Ari.

— Ah oui ? On ne doit pas avoir les mêmes conceptions du bonheur, patron. Moi, ce que je vois, c'est que j'ai perdu un homme qui était comme mon père et que la bande de malades qui l'a assassiné m'a sans doute inscrit tout en haut de sa liste noire. Je ne me trouve pas particulièrement chanceux.

Depierre planta ses yeux dans ceux de l'analyste.

— La « bande de malades » ? Vous ne pensez pas qu'il s'agit d'un seul tueur ?

— Non. C'est un groupe organisé.

— Vous êtes donc vraiment, *vraiment* bien plus avancé dans votre enquête que les gars de Versailles, n'est-ce pas ?

— Faut croire. Mais je n'y suis pas pour grand-chose, j'ai l'impression d'avoir un ange gardien.

— Comment ça ?

— D'abord, le jour même où il s'est fait tuer, Paul Cazo m'a adressé un document qui m'a permis de comprendre certaines choses ; ensuite j'ai reçu une lettre anonyme qui me donnait le nom de la prochaine victime... Vous voyez, je n'y suis pas pour grand-chose.

— Je vois. Un indic mystère ?

— Oui. À moins que ce ne soient les meurtriers eux-mêmes, simplement pour me narguer. Étant donné le moment où j'ai reçu la lettre, il aurait fallu un miracle pour que j'arrive à temps à Figeac.

— En tout cas, je ne vous demande qu'une chose. Et cette fois, c'est un ordre, vous n'avez pas intérêt à me désobéir.

— Vous me connaissez, répondit Ari d'un air innocent.

— Je vous interdis formellement de rentrer chez vous. Allez à l'hôtel, chez des amis, où vous voulez, mais vous ne mettez plus les pieds dans votre appartement tant que cette affaire n'est pas finie. Si vous le voulez, je peux vous obtenir un logement provisoire par le ministère. Mais vous êtes devenu une cible privilégiée du ou des meurtriers, et il est hors de question que vous preniez ce risque, c'est bien compris ? Vous avez beau être le pire des casse-pieds... je n'ai pas particulièrement envie de vous retrouver entre quatre planches, Mackenzie.

— C'est promis, monsieur le directeur adjoint.

Et, pour une fois, Depierre fut certain qu'Ari s'en tiendrait à son ordre.

37.

Ari entra sous le grand porche de la Sorbonne, au milieu des larges colonnes de pierre. Dans la magnifique cour d'honneur, il croisa quelques étudiants, assis à même le sol, le long des murs ou au pied des statues de Victor Hugo et de Pasteur, puis il passa par la galerie Robert de Sorbon pour rejoindre le département des lettres.

Avant de quitter Levallois, Ari avait joint par téléphone le professeur Bouchain, qui enseignait les formes anciennes du français à Paris-IV, et qui avait accepté de le recevoir le jour même. Ce n'était pas la première fois que l'analyste faisait appel à ce vieux professeur de fac, un érudit dont la maîtrise des diverses variantes du vieux français et de ses dialectes n'avait d'égale que sa modestie et sa disponibilité. Il faisait partie des nombreux contacts qu'Ari entretenait dans les milieux universitaires, parce que ses recherches nécessitaient souvent l'aide de spécialistes de cet acabit.

— Je ne vais pas vous embêter longtemps, professeur. J'ai deux textes très courts, écrits en picard du Moyen Âge, à faire traduire. Vous êtes sans doute mieux à même que moi d'y comprendre quelque chose.

Le vieil homme, assis derrière son bureau en désordre, hocha la tête.

— Je ne suis pas familier avec le picard, Ari, mais je peux jeter un coup d'œil, si vous voulez. C'est une langue qui n'est pas si éloignée que ça du vieux français. Montrez-moi votre texte. Au pire, je vous adresserai à l'un de mes collègues de l'université Jules-Verne, à Amiens.

Ari aplatit la photocopie de Paul Cazo sur le bureau du professeur Bouchain.

— Diable ! Cela ressemble fort à une page du carnet de Villard ! lâcha le vieil homme en approchant son nez de la feuille.

Ari marqua son étonnement. Ces carnets étaient plus célèbres qu'il ne l'avait soupçonné.

— Il est fort probable que cela en soit une, en effet...

— Et c'est le dessin d'un astrolabe arabe, ajouta le professeur, dont l'érudition ne cessait de surprendre Ari.

— Je le pense aussi.

— Bien. Pour les lettres, en haut, « LE RP –O VI SA », je ne peux pas vraiment vous aider, ce sont des abréviations, n'est-ce pas ?

— Oui, ou un mot codé, je ne sais pas.

— Soit, reprit le vieil homme en réajustant ses lunettes sur son nez, alors, voyons ce premier texte, là, à côté de l'illustration... « *Je ui cest engien que gerbers daureillac aporta ichi li quex nos aprent le mistere de co qui est en son le ciel et en cel tens navoit nule escriture desore.* »

Il marmonna quelques mots dans sa barbe.

— Hmmm. Je vois. Je vous fais une traduction littérale, n'est-ce pas ?

— Bien sûr.

— Vous voyez, l'une des difficultés pour un profane, avec le picard du Moyen Âge, c'est que la lettre « u » et la lettre « v » s'écrivent toutes les deux « u », et que le « j » s'écrit « i ». Les débutants ont souvent un peu de peine avec cela. Alors... Je me lance : *J'ai vu ce...* Attendez, oui, c'est bien ça. « *J'ai vu cet engin que Gerbert d'Aurillac apporta ici...* »

Le professeur hésita un instant, lut la suite à voix basse, puis il releva la tête et livra la traduction complète, visiblement sûr de lui.

— « J'ai vu cet engin que Gerbert d'Aurillac apporta ici et qui nous enseigne le mystère de ce qui est dans le ciel et à cette époque il ne portait aucune inscription. »

Ari nota la traduction sur son carnet Moleskine.

— Vous savez qui est Gerbert d'Aurillac, n'est-ce pas ? lui demanda le professeur.

L'analyste haussa les épaules d'un air embarrassé.

— Non, je vous avoue que non...

— Gerbert d'Aurillac était un moine auvergnat devenu pape sous le nom de Sylvestre II, aux alentours de l'an mille. C'était un grand mathématicien et un éminent spécialiste de la culture antique. Un personnage étonnant...

— Je vois. Je vous remercie, je chercherai de plus amples informations sur lui plus tard. Et le deuxième texte, en bas de la page, vous pensez pouvoir le traduire aussi ?

— Oui, sans doute. C'est moins compliqué que je ne le pensais. Attendez... « *Por bien comenchier, ia le cors de le lune deuras siuir par les uiles de franche e dailleurs lors prenras tu mesure por co que acueilles bon kemin.* »

Tout en suivant les mots du doigt, il murmura quelques paroles inaudibles, se concentra encore un peu plus puis eut un large sourire, comme si le texte l'avait amusé.

— C'est singulier... C'est une véritable chasse au trésor, votre papier !

— Qu'y a-t-il d'écrit ? le pressa Ari.

— « Pour bien commencer, tu devras suivre la marche de la lune à travers les villes de France et d'ailleurs. Alors tu prendras la mesure pour prendre le bon chemin. » Vous êtes sûr que ce n'est pas une farce, votre affaire ? On ne dirait pas vraiment du Villard de Honnecourt, mais plutôt une blague d'étudiants. C'est un jeu ?

— Non. Je pense que c'est très sérieux, au contraire. Mais je n'en sais pas plus...

— Eh bien ! Vous me raconterez, cela a l'air amusant, votre affaire !

— Bien sûr, professeur. Quelque chose me dit que j'aurai encore besoin de votre aide dans les prochains jours, si vous voulez bien. Je vous remercie vivement.

— Je vous en prie, ce n'est rien. C'est toujours un plaisir de vous revoir, Ari. Vos enquêtes me changent un peu de l'enseignement !

L'analyste prit congé du professeur en lui serrant chaleureusement la main et se rendit directement vers la bibliothèque de la Sorbonne, au milieu du bâtiment. D'après ce que venait de traduire le professeur Bouchain, il devait y avoir un lien entre l'astrolabe et ce fameux Gerbert d'Aurillac. « J'ai vu cet engin que Gerbert d'Aurillac apporta ici. » Avant de quitter les locaux de l'université, il voulait sans tarder fouiller cette piste.

Après avoir pioché plusieurs ouvrages de référence dans le rayon consacré à l'histoire médiévale, il prit place à une table parmi les étudiants. Il feuilleta les livres qu'il avait sous les yeux et lut avec attention les différentes biographies qu'il put trouver au sujet de ce personnage.

Avant tout, on y relatait la brillante carrière religieuse de cet homme né en Auvergne vers 938. Après des études dans un monastère bénédictin, il s'était fait remarquer en 963 par le comte de Barcelone. Celui-ci l'avait emmené en Espagne où il avait poursuivi ses études. Passionné d'arithmétique, il s'était notamment permis d'abandonner l'emploi des chiffres romains, leur préférant ceux des marchands arabes, nombreux à Barcelone.

Après trois ans passés à étudier en Espagne, Gerbert d'Aurillac avait accompagné le comte de Barcelone à Rome, où il avait rencontré le pape Jean XIII et l'empereur Othon Ier. Celui-ci, impressionné par son érudition, lui avait alors confié l'éducation de son fils Othon II. Repéré quelques années plus tard par l'archidiacre de Reims, il prit la direction du collège épiscopal de cette ville. Reims... L'occurrence ne pouvait être un hasard, pensa Ari.

En 982, la réputation de Gerbert et l'amitié que lui portait Othon II lui avaient valu de recevoir la direction de l'abbaye de Bobbio, en Italie. Puis il était devenu archevêque de Reims à son tour.

En couronnement de cette carrière déjà très honorable, proche des empereurs influents, il avait été élu pape en 999, à la mort de Grégoire V, sous le nom de Sylvestre II. Enfin, il s'était éteint à Rome en l'an 1003.

Mais ce qui intéressa surtout Ari, ce furent les nombreuses anecdotes étonnantes qu'il glana ici et là au sujet de Gerbert d'Aurillac. Avant tout, il y avait des détails quelque peu sulfureux. Après la mort de ce pape qui avait traversé l'an mille, l'Église, devenue méfiante à l'égard des érudits, avait sali sa mémoire et prétendu qu'il devait son savoir et son élection à un accord passé avec le diable ! De même, certains auteurs racontaient que, après un voyage aux Indes, il avait acquis des connaissances qui avaient stupéfié son entourage. Selon eux, il possédait dans son palais une tête de bronze magique qui répondait par oui ou par non à toutes les questions que Gerbert d'Aurillac lui posait... Selon lui, cette tête n'était en réalité qu'une simple machine de son invention, qui effectuait des calculs avec deux chiffres ; une sorte d'ancêtre des machines binaires.

Ce personnage, tellement passionné par les sciences, avait été capable de faire des choses hors du commun pour son temps. Par exemple, la légende racontait qu'il s'était déguisé en musulman pour visiter la fabuleuse bibliothèque de Cordoue et ses centaines de milliers de volumes… Gerbert d'Aurillac s'était initié à la science musulmane lors de son séjour en Espagne, et en particulier aux mathématiques et à l'astronomie, grâce à ses séjours dans les monastères catalans qui détenaient de nombreux manuscrits arabes. Ainsi, il restait encore célèbre aujourd'hui pour avoir rapporté en Europe le système de numération décimale et le zéro. Il était également capable de calculer l'aire des figures régulières, comme le cercle, l'hexagone ou l'octogone, mais aussi le volume de la sphère, du prisme, du cylindre, de la pyramide.

Enfin, et c'était au fond la seule information véritablement importante pour Ari, Gerbert d'Aurillac aurait rapporté d'Espagne le premier astrolabe que l'Occident chrétien ait connu, et grâce auquel il avait expliqué, bien avant Galilée, le fonctionnement du système solaire. Cet astrolabe aurait ensuite été conservé par la ville de Reims.

« J'ai vu cet engin que Gerbert d'Aurillac apporta ici. » *Ici*, ce pouvait donc être Reims. L'astrolabe dessiné sur la photocopie de Paul Cazo était vraisemblablement celui rapporté à Reims par le futur pape.

Ari avait espéré trouver dans les différents ouvrages la représentation de ce fameux astrolabe, mais il ne vit rien de tel. Il passa l'heure suivante à le chercher, en vain, dans d'autres volumes plus généraux, afin de voir s'il pouvait correspondre au dessin de Villard. Malheureusement, il comprit rapidement qu'il lui faudrait sans doute chercher ailleurs.

Ari avait acquis la certitude qu'il y avait un rapport entre l'astrolabe, Gerbert d'Aurillac et la ville de Reims. La ville où Paul avait été assassiné. Cela ne pouvait être un hasard.

38.

Ari se rendit au Passe-Murailles vers 19 heures, au moment où la librairie fermait, en dehors des jours de grande affluence. De loin, il vit Lola qui rabattait les grands volets de bois sur la vitrine et, il n'aurait su dire pourquoi, l'observer ainsi en retrait alors qu'elle ne l'avait pas encore aperçu l'emplissait d'une profonde mélancolie. Dans ces moments-là, l'envie de baisser enfin sa garde l'envahissait et il se voyait arriver derrière elle, la saisir par les épaules et lui glisser à l'oreille les mots d'amour définitifs qu'elle attendait depuis longtemps et qu'il ne parvenait toujours pas à formuler. Quelque chose comme : « Je suis prêt. On y va », ou bien tout simplement « Je t'aime, pardonne-moi », et il savait qu'elle comprendrait.

Mais l'heure n'était pas encore venue. Il se demandait même s'il saurait reconnaître le bon instant. Tout ce dont il était sûr, c'est qu'elle était plus belle que la plus belle des femmes et qu'il avait envie, chaque fois qu'il la voyait, de la serrer contre lui. Tout simplement la serrer contre lui.

Ari s'appuya contre un mur de l'autre côté de la place. Il voulait la regarder encore un peu. La voir comme elle était quand il n'était pas là. La voir dans son quotidien, dans son monde à elle.

Il se demandait ce qui le retenait vraiment. Cela aurait pu être leur différence d'âge, bien sûr, mais il y avait quelque chose chez Lola qui faisait que cela n'avait aucune importance. Non, c'était autre chose. Quelque chose de plus profond, de plus complexe. Une zone d'ombre qu'il se refusait à mettre au jour. Un psy, certainement, l'aurait incité à aller chercher du côté du décès de sa mère, mais cela lui semblait tellement banal, tellement cliché ! Pourtant, il y avait sûrement un peu de ça. La mort d'Anahid Mackenzie avait laissé un vide que ni Ari ni son père n'avaient jamais voulu combler. Elle restait encore à ses yeux la figure de La Femme et c'était comme si en faire entrer une autre au centre de sa vie constituait une insulte à sa mémoire. Oui. Il y avait sans doute un peu de cela. Mais ça ne pouvait pas expliquer tout.

Alors était-ce le chemin qu'il devait suivre ? Pour ouvrir enfin sa porte à cette femme qu'il aimait tant, Ari allait-il devoir se plier au rituel occidental du divan ? Consulter un psy pour s'épancher pendant des heures sur les maux enfouis d'un petit garçon resté trop silencieux ? L'idée le rebutait, par fierté, peut-être, et parce qu'il estimait indécent de donner tant d'importance à ces blessures qu'il espérait pouvoir soigner seul. Mais cela faisait presque trois ans, maintenant, qu'il ne parvenait pas à s'abandonner à Lola, et il était temps de faire quelque chose.

Les vibrations dans sa poche l'extirpèrent de sa réflexion. Le numéro d'Iris s'afficha sur l'écran.

— J'ai trouvé les coordonnées de ton spécialiste des carnets de Villard. Il accepte de te rencontrer demain matin.

— Tu es incroyable, Iris. Je t'adore, tu sais ?

Il nota sur son carnet Moleskine les informations que lui dictait sa collègue et la salua chaleureusement.

Au loin, Lola commença à rentrer les présentoirs à cartes postales. Chassant les questions qui hantaient encore son esprit, Ari se remit en route et franchit les derniers mètres qui le séparaient de la librairie. Il sourit largement quand Lola le remarqua enfin.

— Tiens ! Te voilà, toi...

— Oui, Lola. Désolé, mais tu vas devoir à nouveau m'héberger ce soir. Ordre de mon patron.

— Elle est bien bonne, celle-là !

— Je te jure, répliqua Ari en souriant, j'ai pas le droit de rentrer chez moi...

Lola lui répondit par un geste amusé. Avec Ari, elle savait qu'il fallait s'attendre à tout.

— Bon, d'accord, si tu le dis, mais alors tu m'invites au restaurant. Il y a que dalle dans mon frigo.

— On se retrouve chez toi dans une demi-heure. Je fais un aller-retour en coup de vent à mon appartement pour prendre quelques affaires...

— Et Morrison ?

— Ça te dérange pas ?

— Non, t'en fais pas. Tu sais que je l'adore, ton chat. Mais je croyais que tu ne devais pas aller chez toi ?

— Je ferai attention, juste le temps d'attraper des fringues et de récupérer le chat...

— OK. Sois prudent.

Une heure plus tard, ils dînaient en tête à tête dans l'une des grandes brasseries de la place de la Bastille. Ari passa toute la première partie du repas à expliquer à Lola ce qui était arrivé pendant les dernières vingt-quatre heures. La jeune femme écouta attentivement, ponctuant par moments la conversation d'interjections incrédules. L'histoire d'Ari prenait une tournure incroyable et Lola était partagée entre l'inquiétude et la fascination.

— Alors, à ton avis ? interrogea la jeune femme quand Ari eut terminé son histoire. Le mobile de ces meurtres, c'est quoi ?

— C'est forcément en rapport avec le document que m'a envoyé Paul, et donc, probablement, avec le carnet de Villard de Honnecourt.

— C'est-à-dire ?

— Eh bien, je l'ignore... Le document est peut-être une photocopie d'une page qui manque dans les carnets – il en manque apparemment plusieurs – et que les meurtriers recherchent justement. C'est l'explication la plus simple, et selon...

— Oui, oui, je sais, le principe du rasoir d'Ockham, ta grande théorie, tout ça... Bon. OK. Et pourquoi tuent-ils ces hommes-là en particulier ?

Lola savait qu'Ari avait besoin de clarifier ses idées, et en lui posant ces questions, elle espérait pouvoir l'aider.

— Probablement parce qu'ils pensent que la personne en possession du document est un compagnon du devoir.

— Excuse mon ignorance, mais ça existe encore vraiment, les compagnons du devoir ? Je croyais que c'était juste un peu de folklore hérité du Moyen Âge.

— Le compagnonnage est né au Moyen Âge, oui, mais il reste très vivant aujourd'hui.

— OK, mais concrètement, ça consiste en quoi ? Un type qui veut devenir charpentier, il va à l'école, de nos jours, non ?

— Le but reste à peu près le même qu'avant : ce sont des associations entre professionnels d'un même métier qui partagent leurs connaissances, forment des apprentis et s'entraident, tout en respectant des valeurs humanistes assez traditionnelles.

— Et quel est le rapport avec la franc-maçonnerie ? Je confonds toujours les deux.

— Parce qu'il y a eu beaucoup d'échanges entre l'une et l'autre. La maçonnerie a repris des symboles utilisés par les compagnons ainsi que le rituel de l'initiation et la structure de loges. Le compagnonnage, quant à lui, a intégré la philosophie humaniste propre à la franc-maçonnerie du XVIIIe siècle, très proche de la philosophie des Lumières. Mais sur le fond, elles n'ont pas du tout le même but. Le compagnonnage sert à former et à accompagner des gens d'un même métier, alors que la maçonnerie est une association purement philosophique.

— D'accord, mais je ne vois toujours pas comment le compagnonnage peut encore fonctionner, concrètement, au XXIe siècle...

— C'est simple, un jeune de dix-huit ans au moins, qui a déjà une qualification professionnelle, peut demander son affiliation à une société de compagnonnage. Il passe alors des épreuves, à la fois professionnelles et initiatiques et, s'il est admis, son apprentissage peut commencer. Il est guidé par des compagnons plus âgés, et il est amené à voyager de chantier en chantier.

— Ils font encore le tour de France ?

— Peut-être pas de manière aussi concrète qu'au Moyen Âge, mais oui, ils vont de ville en ville. À la fin de son voyage, les formateurs décident si le jeune peut être reçu compagnon ou non. Si c'est le cas, il prend alors le titre de « compagnon reçu ». Il y a ensuite une troisième et dernière étape, pour devenir « compagnon-fini », qui consiste en la fabrication d'un chef-d'œuvre. Le compagnon peut ensuite s'installer à son compte et devenir formateur à son tour. En gros, c'est ça.

— Dis donc, tu t'y connais drôlement bien…

— Le compagnonnage a un rapport indirect avec l'ésotérisme. Ça fait partie de ma culture, Lola.

— Et les loges compagnonniques, c'est quoi ?

— Des petites structures locales où plusieurs compagnons se réunissent, à la fois pour partager leurs connaissances, s'entraider et recevoir des apprentis. Elles organisent régulièrement des « tenues », un peu comme les francs-maçons, où on discute des affaires communes, en respectant une forme un peu particulière : rituel, organisation des débats, tout ça.

— Ça fait un peu désuet.

— Je trouve en fait que c'est une façon assez saine d'unir des gens d'un même métier autour de valeurs un peu moins artificielles que le fric.

— Si tu le dis… En tout cas, là, ces compagnons ont l'air de traîner dans une drôle d'histoire.

— Ils ne sont peut-être que les propriétaires d'un document qui attire des convoitises.

— Et à ton avis, qu'y aurait-il sur ce document de si précieux pour que des gens soient prêts à tuer quatre personnes dans l'espoir de le récupérer ? Ce que tu m'as montré n'est jamais que le dessin d'un astrolabe avec un peu de texte autour…

— J'en sais rien, avoua Ari. Même si une page perdue d'un célèbre manuscrit du XIIIe siècle doit avoir une réelle valeur matérielle, c'est sûrement plus compliqué que ça, en effet. Et si c'était ce qui est inscrit sur cette page qui les intéresse ? Le texte du bas ressemble à un extrait de chasse au trésor.

Ari sortit son Moleskine et lut le texte à haute voix.

— Écoute : « Pour bien commencer, tu devras suivre la marche de la lune à travers les villes de France et d'ailleurs. Alors tu prendras la mesure pour prendre le bon chemin. »

— C'est vrai que ça ressemble à une chasse au trésor. Mais tu crois vraiment qu'on tuerait pour un texte et un dessin ?

— Tout dépend de ce qu'ils signifient. T'en sais rien : imagine que cela révèle l'emplacement d'un vrai butin ! s'exclama Ari.

— Ah ben oui, bien sûr ! Le trésor des templiers ou de Jérusalem, surenchérit la jeune femme en souriant.

— Ce que je voudrais comprendre, Lola, c'est le lien entre ces quatre hommes assassinés, en dehors du fait qu'ils sont compagnons du devoir. Je suppose que les meurtriers ne vont pas abattre un à un tous les compagnons de France, tout de même ! Alors pourquoi ceux-là en particulier ? Est-ce qu'ils se connaissaient ? Je ne sais pas pourquoi, mais j'ai l'impression que cette mystérieuse Mona Safran connaît la réponse.

— Ouais, ben moi, à ta place, je me méfierais de cette bonne femme...

— Tu es jalouse, ma parole !

Lola haussa les yeux au plafond.

— Excuse-moi, mais avoue qu'elle n'est pas claire. Comme par hasard, elle habite dans le village où ton fameux Villard de Honnecourt a travaillé... Et le fait que le tueur en série soit une femme, si tu veux, euh... on ne peut pas dire que ce soit particulièrement rassurant.

— Ça ne peut pas être elle. Elle ne serait pas venue me voir le lendemain de la mort de Paul Cazo. Depuis Hitchcock, les meurtriers savent qu'il ne faut jamais revenir sur les lieux du crime.

— Elle l'a peut-être fait justement pour se disculper à tes yeux ; ce qui semble assez réussi, d'ailleurs.

Ari haussa les épaules.

— Si ça se trouve, au contraire, c'est elle qui m'a envoyé la lettre anonyme et qui m'a mis sur la piste de Pascal Lejuste... Elle m'a écrit son numéro sur un bout de papier. Il faudrait que je fasse comparer les deux écritures par notre graphologue à Levallois.

— Eh bien, tu demanderas à ton graphologue de vérifier par la même occasion si ta Mona n'est pas une psychopathe sanguinaire...

Le serveur leur apporta les desserts et ils finirent leur repas sans évoquer à nouveau l'enquête. Ari sentait que Lola commençait à éprouver une certaine inquiétude à l'idée que son ami fût impliqué dans une si sombre affaire. Il tenta de la divertir en parlant musique et cinéma, puis ils quittèrent enfin le restaurant, bras dessus, bras dessous.

Un peu avant minuit, ils étaient à nouveau assis face à face dans l'appartement de la libraire. Le chat Morrison était confortablement installé sur le canapé. Lola l'avait déjà hébergé plusieurs fois, il ne se sentait visiblement pas perdu.

— T'as un annuaire, ici ? demanda Ari en fouillant dans sa poche.

— Oui, sur Internet...

Pour une fois, Ari allait devoir trahir ses principes et se résoudre à utiliser cet outil qu'il détestait tant.

— J'ai le téléphone portable du grand blond avec qui je me suis battu hier, je voudrais analyser son historique d'appels.

— Si ça se trouve il y aura le numéro de Mona Safran, et là, tu ne pourras plus nier l'évidence, mon bonhomme !

Ari avait envisagé cette possibilité. S'il avait pu établir un lien direct entre cette femme et l'un des gros bras tatoués, l'implication directe de Mona Safran n'aurait plus fait aucun doute.

Il appuya sur le bouton « Menu » du téléphone et chercha comment accéder à l'historique des appels. Voyant qu'il éprouvait quelque difficulté, Lola lui ôta l'appareil des mains et afficha la liste.

Ari se rapprocha de son amie à mesure qu'elle faisait défiler les numéros. Il reconnut celui de l'homme qu'il avait tué dans son appartement, mais nulle part n'apparaissait celui de Mona Safran. Bizarrement, il éprouva une forme de soulagement. Non pas seulement pour le plaisir d'avoir raison, mais parce que cette femme s'était présentée comme une amie de Paul – en tout cas son dossier prouvait qu'elle avait bien été son élève à Reims – et il ne parvenait pas à accepter qu'elle pût être impliquée dans son meurtre.

En revanche, mis à part celui du complice, un numéro apparaissait plusieurs fois dans la liste, parfois à seulement quelques minutes d'intervalle. Ari le nota sur un morceau de papier qu'il tendit à Lola.

— Tu crois que tu peux me retrouver à qui appartient ce numéro ?

— Je vais essayer avec l'annuaire inversé.

La jeune femme se connecta à Internet et lança la recherche. Après quelques secondes, elle se tourna vers Ari d'un air désolé.

— Non. Ça donne rien.

— Je savais bien que ça marchait jamais, le Net !

— T'es con ou quoi ? C'est pas Internet qui marche pas, c'est juste que ce numéro est sur liste rouge !

— Bon, ben j'irai chercher demain à Levallois, conclut Ari en éteignant le téléphone portable.

Ils burent un dernier verre ensemble et se couchèrent rapidement. Quand Ari effleura la main de Lola, elle se laissa faire puis elle glissa ses doigts entre les siens. Ils s'endormirent main dans la main, comme deux adolescents.

39.

Lamia rentra un peu après minuit dans son trois-pièces. Elle aimait ce quartier silencieux, loin des commerces, loin de tout, où l'on ne croisait jamais personne. L'immeuble qu'elle occupait n'était presque constitué que de bureaux. Le soir, il était désert, muet, toutes lumières éteintes, et cela lui convenait parfaitement. Elle n'aurait pu supporter le bruit des voisins, le son d'une télévision lointaine, les rires d'une tablée de convives. Lamia n'aimait pas la foule. Lamia n'aimait pas les gens. Lamia n'aimait que le silence de sa solitude.

Elle accrocha son trousseau de clefs dans une boîte fixée près de la porte, enleva son manteau et pénétra dans le salon.

— Bonsoir, maman.

La vieille femme, avachie dans un fauteuil roulant près de la fenêtre, adressa à sa fille un regard où transparaissaient un peu de tristesse et de soulagement à la fois.

— Je t'ai vue arriver par la cour, dit-elle d'une voix rocailleuse. Tu es si belle, ma petite.

— Tu ne dors pas ?

— Je... Je voulais t'attendre. Tu as travaillé très tard, aujourd'hui.

Lamia ne supportait plus les reproches déguisés que sa mère lui faisait presque chaque soir.

— J'avais un conseil d'administration, maman, je t'avais prévenue.

Cela faisait plus de dix ans maintenant que la jeune femme mentait à sa mère au sujet de sa profession, au sujet de sa vie, même. Elle s'était inventé une brillante carrière de chef d'entreprise, enrobant son mensonge de moult détails qu'elle élaborait jour après jour pour épater la vieille femme. Elle lui racontait des anecdotes sur sa vie au bureau, sur les employés qu'elle avait licenciés, les nouveaux associés qu'elle avait accueillis... Elle s'était aussi imaginé des amoureux, mais prétendait que son travail l'intéressait davantage que les hommes. Ce n'était pas tout à fait faux. Et sa mère l'écoutait, fascinée, aveuglée par la fierté... Elle ne s'était jamais demandé pourquoi sa fille, avec une si belle situation, ne leur offrait pas enfin un plus grand appartement. Peut-être refusait-elle simplement de se poser la question.

Tout au long de son enfance, cette mère possessive lui avait prédit un avenir exceptionnel, un destin hors du commun. « Tu seras encore plus brillante que ne l'était ton père, ma petite. Le succès est inscrit dans ton sang. Je le sais, parce qu'on me l'a promis le jour de ta naissance. » C'était une promesse qu'elle lui avait rappelée sans cesse, comme s'il ne pouvait en être autrement, comme si la vie ne lui laissait d'autre choix que celui d'une formidable réussite. Et la petite fille avait fini par se convaincre qu'en effet elle n'avait pas le choix. « Le jour de ta naissance, à la maternité, la sage-femme me l'a dit. Je pense qu'en réalité ce n'était pas une sage-femme. C'était un ange, tu sais. Un ange venu m'annoncer que ton destin ne serait pas ordinaire. » Et la mère avait consacré toute sa vie à la réussite de cette enfant si précieuse. Si unique.

Mais l'enfant, elle, malgré les années, n'avait toujours pas vu venir les signes d'une destinée fabuleuse. À l'école, ses amies semblaient indifférentes, distantes même. Aucune ne paraissait voir en elle la grandeur que sa mère lui avait annoncée. Les institutrices lui reprochaient même de ne pas assez bien travailler. L'une d'elles l'avait un jour traitée de fainéante et de petite cochonne. *Petite cochonne*. Pourtant, elle se savait unique. Son rejet par les autres enfants en était la preuve. Sa mère ne pouvait pas s'être trompée. Alors elle avait commencé à mentir. À mentir à sa mère et à se mentir à elle-même. Elle s'était inventé une vie. Parce qu'il ne pouvait pas en être autrement. Il fallait qu'elle devienne celle que sa mère attendait. « Ton père nous a abandonnées. Mais il t'a laissé deux choses en héritage. Deux choses bien précieuses. Ses yeux et son intelligence. C'était l'homme le plus intelligent qu'il m'ait été donné de rencontrer. Tout le monde l'admirait, tu sais. Mais toi, tu iras encore plus loin que lui, ma fille. Tu iras plus loin parce que je serai là, derrière toi, et parce que les anges te surveillent. »

Lamia remonta une couverture de laine sur les épaules de sa mère et lui caressa tendrement la joue.

— Je suis désolée, maman. J'ai tellement de travail...

— Oh, ma puce, ça ne me dérange jamais de t'attendre ! De toute façon, tu sais très bien que je n'arrive pas à me coucher toute seule.

— Allez, viens, il faut que tu ailles dormir, maintenant, maman, il est tard.

Lamia passa derrière le fauteuil roulant et poussa sa mère jusqu'à sa chambre.

L'appartement était plongé dans l'obscurité. À l'exception de la fenêtre du salon par laquelle la vieille femme regardait au-dehors, tous les volets restaient fermés en permanence et il y avait peu de lampes. Le trois-pièces ressemblait à celui d'une vieille veuve anglaise. De vieux bibelots, hideux pour la plupart, étalés les uns à côté des autres sur des nappes à la blancheur passée, des natures mortes disgracieuses sur les murs, au milieu de broderies en point de croix aux couleurs trop vives, des foules de cadres de photos, dont la plupart figuraient le père de Lamia dans son costume d'ambassadeur, de faux meubles anciens dépareillés… C'était un véritable musée du mauvais goût, abandonné, sentant la poussière et la naphtaline.

Lamia disposa le fauteuil roulant au plus près du lit, passa une main dans le dos de sa mère et l'autre sous ses jambes puis l'aida péniblement à se hisser sur le matelas. Elle remonta les draps et les couvertures sur le corps frêle de la vieille femme et lui déposa un baiser sur le front.

— Dors bien, maman. Demain, j'ai encore beaucoup de travail, je ne pourrai pas m'occuper de toi.

— Ne t'en fais pas, mon cœur, ne t'en fais pas.

Lamia lui caressa à nouveau la joue et sortit de la chambre. Elle éteignit le vieux poste de télévision et saisit la clef qu'elle gardait toujours autour de son cou.

La porte de sa chambre restait constamment fermée. Depuis plus de dix ans qu'elles vivaient ensemble dans cet appartement, la mère de Lamia n'y était jamais entrée. Elle respectait, avec fierté, l'intimité de sa fille. Son jardin secret.

Lamia introduisit la clef dans la serrure, ouvrit la porte et se glissa dans son antre. Tout en avançant, elle dégrafa les boutons de sa robe noire et la fit passer pardessus sa tête. Elle alluma deux bougies parfumées sur sa table de nuit, puis regarda briller les étoiles blanches qu'elle avait peintes sur son plafond noir.

Les murs de la chambre étaient d'un rouge mat profond. Face au lit, un immense tableau était suspendu qui dominait toute la pièce. Il figurait un soleil noir, brûlant au milieu d'un ciel cramoisi. Ses rayons, à angle droit, formaient une spirale de croix gammées successives et en son centre flottait un crâne humain décalotté.

La pièce ressemblait à un temple antique miniature. Ici et là, des statuettes représentaient des divinités anciennes, dressées au milieu de brûloirs à encens.

Sur les quatre murs étaient accrochés une multitude de cadres, tantôt des dessins aztèques, tantôt de vieilles photos en noir et blanc d'hommes en costume, tantôt des armoiries en couleur avec aigles noirs, pyramides, calices et swastikas.

Sous l'immense tableau, une table étroite, recouverte d'un drap noir, était dressée comme un autel. Un bougeoir à six branches était disposé aux deux extrémités. Au centre, un crâne identique à celui du tableau, et à côté de lui, un cadre incliné protégeait une vieille photo un peu floue. On y reconnaissait vaguement le visage d'Adolf Hitler.

Et devant le cadre trônait son trésor.

Lamia ramassa son sac au pied du lit et l'ouvrit posément sur le matelas. Elle en sortit la petite perceuse, les seringues et les flocons. Elle essuya longuement la perceuse dans un mouchoir blanc puis rangea le tout dans un tiroir sous la table.

Ensuite elle retira précautionneusement le bocal du fond de son sac. En le maintenant des deux mains, elle le plaça à côté des trois autres, devant la photo du Führer. Ses muscles se tendirent. Elle savait que le dernier bocal était incomplet. À cause de lui. À cause de Mackenzie. Elle caressa doucement la surface de verre, puis elle s'étendit sur son lit. Elle roula sur le côté et dégrafa son soutien-gorge qu'elle laissa tomber par terre, à côté d'elle. Puis elle s'installa sur le dos.

Ses mains, lentement, caressèrent sa poitrine et son ventre. Le sang séché faisait une poudre rêche sous ses doigts. Lamia ferma les yeux et s'abandonna à la nuit. La nuit, elle Les retrouvait. Les Siens la recevaient parmi Eux. Loin d'ici. Au cœur du monde.

Mais ce soir-là, le sommeil tarda à venir. Le visage de Mackenzie, moqueur, narquois, refusa de quitter son esprit.

40.

Le rendez-vous avait été fixé à 9h30, heure à laquelle ouvrait la Bibliothèque historique de la Ville de Paris, le samedi. Le docteur Castro, agrégé d'histoire et architecte, avait ici ses entrées et ils purent s'installer tranquillement dans une pièce fermée, derrière la salle de lecture. Spécialiste de l'architecture au Moyen Âge, il avait écrit une thèse sur Villard de Honnecourt, ce qui faisait de lui l'interlocuteur idéal pour Ari. Iris ne s'était pas trompée.

C'était un homme fort courtois, très élégant, qui devait avoir un peu plus de soixante-dix ans. Mince, grand, il avait les joues creuses, un regard noir brillant et quelques cheveux bruns plaqués en arrière.

— Vous avez lu ma thèse sur Villard ? demanda le vieil homme d'emblée.

Ari fit une moue désolée.

— Non... Je vous avoue que je n'en ai pas le temps.

— Je comprends. Elle est un peu longue, je dois bien le reconnaître. Votre collègue m'a expliqué que vous aviez besoin d'informations sur les carnets dans le cadre d'une enquête policière. Vous avez aiguisé ma curiosité...

— En réalité, ma question va vous paraître un peu vague, mais j'aurais besoin que vous me disiez ce qu'il peut y avoir de mystérieux, au sujet de ses carnets.

Un sourire traversa le visage du docteur Castro.

— De mystérieux ?

— Oui... J'ai lu de nombreux textes à leur sujet, et il semble qu'en dehors du côté purement architectural de ces notes, il existe quelques interrogations sans réponses... Est-ce que vous, vous pensez qu'il y a des secrets cachés dans les carnets de Villard ?

— Oh, vous savez... Les gens profèrent beaucoup d'inepties quand ils ne maîtrisent que partiellement un sujet. On a souvent appelé Villard le Léonard de Vinci français, non seulement parce que, comme lui, et avant lui, il s'intéressait à tous les domaines de la science et de l'art, mais aussi parce qu'il avait un certain goût pour crypter ses écrits. C'est sans doute ce qui laisse croire à certains qu'il existe des énigmes dans les carnets, mais je n'en suis pas convaincu...

— Mais pourquoi utilisait-il des cryptages, alors ?

— Par jeu, probablement. Grâce aux dessins de Villard – si on parvient à les comprendre, évidemment –, on peut retrouver des méthodes et des techniques tombées aujourd'hui en désuétude. Beaucoup de ses schémas sont en fait des outils mnémotechniques qu'il laisse à la postérité. Il le dit d'ailleurs très clairement dans son introduction : il souhaitait que les générations futures se souviennent de lui. Peut-être voulait-il que son enseignement soit réservé à une élite de savants curieux, et donc il s'est amusé à disséminer quelques petits mystères...

— Mais fondamentalement, il n'y a rien qui vous semble énigmatique dans les carnets ?

— Je ne suis pas sûr de comprendre ce que vous entendez par « énigmatique ».

— Je ne sais pas... Des textes ou des dessins dont vous ne comprenez pas le sens, ou bien dont la présence vous paraît étrange au sein du carnet ?

— Pas vraiment. Il y a bien sûr des passages qui peuvent éveiller notre étonnement, mais rien que l'on ne puisse expliquer un jour ou l'autre...

— Par exemple ?

Le vieil homme se caressa le menton. Il semblait embarrassé par la question, comme si, pour faire plaisir à Ari, il cherchait en vain à trouver ce qu'il pouvait y avoir de mystérieux dans les carnets de Villard, sans vraiment y croire.

— Eh bien... Je ne sais pas... Il y a ce tombeau du Sarrasin sur la dixième planche, par exemple. On est en droit de se demander de quel Sarrasin il s'agit. Ce ne doit pas être n'importe qui, pour bénéficier d'un tombeau aussi somptueux. Beaucoup ont supposé que c'était Hiram, ce bronzier et architecte de la Bible auquel se réfèrent les compagnons du devoir et les francs-maçons. Faut-il en déduire que le culte d'Hiram était déjà présent parmi les constructeurs du XIIIe siècle ? Je suppose qu'il est légitime de se poser la question. D'autant que Salomon lui-même, le roi qui fit construire le temple par Hiram, est représenté plusieurs planches plus loin. De là à dire qu'il y a une symbolique compagnonnique dans les carnets, ce n'est pas tout à fait certain... Il est vrai toutefois que, planche 24, un dessin semble représenter le rituel pratiqué par les compagnons pour se reconnaître.

— La symbolique compagnonnique existait déjà au XIIIe siècle ? s'étonna Ari.

— C'est difficile d'être aussi catégorique, mais ce qui est sûr, c'est que, dès le XIIIe siècle, on voit apparaître sur des statues et des bâtiments des signes qui l'évoquent. Sur des bas-reliefs à Saint-Bertrand-de-Comminges par exemple, ou bien à Chartres encore, cette sculpture qui représente deux personnages accroupis face à face, tenant dans leurs mains des dés avec des symboles compagnonniques. Cette scène est d'ailleurs dessinée par Villard, et il y a ajouté un sanglier et un lapin, qui désigneraient chez certains compagnons le maître et l'apprenti. Mais ce ne sont que des suppositions. Vous savez, quand on veut absolument trouver des liens secrets entre les choses, on en trouve.

— Je vois... Vous pensez que les gens voient dans les carnets des mystères qui n'y sont pas réellement.

— Oh, je n'accuse personne. Mais disons que certains vont parfois chercher un peu trop loin pour expliquer les mystères de Villard.

— C'est-à-dire ?

— Pour vous donner un exemple, prenez les inscriptions sur la quatorzième planche des carnets, et notamment les initiales « AGLA », inscrites à côté du Christ. Ces quatre lettres ont fait couler beaucoup d'encre. Certains affirment qu'il s'agit d'une expression utilisée par les Cathares, ce qui me semble parfaitement ridicule. D'autres prétendent que l'Agla était une société ésotérique regroupant les apprentis et les compagnons des métiers du livre... J'ai rarement entendu des choses aussi stupides. Il y a effectivement eu une société secrète, proche des Rose-Croix, qui portait ce nom, mais c'était pendant la Renaissance, et donc longtemps après Villard. En réalité, ces quatre lettres sont l'abréviation de l'invocation hébraïque « Atah Guibor Leolam Adonaï », ce qui signifie « Tu es Fort pour l'Éternité, Seigneur. » Rien d'étonnant à ce qu'on la retrouve inscrite auprès d'une représentation du Christ sur la croix.

— En effet...

— Je pourrais vous citer encore d'autres particularités des carnets qui ont excité l'imagination des commentateurs. Comme la tête représentée à l'envers sur la dix-septième planche, ou bien la main qui sort de la façade de la cathédrale de Laon, sur la suivante, ou encore celle qui manque au personnage de la trente et unième planche... J'ai aussi entendu beaucoup de suppositions diverses et variées au sujet de l'aigle dans lequel Villard a dessiné un pentacle. Certains y voient le symbole d'une société secrète médiévale, encore une, qui se serait appelée Les Enfants de Salomon et préfigurerait les compagnons du devoir.

— Et pourquoi, à votre avis, tant de gens ont spéculé autour de ce carnet ?

— Je ne sais pas. Sans doute parce qu'on ignore tout de lui, en vérité, et que cela laisse beaucoup de champ libre à l'imagination. Longtemps, les carnets de Villard ont été considérés comme ceux d'un architecte. Or, on pense aujourd'hui – théorie que je partage entièrement –

qu'il n'était ni architecte ni maître d'œuvre, mais plutôt un curieux touche-à-tout qui désirait dresser le bilan des connaissances de son époque, à l'intention des générations futures. Ce qui est sûr, c'est que certains de ses dessins architecturaux font preuve d'un manque de précision et de réalisme, ce qui serait étonnant de la part d'un architecte. Cela a fait dire à plusieurs commentateurs que les carnets n'étaient pas un manuel de technologie appliquée mais plutôt un traité sur la philosophie hermétique, à l'usage des maîtres d'œuvre. Il ne faut pas oublier que ces croquis datent du début du XIIIe siècle, époque où l'on fit construire les cathédrales de Chartres et de Reims, et que l'on commençait à cette période à s'intéresser de plus en plus au symbolisme et à l'hermétisme de l'architecture. Ces cathédrales sont elles-mêmes truffées de symboles divers et variés. L'esprit qui régnait à l'époque peut expliquer l'atmosphère empreinte de mystère qui règne dans les textes et les dessins de Villard, voilà tout.

Ari opina du chef et inscrivit quelques notes dans son carnet Moleskine. Par nature, il était plutôt enclin à partager le scepticisme et le cartésianisme du docteur Castro. Pourtant, il aurait aimé trouver une piste, quelque chose qui puisse évoquer les phrases particulièrement énigmatiques de la photocopie de Paul Cazo.

— Puis-je vous demander comment ce bon vieux Villard a bien pu se retrouver au centre d'une enquête policière ? demanda le vieil homme comme Ari restait silencieux.

— Eh bien... Je ne peux pas vous en dire trop, vous comprendrez, mais une référence assez directe aux carnets est apparue dans une affaire de meurtres.

Le docteur Castro écarquilla les yeux.

— Une affaire de meurtres ? Vous plaisantez ?

— Non, pas du tout. Vous pensez qu'il ne pourrait pas y avoir de raison qu'on tue dans le but, par exemple, de récupérer certaines pages disparues des carnets ?

— Les feuillets disparus des carnets auraient certes beaucoup de valeur sur le marché des antiquités, mais de là à tuer, tout de même ! Ce qu'il y avait sur les pages disparues devait être du même acabit que ce qui est aujourd'hui conservé à la Bibliothèque nationale. C'est un document passionnant et précieux, mais je ne vois pas pourquoi on en viendrait à tuer pour les récupérer.

— Vous ne pensez pas que les pages manquantes pourraient révéler un secret susceptible d'attirer les convoitises de criminels ?

— Mais... Quel si grand secret voulez-vous que Villard puisse révéler ?

— C'est la question que je vous pose.

Le vieil homme resta bouche bée, comme si la question d'Ari était complètement saugrenue. Puis, voyant que son interlocuteur était très sérieux, il se décida à répondre.

— Je ne vois pas, désolé... Les techniques révélées par Villard sont connues. Ses dessins ont un intérêt historique, rien de plus. Rien de révolutionnaire, surtout pour un lecteur du XXIe siècle.

Ari hésitait à montrer au docteur la photocopie de Paul. Son avis eût été précieux, mais il craignait que l'historien, débordant d'enthousiasme en découvrant ce qui semblait être l'une des pages disparues de Villard, ne devienne trop curieux. Pourtant, l'avis d'un tel spécialiste aurait fait avancer l'enquête et le docteur Castro semblait être un homme de confiance, plutôt rationnel.

— Docteur, je souhaiterais vous montrer quelque chose, mais vous devez me promettre que cela reste entre nous.

— Je vous le promets, jeune homme.

— La pièce que je vais vous montrer est un élément important de l'enquête en cours. Je ne suis pas censé vous la dévoiler. J'ai réellement besoin de votre parole.

— Vous pouvez compter sur moi, je sais rester muet comme une tombe.

Les yeux du vieil homme brillaient de curiosité.

— De quoi s'agit-il, enfin ?

Ari sortit la photocopie de sa poche et la montra au docteur. Sans dire un seul mot, il le laissa inspecter le document.

Le vieil homme écarquilla les yeux, perplexe. Il enfila ses lunettes, comme pour s'assurer qu'il ne rêvait pas.

— Vous... Vous pensez que c'est une page de Villard ? demanda-t-il, hébété.

— Je ne peux pas en être certain, répondit Ari, amusé par le visage stupéfait de son interlocuteur. Qu'en pensez-vous ?

— C'est difficile à dire... Il faudrait voir l'original.

— Nous ne l'avons pas, malheureusement.

— En tout cas, le trait ressemble fort à celui de Villard. L'écriture et la langue sont bien les siennes... C'est vous qui avez écrit « L :. VdH :. » en haut ?

— Non.

— C'est une écriture plus moderne, comme ajoutée au stylo plume, n'est-ce pas ?

— On dirait.

— Ces initiales signifient probablement « Loge Villard de Honnecourt »... Peut-être existe-t-il une loge compagnonnique de ce nom, qui aurait exécuté ce travail d'imitation.

— Peut-être, hasarda Ari, mais il était de plus en plus convaincu que ce parchemin n'était pas une imitation.

— Vous permettez que je lise les textes ?

— Vous comprenez le picard ?

— Bien sûr... J'ai bien été obligé de m'y mettre, pour ma thèse.

— Alors je vous en prie.

Le vieil homme observa la page de plus près et traduisit à haute voix avec autant de facilité que le professeur Bouchain à la Sorbonne, et en utilisant quasiment les mêmes mots.

— « J'ai vu cet engin que Gerbert apporta ici et qui nous apprend le mystère de ce qui est dans le ciel. » Il parle de l'astrolabe, là, sans doute.

Ari acquiesça. Décidément, tout le monde en savait bien plus que lui sur ces instruments astronomiques arabes !

— « Il ne portait à l'époque aucune inscription. » En effet, c'est étonnant que rien ne soit écrit sur cet astrolabe. Ces instruments sont habituellement couverts de symboles arabes. Voyons voir. Ensuite, le second texte… « Pour bien commencer, tu devras suivre la marche de la lune à travers les villes de France et d'ailleurs. Alors tu prendras la mesure pour prendre le bon chemin. »

Le docteur releva les yeux vers Ari, sidéré.

— Ce deuxième paragraphe est un peu farfelu !

— Vous pensez ?

— Il ne s'apparente à aucun autre dans les carnets, à ma connaissance. On dirait les indications infantiles d'une chasse au trésor.

— C'est aussi ce que je pense. Mais cela discrédite-t-il pour autant le document ?

— Disons que la forme de l'ensemble est très proche d'une page de Villard, mais que le fond, surtout celui de ce deuxième texte, est un peu déroutant. Je ne vois pas Villard faire suivre à ses lecteurs un vulgaire jeu de piste… Toutefois, il faudrait y regarder de plus près. Je suppose que vous ne pouvez pas me laisser une copie ?

Ari sourit.

— Vous supposez juste.

— Je vois. C'est extrêmement intrigant, je dois l'admettre. Et ces lettres en haut de la page… Que de mystères ! Je comprends mieux toutes vos questions, à présent.

— Comme ça, à première vue, que vous inspire cette feuille ?

— Eh bien, en supposant que c'est bien l'œuvre de Villard, peut-être a-t-il vu lors de ses voyages un astrolabe rapporté d'Espagne par Gerbert d'Aurillac, et il l'aura dessiné.

— À Reims vous pensez ?

— C'est fort probable. Villard y est passé, plusieurs de ses croquis s'y rapportent, et c'est là que Gerbert s'est rendu après son séjour en Espagne, si mes souvenirs sont exacts. Mais je ne vois pas le rapport avec le deuxième texte, parfaitement hors contexte.

— Pas tout à fait, objecta Ari. La phrase « tu devras suivre la marche de la lune » fait peut-être référence aux lunes qui sont gravées sur l'astrolabe, non ?

— Je vous l'accorde. C'est assez ambigu...

— Si je retrouvais l'original, vous pensez que vous seriez en mesure de me dire s'il est authentique ?

— Je ne pourrais pas vous le garantir, il faudrait bien sûr des analyses scientifiques, mais je pourrais affiner mon jugement.

— Parfait. Je vous tiens au courant, docteur. Et n'oubliez pas votre promesse. Pas un mot, à personne.

— Cela va être dur, mais je m'y tiendrai !

41.

— Bonjour, Duboy ! lâcha Ari en croisant le chef de la section Analyse et Prospective dans le couloir qui menait à son bureau. Vous venez le samedi, vous aussi ? Ah la la ! On est les deux seuls à bosser dans cette baraque, hein ?

Mackenzie sourit en passant près de son supérieur. Duboy, qui avait sûrement été le premier à se réjouir des « vacances forcées » d'Ari, avait très mal pris la faveur qui lui avait été accordée par le procureur de Chartres. Le chef de section n'en revenait pas que Mackenzie parvînt chaque fois à si bien se tirer des pétrins dans lesquels il se mettait lui-même. Et l'arrogance moqueuse dans le regard d'Ari n'arrangeait pas les choses.

— Non, il y a pas mal de monde qui travaille aujourd'hui, Mackenzie, comme en toute période électorale, répondit-il sans s'arrêter, d'un ton glacial.

Ari lui adressa un salut de la main, puis partit tout droit vers son bureau. Malgré ce que venait de dire Duboy, l'immeuble de la DCRG était bien moins rempli qu'en semaine et il appréciait particulièrement le calme qui régnait alors. Les gens parlaient moins fort et ne perdaient pas de temps à parler de la pluie et du beau temps, pressés de terminer ce qu'ils avaient à faire. Cela lui convenait parfaitement.

Après avoir dépouillé son courrier, il s'empressa d'exécuter toutes les tâches qu'il s'était fixées à l'avance afin de ne pas perdre de temps. Il n'avait pas envie de rester des heures à Levallois et il espérait retourner au plus vite sur le terrain. Non pas que les événements des derniers jours lui eussent redonné le goût de l'action, mais il avait envie d'avancer et il savait que ce genre d'affaire – contrairement à son travail habituel – ne se résolvait pas derrière un bureau.

À tout hasard, il téléphona d'abord à Iris. Il salua sa collègue et lui demanda si elle pouvait trouver l'identité de la personne à qui correspondait le numéro de téléphone mémorisé sur le portable du grand blond. Iris lui promit une réponse rapide.

Ari chercha alors dans l'annuaire les coordonnées de la mairie de Reims, bien décidé à suivre la trace de l'astrolabe de Gerbert pour le comparer à celui dessiné sur la photocopie de Paul. Il composa le numéro, mais tomba sur un répondeur. Un samedi matin, il y avait peu d'espoir que la mairie fût ouverte en effet. Il pesta et tenta sa chance avec un autre numéro. Celui du musée des Beaux-Arts de Reims. Plus chanceux cette fois, il entendit la voix d'une standardiste.

— Bonjour, j'aurais voulu parler au conservateur…

— Ah, mais il n'est jamais là le samedi, monsieur.

— C'est assez urgent, il faudrait que je puisse le joindre ce matin.

— C'est privé ? Vous êtes de sa famille ?

— Non. Commandant Mackenzie, de la Police nationale. Vous auriez moyen de lui demander de me rappeler ?

— Euh… oui, bien sûr, balbutia la standardiste d'une voix paniquée.

Il attendit quelques minutes en consultant les différentes notes qui s'accumulaient sur son bureau, puis son téléphone ne tarda pas à sonner.

— M. Mackenzie ?

— Oui.

— Bonjour, c'est monsieur Nelson, conservateur du musée des Beaux-Arts de Reims. On me dit que vous avez cherché à me contacter.

— Oui. Je vous remercie de me rappeler aussi vite.

— Il y a un problème au musée ?

— Non, rassurez-vous, cela n'a rien à voir avec vous. Je mène une enquête au sujet d'un astrolabe. Sauriez-vous où est exposé celui qui aurait été rapporté à Reims par Gerbert d'Aurillac ?

Il y eut un bref silence, comme si le conservateur, qui avait craint le pire, était enfin soulagé.

— L'astrolabe de Gerbert… Personne n'est sûr qu'il ait existé. Mais je ne suis pas un spécialiste. Il est vrai qu'on raconte que Gerbert d'Aurillac avait rapporté à Reims plusieurs instruments astronomiques de l'Espagne musulmane, mais un astrolabe bien précis, il n'y a aucune certitude. Tout ce que je peux vous dire, c'est qu'il n'y a aucun astrolabe de cette époque conservé dans les musées de Reims.

— Je vois. Personne n'a jamais essayé de savoir ce qu'est devenu cet astrolabe ?

— Pas à ma connaissance.

— Bien. Je vous remercie.

Ari raccrocha, déçu. Il se demandait s'il allait pouvoir un jour identifier l'instrument dessiné sur la photocopie de Paul. Il était persuadé qu'il devait creuser cette histoire d'inscriptions manquantes et de quartiers de lune. Mais pour le moment, il ne savait plus où chercher.

Il décida de fouiller dans ses placards pour confirmer une intuition qui le taraudait depuis le jour où le premier homme était entré par effraction dans son appartement. En découvrant le tatouage sur son bras, il avait été certain d'avoir déjà vu ce soleil noir et il pensait maintenant pouvoir le retrouver. C'était, il en était presque sûr, dans l'un des nombreux livres qu'il conservait ici.

Ari possédait une mémoire photographique prodigieuse et était convaincu qu'en passant en revue les couvertures des différents ouvrages dont il disposait, par association d'images, il retrouverait le bon volume.

Un à un, il sortit les livres rangés dans l'une des bibliothèques de son bureau. Certes, il y en avait moins que chez lui, et de moins rares, mais il y avait tout de même beaucoup de titres, suffisamment en tout cas pour lui fournir jusqu'à présent la documentation dont il avait besoin dans ses recherches courantes : études sociologiques des groupes sectaires, histoires des principaux mouvements, documents officiels – dont les plus luxueux étaient édités par l'Église de Scientologie – ouvrages généralistes sur l'occultisme et l'ésotérisme...

Quand il eut entièrement vidé la première bibliothèque sans succès, il enchaîna méthodiquement avec la deuxième. Il inspecta en vain les ouvrages de la première rangée, puis alors qu'il s'apprêtait à passer à la rangée du dessous, son doigt s'arrêta sur le dos d'un énorme volume. Ce fut comme une évidence. Le titre de l'ouvrage ne lui laissa aucun doute : c'était bien là qu'il avait vu le symbole représenté par le tatouage des deux types.

Le livre, qui avait une quinzaine d'années, s'intitulait *Le Mysticisme nazi* ; Ari l'avait lu intégralement et avait plusieurs fois dû y recourir pour ses papiers. Il traitait des différentes doctrines mystiques qui avaient émergé en Allemagne sous le IIIe Reich, doctrines où le pangermanisme et l'ésotérisme se mêlaient de façon confuse. Ce courant, perpétué jusqu'au XXIe siècle par des groupuscules néonazis, était un sinistre amalgame d'occultisme, de cryptohistoire et de paranormal et avait, évidemment, Adolf Hitler pour figure de proue.

Très tôt, avant même la Seconde Guerre mondiale, de nombreux observateurs avaient remarqué que la doctrine nazie était teintée d'un paganisme ambigu et que Hitler s'était entouré de personnalités férues d'ésotérisme et de paranormal, comme Himmler ou Hess. Leurs croyances tendaient évidemment à appuyer les théories nazies sur l'origine de la race aryenne et sa supériorité sur les autres races, ainsi que sur son affaiblissement par le métissage avec les *untermensch*, les sous-hommes.

Le mysticisme nazi avait été principalement véhiculé, à ses débuts, par une sorte de société secrète sur laquelle Ari avait déjà eu l'occasion de faire quelques recherches. La société Thulé – ou *Thule-Gesellschaft* en allemand – avait été fondée au tout début du XXe siècle et n'était à l'époque qu'une société d'étude un peu snob sur l'Antiquité germanique. Avant la Première Guerre mondiale, ses membres avaient notamment édité une volumineuse compilation de prose et de poésie de l'Antiquité nordique. Le nom Thulé avait été choisi parce qu'il désignait une île mythique, évoquée par les Grecs et les Romains – dans l'*Énéide* de Virgile par exemple – au nord de l'Europe, où les membres de cette société secrète situaient le berceau de la race aryenne.

Disparue pendant la première guerre, la société Thulé s'était reformée aussitôt la paix revenue, mais cette fois avec une orientation différente : elle avait commencé à véhiculer une idéologie antisémite, raciste et antirépublicaine et, surtout, elle s'était choisi un étrange symbole, la croix de Wotan, qui préfigurait la croix gammée du mouvement nazi.

C'était sous l'influence de Rudolf Hess – l'un des personnages les plus troubles de l'entourage de Hitler – que la société Thulé avait connu, au milieu des années 1920, son apogée. Certains historiens estimaient d'ailleurs que Hitler, ayant adhéré à cette organisation secrète, avait bénéficié de son aide lors de ses débuts en politique et que c'était au sein de la société Thulé qu'avait émergé l'idée de l'*Endlösung*, la solution finale.

En 1937 toutefois, Hitler, désirant concentrer tous les pouvoirs sur son parti, le NSDAP[1], et obsédé par la théorie d'un complot judéo-maçonnique, avait fait appliquer un décret interdisant toutes les sociétés secrètes, et la société Thulé, à qui il devait pourtant son accession au pouvoir, avait été dissoute.

Cependant, et c'était ce qui intéressait à présent Ari, une légende avait toujours couru dans les milieux mystico-ésotéristes, et notamment dans de nombreux ouvrages de l'après-guerre, tel le célèbre *Matin des magiciens* de Pauwels et Bergier. Selon ces différentes sources, une sorte de cercle intérieur plus confidentiel, plus radical et plus élitiste aurait survécu à la dissolution de 1937, grâce à ses appuis politiques.

Ce cercle mystique s'intitulait la confrérie du Vril, ou l'ordre du Vril, et son symbole était... un soleil noir.

---

1. *Nationalsozialistische deutsche Arbeiter Partei*, Parti national-socialiste des travailleurs allemands.

Ari étudia minutieusement une reproduction du dessin dans l'ouvrage qu'il avait sous les yeux. Il n'y avait pas de doute. C'était, trait pour trait, le tatouage qu'il avait vu sur les avant-bras des deux hommes qu'il avait affrontés.

Mackenzie referma le livre et bascula lentement vers le dossier de sa chaise. Il était un peu tôt pour tirer des conclusions hâtives, mais il était néanmoins envisageable que les responsables des quatre meurtres fussent membres d'un groupuscule néonazi. Étant donné le caractère particulièrement violent des homicides, il n'eût au fond pas été étonnant qu'ils eussent été commis par une bande de psychopathes nostalgiques du mysticisme hitlérien. Il restait malheureusement en Europe plusieurs groupes de cet acabit et c'était une piste qu'il allait falloir creuser. Ari décida d'ailleurs qu'il pouvait commencer par consulter les archives de la DCRG afin de voir si aucune note ne mentionnait l'existence d'une confrérie du Vril moderne ou si diverses associations néonazies n'avaient pas revendiqué cette identité au cours des dernières années. Bien que l'ordre du Vril eût officiellement disparu après la Seconde Guerre mondiale, il y avait peut-être – comme avec les Templiers – quelques illuminés qui prétendaient en être les héritiers directs.

Ari glissa le volume dans son sac et s'apprêta à descendre aux archives. Mais alors qu'il était sur le point de sortir du bureau, le téléphone sonna.

Il jeta un coup d'œil sur l'écran et reconnut le numéro de poste d'Iris.

— Tu as trouvé ?

— Oui, j'ai identifié le type à qui correspond le numéro. Je t'ai sorti ce que j'ai sur lui, mais il n'y a pas grand-chose.

— OK. Je passe prendre ça tout de suite.

Il descendit dans le bureau de sa collègue et ne put refuser quand elle insista pour qu'il reste discuter un peu avec elle. Avec tout ce qu'Iris avait fait pour lui ces derniers jours, il lui devait bien un minimum de courtoisie. Il s'assit sur une chaise en face d'elle.

— Encore merci pour tout, Iris.

— De rien. Tu verras, je n'ai rien découvert d'exceptionnel. Ton type s'appelle Albert Khron. C'est un ethnologue, la soixantaine, qui semble avoir une assez bonne réputation. Pas de casier judiciaire, pas de fiche aux RG... Il habite en banlieue parisienne, à Vaucresson, dans une belle villa bourgeoise. Il enseigne dans plusieurs universités et il préside un groupe d'études ethnologiques. Tu as tout dans le dossier, je t'ai même mis la liste des prochaines conférences auxquelles il participe. Il les enchaîne, on dirait. Il y en a une ce soir, à Paris, dans un centre de congrès du XVe arrondissement.

Ari ouvrit la chemise et trouva rapidement l'intitulé de la conférence. « Les Hyperboréens ». Elle était programmée pour 18 h 30.

— Parfait, dit-il en refermant la chemise. Tu es une vraie fée, tu sais.

— N'en fais pas trop, mon grand. Bon, et toi, alors ? Tu tiens le coup avec tout ce qui t'arrive ?

— Ça va...

Iris secoua la tête.

— Tu me fais rire, quand tu fais ton gros dur, Ari. Tu crois vraiment pouvoir tromper ton monde ? Excuse-moi, mais je te connais par cœur, je sais qu'il y a quelque chose qui ne tourne pas rond.

— Je suis crevé...

— Bien sûr !

— Non, franchement, ça va. C'est un peu compliqué, et puis... Paul Cazo était un homme très important pour moi, alors j'accuse le coup. Mais je t'assure, globalement, je vais bien.

Iris fit une grimace dubitative.

— Et tu veux me faire croire que ta tête d'enterrement n'a rien à voir avec ta petite libraire ? insista-t-elle.

— Oh, c'est du passé, tout ça...

— Mon œil, oui !

— Écoute, je t'assure, j'essaie de passer à autre chose.

— Oui, tu « essaies ». Mais tu n'y arrives pas.

— Mais qu'est-ce qui te prend, Iris ? T'as décidé de jouer les conseillères matrimoniales ?

— Ça ne me fait pas plaisir de te voir dans cet état. C'est pas parce que c'est fini entre nous que je me fous de ce qui t'arrive. Tu peux dire ce que tu veux, mais je commence à bien te connaître. Cette fille te hante, ça se voit à dix mille kilomètres. Avec moi, c'était pas pareil. T'as jamais été amoureux de moi. Mais là, me prends pas pour une idiote, t'es raide dingue de cette gamine. Je sais pas pourquoi tu fais dans le déni...

— Je ne fais pas dans le déni, Iris. Au contraire, je me rends à l'évidence. Cette histoire ne peut pas marcher, un point c'est tout.

— Et pourquoi ?

— J'en sais rien. Parce que je suis pas fait pour ça, sans doute. Tu me connais... J'ai pris mes habitudes de vieux célibataire. Peut-être qu'au fond je n'ai pas vraiment envie de me lancer dans une histoire d'amour avec une fille de dix ans de moins que moi... Finalement, je suis très bien tout seul.

Iris laissa retentir un rire moqueur.

— Oui ! Tu es vachement crédible, là ! Mackenzie et les femmes : un vrai roman. Moi, je crois surtout que t'es amoureux et que ça te fait flipper parce que t'as peur de t'enfermer. Coureur de jupons comme tu es, il pouvait pas t'arriver pire que tomber amoureux. Tu veux que je te dise ? Cette fille a l'air extraordinaire – et crois-moi, ça me coûte de te le dire – tu ferais bien d'arrêter tes conneries et de te fixer enfin.

— Oui maman, ironisa Ari.

— Tu trouves peut-être que je te parle comme à un gosse, mais reconnais que tu te comportes vraiment pas comme un adulte. Moi, quand tu m'as fait le même plan, j'étais grande, j'ai encaissé le coup. Mais cette gamine, je trouve ça dégueulasse que tu la fasses traîner comme ça. Et puis surtout, je trouve ça dommage. Putain, mais ça crève les yeux que tu l'aimes !

Ari abandonna la partie. Iris avait sans doute raison, mais les choses n'étaient pas aussi simples. Quoi qu'il en fût, ce n'était pas franchement le moment de penser à ça.

— Pour le moment, je ne veux pas trop me prendre la tête avec ça. Je me concentre sur cette histoire de meurtres, ça m'occupe l'esprit et ce n'est pas plus mal. On verra bien ce que l'avenir nous réserve.

— OK. Tu es un grand garçon, tu te débrouilles.

— Exactement, conclut l'analyste en prenant la chemise sous son bras. Merci quand même.

— Prends soin de toi, pauvre imbécile !

Il lui fit un clin d'œil et sortit dans le couloir.

42.

Assis tout au fond de la salle dans un fauteuil en plastique, Ari toisa l'homme qui venait de prendre place derrière le pupitre.

Vêtu d'un élégant complet noir, Albert Khron était un homme grand et mince, le crâne dégarni, le visage tout en longueur et les joues creuses. Il ressemblait à l'image qu'Ari pouvait se faire d'un vieil historien barbant, capable de débattre pendant des heures avec d'autres spécialistes pour clarifier un obscur épisode de l'Antiquité.

Avant de venir assister à la conférence, Ari avait hésité à jouer carte sur table et confronter l'homme directement. Mais il était encore un peu tôt. Certes, le numéro de téléphone d'Albert Khron apparaissait plusieurs fois dans la liste des appels du grand blond mais, devant un juge, cela n'aurait pas suffi à confondre l'ethnologue et Ari avait envie d'en savoir davantage. Surtout, il voulait entendre le contenu de la conférence. Il avait comme une intuition. Le lien entre l'ethnologie et le mysticisme nazi était ténu mais pas inexistant, si l'on considérait les raisonnements de la société Thulé sur l'Antiquité germanique et sur l'origine de la race aryenne... Il y avait peut-être quelque chose à glaner de ce côté-là, et le sujet de la conférence permettait déjà d'avoir de mauvais pressentiments.

Albert Khron commença son intervention devant la cinquantaine de personnes assemblées dans la salle moderne.

Très vite, les soupçons d'Ari se confirmèrent. En effet, l'ethnologue ne se contentait pas de retracer l'histoire mythique des Hyperboréens, mais il tentait de démontrer une part de vérité dans cette légende antique... Il essayait – ce qui était assez effrayant de la part d'un ethnologue qui semblait jouir d'une réputation honorable – de prouver à son auditoire que plusieurs coïncidences troublantes permettaient d'imaginer que les Hyperboréens avaient peut-être existé, et qu'il était fort probable qu'un jour on fût en mesure d'identifier le lieu exact de leur mystérieuse provenance.

Dans la mythologie grecque, le peuple des Hyperboréens habitait un pays énigmatique, l'Hyperborée, situé à l'extrême nord du monde connu. Selon les Grecs, cette terre, où séjournait le dieu Apollon, était une sorte de paradis somptueux où le soleil ne se couchait jamais et où l'or s'amoncelait.

Le conférencier énuméra les différentes hypothèses, plus ou moins farfelues, établies au cours de l'histoire pour tenter de localiser cette terre *idéale*, mais lui-même privilégia la mer Baltique, après de longues et ténébreuses démonstrations.

Ari n'en croyait pas ses oreilles. Tout le monde, dans la salle, semblait passionné par le discours, certains prenaient des notes, d'autres hochaient la tête, captivés. Pourtant, tant par son mode de raisonnement que par son vocabulaire et ses références, Albert Khron avait tout du charlatan illuminé, comme Ari en avait beaucoup trop croisé dans sa carrière au sein du groupe de vigilance contre les sectes. Tous les clichés des civilisations disparues y passèrent : le mythe de l'Atlantide, Tiahuanaco, Stonehenge, la Mésopotamie, l'Égypte, les Incas, mais aussi les références à Platon, à Hérodote… Ari n'aurait pas été étonné d'entendre le conférencier suggérer la possibilité d'une origine extraterrestre au mythe de l'Hyperborée. En réalité, celui-ci dirigeait consciencieusement son exposé vers l'affirmation qu'une race parfaite d'êtres humains avait pu exister dans l'histoire antique.

Soudain, tandis qu'Albert Khron entamait une nouvelle partie de son exposé, une porte s'ouvrit de l'autre côté de la salle. Ari reconnut aussitôt la personne qui s'était glissée à l'intérieur. Mona Safran en personne, vêtue d'une longue robe noire.

Ari se redressa bruyamment sur son siège, stupéfait. Malheureusement, l'intruse l'avait repéré. Alors qu'elle venait à peine de pénétrer dans la salle, il la vit ressortir précipitamment.

Mackenzie se leva d'un bond. Les personnes assises derrière lui poussèrent des soupirs exaspérés. Il traversa la rangée de fauteuils d'un pas rapide et se précipita vers la sortie. Au passage, il aperçut le regard courroucé du conférencier qui s'était interrompu et le dévisageait d'un air méprisant.

Sur le palier, Ari regarda autour de lui puis, ne voyant aucune trace de Mona Safran, il courut vers l'escalier et descendit les marches quatre à quatre. Il balaya le hall du regard, mais elle n'était déjà plus là. Il sortit dans la rue au pas de course. Il y avait foule sur le trottoir. Des files de piétons se croisaient en tous sens pendant que les voitures s'amoncelaient dans leurs embouteillages. Ari se mit sur la pointe des pieds et essaya de distinguer la chevelure sombre de Mona Safran. Mais il ne la vit nulle part.

Il jura à haute voix sous les regards interloqués des badauds, puis il se mit en route vers le métro tout en composant le numéro du procureur Rouhet.

— Mackenzie ! Je vois que vous êtes finalement capable de tenir une promesse. Félicitations.

— Mais c'est un plaisir de vous avoir au téléphone, ironisa l'analyste.

— Je vous écoute.

Ari raconta au magistrat ce qu'il avait découvert dans la journée. La piste de l'ethnologue, la présence de Mona Safran à la conférence et, surtout, la signification probable du tatouage en forme de soleil noir.

— Voilà des pistes intéressantes, admit le procureur. Je vais faire mettre Albert Khron sous surveillance.

— Si vous voulez, mais surtout, qu'il ne se doute de rien, et aucune intervention pour le moment. Je veux remonter la piste.

— Bien sûr. Et cette Mona Safran ? Avec ce qu'on a, nous pouvons la faire mettre en garde à vue...

— Ça me semble un peu tôt, monsieur le procureur. Où en est la police scientifique sur la comparaison ADN ?

— Nous aurons ça demain matin.

— Alors attendons ces résultats. Vous pouvez me les envoyer dès que possible ?

— Certainement. Tenez-moi au courant de la suite, Mackenzie, et ne faites rien de stupide.

— Mais bien sûr, monsieur le procureur, bien sûr...

Ari raccrocha et descendit dans la bouche de métro. Pas question de retourner à la conférence d'Albert Khron. Il s'était assez fait remarquer et il avait découvert là-bas ce qu'il cherchait. Ce type n'était pas un inoffensif ethnologue. Au mieux, c'était un charlatan illuminé. Au pire, Albert Khron était un néonazi en liberté, adepte de théories fumeuses sur une race supérieure.

43.

En début de soirée, comme il s'efforçait de le faire le plus souvent possible, Ari emmena son père se promener dans les rues qui entouraient sa résidence de la porte de Bagnolet. Les médecins avaient plusieurs fois insisté pour qu'il ne reste pas tout le temps enfermé dans son appartement. Et bien qu'Ari eût ce jour-là d'autres soucis en tête, cela faisait trop longtemps qu'il ne s'était pas occupé de son père. Après tout, une petite promenade ne pouvait pas lui faire de mal. Les propos incohérents de son père avaient le don de lui changer les idées.

Ils avaient un itinéraire bien spécifique, qu'ils respectaient scrupuleusement ; les rares fois où Ari avait voulu modifier leur balade, Jack Mackenzie avait eu de telles crises de panique qu'il ne s'y était plus jamais risqué. Ils évitaient les grandes artères des boulevards extérieurs et se limitaient aux ruelles plus calmes, autour du pâté de maisons.

L'air était froid et la nuit tombée depuis longtemps, mais cela ne les dérangeait ni l'un ni l'autre. Ils marchaient calmement, bras dessus bras dessous, isolé chacun dans leur monde. Jack avait le regard dans le vide, comme toujours, et il marmonnait dans sa barbe des paroles inaudibles. Ari, malgré lui, ne pouvait s'empêcher de penser à son enquête. Il aurait aimé pouvoir en parler à son père, lui demander conseil... Mais cette époque était finie depuis longtemps.

— Si les dingues d'aujourd'hui ne conviennent plus et qu'il faut changer la société pour avoir des dingues différents, nous, les anciens, on demande pas mieux.

Ari ne répondit pas. Il se contenta de serrer le bras de son père un peu plus fort.

Alors qu'ils étaient à mi-parcours, ils croisèrent une habitante du quartier qu'ils voyaient souvent lors de leurs promenades. C'était la concierge d'un vieil immeuble, qui, visiblement, passait beaucoup de temps dehors, toujours affairée à nettoyer par terre, à rentrer les poubelles ou bien à papoter avec les locataires et les commerçants. Elle leur adressa un signe de tête courtois.

— Dis-moi, Ari, est-ce que tu te souviens de ta mère ? demanda Jack alors qu'ils approchaient de la résidence.

— Bien sûr, papa.

— C'était une sacrée femme, Anahid, tu sais. Elle est arrivée en France quand elle était toute petite. Ses parents ont fui l'Arménie... Ce n'était pas joyeux, en Arménie.

— Oui, je sais.

— Un peu comme moi qui ai quitté le Canada. C'est pour ça qu'on s'entendait si bien. On était perdus, tous les deux, pas vraiment chez nous, tu vois ce que je veux dire ?

— Oui, papa, j'imagine très bien. Mais quand tu as débarqué, tu étais plus âgé qu'elle...

— Déracinés. Comme les Arabes, tu vois. Comme monsieur El Khayyal. Je l'aime bien, monsieur El Khayyal. C'est le seul qui me dit bonjour, dans la résidence, tu sais ? Il doit savoir que je suis comme lui, un immigré. Il me parle de ses enfants. Il en a deux. Il est fier d'eux. Les enfants d'immigrés, quand ils réussissent, tu vois, c'est leurs parents qui réussissent. Ta mère, elle était institutrice.

— Je sais, papa, je me souviens bien. Le mercredi, elle m'emmenait avec elle à l'école.

— Je suis content qu'elle ne soit plus là.

— Pardon ?

— Je n'aurais pas voulu qu'elle me voie comme je suis aujourd'hui.

Ari ferma les yeux. Son père, dans ses moments de lucidité, avait le don d'énoncer de terribles vérités, dures et émouvantes, et Ari ne savait jamais comment réagir. Sans doute les émotions les plus fortes de Jack étaient les seules qu'il parvenait à formuler, les seules qui réussissaient à traverser les méandres de son cerveau défaillant.

— Alors ? Tu lui as offert des orchidées, à ta libraire ?

— Oui, lâcha Ari dans un soupir.

Le vieil homme sourit.

— Et elle les a aimées ?

— Oui, je crois.

— Alors, dis-moi, Ari, avec cette fille, ça en est où ?

— Je ne sais pas, papa. C'est un peu compliqué.

— Tu l'aimes ?

Ari hésita. Au fond, contrairement à ce que disait Iris, il ne s'était jamais posé la question de manière aussi simple. Quand il pensait à Lola, il se posait toujours des questions beaucoup plus compliquées.

— Oui, répondit-il tout simplement.

Jack Mackenzie s'arrêta aussitôt de marcher et se tourna vers son fils. Il l'attrapa par les épaules et le serra dans ses bras, au beau milieu de la rue.

— Je remercie la société ici présente qui m'a favorisé en tant que dingue plutôt que d'autres. Pour un peu, je pleurerais de reconnaissance.

Par la suite, il ne prononça plus une seule parole sensée, mais Ari était certain que son père était parvenu à formuler tout ce qu'il avait eu envie de dire ce soir-là. Il le raccompagna dans son appartement et partit vers Bastille.

44.

Albert Khron arriva un peu avant 22 heures dans le bureau qu'il s'était aménagé au dernier étage du pavillon. Les invités étaient déjà là, dans la grande salle de réception, alors il était entré discrètement par la porte de derrière. Avant de les saluer, il voulait s'isoler quelques instants et tenter de retrouver son calme.

L'irruption d'Ari Mackenzie et de Mona Safran pendant sa conférence l'avait mis en colère. Les événements prenaient une tournure qui ne lui plaisait guère. Il allait falloir qu'il en parle à son associé. Il était grand temps de mettre l'agent des RG hors d'état de nuire. Une bonne fois pour toutes.

Assis à son bureau de ministre, il alluma sa pipe et sortit un fin boîtier en métal du premier tiroir à côté de lui. Il l'observa un moment, comme s'il pouvait voir au travers, puis il l'ouvrit et en extirpa méticuleusement les quatre premiers carrés.

Il disposa les parchemins dans l'ordre. Le premier, avec la rosace et ses cent cinq médaillons, le deuxième, le plus important sans doute, avec l'astrolabe qu'il avait enfin identifié, le troisième, avec la statue de la Vierge, et le quatrième, enfin, avec la coquille Saint-Jacques.

Il sourit. La juxtaposition des carrés lui procurait un réel réconfort. Ils étaient si près du but maintenant…

Il retira de sa poche une photo de l'astrolabe tel qu'il était aujourd'hui. Ce cliché qui lui avait enfin permis de comprendre. « Pour bien commencer, il te faudra suivre la marche de la lune à travers les villes de France et d'ailleurs. » Le message caché de Villard de Honnecourt était certes complexe, mais grâce à la photo, après de nombreuses heures de réflexion, il avait fini par saisir. Toute la journée, il avait attendu ce moment avec impatience. Avec les quatre premiers carrés sous les yeux, il lui semblait qu'il pouvait dès à présent résoudre une partie de l'énigme de Villard. Suffisamment, il l'espérait, pour entreprendre de nouvelles recherches.

Les doigts tremblants d'excitation, il prit son vieux stylo à plume dans sa poche, sortit une feuille de papier, puis, appliquant le système qu'il avait enfin deviné, il commença à décoder le message caché dans les pages de Villard.

Deux par deux, il traduisit les lettres en haut des pages. La phrase ou le mot caché en comportait dix-huit. Il leur manquait encore deux carrés et il ne pouvait donc pas reconstituer toutes les lettres. Mais peut-être cela suffirait-il à avoir une idée. Une première idée. Alors il continua à griffonner tout ce qu'il pouvait décrypter pour le moment. Il s'y reprit à plusieurs fois, vérifiant méticuleusement qu'il ne se trompait pas.

Puis, quand il eut fini, il regarda ce qu'il venait d'écrire et il tenta de comprendre le sens de ces dix-huit lettres, dont six restaient encore cachées. « _GLIS_C_NT_E_U_ECE ». Le vieil homme griffonna à nouveau les lettres, essayant plusieurs combinaisons, cherchant si elles pouvaient faire des mots, des anagrammes. Puis, soudain, un sourire s'esquissa sur son visage.

Quelque chose venait de lui apparaître. En divisant les dix-huit lettres en trois mots égaux, il obtenait : « _GLIS_/C_NT_E/_U_ECE » et il n'y avait pas besoin d'être un génie pour remplir les cases vides. *EGLISE CENTRE LUTECE*.

Albert Khron éclata de rire. C'était tellement évident ! Peut-être était-il un peu tôt pour se réjouir, mais quelque chose lui disait qu'il ne se trompait pas. Car c'était une hypothèse tout à fait crédible, non ? L'église au centre de Lutèce, ce ne pouvait être que Notre-Dame-de-Paris. Le point zéro de la capitale, lieu empli de mystères. Or, le sous-sol de la cathédrale et ses cryptes antiques pouvaient parfaitement correspondre à ce qu'ils cherchaient. C'était même le lieu idéal.

Les sous-sols de Notre-Dame. Restait à présent à savoir exactement où chercher.

Albert Khron, le regard brillant, rangea les feuilles dans son dossier noir et se prépara à rejoindre ses convives. Mais avant cela, il devait appeler Weldon.

Il décrocha son téléphone et composa le numéro qu'il connaissait par cœur. Weldon décrocha à la troisième sonnerie.

— Vous avez du neuf, monsieur Khron ?

— Nous avons le quatrième carré.

— Cela donne quelque chose ?

— C'est encore trop tôt.

— Vraiment ? Vous n'avez pas la moindre piste ?

— Cela reste flou, pour le moment.

— Bien. Rappelez-moi quand vous aurez le cinquième.

L'ethnologue raccrocha. Il ne voulait pas brûler toutes ses cartouches trop vite. Weldon était un homme avec lequel il fallait toujours rester prudent.

45.

— Je t'avais bien dit que cette bonne femme n'était pas nette !

Ari, avachi dans le canapé de Lola, faisait tourner devant lui son verre de whisky d'un air songeur. La présence de Mona Safran à la conférence d'Albert Khron était un nouvel élément à charge qu'il ne pouvait plus feindre d'ignorer. Pourtant, il n'arrivait toujours pas à admettre que cette femme pût être la meurtrière. Son implication, à un certain degré, ne faisait toutefois plus aucun doute.

— Il y a un truc qui ne colle pas, marmonna-t-il. Pourquoi m'aurait-elle donné son vrai nom et son numéro de téléphone dès le premier jour ?

— T'es vraiment pas croyable, Ari ! Pourquoi faut-il que tu ailles chercher un scénario pas possible alors que tu as toutes les preuves devant les yeux ? Toi qui nous bassines tout le temps avec ton principe du rasoir d'Ockham, je ne comprends pas pourquoi tu refuses de l'appliquer toi-même, ce coup-ci ! C'est pourtant l'hypothèse la plus simple, non ? Le meurtrier est une femme. Mona Safran est une femme. Elle connaissait Paul Cazo. Elle a un rapport, au moins géographique, avec Villard de Honnecourt. Elle te raccroche au nez quand tu la confrontes et, comme par hasard, elle assiste à une conférence donnée par un type dont le numéro apparaît sur le téléphone de l'un de tes assaillants ! Pourquoi tu vas chercher midi à quatorze heures ? Merde, tu le répètes tout le temps : « Choisir l'explication la plus simple et exclure la multiplication des raisons. »

— Oui, tu as peut-être raison, mais il y a un truc qui ne colle pas, répéta l'analyste en continuant de jouer avec son verre.

— Tu fais chier, Ari. Ce qui ne colle pas, c'est que cette bonne femme t'a tapé dans l'œil, voilà tout !

Lola se leva et partit dans la cuisine, prenant le prétexte de devoir préparer le repas pour s'éloigner d'Ari un instant.

Alors qu'il terminait son whisky, Mackenzie sentit son téléphone vibrer dans sa poche. Quand il vit le nom s'afficher sur le petit écran du portable, il se demanda s'il ne rêvait pas. Mona Safran. La coïncidence était plus que troublante.

— Ari ?

— Oui.

Il y eut un court silence.

— Je... Il faut que je vous voie au plus vite.

— Ça tombe bien, moi aussi, dit-il d'une voix sèche.

Au même instant, Lola fit irruption dans la pièce. Elle toisa Ari et devina, à son visage et à sa voix, à qui il était en train de parler. Elle s'appuya sur le dossier d'un fauteuil et planta son regard dans les yeux de son ami.

— Vous pouvez venir ce soir ? demanda Mona Safran.

— Où ça ? Chez vous, à Vaucelles ?

— Non. Ce n'est pas un endroit sûr. J'ai une maison pas loin, à Honnecourt. Je vous attendrai là-bas.

— Vous plaisantez ?

— Pas du tout. Il faut que je vous voie au plus vite, Ari. Sentier des Bleuets. C'est la seule maison, tout au bout du chemin.

Et elle raccrocha sans rien ajouter.

Ari regarda son téléphone d'un air hébété.

— Tu vas quand même pas y aller ? s'exclama Lola, qui avait entendu toute la conversation.

Ari ne répondit pas. Il essayait de faire le tri dans sa tête. Ce coup de fil était pour le moins inattendu et il avait du mal à décider de ce qu'il devait faire. Il n'aimait pas l'idée que ce soit cette femme qui mène la danse. Il aurait voulu la convoquer lui-même, plutôt que de la laisser choisir le lieu et l'instant. Il avait l'impression de n'être qu'un pion sur un échiquier qu'il ne maîtrisait pas depuis le premier jour, et cela l'agaçait au plus haut point.

— Ari ! reprit Lola, de plus en plus énervée. Dis-moi que tu ne vas pas aller là-bas !

— Je n'ai pas vraiment le choix.

— T'es malade ou quoi ? T'as envie de te faire buter ?

Ari posa son téléphone sur la table basse et se prit la tête dans les mains. Il savait pertinemment ce que voulait dire Lola. L'appel au secours de Mona Safran avait tout du parfait traquenard. Et pourtant... Pourtant il avait besoin de savoir. Il ne voulait pas risquer de rater quelque chose, risquer de ne pas entendre ce que cette femme avait à lui dire, maintenant qu'elle voulait enfin parler.

Finalement, il se dirigea vers l'entrée d'un pas décidé pour aller chercher son manteau. Lola l'attrapa au passage par le bras et le regarda droit dans les yeux.

— Non, Ari. Tu ne vas pas là-bas. Je suis désolée, mais là, ça commence à bien faire ! On envoie les flics chez elle, et puis c'est tout ! Cette façon que tu as de tout vouloir faire toi-même frise le ridicule.

— Ça va, Lola, ça va… Je suis parfaitement capable de me défendre tout seul.

— Non, attends !

Ari libéra doucement son bras et partit dans l'entrée. Il enfila son manteau.

— Lola, je te remercie de t'inquiéter pour moi, mais laisse-moi faire mon boulot, d'accord ?

La jeune femme le regardait, les yeux écarquillés. Elle n'arrivait pas à croire que son ami pût être si entêté. Pourtant, elle savait qu'elle ne pourrait pas le retenir, que sa décision était prise. Et cela la terrifiait.

Ari ajusta son holster sous son épaule gauche et revint lentement vers elle.

— Te fais pas de souci pour moi, petite fille, dit-il en posant sa main sur l'épaule de la libraire.

Il se pencha pour l'embrasser. Lola, perplexe, se laissa faire. Ari pressa ses lèvres contre les siennes, la serra contre lui, puis il se recula et lui caressa la joue.

Lola, le souffle coupé, le regarda quitter l'appartement sans mot dire.

CINQUIÈME PARTIE

Les animaux

L::VdH::

AS VS NC TA RI VO

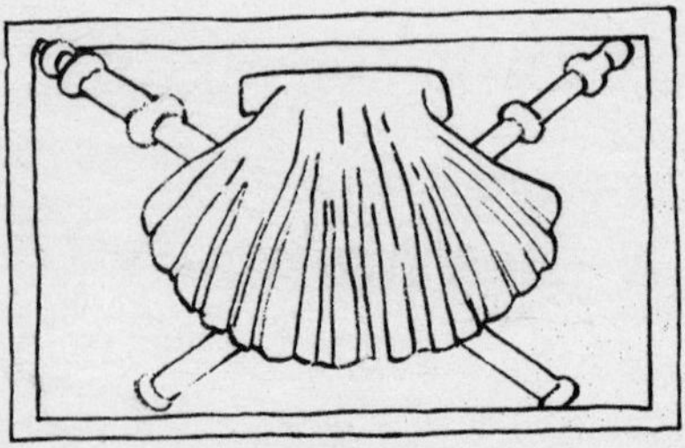

Ensi com en cel hospital edefie par un vol
de colon si aucunes fois estuet savoir lire
le simbolon enz el simbolon.

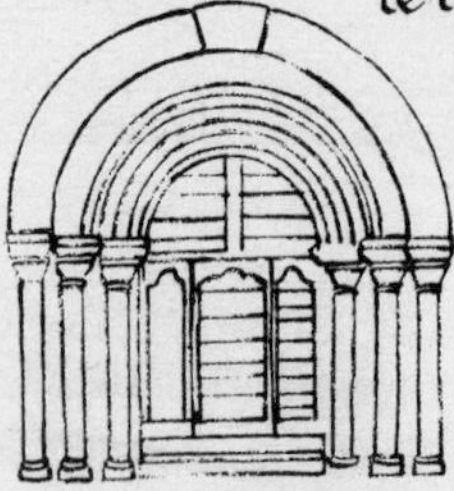

SI FERAS TU
.CXIJ. VERS
MERIDIEN

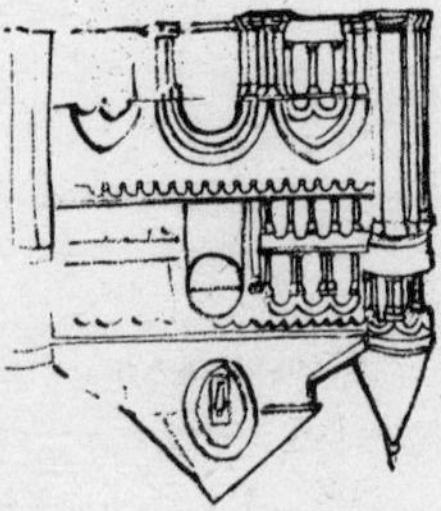

46.

La neige, ce soir-là, s'abattait sur tout le nord du pays, dense et épaisse. Honnecourt était à moins de deux heures de Paris et, après avoir parcouru de longues routes sinueuses au travers d'une campagne vallonnée, la MG-B d'Ari entra dans le village, au cœur du Cambrésis, vers 22 heures. Il espérait que, cette fois-ci, le moteur tiendrait le coup. Le garagiste lui avait promis qu'elle était à nouveau prête à faire des milliers de kilomètres.

Les rues, fort larges pour un si petit village, étaient plongées dans la pénombre sous le voile de la neige. Les maisons, de plus en plus rapprochées, alignaient leurs façades austères au-delà des trottoirs, parfois interrompues par les corps épars des bâtiments agricoles. Au centre de Honnecourt, une étonnante église, toute d'angles, s'élevait par-dessus les toits, construite dans le même mélange de brique rouge et de pierre blanche que les demeures alentour. Juste à gauche de l'édifice religieux, dans le prolongement de ce qui devait être la mairie, Ari aperçut un local avec une vitrine où s'empilaient pêle-mêle livres anciens et vieux outils en bois. Sur son fronton, une pancarte annonçait : « Maison Villard de Honnecourt ». Plus loin, un monument rendait également hommage à ce personnage du XIIIe siècle, qui faisait la gloire de la commune. L'école elle-même portait son nom.

Ari tourna dans le village, à faible vitesse, mais nulle part il ne vit la rue que lui avait indiquée Mona Safran. De retour sur la place de l'Église, il aperçut un couple qui marchait sur le trottoir. Les deux silhouettes, emmitouflées dans des manteaux, avançaient la tête enfoncée dans les épaules, les mains nichées au fond des poches. Il arrêta la voiture près d'eux. Ils parurent étonnés de voir cette vieille décapotable, immatriculée à Paris, s'arrêter ici à une heure si tardive.

— Excusez-moi, lança Ari en se penchant du côté de la fenêtre passager, je cherche le sentier des Bleuets...

— Ah... C'est un peu en dehors du village. Il faut que vous remontiez la route qui part vers Vaucelles, et une centaine de mètres après la sortie de Honnecourt, ce sera sur votre gauche.

Il les salua et se remit en route. La MG-B fila dans les petites rues de Honnecourt puis sortit du village. La neige ne cessait de tomber et Ari ralentit pour ne pas rater la route. Il n'y avait aucune lumière au beau milieu de cette campagne et les phares de la vieille anglaise n'éclairaient pas bien loin. Il avança prudemment, les deux mains crispées sur le volant, puis, enfin, sur la gauche, il aperçut un chemin de terre, drapé de blanc, qui se perdait dans les arbres. Sur un petit panneau vert, au milieu des buissons, il déchiffra *Sentier des Bleuets*. Il engagea la MG-B sur l'allée cahoteuse. La voiture était secouée par les bosses, les pierres et les aspérités qui jalonnaient le sentier étroit. Des branches frottaient contre la carrosserie, déversant des nuées de flocons sur la tôle et le pare-brise.

Au bout du chemin, Ari découvrit les contours flous d'une maison. Une voiture était garée. Il sourit. Pendant un instant, il s'était attendu à voir la berline américaine marron qui avait failli le renverser à Reims et qui était passée en bas de chez lui, à Paris. Mais non. C'était une petite voiture de ville, moderne, immatriculée dans la région. Il se gara juste à côté d'elle.

Les pneus firent craquer l'épaisse couche de neige qui s'était accumulée là. Il éteignit le moteur et resta quelques instants les mains serrées sur le volant. Peut-être était-il en train de commettre la plus grosse erreur de sa vie. Peut-être aurait-il dû écouter Lola. Mais il était trop tard pour reculer, maintenant, et il avait envie de savoir.

Instinctivement, il caressa la crosse de son Magnum sous son trench-coat, croisa son propre regard dans le rétroviseur, puis il sortit de la voiture et claqua la portière.

C'était une maison ancienne, de plain-pied, étroite, tout en vieilles pierres irrégulières. Les joints, d'un ciment grossier, étaient rongés par le temps. Elle ressemblait à un long corps de ferme ou à une grange aménagée. Il y avait trois fenêtres sur la façade, dont une seule était allumée.

Il traversa la cour, ses pieds s'enfonçant dans la neige, et s'arrêta devant la porte. Au-dessus de celle-ci, un panneau en pierre gravé indiquait : « Cayenne de Honnecourt ». Ari marqua son étonnement.

Il savait que le mot « cayenne » faisait référence au compagnonnage, et c'était donc un élément de plus qui impliquait Mona Safran dans cette affaire, d'une façon ou d'une autre.

Il frappa trois coups. Des pas approchèrent rapidement. Des pas féminins, avec des bruits de talons. Puis la porte s'ouvrit lentement.

Le visage de Mona Safran apparut dans la lumière. Maquillée avec soin, sa longue chevelure brune détachée, elle portait sous un fin gilet de laine ouvert une robe noire décolletée qui laissait deviner sa poitrine généreuse. Elle était à la fois inquiétante et terriblement attirante.

— Bienvenue à Honnecourt, dit-elle en s'écartant pour le laisser entrer.

Ari s'attarda sur le palier. Il y avait dans le regard de cette femme quelque chose qui ressemblait à de l'arrogance, de la provocation. L'espace d'une seconde, il ressentit l'inexplicable envie de la gifler, comme une adolescente bouffie d'impertinence. Il se mordit les lèvres d'un air désabusé, puis il entra. La température de la pièce était élevée. Le feu d'une cheminée avait surchauffé la maison.

Mona Safran referma la porte derrière eux. Il se retourna aussitôt et, avant même qu'elle l'invite à entrer dans le salon, où elle avait disposé deux verres et une bouteille de vin, il la regarda droit dans les yeux et prit enfin la parole.

— Mona, vous allez me dire ce que je fais ici ?

Elle esquissa un sourire innocent.

— Mais, enfin, Ari ! Vous êtes ici parce que vous avez bien voulu venir...

— Ne perdons pas de temps à faire de la sémantique de bazar, Mona. Dites-moi pourquoi vous vouliez me voir.

Muette, elle soutint son regard d'un air amusé.

Ari en eut assez de se laisser mener en bateau et le petit jeu de cette femme n'avait que trop duré.

Il fit un pas en avant. Soudain, ses yeux se posèrent sur l'avant-bras de Mona. Il détailla la longue manche de son pull noir. Se pouvait-il que, en dessous, elle cachât un tatouage ? Le dernier indice, la dernière confirmation dont il aurait eu besoin ? Il fut gagné par une irrésistible envie de lui prendre le bras, de relever sa manche pour en avoir le cœur net.

Comme si elle avait lu dans ses pensées, Mona Safran croisa ses mains dans son dos et s'appuya contre la porte.

À cet instant, Ari perdit le contrôle de lui-même. Il fit deux pas en avant et saisit violemment son interlocutrice par les épaules, le regard menaçant.

— Mona, ne jouez pas ce jeu avec moi. Dites-moi tout de suite pourquoi vous m'avez appelé.

Il vit alors une étrange lueur passer dans les yeux noirs de Mona. Un soupçon d'inquiétude. Il l'espérait en tout cas.

— Je vous l'ai dit. Pour vous parler.

Sa voix était terriblement sensuelle, son regard troublant. Ari avala sa salive. Il devait bien reconnaître que cette femme exerçait sur lui un pouvoir d'attraction singulier.

— Eh bien je suis là, maintenant, alors parlez-moi.

Elle ouvrit lentement la bouche et ses lèvres semblèrent trembler légèrement, comme si elle cherchait ses mots mais qu'aucun son ne voulait sortir.

Puis soudain, contre toute attente, elle dégagea ses bras de derrière son dos, attrapa Ari par la nuque et pressa sa bouche contre la sienne. Il n'eut pas le temps ni le réflexe de se reculer. Elle l'embrassa avec une passion aussi subite que démesurée, mordillant ses lèvres, donnant des coups de langue, poussant des petits soupirs aigus.

Les mains d'Ari se crispèrent sur ses épaules, puis il l'attrapa par les tempes et repoussa son visage. La tête de la femme cogna contre la porte. Ari la fixa tout en la maintenant immobile. Il ne savait que penser. La tension qu'il ressentait entre eux était de plus en plus confuse. Un mélange de colère, de peur et de désir. Il se demandait s'il avait envie de l'étrangler ou de lui faire l'amour. Et il n'était pas sûr qu'au bout du compte ce ne serait pas elle qui allait lui tordre le cou. À tout moment, cette femme, qui était peut-être celle qui avait tué Paul Cazo, pouvait passer à l'acte et s'en prendre à lui. Il n'arrivait pas à chasser de son esprit les Polaroïd des différents meurtres. Les corps nus de ces hommes ligotés sur des tables, leur regard vide, le sang, le trou à la base du crâne...

Ari serra plus fort encore la tête de Mona Safran entre ses deux mains, puis, soudain, n'y tenant plus, il l'embrassa à son tour. À ses soupirs répondirent ceux de la femme que son corps tout entier écrasait contre la porte. Il laissa descendre sa main droite le long de la nuque de Mona Safran, sur son épaule, il la glissa sous son pull puis la plaqua contre sa poitrine. À travers le tissu de sa robe, il sentit durcir la pointe de son sein. Il pressa plus fort encore. Puis comme elle venait de lui mordre la lèvre, il recula sa tête, la dévisagea l'espace d'une seconde et plongea son visage dans son cou pour l'embrasser au creux des épaules.

Mona Safran se mit à lui caresser le crâne avec fougue, le décoiffant davantage à chaque nouveau baiser. D'un seul coup, elle agrippa Ari par les cheveux et lui tira la tête en arrière. Celui-ci grimaça de douleur. Leur jeu prenait une tournure brutale. Et Ari, à sa grande surprise, trouvait cela terriblement excitant. Il lui prit les poignets et les bloqua contre la porte, au-dessus d'elle. Mona, les bras en croix, poussa un petit cri. Sa poitrine se soulevait de plus en plus vite, son souffle devenait de plus en plus fort. Ils restèrent un moment immobiles, comme deux prédateurs qui se défient au milieu du combat, puis elle tenta de dégager ses poignets. Il l'empêcha de bouger, maintenant fermement ses mains. Elle se débattit de plus belle, puis, parvenant à libérer l'une de ses mains, elle le repoussa par les épaules et, soudainement, le gifla.

La tête d'Ari fut projetée sur la gauche par la forte claque. Les yeux écarquillés, il saisit à nouveau la femme par les avant-bras, plus vigoureusement cette fois, et il la força à croiser les mains derrière son dos. Il se colla contre elle et la maintint dans cette position sans quitter ses grands yeux noirs. Il aurait aimé deviner ce qu'ils dissimulaient, quel dessein secret cachait ce visage. Cette femme était-elle sur le point de lui faire l'amour ou de le tuer ? Il approcha doucement sa bouche de ses lèvres entrouvertes puis, alors que leurs deux visages se touchaient presque, il lui susurra :

— À quel jeu jouez-vous, Mona ?

Elle pencha délicatement sa tête sur le côté et se contenta de sourire. Puis, laissant glisser son dos progressivement contre la porte, elle tomba sur les genoux, obligeant Ari à lui lâcher les mains.

Avec des gestes de plus en plus impatients, elle déboutonna le bas de la chemise de Mackenzie et couvrit son ventre de baisers. Il frissonna. Un à un, elle ôta les boutons de son jean sans cesser de l'embrasser. Ari se laissa faire, envahi de désir, les yeux rivés au plafond. Quand il sentit les lèvres de Mona descendre sur son bas-ventre, il ferma les yeux et s'abandonna complètement.

Tout alors sembla disparaître autour d'eux. C'était comme s'il flottait au milieu d'un songe, comme s'il avait décroché, soudain, de la réalité. Les caresses de Mona le transportaient lentement vers l'extase. Il se demandait s'il avait jamais ressenti une excitation d'une si grande intensité, sans doute à cause de l'inextinguible tension qui régnait encore entre eux.

Soudain, alors qu'il était sur le point de capituler, Ari fut saisi par un accès de lucidité. Il recula d'un pas, attrapa Mona par les épaules et l'obligea à se relever. Sans attendre, avec des gestes brusques, il lui arracha son pull, la plaqua contre la porte puis souleva le bras gauche de la femme pour l'exposer à la faible lumière. Elle se laissa faire. Mackenzie sourit. Rien. Pas de tatouage. Changeant de main, il inspecta son autre bras. Rien non plus.

— Qu'est-ce que tu fais, Ari ?

Il lâcha le cou de sa partenaire et lui caressa doucement les épaules.

— Je cherche le soleil.

Mona fronça les sourcils en signe d'incompréhension, puis, courbant le dos, elle ôta sa robe et la jeta sur le sol pavé. Elle pressa ses seins lourds et fermes contre la poitrine d'Ari et passa ses mains dans son dos.

Avec des gestes de plus en plus insistants, elle se mit à lui griffer les hanches, les épaules, la nuque.

Soudain, la main de la femme s'arrêta sur les pectoraux d'Ari. Lentement, elle tira sur la lanière de son holster.

— Tu gardes toujours ton arme ? murmura-t-elle d'un air amusé.

Ari fit un pas en arrière et ôta l'étui de son revolver. Il tendit le bras et posa le holster sur le sol, le plus loin possible d'eux.

Mona regarda le revolver sur le carrelage.

— Tu as peur que je m'en serve ? dit-elle d'une voix ironique.

Ari, en guise de réponse, se plaqua à nouveau contre elle.

— Prends-moi, susurra-t-elle à son oreille.

Ari ne réagit pas. Le souffle court, l'esprit perdu, il la fixait droit dans les yeux, sans bouger.

Et si c'était elle ? Si c'était vraiment elle ? Comment s'y est-elle prise avec les autres ? A-t-elle attendu avant de les attaquer ? Est-elle allée jusqu'au bout ? Attendra-t-elle ce moment où je serai le plus vulnérable ?

Mona passa une main sur la joue d'Ari.

— Prends-moi, répéta-t-elle dans un murmure.

Tout doucement, elle se retourna contre la porte, sans cesser de regarder Ari. Elle appuya son avant-bras gauche contre le montant de bois, puis de la main droite elle attrapa la hanche d'Ari et l'attira vers elle.

N'y tenant plus, il se laissa enfin guider en elle et lui fit l'amour contre la porte, lentement d'abord, puis de plus en plus fort. À chaque coup de reins, Ari se sentait défaillir un peu plus et pourtant il ne parvenait pas à repousser ce doute qui l'envahissait encore. Rien, pas même le plaisir, ne parvenait à lui faire oublier la possibilité que Mona fût la meurtrière. Et au fond, la peur, peut-être, décuplait son ardeur. Emportés par l'instant, saturés de désir, ils restèrent là, debout contre la porte, accélérant le rythme de leurs ébats jusqu'à ce que leurs longues jouissances culminent ensemble dans l'écho de leurs cris.

À bout de souffle, ils restèrent pétrifiés pendant d'interminables secondes, leurs deux corps trempés de sueur, plaqués l'un contre l'autre. Puis Mona se libéra et lui adressa un sourire satisfait, moqueur presque, et elle partit vers le salon d'un pas nonchalant, ramassant au passage sa robe froissée qu'elle enfila avant de s'asseoir sur le canapé et d'allumer l'une de ses cigarettes aux senteurs vanillées.

Ari, déconcerté, referma les boutons de son jean et se laissa glisser par terre, le dos contre la porte. Il sortit une cigarette, peut-être pour se donner lui aussi un peu de contenance, et l'alluma à son tour, recrachant de longues volutes de fumée au-dessus de sa tête.

Chacun de leur côté, ils fumèrent sans mot dire, laissant s'installer un silence de plus en plus gênant. On entendait au-dehors un vent fort qui secouait les arbres, et des flocons de neige dansaient contre les carreaux. Mille questions traversaient la tête d'Ari, mille questions qu'il aurait voulu poser à cette étrange femme, mais il n'aurait pu en formuler une seule. À vrai dire, il se sentait un peu idiot, pour des motifs assez contradictoires. Idiot d'avoir pu imaginer, ne fût-ce qu'une seconde, que Mona fût une criminelle ; et idiot, aussi, d'avoir fait l'amour avec elle, si facilement.

Et un visage, alors, occupa tout son esprit. Le visage de Lola, qui l'observait, une larme au bord des paupières. Il ferma les yeux et plongea sa tête dans ses mains.

47.

C'était un sublime pavillon de la banlieue sud de Paris. Dressé de pierres blanches taillées, flanqué sur sa droite d'une tour carrée, il s'élevait au milieu d'un parc arboré, recouvert de neige. Sur son côté nord, une terrasse encerclée d'une balustrade blanche s'étendait à la hauteur du dernier étage, débordant légèrement de la façade. Les fenêtres du rez-de-chaussée étaient larges et hautes et s'ouvraient comme des portes sur le perron, lequel occupait toute la largeur du bâtiment.

Une vingtaine de voitures luxueuses, longues berlines noires, voitures de sport, SUV bordés de chromes étincelants, s'alignaient de part et d'autre de l'entrée, gardées par deux hommes aux larges épaules qui faisaient les cent pas dans leurs complets sombres. Les bruits de leurs semelles étaient étouffés par la neige qui continuait de s'amonceler au sol, et au-dessus d'eux, les flocons virevoltant voilaient la lumière jaune d'une rangée de lampadaires.

À l'intérieur, depuis près d'une heure se tenait une réception digne de ces soirées de diplomates où l'on se gorge sans vergogne des fastes de la République. Le spectacle avait quelque chose d'anachronique dans son apparat presque trop parfait. Musique douce, petits-fours et verres de champagne apportés sur des plateaux d'argent, serveurs impeccables, nappes blanches, il ne manquait, dans cette soirée d'hommes, que les couleurs vives des robes féminines et le brillant de leurs bijoux.

La soirée se déroulait dans la plus grande salle du pavillon, qui donnait par ses hautes fenêtres sur l'arrière de la propriété. Quatre petits lustres en cristal entouraient un cinquième, bien plus grand, qui pendait, magistral, au milieu de la pièce, diffusant en cascade une douce lumière d'ocre. Sur les murs, quadrillés de boiseries finement sculptées, se dressaient de hauts miroirs dorés qui, en vis-à-vis, prolongeaient à l'infini la perspective somptueuse de la pièce.

Le luxe et l'abondance se lisaient partout où l'on posait son regard ; marbre blanc de l'immense cheminée, porcelaine bleue des bibelots posés sur le linteau, bois lourd des parquets cirés, sculptures peintes aux plafonds, dorures, tableaux, marqueteries... Nulle part n'apparaissait la trace d'une moindre négligence.

La trentaine de convives naviguait d'un buffet à l'autre, se regroupait, s'éparpillait, se croisait puis se séparait au milieu d'éclats de rire ou de murmures admiratifs, de tintement de verres, on fumait pipes, cigarettes étrangères, havanes, on dégustait canapés et petits-fours, on buvait beaucoup dans une atmosphère d'insouciance qui contrastait avec la rigueur sombre des costumes.

Dehors, la neige tombait, drue, comme un épais rideau qui les coupait du monde.

Tard dans la soirée, Albert Khron fit enfin son apparition par la grande porte principale. Une vague de silence se répandit progressivement parmi les invités et tous les regards se tournèrent vers lui. Il monta sur une estrade où l'attendaient un pupitre et un micro. Sur le mur derrière lui, deux tentures pourpres étroites, pendues du sol au plafond, affichaient à mi-hauteur le symbole de leur société. Un soleil noir.

— Mes amis ! Quel immense plaisir de vous voir tous réunis ! Je vois qu'il ne manque presque personne. Ne craignez rien, je ne vais pas vous assommer avec un long discours, je vois que vous avez commencé à trinquer et je ne demande qu'à en faire autant. Toutefois, je voudrais tout de même vous dire quelques petits mots avant ça. Tout d'abord... Erik ? Vous êtes là ?

L'ethnologue se dressa sur la pointe des pieds et posa un regard circulaire sur la salle. L'homme brun avec lequel il avait ces rendez-vous secrets réguliers dans Paris se dégagea légèrement du groupe en lui adressant un signe de main.

— Ah ! Vous voilà ! acquiesça Khron en souriant. Mes amis, je voudrais remercier de vive voix notre généreux mécène, dont l'aide et la persévérance, comme vous le savez, ont été décisives dans l'élaboration de notre projet. Je ne peux m'empêcher de penser que la rencontre entre un homme de votre lignée, Erik, et notre ordre n'est pas tout à fait le fruit du hasard, mais bien la réalisation d'une providence qui devait, tôt au tard, se concrétiser. Quoi qu'il en soit, nous nous félicitons de vous accueillir parmi nous ce soir.

Un tonnerre d'applaudissements résonna dans la haute salle. L'homme aux lunettes noires inclina humblement la tête en signe de remerciement, mais il n'estima pas utile de prononcer la moindre parole.

— Mes amis, nous approchons du but. Je ne voudrais pas toutefois que nous nous réjouissions trop tôt. Si je vous ai réunis ici ce soir, ce n'est pas encore pour célébrer la fin de notre projet, bien que je sois ravi de goûter avec vous cette Veuve-Clicquot dont on m'a dit le plus grand bien... Nous avons aujourd'hui en notre possession quatre carrés. Il nous en manque donc encore deux, certes, mais cela ne doit pas nous empêcher de commencer nos recherches. Chacun d'entre vous va recevoir à présent une copie des quatre premiers carrés.

Un homme au visage austère, qui était resté dans l'ombre derrière Albert Khron depuis le début de son discours, passa parmi les convives et distribua des chemises cartonnées à chacun d'eux.

— Je vous invite, dans les jours prochains, à étudier ces documents de près, car, comme vous le savez, nous allons devoir les décoder ensemble, et plus vite cela sera fait, plus vite nous pourrons mettre notre projet à exécution. Je suis certain que les brillants érudits que vous êtes sauront, en associant leurs forces, trouver de bons indices. Une piste semble d'ores et déjà se dégager et je peux même vous dire dès à présent que nous allons sans doute devoir nous concentrer sur... Notre-Dame de Paris.

L'ethnologue marqua une pause dans son discours, mesurant l'impact de sa révélation. Les invités échangèrent des regards enthousiastes. C'était la toute première indication concrète qui était portée à la connaissance de l'assemblée et Albert Khron était certain d'avoir su éveiller leur curiosité. Soudain, l'objet de leurs recherches s'ancrait dans le réel. Un réel, de surcroît, qui était tout proche d'eux. Au cœur de la capitale.

— Je sais que certains d'entre vous connaissent particulièrement bien cette cathédrale, nous aurons certainement besoin de leur lumière. Je ne veux rien vous dire de plus pour le moment, mais je suis certain que vous trouverez les recherches que nous avons à faire aussi passionnantes que moi. Je suppose qu'il est inutile de vous rappeler que le caractère secret des documents que vous venez de recevoir ne souffrirait pas la moindre négligence. Mais je sais pouvoir compter sur votre sérieux.

Malgré la douceur de sa voix et la teneur finalement modérée de ses propos, il y avait quelque chose de menaçant dans l'attitude de l'ethnologue qui n'échappait sans doute à personne. Chacun, ici, savait à quoi s'attendre.

— Pour terminer, et sur un tout autre registre, avant de porter un toast avec vous, je voudrais également mentionner les différentes publications de deux de nos plus éminents spécialistes. Je suis heureux de voir que les honorables membres de cette société ne chôment pas dans leur vie profane et j'estime qu'il serait juste que chacun ici s'intéresse aux ouvrages publiés par nos membres. J'attire votre attention sur le remarquable *Mythe d'Apollon et les civilisations disparues* de notre célèbre professeur Vidal. Mon cher Alexandre, je l'ai lu d'une traite et je l'ai trouvé véritablement passionnant. Il en va de même pour le nouveau livre de notre ami Juan, consacré à Arthur de Gobineau, étonnant, et qui est en outre agrémenté d'une iconographie absolument splendide. Je tenais à vous féliciter tous les deux... Voilà, je ne vous embêterai pas plus longtemps, mes chers amis. Bonne soirée à tous et, surtout, travaillez bien dans les prochains jours, à la lumière du soleil noir !

À nouveau, la salle fut traversée par une salve d'applaudissements, puis les convives s'éparpillèrent ici et là, certains venant saluer chaleureusement Albert Khron, comme si c'eût été un privilège de lui serrer la main.

Un peu plus tard dans la soirée, l'homme aux lunettes noires s'approcha de l'ethnologue. Il l'invita à trinquer avec sa flûte de champagne, puis il se pencha à son oreille et lui glissa quelques mots discrets. Khron acquiesça et ils disparurent furtivement derrière une porte, au fond de la salle de réception.

48.

Quand il eut terminé sa Chesterfield, Ari se leva et vint se planter devant Mona Safran au milieu du salon.

— Dites-moi, vous n'auriez pas du whisky quelque part ?

Elle haussa les sourcils.

— Je nous avais préparé un bon bordeaux. Et tu vouvoies souvent les femmes avec qui tu viens de faire l'amour ?

Ari jeta un coup d'œil à la bouteille ouverte sur la table basse.

— Votre bordeaux a l'air délicieux, mais je vous avoue que je me ferais bien un petit whisky, dit-il avec une pointe de provocation.

Il décida de maintenir le voussoiement. C'était sa petite vengeance à lui. Mona ne pouvait pas remporter tous les rounds.

— Dans la cuisine, derrière toi, le placard au-dessus de l'évier.

Ari fit demi-tour et partit chercher la bouteille en enfilant les pans de sa chemise à l'intérieur de son pantalon. Quand il revint dans le salon, Mona Safran était en train de se servir un verre de vin. Il prit le verre vide qui restait sur la table et s'assit en face d'elle, la bouteille de whisky à la main.

— Bon... Eh bien, *ça*, c'est fait, dit la femme après avoir bu une première gorgée de son bordeaux.

Ari passa une main dans ses cheveux décoiffés et poussa un petit rire nerveux.

— Cela signifie que vous êtes disposée à me parler, à présent ? demanda-t-il en se servant son whisky.

— J'ai toujours remarqué que j'avais la confidence plus facile après avoir fait l'amour.

— Alors ne vous gênez pas pour moi. Et si la mémoire ne vous revient pas, on peut remettre ça, si vous voulez.

— Ne te surestime pas, Ari.

Mackenzie avala une gorgée de whisky. Parler avec cette femme, tout comme lui faire l'amour, était une sorte de joute à la fois agaçante et excitante. Il semblait que, pour elle, tout devait se jouer sur le registre de la lutte.

— Alors, dites-moi, Mona, c'est quoi, le rapport entre tout ça et Villard de Honnecourt ? Comment se fait-il qu'on soit ici ?

Mona le dévisagea un instant, comme si elle considérait encore l'éventualité de lui parler ou de se taire. Puis elle ramena ses pieds en tailleur sur le canapé et, d'un geste ample de la main, elle désigna tout l'espace autour d'eux.

— Tu vois cette maison ? Ce n'est pas une maison ordinaire. C'est ce que nous autres, compagnons, appelons une cayenne. En réalité, cette maison est la cayenne de Honnecourt.

Ari fronça les sourcils, perplexe.

— *Vous autres* ? Vous voulez dire que... vous aussi...

— Oui. Enfin, je ne suis pas réellement compagnon du devoir, mais disons que je suis investie dans le compagnonnage. Je suis ce qu'on appelle une Mère.

— Et c'est ça, le lien que vous aviez avec Paul ? Le compagnonnage ?

— Oui, en quelque sorte. Tu croyais que j'étais sa maîtresse ?

Ari haussa les épaules, refusant d'avouer que l'idée, en effet, lui avait traversé l'esprit.

— Je ne couche pas avec tous les hommes que je rencontre, Ari.

— Je suppose donc que je dois vous remercier de cette faveur.

Elle haussa les yeux au plafond.

— C'est donc le compagnonnage qui vous a rapprochée de Paul ?

— Je suis la Mère de cette cayenne et Paul venait ici régulièrement.

— Si je me souviens bien de ce que j'ai pu apprendre sur le compagnonnage, une Mère, c'est une sorte d'intendante, qui s'occupe de la cayenne, non ? Je croyais que vous teniez une galerie d'art ?

— Il faut voir mon rôle de façon un peu plus symbolique, Ari. Tu sais, les choses ont un peu changé maintenant, mais pendant longtemps, les cayennes étaient gérées par des femmes, en effet. Il y avait des maisons comme celle-ci dans les principales villes de France et les jeunes compagnons qui faisaient leur Tour y trouvaient refuge, en échange d'un peu d'argent. La Mère jouait, comme tu dis, le rôle d'intendante. Elle tenait la cayenne, s'occupait de loger les jeunes arrivants et de les nourrir, mais aussi d'assurer une autorité maternelle dans ce milieu très masculin. Les jeunes rencontraient là d'autres compagnons comme eux, ainsi que des maîtres qui étaient prêts à leur enseigner leur art et à les emmener sur des chantiers...

— D'accord, d'accord... Mais vous, vous n'allez pas me dire que vous jouez le rôle d'intendante dans cette baraque pour des jeunes compagnons du devoir de passage ? Cela dit... Si vous les recevez aussi bien que vous m'avez reçu, ils ne doivent pas être déçus du voyage !

— C'est amusant. Quelle élégance ! railla-t-elle. Non, Ari. Il n'y a pas de jeunes compagnons qui passent ici. La cayenne de Honnecourt est un peu particulière et n'est d'ailleurs connue que d'un nombre très restreint de compagnons...

— Laissez-moi deviner : ceux qui sont en train de se faire massacrer les uns après les autres ?

Elle acquiesça puis elle prit une nouvelle gorgée de bordeaux. Ari commençait à mieux comprendre le rôle de cette femme dans toute cette histoire. Mais il restait de nombreux points d'ombre.

— Paul ne t'avait donc rien dit de la loge Villard de Honnecourt ? demanda Mona en reposant son verre sur la table.

— Rien du tout.

— Il était donc capable de tenir un secret mieux que la plupart d'entre nous. Ah ! Si seulement tous les autres avaient été aussi silencieux que lui...

— Alors, dites-moi, c'est quoi, cette fameuse loge Villard de Honnecourt ?

— Tu aimerais bien savoir, n'est-ce pas ?

Ari ne dit rien. La réponse lui semblait suffisamment évidente.

— Écoute, Ari, je veux bien tout te raconter, mais j'attends quelque chose en retour.

L'analyste fit une moue amusée.

— Ah oui ? Quoi ?

— Je veux que tu me dises toi aussi tout ce que tu sais. Et puis... j'ai besoin de ta protection.

— Ma protection ?

— Je me sens menacée, Ari. C'est pour ça que je t'ai demandé de venir ce soir. J'ai cru jusqu'à maintenant que je pourrais me défendre seule, mais les autres se font assassiner un par un et je commence à avoir sérieusement peur. La loge comptait six membres. Nous ne sommes plus que deux. Et je suis la prochaine sur la liste.

Ari acquiesça lentement. Peu à peu, le voile se levait sur le mystère qui n'avait cessé de s'épaissir depuis la mort de Paul. C'était donc l'appartenance à une loge compagnonnique commune – et visiblement un peu particulière – qui reliait les quatre victimes. Et sans doute l'aspect secret de cette loge qui motivait les assassins.

— Si vous me racontez tout, Mona, je peux vous garantir une protection policière nuit et jour, à vous et au sixième membre de votre loge, jusqu'à ce que les responsables de ces meurtres soient sous les verrous.

— Non. Pas des flics. Toi.

— Vous voulez que *moi* je vous protège, personnellement ?

— Oui.

— Mais vous me prenez pour Rambo ou quoi ?

— Non, pour le meilleur ami de Paul. Je sais que tu es mieux à même de me défendre que deux flics de service. Et je veux mener l'enquête à tes côtés. Je crois que nous suivons tous les deux les mêmes pistes.

Ari réfléchit un instant. À quoi faisait-elle référence ?

— Albert Khron, l'ethnologue ?

— Entre autres, oui.

— C'est donc pour ça que je vous ai vue à la conférence tout à l'heure ? Pourquoi avez-vous des soupçons à son sujet ?

— Sylvain Le Pech lui avait parlé. Paul et moi avions découvert que Sylvain s'était fait avoir. Il avait tout raconté à ce type...

Il y avait donc eu une fuite. L'un des membres de la loge avait révélé leur secret, ce qui avait déclenché cette série de meurtres. Mais quel secret pouvait déchaîner une telle violence ?

— Ce que je ne comprends pas, Mona, c'est pourquoi Paul et vous n'avez pas contacté la police dès le début ? Et pourquoi vous avez attendu si longtemps avant de me parler ?

— Parce que nous avons tous juré de ne jamais révéler l'existence de la loge, Ari, ni sa fonction. À l'heure qu'il est, je suis parjure à mon serment.

— C'est vous qui m'avez envoyé la lettre anonyme avec l'identité de Pascal Lejuste ?

— Non. Ce doit être Jean.

— Jean ?

— Le sixième compagnon, le maître de la loge. C'est le seul qui soit encore en vie aujourd'hui, avec moi. Et si c'est lui qui t'a écrit, alors il a lui aussi failli à son devoir de silence.

— Quatre personnes sont mortes à cause de votre silence, Mona.

— Nous connaissons ce risque depuis toujours. Cela fait partie de la nature de notre loge.

Ari secoua la tête. Tout cela lui semblait tellement irréel ! Il n'arrivait pas à croire que Paul ait pu se faire tuer parce qu'il appartenait à une loge compagnonnique secrète dont les membres avaient juré, à la mort, de ne jamais parler… Cela ne ressemblait pas à l'image qu'il avait toujours eue de l'ami de son père. Et pourtant, les faits étaient là.

— Excusez-moi, Mona, mais j'ai l'impression d'être dans un mauvais film. Cette histoire de serment ! On croirait des gosses qui s'échangent leur sang en gage d'amitié dans une cour de récréation…

— Crois-moi, Ari, la loge Villard de Honnecourt est tout sauf un club de gamins.

Ari estima qu'il était temps de poser la seule question véritablement importante. Si le mobile des meurtres était un secret gardé précieusement par six personnes, il avait besoin d'en connaître la nature exacte.

— Mona… C'est quoi, au juste, ce qui rend votre loge si particulière ? Votre secret ?

— Tu ne m'as pas encore fait la promesse que je te demande.

Ari soupira.

— Je promets de vous défendre, Mona.

— Et de me laisser enquêter à tes côtés ?

Il hésita. L'idée de devoir partager son enquête avec Mona Safran ne le réjouissait pas particulièrement, sans compter que Lola risquait de prendre la chose assez mal. Mais avait-il vraiment le choix ? En outre, la galeriste connaissait toute l'histoire bien mieux que lui, et son aide pourrait s'avérer précieuse.

— Entendu, Mona. Mais à ma manière. Pas d'initiatives stupides de votre part. Vous m'aidez dans mon enquête, mais quand ça devient trop dangereux, vous restez planquée. Et vous ne discutez pas.

— Ça me va.

Mona se leva, se servit un autre verre de vin et partit regarder dehors par l'une des petites fenêtres du salon. La neige continuait de virevolter devant les carreaux. Elle resta silencieuse quelques secondes, semblant scruter l'obscurité, puis elle vint se rasseoir sur le canapé. Son visage n'était plus du tout le même. Ari fut certain que les yeux qu'il voyait à présent étaient les yeux véritables de Mona Safran, que le masque était tombé, et que la femme se livrait enfin, sans plus jouer le moindre jeu.

— La loge Villard de Honnecourt a été créée en 1488 par un certain Mancel. Mais, comme tu l'as compris, ce n'est pas une loge compagnonnique ordinaire. À vrai dire, elle est même unique en son genre. Pour que tu comprennes bien, il faut que je te raconte l'histoire depuis le début… Ça risque d'être un peu long.

— J'ai tout mon temps, assura Ari en se calant au fond de son fauteuil.

— L'histoire de ce manuscrit du XIIIe siècle est assez chaotique. Comme tu le sais sans doute, les carnets ont longtemps été plus ou moins perdus dans la nature. Ils n'ont été redécouverts qu'en 1825, dans les tiroirs d'une vieille bibliothèque de l'abbaye de Saint-Germain-des-Prés. En tout cas, ça, c'est l'histoire officielle. En réalité, c'est un peu plus compliqué.

— Je vous écoute.

— Tu ne veux pas arrêter de me vouvoyer, Ari ?

L'analyste ne put s'empêcher de sourire. Mais il devait reconnaître que Mona jouait le jeu, qu'elle avait baissé les armes, et qu'il était inutile de continuer sa provocation.

— Je t'écoute, dit-il finalement.

— Si le carnet a traversé l'histoire, et s'il est aujourd'hui conservé à la Bibliothèque nationale, c'est en partie grâce à son intérêt historique. Mais pas seulement. Le parcours exact du carnet de Villard est incertain. Nombre d'historiens ont essayé de retracer son trajet à travers les siècles, mais il y a beaucoup trop de zones troubles pour que cela soit réellement possible. Ce que l'on sait, c'est que, tard au XIIIe siècle, une personne qui était en possession du manuscrit a tenté de le paginer, sans doute pour le mettre en forme. Seules les seize premières pages ont été numérotées à cette époque. On sait que ce n'est pas par Villard lui-même, car l'écriture ne correspond pas. Puis, au XVe siècle, un autre propriétaire des carnets, un homme du nom de Mancel...

— Celui qui a créé la loge ?

— Oui, mais ne m'interromps pas, écoute bien. Un homme du nom de Mancel, donc, a entrepris à son tour de numéroter les feuilles du carnet de Villard. C'est grâce à cette seconde numérotation, en chiffres romains, que l'on sait aujourd'hui qu'il manque plusieurs pages au carnet de Villard. Les différents spécialistes ne sont pas d'accord sur le nombre de feuilles disparues, mais en réalité il en manquait très précisément six. Au XVIIIe siècle, une troisième numérotation, en chiffres arabes celle-là, permet de confirmer que les trente-trois feuilles conservées aujourd'hui à la Bibliothèque nationale étaient disposées dans le même ordre à l'époque. Les pages manquantes, pour les historiens, ont donc disparu entre le XVe et le XVIIIe siècle. Ce que ces mêmes historiens savent, c'est que le carnet a appartenu à la famille Félibien en 1600, puis qu'il a été transmis, sans doute par un don de Michel Félibien, au monastère parisien de Saint-Germain-des-Prés. Au XVIIIe siècle, il a été inclus aux collections nationales françaises et en 1865, il a été catalogué à la Bibliothèque nationale sous le numéro qu'il porte encore aujourd'hui. Ça, c'est ce que les historiens savent.

— Et ce qu'ils ne savent pas ?

— Ce qu'ils ne savent pas, c'est que les six pages manquantes ont été délibérément extraites du carnet par le fameux Mancel, au XVe siècle, et que celui-ci a confié chacune d'elles à l'un des six membres d'une loge compagnonnique secrète dont il était le fondateur. Il limita strictement le nombre de membres de la loge à six personnes. Chacune des six pages est devenue, pour chacun d'eux, ce que l'on appelle son « carré » – d'ordinaire, pour les compagnons, les carrés sont les parchemins sur lesquels ils notent toutes les villes qu'ils traversent pendant leur Tour – et quand l'un des membres de la loge meurt, son carré est remis à un nouvel initié…

— Mais pourquoi avait-il extrait ces six pages ?

— Parce que Mancel avait compris qu'elles contenaient quelque chose qui ne devait pas être connu du monde profane. Un secret qui ne devait jamais être révélé. Et le meilleur moyen était de séparer les six pages et de confier chacune d'entre elles à un gardien de confiance.

— Mais c'est quoi, ce foutu secret ?

La jeune femme éclata de rire.

— Je viens de te dire qu'il ne devait jamais être révélé ! Ari, si je te dis que je ne le sais pas moi-même, tu ne voudras pas me croire…

— Eh bien oui, permets-moi d'en douter. Visiblement, le contenu de ces six pages est suffisamment important pour que vous vous fassiez tuer... J'ai du mal à croire que vous ne sachiez pas ce qu'elles recouvrent.

— Aucun de nous ne le sait vraiment, Ari, je t'assure. En tout cas, pas à ma connaissance. Lors de la cérémonie d'initiation, nous faisons la promesse de n'être que le gardien de notre propre carré. Chaque membre de la loge ne connaît que le sien. Je n'ai jamais vu les cinq autres, du moins pas de près... Seul le maître de la loge, qui possède le sixième carré, les connaît tous.

— OK. Bon, si je comprends bien, cela signifie que tu possèdes toi-même l'une des six pages disparues du carnet de Villard ?

Mona Safran hocha lentement la tête.

— Oui. Ici même.

49.

— Cette fois-ci, Erik, nous avons un vrai problème.

Albert Khron avait soigneusement refermé la porte de son bureau et s'était installé sur son large fauteuil, le regard soucieux. Le sourire qu'il avait offert à ses convives quelques instants plus tôt avait complètement disparu de son visage.

— Je vous écoute, répondit l'intéressé en prenant place à son tour.

— Ari Mackenzie est venu ce soir pendant ma conférence.

Le quadragénaire aux lunettes noires serra les poings sur ses accoudoirs. Depuis le début, il savait que l'agent de la DCRG allait leur poser problème et il s'en voulait de n'avoir pas pris cette menace plus au sérieux.

— Vous plaisantez ?

— Je ne suis pas d'humeur à plaisanter, mon jeune ami.

— Comment a-t-il pu remonter jusqu'à vous ?

— Il y a malheureusement plusieurs possibilités. Mona Safran a fait irruption elle aussi ce soir.

— Décidément, il y avait du monde, à votre conférence !

— Peut-être l'avait-il suivie. Ou bien il a retrouvé ma trace par le biais de votre homme. Celui qu'il a abattu chez lui.

— C'est très ennuyeux.

— Je ne vous le fais pas dire. À présent, cela va être une course contre la montre, Erik. Si Lamia nous fournit les deux derniers carrés en temps et en heure, cela n'aura plus d'importance, car il sera trop tard pour nous arrêter. Mais il ne faudrait pas que ce Mackenzie nous en empêche.

— Nous devons l'éliminer.

— Certes. Mais le problème, c'est qu'il ne rentre plus chez lui et qu'il ne va presque jamais au siège de la DCRG. Nous ne parvenons pas à mettre la main sur lui, et, malheureusement, je n'étais pas en mesure de l'intercepter ce soir quand il est venu à la conférence.

— Ce n'est pas un problème.

— Que voulez-vous dire ?

— Je sais comment le coincer.

Albert Khron fronça les sourcils. Le petit air suffisant de son associé l'agaçait.

— Ah oui, vraiment ?

— Oui. Je sais où il loge.

— Parfait. Alors faites au plus vite.

Albert Khron s'apprêta à se relever mais son interlocuteur lui fit un geste de la main pour le retenir.

— Attendez... Vous ne m'avez rien dit au sujet de vos découvertes. Qu'est-ce que c'est que cette histoire de Notre-Dame ?

Le vieil homme se rassit sur son fauteuil, une mimique amusée sur le visage. Il ramassa sur son bureau la pipe qu'il n'avait pas terminée un peu plus tôt et prit le temps de la rallumer.

— J'ai commencé à décrypter les quatre premiers carrés, dit-il enfin en recrachant une bouffée parfumée.

— Vraiment ? Je ne sais pas comment vous faites. Je les ai regardés des centaines de fois, je n'y comprends rien...

— Vous n'avez pas cette culture-là, Erik. Chacun son domaine. Vous, votre domaine, c'est le monde de l'argent, auquel je ne comprends pas grand-chose moi-même...

— Vous pensez donc que le lieu que nous cherchons pourrait être quelque part sous la cathédrale de Paris ?

— Cela me semble tout à fait probable.

— Ce serait... extraordinaire.

— En effet. Nous ne sommes plus très loin du but, Erik.

— Plus très loin du but... Certes. Mais je vous rappelle que nous ne cherchons pas exactement la même chose. L'un de nous deux sera sans doute déçu.

— En êtes-vous certain ?

— Vous savez très bien que je ne crois pas à toutes vos histoires d'occultistes illuminés. Je me demande même comment un homme de votre érudition peut croire à ces sornettes.

— Justement, cela devrait vous faire réfléchir. Ce ne sont pas des sornettes, Erik. Mais rassurez-vous, il se peut que nous y trouvions tous les deux notre compte. Vous, l'objet que votre famille cherche depuis des siècles, et moi, la réponse que mon ordre attend depuis bien longtemps.

— Si vous le dites. De toute façon, nous ne serons fixés que quand nous aurons trouvé le lieu précis crypté par Villard de Honnecourt.

— Exactement.

— Alors ne perdons pas de temps. Je m'occupe de Mackenzie, occupez-vous des carrés.

50.

Lola se glissa sur le siège conducteur, referma la portière derrière elle et laissa sa tête tomber contre le volant de sa voiture. Elle avait à la fois envie de hurler de rage et de laisser couler ces larmes qui montaient irrésistiblement à ses paupières. Elle se frappa trois fois le front contre le volant et lâcha entre ses dents serrées des flopées d'invectives, tout autant destinées à elle-même qu'à cette ordure, à ce salaud d'Ari.

Quelques minutes à peine après le départ de l'analyste, n'y tenant plus, elle avait décidé, plutôt que de rester, impuissante, dans son studio parisien, d'aller elle aussi à Honnecourt. Elle savait que c'était ridicule, stupide, et qu'Ari ne lui pardonnerait sans doute pas. Mais elle n'avait pas pu résister. Poussée tout autant par une jalousie inavouée et déraisonnable que par l'inquiétude qui lui rongeait le ventre, l'envie de protéger ce grand idiot qui allait se jeter lui-même dans la gueule du loup, elle avait sauté dans sa voiture et était arrivée dans la petite ville du Cambrésis un peu après lui. Lors de la conversation téléphonique d'Ari avec Mona Safran, elle était parvenue à entendre le nom du sentier où avait été fixé le rendez-vous. Garant sa voiture sur le bord de la route, elle avait traversé le petit chemin enneigé à pied, tenant dans sa main un ridicule couteau de cuisine, la seule arme qu'elle avait pu trouver chez elle, décidée toutefois à s'en servir si cette fameuse Mona Safran s'était révélée être la meurtrière qu'elle supposait.

Mais quand elle s'était approchée de la porte de la maison, Lola avait découvert quelque chose qu'elle redoutait peut-être plus encore.

Paralysée sous les flocons de neige, elle avait entendu des cris qui n'étaient pas de douleur. Les râles de deux êtres qui faisaient l'amour, là, passionnément, de l'autre côté de la porte.

Elle avait lâché son couteau et avait fait demi-tour en courant.

Et maintenant, elle sanglotait comme une idiote, seule dans sa voiture au beau milieu d'une route de campagne obscure, ses carreaux balayés par les bourrasques de neige. Elle sanglotait de honte, de douleur, de déception.

Elle resta de longues minutes, la tête enfouie au creux de ses mains, tout son corps secoué par les spasmes et les pleurs, détestant Ari tout autant qu'elle se détestait elle-même.

Mais qu'avait-elle espéré, au juste ? Venir sauver son prince charmant des griffes d'une psychopathe, armée de son couteau de cuisine ? Au fond d'elle, depuis le début, elle avait parfaitement deviné ce qu'elle allait trouver en venant jusqu'ici. L'image brutale de l'homme qu'elle aimait tant, plongé sans le moindre scrupule dans les bras d'une autre. Ce n'était certes pas la première fois, depuis leur rupture, qu'Ari couchait avec une femme. Il ne s'en était jamais caché. Et c'était son droit, après tout. Mais en être le témoin direct, l'entendre, le voir presque, c'était tout autre chose. Et puis, bêtement, elle avait espéré que, ces deniers jours, quelque chose avait changé. Les gestes d'affection qu'Ari lui avait adressés, les caresses timides quand ils avaient dormi ensemble, le bouquet d'orchidées, et le baiser ce soir-là... Comment pouvait-il à la fois manifester son désir de revenir avec elle et coucher avec une parfaite inconnue ?

Peut-être que, au fond, Ari ne l'aimait pas vraiment.

Peut-être n'éprouvait-il pour elle qu'un simple désir physique. L'envie de posséder une femme de dix ans de moins que lui. Le plaisir de se sentir désiré par elle... Et ces orchidées, sans doute ne les avait-il pas réellement achetées pour elle, comme elle l'avait deviné dès le début...

Quelle imbécile elle faisait !

Mais au fond, c'était peut-être la dernière claque dont elle avait besoin pour tourner définitivement la page. Avoir le courage de « rebondir », comme disaient ses amies. C'était finalement plus facile de le détester que de l'oublier. Alors qu'il aille au diable !

Lola releva la tête et essuya ses larmes d'un revers de manche. Elle frissonna, chercha dans un soupir la force de repartir, puis elle tourna la clef dans le Neiman et fit demi-tour sur la départementale enneigée.

Elle alluma l'autoradio et monta le volume plus fort encore qu'elle ne le faisait d'habitude. La voix rocailleuse de Janis Joplin envahit aussitôt le petit habitacle.

Take another little piece of my heart now, baby !
Oh, oh, break it[1] *!*

Comme coupée du monde extérieur par la plainte salutaire de la chanteuse au boa rose, la voiture s'enfonça dans le rideau de neige à travers le village de Honnecourt. La jeune femme se mordait les lèvres et serrait les poings sur le volant pour ne pas se remettre à pleurer. Elle savait que le trajet du retour allait être un véritable supplice. Mais c'était à la fois sa punition et cette dernière scarification, cette dernière morsure qui, l'espérait-elle, allait enfin lui remettre les pieds sur terre. Lui faire accepter l'évidence. Ari n'était pas fait pour elle. Ari ne vivrait jamais avec elle. Jamais. Elle devait l'accepter.

Dans le dernier virage, à la sortie de la ville, elle plissa les yeux en voyant s'illuminer les deux phares blancs d'une voiture en sens inverse.

51.

— Traditionnellement, comme je te le disais, le carré est un morceau de papier sur lequel le jeune compagnon note toutes les villes par lesquelles il passe lors de son tour de France et fait consigner par chaque cayenne la preuve qu'il a bien payé son séjour, ce qui

1. *Prends un autre petit morceau de mon cœur, maintenant, bébé !*
Oh, oh, brise-le !

lui permet d'entrer dans la cayenne suivante. Dans notre loge, ce que nous appelons notre carré est l'une des six pages manquantes du carnet de Villard. Lors de nos réunions, ici, dans la cayenne, chacun d'entre nous doit montrer son carré au maître de loge pour avoir le droit d'entrer. Mais à présent, quatre des carrés ont été dérobés, dont celui de Paul.

— Celui qu'il m'a envoyé en photocopie.

— Oui.

Mona Safran planta ses yeux dans ceux d'Ari. Elle avait sur le visage une expression presque solennelle. Avec des gestes exagérément lents, elle sortit de son sac une sorte de boîtier en métal, très plat, de la dimension d'une feuille de papier à lettres, fermé sur le côté par un crochet. Elle l'ouvrit délicatement, dévoilant le trésor qu'il renfermait : un vieux parchemin abîmé, soigneusement maintenu par un élastique à chaque coin.

— Voici le mien, Ari. Voici le cinquième carré de la loge Villard de Honnecourt.

Elle déposa le fin boîtier ouvert sur la table basse, juste devant eux.

Ari, impatient, s'approcha et inspecta méticuleusement le parchemin. Il y avait quelque chose d'irréel à découvrir ici, dans ces circonstances, cette mystérieuse page dessinée au XIIIe siècle et qui avait parcouru les âges sous la protection successive des membres dévoués d'une société compagnonnique secrète. Cet original était évidemment beaucoup plus impressionnant que la photocopie envoyée par Paul.

À première vue, le document était authentique, ou alors c'était un faux magnifiquement réalisé. La couleur et la texture du parchemin pouvaient en tout cas parfaitement correspondre à une pièce vieille de huit siècles, tout comme la couleur de l'encre et la calligraphie.

La composition des textes et du dessin ressemblait à celle de la page de Paul Cazo. L'inscription « L :. VdH :. », plus récente, était écrite en haut à gauche de la page, laquelle était d'une taille visiblement similaire. En dessous, à nouveau, une succession de lettres, groupées deux par deux : « RI NC TA BR CA IO VO LI –O ». Ari remarqua que le tiret suivi de la lettre O était d'ailleurs précisément le même que sur la photocopie de Paul.

En dessous encore, l'illustration représentait cette fois une colonne sculptée, sans doute le pilier d'une église. Le chapiteau, sur lequel était centré le dessin, figurait différents animaux emmêlés les uns dans les autres. À côté, un premier texte assez court, en picard à nouveau, semblait donner quelques explications. Puis, tout en bas, le texte principal ne comprenait cette fois qu'une seule et courte phrase.

— C'est... C'est stupéfiant, bredouilla Ari.

Il admira longuement, à la lumière vacillante de la cheminée, les détails du carré. C'était comme si toute l'histoire que lui avait racontée Mona Safran s'ancrait dans le réel. Le grand sceptique qu'il était devait bien se rendre à l'évidence : le récit de cette femme, aussi étonnant fût-il, prenait une crédibilité nouvelle.

— Mona, tu connais la traduction des deux textes ? demanda-t-il alors sans quitter la page des yeux.

— Oui, bien sûr, répondit-elle en tirant une bouffée de cigarette. Ce n'est pas très compliqué. Tu pourrais traduire toi-même.

— Je suis sûr que je finirais par y arriver, oui, mais je t'en prie...

Il y avait dans les yeux d'Ari une lumière qui lui donnait des airs de grand enfant, et elle semblait trouver cela amusant.

— Le premier : « *Por un de mes premiers esplois en le pais u fui nes moi couint esquarir le piere rude et naive.* » En gros, ça signifie : « *Pour l'un de mes premiers travaux sur ma terre natale il m'a fallu dégrossir la pierre brute.* »

— « L'un de mes premiers travaux sur ma terre natale ? »

— Oui. Je pense que le pilier qui est dessiné ici était l'une des réalisations de Villard pour l'abbaye de Vaucelles, qui est juste à côté d'ici. Difficile toutefois d'en être sûr, il ne reste que des ruines des principaux bâtiments de l'abbaye, et l'église, sur laquelle il a probablement travaillé, a entièrement été détruite au XVIIIe.

— J'ai pourtant questionné un spécialiste qui affirme que Villard n'était pas maître d'œuvre...

— Je vois que tu t'es bien renseigné... En effet. Villard, contrairement à ce qu'ont longtemps pensé les commentateurs de ses carnets, n'était ni architecte ni maître d'œuvre. Il était tailleur de pierre, Ari. Un tailleur de pierre curieux et érudit, certes, mais un tailleur de pierre tout de même. Et c'est sa curiosité et sa soif de connaissance qui le poussaient à prendre des notes, à faire des croquis lorsqu'il se déplaçait de chantier en chantier. Ce n'est donc pas en tant qu'architecte qu'il a travaillé sur l'abbaye de Vaucelles. Mais en tant que sculpteur. Et cette colonne, visiblement, était l'un de ses premiers travaux artistiques...

— Je vois. Et la petite phrase, en dessous ?

— Écoute, là, vraiment, tu n'as pas besoin de moi. « *Si feras tu. XXV. uers orient.* »

L'analyste s'y essaya.

— « Ici tu feras 25 vers l'orient ? »

— Exactement.

— 25 quoi ?

— Ça, je l'ignore...

Ari hocha lentement la tête.

— C'est intéressant. Comme sur la page de Paul, on dirait une indication pour un jeu de piste.

— C'en est une, Ari. Villard de Honnecourt a réparti sur ces six feuilles des recommandations pour retrouver un lieu.

— Quel lieu ?

— Là je t'assure que je n'en ai aucune idée ! Et je n'ai pas envie de savoir, pour être franche. En entrant dans la loge Villard de Honnecourt, j'ai fait le serment de ne jamais le chercher. C'est le sens même de notre loge, Ari, s'assurer que personne, jamais, ne pourra trouver le mystère caché par Villard dans ses carnets. Personne, pas même nous.

— Alors pourquoi tu me montres ton carré ?

— Pour te prouver que je te fais confiance, et parce que, de toute façon, tu n'auras jamais les six pages.

— C'est donc cela, le mobile des crimes ? Ceux qui sont à votre recherche veulent réunir les six carrés pour percer le secret de Villard…

— Évidemment !

— Cela n'explique pas le modus operandi des crimes.

— Nous avons affaire à des malades, Ari. De grands malades. Tu as vu cet Albert Khron…

— Tu es persuadée qu'il est impliqué ?

— Cela ne fait aucun doute. C'est à lui que Sylvain Le Pech a révélé l'existence de notre loge.

— Il n'agit pas seul, toutefois. J'ai eu affaire à deux costauds, et les meurtres sont commis par une femme.

— Oui. Mais je pense que c'est lui qui dirige les opérations. Je n'ai malheureusement pas la moindre idée sur l'identité de ses complices. J'espérais en apprendre plus en allant à sa conférence, mais en te voyant, j'ai pris peur…

— C'est idiot. Tu aurais dû tout me dire à ce moment-là.

— Je n'étais pas censée le faire, Ari.

— Qu'est-ce qui t'a fait changer d'avis ?

— En rentrant chez moi, je n'ai pas cessé de me dire qu'Albert Khron m'avait reconnue, à la conférence. Je l'ai vu dans son regard. Et ça m'a fait peur. Je… Je ne me sens plus du tout en sécurité. Ce type veut ma peau.

Ari but une gorgée de whisky. Au moins, ils avaient une piste ; une piste sérieuse. Mais cela ne suffisait pas.

Il fallait aussi des preuves concrètes, démontrer l'implication d'Albert Khron, trouver ses complices.

L'analyste inspecta à nouveau le carré de Mona Safran. Il se demandait quel mystère il pouvait receler, quel secret pouvait bien attirer ce sinistre Albert Khron.

— Que signifient les lettres en haut, Mona ?

La galeriste sourit.

— Ça, désolée, je ne te le dirai pas.

— Tu m'as promis de m'aider !

— À retrouver les meurtriers, oui, mais pas à décoder les pages de Villard, Ari.

— Tu ne crois pas que je pourrais plus facilement retrouver les types qui vous pourchassent si je comprenais le sens de ce qu'ils cherchent sur vos foutus parchemins ?

— N'insiste pas. Je t'en ai déjà dit bien plus que je ne le devrais...

Mona Safran se leva et passa familièrement sa main dans les cheveux d'Ari.

— J'ai un petit creux. Tu veux grignoter quelque chose ?

— Oui. Avec plaisir.

Elle s'éloigna vers la pièce adjacente.

— Je n'ai pas grand-chose ici, lança-t-elle à travers l'ouverture de la porte. Des biscuits...

— Ça ira très bien.

Sans un bruit, Ari sortit son téléphone de sa poche et enclencha la fonction appareil photo. Il plaça son portable juste au-dessus du carré de Mona et, par sécurité, prit trois photos successives. Puis il se dépêcha de le ranger avant que la galeriste ne revienne.

Soudain, la voix de Mona Safran le fit sursauter.

— Ari ! Il y a quelqu'un dans le jardin !

— Hein ?

— Je viens de voir quelqu'un traverser le jardin !

Mackenzie se leva aussitôt. Il se précipita vers l'entrée de la pièce, enfila ses chaussures et prit son Magnum dans son holster. Au même moment, la galeriste fit à nouveau irruption dans le salon. Ari essaya de lui adresser un regard rassurant.

— Je vais voir. Ton carré, Mona, mets-le en sécurité.

La femme prit le boîtier de métal sur la table basse et le referma.

Ari posa une main sur la poignée de la porte d'entrée et la tourna lentement. Il l'entrouvrit, se plaqua contre le mur et poussa la porte du bout du pied, les deux mains serrées sur la crosse de son arme. Des flocons de neige pénétrèrent en rafale à l'intérieur de la maison.

Son revolver tendu devant lui, il passa le seuil et inspecta rapidement les alentours. Le mauvais temps et l'obscurité ne laissaient voir qu'à quelques mètres à peine. Le jardin était une forêt d'ombres indistinctes. Le vent secouait les branches et son souffle continu étouffait les bruits. Ari scruta les silhouettes noires qui bougeaient ici et là, mais ce n'étaient que des buissons. Sur ses gardes, il fit quelques pas vers la petite allée. Rien. Personne. Mona avait peut-être pris l'ombre d'un arbre pour une silhouette humaine… Il frissonna. Les flocons se collaient sur son visage et trempaient sa chemise. Il bougea les doigts pour ne pas se laisser engourdir par le froid glacial, puis il se dirigea prudemment vers le flanc gauche de la maison. Il remarqua des traces de pas sur le sol.

Les battements de son cœur s'accélérèrent. Quelques mètres devant lui, des empreintes dans la neige, récentes, contournaient la cayenne. Quelqu'un, quelques instants plus tôt, était passé derrière le bâtiment. Il jura, essuya les flocons qui brouillaient sa vue et accéléra le pas. Longeant le mur, il suivit les traces jusqu'au jardin situé de l'autre côté. Soudain, il s'immobilisa.

La piste s'arrêtait devant une fenêtre, grande ouverte. Résistant à la panique, il jeta un coup d'œil à l'intérieur, puis se hissa par-dessus le rebord. Mais alors qu'il venait de poser le pied sur le carrelage de ce qui se révéla être la cuisine, une déflagration retentit, assourdissante. Le coup de feu résonna longtemps dans la pièce voisine.

Ari traversa la pièce en courant et se positionna derrière la porte en bois. Il inspira profondément, releva le chien de son arme, se glissa sur le côté puis ouvrit la porte d'un geste brusque, en essayant de rester à l'abri.

Avant même qu'il n'ait eu le temps de regarder dans le salon, un nouveau coup de feu retentit. La balle se planta dans le mur devant lui, projetant des éclats de plâtre. C'était sur lui qu'on tirait à présent.

Il s'accroupit, attendit quelques secondes, puis tenta un rapide coup d'œil par l'ouverture de la porte. Il vit alors la silhouette d'une femme à la longue chevelure blonde qui se précipitait vers l'entrée de la cayenne. Cette chevelure blonde, si claire... Elle ne lui était pas étrangère. Il avait déjà remarqué cette crinière quelque part...

Sans hésiter, ajustant son tir, il appuya deux fois sur la détente. La femme se projeta immédiatement sur le sol. Il avait raté sa cible.

Toujours accroupi, il progressa lentement dans le salon, avança vers la cheminée et s'abrita derrière elle. C'est alors qu'il vit le corps de Mona Safran.

La galeriste était là, étendue au milieu du salon, à côté de la table basse, immobile, les yeux grands ouverts, la poitrine ensanglantée. La position de ses bras, la torsion de sa nuque ne laissaient aucun doute. Elle était morte sur le coup. Ari ferma les yeux. Il n'arrivait pas à y croire. Devant lui ! Mona Safran s'était fait abattre devant lui ! Une nouvelle fois, il avait échoué. Et failli à sa promesse.

Il entendit un bruissement près du canapé. La femme, cachée derrière, s'apprêtait sans doute à tenter une sortie. Pour ne pas lui laisser l'avantage, il se redressa aussitôt et tira une nouvelle fois en visant approximativement l'endroit où il avait entendu du bruit. Il aperçut alors le canon d'un revolver à gauche du canapé et recula juste à temps pour éviter une salve de trois coups. Les balles se logèrent sur sa droite, à quelques centimètres à peine de son épaule.

— Je savais bien qu'on finirait par s'affronter, Mackenzie. Depuis le premier jour. Je l'ai vu dans vos yeux, à Reims, lâcha la femme d'une voix douce et chaude.

Ari fronça les sourcils. À Reims ? La meurtrière l'avait vu à Reims ? Il essaya de se remémorer la scène. L'appartement de Paul. La foule dehors. Non. Ce n'était pas là qu'il avait vu cette crinière blonde. Non.

Cela lui revenait à présent.

Cette femme, assise seule dans le café où il était allé boire un whisky. Cette belle blonde aux yeux bleus qu'il avait même hésité à aborder... Depuis le premier jour, elle avait été là. À quelques mètres de lui à peine...

— Nous nous ressemblons bien plus que vous ne le croyez, Ari.

L'analyste ne répondit pas.

— Vous êtes mon double, vous savez. Nous sommes des anges, tous les deux. Vous êtes un ange de lumière, et moi un ange des ténèbres. Nous nous ressemblons bien plus que vous ne le croyez, répéta-t-elle. Et tout finira par notre confrontation, Ari. Nous n'avons pas d'autre choix. L'un de nous deux va devoir éliminer l'autre.

Ari serra les dents. La femme qui avait tué Paul Cazo et tous les autres était là, à quelques pas de lui. À portée de tir. Il pouvait mettre fin à cette histoire. Maintenant. Une bonne fois pour toutes.

— Mais cela ne sera pas aujourd'hui, ajouta la femme comme si elle avait lu dans ses pensées. Pas ici. Pas comme ça.

— Combien vous paie Albert Khron pour faire le sale boulot à sa place ? demanda Ari, à la fois pour la retenir et pour provoquer d'éventuelles réactions qui pourraient lui en apprendre davantage.

Il l'entendit ricaner de l'autre côté de la pièce.

— Ari, j'ai beaucoup de respect pour vous. Ne me faites pas l'insulte de me prendre pour une faible. On se retrouvera bientôt.

Ari s'inclina au-delà de la cheminée. Il eut à peine le temps de voir la femme effectuer une roulade et passer dans la troisième pièce de la maison. Il sortit aussitôt de son abri et avança dans le salon, toujours en joue. Il enjamba le corps de Mona Safran. Le boîtier métallique n'était plus entre ses mains.

Quand il fut à hauteur de la porte, il tira une nouvelle fois, à l'aveugle, pour couvrir son avancée. Il sentit alors un courant d'air glacial qui venait de l'autre côté. La femme avait dû sortir par la fenêtre.

Furieux, il était prêt à se lancer à sa poursuite quand une lumière blafarde apparut dans son dos. Ari fit volte-face.

Deux phares blancs avançaient vers la maison, sur le chemin. Mackenzie courut vers l'entrée, ouvrit prudemment la porte, jeta un coup d'œil vers l'allée et reconnut aussitôt, avec stupeur, la voiture de Lola, qui n'était plus qu'à quelques mètres. Son sang ne fit qu'un tour. À travers les bourrasques de neige, il vit, de l'autre côté du pare-brise, le regard halluciné de la jeune libraire. Sans réfléchir, pris de panique, il courut vers elle en hurlant.

— Non ! Lola ! Recule !

Mais elle ne pouvait pas l'entendre. Sans cesser de courir, Ari fit de grands gestes pour l'inciter à faire demi-tour. Soudain, une déflagration retentit dans son dos.

Ari fut stoppé net dans sa course et s'écroula lourdement dans la neige. C'était comme si sa jambe avait cédé d'un seul coup sous son poids. La balle s'était logée dans le haut de sa cuisse droite. Étendu sur le sol glacial, il hurla de douleur et de rage, puis se retourna sur le dos, tendit son arme entre ses jambes pliées et, ignorant où était sa cible, appuya sur la détente en visant au hasard dans l'obscurité, en direction de la maison. Il tira une seconde fois, sans cesser de crier, comme pris d'une démence soudaine, puis, quand il appuya une troisième fois sur la détente, aucun coup de feu ne retentit. Il avait vidé les balles du barillet.

S'aidant de son pied gauche, il recula sur le dos en direction de la voiture de Lola qui venait de s'immobiliser, tout en fouillant dans sa poche pour sortir de nouvelles cartouches.

— Ari ! Monte !

Il vit derrière lui la portière passager grande ouverte. Il poussa plus fort sur sa jambe. Allongé dans la neige, il était une proie bien trop facile. Au même instant, il aperçut une ombre qui traversait le jardin, sur sa gauche, à dix mètres de lui à peine. Les doigts tremblants, il glissa dans son barillet les quatre balles qu'il avait pu trouver dans sa poche, visa en direction de la silhouette qui s'enfuyait et tira par deux fois. En vain. La femme continua sa course et disparut bientôt dans l'obscurité.

— Ari ! Dépêche-toi !

Mackenzie grogna, le visage déformé par la douleur, et parvint à se lever tout en gardant sa jambe droite tendue. Il se dirigea vers la voiture de Lola en sautillant et s'écroula sur le siège passager.

— Qu'est-ce que tu fous là, Lola ?

La jeune femme ne répondit pas. Des phares s'allumèrent tout au bout du chemin, du côté de la route.

— Suis-la ! lâcha Ari en claquant la portière.

— Ça va pas, non ?

— Suis-la, bon sang !

Lola enclencha la marche arrière. Les pneus dérapèrent sur la neige.

— Doucement ! N'accélère pas trop, tu vas nous embourber !

La libraire relâcha l'accélérateur, et la gomme retrouva son adhérence. Secouée par les aspérités de la route, la voiture remonta tant bien que mal jusqu'en haut du chemin.

Au loin, les feux arrière de la berline marron s'estompaient progressivement dans le voile de neige.

— Elle se barre ! Fonce !

Lola braqua le volant pour mettre son véhicule dans le sens de la départementale, passa la première et s'engagea sur la route. La voiture chassa légèrement sur le côté puis fila enfin sur la route enneigée.

— Plus vite ! On va la perdre !

— Putain, mais je peux pas, Ari ! Ça glisse ! rétorqua la jeune femme, des sanglots dans la voix. Et je vois rien, en plus !

Les mains crispées sur le volant, elle tenta malgré tout d'aller plus vite, mais l'autre voiture avait maintenant complètement disparu.

Ils entrèrent bientôt dans Honnecourt sans ralentir.

— On l'a perdue, lâcha Lola.

— Continue ! insista Ari.

La rue, devant eux, faisait un virage sur la gauche. Lola ralentit légèrement, les yeux rivés sur la chaussée. La neige s'accumulait sur les essuie-glaces. Soudain, il y eut un bruit sourd. Le craquement de la neige sous les pneus. Alors qu'ils approchaient du point de corde, la jeune femme avait pris peur et donné le coup de freins fatidique. La gomme avait perdu son adhérence et la voiture fonçait en crabe vers l'extérieur du virage, irrémédiablement poussée par l'inertie.

— Lâche les freins ! Contre-braque ! hurla Ari, mais c'était déjà trop tard.

Le véhicule entama un tête-à-queue dans la valse de la neige, puis fut interrompu brusquement dans sa course. Ils heurtèrent de plein fouet le mur d'une maison de brique rouge, dans un vacarme tonitruant de tôle froissée. L'impact sembla se dérouler au ralenti, dans un mélange d'odeur d'essence et de caoutchouc brûlé, un feu d'artifice d'éclats de verre et de morceaux de brique. Ari, qui n'avait pas pris le temps de mettre sa ceinture de sécurité, fut projeté violemment contre le montant du pare-brise. Sa tempe heurta brutalement le bras de tôle. Il perdit aussitôt connaissance.

52.

V. Que le creux produise en abondance des animaux vivants.

Chaque fois, Mackenzie est un peu plus près de moi. Plus près de m'arrêter. Cette fois-ci, je n'ai même pas pu accomplir le rituel. Le crâne ne sera pas creux. Mais c'est ainsi. Cela fait sans doute partie du système, du chemin que nous devons suivre, lui et moi. Nous rapprocher jusqu'à notre ultime rencontre.

Il n'en reste plus qu'un. Le dernier carré, et le dernier compagnon. Ce sera alors le jour de notre affrontement, parce que c'est ainsi que cela doit être. Lamia et Ari. Yin et Yang. Noir féminin du creux et blanc masculin du plein. Chacun porte en lui le germe de l'autre, jusqu'au dernier crépuscule, quand la nuit reprendra ses droits sur le jour.

Mais je crois qu'il ne comprend pas le sens de notre opposition. Il ne voit pas que nous sommes tous deux les élus de deux forces qui s'opposent depuis la nuit des temps. Et il ignore qu'il va perdre.

Après des siècles de silence, maintenant, le creux doit sortir.

53.

Le commissaire divisionnaire Allibert serra les poings sur ses cuisses. Assis sur son fauteuil, il regardait anxieusement par-dessus l'épaule de l'agent de la plate-forme d'assistance technique. En temps normal, les demandes auprès de l'OCLCTIC[1] se faisaient par téléphone, mais étant donné l'urgence du dossier, il avait fait le déplacement pour s'assurer que cela irait plus vite.

— Alors ? Vous l'avez ? répéta-t-il, impatient.

— Attendez, commissaire, pour le moment, j'essaie de retrouver la trace de ses messages.

La veille, l'un des agents de son équipe, à la DIPJ de Versailles, avait retrouvé, sur un forum Internet dédié aux théories du complot, un message vieux de plusieurs mois sur lequel figuraient à la fois le nom d'Albert Khron et celui du Vril : « Il est évident que les membres du Vril sont manipulés par Khron, qui sert des causes plus élevées et cachées... » Malheureusement, ce texte n'était que la citation d'un message antérieur, lequel n'était plus en ligne. En somme, impossible de savoir qui l'avait posté à l'origine. Le pseudonyme cité n'apparaissait nulle part dans la liste des membres du forum. Le compte avait sans doute été supprimé et tous ses messages effacés.

Le commissaire avait donc décidé de faire appel à un spécialiste informatique des services de police. Il espérait que cette piste le mènerait enfin quelque part. Le procureur Rouhet se montrait de plus en plus impatient et Allibert en avait assez de se faire doubler par Ari Mackenzie.

— Vous avez un moyen de retrouver les messages effacés ?

1. Office central de lutte contre la criminalité liée aux technologies de l'information et de la communication.

— Peut-être. Tout ce qu'il y a sur le Web est régulièrement sauvegardé. Par chance, le serveur qui héberge ce forum est en France. Je suis en train de voir si ces messages apparaissent dans nos back-up à nous. Sinon, il faudra s'adresser directement aux hébergeurs.

Le technicien lança plusieurs recherches sur son ordinateur. Les yeux rivés sur l'écran, Allibert ne comprenait pas grand-chose aux différentes manipulations auxquelles se livrait son collègue. Il s'efforça de rester patient.

Une liste de quatre messages apparut sur l'écran.

— Voilà, lança le policier d'un air satisfait. Ces messages sont un échange entre deux utilisateurs du forum. Celui qui répond, « Monsieur M. », est l'auteur du texte que vous avez trouvé.

Le commissaire se rapprocha, enthousiaste. Il lut la conversation qui avait eu lieu entre les deux internautes.

« Peter66 : Est-ce que quelqu'un sait si la société de Thulé existe encore aujourd'hui ? D'avance merci.

Monsieur M. : Non. La Thule-Gesellschaft a définitivement disparu en 1937 avec le décret du Führer, alors qu'elle était à l'origine de la création du NSDAP. Quant à Sebottendorff, son dirigeant, il s'est suicidé en 1945 en se jetant dans le Bosphore. Ceux qui s'en réclament aujourd'hui sont pour la plupart des charlatans. Mais son idéologie subsiste dans plusieurs groupes et l'objet de ses recherches reste d'actualité.

Peter66 : Merci Monsieur M. (ça veut dire quoi ton pseudo ?) Dernière question : la confrérie du Vril fait-elle partie des groupes dont tu parles ?

Monsieur M. : En effet, Peter66. Je vois que tu en sais plus que ne le laissait deviner ton premier post ;-) Malheureusement, la branche française a été noyautée par une crapule qui trahit la philosophie originelle de la confrérie. Il est évident que les membres du Vril sont manipulés par Khron, qui sert des causes plus élevées et cachées... Ce n'est pas dans l'esprit initial de l'ordre. »

Allibert relut plusieurs fois l'échange, pour être certain de ne rien rater.

— La conversation a été interrompue là, expliqua le technicien, et les messages ont été effacés quelques heures à peine après avoir été postés. Ainsi que le compte de Monsieur M.

— Effacés par qui ?

— L'administrateur du forum.

— Et y a-t-il moyen de savoir qui est Monsieur M. ?

— Il faut que je regarde son adresse IP. Ensuite, si le type s'est connecté de chez lui, avec un abonnement personnel, il est possible de demander à son provider de nous communiquer son identité, dans le cadre d'une enquête criminelle. S'il s'est connecté depuis un cybercafé, c'est beaucoup plus difficile...

— Vous essayez de me trouver ça ? pressa le commissaire.

— Je vais faire de mon mieux.

54.

— Où est Lola ? Dolores Azillanet ? La fille qui était avec moi pendant l'accident ?

Ari, brusquement réveillé, s'était redressé d'un coup dans son lit d'hôpital. Sa première pensée, à peine avait-il ouvert les yeux, avait été pour Lola. Sa petite Lola.

L'infirmière à côté de lui glissa deux énormes oreillers derrière son dos et appuya sur ses épaules pour le forcer à s'étendre.

— Calmez-vous, monsieur...

— Elle est où ? insista Ari, les nerfs à vif.

— Je n'en ai aucune idée, monsieur, je ne sais pas de qui vous parlez. Je n'étais pas de service cette nuit, mais vous avez un collègue dans le couloir, je vais lui dire que vous êtes réveillé.

L'infirmière sortit de la chambre.

Le cœur d'Ari battait à tout rompre. La douleur, la confusion, mais surtout la peur qu'il fût arrivé quelque chose à Lola le mettaient dans un état de panique incontrôlable. De grosses gouttes de sueur perlaient sur son front et il frottait nerveusement le creux de ses paumes sur les draps verts.

Il n'avait pas l'habitude d'être dans cet état. Cela faisait longtemps, depuis la Croatie sans doute, qu'il n'avait pas éprouvé ce sentiment d'angoisse de ne plus être en contrôle, d'avoir perdu le fil. Mais là, à cet instant, il était peut-être plus mal qu'il ne l'avait jamais été. Lola. S'il était arrivé quelque chose... Il ferma les yeux et chassa cette idée aussi loin que possible. Il n'aurait pu l'entendre, l'accepter. Tout, tout pouvait se produire, mais pas ça. Pas Lola.

Les mains tremblantes, il essuya une larme au bord de son œil droit, puis il poussa un grognement de rage, comme pour se ressaisir, se secouer lui-même. Il ne voulait pas céder à la panique. Lola s'en était certainement sortie. Ce n'était pas possible autrement.

Il souleva le drap vert pour voir sa jambe. Un épais bandage était enroulé autour de sa cuisse, là où la balle l'avait touché. Puis il leva la main à son front et sentit la texture d'un épais pansement, au-dessus de sa tempe. Ses bras, son dos, sa nuque, tout son corps était fourbu de courbatures douloureuses. Ses muscles, dans l'accident, avaient dû subir de nombreuses déchirures. Mais, visiblement, il n'avait aucune fracture.

En essayant de retrouver son calme, il inspecta la chambre autour de lui, puis regarda par la fenêtre pour voir s'il reconnaissait la vue. Il découvrit les couleurs et les formes des toits parisiens qui s'étendaient à perte de vue. Tôle, cheminées, forêts d'antennes télévisées, pigeons, et au loin, la tour Eiffel. Il n'était donc plus dans la région de Cambrai ; on l'avait ramené dans la capitale.

Soudain, la porte s'ouvrit et le procureur Rouhet entra dans la chambre, le visage soucieux.

— Ah... C'est vous, lâcha Ari sans prendre la peine de masquer une légère déception.

Il avait espéré voir Iris ou Depierre. Des visages bien plus familiers, avec qui il aurait pu davantage se laisser aller.

— Oui, c'est moi, répondit le procureur. Comment vous sentez-vous, Mackenzie ?

— Ça va, ça va... Mais Dolores, la jeune femme qui était avec moi pendant l'accident ?

— Ne vous inquiétez pas. Votre jeune amie n'a rien. Elle avait attaché sa ceinture, elle !

Ari relâcha les épaules et laissa sa tête retomber en arrière sur les oreillers. Il retint les larmes – de soulagement cette fois – qui montaient encore à ses paupières.

Le magistrat prit une chaise contre le mur et l'approcha du lit pour s'asseoir à côté d'Ari. Il n'avait pas l'air particulièrement dans son élément, assis sur cette petite chaise de métal...

— Elle est où ? demanda Ari d'une voix enfin calme.

— Nous avons pris sa déposition et nous l'avons autorisée à rentrer chez elle. Le médecin lui a tout de même ordonné deux jours d'arrêt. Elle est encore sous le choc, c'est normal. Mais elle m'a dit qu'elle viendrait vous voir dans l'après-midi, Mackenzie.

Ari esquissa un sourire. Revoir Lola. C'était tout ce qui lui importait, pour le moment.

— Vous aussi, vous allez avoir besoin de repos, reprit le magistrat. Vous ne vous en sortez pas si mal. La balle a traversé votre cuisse et n'a pas fait trop de dégâts. Elle n'a touché ni os ni artère. Et vous avez eu un léger traumatisme crânien dans l'accident, avec perte de connaissance, certes, mais c'est visiblement sans gravité.

Les médecins vous ont fait un scanner, vous n'avez aucune lésion.

— J'ai perdu connaissance ? Combien de temps ?

— Pas si longtemps que ça, Ari. Quelques minutes tout au plus. Vous étiez conscient dans l'ambulance. Mais vous avez passé la nuit dans le cirage...

— Je ne me souviens plus vraiment...

— C'est normal. Ils vous ont donné des tranquillisants et vous vous êtes endormi assez vite. Les médecins veulent tout de même vous garder quarante-huit heures en observation, mais a priori vous n'avez rien de sérieux.

L'analyste se redressa légèrement sur les oreillers. Maintenant qu'il avait été rassuré au sujet de Lola, il ne pouvait s'empêcher, déjà, de penser au reste. L'enquête, Mona Safran, Albert Khron, les carrés, la meurtrière...

— Est-ce que vous avez fouillé la maison de Mona Safran, à Honnecourt ? demanda-t-il, mû par une urgence soudaine.

— Oui, bien sûr. Mais nous n'avons pas encore fini et...

— Vous n'avez pas trouvé une petite boîte métallique ? coupa Ari, impatient.

— Pas à ma connaissance, Ari. Mais calmez-vous. Nous reparlerons de tout ça plus tard.

La blonde avait donc récupéré le cinquième carré. Il n'en restait plus qu'un, et Ari n'avait pas la moindre idée de l'endroit où il pouvait être. Et à présent que Mona était morte, il allait être beaucoup plus difficile de mettre la main dessus.

— Votre amie nous a confirmé que c'était bien une femme qui vous avait tiré dessus, reprit le procureur, et qu'elle s'était enfuie en voiture. C'est sans doute celle qui a tué les cinq victimes. Nous sommes sur la bonne piste, Ari. C'est déjà ça. Mais on en reparlera... Je vais avoir des problèmes avec les médecins si je reste trop longtemps ici. Reposez-vous. Je reviendrai vous voir en fin de journée et nous ferons le point, entendu ?

— Mona Safran...

— Elle est décédée.

— Oui. Je sais. Elle... Elle était convaincue qu'Albert Khron se trouvait derrière tout ça. Il faut le mettre en garde à vue, monsieur le procureur.

— Nous n'avons pas beaucoup de pièces...

— Mettez-le en garde à vue, insista Ari d'un air crispé. Il faut que ça s'arrête...

— Bien. Je vais voir ça.

— Quant à la femme... La meurtrière. C'est une grande blonde aux yeux bleu clair. Je l'avais déjà vue. Elle... Elle était là à Reims quand je suis arrivé, le jour de la mort de Paul Cazo. Elle était là, dans un café, en bas de chez lui. Je l'ai vue... Depuis le début. Je l'avais là, en face de moi et...

— Du calme, Ari, du calme...

— Les analyses ADN ?

— Elles ont certifié que Mona Safran n'était pas la meurtrière. Aucune identification possible. Notre suspect court toujours. Ce n'est pas fini. Allons, reposez-vous maintenant.

Ari acquiesça. La tête lui tournait et il ressentait le besoin de dormir un peu. Il regarda sortir le procureur et ferma les yeux.

Non. Ce n'était pas fini.

55.

— Voici le cinquième carré, président.

Lamia était entrée dans le sous-sol du pavillon vêtue de ses vêtements noirs de rigueur. Sa longue chevelure blonde retombait en cascade sur son dos. C'était ici, en dessous de la grande salle de réception, que se tenaient les réunions confidentielles de leur société. Celles auxquelles tous les membres n'étaient pas admis.

C'était une longue cave voûtée en pierre, dont les deux murs latéraux étaient couverts de tentures noires à liserés jaunes. Au centre, une table de réunion rectangulaire pouvait recevoir une trentaine de personnes. Des micros flexibles étaient disposés tout autour du meuble, en face de chaque siège. Des spots, habilement dissimulés au sol, derrière les draperies, dessinaient sur les murs des courbes orangées et diffusaient dans la pièce une élégante lumière indirecte. Tout au fond de la salle, à nouveau, le symbole de l'ordre – un soleil noir formé de plusieurs swastikas entrecroisés – était brodé sur un grand drap jaune. Celui-ci était flanqué d'une armoire et d'une bibliothèque remplie d'ouvrages spécialisés et de classeurs, lesquels renfermaient une partie des archives internes. Sur le mur de l'entrée, enfin, on avait attaché une galerie de portraits qui figuraient les plus illustres membres du groupe depuis son origine. Il y avait bien sûr une photo de Karl Haushofer, le fondateur, mais aussi d'Adolf Hitler en personne, ou d'autres encore comme Alfred Rosenberg, Rudolf Hess ou Hermann Göring. En dessous, enfin, étaient alignés les portraits de quelques éminents membres de la branche française de la société. La police aurait été étonnée d'y constater la présence de certains hommes politiques ou de grands scientifiques de renom... Mais l'ordre savait conserver sa confidentialité.

Assis au bout de la table, Albert Khron prit le boîtier que la jeune femme lui tendait et l'ouvrit devant lui, le regard brillant.

Il inspecta le parchemin en souriant, comme un enfant à qui l'on vient d'offrir un cadeau longtemps espéré, puis il referma la boîte et leva les yeux vers Lamia.

— On me dit que vous avez eu des problèmes...

— Mackenzie était sur les lieux avant moi. J'ai récupéré le carré, mais je n'ai pas pu me débarrasser de lui. Et surtout, je n'ai pas pu exécuter le rituel.

— Cela n'a pas vraiment d'importance.

— Cela en a pour moi.

Le vieil homme se leva et glissa le boîtier dans un attaché-case posé sur la table à côté de lui.

— Votre rituel, Lamia, n'a qu'une valeur symbolique.

— Oui. Et vous connaissez aussi bien que moi l'importance des symboles. C'est vous-même qui me l'avez enseignée.

Albert Khron fit un geste las de la main.

— Bien sûr, bien sûr. Mais vous et moi sommes au-delà de tout ceci, Lamia. Aujourd'hui, le principal est de récupérer ces pages. Tant que nous ne les aurons pas toutes, nous ne pourrons trouver ce que nous cherchons. C'est notre priorité.

— Je dois me débarrasser de Mackenzie, lâcha la jeune femme d'une voix sèche.

— Notre associé s'en occupe.

— Il devait déjà s'en occuper avant. Il a échoué.

Albert Khron fronça les sourcils. Il ne s'était jamais habitué à la froideur de cette femme. Elle était encore plus dure qu'il ne l'était lui-même, plus intransigeante. Jusqu'à présent, il était parvenu à canaliser son énergie, sa rigueur, et à les mettre au service de leur ordre. Lamia était sans conteste le maillon le plus important de leur chaîne. Mais aussi, en conséquence, le plus dangereux, s'il venait à lâcher. Il espérait seulement qu'elle ne se retournerait jamais contre lui, parce qu'il savait qu'elle ferait un ennemi redoutable.

— Cette fois, il n'échouera pas.

— J'aimerais vous croire, président. Mackenzie à lui seul menace tout notre projet. Il est bien plus dangereux que nous ne pouvons...

— Ne discutez pas, coupa le vieil homme.

Albert Khron savait comment fonctionnait cette femme. Elle n'avait de respect que pour la force et l'autorité. Il n'hésitait jamais à en user avec elle, car c'était le meilleur moyen de conserver sa considération.

— Je vous ai dit que nous nous chargions de lui, un point c'est tout. Il ne vous reste plus qu'à vous procurer le dernier carré. Vous avez un long voyage à faire...

— Tous ces voyages ne sont rien à côté de celui qui nous attend.

Albert Khron acquiesça en souriant.

— Vous avez raison, Lamia, vous avez raison ! Allons. Ne perdez pas de temps. Il nous faut le dernier carré au plus vite.

La jeune femme inclina respectueusement la tête. Puis elle resta immobile, les yeux rivés sur l'attaché-case du vieil homme.

Khron fronça les sourcils.

— Qu'est-ce que vous attendez, Lamia ?

Elle releva la tête, le regard brillant, se mordit les lèvres d'un air pensif, puis elle fit volte-face et sortit prestement.

56.

Ari fut réveillé en sursaut par la sonnerie du téléphone de sa chambre d'hôpital. Il se souleva sur son coude en grimaçant et attrapa le combiné.

— Mackenzie ?

— Oui...

— C'est le procureur Rouhet.

Ari jeta un coup d'œil à sa montre. C'était déjà le milieu de l'après-midi. Il avait dormi bien plus longtemps qu'il ne l'aurait voulu.

— Je voulais vous dire que, malheureusement, je n'aurai pas le temps de repasser vous voir aujourd'hui. Je suis désolé. Les nouvelles ne sont pas bonnes.

— Je vous écoute.

— Albert Khron est introuvable...

— Il fallait s'en douter, répondit Ari sans surprise. Il sait que je suis remonté jusqu'à lui. Il doit se planquer quelque part. Au moins, ça confirme qu'il a beaucoup à se reprocher...

— J'ai lancé un mandat d'arrêt. Nous finirons par le coincer.

— J'espère. Il faut trouver ce que ce type cache, monsieur le procureur. Il n'agit pas seul. Nous devons établir le lien entre lui, la meurtrière, le type que j'ai abattu chez moi et celui que j'ai poursuivi dans la rue. Je suis persuadé qu'il y a quelque chose à trouver à partir de leur tatouage, le symbole du Vril. La DIPJ a-t-elle dégoté quelque chose dans des groupes néonazis ?

— Le commissaire Allibert est sur une piste. Il va la creuser. Je vous tiendrai au courant, promis. Reposez-vous, Mackenzie. Je dois rentrer à Chartres, mais je vous appellerai demain, avant votre sortie.

— Une piste ? Quelle piste ?

— Un type qui connaît Albert Khron. Je n'en sais pas plus pour l'instant. Je vous dirai tout dès que possible.

— Entendu.

Ari raccrocha en poussant un grognement. Le moindre geste provoquait des douleurs musculaires. Il s'étira péniblement.

Il regarda à nouveau sa montre. Lola n'avait toujours pas appelé. Le procureur avait pourtant bien dit qu'elle avait l'intention de passer le voir dans l'après-midi.

Ari se frotta les yeux, mal à son aise, torturé par une angoisse contradictoire. Il avait tellement envie de la voir, de la serrer dans ses bras. Et pourtant, il redoutait de devoir croiser son regard.

Lola n'était pas stupide. Elle avait certainement compris ce qu'il s'était passé, la veille, entre Mona Safran et lui.

Il se sentait si stupide et si superficiel, maintenant. Si égoïste, surtout. Il détestait l'idée d'avoir pu lui faire du mal. Plus de mal que jamais, sans doute. Et à présent il l'imaginait seule, chez elle, en train de revivre tout ce qui s'était passé. Comme elle devait le détester !

Il se décida à l'appeler. Mieux valait percer l'abcès au plus vite. Et c'était plutôt à lui de faire le premier pas.

Il composa le numéro de la libraire. La tonalité sonna dans le vide. Il raccrocha en poussant un soupir. Peut-être était-elle sur la route pour venir le voir. Il essaya aussitôt son numéro de téléphone portable. Aucune réponse non plus.

Ari, dépité, laissa tomber le combiné sur le matelas à côté de lui et ferma les yeux. Il resta ainsi de longues minutes, immobile.

Ce téléphone qui ne répondait pas... Et s'il était arrivé quelque chose à Lola ? Si les complices d'Albert Khron étaient remontés jusqu'à elle ?

Il frissonna. Plus il y pensait, plus l'effroyable hypothèse lui semblait crédible. De plus en plus nerveux, il appela à nouveau Lola. Tombant sur son répondeur, il laissa un message inquiet.

Après plusieurs longues minutes à s'agiter dans son lit, ne supportant plus la peur qui lui labourait le ventre, Ari décida de se lever. Il ne voulait plus attendre, il avait besoin d'en avoir le cœur net. Fébrilement, il dégagea ses jambes de sous les draps, posa les pieds sur le sol froid de sa chambre d'hôpital et se mit debout. La douleur dans son dos et ses jambes lui tira un haut-le-cœur, mais il parvint à marcher jusqu'à ses vêtements. Il s'habilla lentement, jurant chaque fois que l'un de ses muscles, complètement ankylosés, devait adopter une nouvelle position.

Son pantalon, couvert de sang, était déchiré à hauteur de la cuisse et sa chemise était en piteux état elle aussi. Mais cela n'avait pas d'importance. Son trench-coat camouflerait tout cela parfaitement. Il termina d'enfiler ses vêtements puis, pris de vertige, il se rassit quelques secondes sur le bord du lit. Quand la pièce cessa de tourner, il se releva doucement, prit ses affaires et sortit de sa chambre en boitant. Dans l'ascenseur il regarda un instant son visage dans un miroir. Mal rasé, les yeux rouges bordés de lourds cernes, il avait une tête épouvantable. Arrivé en bas, il traversa le hall d'accueil de l'hôpital en se gardant bien de passer par le bureau des admissions. Il n'y avait pas une minute à perdre. Personne ne sembla prêter attention à lui.

Une fois dans la rue, il essaya à nouveau d'appeler Lola sur son portable. Mais sa ligne basculait toujours vers le répondeur.

Comme la tête lui tournait encore, il fit quelques pas mal assurés vers la rue principale, puis il héla un taxi au premier croisement. L'estomac de plus en plus noué par l'inquiétude, il lui demanda de se rendre au plus vite boulevard Beaumarchais.

Arrivé à l'adresse de Lola, il s'approcha en boitant du porche de l'immeuble. Lola lui avait laissé un double des clefs. Il ne sonna même pas à l'interphone, ouvrit la grande porte en bois et monta directement. La tête lui tournait, son dos et sa cuisse le faisaient horriblement souffrir, mais il n'y pensait plus vraiment. Il ne pensait qu'à une seule chose. Où était Lola ? Qu'allait-il trouver derrière la porte de son appartement ?

L'ascenseur s'ouvrit avec bruit. Ari, se tenant à la rambarde, sortit de la cabine. Il s'arrêta sur le palier pour écouter un instant. Pas un bruit, pas un seul bruit dans l'immeuble. La porte de l'ascenseur se referma. Il inspira profondément et s'avança vers l'appartement de Lola. Les doigts tremblants, il prit la clef dans sa poche et la glissa dans la serrure.

57.

Le commissaire divisionnaire Allibert débarqua en milieu d'après-midi au tribunal de grande instance de Chartres, rue Saint-Jacques. Il monta rapidement l'escalier en pierre jusqu'au bureau du procureur Rouhet, impatient de lui apporter enfin cette première bonne nouvelle. Depuis que Mackenzie avait été habilité par le procureur à enquêter sur l'affaire du trépaneur en parallèle, la DIPJ de Versailles allait d'humiliation en humiliation. Alors que l'agent des RG progressait rapidement dans son enquête, eux n'avaient rien de concret. Il était grand temps de reprendre la main.

— Alors, Allibert, expliquez-moi cette histoire de témoin anonyme, demanda le magistrat d'un air grave.

— Eh bien, comme je vous le disais, mon équipe a trouvé un type qui, sous couvert d'anonymat, accepte de nous faire des révélations sur Albert Khron. Il prétend lui-même être un ancien membre de l'ordre du Vril.

— L'ordre du Vril ? Celui dont nous a parlé Mackenzie ?

— Visiblement, oui. C'est une société secrète très fermée qui véhicule une idéologie proche de celle des mystiques nazis. Ce type affirme qu'Albert Khron en est l'actuel dirigeant.

Le procureur Rouhet se frotta le front. L'enthousiasme qu'il avait décelé dans le regard du commissaire divisionnaire l'avait laissé espérer quelque chose d'un peu plus solide.

— Vous pensez qu'on peut faire confiance à un homme qui prétend avoir appartenu à un groupuscule néonazi ? demanda le magistrat d'un air sceptique.

— J'en sais rien. Mais ça ne coûte rien d'écouter ce qu'il a à dire.

— Comment l'avez-vous trouvé, ce type ?

— Nous l'avons traqué sur un forum Internet à partir d'un message qu'il avait laissé il y a plusieurs mois et dans lequel il évoquait Albert Khron et le Vril. Je l'ai contacté. Il accepte de nous parler, à condition que son nom ne figure nulle part. Et il exige la présence de son avocat.

— Ce n'est pas un problème. Mais pourquoi accepte-t-il de nous parler ?

— Comme le laissait deviner son message sur le forum, j'ai cru comprendre qu'il en voulait beaucoup à Khron.

— S'il lui en veut beaucoup, ce n'est peut-être pas une source très fiable...

— Fiable ou non, c'est pour l'instant la seule dont on dispose sur l'appartenance de Khron à la confrérie du Vril, monsieur le procureur. Ce sera à nous de faire le tri dans ce qu'il nous dira.

— Soit. Il est où, ce type ?

— Dans les Hauts-de-Seine.

— Parfait. Essayez de le voir dès demain. C'est du bon boulot, Allibert. Tenez-moi au courant.

Le commissaire sortit en souriant du bureau du procureur. Il avait enfin repris la main. Ce foutu Mackenzie n'avait qu'à bien se tenir.

58.

Lamia ouvrit sans bruit la porte de son appartement. Sa mère, elle l'espérait, dormait déjà peut-être. Le trois pièces était plongé dans le silence et l'obscurité. Comme elle le faisait presque tous les soirs, elle tendit la main pour allumer la lampe de l'entrée et accrocha son manteau derrière la porte. Cela faisait partie des innombrables rituels qui rythmaient ses journées et qu'elle faisait sans y penser, en se laissant porter par le confort de l'habitude. La tête vide.

Quand elle se retourna vers le salon, elle sentit toutefois que quelque chose sortait de l'ordinaire.

La mine grave, elle fit deux pas en avant et s'arrêta sur le seuil de la grande pièce. La silhouette immobile de sa mère, assise sur son fauteuil roulant, se découpait comme une ombre chinoise dans la faible lumière qui venait de la cour. Souvent, la vieille femme s'endormait près de la fenêtre, sa couverture en laine sur les genoux, après avoir attendu anxieusement sa fille pendant de longues heures. Mais il y avait, cette fois, quelque chose de différent. Lamia n'aurait su dire vraiment quoi. L'emplacement du fauteuil, au milieu du salon, peut-être, ou bien la position de sa mère, dont le corps penchait légèrement vers l'avant. Le plaid, tombé par terre, en boule.

Une voix, dans les méandres de sa tête, énonça alors l'évidence avec une glaciale simplicité. *Maman est morte*.

La jeune femme traversa le salon d'un pas lent, presque solennel, et vint s'agenouiller devant la chaise roulante. Elle posa délicatement sa main sur le poignet de la vieille femme. Le pouls ne battait plus. Lamia releva la tête et découvrit dans un rayon de lune le visage blafard de sa mère, ses yeux grands ouverts dans une expression de surprise. La mort l'avait prise au dépourvu. Un peu plus tôt, peut-être, qu'elle ne l'avait attendue.

Doucement, avec tendresse, elle toucha la joue froide et ridée de la vieille femme et lui caressa plusieurs fois le visage.

Un sourire se dessina progressivement sur la bouche de Lamia. Sa mère était morte, oui, mais elle était toujours là. C'était bien elle qu'elle sentait sous ses doigts. La même femme. La même mère. Et ce petit souffle de vie qui l'avait quittée n'était rien. La mort ne l'avait pas enlevée.

La jeune femme se releva, passa derrière le fauteuil et le fit rouler jusqu'à la chambre aux volets fermés. Là, elle attrapa le corps lourd de sa mère et la porta sur le lit. Elle dut s'y reprendre à plusieurs fois avant de pouvoir l'installer au centre du matelas, sur le dos. Elle ajusta l'épaisse robe grise de la vieille femme et replia ses bras déjà rigidifiés sur sa poitrine.

Lamia resta un instant penchée au-dessus du cadavre de cette femme qui l'avait élevée, puis, avec un sourire apaisé, elle lui déposa un baiser sur le front.

— Ne t'en fais pas, maman. Je reviens dans deux jours.

Elle se pencha pour remonter la couverture au bas du lit.

— Tu vas m'attendre ici, et quand je reviendrai, tu seras fière de moi, maman. Fière de ta petite fille. Plus rien ne sera comme avant. Je sais enfin pourquoi je suis venue au monde. Je sais quel est ce destin qu'on t'avait promis pour moi.

Le regard brillant et fier, elle ferma lentement avec sa main les paupières de la vieille femme.

— Je suis celle qui doit ouvrir la Porte, maman. Le creux va sortir.

59.

Quand Ari entra dans le studio de Lola, il comprit aussitôt que ses pires craintes étaient fondées.

L'appartement était sens dessus dessous. Meubles renversés, objets jetés à même le sol, éclats de verre, traces de lutte.

Ses tempes se mirent à battre et le monde sembla tournoyer autour de lui. Il avança, chancelant, le long du mur. Arrivé à l'entrée du salon, il se laissa glisser par terre, abasourdi. Sa jambe, tendue droit devant lui, le lançait encore atrocement. Il ferma les yeux, envahi par la colère et la douleur. Puis il releva la tête pour regarder encore le studio de Lola, comme s'il ne pouvait s'y résoudre. Peut-être avait-il rêvé...

Au milieu de la pièce, sur le tapis beige étendu aux pieds du clic-clac, il découvrit avec horreur trois petites taches de sang.

SIXIÈME PARTIE

L'homme et la femme

L∙VIII∙

RI NC TI BR CA IO VO LI —O

Por un de mes premiers esplois en le pais u fui nes moi couint esquarir le piere rude et naive.

SI FERAS TU
.XXV. VERS ORIEN

60.

Le vieil homme referma le journal sur ses genoux, l'air complètement abattu. Derrière la baie vitrée du café, il jeta un regard désolé aux façades ombragées de la place Marco-Polo. L'hiver le plongeait toujours dans un état de mélancolie. Mais cette année, c'était bien pire que d'habitude.

Jean Colomben avait célébré ses quatre-vingt-quatre ans un mois plus tôt. Il se sentait trop vieux pour tout ça, trop fatigué. Son visage portait la marque des années, ses mains étaient couvertes de taches brunes et il tremblait de plus en plus. Les jours où il avait le courage de se regarder dans une glace, il se reconnaissait à peine. Les rides avaient déformé son visage et son corps. Ses paupières gonflées tombaient de plus en plus et dessinaient sous ses yeux jaunis un vilain trait rouge qui le répugnait lui-même. Ses dents lui faisaient tellement honte qu'il gardait les lèvres fermées aussi souvent que possible et qu'il glissait discrètement la main devant sa bouche quand il devait parler. Et bientôt, ces fins cheveux blancs qu'il plaquait en arrière sur son crâne auraient tous disparu. La vieillesse était le plus terrible des affronts, parce qu'on ne pouvait jamais la battre. Elle finissait toujours par l'emporter.

Le vieil homme leva lentement la main, avala une dernière gorgée de son espresso, plia le journal en deux et le posa en soupirant sur le bord de la table ronde.

Le *Corriere della Sera* consacrait une double page à l'affaire du trépaneur, qui passionnait à présent toute l'Europe. Jean Colomben y avait trouvé la confirmation qu'il redoutait tant. Une cinquième victime avait péri. Et c'était Mona Safran. La jeune et belle Mona Safran. La seule femme de la loge, que Paul Cazo avait fait entrer quand il avait fallu remplacer l'un des compagnons. De toute son histoire, c'était la première fois que la loge Villard de Honnecourt avait accepté une femme dans ses rangs, et une personne aussi jeune, de surcroît. Maintenant elle était morte. À cause de leur négligence à tous.

Le garçon de café passa ramasser les deux pièces posées dans la petite coupelle en plastique rouge. Le vieil architecte lui adressa un sourire forcé, puis il ferma les yeux. Il n'arrivait pas à y croire. Comment avaient-ils pu échouer aussi vite ?

Pendant six siècles, la loge était parvenue à protéger le secret de Villard de Honnecourt, et à présent, les uns après les autres, ils avaient tous failli. Pire encore : tous y avaient laissé leur vie.

Depuis la création de la loge, au XVe siècle, il n'y avait eu qu'une seule tentative de vol des carrés de Villard. L'histoire était relatée dans les comptes rendus réguliers de la loge. C'était en 1868. Les compagnons, au prix d'une âpre bataille, étaient toutefois parvenus à protéger les six précieuses pages et à éliminer leur ennemi. Et depuis lors, le secret était retombé dans l'oubli. La loge Villard de Honnecourt avait retrouvé son anonymat et aucune trace de cette histoire n'avait filtré nulle part…

Alors, avec le temps, sans doute les membres successifs avaient-ils baissé la garde. Les réunions organisées dans la cayenne de Honnecourt étaient devenues davantage un rituel folklorique. Peu à peu, on avait oublié le danger bien réel que représentait la garde de ces six documents. Les derniers membres de la loge avaient fini par sous-estimer la menace, beaucoup trop abstraite. Et ils étaient tous morts.

Tous, sauf lui. Le dernier compagnon. Et le plus vieux, aussi. Alors il savait qu'il ne pourrait pas y échapper. Son tour allait venir, très vite, et il n'aurait aucun moyen de se défendre. Si les cinq autres n'avaient pu échapper à leur assaillant, comment le pourrait-il, lui ?

Jean Colomben se leva péniblement de la chaise en osier, mit son chapeau noir et sortit sur la place Marco-Polo, la tête enfoncée dans les épaules. Le vent malicieux de la mer s'engouffrait dans les rues du Rocher et soulevait la poussière des trottoirs. À l'est, on apercevait la baie avec ses façades orangées.

Il marcha d'un pas mal assuré vers son vieil immeuble. Des badauds le saluèrent au passage. Les gens l'aimaient bien, dans le quartier. L'architecte avait fait beaucoup pour la sauvegarde des maisons les plus anciennes de la petite île, à l'ouest de la ville, et il avait obstinément refusé d'être payé. C'était son quartier d'adoption, son pays de cœur. Son *païs*, comme il disait, à la manière des anciens compagnons. Et quand il se promenait dans les rues, il avait toujours une caresse amicale pour les gamins sur le chemin de l'école et un sourire pour les commerçants. Il était devenu une figure emblématique du Rocher, tout le monde l'appelait *il Francese* et certains lui parlaient même dans sa langue natale.

Le vieil homme s'arrêta en bas de l'immeuble et jeta un coup d'œil vers le dernier étage. Chaque fois qu'il devait grimper les marches, il faisait une petite pause, en bas de l'escalier. D'année en année, la montée était plus difficile. Mais à présent, il ne pouvait plus reculer. Il savait ce qu'il avait à faire. Il n'y avait qu'une seule solution. Une solution qui ne lui plaisait guère, une solution qu'il avait pourtant promis de ne jamais envisager, mais il n'avait plus le choix. C'était le seul moyen.

Jean Colomben devait se séparer de son carré. Le détruire ? Non. Il ne pouvait s'y résoudre. Mais le mettre en lieu sûr, oui, et espérer, s'il venait à mourir, que jamais il ne serait retrouvé. Jamais.

Il monta lentement les marches de l'escalier en bois.

61.

— Si ça te dérange pas, je vais rester ici aujourd'hui et me reposer un peu. J'ai encore mal à la jambe et je suis épuisé.

Assis sur le rebord de la fenêtre, les cheveux en bataille, les traits tirés, Ari avait les poings serrés au fond des poches de son jean. Il avait dormi une heure à peine. Toute la soirée, il avait regardé les agents de police chercher des indices dans l'appartement de Lola, puis il était finalement parti porte de Champerret, chez Iris, qui avait proposé de les accueillir, lui et son chat.

Dans un geste désespéré, il avait essayé plusieurs fois de joindre Lola sur son portable, mais était tombé chaque fois sur le répondeur. Abattu, il avait fini par obéir à Iris qui le suppliait d'essayer de dormir.

Nerveux, se retournant sans cesse dans le canapé-lit que sa collègue lui avait préparé, il n'avait trouvé le sommeil qu'à l'aube, puis s'était réveillé une heure plus tard en entendant Iris se lever.

— Bien sûr, Ari. Je t'ai laissé un double des clefs sur la table. Mais repose-toi vraiment, hein ? Tu as une tête pas possible.

— Je n'arrête pas de penser à Lola, avoua-t-il dans un murmure. Je me demande ce qu'ils lui ont fait.

— Je suis sûre qu'elle va bien, Ari. Ils veulent s'en servir pour faire pression sur toi. Ils ne lui feront rien.

— Ils n'ont pas intérêt.

— Bon, il faut que j'y aille. Tu peux dormir dans mon lit, si tu veux, il est plus confortable que le canapé…

Enfin, tu le sais déjà, ajouta-t-elle avec un sourire entendu.

— Dis-moi, Iris, tu veux bien chercher un truc pour moi à Levallois ?

— Encore ? s'exclama-t-elle. Mais tu ne lâches jamais, toi ! Tu veux pas penser à autre chose qu'à ton enquête, juste aujourd'hui ? Lever le pied ? Je croyais que tu voulais te reposer !

— C'est ce que je vais faire. C'est pour ça que je te demande à toi. Et puis, tu sais, je ne lâcherai pas le pied tant que j'aurai pas retrouvé Lola.

— Bon, qu'est-ce que tu veux, cette fois ?

— Il semble que la piste du Vril soit la bonne. Je n'ai pas eu le temps d'étudier ça en profondeur, l'autre jour. Si t'as le temps, trouve-moi tout ce que tu peux sur cette foutue confrérie.

— Ça marche. Je te garantis rien ; en début de semaine, c'est pas le boulot qui manque. Je verrai ce que je peux faire. Mais promets-moi de te reposer vraiment.

— Promis.

Elle lui déposa un baiser sur le front et sortit de l'appartement.

Ari resta quelques minutes près de la fenêtre, le regard perdu dans la rue en contrebas, puis il partit se coucher dans le lit de son ex. Il reconnut son parfum sur l'oreiller et repensa aux quelques mois qu'il avait passés avec elle. Puis, immanquablement, ses pensées dérivèrent vers Lola. Une boule se noua aussitôt dans sa gorge. Il s'en voulait tellement !

Comment avait-il pu prendre le risque de la mêler à tout ça ? Comment avait-il pu être assez stupide pour loger chez elle alors qu'il se sentait menacé ?

L'absence de la libraire était comme une torture de chaque seconde, une douleur persistante que rien ne pouvait soulager. Ari se sentait accablé par la culpabilité.

Il aurait voulu lui parler, maintenant. Lui dire. Le visage de la libraire se dessina dans sa tête.

Je t'aime Lola. Je ne connais pas d'autres mots pour dire ce que je ressens et je regrette tellement de ne pas te l'avoir dit plus tôt, tout simplement, quand tu étais là, devant moi, au creux de ces bras qui, maintenant, ne peuvent plus te serrer. J'aimerais tellement t'offrir ce que je ne pouvais t'offrir, parce que je n'en avais pas le courage ou parce que je savais que tu méritais bien mieux que ça. Bien mieux que ce qu'un homme comme moi peut te donner. Tu es un ange qui s'ignore, Lola. Une perle au milieu des cailloux. Et c'est peut-être ce qui te rendait inaccessible. J'avais peur de t'abîmer. Et combien je le regrette, à présent que tu n'es plus là !

Mais je te retrouverai. Je te retrouverai où que tu sois. Je ferai ce que j'ai à faire. Cela prendra le temps qu'il faudra. Mais je te retrouverai. Parce que la vie, sans toi, n'a plus de sens.

Ari s'essuya une larme au coin de l'œil. Il se sentait idiot de pleurer ainsi, comme un gosse, plongé dans l'obscurité de la chambre d'Iris. Mais c'était plus fort que lui. Tout s'accumulait. La mort de Paul, le stress des jours qui avaient suivi, et maintenant la peur de ne plus revoir Lola.

Soudain, son téléphone se mit à sonner. Il se racla la gorge, décrocha et reconnut la voix du procureur Rouhet.

— Mackenzie, je peux vous garantir que tout va être fait pour retrouver votre amie. J'ai eu à l'instant une conversation avec le ministre de l'Intérieur en personne.

Ari se frotta les yeux et se redressa sur le lit. Il essaya de masquer son trouble.

— Et ça devrait me rassurer ? lança-t-il d'un ton cynique.

— Écoutez, croyez bien que tout le monde prend cette affaire très au sérieux. Le ministre m'a assuré qu'il en ferait une priorité.

— Vous n'auriez jamais dû la laisser rentrer seule chez elle après l'accident.

— Nous allons la retrouver, Ari.

L'analyste resta silencieux. Il n'avait pas envie d'en parler davantage, cela ne faisait qu'augmenter son angoisse.

— J'appelais justement pour vous informer que nous allons vous mettre sous protection, à présent.

— Non merci.

— Vous n'avez pas le choix, Ari. Ne faites pas l'imbécile.

— Je peux me défendre tout seul.

— Je n'en doute pas. Mais ce sera encore mieux si vous êtes protégé...

— Je suis désolé, mais je n'ai vraiment pas envie de me trimballer toute la journée avec deux flics à mes basques, monsieur le procureur.

— Ce n'est pas ce que je vous propose. Tant que l'affaire ne sera pas résolue, nous allons, à titre exceptionnel, vous assigner un garde du corps du SPHP[1] avec une habilitation judiciaire. Il pourra vous aider et vous accompagner.

— Je vous dis que c'est inutile.

— Ordre du ministre, Mackenzie.

Ari leva les yeux au plafond, exténué. Il préféra changer de sujet.

— Alors ? Cette piste sur laquelle était Allibert ? Ça a donné quelque chose ?

— Le commissaire est en train d'interroger la personne en ce moment même à Versailles. Le directeur adjoint Depierre vous appellera en fin de journée pour que vous retrouviez votre garde du corps et je lui

1. Service de protection des hautes personnalités dépendant de la Police nationale.

communiquerai les résultats de cette audition. En attendant, reposez-vous et ne faites rien de stupide.

Ari raccrocha et referma les yeux. Au bout d'une heure, à bout de forces, il finit par s'endormir d'un sommeil agité.

62.

— Je vous en prie, asseyez-vous.

Le commissaire Allibert avait été prévenu par ses deux collègues qui avaient arrangé le rendez-vous avec Monsieur M. dans les locaux de la DIPJ de Versailles : le témoin était loin d'être un ange, c'était même plutôt un sale type, membre de plusieurs groupuscules d'extrême droite et obsédé par les théories du complot. Son nom, malgré tout, devait rester secret. Son avocat, un habitué de ce genre d'énergumènes visiblement, avait établi des règles précises. Son client intervenait en tant que témoin anonyme et se réservait le droit de mettre fin à tout moment à sa déposition, qui n'était d'ailleurs qu'une audition informelle, rien de plus. Il fallait donc rester suspicieux à l'égard des renseignements qu'il voudrait bien fournir, mais aussi se montrer le plus diplomate possible pour le faire parler. C'était pour le moment leur seule source d'information sur les prétendues activités secrètes d'Albert Khron et sur son lien avec la confrérie du Vril.

Le bureau d'Allibert était vaste et clos, sombre, et le désordre ambiant laissait supposer que le commissaire était surchargé de travail. De nombreux dossiers s'entassaient sur les étagères ou à même le sol et les murs étaient placardés de photos, plans, feuilles imprimées et autres Post-it. Une forte odeur de café flottait dans la pièce.

L'un des lieutenants de l'équipe d'Allibert était également présent ; il se tenait debout derrière son supérieur, adossé au mur.

Le témoin et son avocat prirent place sur les deux fauteuils installés devant le large bureau.

La cinquantaine environ, Monsieur M. était de petite taille, avait le visage rond, les cheveux bruns taillés très court et de fins yeux noirs antipathiques. Ses vêtements laissaient supposer qu'il était plutôt issu d'un milieu modeste. Son vieux pull en laine contrastait avec le costume strict de son avocat.

— Je vous remercie d'être venu aussi vite, Monsieur M. Commençons par le commencement, si vous voulez bien. Vous avez dit à mes collègues que vous aviez appartenu vous-même à une organisation qui se nomme l'ordre du Vril. Pouvez-vous nous en dire davantage ?

— Mon client n'est pas là pour parler de lui, mais uniquement de M. Khron, coupa l'avocat d'un ton sec.

Allibert serra les mâchoires. Ça commençait bien.

— Bien sûr, bien sûr, répondit-il en souriant. Mais pour que nous comprenions bien le rôle d'Albert Khron, Monsieur M. pourrait peut-être simplement nous dire comment fonctionne le Vril...

Le témoin anonyme demeura silencieux. Le commissaire reprit la parole, d'un ton plus ferme.

— Écoutez, Monsieur M., aucun soupçon ne repose sur vous. Tout ce qui nous intéresse, ce sont les liens d'Albert Khron avec l'ordre du Vril. Si vous n'avez rien à nous dire à ce sujet, nous perdons notre temps...

— Les liens existent bien, lâcha finalement le témoin.

— Parfait. Alors pour que nous soyons sûrs que nous parlons de la même chose, dites-nous en quoi consiste le Vril.

— Disons que c'est un club très fermé, très confidentiel.

— Un club ? répliqua le procureur. Vous ne pensez pas que le terme de « secte » serait plus approprié ?

— Non. Les sectes recrutent à tout va, dans l'unique but de soutirer un maximum d'argent à des pauvres types un peu déboussolés. Le Vril n'a rien à voir. C'est une organisation de recherche, certes secrète, mais très élitiste, avec très peu de membres.

— Combien, exactement ?

— Je vous répète, intervint l'avocat, que mon client est là pour parler d'Albert Khron...

— Laissez, laissez, coupa Monsieur M. en posant une main sur l'épaule de son voisin.

L'avocat haussa les épaules.

— Comme vous voudrez. Mais ne vous faites pas manipuler...

Allibert tenta de garder son calme. L'avocat était encore pire que son client. Il aurait donné n'importe quoi pour l'attraper par le col et le jeter dehors.

— En France, reprit le témoin, il y a une soixantaine de membres. Dans le monde, je ne sais pas exactement, mais je dirais trois cents, tout au plus...

— C'est donc une organisation internationale ?

— Bien sûr ! Il y a des antennes dans la plupart des pays d'Europe et aux États-Unis. Mais la branche principale est en Autriche.

— C'est un ordre très structuré ?

— Oui. Les différentes antennes respectent la structure originelle, celle qui avait été mise en place par le fondateur, Karl Haushofer, en 1918.

— C'est-à-dire ?

— Chaque antenne nationale est divisée en trois cercles. Il y a d'abord le premier cercle, la base de la pyramide, ou ce qu'on appelle les Freikorps. Ce sont des petits soldats, si vous voulez, d'anciens mercenaires pour la plupart, d'anciens militaires, et même d'anciens collègues à vous. Ce genre de profil. Des types qui n'ont pas peur d'effectuer les basses besognes. Ensuite, il y a le deuxième cercle. Là, ce sont plutôt les gens qui adhèrent à la philosophie générale du Vril, qui participent activement aux réunions mensuelles, mais qui ne font pas partie de la direction.

— C'est à ce cercle-là que vous apparteniez ? demanda Allibert.

L'homme jeta un coup d'œil à son avocat. Celui-ci fit non de la tête.

— Mon rôle au sein du Vril n'est pas le sujet...

— Très bien, très bien, lâcha le commissaire d'un ton exaspéré.

De toute façon, à en juger par sa réaction, il faisait peu de doute que Monsieur M. était bien issu de ce second cercle.

— Et ensuite, donc ?

— Il y a le troisième cercle, qui ne peut compter que neuf membres par pays. Voilà. Le tout est dirigé par un seul homme, le président de l'antenne nationale. Et en France, justement, c'est Khron.

Allibert sortit une photo d'Albert Khron et la lui montra.

— Vous parlez bien de cet homme-là ?

Monsieur M. inspecta la photo et acquiesça aussitôt.

— Absolument. C'est bien Albert Khron.

— Je ne voudrais pas remettre en cause ce que vous nous dites, intervint le procureur Rouhet, mais quelque chose m'intrigue...

— Quoi donc ?

— Vous semblez parler d'une organisation structurée, avec des ramifications internationales, et, pourtant, son existence a visiblement échappé aux autorités... Comment se fait-il que l'ordre n'ait jamais été référencé ni par la commission parlementaire sur les sectes ni par les RG ?

— D'abord, je vous répète qu'il ne s'agit pas d'une secte. Ensuite, il faut croire qu'ils savent être discrets. Cela dit, ce n'est pas parce que les RG et un rapport parlementaire ne mentionnent pas son existence que le Vril n'est pas connu en haut lieu. Je ne veux pas vous vexer, mais vous n'avez peut-être pas accès à toutes les informations... En outre, le Vril n'a pas de structure légale. Ce n'est pas une association loi 1901. La discrétion est prise très au sérieux et le Vril compte peu de membres : les risques de fuite sont peu élevés.

— Vous êtes pourtant la preuve du contraire, non ?

La remarque sembla agacer le témoin. Il répondit vivement, d'un ton sec :

— J'ai mes raisons. Khron l'a bien cherché.

— Pourquoi lui en voulez-vous ?

En réalité, Allibert commençait à deviner ce qu'il s'était passé. Le départ de ce mystérieux Monsieur M. avait dû être causé par un différend personnel entre lui et Albert Khron, mais au fond de lui l'homme adhérait probablement encore à la philosophie pour le moins discutable de l'ordre du Vril.

— Désolé, mais cela ne vous regarde pas, répondit l'intéressé en dévisageant le commissaire.

— Comprenez bien que, pour apporter du crédit à vos déclarations, nous aimerions savoir ce qui vous pousse à dénoncer ainsi M. Khron.

— Mon client vous a dit que cela ne vous regardait pas.

Sentant que l'avocat s'impatientait, Allibert enchaîna avec une autre question. Il ne servait à rien de les braquer pour le moment. Il aurait bien aimé le secouer un peu plus. Cependant, son objectif n'était pas de malmener l'odieux personnage mais plutôt de lui soutirer des informations. En outre, dans le cadre de l'enquête, Monsieur M. n'avait rien d'autre à se reprocher que d'avoir jadis appartenu à cette organisation et une mise en garde à vue n'était pas envisageable. Il allait donc falloir employer la manière douce.

— Si le Vril n'a pas d'existence officielle, comment est-il géré, d'un point de vue administratif et financier ? Pas de compte en banque, pas de siège social...

— Tout passe par la maison mère. Ne vous inquiétez pas pour eux, ils gèrent bien leur affaire. Le patrimoine du Vril, pour ce que j'en sais, est considérable.

— Mais depuis quand existe-t-il et quel est le lien de la confrérie du Vril avec celle de l'Allemagne nazie ?

— Comment ça, quel est son lien ? Mais c'est la même... Vous croyez quoi ? Que c'est une simple résurgence ? Un peu comme les néo-templiers et ce genre de foutaises ? Détrompez-vous. L'ordre du Vril n'a jamais cessé d'exister. En 1937, au moment où le Führer, pour se débarrasser du complot judéo-maçonnique, a été obligé de faire appliquer un décret interdisant les sociétés secrètes, le siège de l'ordre s'est simplement transporté discrètement en Autriche et ne l'a plus quittée depuis.

La façon dont leur interlocuteur utilisait le terme Führer pour parler d'Adolf Hitler et son utilisation de l'expression « complot judéo-maçonnique » laissaient peu de doute quant à l'ignominie de ses idées. Devoir écouter patiemment une ordure pareille l'horrifiait, mais Allibert n'avait pas le choix.

— Vous voulez dire que la confrérie du Vril à laquelle vous avez appartenu est exactement la même que celle de l'Allemagne nazie ?

— Je ne vois pas pourquoi vous utilisez le terme nazi. Le Vril a été créé en 1918, un an avant l'apparition du NSDAP et du national-socialisme. Mais en tout cas, oui, l'ordre du Vril que dirige Khron est bien la branche française de celui qui a été créé à l'époque à Berlin. Il n'y a jamais eu d'interruption, si c'est ce que vous voulez savoir.

— Mais dites-moi, l'objet de cette société est un peu... daté, non ? Je veux dire... vous n'allez quand même pas me faire croire que ses membres, aujourd'hui, gardent la même idéologie que celle de l'entre-deux-guerres ?

— Et pourquoi pas ?

Allibert pencha la tête, incrédule.

— Vous croyez, par exemple, en l'existence d'une race supérieure ?

Monsieur M. regarda le commissaire droit dans les yeux, comme s'il le défiait, bouffi de suffisance.

— Cela ne serait pas assez politiquement correct pour vous, c'est ça ?

Une fois de plus, Allibert essaya de ne pas s'énerver. En temps normal, il aurait probablement déjà mis ce type dehors ou, pire, lui aurait envoyé un coup de poing, mais il avait encore beaucoup de questions à lui poser.

— Vous êtes donc en train de nous dire que l'ordre du Vril... comment dire... se consacre encore aujourd'hui à l'étude de la race aryenne ?

— Entre autres, oui. Mais vous ne savez donc rien au sujet du Vril ?

— Disons que nous connaissons l'histoire de sa fondation, mais je dois vous avouer, ajouta le commissaire comme s'il voulait pousser son interlocuteur à se vanter davantage, que nous sommes assez surpris de voir que le Vril travaille encore aujourd'hui sur les thèmes qui ont motivé son apparition.

— Pourtant, c'est bien le cas ! Et croyez-moi, ce n'est pas si étonnant que cela. Après la Seconde Guerre mondiale, la question de l'origine de la race aryenne est devenue taboue, mais je ne vois pas pourquoi on devrait s'interdire de continuer les recherches en ce domaine. La confrérie du Vril est le seul endroit où des scientifiques sérieux peuvent mener aujourd'hui des recherches approfondies sur ces sujets sans être dérangés par les chantres de la pensée unique. Il est tout à fait légitime de vouloir élucider, par exemple, les mystères du foyer originel de la race aryenne, avant qu'elle ne soit affaiblie par le métissage avec les races inférieures et...

Monsieur M. s'arrêta soudain de parler, comme s'il venait de se rendre compte qu'il en avait sans doute trop dit. Il se renfonça dans son fauteuil et essuya les gouttes de sueur sur son front. L'avocat, à côté de lui, s'était décomposé depuis longtemps.

— Bon, écoutez, ce n'est pas pour vous raconter cela que je suis ici, moi. Si vous voulez vraiment savoir quel est l'objet de l'ordre du Vril, vous n'avez qu'à chercher vous-même. Je suis venu vous parler d'Albert Khron, un point c'est tout.

— Et que lui reprochez-vous, alors, à cet Albert Khron ?

— Eh bien, justement, de détourner la confrérie du Vril de son objectif initial. Pour lui, la priorité est certes de découvrir le foyer originel de la race supérieure, mais pas dans un but idéologique. Ce qui le motive, ce sont les intérêts personnels qu'il pourrait en tirer... Encore une fois, les motifs de mon désaccord avec lui ne vous regardent pas. Tout ce que je suis disposé à vous dire, c'est que M. Albert Khron, président actuel de la confrérie du Vril, est un escroc.

— Je vois. Vous en avez la preuve ?

— Absolument, répliqua Monsieur M. d'un air satisfait. J'en ai même apporté deux avec moi, ici même.

D'un geste théâtral, il sortit de sa poche une photo noir et blanc qu'il tendit au procureur. Il semblait tellement fier de lui qu'Allibert dut réprimer une irrésistible envie de le gifler.

— Cette photo a été prise il y a trois mois, expliqua Monsieur M., au siège de la confrérie du Vril.

Le commissaire détailla la photo. On y voyait Monsieur M. lui-même, qui posait aux côtés d'Albert Khron. Derrière eux, sur un drap tendu, on apercevait le fameux symbole du Vril ; un soleil noir.

— C'est censé prouver quoi ? demanda Allibert en feignant la déception.

— Qu'Albert Khron est bien le dirigeant du Vril !

— Excusez-moi, mais cela prouve seulement que vous avez posé avec lui devant un drap noir...

Monsieur M. haussa les yeux au plafond.

— Si vous voulez... Mais, de toute façon, son appartenance au Vril n'est qu'un détail. Ce qui compte, c'est que ce type est un escroc, et je peux vous en apporter la preuve.

— Comment cela ?

— Je suis disposé à vous fournir la preuve que cet homme utilise le Vril pour servir illégalement ses propres intérêts et engranger des sommes faramineuses que, bien entendu, il ne déclare probablement jamais. Tenez.

L'homme, dont le regard était de plus en plus halluciné, fouilla à nouveau dans sa poche et en sortit un document imprimé.

— Vous trouverez ici les coordonnées d'un compte bancaire au nom d'Albert Khron, ouvert dans un organisme offshore, où il a déposé les sommes colossales qu'il a obtenues en se servant de sa position au sein du Vril. Voilà. Avec ça, vous pourrez le coffrer. C'est avec l'argent que vous pourrez faire tomber Khron, pas avec le Vril. Souvenez-vous, c'est comme ça qu'ils ont eu Al Capone. La fraude fiscale.

Le commissaire inspecta le document puis le tendit à son collègue. Celui-ci jeta un rapide coup d'œil.

— Très bien. Nous allons étudier cela et, si votre document s'avère authentique, nous pourrons boucler M. Khron. Le problème, voyez-vous, c'est qu'il est introuvable à ce jour. Vous n'auriez pas une idée de l'endroit où il se terre ?

C'était la seule question qui intéressait réellement le commissaire. L'implication d'Albert Khron dans toute cette affaire ne faisait plus beaucoup de doute, mais la difficulté, à présent, était de le localiser – en espérant, par la même occasion, retrouver la jeune femme qui s'était fait enlever, Dolores Azillanet. Le mandat d'arrêt avait déjà été lancé en préalable mais, depuis l'irruption de Mackenzie à la conférence, Khron avait disparu de la circulation.

— Sans doute au siège du Vril.

— Qui se trouve où ? insista le commissaire.

— Ah, ça, ce n'est pas à moi de vous le dire.

Allibert serra les poings sous son bureau. Ce n'était pas le moment de craquer.

— Monsieur M., nous devons absolument retrouver Albert Khron. Vous savez, il s'agit tout de même d'une enquête criminelle et...

— N'insistez pas, coupa aussitôt l'avocat, qui avait deviné qu'Allibert allait jouer l'intimidation. Mon client, qui est volontairement venu vous faire sa déposition, est parfaitement en droit de décider de ce qu'il veut vous dire ou non, sous le couvert de son anonymat. Je vous invite à relire l'article 706-58 du code de procédure pénal, si vous le désirez...

— Ce ne sera pas nécessaire. Comprenez bien, Monsieur M., que si Albert Khron n'est plus chez lui, c'est certainement qu'il est au courant que nous le cherchons. Si vous ne nous donnez pas le moyen de le localiser rapidement, il risque de nous échapper et...

— Attendez, coupa le témoin d'un air soucieux. Attendez... Avant de vous répondre, je voudrais à mon tour vous poser une question.

Le commissaire, voyant là une ouverture, hocha lentement la tête.

— Je voudrais savoir pourquoi vous le cherchez.

Allibert ne répondit pas tout de suite. Il ne pouvait pas révéler l'objet réel de leur enquête. Mais, s'il ne disait rien, son interlocuteur refuserait sans doute de parler. Alors, que répondre ? Il y avait peut-être quelque chose à tenter. Un coup de bluff. À en juger par ses messages sur le forum Internet et tout ce qu'il venait de dire, Monsieur M. était obsédé par la théorie du complot et persuadé que les membres du Vril étaient

« manipulés par Khron, qui sert des causes plus élevées et cachées ». Peut-être qu'en flattant sa paranoïa il y avait moyen de délier sa langue.

— Écoutez, je ne suis pas censé vous en parler, je n'en ai pas le droit. Mais, entre nous, vous savez très bien pourquoi nous cherchons Albert Khron. Je n'ai pas besoin de vous le dire. Vous m'avez compris, n'est-ce pas ? dit le commissaire sur le ton de la confidence, comme s'il incluait Monsieur M. dans un secret que l'avocat ne pouvait pas comprendre. Et vous savez aussi, mieux que personne, quelles en seront les conséquences si nous ne l'arrêtons pas tout de suite...

Monsieur M. toisa longuement le commissaire d'un air pensif.

— Ce salaud a donc trouvé, marmonna-t-il, comme s'il se parlait à lui-même.

Voyant que son coup de bluff était sur le point de fonctionner, Allibert en rajouta une couche, d'un air entendu :

— Le temps presse. Vous imaginez bien que si Khron parvient à ses fins, il en gardera les bénéfices pour lui-même. Vous devez nous aider à l'arrêter. Il est encore temps.

Le témoin hésita et jeta un coup d'œil à son avocat. Celui-ci lui signifia d'un geste qu'il se dégageait de toute responsabilité si son client choisissait de parler.

— Vous me garantissez que mon nom ne sera jamais cité nulle part ?

— Je vous en fais la promesse.

Monsieur M. se frotta nerveusement les cuisses, puis il resta silencieux un long moment. Enfin, alors qu'Allibert n'y croyait plus, le témoin releva la tête et déclara d'une voix solennelle :

— Le Vril se réunit dans un pavillon à Bièvres, qui s'appelle l'Agartha. Il est situé au sud de la ville.

63.

Lamia arriva en début de soirée à Orly.

Elle avait du mal à contenir son stress. Mackenzie avait sans doute vu son visage à Honnecourt, auquel cas son portrait-robot circulait peut-être déjà dans toute la France. Elle risquait gros en entrant dans un aéroport. Mais c'était la dernière ligne droite. Ce n'était pas le moment de se décourager, pas après tout ce qu'elle venait de faire. De toute façon, elle ne pouvait pas perdre. C'était écrit.

Elle ajusta sa longue jupe noire et avança d'un pas sûr vers le comptoir d'enregistrement. En se composant un sourire factice, elle donna son billet à l'employée de la compagnie aérienne et récupéra sa carte d'embarquement.

— Vous avez des bagages à enregistrer ?

— Non. Je n'ai que ça, répondit-elle en montrant le sac en épais tissu rouge qu'elle avait dans la main. Je le garderai en cabine avec moi.

Depuis les attentats du 11-Septembre, les contrôles dans les aéroports étaient devenus particulièrement sévères. Elle avait donc décidé de ne pas emporter avec elle l'équipement nécessaire à son rituel. Elle l'achèterait une fois arrivée à destination, c'était beaucoup moins risqué.

Lamia se dirigea vers la salle d'embarquement et prit place dans la queue devant la zone de contrôle. Un à un, les voyageurs déposaient leurs sacs sur le tapis roulant, vidaient leurs poches dans des bacs en plastique et passaient, hésitants, sous les portiques de sécurité. Certains devaient enlever leurs ceintures, d'autres subir des fouilles corporelles… La queue progressait lentement.

Quand son tour fut venu, Lamia montra ses papiers d'identité et sa carte d'embarquement, déposa son grand sac rouge sur le tapis roulant et passa sous le portillon d'un air désinvolte. La petite diode en haut de l'appareil resta verte et aucune sonnerie ne retentit.

Mais quand elle s'apprêta à récupérer son sac de l'autre côté, un agent de sécurité s'approcha d'elle.

— Vous voulez bien ouvrir votre sac, madame ?

Lamia, maîtrisant parfaitement ses émotions, hocha la tête poliment.

— Bien sûr.

Elle tira sur la fermeture et tendit son sac ouvert à l'agent de sécurité. Celui-ci, ganté, fouilla à l'intérieur et sortit délicatement le boîtier métallique plat qu'il avait dû repérer sur l'appareil à rayons X.

— Qu'est-ce que c'est ? demanda-t-il.

— Des vieux parchemins, répondit-elle avec aplomb.

— Vous voulez bien ouvrir, s'il vous plaît ?

Lamia poussa un soupir.

— Oui, bien sûr, mais attention, c'est très fragile.

Elle enleva le clapet sur le bord droit de la boîte et l'ouvrit précautionneusement. La première des cinq pages apparut sous une fine protection de Plexiglas. On y voyait le dessin d'une rosace et le texte en picard médiéval.

Le douanier jeta un coup d'œil circonspect, puis haussa les épaules.

— OK, c'est bon, vous pouvez y aller.

— Merci.

Lamia referma le boîtier, le rangea dans son sac et partit vers la porte indiquée sur les écrans vidéo de l'aéroport. Elle s'assit au milieu des autres voyageurs, tendit les jambes et laissa sa tête retomber sur le dossier du fauteuil.

64.

— Qu'est-ce que tu fous là ? Je croyais que tu devais passer la journée à te reposer chez moi ? s'exclama Iris en ouvrant la porte de son bureau à Mackenzie.

— Je suis censé venir retrouver mon garde du corps...

— Ton garde du corps ?

Ari fit un geste d'impuissance.

— On me colle un type du SPHP. Ordre du ministre. Franchement, je m'en serais bien passé !

— Eh bien ! Le vent tourne... T'es dans les petits papiers du ministère, on dirait !

— Tu parles ! Dès que cette affaire sera finie, je vais retomber aux oubliettes.

Iris retourna sur son fauteuil et invita Ari à prendre place en face d'elle.

— Comment tu te sens ?

— Ça va mieux. J'ai dormi un peu et je n'ai presque plus mal à la jambe.

— C'est déjà ça. Tu as entendu pour la fusion ?

— Non... Ça y est ?

— Oui. C'est officiel. La DCRG et la DST vont fusionner, a priori dans deux ou trois mois.

— Eh bien, ils n'auront pas perdu de temps ! On vient à peine d'entrer dans les locaux.

— Ouais. Prépare-toi à rejoindre la DRI, mon cher, la Direction du renseignement intérieur...

— Oh, tu sais, je m'y prépare depuis belle lurette. Mais je ne suis pas sûr que j'y aie vraiment ma place... Et qui va diriger tout ça ?

— À ton avis ?

— Quelqu'un de la DST ?

— Bingo !

— Ça m'aurait étonné ! Je crois que je peux dire adieu au groupe sectes...

— Ce qui est certain, Ari, c'est qu'ils vont en profiter pour revoir les effectifs à la baisse. L'ambiance est à la réduction du personnel, dans le service public, tu sais.

— Bah, là, pour être honnête, c'est pas vraiment ce qui me préoccupe.

— Je me doute.

— Est-ce que tu as trouvé des choses sur le Vril pour moi ? demanda Ari, pressé de se recentrer sur son enquête et, surtout, sur le moyen de retrouver Lola.

— Oui, mais je ne sais pas si ça te servira à grand-chose…

— Balance toujours.

— OK. Attends, je sors mes notes.

Iris Michotte prit une chemise cartonnée sur son bureau et l'ouvrit devant son ami.

— Alors… La confrérie du Vril est apparue en 1918, en même temps que la société de Thulé. Apparemment, l'idée du Vril vient d'un roman écrit en 1870 par un certain Bulwer Lytton : *The Coming Race*. L'auteur y affirme l'existence d'une race supérieure d'êtres humains, qui vivent sous terre et qui maîtrisent une sorte d'énergie censée venir du centre de la terre : le Vril. En gros, si j'ai bien compris, les fondateurs de la confrérie du Vril prenaient le contenu de ce livre très au sérieux et s'étaient fixé pour mission de trouver la source cachée de cette énergie, qui devait permettre d'assurer par la suite la supériorité de la race aryenne.

— C'est ce que j'avais cru comprendre.

— Le truc, c'est que, comme souvent avec les occultistes, c'est un peu confus. On ne sait pas trop s'ils voulaient prouver qu'une race supérieure existait déjà dans le centre de la terre ou bien s'ils voulaient fabriquer une race supérieure grâce à cette mystérieuse source d'énergie souterraine… En somme, les membres de la confrérie du Vril – lesquels étaient souvent des ethnologues, des occultistes convaincus ou des hommes politiques proches de l'entourage de Hitler – tentaient d'explorer la question des origines de la race aryenne et de prouver l'existence d'une énergie souterraine capable de les rendre plus forts. Avec les années, leurs théories sont devenues de plus en plus compliquées, se sont enrichies de tout un tas d'autres thèses occultistes plus allumées les unes que les autres. Je t'avoue que j'ai un peu du mal à suivre. C'est un mélange alambiqué de mythologie grecque, de philosophie bouddhiste, de croyances diverses et variées concernant par exemple l'Atlantide, mais aussi de références aux exercices de concentration évoqués par les jésuites... sous prétexte qu'Ignace de Loyola était basque, or beaucoup d'occultistes pensent que les Basques sont les descendants directs des Atlantes... Ne m'en demande pas plus, je t'avoue que j'ai eu du mal à tout comprendre.

— J'imagine.

— Voilà. En revanche, j'ai essayé de me renseigner un peu plus sur leur symbole, tu sais, le tatouage que tu as vu sur le bras des deux types auxquels tu as été confronté.

— Le soleil noir...

— Oui. L'explication de ce symbole est assez simple. Selon les membres de la confrérie, l'énergie du Vril viendrait d'un soleil noir, une grosse boule de *materia prima* censée exister au centre de la terre et rayonner sur les habitants du monde souterrain.

— D'accord. Ce sont donc des adeptes de la théorie de la terre creuse ?

— Exactement. C'est un des thèmes récurrents du mysticisme nazi. Les occultistes de Thulé ou du Vril défendaient l'idée selon laquelle la terre possédait une surface interne habitable. Certains sont même allés jusqu'à supposer que c'était au sein de la terre creuse que Hitler était allé se réfugier, et qu'il y serait encore aujourd'hui... ce qui expliquerait qu'on n'ait jamais retrouvé son corps.

— Mais bien sûr ! Et Elvis Presley, aussi ! ironisa Ari.

— Oui. Tu vois le genre... Cela dit, tu sais, même si la communauté scientifique réfute aujourd'hui l'idée que notre planète ne peut pas être creuse, la théorie n'est pas si farfelue que ça.

— Comment ça ?

— Je ne suis pas géophysicienne, hein, mais j'ai regardé un peu tout ça et, sans vouloir me faire l'avocat du diable, l'intérieur de la terre demeure un grand mystère... À ce jour, on connaît presque mieux ce qu'il y a à la surface de Mars que ce qu'il y a au centre de notre propre planète !

— Oui... Enfin, de là à dire qu'Adolf Hitler y est allé se réfugier avec des représentants purs de la race aryenne, il y a quand même un gouffre...

— Bien sûr. Tout ce que je veux dire, c'est que l'intérieur de la terre reste encore un domaine assez inconnu. Regarde...

Elle tendit à Ari un croquis qui représentait une vue en coupe de la planète.

— Avec l'invention du sismographe, on a pu déterminer les différentes couches qui constituent la terre, mais ça reste très théorique. Il y a d'abord la croûte externe, puis le manteau supérieur, le manteau inférieur, le noyau externe liquide et le noyau solide. Le problème, c'est qu'on n'a jamais été capable d'aller voir ne serait-ce qu'en dessous de la croûte externe. En moyenne, elle fait 45 kilomètres et le forage le plus profond qui ait été réalisé n'est descendu qu'à 12 kilomètres de profondeur. Ensuite, la température est trop élevée et la pression trop forte pour le matériel utilisé. Je sais pas si tu vois, mais 12 kilomètres, à l'échelle de la planète, c'est à peine l'équivalent d'une piqûre d'un dixième de millimètre à la surface d'une orange. Mais ce n'est pas tout. En 1993, un essai nucléaire effectué par la Chine a permis à des géophysiciens de reconstituer une image tridimensionnelle des profondeurs de la Terre. Les chercheurs ont cru déceler sur cette image des morceaux d'un ancien continent englouti, qui flotterait à la surface du noyau. Si l'hypothèse était exacte, cela impliquerait qu'un séisme aurait enfoui un continent entier à 2 900 kilomètres de profondeur !

— Qu'est-ce que tu essaies de me dire ? Qu'il y a peut-être vraiment un continent habité à l'intérieur de la terre ?

— Mais non, bien sûr que non ! Mais, en gros, le centre de la terre reste encore suffisamment inconnu pour que des occultistes puissent imaginer n'importe quoi.

— Je vois où tu veux en venir… Les membres de la confrérie du Vril seraient prêts à tout pour découvrir ce qu'il y a au centre de la terre et éventuellement confirmer leur théorie sur l'existence d'une énergie mystérieuse ou d'une race supérieure ?

— Par exemple…

— Cela voudrait dire que le mystère caché dans les pages perdues des carnets de Villard a un rapport avec le centre de la terre… Pourquoi pas ?

— Je sais pas si ça peut t'aider…

Ari haussa les épaules.

— Il est encore un peu tôt pour le dire. En tout cas, je te remercie. Comme toujours, ton aide m'est précieuse.

— Je t'en prie. Tiens, je te laisse mes notes.

Ari embrassa sa collègue et partit sans plus attendre dans son bureau. Il appela aussitôt le directeur central adjoint Depierre qui, visiblement, avait essayé de le joindre plusieurs fois.

— Ah ! Vous voilà, Mackenzie ! Merci d'être venu si vite… Votre garde du corps est ici. Je vous l'envoie.

— Merveilleux, répondit Ari d'un ton ironique.

— Soyez aimable avec lui, hein ?

— Mais bien sûr, patron, bien sûr.

— Bon. Il y a du neuf, Ari.

— Je vous écoute.

— Le procureur Rouhet vient de m'informer des dernières avancées de la DIPJ. Ils semblent avoir trouvé la preuve qu'Albert Khron est le dirigeant de la branche française de la confrérie du Vril.

— Donc, le Vril existe toujours ?

— Apparemment. Et surtout, le commissaire Allibert a peut-être localisé Khron.

— Où il est ? répondit Mackenzie d'une voix pressante.

— Ne vous emballez pas. Ils ne sont pas absolument sûrs qu'il y soit, mais ils espèrent le trouver, justement, au siège du Vril. Un informateur leur a révélé le lieu où se réunit la confrérie.

— Où ?

— À Bièvres. Dans un pavillon qui s'appelle l'Agartha. Le commissaire Allibert prépare une descente avec la BRI[1].

— Quand ?

Le directeur adjoint marqua une pause.

— Je vous vois venir, Mackenzie. Il est hors de question que vous y alliez avec eux ! Vous avez pris assez de risques comme ça ces derniers jours. Vous attendez gentiment que la DIPJ arrête Khron, et après on verra. Le procureur m'a promis qu'il vous tiendrait au courant.

— Qu'il me tiendrait au courant ? J'espère bien ! Dolores Azillanet est sans doute enfermée là-bas, je vous rappelle !

— Mackenzie ! La DIPJ s'en occupe, maintenant. Vous n'avez rien à craindre. Les brigades d'intervention sont entraînées à ce genre d'exercice. Il faut juste que vous restiez patient.

— Oui, oui…

Ari raccrocha et se prit la tête dans les mains. Puis il composa un numéro sur son téléphone. Le commissaire de Reims répondit dès la première sonnerie.

— Comment allez-vous, Mackenzie ? J'ai appris pour votre accident.

1. Brigade de recherche et d'intervention.

— Ça peut aller. Dites-moi, Bouvatier, j'ai besoin d'un service.

— Je vous écoute.

— Vous êtes au courant pour la confrérie du Vril et le pavillon de l'Agartha ?

— Je viens d'apprendre ça, oui. Il faut croire qu'Allibert a enfin bougé ses fesses.

— Est-ce que vous savez quand la DIPJ prévoit de faire sa descente ?

— Non, pourquoi ?

— Vous croyez que vous pourriez me trouver cette information ?

— Pourquoi vous ne leur demandez pas directement ?

— Ils ne voudront jamais me le dire.

— Ils auraient raison, répliqua le jeune commissaire. Vous allez encore faire une connerie, Ari.

— Je vous en supplie, Bouvatier, essayez de savoir quand la DIPJ planifie son assaut. Allibert a tellement peur que je lui pique la vedette qu'il me met à l'écart de tout. Ma... Ma meilleure amie est probablement enfermée dans ce pavillon.

— Oui, je suis au courant.

— Alors rendez-moi ce service, insista Ari.

— Je vais voir ce que je peux faire. Je vous rappelle.

Au même instant, on frappa à sa porte. Mackenzie releva la tête et fit signe d'entrer.

— Bonjour. Je suis votre garde du corps.

— Euh... Bonjour, répondit Ari, un peu surpris.

L'homme n'avait rien de l'idée qu'on pouvait se faire d'un garde du corps. Grand, mince, un peu gauche, il ressemblait plus à une grue qu'à une armoire à glace. Des cheveux blonds très courts, les yeux bleus, le nez long, étroit et pointu, les traits fins, il avait quelque chose d'un Slave un peu fragile. Il avait la voix fluette, la peau claire et les joues rosées d'un adolescent. Il mâchait un bâton de réglisse qu'il tenait comme une sucette, ce qui lui donnait un air au mieux décalé, au pire complètement idiot.

Ari se demanda d'abord si c'était un gag. Mais ce n'était pas vraiment le genre de la maison.

— Comment vous appelez-vous ?

— Krysztov Zalewski.

— C'est russe ?

— Polonais, rétorqua le garde du corps avec un soupçon d'agacement dans la voix.

— Ah, pardon. Bon... Je n'ai pas trop l'habitude. Comment ça se passe ? Vous devez rester avec moi tout le temps ? demanda Ari d'un air las.

— C'est un peu l'idée, oui.

— Je vois. Eh bien, asseyez-vous là, j'ai quelques recherches à faire, et ensuite on sort.

— Je peux vous attendre devant la porte de votre bureau si vous voulez, proposa le grand maigre tout en mâchonnant sa réglisse.

— Vous rigolez ou quoi ? Vous allez quand même pas faire le guet dans les couloirs de la DCRG ? Asseyez-vous dans mon bureau cinq minutes, occupez-vous, prenez un bouquin, faites un Sudoku ou ce que vous voulez, j'en ai pas pour longtemps.

— Comme vous voudrez.

Le garde du corps s'installa sur le fauteuil en face du bureau d'Ari, sortit un livre de la poche intérieure de son manteau et se mit à lire.

Mackenzie écarquilla les yeux, de plus en plus incrédule.

— Ça vous dérange pas que je lise ? demanda Zalewski en voyant qu'Ari le dévisageait.

— Euh... non, non puisque je vous ai dit de le faire. Je... Je suis juste surpris que vous ayez un livre de poche sur vous.

— Ah. J'en ai toujours un, quand je suis en service. C'est un boulot où on passe beaucoup de temps à attendre...

— Et vous lisez quoi ?

Le Polonais releva la couverture vers Ari pour lui montrer.

— Richard Brautigan.

— Ah. Excellent choix, complimenta Mackenzie, bluffé.

Le garde du corps se remit à lire. Ari l'observa encore un moment, perplexe, puis il baissa la tête et se remit au travail.

Avant tout, il voulait vérifier rapidement quelque chose. Le nom du pavillon du Vril, il en était certain, avait un rapport direct avec la théorie de la terre creuse, dont il venait justement de s'entretenir avec Iris. Il ne se souvenait plus exactement s'il s'agissait d'une ville ou d'un continent, mais il était presque sûr que l'Agartha désignait un lieu à l'intérieur de la terre. Il décida de s'en assurer, non pas que cela eût beaucoup d'importance, mais c'était une nouvelle preuve du rapport qui devait exister entre la confrérie de Khron et la terre creuse. Dans son livre sur le mysticisme nazi, il retrouva un article entier sur le sujet. Il lut le texte jusqu'au bout puis consulta d'autres ouvrages spécialisés, dont un essai de l'ésotériste René Guénon, et prit, à tout hasard, quelques notes sur son carnet Moleskine.

L'Agartha était un mystérieux royaume souterrain de la mythologie indienne, prétendument situé sous l'Himalaya et relié aux cinq continents par un réseau complexe de galeries. Pour certains, une infime partie de ces tunnels existait encore – bien que le royaume lui-même eût été, d'après eux, détruit par les nombreux glissements géologiques – mais leurs entrées restaient inconnues. D'autres affirmaient que des entrées vers ce royaume souterrain subsistaient dans le désert de Gobi, à Manaus au Brésil, dans la pyramide de Gizeh ou bien dans les fameuses grottes de Los Tayos, en Équateur. La capitale de l'Agartha s'appelait Shambhala, cité mythique que l'on retrouvait également dans le folklore du Tibet, de la Mongolie, de la Chine, de la Perse, de la Russie ou de l'Allemagne. Quant aux habitants de ce royaume, ils étaient censés mesurer plusieurs mètres de haut, être de magnifiques blonds aux yeux bleus et avoir la peau très claire... Les liens entre ces vieilles légendes antiques et les théories nazies sur la race aryenne étaient particulièrement troublants.

Ari rangea les volumes dans sa bibliothèque, puis, voyant que Bouvatier ne le rappelait toujours pas, il décida de prendre un peu de temps pour étudier autre chose.

Il sortit son cellulaire de sa poche, enleva péniblement la minuscule carte mémoire logée à l'intérieur et chercha en vain où l'insérer dans l'un des innombrables lecteurs dont disposait la façade de son ordinateur.

— Eh merde, ça va où ce truc ? grogna-t-il.

Le garde du corps haussa un sourcil.

— Vous avez besoin d'aide ?

— Vous vous y connaissez, vous, en informatique ?

Zalewski se leva et rejoignit l'analyste devant l'ordinateur.

— Je voudrais imprimer une photo qui est dans cette carte.

— Je vois. Ça doit pas être bien compliqué. Vous n'avez pas de cours d'informatique, à la DCRG ?

— J'ai fait l'école buissonnière.

— Écoutez... C'est une micro-SD, votre carte. Il faut un adaptateur pour la mettre dans votre lecteur SD, qui est... juste là.

— Un adaptateur ? Je suis supposé en avoir un ?

— Il y en avait probablement un qui était fourni avec votre téléphone, oui.

Mackenzie se leva, se faufila derrière le grand blond et attrapa la boîte d'emballage de son cellulaire dans le placard où il empilait tous les objets dont il n'avait jamais besoin... Il la tendit à Krysztov.

— Je vous laisse faire, ça me donne de l'urticaire, ces trucs-là.

Zalewski ouvrit la boîte et y trouva le minuscule adaptateur. Il glissa la carte de Mackenzie à l'intérieur, avec une habileté étonnante, puis il inséra le tout dans l'ordinateur.

— Maintenant, dit-il, c'est un jeu d'enfant.

— Dites pas ça, en général je comprends rien aux jeux d'enfant.

Une fenêtre s'ouvrit au milieu de l'écran.

— Voilà. Le répertoire photos, c'est celui-là.

— Mais comment vous savez ça, vous ? s'étonna Ari, légèrement vexé.

— Ben… Il y a écrit « Mes photos » dessus, c'est assez limpide ?

Zalewski ouvrit le dossier et une quinzaine de photos miniatures apparurent dans la fenêtre. La plupart étaient des photos de Lola. Ari émit une toux embarrassée. Puis, tout en bas de l'écran, il pointa du doigt vers l'une des photos du carré de Mona Safran qu'il avait faites à Honnecourt.

— Voilà, c'est celle-là. Vous pouvez me l'imprimer ?

Le garde du corps s'exécuta. Quelques secondes plus tard, une feuille sortait de l'imprimante.

— Merci.

Krysztov retourna s'asseoir sur son fauteuil et reprit sa lecture en silence.

Ari posa la feuille devant lui, sortit la photocopie de Paul de son sac et les disposa l'une à côté de l'autre.

Les deux compositions présentaient beaucoup de similitudes. La disposition même des pages obéissait sans aucun doute à un ordre logique qu'il lui faudrait décrypter.

Toutes deux portaient la même inscription, dans une écriture distincte et plus récente que les autres textes : « L:. VdH:. », le seing de la loge Villard de Honnecourt. Puis, en haut, au centre, chacune était coiffée de ce qui ressemblait à un mot codé, par groupes de deux lettres ou signes. « LE RP _O VI SA » pour la page de Paul, et « RI NC TA BR CA IO VO LI _O » pour celle de Mona. La disposition de ces mots mystérieux laissait penser qu'ils étaient le titre de la page.

Toutes deux, enfin, représentaient un objet particulier, reproduit par Villard. L'astrolabe, sur le carré de Paul, était peut-être celui rapporté à Reims par Gerbert d'Aurillac, encore qu'Ari n'en avait pas la preuve formelle. Il lui faudrait sans doute chercher ailleurs. Quant au chapiteau de l'église de Vaucelles, dessiné sur le carré de Mona, il avait aujourd'hui disparu...

Ari scruta longuement les deux feuilles, puis il remarqua subitement quelque chose. Une évidence qui lui avait échappé jusqu'à présent lui sauta aux yeux.

Pour vérifier, du bout de l'index, il suivit les deux mots codés en haut des pages et compta les paires de lettres que chacun comprenait.

« LE RP _O VI SA » : cinq paires.

« RI NC TA BR CA IO VO LI _O » : neuf paires.

Or, le premier mot figurait sur la page de l'astrolabe de Reims et le second au-dessus d'un morceau d'architecture de l'église de Vaucelles.

REIMS : cinq lettres.

VAUCELLES : neuf lettres.

Ari se frotta la joue d'un air satisfait. Cela ne pouvait pas être un hasard. C'était peut-être un moyen de décrypter quelque chose... Il griffonna sur son carnet Moleskine.

« LE RP _O VI SA » = REIMS ?

« RI NC TA BR CA IO VO LI _O » = VAUCELLES ?

Une à une, il remplaça les paires de lettres par leur correspondant dans la ville supposée.

LE = R

RP = E

–O = I

VI = M

SA = S
Puis
RI = V
NC = A
TA = U
Etc.

Quand il eut fini, il dut se rendre à l'évidence : cela ne le menait nulle part. Et surtout, la paire « –O » ne correspondait pas dans les deux codes à la même lettre. Dans le premier, il remplaçait le « I » de Reims et dans le second, le « S » de Vaucelles.

Il manquait encore quelque chose. Mais Ari était certain d'être sur la bonne piste. C'était déjà ça. Il se remémora alors la traduction des textes qui figuraient sur les deux pages.

Sur la première : « J'ai vu cet engin que Gerbert d'Aurillac apporta ici et qui nous enseigne le mystère de ce qui est dans le ciel et à cette époque il ne portait aucune inscription.

Pour bien commencer, tu devras suivre la marche de la lune à travers les villes de France et d'ailleurs. Alors tu prendras la mesure pour prendre le bon chemin. »

Et sur la deuxième : « Pour l'un de mes premiers travaux sur ma terre natale il m'a fallu dégrossir la pierre brute.

Tu feras 25 vers l'orient. »

Il ne pouvait s'empêcher de penser que c'étaient les extraits d'un jeu de piste, mais il lui manquait encore bien trop d'éléments pour avoir le courage de s'y pencher plus sérieusement. Toutefois, la disposition des deux textes sur chacune des pages était elle aussi identique. Un premier texte, en haut, proche du dessin, concernait directement celui-ci. C'était une sorte de commentaire ou d'explication. Le second texte, plus bas, semblait en revanche être un élément de l'énigme elle-même, et Ari était certain que le secret livré par Villard de Honnecourt était divisé en six parties, chacune disséminée sur l'un des six carrés. Il convenait donc, probablement, afin de résoudre l'énigme, d'assembler les phrases qui se trouvaient en bas des six pages, en laissant de côté les textes explicatifs du haut.

« Pour bien commencer, tu devras suivre la marche de la lune à travers les villes de France et d'ailleurs. Alors tu prendras la mesure pour prendre le bon chemin.

Tu feras 25 vers l'orient. »

Oui. C'était sans doute cela. Mais il lui manquait les quatre autres pages avant de pouvoir comprendre quelque chose à ce charabia.

En outre, il restait des zones d'ombre. L'expression « la marche de la lune » faisait-elle référence au dessin des différentes phases de la lune, reproduites sur l'astrolabe et répétées en dessous ? Quant à « tu feras 25 vers l'orient » ? Vingt-cinq quoi ? Vingt-cinq pas ? Vingt-cinq mètres ? Impossible de savoir.

Enfin, au sujet de l'astrolabe, quelque chose chiffonnait Ari. Dans son commentaire, Villard précisait : « À cette époque il ne portait aucune inscription. » Or toutes les photos d'astrolabes qu'Ari avait pu voir dans les différentes encyclopédies les montraient avec de nombreuses inscriptions arabes disposées sur les différentes plaques, ainsi que sur ce que l'on appelait l'araignée – à savoir le disque ajouré qui pivotait sur le dessus. Mais l'astrolabe dessiné par Villard n'en comprenait aucune, pas une seule lettre, pas un seul chiffre, ce qui était particulièrement étrange. Car sans inscription, sans mesures, à quoi pouvait bien servir cet instrument ? Quant à ces fameuses phases du cycle lunaire, elles n'apparaissaient sur aucun autre astrolabe...

Décidément, il restait encore beaucoup de choses à comprendre, ne fût-ce que sur ces deux pages-là...

Ari leva la tête vers le garde du corps.

— Vous fumez, Krysztov ?

Celui-ci fit non de la tête et désigna le bâton de réglisse dans sa bouche.

— J'ai arrêté.

— Ça m'aurait étonné, dit l'analyste en se levant. Eh bien je suis désolé, mon cher, mais moi, je fume ! Et maintenant, avec la tyrannie antifumeurs, on est obligés de sortir pour s'en griller une...

— Pas de problème, je vous suis.

— Merveilleux.

Les deux hommes descendirent dans la cour du bâtiment de Levallois. La plupart des fumeurs se retrouvaient là, devant les grandes portes en verre, ce qui avait artificiellement créé une sorte de petite communauté d'intoxiqués bannis au sein des services de renseignement. Se détruire la santé ensemble, ça créait des liens. La cour de Levallois était devenue un véritable salon de débats. D'après ce qu'Ari put entendre, il y était essentiellement question, ce jour-là, de la fusion imminente des deux services et il préféra se mettre un peu à l'écart pour fumer tranquillement.

Le garde du corps vint s'asseoir à côté de lui sur le petit muret.

— Comment on fait, quand je vais pisser ? demanda Ari d'un air innocent.

— Je me contenterai de rester devant la porte, n'ayez pas peur.

— Et vous, vous n'allez jamais pisser ?

Le garde du corps concéda son premier sourire de la journée.

— Non. Jamais.

— Ça fait longtemps que vous faites ce métier ?

— Cinq ans.

— Et vous n'en avez pas marre ?

— Non.

— Oh ? Vraiment ?

— Ça dépend du client. Quand on me colle des anciens ministres à la retraite pour les accompagner dans des foires à bestiaux en province, on peut pas dire que ce soit fascinant, faut bien le reconnaître... Mais avec vous, je sais pas pourquoi, j'ai l'impression qu'on ne va pas s'ennuyer.

Ari hocha la tête en souriant. Finalement, ce garde du corps avait peut-être le sens de l'humour...

— Vous ne croyez pas si bien dire, Krysztov !

— J'ai vu sur votre fiche que vous étiez un ancien de la FORPRONU ?

— Oui, oh... Je n'y suis pas resté longtemps, répondit Ari en tirant sur sa cigarette. Et j'y étais en tant que policier civil.

— Croatie, c'est ça ?

— Pourquoi ? Vous y étiez ?

— Non. Trop jeune. Je suis venu après. En Bosnie, à Mostar, en 1997.

Ari haussa les sourcils.

— Avec la SFOR[1] ?

— Oui.

— Pff. Des lopettes !

Le garde du corps éclata de rire au beau milieu de la cour, s'attirant les regards étonnés des fumeurs agglutinés plus loin.

— Pas dans mon régiment, rétorqua-t-il enfin en mâchouillant sa réglisse.

— Attendez... Ne me dites pas que vous étiez dans la Légion étrangère ?

— Si. J'ai servi six ans dans le 2e REI[2], avant d'entrer dans la police pour faire de la protection rapprochée.

— Ah oui ? Et vous êtes vraiment polonais ?

— Plus maintenant. J'ai payé ma dette à la Légion, je suis devenu un bon Français et j'ai pu intégrer la Police nationale.

— Quelle chance ! ironisa Mackenzie.

---

1. Force de stabilisation de l'OTAN.
2. 2e Régiment étranger d'infanterie.

Au même instant, son téléphone portable vibra dans sa poche. Chaque fois, il ne pouvait s'empêcher d'espérer que le numéro de Lola allait s'afficher sur le petit écran. Mais à nouveau, il dut se rendre à l'évidence : ce n'était pas elle au bout du fil.

— Bouvatier à l'appareil.

— Alors ?

— La DIPJ a préparé une action conjointe avec la BRI. Si mes renseignements sont bons, ils devraient passer à l'acte dans moins d'une heure. Faites pas le con, Mackenzie, hein ?

— Je vais essayer.

Ari raccrocha et écrasa sa cigarette par terre d'un geste impatient. Il attrapa le garde du corps par l'épaule.

— C'est votre voiture, la BMW avec les vitres teintées, là-bas ?

— Techniquement, c'est pas la mienne. Mais c'est là-dedans que je dois vous véhiculer. Elle est entièrement blindée.

— Je vois. Il y a du matos, à l'intérieur ?

Le garde du corps eut un petit sourire entendu.

— Un peu.

— Parfait. Alors Krysztov, préparez-vous, il va y avoir du sport.

— Vous dites ça pour me faire plaisir.

65.

Debout devant la grande fenêtre du boudoir, les mains croisées derrière le dos, Albert Khron regarda avec appréhension le long SUV noir qui se garait sur le parking. Les roues craquèrent bruyamment sur le gravier. Il savait qu'il venait de commettre une erreur impardonnable et il avait horreur des confrontations comme celle qui se préparait maintenant. Mais il ne fallait surtout pas perdre la face ; il devait rester digne, sûr de lui, donner l'impression qu'il était encore en contrôle de la situation. Ça n'allait pas être facile. Son associé n'était pas un garçon commode, et l'enjeu était de taille.

Dehors, l'homme aux lunettes noires sortit de l'arrière du SUV, boutonna sa veste pour se protéger du froid et claqua vivement la portière derrière lui. Il traversa la cour d'un pas déterminé et monta les marches du perron, la mine grave.

Albert Khron fit signe à son assistant d'aller ouvrir la porte d'entrée de l'Agartha. Il ne voulait pas accueillir lui-même son associé. Cela l'aurait mis dans une position de faiblesse. Le maître des lieux, ici, c'était lui. Il fallait qu'il marque son territoire. Le corps raide, la tête haute, il resta ainsi devant la fenêtre et attendit qu'on fasse entrer le quarantenaire dans le boudoir.

Celui-ci déboula dans la pièce comme une furie.

— Khron ! Comment est-il possible que les carrés aient disparu ? lança-t-il en refermant la porte derrière lui d'un geste rageur.

Albert Khron se retourna lentement.

— Bonjour, Erik.

— Où sont ces foutus parchemins ?

— À votre avis ?

— C'est votre satanée Lamia ?

Albert Khron fit à nouveau demi-tour et regarda le parc par la fenêtre, jouant la désinvolture.

— Il y a de grandes chances, en effet.

L'homme aux lunettes noires secoua la tête, furieux.

— Depuis le début je savais que vous n'auriez pas dû faire confiance à cette malade ! Je vous l'ai répété mille fois !

Albert Khron s'efforça de garder son calme. Les mains toujours croisées derrière le dos, le vieil homme parlait d'une voix grave et posée.

— Jusqu'à présent, elle avait plutôt bien rempli son contrat. Je crois qu'elle a été déstabilisée par votre incapacité à neutraliser Mackenzie.

Le quadragénaire survolté s'immobilisa au milieu de la pièce.

— Vous allez dire que c'est ma faute, maintenant ?

— Nous avons tous notre part de responsabilité, Erik. Mais l'heure n'est pas à déterminer qui a commis la plus grande faute. Pour le moment, nous devons nous concentrer sur les carrés.

— Comment avez-vous pu laisser une chose pareille arriver ? Vous n'avez pas été foutu de les mettre en sécurité !

Sur ce point-là, Albert Khron savait qu'il n'avait en effet pas la moindre excuse. À vrai dire, il n'en revenait pas lui-même. Lamia, visiblement, connaissait le code de son coffre-fort, caché en haut de la tour. Elle avait dû s'immiscer dans son bureau avant de partir.

— J'ai sous-estimé Lamia. Je ne m'attendais pas à ce qu'elle agisse ainsi. Mais tout n'est pas perdu, Erik. C'est peut-être beaucoup moins grave que vous ne croyez. Je connais Lamia depuis fort longtemps, et si vous voulez mon avis, elle reviendra ici comme prévu dès qu'elle aura le sixième carré.

— Vous rêvez !

— Non. Je pense qu'elle a pris les cinq parchemins pour se protéger. Un gage de sécurité, si vous voulez. Mais elle reviendra. Elle aura besoin de moi. Je suis le seul capable de comprendre le sens ésotérique du message de Villard.

— En êtes-vous si sûr ? Je veux dire, aussi sûr que vous l'étiez quant à la fidélité de cette psychopathe ?

— Lamia n'est pas une psychopathe.

— Non, bien sûr ! ironisa l'homme aux lunettes noires en levant les bras. C'est une charmante jeune femme dont le hobby est de vider le crâne des gens en leur injectant de l'acide.

— Erik, j'ai beaucoup de respect pour vous, mais par pitié ne parlez pas de ce que vous ne pouvez pas comprendre.

— Ce que je comprends, Albert, c'est que j'ai investi beaucoup de temps et d'argent dans ce projet, et qu'aujourd'hui, nous avons tout perdu.

— Nous n'avons pas tout perdu, Erik. Je vous dis que Lamia va revenir, avec les six carrés. Nous aurons alors l'un et l'autre ce que nous espérons.

— J'aimerais en être aussi sûr que vous, Khron. Mais voyez-vous, là, je préfère prendre une assurance. Je crois, moi, que c'est Mackenzie qui nous les apportera, ces parchemins ! Au fond, il est beaucoup plus fiable que votre Lamia.

— Comment ça ?

L'associé de Khron retrouvait un semblant de calme.

— Nous avons un moyen de pression sur lui, maintenant. Et quelque chose me dit que c'est lui, et non pas votre Lamia, qui va nous fournir les six pages.

— Nous verrons. Vous savez, le plus important, maintenant, c'est de trouver le sixième carré. Après tout, j'ai fini de déchiffrer les cinq premiers. Ils ne me sont plus de la moindre utilité.

— Ils sont très précieux pour moi ! rétorqua l'homme aux lunettes noires, furieux. Je vous rappelle que notre petit arrangement était très clair. Je veux récupérer les six carrés quand vous aurez fini de les analyser. Ils me reviennent de droit !

— Bien sûr, bien sûr, Erik. Mais en attendant, rien ne nous empêche de commencer des recherches. Si vous voulez mon avis, je pense qu'il ne serait pas vain d'organiser une première exploration des sous-sols de Notre-Dame. Ce que nous cherchons se cache quelque part là-dessous, j'en suis absolument convaincu.

— Ce serait une perte de temps. Tant que nous n'avons pas le sixième carré, nous ne savons pas où chercher précisément. Les sous-sols de Notre-Dame, ce n'est pas très précis. Et étant donné l'exposition des lieux, on ne peut pas se permettre de passer des heures là-dessous à chercher à l'aveugle...

— Vous savez ce qu'il vous manque, Erik ? La foi.

L'homme aux lunettes noires ricana.

— Non, Albert. Ce qu'il me manque, ce sont les six pages perdues du carnet de Villard. Et je vous en tiens pour responsable.

— Nous les aurons bientôt.

— J'aimerais en être aussi sûr que vous. Je commence à me demander si j'ai bien fait de m'associer avec vous.

Il fit aussitôt demi-tour et ressortit du boudoir sans laisser à Albert Khron le temps de répondre.

Le vieil homme le regarda par la fenêtre remonter dans son 4x4 noir et redescendre le parc à grande vitesse. Il se demanda ce qu'il allait devoir faire de son associé. Pouvait-il encore lui faire confiance ? Depuis le début, il avait eu des doutes. Cet homme n'était pas sur la même longueur d'onde. Il n'était motivé que par l'aspect matériel de leur quête. Khron avait accepté de le recevoir au sein du Vril parce que Weldon le lui avait demandé. Mais à présent l'ethnologue se demandait même s'il avait eu raison de faire confiance à Weldon. Celui-ci avait toujours une idée derrière la tête, un dessein secret.

66.

Lamia sortit en queue de train, son grand sac rouge sous l'épaule, et remonta le quai contre un vent du diable. Le trajet depuis Naples lui avait paru si long qu'elle n'avait qu'une idée en tête, aller se reposer dans l'hôtel où elle avait réservé une chambre avec vue sur la mer

Tyrrhénienne. Se reposer une dernière fois avant le grand jour. Avant le dernier rituel. Car celui-ci, elle ne devait pas le rater.

Elle se fraya un chemin parmi la foule agglutinée dans le hall de la grande gare et monta rapidement dans un taxi. Épuisée par le voyage, elle s'affala sur le siège pour profiter en silence du spectacle étonnant qu'offrait Portosera.

— *Se volesse passare dal centro città*[1] ?

— *Si per favore.*

La voiture sortit péniblement du trafic et traversa une succession de ruelles étroites, bordées d'immeubles anciens aux façades ocre et jaunes, avant d'arriver enfin sur l'artère principale. Lamia se redressa un peu sur son siège. La perspective Garibaldi, qui courait jusqu'à la mer, avait fait depuis longtemps la renommée de cette ville portuaire. Elle ne voulait pas rater le spectacle.

Dans le train, elle avait pris le temps de lire quelques paragraphes sur la ville italienne dans un guide. Elle n'aimait pas arriver en terrain inconnu ; elle avait besoin de ressentir l'esprit des villes où elle devait officier, de se sentir en harmonie avec la terre. Page après page, elle avait découvert le passé étonnant de Portosera et elle reconnaissait à présent l'architecture évoquée par l'auteur.

Au XVIe siècle, se souvenait-elle, l'évêque de la ville était parvenu à faire venir Michel-Ange jusqu'ici pour lui confier des travaux d'architecture que devrait lui envier Gênes, sa plus grande rivale de l'époque. L'artiste avait alors proposé non pas seulement d'aménager le centre de la ville, mais de construire une nouvelle cathédrale au flanc de la colline afin qu'elle fût visible jusqu'à l'autre bout de Portosera. Le guide

1. Vous voulez passer par le centre-ville ?

reproduisait d'ailleurs les plans qu'il avait conçus pour de gigantesques escaliers, aux balustrades ornées de statues, qui devaient grimper le long de la pente et mener jusqu'au parvis de la future cathédrale. Le projet était somptueux et avait enchanté toutes les grandes familles bourgeoises de la ville portuaire. Mais, faute d'argent, la cathédrale ne fut jamais construite et les escaliers ne débouchèrent que sur une grande place vide. L'évêque parvint toutefois à convaincre Michel-Ange d'édifier, par défaut, une large sculpture, au sommet des marches. Celui-ci opta en réalité pour une fontaine, à la grande surprise de tous. Aujourd'hui encore, de nombreuses légendes couraient sur le mécanisme que l'artiste imagina pour faire ruisseler l'eau sur les statues des prophètes et des rois qui paraient la célèbre Fontaine de la Providence. Enfoui sous les dalles du parvis, nul ne savait comment fonctionnait ce dispositif aussi énigmatique que précurseur. Mystérieuse ou non, la structure faisait en tout cas la fierté de Portosera.

Lamia se retourna pour admirer à travers la custode ce magnifique morceau d'architecture qui, dans la blancheur de l'hiver, semblait dominer toute la ville. Puis elle contempla devant eux les façades sculptées de la perspective Garibaldi, qui prolongeait les escaliers vers l'ouest, jusqu'à la mer. Les embouteillages lui laissèrent tout le loisir d'admirer les fresques et les sculptures aux sommets des façades blanches ou orangées.

Arrivée devant son hôtel, elle descendit du taxi, paya sa course et resta quelques minutes face au vent, tournée vers la mer, comme pour se laisser envahir une dernière fois par un sentiment de solitude. Solitude dans ce monde du dessus, où elle n'avait jamais eu sa place, et qu'elle pourrait bientôt quitter à jamais.

Car, dans quelques jours seulement, le creux allait s'ouvrir enfin et son heure serait venue.

Depuis toujours elle avait su qu'elle appartenait au peuple du dessous. Elle était un enfant de la terre creuse, une fille de l'Agartha. Elle n'avait jamais été comme les autres. Ses yeux d'un bleu si clair, ses longs cheveux blonds, sa supériorité sur les autres enfants... Il n'y avait pas le moindre doute, elle le sentait au plus profond d'elle-même. Le sang qui coulait dans ses veines était le sang pur de la race aryenne, celui du continent perdu. Depuis toujours elle avait fait confiance à cette voix dans sa tête, qui l'appelait, la guidait vers ce destin extraordinaire que sa mère lui avait promis... Tout cela, maintenant, allait trouver un sens. La vie, enfin, allait lui donner raison.

Il ne lui restait plus qu'à accomplir le dernier rituel. Vider le crâne du dernier gardien du monde du dessus. Le sixième compagnon. Signer l'ultime allégorie de la terre creuse et récupérer enfin la clef qui ouvrirait la Porte de l'Agartha.

Lamia écarta une mèche de cheveux tombée sur ses yeux et ramassa la valise à ses pieds. Elle partit vers l'hôtel pour passer, apaisée, sa dernière nuit dans le monde du dessus.

67.

— Si j'ai bien compris, vous m'emmenez participer à une descente à laquelle vous n'êtes pas censé aller ?

— C'est exactement ça, répondit Ari, le regard perdu sur le bord de la nationale 118, à travers la vitre teintée.

— OK. Ça me va.

Mackenzie tourna la tête et regarda le garde du corps, concentré sur sa conduite. Décidément, ce Krysztov commençait à lui plaire. Contrairement à ce qu'il avait pu craindre au départ, ce grand mince aux allures de premier de la classe ne semblait pas être un maniaque du protocole. Et vu ce qu'ils étaient sur le point de faire, c'était beaucoup mieux ainsi...

— Dites-moi, Krysztov, vous n'allez pas avoir de problèmes avec votre direction, si vous me suivez là-dedans ? s'enquit toutefois Ari.

— Je suis là pour vous protéger. Je ne vais pas vous laisser y aller tout seul.

— On peut voir ça comme ça...

— Vous pouvez au moins m'expliquer ce qu'on est censé y faire ?

— Eh bien, principalement, récupérer quelqu'un qui s'est fait enlever.

Le garde du corps jeta un coup d'œil inquisiteur à son voisin.

— Laissez-moi deviner... La jolie brune qui était sur les photos de votre portable ?

Ari lui adressa un regard étonné.

— On ne peut rien vous cacher, Krysztov.

— Écoutez, commandant...

— Appelez-moi Ari.

— Eh bien, Ari, si je peux me permettre... Disons que ça se voit dans vos yeux.

— Ah oui ?

— Oui. Une colère et une détermination pareilles, je me suis dit qu'il y avait forcément une histoire de bonne femme là-dessous.

Ari aurait voulu lui répondre que ce n'était pas juste une « histoire de bonne femme », que c'était Lola, et que Lola n'était pas juste une « bonne femme ». Mais il préféra garder le silence. Zalewski n'aurait pas pu comprendre.

Ils arrivèrent bientôt à la sortie de la nationale qui menait vers Bièvres et Krysztov se laissa guider par son GPS. Ils traversèrent le centre-ville puis un quartier pavillonnaire, avant d'arriver dans le parc de la Martinière.

C'était une zone un peu à l'écart, paisible et arborée. Il restait par endroits quelques plaques de neige qui faisaient de petites îles perdues au milieu des arbres dénudés. À quelques kilomètres de Paris à peine, c'était déjà la campagne, avec son doux silence et son odeur de terre humide.

La voix féminine du GPS leur signala bientôt qu'ils étaient arrivés à destination. Sur la droite, en retrait des rares maisons qu'il y avait alentour, un mur de pierre encerclait un parc paysager en haut duquel on apercevait le toit bleuté d'un pavillon du XIXe siècle. Au milieu du mur, à quelques pas de la rue, une grande grille noire en fer forgé marquait l'entrée de la résidence.

— La DIPJ doit déjà être dans le quartier, expliqua Ari, faites le tour.

Le garde du corps tourna à droite. Au coin de la rue suivante, ils aperçurent une camionnette blanche derrière un relais EDF.

— Garez-vous là.

Mackenzie sortit de la voiture et marcha tout droit vers le véhicule banalisé. La porte arrière s'ouvrit brusquement et le visage furieux du commissaire Allibert apparut dans l'ombre de la camionnette.

— Qu'est-ce que vous fichez là, Mackenzie ? grogna-t-il, hors de lui. Vous allez tout foutre en l'air !

Ari grimpa à l'intérieur et salua les quatre hommes de la BRI qui se préparaient.

— Je viens avec vous.

— Vous vous payez ma gueule ?

— Je ne me permettrais pas, commissaire. Mais je viens avec vous.

— Certainement pas ! Vous êtes pas un homme de terrain, bordel, vous êtes un agent des renseignements, Mackenzie !

— Je vous signale que j'ai reçu provisoirement l'habilitation d'OPJ, dans le cadre de *cette* enquête. Quant à savoir si je suis ou non un homme de terrain, croyez-moi, j'ai traversé des zones plus dangereuses qu'un pavillon de banlieue chic.

Deux des agents de la BRI ne masquèrent pas un rire approbateur. Ils devaient connaître la réputation et le CV de Mackenzie.

— Ari, vous faites chier. Ça se fait pas.

— Allibert, ne vous inquiétez pas. Je suis pas là pour vous faire de l'ombre. Ça reste *votre* opération. Je veux être là au cas où Dolores Azillanet serait retenue à l'intérieur.

— C'est justement ce qui me dérange ! On mélange pas le boulot et la vie privée.

— Écoutez, intervint l'officier de la BRI derrière eux. Vous n'allez pas passer des heures à vous engueuler ? Vos querelles de clocher, ça nous regarde pas, nous. Commissaire, vous nous avez demandé de vous assister pour cette opération, alors maintenant, on y va.

Allibert poussa un soupir.

— Ça ne vous dérange pas que je participe ? demanda Ari, voyant que la BRI était plutôt de son côté.

— Du moment que vous ne jouez pas au cow-boy.

— Je me tiendrai bien. Vous êtes ?

— Capitaine Fossorier.

— Enchanté. Vous êtes venu avec combien de gars ?

— Huit. Nous quatre, et quatre collègues dans un véhicule de l'autre côté du pavillon. Côté DIPJ, le commissaire Allibert est venu avec un lieutenant, ajouta l'officier en désignant l'homme à l'avant de la camionnette.

— Donc vous êtes dix. Parfait. Avec nous, ça fait douze.

— Comment ça ? s'exclama Allibert. Vous n'êtes pas tout seul, en plus ?

— Ah ben non. J'ai mon garde du corps. Un collègue du SPHP. Ordre du ministre. Vous allez l'adorer, c'est un ancien légionnaire.

Le commissaire secoua la tête d'un air dépité.

— Comment on procède ? Vous donnez directement l'assaut ?

— Ça va pas, non ? répliqua Allibert. Rien n'indique que nous sommes en milieu hostile. On sonne, on se présente, et la BRI n'entre en action que si ça tourne mal. Quant à vous, vous restez sagement derrière moi, compris ?

Ari afficha un sourire sceptique. Il y avait peu de chances qu'ils soient accueillis à bras ouverts.

— Tenez, prenez ça au cas où, dit finalement le capitaine Fossorier en lui donnant un émetteur-récepteur. On sera sur le canal 4.

— OK. Je vais chercher mon ange gardien et on vous rejoint.

Ari retourna vers la BMW et fit signe à Zalewski de sortir.

— C'est bon. On y va.

Ils s'abritèrent derrière le coffre ouvert de la berline, dans lequel se mit à farfouiller le garde du corps.

— Tenez, dit-il en tendant à Ari un épais gilet pare-balles noir.

Ari enleva son manteau pour enfiler cette protection bienvenue.

— Vous êtes armé, Ari ? demanda Zalewski, qui avait toujours son bâton de réglisse dans la bouche.

— J'ai mon 357 Manurhin.

— Ça manque de cartouches, ces vieux machins-là.

— Peut-être, mais ça fait mal.

— Mouais...

— Vous voulez que je vous tire une balle dans le pied, pour voir ?

Le garde du corps se pencha à nouveau dans son coffre et ouvrit une mallette métallique. Il en sortit un pistolet-mitrailleur moderne. On sentait qu'il était dans son élément, l'excitation se lisait dans ses yeux.

— Prenez ça, pour ce genre de situation, c'est l'idéal. C'est un FN P90. En pistolet-mitrailleur, y a pas mieux.

Il fait partie des plus légers, des plus courts et, surtout, le chargeur contient cinquante cartouches. C'est une arme très maniable, avec une excellente puissance de feu.

— Vous avez des parts dans la manufacture ou quoi ?

— Non, mais je vous assure que c'est une arme prodigieuse.

— Si vous le dites, dit Ari en l'examinant. Et vous ?

— J'en ai une autre pour moi.

Krysztov donna plusieurs chargeurs à Ari, attrapa un sac à dos qu'il jeta sur ses épaules et referma le coffre.

— Bon, c'est quoi, le plan ? demanda le garde du corps tout en vérifiant son matériel.

— Eh bien, ça va un peu dépendre de la façon dont on est accueilli. Le commissaire de la DIPJ espère entrer tranquillement. À mon avis, ça va être beaucoup plus tendu qu'il ne le croit.

Ari agrandit la lanière du pistolet-mitrailleur, le passa autour de son cou et le glissa dans son dos pour le cacher sous son trench-coat. Ils se mirent en route.

Allibert et son collègue se dirigèrent au même moment vers l'entrée du pavillon pendant que les hommes de la BRI restaient en retrait.

Ils se regroupèrent devant la haute grille. À première vue, il n'y avait personne de l'autre côté, mais on apercevait en haut du parc au moins deux voitures garées près du pavillon.

D'ici, on pouvait quasiment voir le bâtiment dans son ensemble. C'était une belle et large maison de pierre blanche, surélevée derrière un perron qui occupait toute la façade. Les deux étages étaient coiffés d'un toit d'ardoises bleues et, sur la droite, une tour carrée s'élevait un niveau plus haut.

En haut d'une colonne de pierre, à côté de la grille d'entrée, un nom était gravé sur une plaque de laiton. L'Agartha. Juste en dessous, Ari repéra une sonnette surmontée d'une caméra vidéo. Sans hésiter, Allibert appuya sur le bouton.

Après quelques secondes, une voix nasillarde se fit entendre dans le haut-parleur.

— Oui ?

— Bonjour, je voudrais voir M. Albert Khron, s'il vous plaît.

Moment de silence.

— Qui dois-je annoncer ?

— Le commissaire Allibert, de la DIPJ de Versailles.

— Un instant.

Ari tourna la tête vers son garde du corps.

— Ça, c'est de la descente de flics ! dit-il ironiquement à voix basse.

Ils attendirent une bonne minute puis, soudain, le lieutenant qui accompagnait Allibert s'exclama :

— Il y a une bagnole qui démarre là-haut !

— Il va se barrer par une autre sortie ! lança Ari.

Le commissaire transmit l'ordre dans son émetteur :

— Ils essaient de s'enfuir. On entre ! À vous !

— Bien reçu, répondit le capitaine Fossorier. Nous pénétrons par les murs est et ouest. Terminé.

Ari se mit à courir vers la droite et sauta sur le mur de pierre, bientôt imité par Zalewski et les deux policiers. Ils passèrent par-dessus l'enceinte et se laissèrent glisser dans le parc. À peine eurent-ils posé un pied à terre que des coups de feu retentirent, en provenance du pavillon. Des petits bouts de pierre éclatèrent sur le mur derrière eux.

— Baissez-vous ! s'écria Krysztov.

Le garde du corps jeta par terre son bâton de réglisse. On passait aux choses sérieuses.

Ari s'accroupit et fit glisser le FN P90 devant lui. Il referma énergiquement sa main sur la crosse. Allibert écarquilla les yeux en découvrant l'arme.

— Il faut qu'on empêche la voiture de sortir, lâcha Mackenzie en la montrant du doigt. Vous deux, passez par la droite, Krysztov et moi, on y va par la gauche !

Le commissaire acquiesça, un peu dépassé.

— On se retrouve devant le pavillon, répondit-il finalement.

Il y eut une nouvelle détonation. Puis une autre. Ari se mit aussitôt en mouvement, suivi de près par le garde du corps. L'arme au poing, ils progressèrent dans le parc partiellement enneigé, au milieu des châtaigniers et des acacias. Sans même avoir eu besoin de se parler, ils adoptèrent tous deux instinctivement les tactiques qu'on leur avait enseignées lors de leur formation militaire et respectèrent les règles strictes de la progression en tir de combat.

Pour l'un et l'autre, il s'agissait de se protéger des tirs tout en essayant de conserver une « domination situationnelle », à savoir un contrôle continu de l'environnement. Se servir autant de sa vue que de son ouïe, assurer son équilibre, se déplacer rapidement mais sans courir, dans un mouvement glissant de côté, garder la direction de son arme en ligne avec la direction du regard, conserver l'index hors du pontet tant que l'on n'est pas en visée, et surtout ne jamais croiser les jambes.

Un nouveau coup de feu retentit et la balle siffla juste à côté d'eux.

— Tireur sur le balcon, à 15 heures ! lança Ari.

Krysztov s'immobilisa derrière lui, posa un genou à terre et ajusta son tir. Son arme réglée au coup par coup, il tira par deux fois. Ari vit aussitôt le corps de leur assaillant s'affaler derrière la balustrade.

Ils reprirent instantanément leur avancée. De l'autre côté de la maison, d'autres coups de feu éclatèrent. Les hommes de la BRI étaient passés à l'action.

— La voiture arrive sur l'allée centrale ! s'écria Krysztov. Il ne doit pas y avoir d'autre issue ! Ils vont tenter une sortie par la grille !

Ari vit en effet arriver, sur leur gauche, le 4x4 gris métallisé. Il n'était plus qu'à une cinquantaine de mètres. Sans hésiter, il se jeta sur le sol, visa en direction du chauffeur et tira une première salve. Des bouts de verre volèrent en éclats au centre du pare-brise et la voiture fit une embardée au milieu du chemin de gravier. Ari baissa légèrement le canon de son pistolet-mitrailleur et envoya une deuxième salve en direction des pneus.

Le 4×4 se mit à déraper sur le côté puis partit en tête-à-queue. Le lourd véhicule fit un demi-tour, projetant des cailloux en l'air, s'immobilisa une seconde, puis repartit en direction du pavillon en patinant dans l'herbe trempée, son pneu avant éclaté.

— Go, go, go ! s'exclama Ari en se relevant.

Ils remontèrent aussitôt en direction de la haute maison. La voiture disparut derrière les arbres, puis Ari la vit réapparaître et s'arrêter au bas des marches du perron, droit devant eux.

— On peut pas passer par là ! s'écria Krysztov à côté de lui. On est trop exposés !

Ari acquiesça. Ils arrivaient devant le parking de gravier, et il n'y avait ici aucune protection pour rejoindre l'entrée du pavillon. Il aperçut le commissaire et son collègue de l'autre côté. Il prit son émetteur à sa ceinture.

— Mackenzie pour Allibert. On attaque par le flanc gauche. À vous.

— Bien reçu. On prend le flanc droit. Terminé.

Krysztov hocha la tête et passa devant. Ils progressèrent sur le côté pour contourner le parking.

Au même instant, la portière arrière gauche du 4x4 s'ouvrit et Ari vit deux silhouettes en sortir précipitamment.

Le premier homme, la trentaine, large d'épaules, s'éleva sur le marchepied et se mit à tirer dans leur direction avec une arme de poing, pendant que le second, derrière lui, montait quatre à quatre les marches du perron pour rentrer dans le pavillon.

Ari se recroquevilla pour s'abriter, mais il eut le temps de reconnaître Albert Khron. Son grand corps mince, ses cheveux gris. Il avait donc bien essayé de s'enfuir. Mais Lola n'était pas dans la voiture.

— Ne visez pas le vieux ! s'écria Ari au milieu des détonations. Je le veux vivant, celui-là !

Le garde du corps tira trois balles successives en direction de la voiture. Leur assaillant se réfugia derrière la portière. Ari tenta aussitôt une sortie.

L'arme tendue devant lui, en direction du 4x4, il progressa en diagonale, pour prendre le véhicule à revers. Mais à peine eut-il fait trois pas qu'un coup de feu retentit depuis l'étage. Un seul coup de feu, sec et soudain.

Ari reçut la balle en pleine poitrine.

Stoppé net dans sa course, le corps d'Ari fut projeté en arrière. Il tomba brutalement sur le dos au milieu des graviers, dans un bruit sourd et violent.

68.

Jean Colomben referma derrière lui la porte de son appartement, au dernier étage du plus vieil immeuble de la place Marco-Polo.

Le souffle court, il resta un moment appuyé contre le chambranle, dans l'obscurité, puis il alluma la lumière et traversa l'entrée. Ses pas grincèrent sur le parquet ancien. Il enleva son chapeau et le posa négligemment sur le tabouret à l'entrée du salon. Ses fins cheveux blancs se hérissaient en bataille sur son vieux crâne dégarni. Il ôta son manteau et le coucha pardessus en soupirant.

Il se sentait tellement fatigué ! Fatigué et triste, accablé par cet immense sentiment d'échec, de solitude et d'impuissance. L'issue ne faisait plus aucun doute. Il allait bientôt mourir, tout simplement. Et avec lui le secret de Villard.

En tant que maître de la loge, il était l'unique membre de l'atelier à avoir vu les six pages. Et après de longues années, il avait fini par deviner en tout cas le mystère qu'elles renfermaient.

Il n'était même pas sûr que ceux qui avaient volé les carrés de Villard eussent été capables, eux-mêmes, de comprendre le sens profond de ce qui y était écrit. Et à quelle fin espéraient-ils les utiliser ?

Cette question resterait à jamais, pour lui, sans réponse. Mais c'était peut-être mieux ainsi. De toute façon, cela n'avait plus d'importance. Car il allait faire en sorte que le sixième carré ne soit jamais retrouvé. Il n'y avait pas d'autre issue. Tout était perdu.

Visiblement, même cette lettre anonyme qu'il avait envoyée à Ari Mackenzie n'avait servi à rien. Pascal Lejuste était mort et, après lui, Mona Safran. Le vieil homme n'avait plus le moindre espoir.

Il traversa le salon et se mit péniblement à genoux devant la cheminée en pierre. Ses articulations le faisaient tant souffrir, maintenant ! Mais il contint la douleur. Avec le temps, il avait appris à les apprivoiser toutes, ces petites souffrances de la vieillesse.

De sa poche il sortit le couteau suisse qu'il gardait toujours avec lui. Les doigts tremblants, il ouvrit la plus longue lame et la fit glisser entre deux lattes du vieux plancher en chêne.

Il souleva lentement la courte plaque de bois, la posa à côté de lui puis enleva une deuxième, une troisième... Quand toute la cache fut découverte, il attrapa du bout des doigts le boîtier métallique. Il le posa sur ses genoux et, les lèvres tremblantes, il l'ouvrit.

Délicatement, il souleva la protection et regarda son carré. Ses *affaires*, comme disaient jadis les compagnons. Il passa amoureusement la main sur le bord du parchemin.

À haute voix, il lut la phrase picarde écrite à côté de la reproduction de l'enluminure musulmane.

« *Si ui io les le mer que li latin apielent mare tyrrhenum entre deus golfes ceste bele ueure denlumineur seingnie au seing dun sarrasin.* »

Un triste sourire se dessina sur le visage du vieil homme. Il avait passé une partie de sa vie à chercher à Portosera la fameuse enluminure reproduite par Villard de Honnecourt, mais jamais il n'avait pu mettre la main dessus. Peut-être avait-elle été détruite depuis longtemps, peut-être était-elle ailleurs... Ou bien elle était là, quelque part, dans une bibliothèque de la ville, dans un grenier oublié.

Cela n'avait pas vraiment d'importance, au fond. Seul ce qui était écrit sur les carrés comptait, il avait fini par le comprendre, avec le temps. Et même cela, maintenant, ne signifiait plus grand-chose pour lui.

Il poussa un soupir et referma doucement le couvercle. Puis il ferma les yeux et releva la tête. Ses doigts glissaient délicatement sur la surface froide du boîtier. *Pardonne-nous, Villard.* Des larmes coulèrent au bord de ses paupières gonflées. *Nous avons failli, mais nous ne t'avons pas oublié.* D'un revers de manche il essuya sa joue trempée. *Je me souviens de toi, mon frère.*

Puis le vieil homme rouvrit les yeux et se leva péniblement en s'agrippant à la cheminée. Il retourna d'un pas malhabile vers l'entrée, enfila son manteau et son chapeau noir, éteignit la lumière et sortit de l'appartement en serrant contre lui son précieux paquet.

69.

Krysztov envoya immédiatement un feu nourri en direction de la fenêtre d'où le coup était parti. Les vitres volèrent en éclats et des morceaux de pierre et de bois furent projetés alentour. Il tira une seconde salve, vers la voiture cette fois, puis s'approcha du corps immobile d'Ari et l'attrapa par le bras. Sans cesser de faire feu tantôt vers le 4×4, tantôt vers l'étage, le garde du corps traîna Mackenzie sur le sol, d'une seule main, pour l'emmener à l'abri derrière un châtaignier.

— Ari ? Ça va ?

Il lui envoya une gifle légère sur la joue.

L'analyste ouvrit les yeux, puis toussa en reprenant sa respiration. Il secoua la tête, se redressa et regarda le point sur son gilet en kevlar où la balle était venue s'écraser.

— Putain ! J'avais oublié à quel point ça fait mal !

— Vous m'avez fait peur...

Ari se retourna sur le ventre et se releva avec difficulté. Il s'accroupit à côté du garde du corps et vérifia le chargement de son arme.

— Pas moyen de passer tant qu'il y aura un type posté là-haut, expliqua Krysztov en pointant du doigt vers l'étage.

— Faudrait essayer de le neutraliser...

Le garde du corps s'accroupit pour ouvrir son sac à dos. Il en sortit une lunette de visée qu'il installa sur le rail du FN P90.

Au même instant, le type derrière le 4x4 réapparut au-dessus de la portière et se remit à faire feu dans leur direction.

Ari reprit son arme et riposta sans attendre. Il reconnut alors l'homme qui leur tirait dessus. C'était le grand blond qu'il avait poursuivi dans la rue.

— Ce coup-ci, mon pote, tu vas pas y couper, marmonna Ari en ajustant son tir.

Les deux hommes échangèrent plusieurs salves dans un vacarme assourdissant. Les balles faisaient des ricochets, tapaient dans la pierre, dans les arbres, dans la carrosserie de la voiture...

Le grand blond se mit à nouveau à l'abri derrière le 4x4 et Ari en profita pour recharger son pistolet-mitrailleur.

— Alors ? Vous le voyez ou pas ? demanda-t-il à Krysztov qui avait déplié la crosse de son FN P90 pour l'épauler.

Le garde du corps, l'œil collé à la lunette, ne répondit pas. Les bras parfaitement stables, il prit le temps de viser, puis il appuya enfin sur la détente. Une seule fois.

Il y eut à l'étage un bruit de verre brisé, puis un choc sourd.

Ari jeta un coup d'œil vers la fenêtre.

— Vous l'avez eu ?

— Affirmatif.

— OK. Maintenant, il faut qu'on se débarrasse de l'autre enfoiré derrière le 4×4.

Krysztov décrocha la lunette de son pistolet-mitrailleur.

— Il y a sûrement ce qu'il faut dans mes affaires, dit-il en penchant la tête vers le sol.

Ari se baissa et regarda dans le sac du garde du corps. Il y avait beaucoup de choses à l'intérieur : chargeurs, corde, gants, jumelles... Mais il sut immédiatement ce à quoi Krysztov avait pensé.

— Grenade ?

— Si vous n'avez pas peur d'alerter toute la ville...

— De toute façon, là, je crois qu'on a dû réveiller tout le cimetière, Krysztov.

— Alors... grenade.

Ari plongea sa main dans le sac.

— Dites-moi, Krysztov, vous vous trimballez souvent avec des grenades offensives dans le coffre de votre bagnole ?

— D'abord, c'est pas *ma* bagnole, c'est celle de la boîte, et quand j'ai lu votre fiche au bureau, je me suis dit qu'il valait mieux sortir couvert. J'ai bien fait, non ?

— J'aime les gens prévoyants.

Sans hésiter une seconde de plus, Ari saisit la M67, se redressa, dégoupilla l'anneau et plaça la cuillère entre son pouce et son index afin de faire sauter l'épingle. Il inspira profondément, prit un peu d'élan, fixa sa cible du regard et lança la grenade en direction du 4x4. Celle-ci retomba dans les graviers et glissa en dessous du véhicule.

Ari et Krysztov se jetèrent aussitôt par terre et, trois secondes plus tard, l'explosion retentit au milieu du parc.

La lourde voiture grise fut soulevée par le souffle de la grenade et prit feu presque instantanément, provoquant une seconde explosion, plus forte encore que la première. Ari ressentit la bouffée de chaleur jusque sur son visage. Les flammes orange et la fumée noire s'élevèrent d'un coup vers le ciel, masquant pendant quelques secondes toute une partie du bâtiment.

La voix d'Allibert retentit aussitôt dans le récepteur de Mackenzie.

— C'est vous qui avez fait ça, Ari ? Vous êtes malade !

— La voie est libre, commissaire. On rentre côté gauche.

— Espèce de malade ! répéta Allibert, furieux.

— On y va ! s'écria l'analyste.

Krysztov ramassa son sac, le referma et se mit en route derrière Ari.

Ils avancèrent prudemment vers le flanc gauche de la maison, prenant garde à surveiller tous les points depuis lesquels on pouvait leur tirer dessus.

Quand ils furent à hauteur de la voiture, Ari aperçut le corps calciné du grand blond, projeté contre les marches du perron.

Ils s'approchèrent lentement d'une fenêtre sur le mur sud du pavillon et se postèrent chacun d'un côté.

D'un coup de crosse, Ari brisa la vitre, jeta un rapide coup d'œil dans la pièce puis, n'ayant vu personne, il passa sa main à l'intérieur pour ouvrir. Krysztov se posta derrière lui pour lui faire la courte échelle.

Mackenzie se laissa rouler de l'autre côté puis, son arme fixée entre ses deux poings, il s'immobilisa pour inspecter les lieux. Personne. C'était une bibliothèque, richement décorée. Une seule porte ouvrait la salle, en face de lui. Il tendit une main vers l'extérieur pour faire signe au garde du corps de le rejoindre tout en restant en joue.

— Mackenzie pour Allibert et Fossorier. Nous sommes entrés dans la maison par l'est. Terminé.

— Fossorier pour Mackenzie. Nous entrons par l'ouest.

— Ari ! s'exclama Allibert. Attendez-nous !

— Pas le temps. Terminé.

Il rangea l'émetteur dans sa poche.

— Excusez-moi, mais vous avez l'intention de faire une longue carrière dans la police, Ari ?

— Rien à foutre.

— Ah, OK.

— On y va ?

— On y va.

Ari se redressa et passa en premier. Il avança jusqu'à la porte, toujours sur ses gardes, se plaqua contre le mur et l'ouvrit d'un geste brusque quand Krysztov fut à l'abri.

Il fallait maintenant adapter leurs gestes à un environnement clos. Ne jamais se mettre dos à une zone qu'ils n'avaient pas encore contrôlée et s'assurer qu'ils pouvaient inspecter la totalité de chaque pièce dans laquelle ils entraient. L'une des premières règles que l'on apprenait pour la progression en milieu fermé, c'était qu'on ne pouvait tirer sur quelque chose qu'on ne voyait pas mais que, en revanche, ce qu'on ne voyait pas pouvait très bien vous tirer dessus.

Ari regarda à l'intérieur de la salle voisine. C'était un petit salon, avec deux portes, l'une à l'est et l'autre au nord, et des fenêtres qui ouvraient au sud sur la façade principale. Il ne vit personne à l'intérieur et fit signe à Krysztov de passer devant.

Ils évoluèrent prudemment dans la pièce en prenant garde à se tenir à l'écart des coins et des fenêtres.

Ari fit signe à Zalewski de se diriger vers la porte de gauche. Ils devaient évoluer progressivement et, tant qu'à faire, Ari préférait avancer vers l'intérieur du pavillon.

Ils se placèrent tous les deux autour de la porte, puis le garde du corps l'ouvrit d'un violent coup de pied. Ils attendirent deux secondes. Aucun bruit. L'analyste se pencha brièvement. La pièce suivante était un grand hall au centre duquel un large escalier menait d'un côté vers les étages et de l'autre vers le sous-sol.

Ari passa le premier. Toujours personne à l'horizon. Il inspecta chaque recoin de la grande salle et fit signe au garde du corps de le rejoindre.

Au loin, on entendait des échanges de coups de feu de plus en plus nourris.

— On descend ? proposa Krysztov en apercevant les marches.

Ari prit son émetteur à sa ceinture.

— Mackenzie pour Fossorier. Nous prenons le sous-sol, à vous.

— Bien reçu. Nous rencontrons une résistance de ce côté. Nous vous dirons quand nous serons à l'intérieur, terminé.

Arrivé devant les marches, Ari se plaça sur le côté pour inspecter la cage d'escalier. Il resta quelques secondes pour vérifier qu'il ne voyait aucun mouvement, aucune ombre suspecte, puis il fit signe à Krysztov que la voie était libre. Le garde du corps commença à descendre prudemment.

Contrairement au rez-de-chaussée et à l'étage, aucune lumière n'était allumée au sous-sol et les marches disparaissaient dans l'obscurité quelques mètres plus bas.

Zalewski s'arrêta et prit des *flashlights* dans son sac. Les deux hommes les fixèrent sur la coque supérieure de leur arme et se remirent en marche. Les faisceaux de leurs lampes se croisaient sur les murs et le sol à mesure qu'ils descendaient vers la cave du pavillon.

Arrivés en bas, ils découvrirent une petite pièce rectangulaire dont les murs blancs étaient décorés de hauts miroirs encadrés et de quelques tableaux. Il y avait une porte de chaque côté. L'une des deux était entrouverte. Ari fit un signe de la tête pour la désigner. Krysztov acquiesça.

Sur le qui-vive, ils avancèrent prudemment. Ari se plaça sur le côté et poussa la porte du bout du pied. Un couloir apparut de l'autre côté et, au fond, une nouvelle porte fermée. On voyait filtrer une lumière orangée en dessous.

— Le couloir est trop étroit, chuchota le garde du corps. Si on rentre là-dedans et qu'on ouvre la porte, on va se faire tirer comme des lapins.

— Qu'est-ce que vous proposez ?

— Je ne sais pas. J'aurais bien opté pour une petite grenade lacrymogène, mais je n'ai pas ça sur moi... C'est peut-être mieux d'attendre la BRI ? Ils doivent avoir ce qu'il faut.

— Hors de question.

— OK... Alors, qu'est-ce que vous proposez, vous ?

— On rentre en force. Mais attention. Si le vieux est à l'intérieur, je le veux vivant.

Ils pénétrèrent dans le couloir l'un derrière l'autre, puis se plaquèrent contre les murs de chaque côté de la porte close.

Ari s'apprêta à l'ouvrir, mais Krysztov le retint par le bras.

— Laissez-moi faire.

Il se mit en position et donna un coup violent au niveau de la serrure. Le battant s'ouvrit d'un seul coup et aussitôt des coups de feu retentirent de l'autre côté.

Ari poussa violemment le garde du corps contre le mur.

Ils restèrent un instant immobiles, face à face, la tête collée contre la paroi derrière eux, puis Ari tenta une sortie. Il se jeta de l'autre côté du couloir pour voir ce qu'il y avait à l'intérieur. Son passage éclair fut accueilli par un nouveau coup de feu. Il se remit aussitôt à l'abri, à côté de son partenaire.

À l'intérieur, il avait vu ce qui ressemblait à une obscure salle de réunion avec une grande table au centre et, tout au bout, le symbole de l'ordre du Vril sur une tenture. Il avait cru apercevoir l'homme qui leur tirait dessus, et il était à peu près sûr que ce n'était pas Albert Khron. Mais il ne pouvait pas prendre le risque de faire demi-tour et de laisser un ennemi ici. En outre, Lola était peut-être à l'intérieur.

— Qu'est-ce qu'on fait ? murmura-t-il à l'oreille de son voisin.

— On lui fait vider son chargeur ?

Ari haussa les épaules.

— On peut essayer.

Le garde du corps tendit son arme vers l'ouverture, appuya une fois sur la détente et retira son bras. Aussitôt, l'autre fit feu en retour. Puis Krysztov recommença. À nouveau, son tir fut suivi par une riposte. Il continua, tirant parfois deux coups d'affilée, jusqu'à ce que l'un de ses tirs ne fût plus suivi d'aucune réponse. Instantanément, Ari s'accroupit au milieu du couloir et inonda la pièce d'une salve de son pistolet-mitrailleur. L'instant d'après, Zalewski se précipita en effectuant une roulade. Il partit vers la droite. Ari entra à son tour dans la pièce, du côté opposé.

Soudain, une silhouette se redressa de l'autre côté de la table. L'homme eut à peine le temps d'appuyer sur la détente. Il fut accueilli par les tirs croisés des deux intrus.

Son corps, criblé de balles, fut projeté en arrière dans un nuage de sang. Il s'écroula lourdement au pied du soleil noir qui ornait la tenture derrière lui.

Ari fit le tour de la table d'un pas rapide, inspectant chaque recoin.

— Il n'y a rien ici !

Les deux hommes échangèrent un regard et repartirent dans le couloir. De retour au bas des marches, Ari se tourna vers la seconde porte. Lola, peut-être, était juste là, de l'autre côté. Elle était forcément quelque part dans ce maudit pavillon !

— Qu'est-ce qu'on fait ? pressa Krysztov.

— À mon avis, on perd notre temps, Khron a dû se réfugier en haut, dans la tour. Je vais dire aux flics de sécuriser le sous-sol et le rez-de-chaussée pendant qu'on explore l'étage.

Il prit son talkie en avançant vers l'escalier.

— Mackenzie pour Fossorier. Vous en êtes où ? À vous.

— Nous sommes venus à bout de l'ennemi de ce côté-ci, mais nous avons un homme à terre. Nous rentrons tout juste côté ouest. À vous.

— Et vous, Allibert ?

— Nous sommes dans l'entrée.

— OK. Commissaire, vous pouvez sécuriser le sous-sol ? Il reste une salle que nous n'avons pas vérifiée. À vous.

— Bien reçu.

— Fossorier, vous vous chargez du rez-de-chaussée, il y a beaucoup de pièces. Nous, on s'occupe de l'étage. Rejoignez-nous dès que tout est OK en bas. Terminé.

70.

Le vieil homme traversa le pont qui reliait l'île du Rocher au reste de la ville. Il n'y avait plus personne à cette heure dans les rues et les réverbères, même, étaient déjà éteints. En semaine, les étudiants ne se couchaient pas aussi tard que le week-end et la ville retrouvait son calme d'antan. Il risquait tout au plus de croiser un docker ivre mort ou l'un de ces jeunes gens qui faisaient sortir leur chien au milieu de la nuit.

Il longea la digue, le visage fouetté par le vent de la mer, en tenant son chapeau d'une main pour qu'il ne s'envole pas. À chaque pas, il pouvait sentir contre sa poitrine le précieux boîtier de métal qu'il avait caché sous son long manteau.

À la vitesse où il marchait, il lui fallut presque dix minutes pour arriver au coin de la grande avenue qui montait vers la colline de Portosera.

La nuit, la perspective Garibaldi était plus belle encore. Ici, les lanternes restaient allumées jusqu'au petit jour et dessinaient de belles vagues successives sur les façades ocre et jaunes des immeubles.

Jean Colomben fit une courte halte et admira la splendide trouée aux entrailles de la ville, comme il le faisait souvent, si bien qu'il en connaissait chaque recoin sans pour autant en être lassé. Puis il entreprit sa longue marche vers le haut de l'immense avenue.

Il ne pouvait s'empêcher de penser qu'il y avait quelque chose de symbolique dans ce dernier pèlerinage et que son fardeau était celui du dernier voyage des apprentis. Il se voyait encore, le jour de sa réception parmi les compagnons du devoir, marchant dans le dédale du temple de Jérusalem... *Le compagnon est celui dont la conscience est ouverte au métier,* récita-t-il dans sa tête. *compagnon-fini, sa conscience est ouverte à l'homme et, par-delà le métier, il retrouve ses frères.*

Il continua ainsi de se remémorer les souvenirs anciens de son apprentissage, cette époque d'insouciance et d'enthousiasme où il avait appris son métier parmi ses frères, assoiffé de connaissance, puis il arriva enfin au pied des marches qui menaient à la Fontaine de la Providence.

Cela faisait des mois, un an peut-être, qu'il n'avait plus eu le courage de gravir l'immense escalier de Michel-Ange. Mais ce soir, il n'avait pas le choix. Et ce n'était peut-être pas plus mal. Sans doute était-ce le prix à payer pour leur échec.

Il posa un pied sur la première marche. Puis il s'agrippa à la balustrade et commença son ascension.

71.

Ari se tenait debout, immobile devant la porte close. Il n'aurait su dire pourquoi, mais il était certain qu'Albert Khron se trouvait là, juste derrière. Il le sentait. C'était la pièce la plus haute de tout le pavillon, la plus isolée aussi, et très probablement celle que le vieil homme avait choisie pour établir ses quartiers. Alors, bêtement, il avait dû se réfugier là. Peut-être avait-il espéré que les hommes de ses fameux Freikorps repousseraient l'attaque.

En bas, l'assaut de la BRI n'était pas terminé. On entendait encore des échanges de coups de feu, des cris, des bruits de portes enfoncées. Mais à présent, Ari ne redoutait plus qu'une seule chose : qu'Albert Khron, se sentant acculé, se fût donné la mort.

Et si Lola était avec lui ? S'il l'avait prise en otage ? Ou s'il l'avait tuée, là, avant de mettre fin à ses propres jours ?

Ari inspira profondément, puis il fit signe à Krysztov qu'il était prêt. En réalité, il n'était pas certain de l'être vraiment.

Le garde du corps lui adressa un regard confiant, comme s'il avait deviné l'appréhension de Mackenzie, puis il pressa brusquement la poignée. La porte s'ouvrit d'un seul coup. Ils attendirent un moment sans bouger. Aucun bruit ne vint de l'intérieur.

Ari, la mâchoire serrée, avança lentement, l'arme en joue. Son regard embrassa d'un seul coup toute la pièce. Et il ne lui fallut pas longtemps pour comprendre la situation.

Lentement, il laissa ses bras retomber le long de son corps. Ses épaules semblèrent s'affaisser et son visage s'assombrit.

Devant lui, à quelques pas à peine, Albert Khron était là, affalé, immobile, sur un bureau ministre. Du sang se répandait tout autour de sa gorge et coulait sur un sous-main en cuir noir.

Dans le poing crispé du vieil homme, une lame de rasoir ancien, couverte d'un liquide écarlate et poisseux, étincelait à la lumière de la lune.

SEPTIÈME PARTIE

Interiora terrae

L∴VdH∴

BR SA CO GI LI LB RG VO RP

Sui io les
le mer que li latin
apielent mare tyrrhenum
entre deus golfes ceste bele
ueure denlumineur
seignie au seing dun sarrasin

Se as le mesure del grant
castelet bien prise, si cel pas
oblie trouveras desos le saint
mais prent garde car il i a
uis que ia mius uient
nourrir mais.

72.

— Ce salaud s'est donné la mort, murmura Ari. Il s'est donné la mort plutôt que de devoir parler...

Mackenzie eut de la peine à masquer son accablement car, au fond de lui, il savait ce que tout cela signifiait : il n'était pas près de retrouver Lola. La petite lueur d'espoir qu'il avait aperçue en apprenant l'existence de l'Agartha n'avait finalement débouché sur rien. Tout était à recommencer.

En outre, le suicide d'Albert Khron provoquait en lui une frustration terrible. Cet homme qu'il avait espéré affronter, cet homme qui leur devait tant d'explications leur avait adressé un dernier pied de nez ; et par son acte il avait fui les responsabilités qu'Ari aurait aimé lui faire assumer. Avec, tout en haut de la liste, la mort de Paul Cazo et l'enlèvement de Lola.

— Ari, dit le garde du corps en posant une main sur son épaule. Vous ne voulez pas qu'on redescende ? Votre amie... Elle est peut-être enfermée quelque part. Si ça se trouve, elle est dans la deuxième pièce de la cave, celle qu'on n'a pas fouillée...

Mackenzie s'appuya sur un fauteuil en cuir face au bureau d'Albert Khron.

— Non. Quelque chose me dit qu'elle n'est pas ici, Krysztov. Le vieux ne se serait pas tranché la gorge. Il se serait servi d'elle comme otage pour prendre la fuite.

Ce n'est pas fini… Et je suis persuadé que la meurtrière non plus n'est pas dans ces murs.

— La meurtrière ?

— La femme qui a commis les cinq meurtres en série. Le trépaneur. Vous lisez pas la presse ?

— Si, si. Alors, qu'est-ce qu'on fait ?

Ari avait du mal à retrouver l'énergie nécessaire pour se remettre en mouvement. Pourtant, il n'avait pas le choix. Il le devait à Paul, et il le devait à Lola.

— On fouille son bureau, dit-il finalement en relevant la tête.

— D'accord. On cherche quoi ?

— Je ne sais pas. Quelque chose qui pourrait nous dire où est enfermée mon amie. Ou bien où se trouve la meurtrière, qui d'autre est impliqué, ce genre d'informations…

Zalewski acquiesça. C'était un peu vague, mais il commença malgré tout à regarder sur les étagères à droite de la pièce. Ari, quant à lui, fit le tour du bureau et vint se placer à côté du cadavre d'Albert Khron.

Du sang coulait de la gorge tranchée du vieil homme et tombait, goutte à goutte, sur le parquet. Son corps, écrasé contre la table, ressemblait à un mannequin de cire.

Ari ouvrit le premier tiroir. Il farfouilla à travers la paperasse, essayant de trouver une analogie entre son enquête et les mots qu'il voyait écrits ici et là, sur des feuilles, des dossiers, des enveloppes…

De l'autre côté de la porte, les bruits de pas des agents approchaient de plus en plus. Ils n'allaient pas tarder à arriver et à sceller les lieux pour permettre à la police scientifique d'effectuer ses prélèvements. Avant qu'Allibert ne vienne fourrer son nez partout, Ari espérait trouver quelque chose. Une piste.

À bout de nerfs, il soulevait les dossiers les uns après les autres avec des gestes brusques et lisait rapidement les titres sur les étiquettes. Rien n'éveilla son intérêt.

Il referma le tiroir brutalement et passa à celui d'en dessous. Encore un tas de papiers. Les cris des policiers résonnaient dans l'escalier. Ils n'étaient plus qu'à quelques mètres. Après avoir soulevé plusieurs chemises épaisses, Ari tomba sur un dossier noir dont l'étiquette portait un acronyme qu'il n'eut aucune peine à reconnaître : « LVDH ».

Il attrapa la chemise cartonnée et la glissa sans traîner sous son gilet pare-balles. Il referma aussitôt le tiroir.

— Krysztov, on y va !

Le garde du corps rangea prestement les dossiers qu'il avait enlevés d'une bibliothèque, puis ils sortirent du bureau. Ils tombèrent nez à nez avec le capitaine Fossorier.

— Toute la maison est sécurisée ? demanda Ari à l'officier de la BRI.

— Oui.

— Vous n'avez pas trouvé d'otage ?

— Non.

— Une jeune femme ?

— Non, personne, à part les hostiles. Tous sont neutralisés. Il y a deux blessés chez nous. Les secours sont arrivés. Allibert vous attend en bas.

— OK, on descend.

73.

Une heure plus tard, la BMW de Zalewski quittait la petite route au milieu des arbres dénudés et s'engageait sur la nationale en direction de Paris, à la lumière des immenses réverbères. La nuit noire de janvier enveloppait déjà la capitale.

Les deux hommes n'avaient plus échangé un mot depuis que la voiture avait quitté Bièvres. Après l'épisode qu'ils venaient de vivre, ils étaient l'un et l'autre plongés dans leurs pensées et accusaient un réel coup de fatigue. Calé sur une station de jazz, l'autoradio diffusait dans l'habitacle une douce ballade de blues qui accentuait l'impression de flottement intemporel.

Le debriefing avec le commissaire divisionnaire n'avait pas été des plus simples et Ari avait dû également répondre par téléphone aux questions du procureur, fort énervé lui aussi. Mais Mackenzie ne se souciait pas vraiment de ça. Une seule chose comptait, depuis longtemps : retrouver Lola. Il ne pouvait penser à rien d'autre qu'à la déception qu'il venait de vivre en ne la trouvant pas dans les murs de l'Agartha. Refusant toutefois de se laisser abattre, décidé à lutter jusqu'au bout, il ouvrit sur ses genoux le dossier noir qu'il avait pris dans le bureau d'Albert Khron.

À l'intérieur, il avait espéré mettre la main sur des copies des cinq pages du carnet de Villard dérobées par la confrérie du Vril… En vérité, il découvrit tout autre chose. Mais ce n'était pas moins intéressant.

Le dossier ne contenait que sept simples feuilles.

La première était la copie d'un e-mail expédié par Sylvain Le Pech à l'attention d'Albert Khron. Ari, malgré la pénombre, lut rapidement le corps du message. « Virement bien reçu ce jour. Copie de mon carré postée ce matin à l'Agartha. Comme convenu, voici la liste des cinq, ainsi que leurs villes de résidence : Christian Constantin (Lausanne), Paul Cazo (Reims), Pascal Lejuste (Figeac), Mona Safran (Vaucelles), Jean Colomben (Portosera). »

Ari secoua la tête, sidéré. Comme l'avait supposé Mona Safran, c'était donc bien Sylvain Le Pech qui les avait trahis, et pour de l'argent ! Avait-il su quel plan exact ses interlocuteurs préparaient ? Qu'en leur expédiant ce mail, il avait condamné tous les membres de la loge Villard de Honnecourt à une mort certaine ? Une chose était sûre : l'ordre correspondait très exactement à celui des assassinats et ce que Le Pech n'avait certainement pas prévu, c'était qu'il faisait également partie de la liste ! Sans doute n'avait-il même pas eu le temps de profiter de la somme qu'il avait touchée en échange de sa trahison.

Le degré d'implication de ce sinistre Le Pech faisait sans doute partie des mystères qu'il faudrait un jour éclaircir. Mais pour l'heure, l'information contenue dans ce document qui intéressait réellement Ari, c'était le nom du sixième compagnon.

Jean Colomben. « Jean » était bien le prénom que Mona avait évoqué en parlant du maître de la loge. C'était probablement lui qui – toujours selon elle – avait envoyé à Ari la lettre anonyme pour lui donner le nom de la prochaine victime potentielle : Pascal Lejuste.

Et à présent, la prochaine victime potentielle, c'était cet homme, justement. Le sixième et dernier compagnon. Ari comprit aussitôt que retrouver Colomben était sans doute sa dernière chance de mettre la main sur la meurtrière et, peut-être, de sauver Lola.

Il tourna la page et parcourut le contenu des six autres feuilles. Chacune était une courte fiche concernant les membres de la loge Villard de Honnecourt, avec leur âge, leur adresse, leur profession et une photo… Ari passa rapidement les cinq premières et lut en détail la dernière.

« Jean Colomben, 84 ans.

Architecte à la retraite.

Réside 6, place Marco-Polo à Portosera (Italie).

Catholique non pratiquant. Veuf depuis 1996. Maître de la loge VDH depuis 1963. Français, émigré en Italie en 1972. »

La photo montrait le visage d'un homme âgé, souriant.

Sans perdre une seule seconde, Ari appela un service d'annuaire international. Il dicta le nom et l'adresse de Jean Colomben. L'employée au bout du fil lui répondit que le numéro qu'il cherchait était sur liste rouge.

L'analyste raccrocha puis jeta un coup d'œil à l'horloge sur le tableau de bord de la voiture. 22 h 16. Aucune chance de joindre Iris Michotte à cette heure-là. Il se résolut donc à appeler une nouvelle fois Emmanuel Morand à la DST. Cela correspondait davantage à ses horaires de travail, et il n'y avait pas une seconde à perdre.

— Tiens ! Ce bon vieux Mackenzie ! T'es encore vivant, toi ?

— Oui, pour le moment... J'ai besoin d'un numéro sur liste rouge en Italie. Tu peux me trouver ça ?

— Ce qui est génial avec toi, c'est qu'on n'a pas besoin de se demander si c'est intéressé, quand t'appelles. Parce que t'appelles jamais quand c'est pas intéressé...

— Allez, Manu ! C'est très urgent. Jean Colomben, qui habite place Marco-Polo à Portosera... Tu peux me dégoter ça au plus vite ?

— Ouais, ouais, je vais voir avec la plateforme technique. Je t'envoie le numéro par SMS.

— Merci.

— Et surtout, va au diable !

— Je pense en effet que je ne vais pas tarder à y aller, répondit Ari.

Il raccrocha et garda son téléphone dans le creux de la main. Zalewski lui jeta un coup d'œil sans lâcher le volant.

— Laissez-moi deviner : petite virée en Italie ? dit-il avec un nouveau bâton de réglisse collé dans la bouche.

Ari leva les bras d'un air impuissant.

— J'en ai bien peur... Votre direction vous paye aussi pour me suivre à l'étranger ?

— Je vous suis partout, Ari. C'est où, Portosera ?

— Près de Naples, il me semble. Et pour tout vous avouer, je ne sais pas comment on va faire. Quelque chose me dit que la meurtrière est peut-être déjà sur place. En train, ça prendrait plus d'une journée pour aller là-bas et je ne pense pas que nous disposions de ce temps-là.

— En avion, ça doit être jouable, non ?

— Peut-être... Mais on n'aura pas de départ avant demain, et ça risque d'être aussi long qu'en train.

Le SMS arriva sur le téléphone d'Ari. Il lut le numéro que Morand venait de lui envoyer et le composa sans tarder. Après dix sonneries dans le vide, Ari se résolut à raccrocher. Le vieil homme n'était pas chez lui. Ou peut-être était-il déjà trop tard.

— Vous pourriez demander à votre direction de vous trouver un avion, non ?

Ari fit une moue dubitative.

— Euh... Je crois que vous surestimez les budgets de la DCRG, Krysztov. Et l'autorisation pour aller en Italie prendrait quarante-huit heures. Sans compter qu'il faudrait prévenir Interpol, tout ça... De toute façon, je vous avoue que je n'ai pas trop envie de passer par la voie officielle.

— Il va bien falloir prévenir les Italiens, répliqua Zalewski.

— Non. Ça risque d'être un vrai bordel. Ils vont vouloir envoyer des carabiniers sur place. Je ne veux pas qu'ils foutent tout en l'air.

— Excusez-moi, Ari, je me mêle de ce qui ne me regarde pas, mais là, quand même, vous déconnez.

— Vous avez raison, Krysztov : vous vous mêlez de ce qui ne vous regarde pas.

Ari monta le son de l'autoradio et laissa retomber sa tête en arrière sur le siège de la BMW. Zalewski n'avait pas tort. Mais il voulait en finir. Alors il allait bien falloir trouver une solution. Faire le trajet en voiture était hors de question. C'eût été beaucoup trop long, et ils étaient déjà épuisés l'un et l'autre.

La BMW entra dans un tunnel à la périphérie de la capitale. Les lumières orangées qui défilaient sur les murs avaient quelque chose d'hypnotique, s'imprimant sur les fenêtres à contretemps du morceau de Coltrane qui sortait à présent des haut-parleurs.

— Il y aurait bien un autre moyen, finit par murmurer Ari.

— Lequel ?

— Il faut que je passe un coup de fil.

Le garde du corps baissa à nouveau le son de la radio.

Ari chercha dans son répertoire un numéro qu'il ne composait que très rarement. Il espérait qu'à une heure si tardive, il y aurait quelqu'un pour lui répondre. C'était sa seule chance d'atteindre l'Italie dans les meilleurs délais.

— Allô ? fit une voix féminine après seulement deux sonneries.

— Bonsoir, Ari Mackenzie à l'appareil... J'aurais voulu parler à M. Beck, s'il vous plaît.

— Ah, mais il est parti depuis longtemps, monsieur.

— Est-ce que vous pouvez essayer de le joindre ? C'est extrêmement urgent. Faites-lui savoir qu'Ari Mackenzie essaie de le contacter de toute urgence.

Il y eut un instant de silence.

— Bien... Restez en ligne, je vais voir ce que je peux faire, monsieur Mackenzie.

L'appel fut mis en attente. Ari se tourna vers le garde du corps.

— On peut fumer dans votre voiture ?

— Ce n'est toujours pas *ma* voiture, répondit-il en souriant. Vous n'avez qu'à ouvrir la fenêtre...

L'analyste s'exécuta et alluma une cigarette, le téléphone collé contre sa tête. Le pied relevé négligemment sous la boîte à gants, il recrachait sa fumée au-dehors. La lumière des grands immeubles de l'Ouest parisien envahissait progressivement la nuit autour d'eux, faisant disparaître les étoiles.

Après quelques minutes, la voix de Frédéric Beck retentit enfin dans le combiné.

— Ari ? Que se passe-t-il ?

— M. Beck... J'ai besoin d'un immense service.

— Vous savez bien que je ferais n'importe quoi, Ari.

— Je suis très gêné. Je n'ai pas l'habitude de demander ce genre de faveurs, voyez-vous, mais là, c'est un cas d'extrême urgence...

— Allons... Je vous écoute.

— Il faudrait que je sois en Italie au plus vite. C'est... C'est une question d'heures.

— Votre hiérarchie vous a refusé un transport rapide ?

— Disons que je préfère ne pas leur demander...

— Je vois... Et c'est ce que vous appelez un immense service ! Je serai heureux de vous aider, Ari, vous le savez bien. Alors, dites-moi où en Italie ?

— Dans la région de Naples.

Frédéric Beck hésita un instant.

— Écoutez, il y a l'aéroport de Capodichino, là-bas... Mais il faut que je voie avec mon assistante. Je vous rappelle au plus vite.

— Merci. Je... Je me permets de vous préciser que, comment dire... Tout ceci doit rester entre nous, si vous voyez ce que je veux dire.

— Mais bien sûr, Ari. Je comprends parfaitement. À tout de suite.

Dès qu'Ari eut raccroché, le garde du corps partit d'un rire gras.

— Eh bien dites donc ! C'est pratique d'être copain avec les grands de ce monde ! Qu'est-ce que vous lui avez fait, à ce vieux filou, pour qu'il soit comme ça avec vous ?

— Non pas que ça vous regarde, Krysztov, mais disons que j'ai sauvé sa fille d'un mauvais pas.

— Je vois... C'est toujours une bonne idée, de rendre service à des milliardaires.

— Ça va, ça va…

Ari finit sa cigarette sans rien ajouter puis, alors qu'ils entraient sur le périphérique, il sentit à nouveau vibrer son téléphone dans sa poche.

— Allô ?

— C'est arrangé, Ari. Soyez au Bourget dans un peu plus d'une heure. À 23 h 45 précisément. Un jet vous attend là-bas. Nous allons transmettre le plan de vol d'un instant à l'autre. Si tout se passe bien, vous serez à Naples avant le lever du jour.

— Je ne sais comment vous remercier, monsieur…

— Ari, ce n'est rien, je vous assure. Je reste votre débiteur. Mais soyez prudent.

— Comme toujours… À très bientôt, et encore merci.

Il raccrocha.

— Alors ? demanda le garde du corps tout sourire.

— Foncez au Bourget et arrêtez de rire bêtement.

74.

Au milieu de la rue de Montmorency, Erik Mancel ôta ses lunettes noires et les rangea dans la poche intérieure de sa veste. La plus vieille maison de Paris, qui portait encore sur sa façade en bois le nom gravé de Nicolas Flamel, abritait à présent une auberge de renom, fort prisée par les touristes. L'homme jeta un coup d'œil curieux à l'intérieur puis passa sous le porche situé à droite du restaurant.

D'un pas prudent, il longea le couloir étroit et obscur qui s'enfonçait dans la demeure. Une odeur de bois humide se dégageait des colombages, et du sol s'élevait à chaque pas une épaisse poussière. Tout au bout de l'allée, il arriva enfin devant une porte asymétrique, aussi ancienne que tout le bâtiment. Il appuya sur le bouton jauni d'une petite sonnette.

Après quelques secondes, des bruits de pas vinrent rompre le silence inquiétant du corridor, puis la porte s'ouvrit.

Un homme hirsute, aux traits creusés, aux yeux rouges et au teint bilieux, aussi grand qu'il était maigre, apparut dans la pénombre. Son corps squelettique flottait dans une ample chemise marron et un pantalon de lin usé. Il avait le regard flou et l'air sinistre d'un Raspoutine. Ses quelques cheveux, poivre et sel, longs, gras et mal taillés, retombaient çà et là sur son visage.

— Ah ! C'est vous, Mancel ! Je m'attendais à votre visite… Descendez donc ! dit-il d'une voix rauque et caverneuse.

L'étrange personnage fit demi-tour et s'engagea sur les marches, en claudiquant, devant le nouvel arrivant.

Erik Mancel inspira profondément, descendit de deux pas, referma la porte derrière lui et, inquiet, suivit le vieil homme vers le sous-sol de la bâtisse.

L'air était de plus en plus frais à mesure qu'ils avançaient dans les entrailles de la ville, et de plus en plus humide. Au bas des marches, ils passèrent une nouvelle porte de bois et entrèrent dans une grande cave voûtée en pierre grise.

C'était la deuxième fois que Mancel pénétrait dans l'antre surréaliste de celui qui se faisait appeler le « Docteur », mais il ne s'était toujours pas habitué à la bizarrerie des lieux, pas plus, d'ailleurs, qu'à celle de son occupant.

Le Docteur était une figure mythique des milieux ésotéristes parisiens, l'un de ses acteurs les plus énigmatiques et les plus respectés. Nul ne connaissait son véritable nom et Mancel avait entendu à son sujet les rumeurs les plus folles, notamment sur son âge. Certains prétendaient en effet que le Docteur était un ancien disciple de Fulcanelli, le célèbre alchimiste, et qu'il était né au XIXe siècle, ce qui eût fait de lui un homme de plus de cent ans… alors qu'il n'en paraissait guère plus de soixante. Quoi qu'il en fût, son identité était nimbée de mystère et le personnage en jouait visiblement avec un malin plaisir.

Quand il avait commencé à chercher des personnes pouvant l'aider dans sa quête, Erik Mancel avait rapidement entendu parler de ce fameux Docteur, auteur de nombreux ouvrages obscurs sur l'hermétisme, l'alchimie et l'ésotérisme, publiés par de petits éditeurs underground. Plusieurs personnes qu'il avait rencontrées l'avaient dirigé vers lui en le présentant comme le plus éminent spécialiste de tout ce qui touchait, notamment, au mythe de la terre creuse. Mancel, après de longues recherches, était enfin parvenu à rencontrer ce curieux ermite parisien et lui avait alors proposé des sommes conséquentes s'il acceptait de l'assister dans ses recherches. Le vieil homme avait poliment refusé en lui expliquant qu'un « véritable alchimiste » n'était pas intéressé par l'argent... mais il avait accepté de l'aider, intrigué, semblait-il, par la filiation qu'il y avait entre Mancel et l'homme qui, au XVe siècle, avait créé la fameuse loge Villard de Honnecourt. Le Docteur, bouffi d'orgueil, lui avait dit mot pour mot : « Un initié se doit de rendre service à un homme de votre lignée... Je vois dans votre détermination et dans votre venue le signe d'un accomplissement du destin. Il devait être écrit que je serais votre guide. J'accepte de vous aider mais, par pitié, ne parlons plus d'argent. »

Après lui avoir longuement rapporté les nombreuses légendes de la terre creuse, le Docteur lui avait finalement conseillé de s'associer avec Albert Khron. Bien que l'homme lui eût paru complètement fou, Mancel avait suivi ses conseils et s'en était tout d'abord félicité. Mais à présent que le chef de la confrérie du Vril était mort, il se retrouvait à nouveau seul et, à court d'idée, s'était résolu à revenir voir le Docteur dans son étrange alcôve.

En entrant dans la cave ténébreuse, il se demanda s'il avait eu raison... Les divagations de tous ces ésotéristes parisiens commençaient à l'irriter sérieusement. Mais tant qu'il n'aurait pas remis la main sur le secret de son ancêtre, Mancel était prêt à explorer toutes les voies possibles. Cela faisait trop longtemps que sa famille avait été spoliée. Il était temps de demander réparation.

De hauts chandeliers disposés tout autour de la pièce propageaient une lumière tamisée, et les jeux d'ombre laissaient ici et là place à l'imagination. Des baguettes d'encens brûlaient un peu partout, dissimulant à peine l'odeur de vieille pierre humide qui envahissait les lieux. Sur les quatre murs, de nombreuses étagères de taille inégale soutenaient des piles de livres reliés de cuir et des collections de revues anciennes. Entre elles, plusieurs gravures et peintures étaient suspendues, figurant des divinités antiques ou, le plus souvent, de complexes compositions symboliques. Des bibelots s'entassaient sur les meubles ou à même le sol, sculptures orientales, outils en bois, pièces insolites en métal qui semblaient venir tout droit d'une vieille brocante... À droite de l'entrée, un squelette humain, de plain-pied, se dressait tel un cerbère protégeant les lieux. Dans un coin de la cave, enfin, comme issu d'un autre temps, un athanor en cuivre, en trois parties, accueillait encore un tas de charbon, prêt à l'emploi.

Le Docteur poussa quelques affaires sur son chemin et prit place sur un large fauteuil en bois sculpté. Il invita Mancel à s'asseoir en face de lui.

— Je savais que vous finiriez par revenir me voir. J'ai appris le décès de M. Khron... C'est fort regrettable.

Il parlait lentement, avec un ton affecté, et accompagnait ses phrases de grands gestes de la main.

— C'est le moins qu'on puisse dire, répondit Mancel en s'asseyant, mal à son aise, sur un canapé défoncé.

Sur une table à côté de lui, il aperçut une vieille pipe d'opium, quelques aiguilles en vrac et du tabac étalé sur une feuille de papier.

— Ne vous en faites pas trop, cependant. Son aide vous était précieuse, certes, mais pas indispensable.

— Le problème, c'est que je n'ai toujours pas les six pages du carnet de Villard, voyez-vous. Cinq d'entre elles sont entre les mains de... sa petite protégée.

— Vous voulez parler de Lamia ?

— Oui, répondit Mancel d'un air las.

— Ah... Cette Lamia ! lâcha le vieil homme avec un sourire amusé. N'ayez aucune crainte. Je ne doute pas un instant qu'elle trouvera bientôt la sixième page et qu'elle acceptera de vous les remettre toutes, comme l'avait promis son mentor.

Mancel fit une moue sceptique.

— Lamia est une véritable initiée, insista le vieil homme en levant l'index, elle ne trahira pas sa parole.

— Sans Khron, j'ai bien peur de n'avoir aucun pouvoir sur elle.

— Ce n'est pas une question de pouvoir... Allons ! Je suis certain que vous vous débrouillerez parfaitement sans lui. Pour tout vous dire, c'est peut-être même mieux ainsi. Ce n'est pas plus mal que vous soyez débarrassé de la lourdeur structurelle du Vril.

— Leur nombre représentait malgré tout un certain avantage pour l'objectif que je me suis fixé. Mais à présent, ceux qui ne sont pas morts dans la fusillade du pavillon ont été arrêtés ou sont sur le point de l'être. Je me retrouve bien seul.

— Le chemin initiatique est un chemin solitaire, monsieur Mancel. Regardez-moi, par exemple. Je n'ai jamais accepté de rejoindre quelque groupe que ce soit. Et ce n'est pas faute d'avoir été sollicité, depuis fort longtemps. Les Rose-Croix, les Illuminati, la Société théosophique, la Stella Matutina, sans compter les nombreuses sociétés d'alchimistes dont j'ai pu croiser la route. Croyez-moi, tous sont venus frapper à ma porte. Mais je reste fidèle à mon ancien maître : le véritable initié est adepte de solitude.

— Si vous le dites... Mais je ne prétends pas être un initié. Juste quelqu'un qui veut récupérer son dû.

— Votre humilité vous honore. Mais je vous assure, monsieur Mancel, vous avez tiré le meilleur de ce que vous pouviez attendre de la confrérie du Vril, il est temps pour vous de voler de vos propres ailes. Quant à Lamia... Une fois qu'elle aura trouvé les six pages, celles-ci n'auront plus de valeur matérielle à ses yeux. Elle vous les donnera, j'en suis convaincu. Et si elle ne le fait pas, venez me voir, je... je lui en toucherai un mot.

— Je regrette que vous n'ayez pas voulu vous associer à moi dès le début, Docteur. Ensemble, nous aurions sans doute bien mieux réussi.

Le vieil homme éclata de rire.

— Non, non, Mancel... Tout cela n'est plus de mon âge. Et puis, je vous le répète, les vrais initiés travaillent seuls. Vous le comprendrez bientôt.

La suffisance du vieux fou agaçait Mancel au plus haut point, mais c'était certainement la personne la mieux à même de le renseigner à Paris et il était bien obligé de supporter son extravagance.

— Allons, reprit le Docteur. Estimez-vous heureux : vos ancêtres vous ont laissé un bien bel héritage. Grâce à eux, Villard est, en quelque sorte, votre instructeur direct... Il y a plus mauvais professeur. J'aurais certes pu vous livrer mon enseignement, mais vous êtes lié, par vos aïeux, à celui de Villard, et je respecte la loi du destin. Vous devez suivre l'ordre des choses, le chemin qui vous a été tracé, comme je dois, moi, suivre le mien. Il ne sert à rien de brûler les étapes.

— J'ai toutefois encore besoin de votre aide, si je puis me permettre.

— Mais bien sûr, bien sûr, mon ami. Que puis-je pour vous ?

— Il me manque le dernier carré, Docteur. Et, malgré la confiance que vous semblez porter à cette fameuse Lamia, je ne suis pas sûr de pouvoir un jour mettre la main dessus. Toutefois, juste avec les cinq premiers, Albert Khron semblait avoir trouvé une piste.

— Allons donc ! Méfiez-vous, Mancel, il ne faut jamais vendre la peau de l'ours avant de l'avoir tué.

— Pouvez-vous me parler de Notre-Dame de Paris ?

Un sourire narquois se dessina sur le visage creusé du Docteur. On avait l'impression qu'il s'amusait avec son interlocuteur comme avec un jeune enfant.

— Et pourquoi donc voulez-vous que je vous parle de Notre-Dame ?

— En se fondant sur les cinq premiers carrés, Albert Khron avait de sérieuses raisons de penser que l'objet de nos recherches pourrait se trouver dans les souterrains de la cathédrale. Alors voilà... Je voudrais simplement votre avis. Cela vous paraît-il crédible ?

— Crédible ? Un peu trop, oui...

— Comment ça, *un peu trop* ?

— La pertinence d'un lieu comme celui-là est tellement évidente que cela me semble presque trop facile, monsieur Mancel.

— L'énigme cryptée dans les cinq premiers carrés donne pourtant la phrase « EGLISE CENTRE LUTECE »... Ce ne peut être que Notre-Dame, n'est-ce pas ?

— Étant donné que Villard écrivait au XIIIe siècle, il y a de grandes chances, en effet.

— Alors pourquoi dites-vous que c'est trop évident ?

Le vieil homme marqua un temps de silence, ses yeux perdus dans le vide. Puis il se leva lentement et se dirigea vers un évier, tout au fond de la cave.

— Voulez-vous un peu de thé, Erik ? Du thé à la menthe, comme on le fait au Maroc ?

Mancel poussa un soupir. La façon qu'avait le vieil illuminé de théâtraliser leur entretien devenait presque humiliante.

— Je veux bien, merci.

Le Docteur prépara son breuvage en silence puis apporta le thé à son invité dans un petit verre gravé avant de retourner s'asseoir.

— Réfléchissez. Ce que vous cherchez, Erik, bien que vous refusiez de l'admettre, c'est ce que cherchent les alchimistes depuis la nuit des temps. La *materia prima*. Vous connaissez notre célèbre formule, bien sûr, celle du *VITRIOL* ?

— Oui, vaguement. Je ne suis pas comme vous féru d'ésotérisme, mais j'ai tout de même des notions de base. « *Visita Interiora Terrae Rectificandoque Invenies Occultum Lapidem* », c'est bien cela ?

Le vieil homme but une gorgée de thé à la menthe puis hocha la tête.

— Exactement : « Visite l'intérieur de la Terre et en rectifiant tu trouveras la pierre cachée. » C'est bien ce que Villard vous invite à faire, n'est-ce pas ? Visiter l'intérieur de la terre. C'est une démarche d'alchimiste, à laquelle vous allez devoir vous livrer, mon jeune ami. Les six pages du carnet ne sont rien d'autre qu'une instruction aux mystères du Grand Œuvre. Il ne faut pas oublier que Villard vivait au moment où l'alchimie a commencé à se répandre en Occident, par le biais d'un texte remarquable, *La Table d'Émeraude* – qui, soit dit en passant, n'était en réalité que la traduction d'un extrait du *Livre du secret de la création et technique de la nature*, rédigé par un alchimiste arabe du IXᵉ siècle. Or Notre-Dame de Paris était, à cette époque, le plus haut lieu symbolique de l'alchimie occidentale. C'est pour cela que je vous dis que c'est presque trop évident... Mais pourquoi pas ?

— Il ne serait donc pas inutile pour moi de commencer à mener des recherches du côté des souterrains de Notre-Dame ?

— Sur la voie de la connaissance, nulle recherche n'est inutile, répliqua le vieil homme. Notre-Dame de Paris recèle bien des mystères et son histoire en fait, il est vrai, un lieu crédible pour ce que vous recherchez.

— Mais encore ?

— Écoutez, mon jeune ami, je veux bien vous mettre sur la piste, mais vous allez devoir découvrir tout cela par vous-même...

— Le temps me manque, Docteur. Je n'ai pas, comme vous, l'éternité devant moi.

La remarque sembla amuser le vieil alchimiste qui leva son verre de thé comme s'il voulait trinquer.

— Allons, allons... Cela ne devrait pas être bien compliqué. Réfléchissons d'abord sur l'aspect purement historique de votre hypothèse, si vous le voulez bien. Avant tout, Notre-Dame est située à l'extrémité de l'île de la Cité, c'est-à-dire au centre de la ville. C'est donc un lieu hautement symbolique. Sans compter qu'il est considéré comme le point zéro de la capitale. Il y a d'ailleurs une plaque de bronze incrustée dans le sol du parvis, à partir de laquelle sont calculées toutes les distances des routes vers les autres villes, vous le savez sans doute ?

— Oui.

— Bien. Cela en fait donc déjà un lieu peu ordinaire. Mais ce n'est évidemment pas tout. Quand l'évêque de Sully a décidé d'y ériger la plus grande cathédrale de la chrétienté, au milieu du XIIe siècle, vous imaginez bien qu'il n'a pas choisi cet endroit par hasard. De nombreuses fouilles ont été effectuées pendant la seconde moitié du XXe siècle ; elles ont permis de confirmer qu'il existait, au début de notre ère, à l'emplacement précis de Notre-Dame, un temple païen dédié à Mithra. Si ma mémoire ne me fait pas défaut, des éléments sculptés datant du règne de l'empereur Tibère ont été retrouvés sous le chœur même de la cathédrale. Quoi qu'il en soit, on sait à présent qu'il y avait là depuis fort longtemps un lieu de culte dédié à des divinités gauloises et romaines. Ce n'est qu'au IVe siècle que ce temple a été remplacé, non pas par une, mais par deux églises. L'une des deux était déjà une très grande basilique : la cathédrale Saint-Étienne. L'autre, plus petite, était dédiée à sainte Marie et, si mes souvenirs sont bons là aussi, elle a été détruite par les Normands au IXe siècle.

— Vous semblez connaître cette histoire sur le bout des doigts. Je suis admiratif !

— C'est que, pour les hommes comme moi, Notre-Dame est un sujet passionnant, monsieur Mancel. L'emplacement de cette cathédrale n'est donc pas le fruit du hasard. Vous savez, il est assez fréquent de retrouver des vestiges de temples païens sous les édifices religieux modernes, car l'Église s'est toujours attachée à évangéliser les populations en conservant leurs anciens lieux de culte… Comme disent les Hébreux : « *Maqom qadosh tamid qadosh* » : un lieu saint sera toujours saint. Ce que l'histoire ne dit pas, c'est pourquoi cet endroit précis a, de tout temps, été considéré comme un lieu sacré. La réponse se trouve peut-être en effet dans ses sous-sols…

— Je vois. Mais fouiller les sous-sols de Notre-Dame risque de ne pas être chose aisée.

— D'autant que c'est un véritable gruyère. Vous pouvez d'ailleurs avoir un aperçu de tout ce qui peut se cacher sous la cathédrale en visitant la crypte archéologique qui a été ouverte sous le parvis. Allez y faire un tour, c'est une visite passionnante. Vous y verrez les ruines des nombreux bâtiments qui se sont succédé là-dessous depuis l'Antiquité : un quai gallo-romain, des vestiges d'une grande maison datant du IVe siècle et même les fondations de cette fameuse basilique Saint-Étienne dont je vous parlais tout à l'heure, ou bien encore le sous-sol de l'ancienne chapelle de l'Hôtel-Dieu...

— Cela ne fait que confirmer mes craintes. Les sous-sols de Notre-Dame sont vastes et, sans la totalité des pages de Villard, je ne saurais jamais où chercher... Au moment où il a écrit ses carnets, que connaissait-on de tout ça ?

— La construction de Notre-Dame a débuté en 1163 et a été achevée à la fin du XIVe siècle. Villard a donc probablement assisté au plus gros du chantier. Il a certainement vu la fin de l'élévation des portails de la façade, et peut-être même de la tour sud, au moment où le projet de flèches au sommet a été abandonné. Il n'est pas impossible que, de par son métier, il ait eu accès au cœur même du chantier... et donc à ce qu'il y avait en sous-sol.

— Cela accréditerait la thèse d'Albert Khron ?

— Pourquoi pas ? Mais il faut aussi que vous cherchiez dans d'autres directions, monsieur Mancel. Ceci n'est que l'histoire officielle. Il y aurait beaucoup à voir du côté de l'hermétisme. Vous savez ce que disait Victor Hugo au sujet de cette cathédrale ?

— Non, je l'ignore.

— « Notre-Dame de Paris est l'abrégé le plus satisfaisant de la science hermétique. » Magnifique, n'est-ce pas ? Et comme il avait raison ! Cette cathédrale est un véritable livre gravé dans la pierre, monsieur Mancel, et celui qui sait le lire y découvre bien des choses qui étaient chères à votre fameux Villard. Je vous cite quelques exemples, pour vous donner des pistes de réflexion.

— Je vous en prie...

Les yeux du vieil homme brillaient dans la pénombre. On sentait qu'il était fasciné par son sujet...

— Eh bien, il y a notamment cette fameuse légende sur le corbeau dont parle Hugo, justement. Souvenez-vous de ce passage où, alors que Quasimodo pleure au milieu des gargouilles, l'archidiacre Frollo tente de décrypter les symboles hermétiques qui emplissent la façade de la cathédrale. Hugo écrit : « Frollo calculait l'angle du regard de ce corbeau qui tient au portail de gauche et qui regarde dans l'église un point mystérieux où est certainement cachée la pierre philosophale. » La tradition veut que le regard de ce corbeau, aujourd'hui disparu, ait indiqué l'endroit précis où un certain Guillaume, évêque initié, avait caché la pierre philosophale, dans l'un des piliers de la nef. Et ce corbeau, alors ? Qu'est-il devenu ? A-t-il réellement existé ? Faut-il y voir, comme le faisait notre regretté Fulcanelli, l'allégorie de l'Humilité ? Il serait alors niché dans le médaillon du portail de la vierge, dans cette colombe, symbole de la *materia prima* et de la putréfaction...

L'homme, de plus en plus passionné par son sujet, se retourna sur sa chaise et attrapa derrière lui un ouvrage ancien. Il tourna rapidement les pages avant de s'arrêter au milieu.

— Je vous lis le passage. « C'est dans cette partie du porche que se trouvait sculpté autrefois le hiéroglyphe majeur de notre pratique : le corbeau. Principale figure du blason hermétique, le corbeau de Notre-Dame a, de tout temps, exercé une attraction très vive sur la tourbe des souffleurs : c'est qu'une vieille légende le désignait comme l'unique repère d'un dépôt sacré. »

Le Docteur referma le livre avec un sourire satisfait.

— Passionnant, n'est-ce pas ?

— Oui, mais cela ne m'aide pas beaucoup.

Le vieil homme haussa les épaules, visiblement déçu par le manque d'enthousiasme de son interlocuteur, et reposa le livre derrière lui.

— Chacun doit suivre son propre chemin, monsieur Mancel. Victor Hugo, lui, ne s'y est pas trompé. Le créateur d'Esméralda savait que la cathédrale renfermait un trésor unique. Et Esméralda, justement, n'est-elle pas l'incarnation de cette « émeraude des sages », à savoir le mercure philosophique des alchimistes ? Si vous voulez réellement comprendre le secret de Villard, vous allez devoir décrypter vous-même la symbolique de Notre-Dame, mon jeune ami. Comprendre, par exemple, que son élévation reproduit très exactement la superposition des trois strates de l'Univers : la crypte symbolise le monde souterrain, les murs et le sol figurent le monde des hommes, et les tours, bien évidemment, le monde divin.

— Et vous pensez que cela peut m'aider ?

— Mais bien sûr ! Les carnets de Villard, tout comme Notre-Dame de Paris, sont truffés de symboles alchimiques... Ce n'est pas un hasard. Je vous le répète, pour comprendre la démarche de Villard de Honnecourt, il vous faudra comprendre toutes ces choses.

— J'ignore si j'en suis capable...

— Je suis persuadé du contraire ! La lecture de l'architecture de cette cathédrale est un véritable voyage initiatique que vous vous devez d'entreprendre. Voyez cela comme votre apprentissage, Mancel. Cela commence par le pilier central et sa statue de Cybèle. Celle-ci porte deux livres dans ses bras. Le premier, en position ouverte, évoque la connaissance qu'apportent les textes et le second, fermé, la connaissance intérieure, hermétique. Cette démarche qui portera le novice jusqu'à la sagesse, c'est exactement celle que vous devrez faire : à partir des textes de Villard, vous devrez accéder à une connaissance intérieure. Ensuite, le chemin commence vraiment : il débute par le portail de Sainte-Anne, qui est la mère de la Vierge, et qui symbolise donc les origines du monde, la terre, ou l'œuvre au noir, pour les alchimistes. Vient ensuite le portail de la Vierge elle-même, représentant le cycle temporel des saisons et du travail. Après l'œuvre au noir, il s'agit donc de spiritualiser la matière, de lui offrir une âme. Enfin, le portail central, où se termine le chemin, représente le jugement dernier, l'œuvre accomplie, autrement dit : le Grand Œuvre. L'iconographie du portail reprend d'ailleurs tous les symboles employés par les alchimistes. Étudiez-le bien. Chaque médaillon possède un complément situé face à lui et qui lui est diamétralement opposé. C'est une invitation au perfectionnement : les défauts humains sont précisément cette *materia prima* que vous devez transformer en vertu.

— Je ne sais pas si j'aurai le temps de voir toutes ces choses en profondeur. Je ne suis pas, comme vous, un érudit.

— Ne confondez pas érudition et initiation, Erik.

— Pour le moment, je dois vous avouer que mes recherches seront davantage géographiques et architecturales : je recherche un lieu, quelque chose de concret, pas un symbole.

— Si vous le dites, répondit le docteur en souriant. Mais le symbolisme est une chose concrète, contrairement à ce que vous semblez croire. Vous seriez surpris de voir combien il peut, parfois, vous mettre sur la voie de ce que vous cherchez. Allez, je vous mets sur la voie : avez-vous remarqué que l'axe de Notre-Dame était légèrement incliné vers la gauche, à partir du chœur ?

— Non.

— Regardez sur un plan, vous verrez. Cette inflexion est également visible dans les cathédrales de Chartres ou de Reims.

— Intéressant... Et que signifie-t-elle ?

— Dans la tradition chrétienne, il est souvent admis que cette inclinaison de l'axe du chœur était une allusion à la position du Christ sur la croix... En somme, ce serait la traduction architecturale de cette phrase de saint Jean, dans son Évangile : « *Et inclinato capite, tradidit spiritum.* » Mais vos recherches vous amèneront peut-être à trouver une tout autre signification.

— Je ne voudrais pas vous paraître impoli, docteur, mais vous restez très vague.

— Je vous l'ai dit, Mancel, je ne vous donnerai pas la solution. Il ne servirait à rien que vous trouviez autrement que par vous-même. Tout ce que je suis disposé à vous dire, c'est que Notre-Dame est en effet un lieu tout à fait crédible dans le cadre de ce que vous recherchez. C'est ce que vous vouliez entendre, n'est-ce pas ?

— Oui.

— J'espère que vous trouverez, Erik. Mais l'essentiel, croyez-moi, n'est pas ce que l'on trouve, mais ce que l'on cherche.

Mancel haussa les épaules. Les paraboles du Docteur fleuraient parfois le charlatanisme de bas étage. Il avait toutefois une certitude : lancer des recherches dans les sous-sols de Notre-Dame n'était pas vain. C'était déjà un point de départ.

Il remercia son hôte et quitta les lieux rapidement, heureux d'abandonner l'ambiance sinistre de cette cave et de respirer l'air de la capitale.

Il fit quelques pas dans la rue puis, avant d'entrer dans sa voiture, appela l'un de ses hommes de main.

— Conrad ? Essayez de trouver un moyen d'entrer dans la crypte de Notre-Dame. Pas celle qui est ouverte au public. Non. Celle qui est véritablement en dessous de la cathédrale et à laquelle on accède par les catacombes. Et commencez les recherches. Prenez un maximum de photos. Je veux connaître chaque centimètre carré de cette satanée crypte. Quant à la jeune femme, transférez-la au plus vite dans l'entrepôt. Nous devons quitter la maison dès maintenant. La police risque de retrouver notre trace dans les papiers de Khron. Il devient dangereux de rester là-bas.

Il raccrocha et monta dans sa voiture. Tout n'était peut-être pas encore joué.

75.

Le jet privé de Frédéric Beck, un Falcon 900 de douze places, décolla de l'aéroport du Bourget peu après minuit. L'industriel avait formidablement bien préparé les choses. Une voiture était venue chercher les deux hommes à l'entrée de l'aéroport et les avait déposés au pied même de l'avion, où les trois membres de l'équipage les avaient accueillis en grande pompe.

On les avait ensuite installés dans la cabine personnelle de M. Beck, toute de cuir et de boiseries et, aussitôt après le décollage, on était venu leur servir des boissons. Là encore, plutôt que de leur proposer les mignonnettes bon marché que l'on sert d'ordinaire sur les avions de ligne, on leur tendit une carte fournie.

— Vous allez bien prendre un whisky avec moi, Krysztov ? murmura Ari en parcourant la liste des alcools.

— Non, désolé, jamais pendant le service.

— Vous plaisantez ? On a presque trois heures de vol devant nous. C'est un ordre !

Le garde du corps haussa les épaules en souriant.

— Ah, si c'est un ordre…

— Quel genre de whisky vous ferait plaisir, messieurs ? demanda le steward.

— Un single malt écossais, répondit Ari sans hésiter.

— Nous avons un Glenmorangie, dix-huit ans d'âge. Complexe, fruité et épicé à la fois, il a une très belle palette aromatique. C'est le favori de M. Beck…

Une lueur s'alluma dans les yeux de l'analyste.

— Parfait !

Le steward s'éclipsa poliment et revint quelques instants plus tard avec les deux whiskys secs, servis avec un verre d'eau à côté.

— C'est plus confortable que les carlingues de la FORPRONU ? ironisa Krysztov quand ils furent seuls dans la cabine.

— Oui… Il y a des jours où je me dis que je me suis trompé de métier.

Ils trinquèrent puis dégustèrent leur single malt alors que l'avion fonçait vers le sud-est de la France.

Après quelques minutes de silence, Ari pencha la tête contre le hublot et admira la lumière bleutée que la lune déposait à la surface des nuages. Il avait beau plaisanter avec Zalewski, la boule d'angoisse qu'il avait dans le ventre depuis l'enlèvement de Lola ne l'avait toujours pas quitté. Il savait qu'en allant en Italie, il parait au plus urgent : arrêter si possible la meurtrière, avant qu'il ne soit trop tard. Mais Lola, elle, n'était sans doute pas à Portosera. Elle était là, quelque part sous cet océan de nuages… Cela faisait maintenant deux jours qu'elle avait été enlevée et Ari n'arrivait pas à imaginer ce qu'elle faisait à ce moment précis. Comment se sentait-elle ? Quelles étaient les conditions de sa détention ?

Mackenzie frissonna. Chaque fois qu'il essayait d'imaginer ce que devaient être les pensées de la libraire, ce qu'elle devait éprouver, il ressentait comme un violent coup de couteau dans ses entrailles, comme un vertige soudain. Ce pincement que l'on ressent quand on revit, l'espace d'une seconde, un souvenir douloureux. Il se sentait tellement responsable ! Et, pour le moment, tellement impuissant !

— Ça ne vous dérange pas que j'éteigne la lumière, Krysztov ? J'aimerais essayer de dormir une heure ou deux avant que nous arrivions, demanda Ari en reposant son verre vide.

— Non, au contraire. Je crois que je vais en faire autant.

Ari lui adressa un signe de tête reconnaissant, éteignit les spots sur le plafond de la cabine et se blottit dans le fond de son large fauteuil. Il tenta de trouver le sommeil en se laissant bercer par le ronronnement des moteurs et les vibrations de l'appareil. Deux heures plus tard, quand l'avion entama sa descente, il ne sut s'il avait vraiment dormi ou seulement somnolé. Si les images qu'il avait vues n'avaient été que des pensées fugitives ou un rêve. Il se sentait en tout cas épuisé, la tête lourde.

L'avion se posa finalement en douceur sur une piste de l'aéroport de Capodichino. Naples était encore plongée dans la nuit noire.

Les deux hommes enfilèrent leurs manteaux et prirent chacun le sac à dos qu'ils avaient apporté. Pour éviter tout problème à la douane italienne, Ari et son garde du corps n'avaient emporté avec eux que le strict nécessaire : une arme de poing chacun, comme le leur autorisait leur permis en Union européenne, et le GPS de la BMW, Ari ayant prévu de louer une voiture pour rejoindre Portosera. Ils remercièrent chaleureusement les membres de l'équipage et rejoignirent l'aérogare à la lumière d'une lune pleine.

76.

Jean Colomben arriva au pied de son immeuble au petit jour. La mer, qu'il apercevait entre les vieilles bâtisses blanches du Rocher, se colorait peu à peu avec le lever imminent du soleil et la place Marco-Polo, déjà, commençait à s'animer.

Le vieil homme était épuisé et soulagé à la fois. Il avait passé la moitié de la nuit à marcher dans les rues en pente de Portosera et l'autre moitié à accomplir ce qui serait sans doute son dernier travail compagnonnique. Il avait le bout des doigts abîmé et était courbatu, mais il se sentait serein. C'était comme s'il s'était débarrassé d'un terrible fardeau, qu'il s'était libéré, enfin, pour affronter ce qui l'attendait à présent.

Il passa le porche et monta l'escalier en bois. L'octogénaire avait gravi et descendu tant de marches depuis la veille que ses jambes le faisaient souffrir à chaque pas. Mais il allait pouvoir se reposer. Se reposer et attendre.

Il monta tranquillement vers le dernier étage, marquant une pause à chaque nouveau palier. Au deuxième, un adolescent qui descendait les marches quatre à quatre salua poliment *il Francese* avant de disparaître en trombe derrière lui.

Arrivé enfin tout en haut de l'immeuble, Jean Colomben resta quelques secondes appuyé sur la rambarde. La tête lui tournait. Il reprit son souffle, puis il chercha ses clefs au fond de sa poche.

La main tremblante, il ouvrit la porte de l'appartement. La lumière du jour naissant éclairait faiblement l'entrée à travers une haute lucarne.

Le vieil homme enleva son chapeau et se dirigea, les pieds lourds, vers le salon.

Il eut à peine le temps de voir l'ombre grandir dans son dos. Le coup qu'il reçut sur le crâne lui fit perdre instantanément connaissance.

77.

Ari et Krysztov n'étaient plus qu'à quelques kilomètres de Portosera quand le soleil rouge apparut soudain derrière la ligne d'horizon, par-delà l'étendue verte de la mer Tyrrhénienne. Les rais de lumière montèrent d'un seul coup sur le pare-brise de leur voiture, dessinant des petits cercles colorés à la surface du verre. Les premières minutes du lever de l'astre leur offrirent un spectacle magnifique, comme un prélude à une journée peu ordinaire. Le ciel se dégradait du bleu à l'orange vif et les halos éblouissants du soleil allumaient mille photophores au milieu des flots calmes.

Ils continuèrent à longer la côte sans échanger un seul mot. Seules la musique de l'autoradio et, par moments, la voix féminine du GPS venaient rompre le silence de leur trajet. Puis, enfin, les premières maisons aux murs ocre de la ville portuaire se profilèrent au bout de la route.

À cet instant, alors que Portosera se dressait lentement devant eux, la station de radio diffusa une chanson qui glaça le sang d'Ari.

La probabilité pour qu'une station italienne jouât à cette minute ce morceau bien précis était si faible et l'événement si ironique. C'était comme si le hasard lui adressait un pied de nez, l'une des tortures cyniques dont il a le secret. Ari sentit une boule se nouer dans sa gorge et hésita à couper le son. Puis finalement il écouta jusqu'au bout ces paroles qu'il connaissait si bien. Cette chanson de Portishead que Lola et lui avaient écoutée mille fois ensemble. *Leur* chanson.

I'm so tired, of playing
Playing with this bow and arrow[1]...

Quand la dernière note du morceau retentit enfin dans les haut-parleurs, Ari se redressa sur son siège et serra les poings. Il essaya de ne pas penser à Lola. Ou plutôt de ne puiser en elle que la force nécessaire pour la bataille qu'il allait devoir livrer.

78.

D'abord, une lumière éblouissante, floue. Puis les contours de l'abat-jour qui se dessinent lentement, deviennent de plus en plus nets. Le plafond, ensuite, qui apparaît derrière, blanc cassé. Le plafond lézardé

1. *Je suis si fatiguée de jouer,*
De jouer avec cet arc et cette flèche...

de son vieil appartement. Et un visage, enfin. Celui d'une femme. Celui de *cette* femme.

Jean Colomben reprenait ses esprits. Il ne lui fallut pas longtemps pour comprendre ce qui se passait.

Elle l'avait assommé, puis elle l'avait attaché, là, sur la table de la salle à manger. L'ampoule de la lampe se balançait de droite à gauche juste au-dessus de sa tête. Il sentait couler près de son oreille le liquide chaud et poisseux. En le frappant, elle avait dû lui ouvrir le crâne et il saignait abondamment.

Il cligna des yeux pour tenter de faire le point. Les traits de la femme, penchée au-dessus de lui, lui apparurent enfin plus clairement. Elle était si jeune ! Et si belle ! Elle avait les yeux d'un bleu turquoise et une longue chevelure blonde, presque blanche, les traits fins, la peau claire, et sa bouche, sans le moindre maquillage, était comme celle d'une enfant.

Il n'arrivait pas à croire qu'une femme pareille pût être l'auteur de tous ces crimes odieux. C'était tellement inconcevable, tellement irréel ! Et pourtant, il ne pouvait en être autrement : elle avait tué ses cinq compagnons. Et, à présent, c'était son tour.

Alors qu'il détaillait, stupéfait, le visage de cette jeune femme, Jean Colomben la vit soudain lever un bras. Il distingua alors dans sa main droite un rasoir de barbier, ouvert. Un frisson lui parcourut l'échine. Il tenta de se débattre, mais il était trop solidement attaché pour faire le moindre geste.

La jeune femme passa derrière lui et posa sa main gauche sur la joue du vieil homme, avec une tendresse inattendue.

— Je n'ai pas trouvé ce que je cherchais, Jean.

Il y eut un léger cliquetis et il sentit le métal glacé du rasoir se poser à la base de sa nuque.

— Cela me contrarie. Toutefois, cela prouve que vous êtes moins négligent que vos cinq compagnons. Vous êtes le seul pour lequel j'éprouve même un peu de respect, monsieur Colomben. Un tout petit peu de respect. Mais il va falloir me dire ce que vous avez fait de votre carré, maintenant.

La lame remonta d'un coup sec à l'arrière de son crâne, emportant avec elle ses quelques cheveux blancs dans un bruit de grattement. Le vieil homme se mordit les lèvres de douleur. Puis la femme recommença. À chaque petit coup de lame, il sentait de nouvelles coupures s'ouvrir dans son cuir chevelu.

— Vous savez bien que je ne vous dirai rien, souffla-t-il en serrant les dents. De toute façon, que je vous le dise ou non, vous allez me tuer. Alors faites ce que vous avez à faire, mais vous ne trouverez jamais le dernier carré.

Lamia arrêta aussitôt les allées et venues de sa lame de rasoir. Elle posa ses deux mains sur les tempes du vieil homme.

— Oui, je sais que vous en êtes persuadé, Jean. Parce que pour le moment, vous êtes capable de vous contrôler. Mais vous verrez, tout à l'heure. Vous verrez quand j'aurai commencé à percer votre crâne, ici...

Elle leva sa main droite et appuya son index sur le dessus du crâne du vieil architecte.

— Je sais que cela ne sera pas de bon cœur et je vous comprends, cela vous honore, mais vous parlerez, Jean. Croyez-moi, vous parlerez. Les autres, je leur avais injecté du curare, pour éviter qu'ils ne se débattent. Mais vous, je me suis contentée de bien vous attacher. Et vous verrez : vous parlerez.

Puis elle se remit à raser les derniers cheveux de Jean Colomben presque avec douceur.

Sentant les gouttes de sueur qui coulaient de son front et se mêlaient à présent au sang dans son cou, le vieil homme ferma les yeux.

Comment une femme comme elle pouvait-elle se transformer en un pareil monstre ? Il y avait quelque chose qui ne cadrait pas, et c'était sans doute plus effrayant encore. Son calme et sa beauté rendaient sa folie plus insupportable.

Il avait cru, jusqu'à maintenant, que cela serait facile. Qu'il avait passé l'étape la plus difficile et que – maintenant que son carré était en sécurité – la mort ne serait qu'une douce délivrance.

Mais il commençait à douter. D'ailleurs, s'il ne s'était donné la mort lui-même, c'était bien qu'il n'était pas aussi brave qu'il eût aimé l'être.

Oh, ce n'était pas vraiment la mort qui lui faisait peur. Mais la douleur...

L'angoisse, à présent, commençait à le prendre, progressive et sournoise. Et si cette femme, aussi démente fût-elle, avait raison ? S'il finissait par craquer ? Si la douleur avait raison de lui, de sa volonté, de son silence ? Comment savoir de quelle manière il allait réagir ? Quelles seraient les limites de sa résistance ?

La douleur, il la côtoyait depuis longtemps. Il avait même fini par l'apprivoiser. C'était le lot des hommes de son âge. Mais ce que cette femme était capable de faire dépassait largement tout ce qu'il avait pu ressentir jusqu'à présent. Et il ne voulait pas partir ainsi. Partir dans la plus aiguë des souffrances.

Jean Colomben serra les poings. *Ne pas y penser.* Il fallait qu'il se concentre sur autre chose. Il savait pertinemment qu'il n'avait pas le choix. Qu'elle finirait, de toute façon, par le tuer de la même manière qu'elle avait tué les cinq autres. Au bout du compte, il n'y avait qu'une route à suivre : celle qui menait vers la mort. Et il fallait qu'il prenne cette route sans dévier. Il suffisait qu'il se fasse une promesse : ne plus jamais ouvrir la bouche. Oui. Se tenir à cette seule promesse, quoi qu'il advienne. *Ne plus jamais ouvrir la bouche.*

Et comme pour sceller son serment, Jean Colomben ouvrit soudain les yeux et prononça ce qui devait être ses dernières paroles.

— Vous avez échoué, mademoiselle.

Il referma aussitôt les paupières et attendit, la mâchoire serrée, que viennent la souffrance et la mort.

Sur maître Jacques, sur le père Soubise, sur le temple de Salomon, sur les bons-drilles de jadis, les gavots, sur tous les enfants du compagnonnage, il jura de se taire et d'accepter de mourir dans la plus effroyable souffrance.

La lame du rasoir descendit une dernière fois le long de sa nuque. Puis la femme fit quelques pas derrière lui. Il l'entendit fouiller dans un sac, déplacer une chaise et brancher une prise de courant au pied du mur.

Elle se rapprocha et se colla contre la table. Il sentit ses vêtements sur son épaule mais garda les yeux fermés.

Soudain, il entendit le bruit terrible de la perceuse qui se mettait en route. Le vieil homme sursauta.

Non ! Maîtrise-toi ! Tu es un enfant de maître Jacques. Souviens-toi. Vivre pour l'humanité, mourir honnête compagnon.

La femme laissa tourner la mèche dans le vide pendant un long moment. Cela faisait partie de la torture mentale qu'elle voulait lui infliger. Puis, doucement, elle approcha la perceuse de son crâne.

Tout son corps se raidit. Il ne pouvait s'empêcher de bander ses muscles, comme pour se protéger du monde extérieur. C'était un instinct défensif, une réaction automatique sur laquelle il n'avait aucune prise. La peur, maintenant, s'était emparée de son être physique. Mais pas de son âme. Il devait résister. Et pour ne pas laisser son esprit s'évader, il commença alors à répéter en son for intérieur les paroles qu'il avait prononcées très précisément soixante-cinq ans plus tôt, le jour de sa réception, à Paris, dans la confrérie des compagnons du Tour de France.

Je jure de garder fidèlement et à jamais les secrets des compagnons de Liberté, de ce Devoir et de son compagnonnage...

La mèche cogna en rebondissant plusieurs fois contre son crâne et il sentit la peau se déchirer d'un seul coup. Sa mâchoire se serra encore davantage, repoussant la douleur.

Je promets de ne jamais rien écrire sur le papier, de ne jamais rien tracer sur l'ardoise ou la pierre...

La tige de métal s'enfonça alors dans la fine couche osseuse avec un crissement aigu. Le vieil homme se mordit la langue, refusant de lâcher le cri d'effroi qui montait dans sa gorge. Il sentit le goût amer du sang couler sur son palais. Les mots qu'il récitait dans sa tête devenaient un hurlement silencieux, comme si son inconscient eût tenté de couvrir le bruit épouvantable de la perceuse qui lui trouait le crâne.

JE PRÉFÉRERAIS ET JE MÉRITERAIS D'AVOIR LA GORGE COUPÉE, MON CORPS BRÛLÉ, MES CENDRES JETÉES AU VENT SI J'ÉTAIS ASSEZ LÂCHE POUR LES DÉVOILER !

Il y eut soudain le bruit sec d'une paroi qui cède. La mèche venait de passer la couche osseuse. Les yeux de Jean Colomben s'ouvrirent de terreur, exorbités. Mais il continua...

JE PROMETS DE PLONGER UN POIGNARD DANS LE SEIN DE CELUI QUI DEVIENDRAIT PARJURE À SON SERMENT ; QU'IL M'EN SOIT FAIT AUTANT SI JE LE DEVIENS.

Soudain, la mèche ressortit d'un coup, dans un bruit de succion ignoble, et le bourdonnement de la perceuse s'éteignit lentement.

— Jean. Où avez-vous mis votre carré ?

La poitrine du vieil homme se soulevait et se rabaissait à toute vitesse sans qu'il pût reprendre son souffle.

— Où avez-vous mis votre carré ? répéta la femme en posant à ses pieds la perceuse ensanglantée.

Le liquide poisseux coulait dans son cou. Il aurait voulu pouvoir fermer à nouveau ses paupières, mais son corps refusait à présent de lui obéir. Du coin de l'œil, il la vit alors soulever à côté de lui une seringue qu'elle sortit d'un emballage plastique.

Il répéta à nouveau le serment dans sa tête.

Je jure de garder fidèlement et à jamais les secrets des compagnons de Liberté...

La femme laissa la seringue juste à côté de lui et disparut vers l'entrée du salon. Elle revint avec une bouteille de verre qu'elle déposa sur le coin de la table. Il ne put lire l'étiquette, tournée de l'autre côté, mais il savait pertinemment ce qu'il y avait à l'intérieur. Il avait lu les journaux.

Je promets... je promets de ne jamais rien écrire... de ne jamais rien écrire sur le papier...

— Jean. J'ai ici de l'eau, dit-elle en déposant une grande bouteille sur la table. Je vais vous tuer, Jean. C'est vrai. Nous le savons tous les deux. Je vais dissoudre votre cerveau. Offrir à la terre creuse l'intérieur des crânes des six compagnons. C'est le rituel, et vous savez la valeur des rituels. Mais j'ai deux façons de le faire. Si vous me dites tout de suite où se trouve votre carré, je vous injecte le produit pur et j'abrège immédiatement votre calvaire. Mais si vous refusez de parler, je le dilue. Et cela prendra beaucoup de temps. Vous allez progressivement perdre la raison, et vous finirez par me dire ce que je veux entendre. Allons, Jean, parlez. Vous savez bien que, de toute façon, je finirai par le retrouver. Où avez-vous caché votre carré ?

... de ne jamais rien tracer... Je promets. Je promets de ne jamais rien tracer... tracer sur l'ardoise ou la pierre... la pierre...

— Comme vous voudrez, Jean. Je vous promets que bientôt vous me supplierez de vous achever.

La femme dévissa lentement le bouchon du flacon d'acide et en versa le contenu dans la bouteille d'eau.

Elle mélangea le tout, puis elle plongea l'aiguille de la seringue à l'intérieur et aspira le liquide transparent.

79.

Ari et Krysztov arrivèrent devant le numéro 6 de la place Marco-Polo, au cœur de la petite île, à l'ouest de Portosera. Il n'y avait pas de code ou d'interphone, seulement une lourde porte en bois qu'Ari s'empressa de pousser.

Ils pénétrèrent dans l'entrée obscure et cherchèrent une éventuelle liste des habitants pour trouver l'étage où logeait Jean Colomben. Ils avaient essayé plusieurs fois de le joindre par téléphone sur le trajet depuis Naples, mais toujours sans succès. L'homme était peut-être déjà mort depuis longtemps. Ari désigna les boîtes aux lettres. Le nom de l'architecte figurait bien sur l'une d'entre elles, mais sans aucune autre indication.

— Il y a peut-être un concierge...

Ils ouvrirent la porte vitrée qui menait à l'escalier. Il n'y avait qu'une seule autre porte, sur leur droite, mais qui ne ressemblait pas à celle d'un appartement. Ari la poussa et découvrit le local où les occupants de l'immeuble descendaient leurs poubelles...

— Bon, on n'a qu'à frapper à toutes les portes, on finira bien par trouver.

L'analyste passa le premier et monta les marches en bois du vieil escalier. Le plâtre sur les murs s'effritait et il régnait une odeur âcre de renfermé.

À l'étage, Ari frappa à la première porte. Rien. Il tenta sa chance à la seconde porte. Toujours personne. Ils se remirent en route vers le deuxième.

Cette fois, arrivés sur le palier, ils entendirent de la musique classique. Un lied de Schubert qui passait sur un vieux gramophone.

Ari frappa à la porte. Aucun bruit de pas. Les deux hommes échangèrent un regard. Ils attendirent encore quelques secondes, puis Ari tapa une nouvelle fois, plus fort. La porte s'ouvrit enfin.

Une vieille femme replète apparut dans l'entrebâillement, vêtue d'une épaisse robe de chambre.

— *Cosa poteste ?*

— Jean Colomben, prononça Mackenzie en articulant le plus clairement possible. Nous cherchons Jean Colomben.

— *Il Francese ?*

— *Si*. Jean Colomben. L'architecte.

— *Ah sì. Abita all'ultimo piano,* dit la vieille femme en pointant du doigt vers le haut.

— Au dernier étage ? précisa Ari en imitant son geste.

— *Si, si.*

— *Grazie mille !*

Les deux hommes se remirent aussitôt en marche sous le regard inquisiteur de la vieille dame.

Plus il montait, plus Ari accélérait son pas, comme si le suspense devenait de plus en plus insupportable. Par deux fois, la meurtrière lui avait échappé. Mais il s'en approchait un peu plus à chaque meurtre. Cette fois serait peut-être la bonne. Il le fallait. Parce que c'était sa dernière chance.

Ils arrivèrent enfin au dernier étage. Contrairement aux autres paliers, il n'y avait ici qu'une seule porte. Ari s'empressa de frapper contre le vieux bois vert. Il y eut, comme en réponse, un bruit sourd à l'intérieur. Puis plus rien. Il frappa à nouveau, beaucoup plus fort.

— M. Colomben ! C'est Ari Mackenzie ! Ouvrez !

L'appartement resta silencieux quelques secondes. Puis soudain un éclat de verre retentit de l'autre côté de la porte.

— On entre ? demanda Krysztov.

Ari hocha la tête en dégainant.

Le grand Polonais se mit face à l'entrée, fit un pas en arrière et donna un grand coup de pied à côté du chambranle. Le bois se fendilla en craquant, mais la porte résista. Il recommença une deuxième fois, puis une troisième. La serrure céda et la porte s'ouvrit d'un coup.

Ari se précipita à l'intérieur, l'arme en joue. À peine entré, il vit dans la pièce principale, en face de lui, le corps immobile d'un homme, ligoté sur une table, le crâne ensanglanté. Krysztov le suivit pour se mettre en couverture. Ari jeta un coup d'œil dans un couloir sur sa gauche. Pas de lumière. Une porte à droite. Il fit signe à Zalewski d'aller vérifier, puis il s'avança prudemment vers le salon, le cœur battant.

L'analyste reconnut aussitôt l'odeur d'acide qu'il avait sentie à Chartres, chez Paul Cazo. Il se précipita vers la table où était attaché le vieil homme.

La poitrine de Jean Colomben se soulevait lentement. Il respirait encore. Ari posa une main sur la tempe de l'architecte. Les yeux grands ouverts, celui-ci tourna lentement la tête et le fixa du regard, l'air complètement perdu, hagard. Ses lèvres tremblaient. Le visage blafard et humide, le crâne couvert de sang, il ressemblait à un mort.

— *Parlé*, murmura-t-il. *J'ai parlé*...

— Ne vous inquiétez pas, monsieur Colomben. On va s'occuper de vous, balbutia Ari. C'est fini...

L'analyste fit un pas en arrière et inspecta la pièce. Il vit la bouteille de verre brisée au sol et un sac rouge entrouvert, posé négligemment au milieu du salon et dont dépassait une perceuse pleine de sang. Il releva la tête et regarda, de l'autre côté de la table, la fenêtre grande ouverte. Le vent froid soufflait depuis la mer.

— Elle est partie par là ? demanda Mackenzie en désignant la fenêtre.

L'octogénaire n'avait sans doute plus la force de hocher la tête, mais Ari décida que le clignement de ses yeux était un acquiescement suffisamment clair.

Krysztov réapparut au même instant dans le salon.

— RAS. L'appartement est vide, dit-il en s'approchant.

— Elle s'est barrée par les toits, répliqua Ari en s'approchant de la fenêtre. Occupez-vous de lui, appelez les secours. Je vais essayer de la rattraper.

— Non, je vous laisse pas monter là-haut tout seul !

— Krysztov, on n'a pas le choix, là. Occupez-vous de lui, bordel !

Il passa une jambe par-dessus le bord de la fenêtre, s'agrippa à la gouttière et se hissa dehors. Cinq étages plus bas, il aperçut la ruelle déserte. Il retourna aussitôt la tête, de peur d'être pris de vertige. Les hauteurs n'avaient jamais fait son enchantement.

Les deux pieds sur la balustrade, il poussa sur ses jambes pour grimper sur le toit de vieilles tuiles rouges et jeta aussitôt un coup d'œil de chaque côté. À gauche, vers la mer, l'immeuble s'arrêtait à quelques mètres à peine. Le toit du bâtiment suivant était trop éloigné pour qu'elle se fût enfuie par là. Mais à droite, le sommet d'un immeuble mitoyen légèrement plus élevé était accessible par une vieille échelle.

Ari n'hésita pas une seconde et, plongeant son buste vers l'avant, il monta sur le toit. Prenant garde à ne pas glisser sur les tuiles, il se dirigea prudemment vers le mur de brique, à quelques mètres de là. À chaque pas, il devait vérifier la stabilité du sol avant de prendre appui. Les tuiles s'entrechoquaient, craquaient parfois. Alors qu'il approchait lentement du mur, il crut voir passer une ombre au-dessus de lui. Il leva la tête et aperçut la chevelure blonde de la meurtrière, quelques mètres plus haut, au sommet de l'immeuble voisin. Il prit aussitôt son arme dans son holster et, sans avoir vraiment le temps de viser, tira en sa direction. Mais la femme s'était déjà mise à l'abri.

Ari jura et, décidé à en finir, se mit à courir sur le toit, le bras gauche à l'horizontale pour ne pas perdre l'équilibre. Au milieu de sa course, une tuile lâcha sous son pied et il faillit tomber à la renverse. Il se rattrapa de justesse au flanc d'une cheminée. Des tuiles décrochées glissèrent et s'éclatèrent avec fracas cinq étages plus bas.

Ari marqua un temps d'arrêt. Le rythme de son cœur s'était encore accéléré. Il s'efforça de ne pas regarder du côté du vide et se remit en route. Arrivé au pied de l'échelle, il reprit sa respiration avant de commencer sa montée. Son arme à la main, il gravit un à un les échelons rouillés tout en scrutant le haut de l'immeuble. Ses semelles faisaient résonner les barres de fer. Impossible de monter sans faire de bruit. Il n'y avait plus de temps à perdre.

Alors qu'il était à mi-chemin, Ari eut tout juste le temps de voir une forme apparaître en haut de l'échelle et reçut, l'instant d'après, un choc violent en plein sur le sommet du crâne.

La brique se brisa sur son front. Sonné, Mackenzie perdit l'équilibre et tomba à la renverse. Il s'écroula deux mètres plus bas dans un vacarme terrible de bris de terre cuite et de craquement de bois. Il sentit aussitôt la blessure dans son dos et poussa un cri de douleur et de rage.

À l'aveugle à nouveau, étalé sur le dos au milieu du toit défoncé, il leva son arme et tira deux balles vers le haut de l'échelle. Mais c'était trop tard.

Il se releva péniblement en évitant le trou qu'avait occasionné sa chute et retourna en boitillant jusqu'au pied de l'échelle. Le dos endolori, il monta malgré tout prestement, en ne s'aidant cette fois que d'une main afin de pouvoir faire feu au moindre mouvement suspect.

Cette fois, il put finir son ascension sans recevoir de projectile. Mais ce n'était pas forcément bon signe : la meurtrière avait filé. Arrivé en haut, il se mit en joue à ras du toit et balaya toute la surface du regard. Elle n'était visible nulle part. Mais il y avait deux cheminées devant lui, assez larges pour que quelqu'un se cachât derrière.

Il grimpa les derniers échelons et avança en diagonale, le plus silencieusement possible. Les deux mains serrées sur son arme, il progressait en visant alternativement les deux cheminées. Le toit était ici bien plus récent, plus solide, et il parvint à approcher sans faire de bruit.

Quand il fut à la hauteur de la première cheminée, il s'immobilisa, inspira profondément, puis se précipita pour découvrir ce qu'il y avait derrière. Rien. Il fit volte-face et se dirigea vers la seconde.

Le vent de la mer soufflait fort dans son dos. Le col de son manteau battait contre ses joues. Pas après pas, le doigt sur la détente, il franchit les quelques mètres qui restaient. Quand il fut à côté de la dernière cheminée, il se décala légèrement pour ouvrir son angle de tir, puis il se lança.

La meurtrière n'était pas là non plus. Elle avait dû quitter le toit avant qu'il arrive. Il jeta un coup d'œil de l'autre côté et aperçut l'extrémité de la rambarde métallique d'un escalier de secours. Il se précipita dans sa direction. Arrivé au-dessus du vide, il tendit la pointe de son arme vers le bas, puis jeta un premier coup d'œil. L'escalier descendait en zigzag jusque dans une petite cour.

Soudain, au niveau du deuxième ou du troisième étage, il aperçut la chevelure blonde de la fugitive. Il ajusta son tir et appuya deux fois sur la détente. Les balles ricochèrent sur l'escalier en projetant des étincelles. La femme s'écarta puis reprit sa descente. Ses pas claquèrent sur les marches grillagées. Ari tenta d'ajuster son tir. Difficile de l'atteindre à travers le treillis de métal. Il rechargea son Manurhin et se lança dans l'escalier. Il dévala les marches quatre à quatre, manquant plusieurs fois de tomber. Arrivé au troisième étage, il vit, tout en bas, la meurtrière sauter dans la cour et foncer vers la porte qui donnait sur la rue. Il se pencha par-dessus la rambarde et tira deux coups de feu, mais rata une nouvelle fois sa cible. La femme ouvrit la porte et disparut de l'autre côté de la paroi, dans la rue.

— Et merde !

Il sauta des groupes de marches en s'agrippant à la rampe pour ne pas tomber. Le froid mordant de l'hiver glaçait ses doigts et son visage.

Arrivé en bas, il s'immobilisa soudain au milieu de sa course. La femme était peut-être juste derrière la porte, à l'attendre. Sortir de ce côté-là était bien trop risqué. Du haut de l'escalier, il avait eu le temps de voir que la cour faisait tout le tour de l'immeuble et il décida de rebrousser chemin pour voir s'il n'y avait pas une autre sortie. Il courut dans la petite allée, le souffle court, et trouva en effet une seconde issue. Il poussa la porte en vieilles lattes de bois et sortit prudemment dans la rue.

Une fois sur le trottoir, il inspecta la place Marco-Polo. Soudain, il aperçut la grande blonde du côté opposé. Il se mit à courir droit devant. Arrivé sur le côté nord de la place, derrière une rangée de voitures, il vit la femme se retourner et le chercher du regard, en direction de la porte par laquelle elle était sortie. Ari se plaqua derrière une camionnette. La meurtrière sembla ne pas l'avoir vu et se remit en route, plus lentement, avant d'obliquer dans une rue à droite. Ari attendit un instant, puis il reprit la poursuite en tentant de rester à l'abri.

Quand il fut de l'autre côté de la place, il s'arrêta. Il avait à présent le choix. Soit il suivait le même chemin qu'elle et essayait de la rattraper, au risque de se faire repérer avant d'arriver à sa hauteur, soit il tournait dans la rue précédente dans l'espoir de la prendre à revers, en courant plus vite qu'elle jusqu'au prochain croisement. C'était osé, mais il opta pour cette solution.

Sous le regard inquiet des passants, Ari se mit à courir dans la rue parallèle à celle qu'avait empruntée la meurtrière. Le soleil était déjà monté au-dessus des immeubles et incendiait la voie de ses rayons éblouissants. Il laissa passer deux voitures et traversa pour rejoindre le trottoir opposé.

À bout de souffle, les jambes coupées, il atteignit enfin l'intersection. La main plongée sous son trench-coat, le poing fermé sur la crosse de son Manurhin, il s'engagea dans l'avenue où, espérait-il, il allait pouvoir surprendre la femme à contresens.

Mais après quelques pas, il dut se rendre à l'évidence : aucune chevelure blonde sur aucun des deux trottoirs. Ni en aval ni en amont. Elle avait tout simplement disparu. Il poussa un nouveau juron et revint vers le premier croisement. Il fit un tour sur lui-même, inspecta chaque recoin, chaque porche, chaque voiture, mais ne la vit nulle part.

Il leva la tête vers le ciel, dépité. Comment avait-il pu la perdre une nouvelle fois ? Il avait été si proche !

Il prit son téléphone portable dans sa poche pour appeler Krysztov et vit qu'il avait reçu trois appels en absence. C'était justement le garde du corps qui avait tenté de le joindre. Il le rappela aussitôt.

— Krysztov ? Vous en êtes où ?

— Les secours ne vont pas tarder. Et vous ?

— Je l'ai perdue à l'instant ! Dans la rue...

— Écoutez, j'ai essayé de vous appeler, parce que M. Colomben n'a pas arrêté de répéter une phrase avant de tomber dans le coma. Et je pense que ça vous était adressé...

— Quoi donc ?

— Eh bien, ce n'était pas très clair, mais il ne cessait de répéter le mot *Providence*, le mot *Catacombes* et le chiffre treize.

— Providence ?

— Oui.

— C'est le nom de la fontaine qui est en haut de la ville. La Fontaine de la Providence... C'est peut-être là que se rend la meurtrière. Peut-être que le carré de Colomben avait un rapport avec cette fontaine. Les carrés semblent tous être liés à une œuvre d'art ou à un monument. Je vais y aller.

— Vous ne voulez pas m'attendre, Ari ?

— Non. Si c'est bien là que la meurtrière se rend, ce coup-ci, je ne veux pas la rater ! J'y vais. Attendez les secours et essayez de vous renseigner pour savoir s'il y a des catacombes sous la fontaine, ou quelque chose comme ça. Rappelez-moi dès que vous avez la moindre info !

— Ça marche.

Ari raccrocha et interpella aussitôt une jeune femme dans la rue.

— Excusez-moi, la Fontaine de la Providence, *per favore* ?

— Ah... Eh... Là-bas, répondit-elle avec un terrible accent italien. Après le pont. *Si*. Perspective Garibaldi... en haut des escaliers.

— C'est loin ? Je peux y aller à pied ?

— Pas loin, pas loin... Dix minutes...

— OK. *Grazie mille*.

Il se mit aussitôt en route. Il traversa la rue d'un pas rapide et arriva en vue du pont qui reliait l'île au reste de la ville. Le téléphone au creux de la main pour ne pas manquer l'appel du garde du corps, il marcha de plus en plus vite malgré la douleur qui ne cessait de grandir dans son dos. Il aperçut bientôt au loin un croisement avec une large avenue, qui, à en juger par la splendeur des façades, devait être la fameuse perspective Garibaldi.

Arrivé à l'intersection, il découvrit sur la droite, tout au bout de l'avenue, les escaliers immenses qui montaient sur la colline de Portosera.

Il commençait à y avoir du monde dans les rues. Ari se faufila entre les gens, les bousculant parfois, sans cesser de chercher dans la foule la chevelure blonde de la femme. Tout en avançant vers les marches du grand escalier, il se répétait les mots que lui avait rapportés Krysztov. *Providence. Catacombes. Treize.* S'il y avait peu de doute que le premier faisait référence à la fontaine, que voulaient dire les deux autres ? Y avait-il des catacombes sous la fontaine ? Le 13 correspondait-il à un numéro de rue ?

Il lui fallut au moins cinq minutes pour arriver au pied des marches majestueuses qui semblaient s'évader au-dessus de la ville. Ari fit une pause avant d'entamer son ascension. Il passa sa main sous son manteau et se frotta le dos en grimaçant. Il sentit à travers sa chemise qu'il saignait. Il avait dû se couper en tombant sur les tuiles. Mais ce n'était pas le moment de faiblir. Il commença la longue escalade au pas de course. Quelques touristes montaient et descendaient autour de lui, mais il était le seul à gravir l'escalier de Michel-Ange en courant et ne passait bien sûr pas inaperçu. Les marches n'en finissaient pas. Ari se demanda si ses jambes pourraient le porter jusqu'en haut.

Il y avait une ambiance de plus en plus singulière à mesure qu'il approchait du parvis surélevé. Les bruits des voitures sur la grande artère s'estompaient peu à peu derrière lui, tandis que grandissait le souffle grave du vent. Les derniers mètres furent particulièrement pénibles. Il lui fallut puiser du courage au-delà de ses forces. Puis, éreinté, il arriva au sommet de l'escalier.

Tout en avançant sur le parvis, il se plia en deux, écrasé par la fatigue, le visage déformé par une grimace de douleur. Il reprit son souffle en titubant, puis il se redressa et inspecta l'immense esplanade à la recherche de la meurtrière. La tête lui tournait. Il tenta malgré tout de rester debout pour inspecter minutieusement tout l'espace autour de lui. Mais il n'y avait là que des touristes, des couples, des badauds qui flânaient, insouciants, et quelques pigeons qui sautillaient sur la dalle.

En retrait, au coin nord-est du parvis, la cathédrale de Portosera resplendissait dans le soleil bas de l'hiver. Son architecture gothique restait somme toute assez sobre – comme souvent en Italie, où ce style était assez peu représenté. Toute de pierre blanche, elle s'élevait de tours ajourées, qui laissaient la part belle à de grands vitraux colorés. Malgré sa taille modeste, ses arcs brisés appuyaient encore l'impression d'un élan vertical.

Ari sentit son téléphone sonner au creux de sa main. Il vit s'afficher le numéro de Krysztov et répondit aussitôt.

— Ari, j'ai obtenu des infos qui pourraient vous être utiles…

— Je vous écoute.

— La Fontaine de la Providence a été construite par Michel-Ange. Le mécanisme que l'artiste avait inventé pour la faire fonctionner a aujourd'hui disparu et a été remplacé par un système électrique en circuit fermé, auquel on a accès par une simple trappe sur le parvis. Mais l'ancien mécanisme, lui, était dans une salle souterraine, dans d'anciennes catacombes, juste quelques mètres en dessous du parvis. À mon avis, c'est à cela que M. Colomben faisait référence, vous ne croyez pas ?

— Sans doute. Et comment on y accède, à ces catacombes ?

— Il y aurait plusieurs entrées, mais la plus proche de la Fontaine est située dans la crypte de la cathédrale.

— OK. Je vais aller voir ! Ça en est où, de votre côté ?

— Les secours sont là. Colomben est dans le coma. Ils essaient de le ranimer, mais c'est pas gagné. Et j'ai un peu de mal à leur expliquer ce que je fous là... Les carabiniers vont arriver d'un moment à l'autre, ça risque de se corser.

— Appelez le procureur Rouhet. Dites-lui de se mettre en contact avec eux et de vous couvrir. Vous avez son numéro ?

— Oui, oui... Je vais me prendre le savon à votre place, merci Ari !

— À tout à l'heure, Krysztov.

Mackenzie raccrocha et se mit en route vers la cathédrale, à gauche de l'esplanade. De loin, il aperçut des visiteurs qui entraient dans la grande bâtisse. Au moins, elle était ouverte.

Il rejoignit rapidement le portail ouest et se glissa à l'intérieur, entre deux immenses portes de bois. Il se laissa immédiatement imprégner par l'atmosphère silencieuse et sacrée du lieu. Une musique religieuse résonnait discrètement dans l'espace froid, comme venue d'une distance lointaine. Les rayons du soleil à travers les vitraux et la lumière vacillante des bougies faisaient un jeu magique de clair-obscur sous la haute voûte de pierre. Des gens marchaient lentement dans les allées, au pied des statues, sans faire de bruit, pendant que d'autres se recueillaient, isolés ici et là sur des prie-Dieu.

Ari regarda alentour. Il devait trouver la crypte au plus vite. Il y avait de nombreuses portes d'un côté comme de l'autre, susceptibles de mener au sous-sol. Il était évidemment hors de question de demander son chemin à qui que ce fût : l'entrée des catacombes était probablement interdite. Mais si la meurtrière l'avait précédé, comme il le supposait, cela signifiait qu'il devait y avoir un moyen d'y pénétrer discrètement.

Les portes au bas de l'église étaient sans doute celles qui menaient vers les tours. Ari décida d'aller voir plus avant. Sans perdre de temps, il se mit en route et longea la nef latérale droite. À mi-chemin, dans l'ombre, il entendit un prêtre qui officiait dans un confessionnal. Quelques fidèles, assis sur un banc, attendaient leur tour. Ils levèrent les yeux à son passage. Ari se rendit compte qu'il transpirait à grosses gouttes, que son manteau était en piteux état et que sa chute sur le toit lui avait laissé quelques stigmates... Il continua malgré tout son chemin.

Quelques mètres plus loin, il repéra une porte fermée sur le mur de droite. Quand il fut sûr que personne ne le regardait, il s'approcha de la porte et actionna discrètement la poignée. La serrure était fermée. Il se remit en marche.

Il arriva bientôt à hauteur du transept et traversa la cathédrale dans la lumière plongeante qui jaillissait des vitraux. Tout au bout de la nef latérale gauche, il aperçut une nouvelle porte. Il distingua un écriteau blanc affiché au-dessus. Il accéléra le pas pour voir s'il ne s'était pas trompé : pas de doute, le mot *cripta* était bien écrit en lettres gothiques. Et la porte était entrouverte.

Ari jeta un coup d'œil circulaire. Il n'y avait pas grand monde de ce côté-ci et personne ne semblait lui porter attention. Il marcha droit vers l'entrée et, sans se retourner, franchit la petite porte.

Une faible lumière jaune éclairait l'escalier en pierre qui s'enfonçait dans le sous-sol de la cathédrale. Ari dévala les marches quatre à quatre. En bas, il poussa une seconde porte et découvrit la longue crypte voûtée, plongée dans la pénombre. Avec un mobilier quasi inexistant, quelques chaises et une table seulement, elle ne devait servir qu'en de rares occasions. Toutefois, des chandeliers étaient alignés le long des deux murs latéraux.

Trois ou quatre bougies brûlaient encore, insuffisantes pour éclairer totalement les lieux.

Ari s'avança prudemment sur les grandes dalles de pierre. Une odeur aigre d'encens envahissait l'air humide du sous-sol. De plus en plus tendu, l'analyste plongea la main sous son trench-coat et ferma le poing sur la crosse de son Magnum.

Arrivé au cœur de la pièce, il aperçut une porte basse à l'opposé de l'entrée, nichée à côté d'une petite armoire ancienne.

La porte avait été forcée. Un cadenas brisé traînait par terre.

80.

Le procureur Rouhet referma le rapport de police sur son bureau en soupirant. Pour le moment, la fouille de l'Agartha n'avait pas donné grand-chose. Rien en tout cas sur les trois priorités que s'étaient fixées la police et le magistrat. Aucune trace de Dolores Azillanet, pas plus que des cinq pages disparues des carnets de Villard de Honnecourt. Quant à l'identité de la meurtrière, elle restait encore mystérieuse...

La liste des membres de l'ordre du Vril, retrouvée à plusieurs endroits dans les dossiers d'Albert Khron, allait néanmoins permettre d'élargir les recherches, et peut-être d'arrêter cette femme. Il y avait fort à parier que son nom figurait sur ces listes. Mais il allait falloir faire vite.

Quoi qu'il en fût, parmi les nombreux noms relevés dans les documents du Vril, il en était un qui intéressait particulièrement le procureur.

Un certain Erik Mancel.

Visiblement, cet homme n'était en contact avec le Vril que depuis quelques mois, mais il avait reçu rapidement un titre honorifique au sein du « troisième cercle » de la confrérie, ce qui n'était pas coutumier.

Et surtout, la BNEE[1] avait fourni la preuve à la DIPJ qu'il existait un lien direct entre cet homme et les virements faramineux effectués sur le compte offshore d'Albert Khron, le fameux compte révélé par le témoin anonyme. Cet homme ne faisait pas partie des personnes retrouvées dans le pavillon et le magistrat décida de se concentrer d'abord sur cette piste. L'implication de Mancel dans les événements des dernières semaines sautait aux yeux. Restait à établir ses responsabilités réelles.

Alors qu'il s'apprêtait à appeler le commissaire divisionnaire Allibert, le téléphone portable du procureur Rouhet sonna.

— Monsieur le procureur ?

— Oui ?

— Krysztov Zalewski du SPHP, à l'appareil. Je suis le garde du corps d'Ari Mackenzie...

— Oui, je vois très bien qui vous êtes, que se passe-t-il ?

— Eh bien, voilà... Nous sommes à Portosera, en Italie, et il se pourrait bien que nous ayons besoin de votre aide pour régler quelques soucis avec les autorités locales.

81.

Avant de franchir la porte basse au bout de la crypte, Ari jeta un coup d'œil derrière lui. Le silence régnait encore. Visiblement, personne n'avait remarqué son entrée dans les sous-sols de l'église.

Il prit une bougie à côté de lui puis poussa la petite porte. Elle donnait sur un second escalier, plus

1. Brigade nationale d'enquêtes économiques, structure regroupant des fonctionnaires des finances chargés de la répression des infractions économico-fiscales, travaillant en liaison étroite avec tous les policiers de la DIPJ.

rudimentaire et plus sombre, qui s'enfonçait tout droit dans les entrailles de la ville.

Ari descendit les premières marches et, cette fois, sortit son arme de son holster. Une source de lumière inondait le corridor.

Une fois en bas, il constata que le couloir partait des deux côtés. Vers l'ouest, il disparaissait dans l'obscurité. Mais vers l'est, de vieilles ampoules étaient allumées jusqu'à une bifurcation, à une vingtaine de mètres.

Ari opta pour la lumière et se mit en route vers l'est, l'arme au poing.

Des vieux tuyaux usés et des gaines couraient le long du plafond irrégulier. À mesure qu'il avançait, l'air se faisait plus humide. Des perles d'eau apparaissaient sur les pierres ocre des murs et on entendait tomber des gouttes dans des petites flaques. Le sol en terre battu était détrempé. Ses pas résonnaient dans le couloir. Il continua son avancée, prudent. Quelques-unes des nombreuses ampoules ne marchaient plus et son chemin n'était que partiellement éclairé.

Ari arriva en vue de la bifurcation. Il ralentit son pas et se colla contre le mur de droite pour ouvrir son angle de vision. Il vérifia son arme avant de jeter un coup d'œil au-delà du mur. Personne. Le couloir se poursuivait sur quelques mètres et s'arrêtait devant une porte métallique.

L'analyste s'engagea à gauche et alors qu'il était à mi-chemin, il crut entendre des bruits qui venaient de l'autre côté. Des frottements, des petits claquements qui résonnaient comme dans un hall immense. Il y avait quelqu'un.

Ari franchit les derniers mètres en silence et se posta à côté de la grande porte de métal, le dos plaqué contre le mur. Il resta quelques secondes sans bouger, pour rassembler ses forces et son courage, puis il poussa doucement la poignée.

La pièce de l'autre côté était plongée dans l'obscurité totale. L'écho de l'ouverture de la porte avait duré si longtemps qu'Ari en déduisit qu'il s'agissait d'une vaste salle, au plafond sans doute élevé. Il se glissa dans l'entrebâillement et pénétra à l'intérieur, toujours sur ses gardes.

Impossible d'explorer les lieux sans lumière. Il devait y avoir un interrupteur quelque part. Le cœur battant, Ari prit la bougie dans la poche de son manteau et l'alluma sans lâcher son arme.

À peine la mèche se fut-elle embrasée qu'il reçut un choc violent sur la nuque.

Ari fut projeté en avant et se heurta le front contre un pilier en métal. Déséquilibré, il s'étala de tout son long dans la terre humide.

Groggy, il mit quelques secondes à reprendre ses esprits. Sa vue, toutefois, s'éclaircit juste à temps pour qu'il aperçoive la silhouette de la grande blonde se découper dans la lumière qui venait du couloir. Dressée au-dessus de lui, elle tenait dans ses mains ce qui ressemblait à un morceau de tuyau de plomberie. Elle l'abattit aussitôt de toutes ses forces, comme une massue. Ari roula sur le côté un centième de seconde avant de recevoir la barre en plein front. Il recula rapidement dans l'ombre pour se mettre à l'abri, puis il passa ses mains sur le sol autour de lui dans l'espoir de retrouver son arme, qu'il avait perdue en tombant. Mais ses doigts ne trouvèrent que la terre mouillée. Son Magnum devait avoir glissé plus loin.

Il vit alors la femme faire quelques pas en arrière, vers l'entrée. Puis il y eut un grand claquement et la pièce s'illumina d'un coup.

Ari, encore sonné, se releva péniblement. Du sang coulait le long de sa nuque, jusque dans son dos. Il découvrit la salle à présent éclairée.

C'était un grand espace rond, comme un amphithéâtre, au plafond voûté, creusé à même la pierre. Au centre, un socle ancien, monté de pierres brutes, fort abîmé, semblait avoir jadis accueilli une large structure. Ari supposa qu'il avait dû s'agir du fameux mécanisme inventé par Michel-Ange pour la Fontaine de la Providence. Si c'était le cas, ils devaient donc se situer juste en dessous du parvis. De nombreux étais rouillés soutenaient par endroits le plafond délabré. Ici et là, des pierres étaient tombées, enfoncées dans le sol humide. Le réseau électrique, installé après la guerre, était lui aussi très détérioré. Quelques vieilles ampoules fonctionnaient encore, fixées en haut des murs, et diffusaient dans la pièce une lumière blanche d'hôpital. Par moments, les ampoules grésillaient et leur intensité se mettait à baisser.

Ari chercha son revolver du regard, en vain. Il y avait de nombreux débris par terre, des flaques d'eau, des pierres.

En se frottant la nuque, il toisa la femme qui l'observait en souriant à quelques mètres de lui, tenant son tuyau de plomb dans la main droite.

Pour la première fois il put voir clairement son visage, ses traits fins, délicats, ses grands yeux bleus. Sa chevelure blond platine tombait, lisse, sur ses épaules et son dos. Grande, elle avait les épaules larges et un corps de gymnaste.

Rien, au premier abord, ne laissait imaginer qu'elle pût être cette meurtrière sanguinaire. Mais Ari ne se laissa pas abuser. Il y avait dans son regard quelque chose qui ne trompait pas. Une étincelle étrange. Cette femme était une tueuse.

— Vous n'êtes pas croyable, Ari ! Vous débarquez quelques minutes trop tôt, comme toujours.

Tout en parlant de sa voix suave, elle jouait avec le lourd tuyau dans ses mains.

— Mais au fond, j'ai de plus en plus d'admiration pour vous. J'aurais préféré vous affronter une fois mon travail achevé, bien sûr, mais je crois qu'on ne peut plus reculer, n'est-ce pas ?

Ari ne répondit pas. Il n'avait rien pour se défendre. En essayant de maintenir la distance qui le séparait d'elle, il fit quelques pas de côté pour trouver lui aussi une barre de fer ou quelque chose de similaire.

La femme le laissa faire, immobile, comme si elle avait deviné ce qu'il cherchait et qu'elle acceptait un duel à armes égales.

— Si vous saviez à quel point nous nous ressemblons, Ari, vous comprendriez peut-être l'importance du combat que nous allons maintenant nous livrer. Comprenez bien : nous nous battons pour les autres, Ari, pas pour nous.

L'analyste, ne voyant rien à proximité qui aurait pu lui servir d'arme, fit quelques pas en arrière et tira de toutes ses forces sur le plus petit étai qu'il avait repéré. La grande barre de fer se dégagea facilement, entraînant la chute de pierres à côté de lui dans un nuage de poussière.

Ari se saisit à deux mains de son arme de fortune. L'étai était lourd et peu maniable, mais c'était mieux que de se battre à mains nues.

— Je vous l'ai dit l'autre jour, Ari. Vous êtes un ange de lumière et je suis un ange des ténèbres. Nous sommes le yin et le yang, vous et moi.

Ari se mit en mouvement en feignant d'ignorer les inepties de son adversaire.

— Je connais mieux votre vie que vous ne le pensez. Nous avons le même âge et nos destins se croisent. C'était écrit, Ari. Tout cela était écrit. Il n'y a pas de hasard. Tenez, par exemple... Vous avez perdu votre mère très jeune ; j'ai perdu mon père à peu près au même moment. Votre mère, mon père. Masculin et féminin. Vous comprenez ?

Ari voulut s'approcher d'elle, mais il dut s'arrêter après deux pas. La tête lui tournait.

— Hier, ma mère est morte, Ari. Dites-moi : vous avez des nouvelles de votre père ?

Mackenzie resta muet. Il refusait d'entrer dans son jeu. Il savait qu'il devait plutôt se ressaisir et se concentrer. Cette femme n'avait raison que sur un point : l'heure était venue de mettre un terme à cette histoire.

— Votre nom, en arménien, signifie « courageux », n'est-ce pas ? continua-t-elle. Je crois que vous l'êtes, Ari. Courageux. Mon prénom à moi, Lamia, est d'origine grecque. Il signifie « vorace »... Amusant, n'est-ce pas ? Et vous pensez toujours que nous sommes ici par hasard ?

— Non, Lamia. Je ne suis pas ici par hasard, répondit-il enfin en marchant vers elle.

La grande blonde releva le tuyau par-dessus son épaule et se mit à avancer elle aussi, acceptant le combat.

Quand ils furent enfin à distance, Ari frappa le premier, pressé d'en finir. Avec une dextérité surprenante, Lamia para le coup et repoussa la lourde barre de fer d'Ari vers le sol.

— Vous me sous-estimez, Ari. Vous pensez peut-être qu'une femme ne sait pas se battre ?

D'un geste aussi violent que précis, elle remonta alors son arme vers la tête d'Ari, qui recula d'un bond et évita l'assaut de justesse. Il riposta aussitôt, mais il ne put prendre assez d'élan pour porter un coup puissant. L'étai atteignit malgré tout la femme en pleine hanche. Elle fit un pas en arrière en grimaçant, surprise, puis elle se redressa et releva son arme. Le sourire avait disparu de son visage.

Les deux adversaires se tournèrent autour comme deux combattants dans une arène, les yeux dans les yeux, puis Ari porta une nouvelle charge. Le poids de son étai ralentissait ses gestes et la femme évita le coup. Il dut alors parer une contre-attaque et reculer d'un pas. Lamia en profita pour frapper à nouveau, deux, trois fois de suite. Les coups étaient de plus en plus forts et le choc heurtait chaque fois les paumes d'Ari sans lui laisser le temps de porter à son tour un assaut. Il ne cessait de reculer, toujours sur la défensive.

Lamia retrouva son sourire et lui accorda un instant de répit.

— Ce que j'admire chez vous, Ari, c'est que vous ne savez pas pour quoi vous vous battez. Vous n'en avez pas conscience. Mais c'est aussi pour cela que vous allez perdre. Votre combat manque de sens. On est plus fort quand on a une cause.

Elle s'avança, arma son coup et envoya une attaque circulaire vers la nuque de Mackenzie. Celui-ci se baissa et balança son étai vers les jambes de son ennemie. Lamia reçut la barre en plein genou droit. Il y eut un craquement sec. La femme poussa un hurlement de douleur et s'écroula sur le sol.

Sans hésiter, Ari se précipita vers elle. Il prit son étai à deux mains pour lui écraser le cou, mais alors qu'il s'apprêtait à lui tomber dessus, Lamia lui envoya une poignée de terre au visage. Aveuglé, Ari perdit l'équilibre et se retrouva à son tour au sol.

Il se frotta les yeux, et avant de pouvoir se relever il sentit un coup violent dans son dos. Lamia s'était redressée derrière lui et venait d'abattre le tuyau sur sa colonne vertébrale.

Ari poussa un grognement et s'écrasa par terre. Il roula sur le côté, para un nouvel assaut, puis recula tant bien que mal pour se mettre hors de portée.

Lamia, le genou défoncé, boitillait sur place. Mu par la rage, Ari se releva et se jeta à nouveau sur elle. Il porta un coup plus violent encore, en direction de son visage cette fois. Lamia parvint à esquiver et l'arme d'Ari heurta de plein fouet un autre étai, lequel se débloqua dans un vacarme assourdissant. Une à une, les pierres qu'il retenait au plafond s'écroulèrent.

Ari recula d'un pas et vit son adversaire s'écarter en traînant la jambe. Il resserra sa prise sur son arme et bondit vers elle. Le bout de l'étai atteignit la femme au sternum. Lamia fut projetée en arrière et Ari, abandonnant son arme, la saisit à la gorge avant qu'elle ne puisse se défendre. Il commença à l'étrangler tout en essayant de la maintenir au sol avec les genoux. Le visage de Lamia s'empourpra, les yeux exorbités. Ari serra de plus en plus fort, le regard empli de haine. La femme se débattait, s'arc-boutait, mais il parvint à la maintenir sous lui. Puis soudain, elle tendit le bras sur le côté, attrapa une pierre et frappa Ari en pleine tempe.

Mackenzie s'écroula sur le côté, abasourdi. Allongé sur le ventre, il était encore conscient mais tellement sonné par le choc qu'il n'arrivait plus à trouver la force de se relever ni même de se retourner. C'était comme si un poids immense le maintenait cloué au sol.

Pendant ce temps-là, Lamia s'écarta en suffoquant, se tenant la gorge des deux mains. Elle fit quelques pas en claudiquant, puis Ari, encore paralysé, l'entendit ramasser l'étai. La barre de métal frotta par terre. Et elle se rapprocha.

S'il ne réagissait pas tout de suite, c'en était fini. Elle allait lui défoncer le crâne.

Ari sentit le rythme de son cœur s'accélérer et ses muscles se raidir. Survivre. Il n'avait pas le droit de perdre. Se lever. Il devait se battre. Chercher au fond de lui la dernière goutte d'énergie et se battre. Pour Lola.

Lamia se trompait : il avait bien une cause, une raison de vaincre. Et c'était cette libraire qu'il voulait revoir, qu'il voulait serrer dans ses bras parce qu'elle était le dernier sens qui restait à sa vie.

Ari serra les dents, rassembla son courage et poussa de toutes ses forces sur ses bras pour tenter de se retourner. Il crut qu'il ne pourrait jamais y arriver. Mais il força encore. Et enfin il parvint à rouler sur le côté et à faire face à son assaillante.

Tout se déroula en une seconde, un éclair. Il vit l'étai s'abattre sur lui, lourd et droit comme une guillotine.

Le regard hystérique de Lamia. Le sang sur son visage. Une goutte qui tombait. Dans un sursaut, il eut tout juste le temps de pencher la tête. L'étai frôla son visage, le manquant de peu, et l'atteignit sur la clavicule. Il y eut un bruit violent de fracture, et la douleur fut instantanée. Insoutenable.

Lamia, toujours debout au-dessus de lui, releva à nouveau l'étai, mais à la verticale cette fois, comme une lance de pêcheur, et elle frappa de toutes ses forces. Ari, comme réveillé par la douleur vive à son épaule, pivota et évita le coup fatal. Dans son élan, du bout des pieds, il crocheta les jambes de son adversaire et la fit tomber en arrière. Puis il ramassa une pierre dans la terre et rampa jusqu'à elle en poussant des hurlements de souffrance et de hargne.

Lamia tenta de se relever, mais Ari l'attrapa par la manche et l'attira à nouveau vers le sol. Il se hissa jusqu'à elle et, son épaule droite paralysée, leva la pierre au-dessus de lui de la main gauche. Mais la femme bloqua son bras. Ari se redressa face à elle et lui envoya un coup de tête en plein nez. Il entendit le cartilage se briser sous le choc. Le sang se mit à couler sur le visage tuméfié de Lamia. Elle poussa un cri aigu et frappa Ari. Celui-ci recula et réussit à se dégager. Accroupi à côté de son adversaire, il abattit d'un coup la pierre sur son front.

Le choc fut d'une violence inouïe. Ari y avait mis toute sa force, toute sa rage. Comme s'il avait voulu que cela fût le dernier coup du dernier combat. Le sang gicla loin du point d'impact et les os se brisèrent comme une coquille d'œuf. Mais Ari, emporté par une frénésie insensée, une inextinguible soif de vengeance, leva la pierre à nouveau et frappa une deuxième fois, plus fort encore. Le crâne déjà défoncé de Lamia sembla s'écraser complètement, dans une gerbe de liquide poisseux.

Le corps de la meurtrière eut un dernier soubresaut avant de se relâcher, sans vie.

Ari, à bout de forces, lâcha la pierre, s'écroula sur le côté et roula sur le dos, les bras en croix.

Il resta de longues secondes ainsi, immobile, les yeux rivés au plafond, la main crispée comme s'il tenait encore son arme, étendu, livide, à côté du cadavre méconnaissable de Lamia.

Puis il fut secoué d'un rire nerveux, incontrôlable, entrecoupé de larmes. Il se sentit gagné par une nausée soudaine. Les sentiments se mélangeaient confusément dans son esprit. L'épuisement, la douleur, le soulagement aussi, et l'amertume d'une vengeance qui, bien qu'accomplie, ne ramènerait pas à la vie Paul Cazo, l'ami qu'il avait perdu.

Par-dessus tout, il ne pouvait s'empêcher de sentir une immense frustration : il avait vaincu cette femme, cette folle meurtrière, certes, mais Lola, elle, n'était toujours pas là. Et quelle que fût la difficulté de ce dernier combat, il n'était pas suffisant.

Les rires et les sanglots s'étouffèrent peu à peu dans sa gorge. Puis soudain, des bruits de pas le sortirent de sa torpeur.

Ari se redressa péniblement et, s'agrippant à un étai, il tenta de se relever. Son épaule le lançait atrocement. Titubant, il se tourna vers la porte et vit apparaître Krysztov dans la lumière blafarde.

— Ari ! s'exclama le garde du corps en se précipitant vers lui.

L'analyste s'appuya sur le bras que le Polonais lui tendait.

— Je... Je suis désolé, bredouilla Zalewski. J'ai fait aussi vite que je pouvais.

— Ça va, Krysztov, ça va. Cette salope n'emmerdera plus jamais personne.

Le garde du corps aida Ari à s'asseoir sur le grand socle de pierre au centre de la salle.

— Je crois qu'elle m'a déboîté l'épaule.

Mackenzie se massa la clavicule.

— Vous avez eu le procureur ?

— Oui, c'est bon, Ari. Il fait sacrément la gueule, mais il va essayer d'arranger le coup avec les flics d'ici et avec Interpol. Vous risquez d'avoir un blâme, je ne vous le cache pas. Mais la vraie mauvaise nouvelle, c'est que le vieux est mort.

— Colomben ?

— Oui.

Ari serra les dents. Aucun des six compagnons n'avait donc survécu. La loge Villard de Honnecourt n'existait plus. Il se sentit envahi par un profond sentiment d'échec et de gâchis.

— Krysztov, vous voulez bien la fouiller ? dit-il en pointant du menton vers le cadavre de Lamia. Et, par pitié, dites-moi qu'elle a les carrés sur elle.

Le garde du corps s'exécuta. Il se redressa et partit fouiller le cadavre défiguré de Lamia. Le visage de la jeune femme n'avait plus rien d'humain. Écrasé, tuméfié, il était couvert de sang et de bouts de chair.

Krysztov écarta doucement le long manteau et fouilla les poches. Rien. Il retourna le corps, alourdi par la mort, et passa sa main dans son dos. Il sentit alors, sous le pull de la jeune femme, une sorte de plaque rigide. Il souleva le tissu et sortit le boîtier métallique plat. Il se redressa et le tendit à Mackenzie en souriant.

— C'est ça que vous cherchez ?

Le visage d'Ari s'illumina.

— Il y a des chances.

Assis sur le muret de pierre, l'analyste ouvrit lentement la boîte de métal, les mains tremblantes d'excitation.

De vieilles feuilles de parchemin apparurent à la lumière blanche des catacombes. Mackenzie avait reconnu la couleur du papier, la calligraphie picarde et le trait des dessins... Aucun doute : c'étaient bien les pages manquantes du carnet de Villard de Honnecourt. Les originales ! Ce trésor que la loge compagnonnique avait précieusement gardé à l'abri des regards depuis le XVe siècle. De vieilles et mystérieuses pages, venues d'un autre temps, et qui recelaient peut-être un secret qu'Ari ne comprenait pas encore.

Précautionneusement, il souleva les carrés un à un et les compta. Le deuxième était celui de Paul Cazo et le dernier celui de Mona Safran. Il n'y en avait que cinq.

— Elle n'avait donc pas récupéré celui de Colomben, murmura Ari entre ses dents.

— Vous pensez qu'il est resté à l'appartement ?

— Non. Il est quelque part ici, Krysztov. Dans cette pièce. J'en suis convaincu. C'est pour cela que le vieux nous a envoyés ici, et c'est ce qu'elle était en train de chercher quand je suis arrivé.

— Dans cette pièce ? Eh bien, ça va être coton pour le retrouver...

Ari referma le boîtier métallique et regarda tout autour d'eux.

— Il nous a donné un indice, Krysztov. Souvenez-vous. *Providence*, *catacombes*, et *13*. Le chiffre 13 doit bien avoir un rapport avec tout ça.

— On reviendra plus tard avec du matériel, Ari. Là, il faut que vous alliez vous faire soigner.

— Pas question. Je ne bouge pas d'ici tant qu'on n'a pas trouvé le sixième carré.

Le garde du corps secoua la tête.

— OK. Je vais jeter un coup d'œil, voir si je repère un chiffre quelque part. Reposez-vous, Ari.

Zalewski commença alors à arpenter la pièce en traînant les pieds. De temps en temps, il s'arrêtait et se baissait pour regarder par terre, soulever une pierre... Mais plus il avançait, plus il semblait sceptique.

Ari, quant à lui, inspecta les environs sans quitter sa position. Son épaule le faisait atrocement souffrir et, chaque fois qu'il tentait de se lever, il était pris de vertiges.

Après de longues minutes de recherches, Krysztov revint vers le centre de la pièce en levant les bras dans un signe d'impuissance.

— Je ne vois pas où chercher, Ari, je suis désolé.

— Il y a sûrement quelque part une référence au chiffre 13. Vous avez regardé sur les tuyaux de plomberie ? Les gaines électriques ?

— Oui, j'ai cherché vraiment partout. C'est peut-être dans une autre pièce. À treize pas d'ici, par exemple, ou quelque chose comme ça. Ou alors il faut creuser à treize mètres de profondeur, mais où ?

Ari ne parut pas convaincu. Il finit par se relever, pensif. Krysztov lui tendit le bras pour l'aider à rester debout.

— Je suis sûr que c'est plus simple que ça, dit-il.

Comme toujours, il essaya de s'en tenir à ses principes d'investigation. Exclure la multiplication des raisons et des démonstrations. Passer la lame du rasoir d'Ockham sur tout ce qui était superflu.

— La solution est sûrement très simple, bredouilla-t-il en se frottant la joue.

Il marcha autour de la grande dalle en s'appuyant sur l'épaule de Zalewski.

— Je voudrais inspecter le plafond, murmura Ari. On oublie souvent de regarder en haut... de prendre de la hauteur, quand on cherche un problème... Aidez-moi à grimper.

Krysztov monta le premier sur l'estrade de pierre et lui tendit les mains pour le hisser à ses côtés. Ari y parvint et se plaça au beau milieu de la dalle. Il scruta alors longuement la voûte des catacombes, à la recherche du moindre indice. Mais rapidement il convint que le vieil homme ne pouvait pas avoir caché son carré là-haut. C'était ridicule.

Intuitivement, il baissa les yeux et son regard se posa sur le sol. Un sourire traversa son visage.

Il balaya du pied la poussière et la terre accumulées à la surface des pierres.

— Krysztov ?

— Quoi ?

— Regardez par terre.

Le garde du corps baissa la tête à son tour.

— À votre avis, il y a combien de pavés sur cette dalle ?

La tribune surélevée était construite de larges blocs de pierre carrés, tous de taille identique. Cela formait comme une immense grille. Krysztov compta le nombre de lignes et de colonnes.

— Eh bien, cinq fois cinq, ça fait vingt-cinq.

— Oui. Et si on numérotait toutes les dalles de 1 à 25 ? Celle du milieu, sur laquelle nous sommes justement debout, ce serait…

— La treizième ?

Ari acquiesça en souriant.

Il se mit aussitôt à genoux et constata qu'il ne s'était pas trompé : les joints de la pierre du milieu étaient moins réguliers que ceux de tous les autres pavés. Ce n'était pas du ciment, mais de la simple terre compressée.

Du bout des doigts il essaya de soulever le bloc, mais il ne pouvait se servir de son bras gauche tant son épaule lui faisait mal.

Ari prit une clef dans sa poche et commença à gratter les joints pour desceller un peu la pierre. Krysztov s'accroupit à côté de lui et lui prêta main-forte. Après plusieurs tentatives, ils parvinrent enfin, à l'aide d'une barre de fer, à la soulever.

Ari haussa les sourcils. Le vieil architecte ne manquait pas de ressources ! Comment avait-il réussi, à lui tout seul, à déplacer un tel poids ? Ari se plut à penser qu'il avait sans doute utilisé quelque mystérieuse technique ancienne, digne de celles énoncées par Villard dans son carnet.

Quoi qu'il en fût, il n'y avait à présent plus de doute : un sac en toile apparut au milieu de la terre.

Ari se pencha au-dessus du trou et attrapa le sac. Il l'épousseta et l'ouvrit rapidement. Le visage lumineux, il en sortit un boîtier en métal, similaire à celui de la meurtrière. Sous le regard enthousiaste du garde du corps, Ari souleva précautionneusement le couvercle et découvrit le sixième carré.

Il répondait exactement à la structure des cinq autres. L'abréviation « L :. VdH :. » inscrite en haut, un titre énigmatique, un dessin – qui ressemblait à une enluminure arabe – et deux textes en vieux picard.

Il prit le sixième carré et le glissa avec les cinq autres dans la première boîte.

82.

En milieu d'après-midi, le procureur Rouhet sortit du bureau du ministre en compagnie du directeur central adjoint Depierre. Les deux hommes restèrent silencieux jusqu'à ce qu'ils fussent entrés dans la longue berline noire.

— Ça fait combien de temps que vous le supportez, Mackenzie ? demanda le procureur en regardant son voisin, d'un air dépité.

Depierre esquissa un sourire.

— C'est pas facile tous les jours, mais c'est un excellent flic... Peut-être même le meilleur qu'il m'ait été donné de rencontrer.

— J'ai bien cru que le ministre allait nous mettre à la porte. Les Italiens n'ont pas apprécié cette histoire...

— Le principal, c'est qu'il ait retrouvé la personne responsable des assassinats, non ? A priori, les meurtres en série sont terminés.

— Oui. Mais il reste l'enlèvement de Dolores Azillanet. L'affaire est loin d'être bouclée.

La voiture s'engagea dans le trafic parisien. Sur la banquette arrière, entre les deux hommes, un exemplaire de *Libération* annonçait en première page la mort du trépaneur et relatait l'imbroglio entre les polices française et italienne.

— Je ne suis pas sûr de bien saisir tout ce qui se trame autour de ces fameux carnets de Villard, reprit le magistrat alors qu'ils approchaient du périphérique. Vous avez vu comment le ministre avait l'air tendu à ce sujet ?

— Oui... Pour tout vous dire, monsieur le procureur, j'ai reçu deux coups de fil pour le moins inattendus, à ce sujet.

— Comment ça ?

— J'ai l'impression que tout le monde est soudain très inquiet de savoir ce que vont devenir ces pages.

— Mais qui vous a appelé ? s'impatienta le procureur.

— La DST et le cabinet de l'Élysée.

— Vous plaisantez ?

— Pas du tout.

— Et ils vous ont questionné sur le carnet de Villard ?

— Oui. Ils voulaient savoir si Mackenzie avait remis la main sur les pages manquantes et me faire comprendre gentiment qu'ils les attendaient avec impatience. Sous-entendu, que ces pages ne regardaient ni vous ni moi ; ni la justice ni la DCRG.

— Mais qu'est-ce qu'il peut bien y avoir, sur ces foutues pages, qui les excite comme ça ?

— Je ne sais pas, monsieur le procureur. Mais j'ai bien l'impression qu'on est sur le point d'ouvrir la boîte de Pandore... Il n'y a peut-être rien à découvrir dedans mais l'ouvrir déchaîne les pires catastrophes.

Le magistrat hocha la tête.

— Vous savez, la légende raconte que, quand Épiméthée referma, en catastrophe, la boîte de Pandore, seule restait à l'intérieur l'espérance.

— C'est très poétique.

Les deux hommes restèrent silencieux un moment. Le chauffeur sortit du périphérique et entra dans Levallois.

— Où en est la DIPJ avec Erik Mancel ? demanda Depierre.

— Nous n'arrivons pas à mettre la main sur lui.

— Il y a fort à parier qu'il est le cerveau derrière toute cette affaire, bien plus qu'Albert Khron.

— Sans doute. Et je ne serais pas surpris que ce soit lui qui ait enlevé la jeune Azillanet... Encore qu'un autre nom nous pose problème dans les listings d'Albert Khron.

— C'est-à-dire ?

— En dehors de Mancel, nous avons identifié toutes les personnes mentionnées dans les dossiers de la confrérie du Vril. Toutes, sauf une. Un certain C. Weldon. Il ne figure pas parmi la liste des membres de l'ordre, mais son nom revient à plusieurs reprises. C'était visiblement un correspondant régulier d'Albert Khron. Impossible de savoir de qui il s'agit.

— Ça a l'air d'être un nom anglais. Vous avez cherché à l'étranger ?

— Bien sûr. Mais sans son prénom et sans indication précise, c'est comme chercher une aiguille dans une botte de foin.

La voiture s'arrêta rue de Villiers, au pied des nouveaux bâtiments. Le directeur central adjoint Depierre serra la main du magistrat et sortit sur le trottoir.

— Tenez-moi au courant, lança-t-il, sachant pertinemment que le procureur n'était pas obligé de le faire.

— C'est promis. Et vous, essayez de contenir Mackenzie.

— Je ferai de mon mieux.

83.

Dans l'avion qui les ramenait à Paris, Ari eut enfin un peu de temps pour inspecter de plus près les six mystérieuses pages de Villard de Honnecourt. Depuis qu'il les avait récupérées, il ne cessait de vérifier leur présence dans son sac et l'envie de les déchiffrer lui brûlait les doigts. Mais les événements ne lui en avaient pas laissé le loisir.

Après un passage à l'hôpital puis moult interrogatoires et coups de fil entre les autorités des deux pays, la police italienne avait finalement accepté d'escorter les deux hommes jusqu'à la frontière, non sans une litanie de remontrances et de recommandations. Au bout du compte, ils s'en tiraient plutôt bien.

Krysztov, à bout de forces, s'était endormi quelques minutes à peine après le décollage. Il ronflait comme un ogre tout au bout de l'avion. Mais Ari, lui, avait la curiosité bien trop aiguisée pour céder à la fatigue. En outre, son épaule le faisait encore souffrir et il avait du mal à se mettre en condition pour dormir.

Une à une, il déposa les antiques pages sur la tablette devant lui. Il n'y avait personne d'autre que Zalewski sur le rang du fond, il se sentait suffisamment à l'abri pour inspecter ces reliques. Ainsi, à la lumière du projecteur directionnel, il put admirer la beauté de chaque dessin, la finesse de la calligraphie. Il caressa la surface rugueuse des parchemins. Il devait bien reconnaître que les carrés exerçaient chez lui un certain émerveillement. Voir ces six pages, vieilles de huit siècles, réunies ici sous ses yeux avait quelque chose de magique et d'irréel à la fois.

Après les avoir détaillés un à un, il tenta de saisir un peu mieux le sens des carrés, étudia les différences, les ressemblances… La première chose qu'il remarqua fut que, dans les six pages – comme il l'avait constaté sur les deux qu'il avait déjà analysées –, il semblait y avoir un lien direct entre le titre crypté par paires de lettres et le nom d'une ville.

En effet, pour chacun des carrés, le titre de la page comportait précisément deux fois plus de lettres que le nom de la ville où avait été commis le meurtre correspondant. Cela ne pouvait pas être une coïncidence. En outre, le dessin de chaque page semblait avoir, chaque fois, un rapport avec cette même ville.

Ari prit dans son sac son carnet noir et commença à dresser une liste récapitulative des six carrés, en les classant dans l'ordre des meurtres.

Premier carré :

Titre : « LE OG SA VI CI RR BR PB » = Lausanne ?

Dessin : Vue d'ensemble et détail d'une rosace. Vérifier si elle appartient à une église de Lausanne.

Textes non traduits.

Deuxième carré :

Titre : « LE RP –O VI SA » = Reims ?

Dessin : Astrolabe (avec détail d'un cycle lunaire en dessous), ayant prétendument appartenu à Gerbert d'Aurillac, et donc probablement passé par Reims. Essayer de retrouver l'original.

Texte 1 : « J'ai vu cet engin que Gerbert d'Aurillac apporta ici et qui nous enseigne le mystère de ce qui est dans le ciel et à cette époque il ne portait aucune inscription. »

Texte 2 : « Pour bien commencer, tu devras suivre la marche de la lune à travers les villes de France et d'ailleurs. Alors tu prendras la mesure pour prendre le bon chemin. »

Troisième carré :

Titre : « RI RP BR LE AS –O VS VI » = Chartres ?

Dessin : Statue de la Vierge tenant une boule dans la main. Vérifier si elle correspond à une statue de

Chartres. Plan d'une cathédrale, probablement Chartres également.

Textes non traduits.

Quatrième carré :

Titre : « AS VS NC TA RI VO » = Figeac ?

Dessin : Une coquille Saint-Jacques, portail d'un bâtiment et vue d'ensemble du bâtiment. Rapport avec Figeac ?

Textes non traduits.

Cinquième carré :

Titre : « RI NC TA BR CA IO VO LI –O » = Vaucelles ?

Dessin : D'après Mona Safran, représentation d'animaux sculptés sur le chapiteau d'une colonne dans l'église de l'abbaye de Vaucelles.

Texte 1 : « Pour l'un de mes premiers travaux sur ma terre natale il m'a fallu dégrossir la pierre brute. »

Texte 2 : « Tu feras 25 vers l'orient. »

Sixième carré :

Titre : « BR SA CO GI LI LE RG VO RP » = Portosera ?

Dessin : Ressemble à une enluminure arabe, figurant un homme et une femme. Peut-être Adam et Ève ? Détails de l'enluminure reproduits sur le côté. Rapport avec Portosera ?

Textes non traduits.

Ari referma son carnet d'un air songeur. De retour à Paris, il aurait de nombreuses pistes de recherche. Et puis il allait falloir demander au professeur Bouchain, à la Sorbonne, de traduire les nouveaux textes... L'ampleur du travail qu'il restait à accomplir ne le décourageait pas pour autant. Il lui semblait que le sens caché de ces pages était lentement en train de se révéler. Il avait en tout cas la conviction d'être sur la bonne voie. Mais cela lui servirait-il vraiment ? Devait-il en faire une priorité ? Car, au bout du compte, résoudre l'énigme des carnets de Villard l'aiderait-il à retrouver Lola ? Pas sûr. Et à cet instant, rien ne comptait tant pour lui que de revoir la jeune libraire. Il essaya malgré tout de ne pas y penser. Alors que l'avion volait vers la capitale, il s'efforça plutôt de réfléchir au sens caché de ces pages.

Peu à peu, les textes et les gravures se mélangèrent dans sa tête. Les images des derniers jours, le visage de Lola, celui de Paul Cazo, tout se confondit lentement comme un songe et, après une heure, son esprit bercé par le ronron de l'appareil, il s'endormit à son tour.

84.

Ari passa la nuit chez Iris, porte de Champerret. Krysztov, quant à lui, prit une chambre d'hôtel juste à côté, à quelques pas du périphérique. Ils se donnèrent rendez-vous le lendemain matin. La meurtrière était certes décédée, mais la menace qui pesait sur les épaules de l'analyste n'était toujours pas levée et le ministère n'avait pas encore congédié le garde du corps du SPHP ni autorisé Ari à retourner chez lui.

Le chat Morrison manifesta sa joie de retrouver son maître en poussant de longs ronronnements entrecoupés de miaulements satisfaits et resta toute la nuit auprès de lui sur le canapé-lit. Ari dormit comme un enfant, récupérant les longues heures de sommeil perdues pendant la course folle des derniers jours.

Au petit matin, Krysztov rejoignit les deux agents de la DCRG pour le petit déjeuner.

— Alors, qu'est-ce que tu fais aujourd'hui ? Tu reviens à Levallois ? demanda Iris en leur servant le thé dans sa cuisine. L'ambiance est pourrie là-bas, il est grand temps que tu reviennes, Ari.

— Non. La priorité, pour moi, c'est de retrouver Lola et je ne pourrai pas le faire en restant les bras croisés derrière un bureau.

— Je ne veux pas me mêler de ce qui ne me regarde pas, Ari, mais je me suis laissé dire que la DIPJ avait une piste et qu'ils préparent une nouvelle intervention aujourd'hui.

— Oui. Le procureur m'en a parlé hier soir, répondit Ari. Erik Mancel.

— C'est ça. Je crois qu'ils vont faire une descente chez lui.

— Je sais. Ce type porte le nom de l'homme qui était propriétaire des carnets de Villard au XVe siècle et qui a créé la loge compagnonnique. Cela ne peut pas être une coïncidence. Sans parler des virements qu'il aurait effectués sur le compte offshore d'Albert Khron. Cela dit, je ne crois pas un instant que l'offensive que prépare la DIPJ ait la moindre utilité, si tu veux mon avis.

— Pourquoi ?

— Ce type s'est sûrement planqué depuis longtemps loin de chez lui, et ça m'étonnerait qu'il ait laissé des documents compromettants.

— Comment le retrouver, alors ?

Ari alluma une cigarette.

— Ce n'est pas lui qu'il faut suivre. C'est Lola.

— Comment ça ? s'étonna Iris.

— J'ai demandé hier soir à Morand, au centre d'écoutes de la DST, de pister le portable de Lola. Pour le moment, son signal n'est pas repérable. Soit elle n'a plus son portable, soit elle ne capte pas là où elle est enfermée. Si la DIPJ excite un peu Mancel, et que c'est bien lui qui l'a enlevée, il va peut-être finir par la changer de place... À tout moment, le centre d'écoutes peut localiser Lola. C'est, à cette heure, le seul moyen qu'on a de la retrouver.

— Et vous, pendant ce temps-là, vous faites quoi ? demanda Iris. Je croyais que t'avais pas envie de te croiser les bras derrière un bureau.

— Nous, on a de quoi faire avec les pages de Villard... Il faut déjà que nous allions à la Sorbonne.

— OK... Je peux vous aider ?

Ari réfléchit en tirant sur sa cigarette.

— Écoute, oui, peut-être... Essaie de confirmer qu'il y a bien un lien de parenté entre Erik Mancel et le Mancel du XVe siècle, même si j'en suis presque certain. La coïncidence serait trop grosse. Et, si tu peux, prépare-moi un dossier complet sur ce type. Récupère celui de la DIPJ et regarde si on n'a rien d'autre sur le bonhomme.

— Ça marche.

Ils finirent leur petit déjeuner en silence et, une heure plus tard, Ari et son garde du corps entraient dans le bureau du professeur Bouchain, à la Sorbonne. L'homme, toujours intrigué par les carnets de Villard, avait accepté de les rencontrer à la première heure. Il les invita à s'asseoir et leur offrit un café.

— Vous avez besoin de protection, maintenant ? demanda le professeur, d'un air étonné.

Ari posa une main sur l'épaule du grand blond à ses côtés.

— Oui. Elle m'a été imposée par le ministère... Mais je dois avouer que M. Zalewski m'a été fort utile, ces derniers jours. N'est-ce pas, Krysztov ?

— A priori, les étudiants de la Sorbonne ne devraient pas nous poser trop de problème, répondit le garde du corps d'un air amusé. Ils se sont beaucoup assagis, ces dernières années.

— Il faut se méfier de l'eau qui dort ! rétorqua le professeur. Alors ? Vous m'apportez de nouveaux textes à traduire, c'est bien cela ?

— Si vous avez le temps, oui...

— Tout dépend de la quantité. J'ai un cours dans une heure. Mettons-nous tout de suite au travail, si vous le voulez bien.

Ari sortit le boîtier métallique et disposa méticuleusement sur la table les quatre des six pages dont il n'avait pas encore la traduction.

Le professeur Bouchain hocha la tête d'un air admiratif.

— Ces parchemins sont vraiment splendides ! Et ce sont des originaux, n'est-ce pas ?

— En effet.

— Magnifiques ! Absolument magnifiques !

L'enseignant enfila ses lunettes et se pencha au-dessus des carrés pour les inspecter un à un.

— Pas de doute, ils forment bien un ensemble avec la photocopie que vous m'avez montrée l'autre jour.

— Oui. Il y a six pages en tout. Seules ces quatre-là me posent problème, pour ce qui est de la traduction. Pouvez-vous décrypter les deux textes de cette première page ? demanda Ari en désignant celle qui comportait le dessin d'une rosace.

— Mais bien sûr. Alors... Voyons voir. Le texte de l'illustration : « *Cil qui set lire co qui est escrit es. CV. petites uerreres roondes enuiron cele rose conoist les secres de lordenance del monde, mais a cele fin couient que li uoirres fache bon ueure.* »

Le vieil homme se gratta le front.

— Cela donne à peu près : « Qui sait lire ce qui est écrit sur les 105 petits vitraux de cette rosace connaît les secrets de l'ordre du monde, mais il faut pour cela que le verre fasse son office. » Voilà. Aujourd'hui, on dirait sans doute « univers » plutôt que « ordre du monde »... Les « secrets de l'univers », ou « du cosmos ». Mais c'est à peu près ça. Je suppose que Villard sous-entend que si l'on comprend ce qui est représenté sur cette rosace, on comprend les mystères du cosmos – puisque c'est bien le cosmos qui y est représenté.

— Et, à votre avis, que veut-il dire par « il faut pour cela que le verre fasse son office ? »

— Je ne sais pas. Quel est le rôle du verre ?

— Dans un vitrail ? Eh bien... Laisser passer la lumière, non ?

— Oui. Vous avez sûrement raison, Ari. Pour lire la rosace, il faut tout simplement que la lumière passe à travers le verre. C'est sans doute cela. Mais je ne vois pas pourquoi il insiste là-dessus.

— Bien. Et le deuxième texte ?

Le professeur lut à haute voix, avec ce qui devait être l'accent picard.

— « *Se es destines, si come iou, a le haute ouraigne, si lordenance de coses enteras. Lors greignor sauoir te liuerra Vilars de Honecort car il i a un point de le tiere u une entree obliie est muchie lequele solement conoisent li grant anchien del siecle grieu et par la puet on viseter Interiora Terrae.* » Bien. Je traduirais cela par : « Si tu es, comme moi, destiné à l'œuvre (ou à la création), tu comprendras l'ordre des choses. Villard de Honnecourt, alors, te livrera son plus grand savoir, car il est un point de la terre où se cache une entrée oubliée, connue seule des grands anciens du monde grec, et qui permet de visiter l'intérieur de la terre. » Je me permets de traduire en français l'expression latine « *Interiora Terrae* », mais vous noterez qu'il est étonnant qu'elle ne soit pas en picard dans le texte original... Quant au mot « *ouraigne* », il peut tout aussi bien faire référence à une œuvre quelconque qu'à la Création, au sens biblique du terme.

— Je vois.

Ari nota soigneusement la traduction sur son carnet.

— Voici la troisième page, dit-il en désignant l'un des parchemins. Les textes sont ici beaucoup plus courts.

— En effet. Le premier, « *Ichi uenoient li druides aorer la dame* », signifie : « Ici les druides venaient vénérer la dame ». Au vu de l'illustration, Villard parle de la Sainte Vierge... Quant au deuxième texte, « *Si feras tu. LVI. uers occident* », vous aurez vous-même traduit sans difficulté : « Ici, tu feras 56 vers l'occident. »

Ari continua de remplir son carnet.

— Parfait. Voici la quatrième page.

— « *Ensi com en cel hospital edefie par un uol de colons si aucunes fois estuet sauoir lire le sumbolon enz el sumbolon.* » Voyons voir... « Comme dans cet »... Oui. C'est cela : « Comme dans cet hôpital fondé par un vol de colombes, il faut parfois savoir lire le symbole à l'intérieur du symbole. »

— Un hôpital fondé par un vol de colombes ?

— La coquille Saint-Jacques est le symbole du pèlerinage de Compostelle. Le dessin représente sans doute un hôpital de Saint-Jacques de Compostelle, comme on en trouvait au Moyen Âge sur le chemin du pèlerinage. Quant à cette histoire de colombes, je ne peux rien vous en dire, si ce n'est que la colombe représente l'esprit saint.

— Il faudra que je fasse des recherches... Quant au second texte, « *si feras tu. CXIJ. uers meridien* », je suppose qu'il signifie « ici tu feras 112 vers le méridien », n'est-ce pas ?

— Exactement, répondit le professeur en souriant. Vous commencez à parler le picard, mon ami !

— Couramment, ironisa Mackenzie. Bien, il ne nous manque donc plus que celle-ci. La sixième et dernière page. Tenez.

— Alors, pour le premier texte : « *Si ui io les le mer que li latin apielent mare tyrrhenum entre deus golfes ceste bele ueure denlumineur seingnie au seing dun sarrasin.* » Je traduirais cela par : « J'ai vu au bord de la mer que les Latins appellent la mer Tyrrhénienne, entre deux golfes, cette belle enluminure signée de la main d'un Sarrasin. »

— « Au bord de la mer Tyrrhénienne, entre deux golfes », nota Ari d'un air satisfait. Il parle donc bien de Portosera… Et le second texte ?

— « *Se as le mesure del grant castelet bien prise, si cel pas oblie troueras desos le saint mais prent garde car il i a uis que ia mius uient nourrir mais.* » Ah. Je me demande ce qu'il entend par « *grant castelet* ». Un castelet est un petit château. Un grand petit château, cela ne veut rien dire… À moins… À moins qu'il ne parle du Grand Châtelet, à Paris… Oui. Cela doit être cela…

— Le Grand Châtelet existait à l'époque de Villard ?

— Oui. Je crois qu'il date du IXe siècle. Vous pourrez vérifier. Dans ce cas, cela donnerait donc : « Si tu as bien pris la mesure du Grand Châtelet, aux pieds du saint tu trouveras ce passage oublié, mais prends garde car il est des portes qu'il vaut mieux n'ouvrir jamais. »

Le professeur se redressa et releva ses lunettes sur son front.

— Ce texte est incroyable, Ari ! Comme je vous le disais l'autre jour, j'ai du mal à imaginer que Villard ait pu écrire ces pages, tant on dirait une chasse aux trésors tout droit sortie d'un conte pour enfants. Pourtant, ces parchemins ont l'air parfaitement authentiques…

— C'est étonnant, n'est-ce pas ? En tout cas, je vous remercie encore, professeur. Votre aide m'est très précieuse. Je ne veux pas vous importuner davantage.

— Oh, je vous en prie ! C'est au fond très amusant, votre affaire !

Ari ramassa précautionneusement les carrés pour les remettre dans leur boîtier métallique.

— Je vous laisse à vos travaux, professeur, et je m'en vais approfondir tout ça. Encore merci, du fond du cœur.

— C'est toujours un plaisir. Mais vous me raconterez, n'est-ce pas, si vous trouvez ce fameux trésor !

— Promis.

Les trois hommes se serrèrent la main et Ari sortit de la pièce avec son sac sur l'épaule, suivi de près par son garde du corps. Comme il l'avait fait la première fois, il partit directement vers la bibliothèque de la Sorbonne, au milieu des étudiants, pour tenter de faire le point. Krysztov s'installa à ses côtés, sous le regard intrigué des autres lecteurs.

Mackenzie posa ses affaires sur la table et sortit son carnet noir. Il relut une deuxième fois, lentement, les traductions qu'il avait soigneusement notées.

À supposer que l'ordre des pages – celui qui correspondait aux meurtres – était correct, les seconds textes formaient, quand on les mettait bout à bout, un paragraphe complet. Ari lut les six textes à la suite et estima que le résultat était tout à fait sensé.

« Si tu es, comme moi, destiné à la création, tu comprendras l'ordre des choses. Villard de Honnecourt, alors, te livrera son plus grand savoir car il est un point de la terre où se cache une entrée oubliée, connue seule des grands anciens du monde grec, et qui permet de visiter l'intérieur de la terre.

Pour bien commencer, tu devras suivre la marche de la lune à travers les villes de France et d'ailleurs. Alors tu prendras la mesure pour prendre le bon chemin.

Tu feras 56 vers l'occident.

Tu feras 112 vers le méridien.

Tu feras 25 vers l'orient.

Si tu as bien pris la mesure du Grand Châtelet, aux pieds du saint tu trouveras ce passage oublié, mais prends garde car il est des portes qu'il vaut mieux n'ouvrir jamais. »

Cela ressemblait bien à un mode d'emploi, aux instructions d'un véritable jeu de piste. Mais rien ne prouvait que l'ordre dans lequel les meurtres avaient été commis correspondait à celui dans lequel Villard avait écrit les pages. Le classement de celles-ci était sans doute essentiel pour la compréhension de l'énigme.

Honnecourt lui-même évoquait le sujet : « Si tu es, comme moi, destiné à la création, tu comprendras l'ordre des choses. » L'ordre des choses était-il celui des pages ? Était-ce un indice pour confirmer l'organisation des carrés ? Cela y ressemblait fort. Mais alors, pourquoi Villard de Honnecourt disait-il qu'il fallait être « destiné à la création » ?

Ari comprit qu'il n'était pas au bout de ses peines. Plutôt que de se décourager, il effectua des recherches dans la bibliothèque afin de répondre aux interrogations qu'il s'était posées dans l'avion : la rosace du premier carré appartenait-elle à une église de Lausanne ? La statue de la Vierge du troisième carré était-elle une statue située à Chartres ? La sculpture de la coquille Saint-Jacques, sur le quatrième carré, venait-elle de Figeac ? Et l'enluminure arabe avait-elle un rapport avec Portosera ?

Krysztov proposa de l'aider et ils se répartirent les tâches. Ils restèrent plus d'une heure à arpenter les allées de la bibliothèque, à feuilleter encyclopédies et essais divers, à prendre des notes, comparer photos et dessins. Le garde du corps semblait y prendre goût. Sans doute n'avait-il jamais eu l'occasion de participer autant aux recherches d'un « client ». Mais Ari n'était pas vraiment comme les autres.

Vers midi, ils avaient bien avancé.

La rosace dessinée par Villard était bien une rosace de Lausanne. C'était même celle de la cathédrale, et elle comptait en effet cent cinq médaillons, très précisément. Construite entre 1205 et 1232, elle était à elle seule une représentation du monde telle qu'on l'imaginait dans la cosmologie médiévale.

La statue de la Vierge, quant à elle, venait aussi d'une cathédrale et c'était bien celle de Chartres. Il s'agissait en réalité de la Vierge noire, conservée dans la crypte Saint-Fulbert. Cette crypte du XIe siècle, qui faisait tout le tour de la cathédrale de Chartres, était la plus grande de France et contenait une chapelle baptisée « Notre-Dame Sous-Terre ». C'était en outre le plus ancien sanctuaire du monde dédié à la Vierge, et la statue faisait à la fois référence à une divinité féminine de la mythologie druidique et au culte marial.

En revanche, ils n'avaient pu identifier de façon certaine la coquille Saint-Jacques dessinée par Villard. Mais Krysztov avait retrouvé, dans un ouvrage historique sur la région de Figeac, la mention d'un hôpital Saint-Jacques, sis en cette ville et aujourd'hui disparu. Figeac se trouvait en effet sur la *Via Podiensis* du pèlerinage de Saint-Jacques-de-Compostelle. En outre, la légende sur les origines de la ville racontait qu'un vol de colombes avait dessiné à cet endroit une croix dans le ciel, sous les yeux de Pépin le Bref, et que ce fut pour cette raison que la ville fut fondée, au VIIIe siècle. Il y avait donc peu de doute que la coquille représentée faisait bien référence à Figeac.

Le seul point de mystère restait l'enluminure arabe. Ari était donc sur le point d'élargir le champ de leurs recherches quand son téléphone portable se mit à sonner.

Il regarda le petit écran et reconnut le numéro d'Emmanuel Morand, son ami du service d'écoute de la DST.

85.

Erik Mancel reposa le vieux manuscrit sur son bureau d'un air pensif. Il aimait à relire de temps à autre la dernière phrase du testament de Jacques Mancel, son ancêtre. Traduite du moyen français, elle donnait à peu près : « Celui de mes descendants qui saura trouver l'entrée oubliée que gardent mes six compagnons sera enfin digne de recevoir mon héritage. » Cela l'aidait à se focaliser, à retrouver le sens de sa quête au milieu des événements qui se succédaient.

Cela faisait des générations, maintenant, que la famille Mancel tentait de décrypter le sens caché de cet énigmatique testament retrouvé au XVIIe siècle. Il avait d'abord fallu faire le lien entre les « six compagnons » et le carnet de Villard de Honnecourt, prouesse réalisée par l'un des membres de la famille au début du XXe siècle. Mais c'était bien lui, Erik Mancel, qui, en s'appuyant sur les nombreuses recherches de ses prédécesseurs, était parvenu à comprendre le sens de tout cela.

Malgré lui, cette quête prenait à présent une tournure catastrophique. La situation lui avait échappé et avait pris des proportions qui le dépassaient. La police était certainement sur sa trace et il ne voyait plus comment s'en sortir. Mais il était trop tard pour faire marche arrière. Quitte à tomber, autant aller jusqu'au bout. Le testament de Jean Mancel était devenu une obsession pour lui, et il était hors de question d'abandonner. Cela faisait vingt ans maintenant qu'il avait repris les recherches de son père concernant l'héritage perdu de la famille. Plus le temps avançait, plus il était certain que son ancêtre avait caché quelque chose dans le lieu mystérieux indiqué par les six pages de Villard, et qu'il ne s'agissait pas d'un secret ésotérique. Tout ça n'était que des foutaises, bonnes pour des illuminés comme Khron ou le Docteur.

La fortune et le patrimoine de la famille Mancel, au XVe siècle, selon de nombreux documents historiques, avaient été colossaux. Puis soudain, à la mort de Jean Mancel, cette fortune s'était considérablement réduite, sans explication. Des titres de propriété avaient disparu, ainsi que les sommes astronomiques en or dont semblait avoir jusque-là disposé la famille. Alors, comme son père, Erik en était convaincu : le trésor de Jean Mancel était dissimulé quelque part, et le seul moyen de remettre la main dessus était de déchiffrer les pages de Villard de Honnecourt. Plus rien ne pourrait l'arrêter. Ni la mort de Khron, ni la police, ni Mackenzie. Cet héritage lui revenait de droit.

Il jeta un coup d'œil au journal posé à côté du vieux manuscrit. L'article qu'il venait de lire ne laissait planer aucun doute : Ari Mackenzie avait abattu Lamia à Portosera, ce qui signifiait certainement qu'il avait récupéré les cinq premières pages de Villard, et peut-être même la sixième.

La situation ne lui laissait plus le choix. Il devait trouver un moyen d'entrer directement en contact avec ce satané flic. Mais Mackenzie n'était joignable nulle part. Ni chez lui ni dans les bureaux de la DCRG. Quant à son numéro de téléphone mobile, il figurait sur liste rouge. L'agent bénéficiait sans doute d'un programme de protection particulier dans le cadre de cette affaire. Mais Mancel avait peut-être une solution.

Il ouvrit le tiroir de son bureau et en sortit le téléphone portable de la jeune femme, qu'il avait confisqué avant de l'enfermer en bas. Nul doute, étant donné leurs relations, qu'il contenait le numéro de Mackenzie en mémoire. Il alluma l'appareil. L'écran afficha une invitation à entrer le code pin.

En gardant le téléphone dans la main, il sortit du bureau surélevé et, d'un pas preste, descendit l'escalier métallique qui menait à la plateforme principale de l'entrepôt. Il se dirigea droit vers le grand container rouge gardé par deux de ses hommes.

— Ouvrez la porte ! ordonna-t-il en lançant une clef à l'un des deux gardes.

Celui-ci se précipita vers le container, libéra le cadenas et fit glisser la barre de métal. La porte s'ouvrit dans un grincement aigu.

Aussitôt, Dolores Azillanet sortit du container comme une furie. Le garde la rattrapa par les épaules et la repoussa violemment en arrière. La jeune femme s'étala de tout son long à l'intérieur du grand cube obscur.

Mancel entra et vint se placer au-dessus d'elle. Il la dévisagea un moment puis lâcha d'une voix menaçante :

— Mademoiselle Azillanet, j'ai besoin d'appeler votre ami Ari. Donnez-moi le code de votre téléphone portable, dit-il en exhibant le cellulaire dans sa main.

La libraire, couchée sur le sol, ne réagit pas.

— Allons, Dolores, ne m'obligez pas à user de la force. Donnez-moi ce code et finissons-en.

Comme elle ne répondait pas, Mancel fit un signe à l'un des deux gardes qui s'approcha de la jeune femme.

— C'est quoi ton code ? demanda celui-ci en lui donnant un léger coup de pied.

Dolores émit un petit cri de douleur mais ne répondit toujours pas. Recroquevillée par terre, son corps secoué de pleurs, elle gardait les yeux fermés comme pour s'isoler de la réalité.

— Faites-la parler, ordonna Mancel en soupirant.

Le garde se baissa, attrapa la jeune femme par le col pour la soulever et lui envoya une gifle violente.

— Ton code, petite conne ?

Lola accusa le coup, avala sa salive et resta muette, les yeux embués de larmes. Le garde lui donna une seconde gifle, plus forte encore. Sa main la heurta en plein nez. Des gouttes de sang se mirent à couler sur ses lèvres.

— Allez vous faire foutre ! hurla-t-elle de sa voix cassée.

Le garde plongea alors sa main dans sa poche arrière et en sortit un couteau. Il posa la lame contre le cou de Lola et se mit à appuyer plus fort.

— Tu me files ton code ou je te tranche la gorge ?

— Si vous me tuez, vous l'aurez jamais, mon code, pauvre con !

Le garde se retourna vers Mancel avec un regard interrogateur.

— C'est là que vous vous trompez, mademoiselle, intervint celui-ci. Il ne me faudrait guère plus de trente minutes pour pirater le code de votre carte. Alors, soit vous nous faites gagner trente minutes et vous avez la vie sauve, soit, en effet, nous vous tranchons la gorge.

Les pleurs de Lola redoublèrent, mais elle se refusa à parler.

— J'ai autre chose à faire, lâcha Mancel en faisant demi-tour. Je vais me débrouiller sans. Débarrassez-moi de cette petite garce, elle ne me sert à rien.

Il s'éloigna d'un pas rapide. Le garde fit aussitôt glisser la lame de son couteau sur le cou de Lola. La peau commença à s'ouvrir et le sang, rapidement, se mit à couler sur sa nuque.

— Attendez ! hurla-t-elle en se débattant.

Le garde interrompit son geste en souriant. Mancel se retourna.

— Tu as changé d'avis ?

Lola sanglotait tellement qu'elle semblait ne plus pouvoir parler. Le garde augmenta la pression de la lame sur son cou.

— 1972..., murmura-t-elle enfin, le visage déformé par la terreur.

Mancel tapa le code sur le clavier du téléphone. L'appareil se mit en route. Un sourire se dessina sur son visage. Il n'eut pas même besoin de fouiller dans le répertoire. Le numéro d'Ari Mackenzie revenait régulièrement dans l'historique des appels. À croire que ces deux-là passaient leur temps à se téléphoner. Il enregistra le numéro dans son propre cellulaire puis jeta celui de Lola au sol. Il l'écrasa de deux coups de pied. L'appareil éclata en mille morceaux.

— Renfermez-la, dit-il avant de retourner vers l'escalier, de l'autre côté de la plateforme.

86.

— J'ai tracé le téléphone de ton amie, Ari, s'exclama Morand, à l'autre bout de la ligne. Un vrai coup de bol ! À peine une dizaine de secondes. Elle doit être hors zone. Elle n'a même pas passé d'appel, j'ai juste eu le temps de trianguler le signal avec trois stations BTS. On peut dire que tu as de la chance…

— Où est-elle ? rétorqua Ari, impatient, en sortant de la bibliothèque de la Sorbonne.

Emmanuel Morand lui dicta l'adresse. C'était en banlieue nord, à Goussainville.

— Je te remercie, Manu.

Alors qu'il venait à peine de raccrocher, Ari reçut un appel masqué. Il fronça les sourcils, partit se mettre à l'écart dans un couloir de l'université, puis répondit sous le regard interrogateur de Krysztov.

— Allô ?

— Ari Mackenzie ?

— Lui-même.

— Erik Mancel à l'appareil.

L'analyste resta bouche bée. Il n'arrivait pas à y croire. Il commença par se dire que la coïncidence était troublante, puis il réalisa qu'au contraire elle était assez logique. Si Morand était parvenu à repérer le téléphone de Lola, c'était sans doute que Mancel était en train de s'agiter. Ils venaient peut-être de changer de lieu… Il serait alors déjà trop tard pour aller à Goussainville.

— Je suppose que vous savez qui je suis, je ne vais pas vous faire un dessin.

Ari ne répondit pas. Il essayait de réfléchir : quelle était la meilleure attitude à adopter ? Mieux valait faire en sorte que Mancel ne comprenne pas qu'Ari l'avait peut-être localisé. Il regrettait toutefois de n'avoir pas demandé à Morand de tracer aussi les appels que lui recevait. Mais Mancel n'était pas idiot. Il avait sans doute pris des précautions pour ne pas être repérable.

— J'ai ce que vous cherchez, reprit son interlocuteur, et vous avez ce que moi je cherche. Je pense que nous devrions pouvoir trouver un arrangement, non ?

— Je ne suis pas certain de vous suivre, mentit Ari pour gagner du temps.

— Ne vous faites pas plus bête que vous n'êtes, Ari. Je vous propose un échange : les carrés contre Mlle Azillanet.

— Qui me dit qu'elle est vraiment avec vous ?

Un soupir retentit dans le combiné.

— Vous voulez lui parler, c'est ça, comme dans les films ?

— Oui. Comme dans les films.

— Ne quittez pas.

Ari entendit son correspondant marcher. Il y eut des bruits métalliques, comme s'il descendait un escalier de secours, puis un fracas de portes. En retrait, il entendit la voix de Mancel : « Tenez, c'est votre amoureux ».

— Allô ? bredouilla une voix féminine en sanglotant.

— Lola, c'est toi ?

— Ari ! Je suis à...

La jeune femme ne put terminer sa phrase. Il y eut un bruit sourd et violent. Ari sursauta. Son cœur s'accéléra.

— C'est bon ? Vous me croyez maintenant ?

— Mancel, si vous touchez un seul cheveu de...

— Épargnez-moi les menaces à la Clint Eastwood, Mackenzie ! Je vous rends votre jeune maîtresse, vous me donnez les carrés, et on n'en parle plus.

Ari tenta de se contrôler. Il n'avait qu'une envie, c'était de dire à ce type d'aller se faire foutre et de venir lui régler son compte sur-le-champ. Mais il ne pouvait pas prendre de risques. La vie de Lola était en jeu. Pour l'instant, il devait gagner du temps. Suffisamment pour mener une expédition là où le signal de la jeune femme avait été tracé par Morand, en espérant qu'ils s'y trouvaient toujours.

— Ce n'est pas moi qui ai les carrés, mentit Ari. La DIPJ les a pris.

— Démerdez-vous. Si vous voulez revoir votre amie en vie, je suis sûr que vous serez capable de les récupérer.

Ari serra les poings. Il avait eu le bon réflexe. Il venait de gagner du temps. Assez pour mener son expédition à Goussainville.

— Laissez-moi quarante-huit heures pour les reprendre, dit-il d'une voix sèche.

— Je vous en laisse vingt-quatre et je suis très généreux. Soyez prêt avec les carrés demain midi. Je vous rappellerai une demi-heure avant pour fixer le lieu de rendez-vous. Si vous ne répondez pas, je lui coupe un doigt toutes les dix minutes jusqu'à ce que vous entendiez raison.

— Mais…

Mancel avait raccroché. Il rangea son portable dans sa poche, puis se tourna vers Zalewski :

— Krysztov, je crois que je vais encore avoir besoin de vos services.

87.

— Iris, est-ce que tu as trouvé des infos pour moi ? demanda Ari au téléphone, pendant que Krysztov engageait la voiture blindée sur les boulevards extérieurs.

Ils fonçaient droit vers le domicile de Zalewski afin de s'équiper avant de partir délivrer Lola. Essayer en tout cas. Krysztov n'avait pas hésité une seconde ni émis la moindre réserve. Au cours des derniers jours, les deux hommes avaient noué des liens de confiance suffisants pour agir comme deux collègues.

— Oui, répondit Iris. Je t'ai fait un dossier complet sur Erik Mancel. Je te l'envoie par mail, par fax ?

— Non, pas le temps. Désolé. Je suis en voiture, là. Tu peux m'en dire les grandes lignes par téléphone ?

Iris Michotte poussa un soupir.

— Qu'est-ce que tu peux être chiant, Ari !

— Je sais. C'est pour ça qu'on s'est séparés, tu te souviens ?

— Alors… Avant tout, Erik Mancel est effectivement un descendant direct de la famille Mancel qui, au XVe siècle, était propriétaire des carnets de Villard de Honnecourt. C'est, comme son patronyme l'indique, une famille originaire du Mans, une lignée de manufacturiers plutôt aisés, quoique la fortune des Mancel s'est nettement amoindrie. Aujourd'hui, Erik Mancel est un riche industriel, il a hérité de son grand-père plusieurs usines de plasturgie au Mans et a investi dans diverses entreprises liées à son secteur d'activité : emballage, agroalimentaire et BTP. Brève incursion dans le monde politique, il a été conseiller municipal au Mans dans les années 1980. Il serait plutôt droite dure, limite extrême droite, ce qui pourrait expliquer ses rapports avec Albert Khron et la confrérie du Vril. Célibataire, sans enfants, il a une propriété au Mans et une maison en banlieue, à Asnières. La DIPJ surveille bien sûr les deux endroits mais il ne s'y est pas rendu depuis la fusillade du pavillon de l'Agartha… Tu veux plus de détails ?

— Attends une minute. Je vais te donner une adresse, dis-moi si elle correspond à quelque chose qui pourrait être lié à Mancel. Une entreprise dont il est actionnaire, un club auquel il appartient, l'adresse de sa maîtresse, j'en sais rien, quelque chose comme ça…

— Je t'écoute.

Ari lui dicta l'adresse à Goussainville où Morand avait tracé le portable de Lola. Iris lança une recherche de son côté. Il attendit patiemment.

— Dans le mille, Ari ! C'est un entrepôt de la SMDP, l'une de ses filiales dans la plasturgie.

L'analyste adressa un clin d'œil au garde du corps à côté de lui.

— Parfait ! Tu peux me trouver un maximum d'infos sur l'entrepôt en question ? Plan cadastral, photo aérienne, tout ça ?

— Tu ne veux pas que je te lise le reste du dossier sur Mancel ?

— Non, merci, j'ai l'essentiel.

— C'était bien la peine que je...

— Désolé, mais je suis sûr que le procureur Rouhet sera ravi si tu lui en envoies une copie.

— Eh, oh, je bosse pas pour lui, moi, c'était un service que je te rendais à *toi*.

— Merci, ma belle. Et pour les plans...

— Ça va, j'ai compris. Les plans de l'entrepôt, les photos, tout le toutim. Mais, rassure-moi, tu vas pas encore jouer au cow-boy ?

— Au point où j'en suis...

— Depierre va te tuer, sans parler du proc'.

— Lola est là-bas, Iris. J'en ai rien à foutre, de ce qu'ils pensent. Je vais la chercher, un point c'est tout.

— C'est ridicule, Ari. Tu sais très bien que le GIGN ferait ça mieux que toi. Qu'est-ce que t'essaies de prouver ? Tu crois que cette gamine va tout oublier sous prétexte que t'es venu la sauver tout seul ?

— Tu vas pas me faire la morale maintenant ?

— T'es vraiment la pire tête de mule que je connaisse, lança Iris avant de raccrocher.

Ari fit signe au garde du corps d'accélérer. Son ex avait sans doute raison. Mais il ne voulait pas perdre de temps. Cette fois, il en était sûr, ils étaient sur la piste de Lola. Et il ne voulait laisser à personne d'autre la responsabilité de la délivrer.

Ils arrivèrent un quart d'heure plus tard dans l'appartement de Krysztov, porte de Montreuil. En fait d'appartement, c'était une véritable cache d'armes.

— C'est la caverne d'Ali Baba ici ! s'exclama Ari en découvrant la pièce où le garde du corps stockait tout son équipement.

— Il faut ce qu'il faut...

— Mouais. Vous avez vraiment besoin de tout ça pour faire de la protection rapprochée, Krysztov ?

— Non. Ce sont des restes. Après la légion, avant d'intégrer la police, j'ai participé à quelques missions à l'étranger pour des sociétés de sécurité privée, ça permettait d'arrondir les fins de mois.

— C'est bon, je veux pas savoir... Alors ? Qu'est-ce qu'on prend ? demanda Ari en détaillant, stupéfait, le matériel militaire soigneusement rangé sur les étagères. Il va nous falloir du matos, pour s'attaquer seuls à un entrepôt.

— Eh bien... Comme la dernière fois, gilet pare-balles, pistolet-mitrailleur FN P90 et on va ajouter un Beretta 9 mm chacun, dix-neuf balles dans le chargeur, c'est mieux que votre vieille pétoire.

— On reste poli, Krysztov, on reste poli.

— Un sac à dos chacun, avec ce qu'il faut de chargeurs, de grenades variées, lampe de poche, jumelles, corde... Du classique.

— Pour vous, oui. Moi, ça fait longtemps que je ne joue plus à la guerre, vous savez.

— Un monoculaire de surveillance, continua le garde du corps comme s'il ne l'écoutait pas, une caméra thermique et surtout une caméra endoscopique : montée sur fibre optique, ça passe partout, même sous les portes, c'est très pratique. On en aurait bien eu besoin la dernière fois. Un émetteur-récepteur Motorola chacun, avec oreillette, et je crois qu'on est équipés.

— Équipés ? C'est le moins qu'on puisse dire !

— Il faut ce qu'il faut, répéta Krysztov, tout sourire, son bâton de réglisse coincé entre les dents.

Le téléphone d'Ari se mit à vibrer. Des MMS expédiés par Iris arrivèrent les uns après les autres. Il enleva la petite carte mémoire de son appareil.

— Vous avez un moyen d'imprimer ces fichiers ? demanda-t-il à Zalewski en la lui tendant.

Le garde du corps acquiesça et sortit rapidement des tirages couleur des différents documents.

Iris avait réussi à récupérer tout ce qu'il fallait. Ils s'installèrent sur la table de la salle à manger et étudièrent ensemble la photo aérienne, le plan cadastral du bâtiment et ceux détaillés de l'intérieur.

Il y avait une grande cour extérieure tout autour de l'entrepôt. Sur la photo, plusieurs véhicules étaient garés à l'avant et à l'arrière. Le bâtiment était composé principalement d'un grand hangar – une plateforme qui accueillait visiblement plusieurs containers – et, en hauteur, d'une mezzanine avec trois petites pièces alignées le long d'un couloir suspendu. Il y avait une entrée principale sur la façade avant, un grand rideau de fer sans doute, suffisamment haute et large pour laisser passer des camions et, à l'arrière du bâtiment, deux issues de secours.

— Vous êtes sûr de vouloir qu'on fasse ça tout seul, Ari ? demanda le grand blond.

— La voie officielle prendrait trop de temps. Et ce coup-ci, ils m'empêcheraient de participer. Je veux y aller moi-même, Krysztov. C'est très important pour moi.

— OK, compris. Mais la difficulté, ça va être de les empêcher de s'enfuir d'un côté quand on rentrera de l'autre...

— Certes... Il faudrait bloquer deux des trois issues.

— Bloquer le portail de la façade avant, ça me paraît difficile, vu la taille...

— Alors on rentrera par-devant après avoir bloqué les deux issues de secours.

— Si on arrive à approcher sans se faire repérer...

— Nous allons attendre la tombée de la nuit, Krysztov. Mais comment bloquer les portes sans faire de bruit...

— J'ai ce qu'il faut pour ça, rétorqua Zalewski. Ça paye pas de mine, mais croyez-moi, ça a fait ses preuves.

Il disparut dans la salle voisine et revint avec un pistolet de colle industrielle qu'il glissa dans son sac.

— Comment on procède ? demanda-t-il en refermant son sac. Un assaut classique ?

— Il faudrait réussir à repérer où est détenue Lola avant d'attaquer.

— On essaiera avec la caméra thermique et l'endoscopique.

— Oui, croisons les doigts.

Ari inspecta à nouveau les plans du bâtiment et essaya de les mémoriser. Puis il se tourna vers le garde du corps.

— Krysztov, j'ai un service à vous demander.

— Oui ?

— Je ne m'adresse pas à l'agent du SPHP, là. Je m'adresse à Krysztov Zalewski, un homme dans lequel je crois pouvoir avoir confiance, après tout ce que nous venons de traverser.

— Qu'est-ce que vous voulez, Ari ?

— Vous avez un coffre ici ?

Le garde du corps acquiesça.

— Est-ce que je peux vous confier les carrés de Villard ? Mais vous devez me promettre...

— Mackenzie, coupa le garde du corps, les légionnaires sont des hommes d'honneur. Vos carrés seront en sécurité ici et ne quitteront pas ce coffre sans que vous me l'ayez expressément demandé.

— Je vous remercie.

Le Polonais guida Ari dans la pièce voisine et ils enfermèrent les six parchemins.

— Bon. On y va ? demanda le garde du corps, visiblement impatient.

— La nuit n'est pas tombée... Mais on peut aller repérer les lieux, si vous voulez.

Ari jeta un dernier coup d'œil à la photo d'Erik Mancel. La rage qu'il éprouva en voyant le regard froid et cynique de l'homme sur le cliché fut plus forte que jamais.

88.

Ils avaient fait plusieurs fois le tour de la zone industrielle pour s'imprégner de l'environnement et, depuis le toit d'un bâtiment voisin, ils avaient observé l'entrepôt aux jumelles en attendant la tombée de la nuit. Aucun véhicule n'était entré ou sorti du hangar mais, toutes les demi-heures environ, un garde apparaissait à l'entrée principale, faisait le tour du bâtiment et retournait à l'intérieur. À n'en pas douter, il n'était pas là simplement pour surveiller des stocks de matières plastiques. On devinait aisément qu'il cachait une arme sous son manteau.

Krysztov repéra au moins quatre caméras de surveillance.

— Ça va être difficile de ne passer dans le champ d'aucune d'entre elles, expliqua-t-il en les montrant à Ari.

— Il faudra marcher dans les ombres... De toute façon, on finira bien par se faire repérer à un moment ou un autre.

— Si on veut avoir le temps de bloquer les portes, le plus tard sera le mieux.

Quand le soleil eut enfin disparu, ils vérifièrent leur équipement et pénétrèrent dans l'entrepôt voisin pour entrer par l'arrière. À cette heure-là, il n'y avait plus personne dans le quartier et les lampadaires n'éclairaient que des rues désertes.

Plaqués derrière le muret qui séparait les deux parkings, ils attendirent une nouvelle ronde du gardien. Lorsque celui-ci fut à l'intérieur, ils escaladèrent le mur et se faufilèrent derrière le bâtiment.

L'entrepôt, tout en tôle épaisse, était un immense cube sans fenêtres. À intervalles réguliers, des projecteurs dessinaient des ronds de lumière dans la nuit noire de l'hiver.

— Évitez les zones éclairées, murmura Krysztov en pointant du doigt vers les caméras de surveillance. Il faut que nous progressions rapidement, d'abri en abri.

Ari acquiesça et indiqua l'échelle de secours sur le flanc gauche de l'entrepôt. Elle n'apparaissait pas sur les plans.

— On va monter là-haut.

Le garde du corps passa le premier. Pistolet-mitrailleur au poing, il traversa le premier tiers du parking d'un pas rapide, toujours sur ses gardes. Il fit attention à ne jamais sortir de l'ombre puis se recroquevilla derrière une camionnette. Il attendit quelques secondes. Voyant que rien ne bougeait, il fit signe à Ari de le rejoindre. Ils se rendirent ainsi précautionneusement, en trois étapes, jusqu'au pied de l'échelle de secours.

Malgré le poids de son équipement, Krysztov parvint à monter les échelons rapidement et sans faire de bruit. Mackenzie, qui avait quelque peu perdu la main, mit plus de temps mais arriva en haut sans encombre.

Comme il l'avait espéré, Ari découvrit les deux verrières sur le toit. En étudiant la photo aérienne, il n'avait pu s'assurer qu'elles étaient transparentes. Mais c'était heureusement le cas, et cela allait leur faciliter la tâche.

— Passez-moi la caméra endoscopique ! Je vais essayer de regarder à l'intérieur sans me faire repérer.

— Vous ne voulez pas que je m'en charge, plutôt ?

Ari hésita.

— OK, vous savez sûrement faire ça mieux que moi. Je prends le moniteur.

Krysztov sortit la caméra de son sac.

La surface du toit était une sorte de plastique étanche mou. Ils purent avancer discrètement, le dos courbé. Arrivés à quelques mètres de la première verrière, ils se mirent à plat ventre et s'approchèrent le plus près possible.

Le garde du corps prit la tige flexible de la caméra du bout des doigts et tendit le bras pour amener le minuscule objectif au bord de la grande plaque vitrée.

Ari alluma le petit écran couleur devant lui. Il régla le point, le contraste et la lumière. La plateforme de l'entrepôt, quelques mètres plus bas, apparut progressivement dans le moniteur. Zalewski promena alors la caméra de droite et de gauche, pour embrasser tout l'entrepôt.

— Je compte au moins six personnes, murmura Ari. Quatre en bas, et deux dans les bureaux de la mezzanine. Attendez… Revenez un peu sur la gauche.

Krysztov inclina la caméra au bout de la fibre optique.

— Oui. Là. Ne bougez plus ! Regardez, Krysztov. Ces deux types devant le container rouge… Je parierais que Lola est à l'intérieur.

— On peut essayer de vérifier avec la caméra thermique si vous voulez.

— Passez-la-moi.

Le garde du corps dégagea doucement la caméra endoscopique de la surface en verre et la rangea dans son sac.

— Faites attention à ne pas vous exposer, dit-il en lui tendant la caméra thermique.

Mackenzie alluma l'appareil, qui ressemblait à de grosses jumelles améliorées. Il rampa sur les bras pour s'approcher davantage de la verrière, puis il se redressa sur les coudes et colla ses yeux sur les viseurs.

La silhouette des quatre hommes sur la plateforme se dessina devant lui en formes arrondies, dans un spectre violet, rouge et jaune. Il tourna l'appareil en direction du container et ajusta la sensibilité de la caméra. Les ondes de chaleur apparurent lentement dans le coin gauche du grand cube de métal. Une personne, repliée sur elle-même, qui bougeait à peine. Il fut certain que c'était elle. Lola. Recroquevillée à l'intérieur du container.

— Baissez-vous ! lança Krysztov en l'attrapant par le bras.

L'un des quatre gardes de la plateforme marchait vers le centre de la pièce, juste en dessous d'eux.

Ari se recula. Il attendit un instant et rendit la caméra à Zalewski.

— Pas de doute. Elle est dedans, dit-il d'une voix grave. On y va.

Ils retournèrent à plat ventre jusqu'au bord du toit, puis se levèrent pour rejoindre l'échelle.

— Attendez ! murmura Krysztov alors qu'Ari était sur le point de descendre. Il y a une trappe sur le toit, là. Je vais la sceller elle aussi, on ne sait jamais...

Le garde du corps sortit le pistolet de colle de son sac. Il déposa un joint tout autour de la trappe et revint vers Ari.

— C'est parti !

Les deux hommes redescendirent dans le parking de l'entrepôt. En bas, Ari fit signe à Zalewski d'aller sceller l'issue de secours la plus éloignée pendant que, le dos plaqué à la seconde issue, il surveillait ce côté-ci du bâtiment.

Krysztov longea le mur au plus près. Il espérait que les caméras de surveillance, en hauteur, n'avaient pas un angle suffisamment large pour qu'il fût dans le champ. Il bloqua la première issue de secours et revint vers Ari. Celui-ci s'écarta de la deuxième porte et laissa Zalewski officier. La pâte blanc cassé de la colle cyanoacrylate coula le long des ouvertures et se solidifia rapidement.

— On peut y aller, murmura le garde du corps en rangeant le pistolet.

Mais alors qu'ils allaient se mettre en route, un grincement bruyant de l'autre côté de l'entrepôt résonna dans tout le parking. Ari retint Krysztov derrière lui.

Des bruits de pas s'élevèrent dans l'allée, de plus en plus proches. Le garde avait visiblement avancé sa ronde de plusieurs minutes. Peut-être s'étaient-ils fait repérer.

Ari dégaina son Beretta, mais Zalewski l'attrapa par l'avant-bras. Il posa un doigt sur ses lèvres pour faire signe à l'analyste de ne pas faire de bruit, puis il prit un couteau à sa ceinture et passa devant lui.

Les pas du garde approchèrent et son ombre longue, projetée par la lumière d'un lampadaire, se dessina sur l'asphalte.

Quand le garde apparut au coin du mur, Krysztov se précipita vers lui. Le geste, mille fois répété, fut effectué à la vitesse de l'éclair. Zalewski attrapa son adversaire par l'épaule et lui trancha la gorge d'un mouvement vif et précis.

Le sang se mit à couler abondamment. Le garde porta les mains à son cou, les yeux exorbités et, incapable de crier, s'écroula sur le sol. Il mourut dans l'instant.

Krysztov tira le cadavre par les jambes et le traîna au pied du mur pour éviter qu'il soit vu, puis il fit signe à Ari que la voie était libre.

Ils avancèrent dans l'allée l'un derrière l'autre, en tenant le canon de leur pistolet-mitrailleur vers le sol. Arrivés à l'angle de la façade principale, ils marquèrent un temps d'arrêt. Ari s'approcha du coin du mur et jeta un bref coup d'œil de l'autre côté. Personne. Mais la porte en métal à gauche du grand rideau de fer était ouverte. Le garde n'avait pas dû la refermer en sortant.

— Vous voulez la caméra ? demanda Krysztov à voix basse.

— Non. Pas le temps. Ils vont bientôt s'inquiéter de l'absence du garde. Il faut qu'on agisse vite.

Ari inspira profondément en fermant les yeux une seconde. Il devait se concentrer. Il n'avait pas le droit à l'erreur. Cette fois, il en était certain, Lola était à l'intérieur et le moindre faux pas, la moindre balle perdue pouvait engendrer une catastrophe.

Ils s'étaient mis d'accord sur une stratégie. Ari devait empêcher l'ennemi de rentrer dans le container pour se servir de Lola comme bouclier humain. Ce serait sans doute leur premier réflexe. Il allait donc falloir couvrir l'entrée pendant toute l'opération. De son côté, Krysztov allait devoir éliminer les adversaires. Un par un.

Mackenzie alluma son émetteur-récepteur, glissa l'écouteur dans son oreille, assura sa prise sur le manche du FN P90 et passa l'angle du mur. Il s'accroupit à côté de la porte et prit dans son sac une grenade aveuglante. Il espérait que le flash et la forte détonation seraient suffisamment longtemps incapacitants pour leur permettre de rentrer dans le bâtiment et se mettre à l'abri.

Il ôta la goupille, se colla au bord de la porte, attendit un instant puis jeta la grenade à travers l'ouverture, vers le centre de l'immense pièce.

Un homme à l'intérieur poussa un cri d'étonnement.

— C'est quoi cette merde ? !

Ari et Krysztov s'accroupirent, fermèrent les yeux et se bouchèrent les oreilles.

La détonation retentit à l'intérieur de l'entrepôt et résonna au milieu des murs de tôle. Sans attendre, Ari se précipita de l'autre côté de la porte, suivi de près par le garde du corps. Courbé, il courut vers la droite et s'abrita derrière un large pylône. Krysztov, du côté gauche, sauta derrière une haute caisse en métal.

Ils donnèrent aussitôt l'assaut, de concert, avant que les hommes à l'intérieur ne reprennent leurs esprits.

Ari, son arme à l'épaule, visa les deux gardes postés devant le container rouge. Il s'agissait de faire vite. Il n'eut aucune peine à toucher le premier qui, aveuglé par la grenade, était encore en train de se frotter les yeux. Les balles atteignirent l'homme dans la tête et la poitrine. Il fut instantanément projeté au sol dans un flot de sang. Mais quand Ari voulut tirer vers le second, celui-ci s'était déjà abrité derrière le container et commençait à faire feu en leur direction avec un pistolet automatique.

À gauche, Krysztov fut plus rapide encore. Il parvint à abattre d'une seule rafale les deux hommes dont il était chargé et qui couraient vers l'issue de secours. L'un après l'autre, ils s'écroulèrent, fauchés par les balles.

Le vacarme était assourdissant. Détonations, cris, l'orage s'était abattu d'un coup à l'intérieur des murs. Les déflagrations résonnaient, amplifiées, dans toute la hauteur du hangar.

Ari fit un geste du bras en direction de son partenaire pour lui montrer l'homme qui le visait depuis la mezzanine. Krysztov se remit à l'abri juste à temps. Les balles ricochèrent sur la caisse métallique, projetant des gerbes d'étincelles orangées. La fusillade reprit de plus belle.

Mackenzie se concentra à nouveau sur l'homme caché derrière le container rouge. Il fallait absolument qu'il l'empêche d'entrer. Protéger Lola, c'était tout ce qu'il avait à faire. Mais de là où il était, impossible de viser. Ari se baissa et inspecta la plateforme sur sa droite. Il y avait un autre pilier, six ou sept mètres plus loin. Traverser cet espace serait périlleux, mais il n'avait pas le choix : il devait reprendre le dessus. Il dirigea son arme vers le container et se précipita, à découvert, vers le deuxième pilier. Il parcourut les quelques mètres tout en envoyant un feu nourri vers son adversaire. Les étuis s'éjectèrent un à un par le dessous du FN P90 et tintèrent en tombant sur le sol.

Le garde, de l'autre côté, resta à l'abri pendant toute la salve et Ari put se plaquer contre le pilier sans avoir à essuyer la moindre riposte. Il resta quelques secondes collé contre la paroi métallique, leva la tête le temps de reprendre son souffle, puis tenta une sortie par la droite. Ne pas rompre le rythme. Submerger l'ennemi.

L'homme était à présent dans son angle de tir. Il prit le temps de viser et appuya sur la détente. Sa première balle cingla contre la tôle. La deuxième atteignit son adversaire à l'épaule gauche. Éjecté contre le container, le garde tomba en grimaçant, mais, une fois assis par terre, fit feu à son tour, à l'aveugle. Ari dut se remettre à l'abri.

De l'autre côté du hangar, Krysztov semblait éprouver des difficultés à se débarrasser du tireur perché sur la mezzanine. Ari pencha la tête pour essayer de le voir, mais celui-ci était trop en retrait sur la coursive, hors de son champ de vision. Alors qu'il était sur le point de rabaisser son regard, l'analyste aperçut du coin de l'œil une silhouette derrière la baie vitrée que longeait la mezzanine. Un homme, dans le bureau, courts cheveux bruns, costume noir, était en train de passer un coup de téléphone tout en regardant la fusillade.

Mackenzie fut certain de reconnaître Mancel. Il ressemblait à l'homme de la photo envoyée par Iris.

Au même instant, des étincelles jaillirent à côté de lui. Il se protégea derrière le pilier. Son adversaire avait profité de ces instants d'inattention pour changer de position et l'inondait de balles.

Ari se baissa et passa de l'autre côté du pilier. Avançant prudemment, il repéra bientôt le tireur qui, toujours assis par terre, s'était abrité derrière un monte-charge. Il ne pouvait voir que ses pieds et ses jambes, sous le véhicule, mais c'était amplement suffisant. Il se cacha à nouveau derrière le pylône et attendit la fin de l'attaque. Le nombre de balles dans un pistolet automatique n'était pas infini, le garde allait forcément cesser de tirer.

Quand les détonations prirent fin, Ari se remit en position. Le pistolet-mitrailleur collé contre la joue, il prit cette fois tout son temps pour viser. Essayant de calmer sa respiration et de ne pas se laisser déconcentrer par le vacarme, il ajusta le viseur, puis il tira quatre balles dans les jambes de l'homme derrière le monte-charge. Il entendit les cris hallucinés du garde puis il le vit s'écrouler par terre en se tenant les cuisses. Il envoya une nouvelle rafale et atteignit cette fois son adversaire en pleine tête. L'homme s'immobilisa aussitôt, la cervelle en charpie.

Ari se redressa. Le container était sécurisé.

Il souffla un peu, puis il se tourna vers Zalewski, encore aux prises avec le tireur de la mezzanine. Ils faisaient feu l'un après l'autre sans jamais atteindre leur cible, dans un enfer de lumière et de bruit.

Mais pour le moment, Mackenzie avait encore à faire. Impossible de porter secours à son partenaire. Il jeta un coup d'œil vers le container puis, voyant que la voie était libre, il courut à toute vitesse jusqu'à la porte rouge. Il vit aussitôt le gros cadenas qui bloquait la barre de fer.

Il tapa furieusement contre la plaque de métal.

— Lola ! hurla-t-il au milieu des détonations. Lola !

La voix de la jeune femme résonna soudain à l'intérieur.

— Ari !

Elle poussa alors un cri mêlant la peur, le soulagement et la détresse. Mackenzie sentit sa gorge se nouer.

— Ne t'inquiète pas, Lola, je vais te sortir de là !

Il se précipita vers le cadavre du premier garde qu'il avait abattu en entrant et fouilla ses poches. Aucune clef.

— Merde !

Il fit volte-face et courut vers le second, étendu dans une mare de sang derrière le monte-charge. Mais il eut beau le fouiller plusieurs fois, il ne trouva rien non plus. Il pesta et retourna vers la porte du container.

Il fixa le cadenas. Difficile de le faire sauter comme ça, sans risquer de blesser Lola. Mancel détenait sans doute la clef. Ari regarda vers la mezzanine. Le bureau était toujours allumé et il devina l'ombre de Mancel à l'intérieur. Il ne restait qu'un seul de ses hommes de main, mais Krysztov ne parvenait pas à le déloger.

Ari se pencha vers le micro de son émetteur, sur son col.

— Krysztov, vous me recevez ?

— Affirmatif.

— Le container est fermé. Mancel doit avoir la clef. Il faut que je trouve un moyen de monter là-haut. Couvrez-moi.

— Bien reçu.

Ari inspecta le haut du hangar. Tout au bout de la mezzanine, à droite, il y avait une sorte de gros cube – un local technique – sur lequel il pouvait tenter de grimper. En escaladant le long du mur nord de l'entrepôt, Mackenzie pouvait l'atteindre et prendre le tireur caché à revers. C'était périlleux, mais cela valait le coup d'essayer. De toute façon, il n'y avait plus personne en bas ; Lola, pour le moment, ne risquait rien.

Les échanges de coups de feu continuaient entre Krysztov et le garde. Ari courut vers le mur en tôle en face de lui.

Une fois au pied de la paroi, il fit passer son pistolet-mitrailleur dans son dos et commença à escalader un pilier métallique. Les boulons dépassaient suffisamment de chaque côté pour qu'il puisse prendre appui, mais le risque de glisser restait grand. Les mains crispées sur la colonne de fer, Ari monta prudemment vers le toit. À mi-hauteur, il fit une courte halte. Son épaule lui faisait encore atrocement mal et la moindre traction était un coup de poignard dans l'omoplate. Mais ce n'était pas le moment de faiblir. Il inspira profondément et reprit son ascension, sans regarder vers le bas. Pour ne pas perdre prise, ses muscles se tendaient de plus en plus, à lui donner des crampes. Il continua en relâchant ses membres au maximum.

De l'autre côté, Krysztov maintenait la pression sur le tireur. Le bruit des balles ne cessait d'emplir l'espace du hangar. C'était une symphonie sans fin.

Ari parvint enfin à hauteur de la mezzanine. Là où il était, le tireur ne pouvait pas le voir : il était protégé par le local technique. Mais il allait maintenant devoir y accéder.

Il hésita. Il avait dans son sac une corde, mais il se sentait bien incapable de la récupérer sans risquer de tomber en arrière. Non. La meilleure solution était de grimper plus haut et de traverser pendu à la corniche qui longeait le toit. Ari espérait seulement qu'il avait encore assez de force dans les bras.

Il parcourut les derniers mètres qui le séparaient du plafond, puis de la main gauche s'agrippa au rebord métallique. Ses doigts se refermèrent solidement sur la poutrelle. Mais le plus dur restait à faire : amener sa deuxième main.

Ari dut faire plusieurs tentatives. Chaque fois qu'il lâchait le pilier sur sa droite, il avait l'impression de tomber en arrière et devait se rattraper aussitôt sans avoir eu le courage de faire passer sa main de l'autre côté.

Le rythme de son cœur s'était encore accéléré, il battait à tout rompre et le sang frappait contre ses tempes. L'analyste ferma les yeux et secoua la tête pour chasser les gouttes de sueur qui coulaient de son front, puis il essaya une nouvelle fois. Il lâcha le pylône. À cet instant, son pied gauche glissa du boulon et il perdit l'équilibre. Il se rattrapa de justesse, et, par réflexe, s'agrippa enfin à la corniche au-dessus de lui.

Suspendu par les mains, Ari se balança deux ou trois fois dans le vide puis se stabilisa. Le souffle court, il entama sa traversée, soulevant une main après l'autre pour s'approcher de la mezzanine. Il transpirait tellement que ses doigts glissaient, ce qui le contraignait à aller vite. Après quelques mètres, il trouva un rythme régulier et s'aida en projetant ses jambes de droite à gauche pour franchir un espace plus grand.

À bout de forces, il atteignit enfin l'extrémité de la corniche. Il jeta un coup d'œil rapide vers le bas. Ses doigts continuaient de glisser sur la poutrelle. Il devait agir vite pour ne pas tomber. Malheureusement, le toit du local technique n'était pas en dessous de lui. Il allait devoir prendre de l'élan avant de se lâcher dans le vide.

Il remarqua à cet instant que les échanges de tirs s'étaient accrus dans son dos, et qu'un troisième type de détonation résonnait dans le hangar. Mancel était sans doute sorti de son bureau et le pauvre Krysztov devait faire face à deux tirs croisés. Il n'y avait plus de temps à perdre.

Puisant dans ses dernières ressources, il donna un grand coup de hanche et s'élança.

Il comprit aussitôt qu'il n'avait pas pris assez d'élan pour que ses pieds retombent sur le local technique. Pris de panique, il tendit les bras et parvint à s'agripper par les mains. Son buste heurta violemment le mur en tôle. Malgré la douleur du choc, il se hissa sur le toit. À genoux, il attrapa le pistolet-mitrailleur dans son dos, se plaqua contre le sol et rampa jusqu'au bord du local technique. Arrivé au bout, il aperçut enfin le tireur qui, caché derrière le muret au tout début de la mezzanine, causait tant de problèmes à Zalewski.

Ari ajusta son tir. Parfaitement dans l'axe, il n'eut besoin que d'une balle.

L'homme fut atteint en pleine nuque. Projeté vers l'avant, il passa par-dessus. Son corps tourna deux fois sur lui-même avant de s'écrouler bruyamment sur le sol, quatre ou cinq mètres plus bas.

Ari, qui venait de se faire repérer, essuya alors la riposte d'Erik Mancel. Celui-ci l'inonda de balles tout en reculant pour s'abriter dans son bureau.

Mackenzie rampa pour se mettre hors de portée, puis rapprocha sa bouche du petit micro de l'émetteur.

— Krysztov, vous me recevez ?

— Cinq sur cinq.

— Mancel est acculé dans son bureau. Il ne reste plus que lui.

— Vous voulez que je balance une grenade là-haut ?

— Non. Je crois que le procureur serait heureux qu'on en ait au moins un vivant ! Et puis je veux récupérer la clef du container. Essayez d'envoyer un fumigène.

Au même moment, il y eut des crissements de pneus à l'extérieur. Ari se redressa. En bas, il vit Krysztov sortir de sa cachette et jeter un coup d'œil dehors.

— Oh ! Putain ! Deux voitures, Ari ! Et c'est pas des gars de chez nous. Il a dû appeler des renforts.

C'était donc cela, le coup de fil qu'Ari l'avait vu passer au début de la fusillade. Il y eut des bruits de portes puis, aussitôt, des coups de feu retentirent dans le parking. Les balles sifflèrent à l'intérieur de l'entrepôt.

— Lola ! s'exclama Ari. Il faut les empêcher d'aller la récupérer !

— Je m'en charge !

Zalewski ferma la porte d'entrée d'un coup de pied et courut vers le container. Il se plaqua sur le côté et attendit que les renforts pénètrent à l'intérieur.

Un grand vacarme résonna dans le hangar, puis le rideau de fer se leva lentement. Ari se mit en position. La lumière des phares illumina progressivement la plateforme et, soudain, ce fut un déluge de métal.

Ari pesta. Ils étaient pris au piège. La voix de Krysztov grésilla dans son écouteur.

— On va pas s'en sortir, Ari !

Mackenzie serra les dents. Il aurait préféré terminer cette expédition seul. Mais Krysztov avait raison.

— OK. J'appelle la cavalerie, répondit-il au milieu du sifflement des balles.

Il prit son téléphone portable dans sa poche et appela, à contrecœur, le procureur Rouhet.

Aucune réponse. Pas même de sonnerie. Ari regarda les petites barres sur son téléphone. Il n'y avait pas assez de réseau pour téléphoner. Ari tenta d'envoyer un SMS. Il composa le numéro de plusieurs destinataires, celui du procureur mais aussi de Depierre, d'Iris et du commissaire de la DIPJ. Autant mettre toutes les chances de son côté. Il leur donna l'adresse et ajouta simplement : « Envoyez-nous le GIGN. »

Les balles fusaient autour de lui. Ari rangea son téléphone, et recula afin de mieux s'abriter. Arrivé au bord du toit du local technique, il se pencha sur le côté droit pour inspecter le bureau derrière la mezzanine.

Mancel s'approchait de la porte. Ari n'hésita pas une seconde et l'arrosa de son pistolet-mitrailleur. Les vitres volèrent en éclats. L'homme fut contraint de se réfugier à nouveau à l'intérieur.

Mackenzie roula de l'autre côté et se mit à tirer vers l'entrée principale. Mais il était trop en hauteur et ne pouvait voir ses adversaires, lesquels submergeaient Krysztov de rafales régulières. Le garde du corps n'allait pas pouvoir défendre longtemps sa position et le container de Lola allait bientôt être à nouveau à découvert.

Ari, en désespoir de cause, attrapa une grenade à fragmentation dans son sac. Il dégoupilla l'anneau, coinça la cuillère entre ses doigts, puis envoya la M67 vers le rideau de fer. La grenade rebondit plusieurs fois au sol et arrêta sa course au-dehors.

L'explosion retentit dans tout le quartier et illumina l'asphalte pendant quelques secondes. Les coups de feu furent interrompus un instant, puis reprirent de plus belle. Au mieux, Ari les avait dissuadés de s'approcher trop de l'entrée. Ce n'était déjà pas si mal.

Soudain, une nouvelle explosion, plus forte encore, sembla venir de l'arrière du bâtiment.

Ari sursauta, puis se retourna vers la droite. Il vit alors, en contrebas, que la première porte de secours venait de sauter. Deux hommes pénétrèrent dans le bâtiment l'arme au poing. Zalewski allait être pris à revers.

Ari se mit debout et envoya une rafale en direction des nouveaux intrus. Il toucha le deuxième homme qui s'écroula au sol, mais le premier était passé.

— Je vais pas tenir longtemps ! hurla le garde du corps dans l'émetteur.

Ari courut de l'autre côté du promontoire et tenta de couvrir Krysztov. Les hommes passaient le rideau de fer les uns après les autres. Zalewski, tout seul en bas, était pris dans un étau et devait faire face à six hommes au moins, sur deux fronts différents.

Mackenzie vida son chargeur, le remplaça et en vida un second, arrosant tantôt l'entrée principale, tantôt le couloir en dessous de lui.

Soudain, il entendit le cri de Zalewski dans son écouteur.

— Je suis touché ! Il faut que vous descendiez, je ne peux plus couvrir les deux côtés.

L'analyste se précipita vers le bord du local technique et sauta sur la mezzanine. Il roula sur le sol grillagé et s'apprêta à tirer vers le bureau de Mancel. Mais il découvrit alors avec surprise que celui-ci n'y était plus.

Ari baissa les yeux et vit l'homme en bas de l'escalier, qui courait vers l'extérieur. L'ordure allait s'échapper !

Le sang de Mackenzie ne fit qu'un tour. Il dévala quatre à quatre les marches de l'escalier. En bas, les hommes approchaient de plus en plus du container. Il envoya une salve en leur direction pour les faire reculer puis, sans attendre, il fit volte-face et partit à la poursuite de Mancel, déjà sans doute dans le parking.

Arrivé à quelques pas de la porte de secours, Ari aperçut juste à temps, sur sa droite, l'homme qui avait pris Krysztov à revers. Les coups de feu claquèrent dans des flashes blancs. Ari se jeta au sol et riposta, couché sur le côté. Le corps criblé de balles, son assaillant s'écroula dans des caisses en bois derrière lui.

Mackenzie se releva aussitôt et partit vers l'arrière de l'entrepôt.

— Krysztov, Mancel est dehors, je dois le poursuivre ! Je suis désolé, mais je vous laisse vous démerder tout seul ! J'ai eu le mec derrière vous !

Il n'y eut pas de réponse.

Ari serra les dents, mais il ne pouvait hésiter. Chaque seconde comptait. Il sortit sur le parking en courant. Il entendit alors un claquement de porte sur sa droite. Il tourna aussitôt la tête et vit Mancel s'installer au volant d'un 4x4. Sans prendre le temps d'épauler son arme, Ari tira sur le conducteur. Les balles ricochèrent contre la vitre blindée, provoquant de petits éclats en forme de flocons de neige. Les phares s'allumèrent, éblouissants, et la voiture démarra.

Dans un crissement de pneus, le 4x4 fonça droit sur lui. Ari releva son FN P90 et tira une nouvelle rafale. Mais le pare-brise résistait. La voiture n'était déjà plus qu'à quelques mètres. La lumière des phares troublait sa vue. Mackenzie hurla sans cesser de faire feu. Les balles rebondissaient une à une, striant le verre de mille veines blanches sans jamais parvenir à le briser.

Les mains crispées sur le volant, Mancel donna un coup d'accélérateur. À la dernière seconde, l'analyste eut le réflexe de sauter et roula sur le bitume. L'avant du 4x4 le frôla de justesse. Ari se redressa et recula juste à temps pour éviter l'arrière. Il fit deux pas de côté et vida le chargeur de son pistolet-mitrailleur sur le pneu du véhicule.

La gomme vola en éclats et le 4x4 partit aussitôt en dérapage. Il s'encastra d'un coup violent dans la tôle de l'entrepôt.

Ari lâcha son FN P90 au sol et sortit le Beretta de son holster. Le bras tendu devant lui il marcha droit vers la voiture et commença à faire feu.

La portière passager s'ouvrit et Mancel, sonné, rampa au-dehors tout en tirant vers Ari. Les balles sifflèrent autour de lui mais il ne chercha pas à s'abriter. C'était comme s'il voulait en finir, comme s'il était possédé et qu'il se sentait invincible. *Lui ou moi*. Ari avançait, stoïque, le regard froid, et tirait, sans sourciller, les balles les unes après les autres, avec la mécanique d'un robot. Les éclairs blancs de son automatique déchiraient la nuit.

Mancel, titubant, se releva en s'appuyant sur la portière derrière lui. Au même instant, il reçut une balle en pleine poitrine. Ses yeux s'ouvrirent dans une expression de surprise et son regard se figea, comme s'il ne parvenait pas à croire qu'il pût être touché.

Ari, lui, ne s'arrêta pas, hypnotisé par la rage. Le canon pointé vers son adversaire, il continua sa marche folle et tira encore et encore... Les balles s'enfoncèrent une à une dans le torse déchiqueté d'Erik Mancel, le clouant contre la porte du 4x4.

Quand son chargeur fut vide, Ari s'arrêta enfin et il se tint debout, hagard, le bras tendu, au milieu du parking.

Le corps de Mancel glissa lentement le long de la voiture puis s'écroula sur le sol comme un sac de sable.

Ari, le regard rouge, fut soudain sorti de sa torpeur par le bruit d'un hélicoptère et des crissements de pneus autour de lui. Le large rayon d'un puissant projecteur se mit à balayer le parking.

Abasourdi, Mackenzie comprit toutefois ce qu'il se passait. Il lâcha son arme et leva les mains en l'air pour ne pas se faire abattre par les hommes du GIGN.

Les gendarmes surgissaient de tous les coins. Certains sortaient de camionnettes blindées stationnées dans le parking, d'autres descendaient au bout de câbles déroulés depuis l'hélicoptère, le tout dans une impressionnante et implacable chorégraphie.

Ari resta quelques instants immobile, pendant que, de l'autre côté de l'entrepôt, les coups de feu retentissaient en cascade.

Puis tout se calma enfin. Les détonations, les cris, les explosions. Seul persistait le bruit tournoyant des pales de l'hélicoptère au-dessus d'eux.

Un homme du GIGN s'approcha d'Ari paralysé et l'attrapa par le bras.

— Commandant Mackenzie ? Tout va bien ?

Ari, encore confus, choqué, mit du temps à répondre. Puis il hocha doucement la tête. Il marcha alors vers le corps inanimé d'Erik Mancel.

— Qu'est-ce que vous faites ? demanda le militaire en le retenant par l'épaule.

Mais Ari se dégagea et, sans un mot, fouilla le cadavre. C'était comme s'il était soudain revenu à lui. Dans la troisième poche qu'il inspecta, il trouva une clef plate.

Il se redressa et se dirigea d'un pas rapide vers l'intérieur de l'entrepôt, suivi de près par le gendarme du GIGN, perplexe. Il traversa la plateforme et atteignit le container.

Il vit alors deux gendarmes emmener Krysztov sur un brancard. Le garde du corps lui fit un signe rassurant. Mackenzie les regarda s'éloigner puis se précipita vers le container et inséra la clef dans le cadenas. La serrure s'ouvrit. Les mains tremblantes, le cœur prêt à lâcher, il enleva la barre de fer et fit coulisser la lourde porte.

La lumière blafarde des projecteurs se faufila dans le grand cube de métal.

L'image était irréelle. Un cliché noir et blanc, surexposé. Le petit corps de Lola, agenouillée contre le mur du fond, se dessina sous le regard médusé d'Ari. La jeune femme, éblouie, terrorisée, plongea la tête dans ses mains. Ses cheveux noirs glissèrent délicatement par-dessus ses bras.

Ari, le cœur battant, se jeta à l'intérieur. Les yeux embués de larmes, il s'accroupit devant elle. Il la prit dans ses bras et la serra de toutes ses forces.

Lentement, le corps de Lola se détendit. Elle l'enlaça à son tour et éclata en sanglots. Ils restèrent longtemps serrés l'un contre l'autre, agrippés comme s'ils ne voulaient plus jamais être séparés.

Mackenzie attrapa le visage de Lola dans ses mains, lui fit redresser la tête et plongea son regard dans le sien. Elle était plus belle que jamais. Si fragile. Il caressa ses tempes, submergé d'émotion. Lola. Sa Lola. Il s'approcha d'elle et la couvrit de baisers. Puis ce fut comme si le monde autour d'eux avait disparu.

89.

Mackenzie passa la nuit et une partie de la journée suivante à l'hôpital. On soigna ses nombreuses blessures, on lui administra des antidouleur et on lui fit faire une batterie d'analyses.

Vers 17 heures, alors qu'Ari, encore un peu groggy, attendait la visite du médecin pour obtenir son autorisation de sortie, deux hommes firent irruption dans sa chambre sans frapper. L'un portait un uniforme militaire avec de nombreux galons, et l'autre, un chauve d'une quarantaine d'années, un complet noir.

— Comment vous sentez-vous, Mackenzie ?

Ari se redressa sur les épais coussins, perplexe.

— Euh... Bonjour. À qui ai-je l'honneur ? demanda-t-il, bien qu'il fût certain de reconnaître au moins le militaire.

Il avait déjà croisé ce quinquagénaire, au visage carré, aux traits durs et au regard de plomb.

— Général Baradat, de la DRM[1]. Comment vous sentez-vous ? répéta l'officier.

— Enchanté, général. Et vous êtes ? insista Ari en fixant le chauve à ses côtés.

— Monsieur est un collègue, coupa l'homme en uniforme.

— Et je peux savoir ce que vous faites ici ?

— Nous avons des questions à vous poser.

— Dans quel cadre ? demanda Ari, agacé.

Le général vint se placer en face de lui et ferma les poings sur les barreaux de fer au pied du lit. Son « collègue » en civil partit s'asseoir sur une chaise au coin de la chambre et croisa les bras, le regard noir. Il n'avait toujours pas dit un mot.

— Sur ordre de l'Élysée, l'enquête concernant les carnets de Villard de Honnecourt a été classée Secret Défense et nous a été transférée, expliqua Baradat.

— L'enquête ? Quelle enquête ? Tout le monde a été arrêté, il me semble ? L'affaire est bouclée.

— La plupart des protagonistes ont été arrêtés ou *neutralisés*, en effet. Vous en savez quelque chose.

---

1. Direction du Renseignement militaire.

Mais il subsiste des zones d'ombre, Mackenzie. Nous pensons que vous pouvez nous éclairer.

— Si vous le dites.

Le général fixa Mackenzie droit dans les yeux.

— Les pages manquantes du carnet...

— Oui ?

— Où sont-elles ?

L'analyste haussa les épaules en feignant un air surpris.

— Aucune idée !

— Vous ne les avez pas récupérées ?

— Non, mentit-il sans sourciller. Elles n'ont pas été retrouvées à l'Agartha ?

Le militaire prit un air irrité.

— Commandant Mackenzie... Vous êtes en train de me dire que vous n'avez pas retrouvé les six carrés sur le corps de Lamia, après l'avoir tuée à Portosera ?

— Absolument.

Baradat fit le tour du lit et se posta devant la fenêtre. Il fixa quelque chose au-dehors, dans la cour de l'hôpital.

— En somme, si nous procédons à une fouille de votre appartement et de celui de votre collègue et ancienne maîtresse Iris Michotte, nous ne les retrouverons pas ? lança-t-il avec une fausse désinvolture.

— Fouillez mon appartement si vous le voulez, je commence à avoir l'habitude. Mais je commence aussi à trouver particulièrement détestable la façon dont vous me parlez, général...

— Le carnet de Villard de Honnecourt est la propriété de l'État. En outre, ces pages sont des éléments de preuve inscrites au dossier.

— Certes. Mais je vous répète que j'ignore où elles se trouvent.

— Permettez-moi de vous rappeler l'article 434-4 du Code pénal, commandant Mackenzie, cela vous rafraîchira peut-être la mémoire.

L'homme commença à réciter d'un ton professoral :

— « Est puni de trois ans d'emprisonnement et de 45 000 euros d'amende le fait, en vue de faire obstacle à la manifestation de la vérité, de modifier l'état des lieux d'un crime ou d'un délit soit par l'altération, la falsification ou l'effacement des traces ou indices, soit par l'apport, le déplacement ou la suppression d'objets quelconques... »

— Vous pouvez arrêter votre leçon de droit, général, je vous dis que...

— Le dernier paragraphe de l'article est important, Ari : « Lorsque les faits prévus au présent article sont commis par une personne qui, par ses fonctions, est appelée à concourir à la manifestation de la vérité, la peine est portée à cinq ans d'emprisonnement et à 75 000 euros d'amende. » Alors dites-moi, vous êtes absolument certain de ne pas savoir où sont les pages de Villard ?

— Je ne connais pas d'autre façon de répondre à cette question, donc je me contenterai de répéter, pour la dernière fois j'espère : non. Maintenant, si ce n'est pas trop vous demander, j'aimerais me reposer.

Le général resta silencieux et immobile quelques secondes, le regard plongé dans celui de l'analyste, puis il fit signe à l'homme au complet noir qui se leva.

— Très bien. Nous allons vous laisser vous reposer. Mais nous nous reverrons, commandant. Cette histoire n'est pas terminée.

— Elle l'est pour moi.

Les deux hommes quittèrent la chambre d'hôpital sans ajouter un mot. Il fallut quelques minutes à Ari, abasourdi, avant de se décider à appeler Depierre.

— Comment allez-vous, Ari ?

— Ça irait mieux si le patron de la DRM ne venait pas me harceler dans ma chambre d'hôpital, monsieur le directeur adjoint.

— Ah. Je vois. Ils sont donc venus vous rendre visite...

— C'est quoi, ces conneries ?

— Je n'en sais pas plus que vous, Ari. Toute cette histoire ne nous regarde plus. Vous avez trouvé l'assassin de votre ami et libéré cette jeune femme, c'est tout ce qui compte, non ? Il est grand temps de passer à autre chose. Nous sommes tous impatients de vous revoir à Levallois. Oubliez tout ça, Mackenzie.

— « Oublier tout ça » ? Ces mecs sont venus me menacer directement dans ma chambre d'hôpital, bordel !

— Vous êtes obligé d'utiliser autant de grossièretés, Ari ?

— Oui. J'adore les grossièretés, monsieur le directeur adjoint. Je suis désolé, mais j'adore ça !

Depierre laissa échapper un rire amusé de l'autre côté de la ligne.

— Allez ! Ne vous tracassez pas. Laissez-les se débrouiller avec leur enquête, maintenant. Ce n'est plus de notre ressort.

— Ils sont venus vous voir, vous aussi ?

Le directeur central adjoint marqua une pause avant de répondre.

— Oui.

— Et qu'est-ce qu'ils vous ont demandé ?

— La même chose qu'à vous, je suppose.

— C'est-à-dire ?

— Allons, Ari, ne vous faites pas plus bête que vous n'êtes ! Je leur ai dit que cette histoire ne me regardait pas. Vous savez, vous n'êtes pas le seul à vous demander ce qu'il se passe. Mettez-vous à la place du procureur. On lui a enlevé l'affaire du jour au lendemain sous couvert de Secret Défense...

— Je m'en fous, du procureur ! Qu'est-ce que ça peut lui faire ? L'instruction est terminée, le Vril démantelé, Khron, Mancel et la meurtrière sont morts tous les trois...

— Il faut croire qu'il reste des questions sans réponses, Ari. Le procureur essayait notamment de retrouver un type. Le seul que la DIPJ n'a pas pu identifier dans le réseau d'Albert Khron.

— Qui ça ?

— Je n'en sais rien. Un nom mystérieux qui apparaissait sur plusieurs documents, visiblement. Un certain C. Weldon. Ça vous dit quelque chose ?

C. Weldon. A priori, ce nom lui était inconnu. Il le répéta plusieurs fois dans sa tête. Weldon. Il n'en était pourtant pas certain.

— Non, répondit-il finalement.

— Laissez tomber, Ari. La DRM se démerde, ça ne nous regarde plus.

— Si vous le dites.

Mackenzie décida, en effet, de laisser tomber, pour le moment. Une chose était sûre : il n'abandonnerait pas si facilement les carrés de Villard. Après des siècles de secret, six hommes étaient morts en essayant de les protéger, ce n'était pas pour que les services de renseignement de l'armée les récupèrent en claquant des doigts. Paul, il en était persuadé, ne lui aurait jamais pardonné de livrer ainsi leur secret.

— Et Zalewski, mon garde du corps, comment va-t-il ?

— Il est tiré d'affaire. Trois ou quatre jours d'hospitalisation et il devrait être sur pied.

— Tant mieux. Et Lola ?

— Votre amie est rentrée chez elle après douze heures d'observation. Elle va bénéficier d'un programme de prise en charge psychologique pendant les prochains jours. Elle a absolument tenu à rentrer chez elle, alors deux flics en civil feront le planton en bas de son immeuble, le temps qu'on soit sûrs que tout est bien fini.

— Parfait.

— J'ai eu le médecin au téléphone, Ari, vous pouvez rentrer chez vous, maintenant, si vous le désirez… Il va sans dire que vous n'êtes pas obligé d'aller travailler cette semaine. Je vous laisse jusqu'à dimanche pour récupérer un peu.

— Vous êtes trop aimable, ironisa Ari.

Une heure plus tard, après avoir rassemblé ses affaires et rempli quelques formalités, il fut enfin dehors et appela un taxi pour se rendre directement rue Beaumarchais, chez Lola. Il était impatient de la revoir, loin de tout, loin de cette affaire et de tous les vautours qui tournaient autour de lui. La revoir, lui parler, l'embrasser. Plus rien d'autre n'avait d'importance. Les derniers jours lui avaient fait comprendre l'évidence : Lola était faite pour lui, il était fait pour elle, et il était idiot d'attendre, idiot d'avoir peur. S'il ne devait retenir qu'une seule chose positive de toute cette affaire, c'était bien cela : cesser de perdre son temps et dire à Lola qu'il l'aimait.

Pendant tout le trajet il essaya de joindre la libraire chez elle, sans succès. Elle avait coupé son portable, ou bien elle dormait. La pauvre devait être épuisée et sans doute encore sous le choc. Ari n'osait imaginer l'enfer qu'elle avait dû vivre pendant ses journées de captivité. Chaque fois qu'il revoyait dans sa tête l'image de Lola, blottie dans le fond du container, il avait un sursaut d'épouvante. Mais c'était fini, à présent. Et il était bien décidé à l'aider à oublier tout ça.

Le taxi le déposa au pied de l'immeuble. La neige tombait, douce et légère. Ari remarqua les deux flics postés dans une voiture garée le long du trottoir d'en face. Il leur fit un signe, pour se faire connaître, puis, la gorge nouée, il sonna à « Azillanet ».

Aucune réponse. Il sonna une nouvelle fois.

La voix cassée de Lola répondit enfin.

— Oui ?

Ari poussa un soupir de soulagement.

— C'est moi, Ari.

Un moment de silence.

— Ari…

— Tu m'ouvres ?

À nouveau, le silence.

— Lola ! insista-t-il. Grouille, il fait froid ! Ouvre-moi.

— Ari… Je suis désolée…

— Quoi ?

— Je… Je préfère voir personne…

Mackenzie écarquilla les yeux, stupéfait.

— Mais… Je venais pour…

Il ne sut comment finir sa phrase. Les mots ne lui venaient pas. Il avait tant envie de la voir qu'il ne pouvait pas admettre ce qu'il avait entendu. Ce n'était pas possible.

Pourtant, Lola confirma l'impensable. Et sa voix fut plus ferme, cette fois :

— Je… Je suis désolée. Je n'ai pas envie de te voir, Ari. Ni toi ni personne.

Ce fut comme un coup de poignard dans le cœur.

— Mais… Lola…

— Laisse-moi, Ari. Je te recontacterai.

Il y eut un craquement dans le haut-parleur de l'interphone. Elle avait raccroché.

Ari laissa son bras retomber le long de son corps. Les dernières paroles de Lola résonnaient dans sa tête comme une sentence fatale. *Je te recontacterai*.

Il fit un pas en arrière, abasourdi.

Je te recontacterai.

Il n'arrivait pas à comprendre. Comment Lola pouvait-elle refuser de le voir ? Comment pouvait-elle se fermer ainsi ? Si soudainement, si froidement. Il avait attendu ce moment avec tellement d'impatience et d'espoir ! Il ne voulait rien tant, à cette seconde, que serrer Lola dans ses bras. Être avec elle, rien qu'elle, et oublier les jours passés. Ne plus penser qu'à eux, goûter chaque seconde en sa présence comme une libération, une permission trop longtemps attendue. Sentir son parfum, toucher ses mains, lire son regard, écouter les battements de son cœur.

Ari, foudroyé, ne put retenir les larmes à ses paupières. Bouleversé, il se sentit envahir par un sentiment étouffant d'injustice et de solitude. Une profonde incompréhension. *Je te recontacterai.* Il hésita à sonner une nouvelle fois, pour hurler qu'il l'aimait et qu'il ne pouvait plus vivre sans elle... mais sa main s'arrêta à quelques centimètres de l'interphone.

Il n'avait tout simplement pas le droit.

Ari essuya les larmes sur ses joues d'un revers de manche et partit, titubant, vers la place de la Bastille en évitant de croiser les yeux des deux policiers qui l'observaient sans doute, à quelques mètres de là. La mâchoire serrée, il marcha plus vite, comme pour que le vent chasse ses pleurs, ou pour fuir, peut-être. Il courut jusqu'à chez lui, le visage fouetté par la neige.

Il arriva dans son appartement et se laissa tomber sur son canapé. Il n'en bougea plus jusqu'à ce que le sommeil le prenne, tard dans la nuit.

90.

Ari resta trois jours enfermé dans son appartement de la rue de la Roquette.

Chaque matin, en se levant, il se précipitait sur son téléphone portable pour voir si Lola ne l'avait pas appelé ou ne lui avait pas envoyé un SMS.

Le premier jour, il avait cherché plusieurs fois à joindre la librairie, en vain. À présent, il n'osait plus. Cent fois il avait commencé à rédiger un petit message sur son téléphone, et cent fois il l'avait supprimé. Les mots n'étaient jamais les bons et il avait peur de faire pire que mieux. Elle allait bien finir par appeler ! Tout ne pouvait pas se terminer comme ça ! Il était impossible qu'elle sorte ainsi de sa vie. Et pourtant, comment faisait-elle, pour rester dans son silence ? Comment pouvait-elle résister à l'envie qui, lui, lui bouffait le ventre ?

Ari passait ses journées affalé devant la télévision sans vraiment la regarder, enchaînant les verres de whisky et les paquets de Chesterfield. Le visage et le nom de Lola emplissaient sa tête, rythmaient les battements de son cœur. Il ne pouvait s'empêcher de se trouver lui-même ridicule, tellement immature ! Victime stupide de son petit cœur d'adolescent capricieux. Mais c'était ainsi. La peau de Lola manquait à ses mains, les yeux de Lola manquaient à son regard, et sa voix cassée manquait à ses oreilles, son rire, sa folie, sa fragilité, ses airs de petite fille, ses baisers si tendres, son ventre doux et musclé, les fossettes sur ses joues, le piercing sur sa langue, son parfum, tout lui manquait, cette absence le torturait, l'obsédait et plus rien n'existait que le vide.

Dès que son téléphone sonnait et qu'il voyait que ce n'était pas elle, Ari se bouchait les oreilles et ne décrochait pas. Puis il mettait de vieux albums des années 1970 sur sa chaîne et montait le son comme pour se noyer dans le bruit, disparaître à l'intérieur.

Le soir, il se plongeait dans un bain bouillant et restait des heures avec sa bouteille de single malt à portée de main, jusqu'à ce que la peau de ses doigts se fripe et que sa tête tourne.

Les heures s'égrenaient, identiques, cruelles et ternes, et ses nuits étaient plus agitées que jamais. Plusieurs fois, Ari crut qu'il allait perdre la tête.

Puis, le matin du quatrième jour, il ne trouva même plus la force de se lever. Le crâne écrasé par une terrible migraine, il se retourna dans son lit pour chercher un peu de répit. Les minutes défilèrent sur son réveil, inutiles, ironiques.

Vers midi, il se leva pour aller acheter un nouveau paquet de cigarettes et retourna dans son lit, le ventre tordu par la faim. Même le courage de manger lui manquait. Il alluma une Chesterfield.

Puis soudain, la sonnette de la porte d'entrée retentit.

Ari retint sa respiration. Et si c'était elle ? Il rouvrit les yeux et fixa un instant le plafond. Oui, si c'était elle ?

Il n'y croyait pas vraiment, mais préféra ne pas prendre de risque. La vie, parfois, était pleine de surprises.

Il partit dans l'entrée et regarda par l'œil-de-bœuf. Il reconnut la chevelure d'Iris Michotte et le visage creusé de Zalewski, avec son éternelle réglisse dans la bouche. Ari laissa sa tête retomber sur sa poitrine et appuya son dos contre la porte.

— Ari ! On sait que t'es là ! lança sa collègue sur le palier. Fais pas le con, ouvre-nous ! J'ai Morrison dans les bras, t'es gentil mais je vais pas le garder dix ans ! Ça pue le chat, chez moi !

L'analyste secoua la tête. Il savait pertinemment que ramener son chat n'était qu'un prétexte. D'ailleurs, pourquoi serait-elle venue avec Zalewski ? Il aurait voulu les renvoyer chez eux. Mais il ne pouvait pas les traiter comme ça. Il n'avait pas le droit. Pas eux. Il leur devait tellement.

Il tourna le loquet de la porte et les laissa entrer.

Le chat sauta des bras d'Iris et se faufila directement vers la cuisine.

— Bonjour, Mackenzie, bredouilla Krysztov, son bâton coincé entre les dents.

— Eh bien ! T'en as, une de ces têtes !

— Désolé, je ne pensais pas recevoir du monde, je ne me suis pas maquillé, rétorqua-t-il d'un ton ironique avant de partir dans le salon. Faites comme chez vous.

Il se laissa tomber sur le canapé et ses deux hôtes s'installèrent en face de lui. Zalewski n'était pas particulièrement à l'aise. Iris avait dû le traîner ici de force.

— Tu carbures au whisky ? dit-elle en découvrant les deux bouteilles vides sur la table.

— Ouais. D'ailleurs, j'en ai plus. T'es venue pour me faire mes courses ? C'est trop gentil.

— Va te faire voir ! En plus, on est dimanche, c'est fermé. Je dis ça au cas où t'aurais perdu le compte des jours.

Elle se releva, prit les bouteilles vides et les verres et s'en alla dans la cuisine. Ari l'entendit faire un peu de vaisselle et de rangement.

— Comment vous allez, Mackenzie ? demanda le garde du corps, gêné par le silence.

— Euh... Honnêtement, c'est pas la grande forme. Et vous ?

— Je... Je vous ai rapporté vos... affaires, dit-il en déposant les carrés sur la table basse.

Ari jeta un regard au boîtier métallique qui contenait les six parchemins. Il les avait presque oubliés. Mis de côté, en tout cas. Et il n'était pas sûr d'être content que Krysztov les eût rapportés. Il y avait quelque chose de rassurant à les savoir dans le coffre-fort du garde du corps.

Iris réapparut dans le salon avec trois tasses de café.

— Écoutez, tous les deux, reprit Ari, je vous remercie, c'est très gentil d'être là, ça me touche beaucoup, mais j'ai vraiment envie d'être seul et...

— Et nous on n'a pas envie de te laisser seul. Tiens, prends un café, dit Iris en lui tendant une tasse.

Mackenzie refusa et se laissa retomber en arrière sur le dossier du canapé.

— Allez, fais pas le con, Ari. Ça fait quatre jours que t'es enfermé, que tu réponds pas au téléphone. Qu'est-ce qui se passe ?

Ari resta muet.

— Laisse-moi deviner : un problème avec ta libraire ?

— Pas envie d'en parler, Iris. Et je suis pas sûr que cela passionne Krysztov.

— Vous voulez que je vous laisse tous les deux ? proposa le garde du corps.

— Non ! répliqua Ari.

Iris souleva le boîtier métallique sur la table basse.

— Alors c'est ça, les fameuses pages ?

— Fais attention, c'est fragile, grogna Mackenzie.

— Ah ah ! se moqua-t-elle, j'ai touché le point sensible... Je peux regarder ?

— Fais comme tu veux, soupira-t-il. Mais les abîme pas !

Iris ouvrit délicatement le boîtier et inspecta les pages une à une. Zalewski jeta quelques coups d'œil discrets.

— Ça représente les six jours de la Création ?

— Quoi ?

— Tes six feuilles, là, ça représente les six jours de la Création ?

Mackenzie se redressa sur le canapé.

— Pourquoi tu dis ça ?

Iris leva les mains en l'air.

— J'en sais rien, moi... Il y a six pages, comme les six jours, et sur celle-là, on dirait Adam et Ève. C'est tout. Ça m'a fait penser à la Création, je dis ça comme ça...

La traduction de la phrase de Villard revint aussitôt à la mémoire de Mackenzie. « Si tu es, comme moi, destiné à la création, tu comprendras l'ordre des choses. » Il se rapprocha de la table et souleva les pages une à une.

— Tu sais que c'est pas con, ce que tu viens de dire, là ? dit-il d'une voix soudain plus claire, comme si Iris l'avait enfin sorti de sa torpeur.

— Je te remercie.

— Tu veux pas attraper la bible dans mon placard, s'il te plaît ? demanda-t-il sans quitter des yeux les carrés de Villard.

Iris se leva avec un sourire.

— Ah ben voilà ! T'as retrouvé tes bonnes vieilles habitudes de me parler comme à une bonniche. Ça me rassure !

Elle passa derrière le gros poste de télévision et récupéra le volume.

— Lis-moi le début de la Genèse.

Iris ouvrit la bible, tourna quelques pages et lut à haute voix :

— « Au commencement, Dieu créa les cieux et la terre. La terre était informe et vide : il y avait des ténèbres à la surface de l'abîme, et l'esprit de Dieu se mouvait au-dessus des eaux. Dieu dit : Que la lumière soit ! Et la lumière fut. Dieu vit que la lumière était bonne ; et Dieu sépara la lumière d'avec les ténèbres. Dieu appela la lumière jour, et il appela les ténèbres nuit. Ainsi, il y eut un soir, et il y eut un matin : ce fut le premier jour. »

— Le premier jour de la Création correspond donc à la lumière ? conclut Ari, un peu excité.

— Eh bien oui, visiblement.

Il se frotta la joue et releva la tête vers son amie.

— Si on se réfère à l'ordre dans lequel les meurtres ont été commis, le premier carré, c'est celui-là, dit-il en lui montrant l'une des six pages. Tu vois ce vitrail ?

— Oui. C'est joli.

— C'est la rosace de la cathédrale de Lausanne. Et dans le texte explicatif, Villard de Honnecourt dit : « Qui sait lire ce qui est écrit sur les cent cinq petits vitraux de cette rosace connaît les secrets de l'ordre du monde, mais il faut pour cela que le verre fasse son office. » Sous-entendu, que le verre laisse passer la lumière. On peut donc supposer que ce dessin symbolise la lumière...

— Euh... Oui. Si tu veux, répondit Iris d'un air sceptique.

— Bon, lis la suite de la Genèse, s'impatienta Ari.

— Oui, chef. « Dieu dit : Qu'il y ait une étendue entre les eaux, et qu'elle sépare les eaux d'avec les eaux. Et Dieu fit l'étendue, et il sépara les eaux qui sont au-dessous de l'étendue d'avec les eaux qui sont au-dessus de l'étendue. Et cela fut ainsi. Dieu appela l'étendue ciel. Ainsi, il y eut un soir, et il y eut un matin : ce fut le second jour. »

— Le deuxième jour de la Création correspond donc au ciel ?

— Oui.

— Regarde. Le dessin sur le deuxième carré représente un astrolabe. C'est un instrument qui sert à lire les étoiles dans...

— Le ciel... ?

— Oui ! Et le texte de Villard en dessous ne laisse aucun doute : « J'ai vu cet engin que Gerbert d'Aurillac apporta ici et qui nous enseigne le mystère de ce qui est dans le ciel. » Continue.

Iris se pencha à nouveau sur la bible et reprit sa lecture.

— « Dieu dit : Que les eaux qui sont au-dessous du ciel se rassemblent en un seul lieu, et que le sec paraisse. Et cela fut ainsi. Dieu appela le sec terre... »

— J'en étais sûr ! coupa Ari. Ça correspond aussi ! Le troisième jour, Dieu créa la terre, or le troisième carré représente une statue de la Vierge noire, symbole de la terre pour les druides, mentionnés par Villard... Et la statue est en outre enterrée dans la crypte Saint-Fulbert, à Chartres, c'est-à-dire à l'intérieur de la terre, dans une chapelle qui, justement, s'appelle Notre-Dame-Sous-Terre !

— Si tu le dis.

— Mais oui ! À quoi correspond le quatrième jour ?

— « Dieu dit : Qu'il y ait des luminaires dans l'étendue du ciel, pour séparer le jour d'avec la nuit ; que ce soient des signes pour marquer les époques, les jours et les années ; et qu'ils servent de luminaires dans l'étendue du ciel, pour éclairer la terre. Et cela fut ainsi. Dieu fit les deux grands luminaires, le plus grand luminaire pour présider au jour, et le plus petit luminaire pour présider à la nuit ; il fit aussi les étoiles… ».

Ari fit une moue interdite.

— Les étoiles ? Ça ne marche plus ! À moins que l'on se soit trompé pour le ciel et que ce soit l'astrolabe qui corresponde au quatrième jour…

— Pourquoi ? demanda Iris en s'approchant. Selon l'ordre des meurtres, lequel est le quatrième carré ?

— Celui-là, dit Ari en désignant une page sur la table. Mais le dessin représente une coquille Saint-Jacques sculptée sur un hôpital Saint-Jacques, probablement à Figeac.

— Un hôpital Saint-Jacques ?

— Oui… sur la route du pèlerinage Saint-Jacques-de-Compostelle.

Zalewski prit alors la parole :

— Peut-être est-ce une référence étymologique, glissa-t-il timidement.

— Qu'est-ce que vous voulez dire ?

— « Compostelle », il me semble que cela veut dire « Champ d'étoiles ».

Ari ouvrit un sourire surpris.

— Champ d'étoiles ! Vous avez raison ! Donc, ça marche ! Ça explique même la phrase de Villard : « Il faut parfois savoir lire le symbole à l'intérieur du symbole. » La coquille symbolise Compostelle, qui symbolise un champ d'étoiles. Le quatrième carré représente donc bien les étoiles, et donc le quatrième jour de la Création. Laisse-moi deviner, Iris : je te parie que le cinquième jour de la Création correspond aux animaux, s'excita Ari en désignant la page où était représentée la sculpture sur un chapiteau de l'église de Vaucelles.

Iris lut les phrases suivantes de la Genèse :

— « Dieu dit : Que les eaux produisent en abondance des animaux vivants, et que des oiseaux volent sur la terre vers l'étendue du ciel. » Dans le mille, mon cher !

Ari souleva enfin le dernier carré, celui dont l'enluminure figurait un homme et une femme.

— Et le sixième jour, Dieu créa l'homme et la femme, dit-il, le regard brillant.

— Oui, bien sûr : « Puis Dieu dit : Faisons l'homme à notre image, selon notre ressemblance, et qu'il domine sur les poissons de la mer, sur les oiseaux du ciel, sur le bétail, sur toute la terre, et sur tous les reptiles qui rampent sur la terre. Dieu créa l'homme à son image, il le créa à l'image de Dieu, il créa l'homme et la femme. Dieu les bénit, et Dieu leur dit : Soyez féconds, multipliez, remplissez la terre... »

— J'en reviens pas ! s'exclama Ari. Tu avais raison, Iris ! Les six pages de Villard ont donc bien un rapport avec la Création ! J'aurais dû y penser plus tôt. « Si tu es, comme moi, destiné à la Création, tu comprendras l'ordre des choses. » Villard nous donne, grâce à ce que symbolise chaque page, l'ordre dans lequel il faut lire les carrés.

— C'est fascinant, concéda Iris.

— Ce qui est frustrant, c'est que les gens du Vril et la meurtrière connaissaient visiblement l'ordre depuis le début, puisque les meurtres ont respecté cette classification...

— En gros, Ari, tu veux dire que ce que je viens de t'aider à découvrir ne sert à rien ?

— Si. Ça nous confirme que ces connards ne s'étaient pas trompés sur l'ordre des carrés.

— Parfait ! Et dis-moi que ça te donne aussi envie de te bouger le cul de ce canapé ?

Mackenzie haussa les épaules.

— Allez, Ari ! On dirait un gamin ! Tu ne vas pas rester pendant des semaines à te lamenter sur ton sort ! Il faut bien la résoudre, cette énigme ! Krysztov et moi, on veut bien t'aider.

— J'ai pas vraiment l'énergie, Iris...

— Écoute, Ari, c'est pas en restant assis au milieu de tes bouteilles de whisky que tu vas faire revenir Lola.

L'analyste adressa un regard stupéfait à sa collègue.

— Je suis pas stupide, non plus, je me doute bien que si t'es dans cet état, c'est à cause d'elle. Il n'y a rien d'autre au monde qui pourrait te miner le moral comme ça. Je commence à te connaître.

Ari, gêné, se tourna vers Zalewski.

— Je... Je comprends pas ce qu'elle fout... J'étais tellement content de la retrouver. Et puis tout à coup, elle...

— Elle a besoin de temps, Ari.

— Oui... Sans doute. Mais comment peut-elle couper les ponts à ce point ? Je... Je comprends pas. C'est tellement violent ! Elle a refusé de me voir. Et maintenant, elle répond même pas au téléphone. C'est comme si j'existais plus.

— Dis-toi qu'elle a quand même vécu un sale truc, ta libraire. C'est normal, non ?

— Après tout ce qu'on a traversé, après tout ce qu'on s'est dit... Je n'arrive pas à croire qu'elle ait la force de me rejeter comme ça, d'un seul coup. C'est... Merde, c'est cruel ! Je comprendrais qu'elle veuille pas qu'on se voie, qu'elle veuille prendre un peu de distance pendant quelques jours. Mais là, c'est le silence radio total. Elle doit bien savoir que ça me bousille, non ?

— Écoute, te vexe pas, hein, Ari, mais oublie pas qu'elle est encore jeune... Elle a dix ans de moins que toi. Alors sa réaction est peut-être un peu violente, oui, mais en même temps, tu crois pas que tu l'as un peu cherché ? Tu lui en as fait voir de toutes les couleurs, ces derniers temps. C'est peut-être sa façon de se venger.

— Je voudrais juste qu'elle me parle. Elle n'a qu'à me dire tout ça, justement. Me dire que je suis un sale con, si elle veut. Mais qu'elle me parle !

— Ça viendra, Ari, j'en suis sûre. Mais toi, de ton côté, si tu veux pas avoir une tête de zombie le jour où elle reviendra, t'as intérêt à te bouger un peu ! Allez, on va faire un tour, faut que tu prennes l'air !

— Qu'est-ce que tu peux être têtue !

— C'est l'hôpital qui se fout de la charité ! Soit tu te lèves, soit je prends tes pages de Villard, et je vais résoudre l'énigme seule avec Krysztov. On va pas passer notre vie à te regarder te lamenter comme un gosse !

Elle fit mine de prendre les carrés sur la table.

— OK, lança-t-il. Je vais chercher mes notes.

— Tu veux pas aller faire un tour ?

— Maintenant que tu m'as lancé, je veux d'abord résoudre cette énigme ! Krysztov, si vous avez mieux à faire, allez-y, hein… J'ai un peu honte de vous recevoir comme ça et…

— Non, non, Ari. Si je peux vous aider, ce sera avec plaisir. Le dimanche, je m'ennuie.

Mackenzie se leva, traversa le salon et partit récupérer son carnet dans son sac. Il revint s'asseoir à côté d'Iris et Zalewski et leur montra la liste descriptive qu'il avait commencée.

— C'est fou ce que tu es appliqué, se moqua sa collègue.

Il feignit de ne pas relever et compléta la liste sous leurs yeux. Grâce à leurs dernières découvertes, il pouvait rayer la plupart de ses interrogations. Et il savait à présent que les deuxièmes textes de chaque page ne formaient bien qu'un seul texte, qu'il fallait lire bout à bout en respectant l'ordre des pages.

Premier carré : (la lumière)

Titre : « LE OG SA VI CI RR BR PB » = Lausanne

Dessin : Rosace de la cathédrale de Lausanne.

Texte : « Qui sait lire ce qui est écrit sur les 105 petits vitraux de cette rosace connaît les secrets de l'ordre du monde, mais il faut pour cela que le verre fasse son office. »

Deuxième carré : (le ciel)

Titre : « LE RP –O VI SA » = Reims

Dessin : Astrolabe, ayant prétendument appartenu à Gerbert d'Aurillac, et donc probablement passé par Reims. Essayer de retrouver l'original.

Texte : « J'ai vu cet engin que Gerbert d'Aurillac apporta ici et qui nous enseigne le mystère de ce qui est dans le ciel et à cette époque il ne portait aucune inscription. »

Troisième carré : (la terre)

Titre : « RI RP BR LE AS –O VS VI » = Chartres

Dessin : Statue de la Vierge noire dans la crypte Saint-Fulbert de Chartres.

Texte : « Les druides venaient ici vénérer la Dame. »

Quatrième carré : (les étoiles)

Titre : « AS VS NC TA RI VO » = Figeac

Dessin : Coquille Saint-Jacques sculptée sur l'hôpital Saint-Jacques de Figeac.

Texte : « Comme dans cet hôpital fondé par un vol de Colombes, il faut parfois savoir lire le symbole à l'intérieur du symbole. »

Cinquième carré : (les animaux)

Titre : « RI NC TA BR CA IO VO LI –O » = Vaucelles

Dessin : Animaux sculptés sur le chapiteau d'une colonne dans l'église de l'abbaye de Vaucelles.

Texte : « Pour l'un de mes premiers travaux sur ma terre natale il m'a fallu dégrossir la pierre brute. »

Sixième carré : (l'Homme et la Femme)

Titre : « BR SA CO GI LI LE RG VO RP » = Portosera

Dessin : Ressemble à une enluminure arabe, figurant un homme et une femme. Peut-être Adam et Ève, sans doute enluminure vue par Villard à Portosera, où étaient entreposées de nombreuses œuvres d'art musulmanes.

Texte : « J'ai vu au bord de la mer Tyrrhénienne, entre deux golfes, cette belle enluminure signée de la main d'un Sarrasin. »

— Vous voyez : les dessins permettent de mettre les six carrés dans l'ordre, mais aussi de comprendre à quoi correspondent les titres cryptés de chaque page.

— Les mots bizarres en haut, là ?

— Oui. Chacun comporte exactement le double de lettres de la ville où se situait, a priori, l'œuvre d'art dessinée par Villard de Honnecourt : Lausanne, Reims, Chartres, Figeac, Vaucelles et Portosera. Ensuite, l'ordre des pages nous permet de classer les textes qui sont écrits en bas de chacune d'elles, pour ne faire qu'un seul bloc, ce qui donne : « Si tu es, comme moi, destiné à la Création, tu comprendras l'ordre des choses. Villard de Honnecourt, alors, te livrera son plus grand savoir car il est un point de la terre où se cache une entrée oubliée, connue seule des grands anciens du monde grec, et qui permet de visiter l'intérieur de la terre. Pour bien commencer, tu devras suivre la marche de la lune à travers les villes de France et d'ailleurs. Alors tu prendras la mesure pour prendre le bon chemin. Tu feras 56 vers l'occident. Tu feras 112 vers le méridien. Tu feras 25 vers l'orient. Si tu as bien pris la mesure du Grand Châtelet, aux pieds du saint tu trouveras ce passage oublié, mais prends garde car il est des portes qu'il vaut mieux n'ouvrir jamais. » Ce que je n'arrive pas bien à comprendre, c'est la phrase : « Pour bien commencer, tu devras suivre la marche de la lune à travers les villes de France et d'ailleurs. »

— Il fait forcément référence à ces petites lunes qui sont dessinées sur l'astrolabe, suggéra Zalewski.

— Oui, sans doute, mais ça ne m'aide pas beaucoup. Je suppose également que « les villes de France et d'ailleurs », ce sont les six villes cryptées... Mais je ne vois pas bien ce que l'on doit faire avec tout ça. Quelque chose m'intrigue avec ces lunes sur cet astrolabe. Villard dit : « À cette époque il ne portait aucune inscription » et, en effet, il est étonnant de voir un astrolabe sans aucune inscription. Est-ce que c'est lui qui a ajouté les lunes ? Et pourquoi dit-il « à cette époque » ? Cela signifie-t-il qu'ensuite l'astrolabe en question a été gravé ?

— Comment veux-tu qu'on le sache ?

— Il faudrait pour ça le retrouver. Mais j'ai appelé partout à Reims, ils me garantissent que l'astrolabe dont parle Villard, et qui aurait été rapporté par Gerbert d'Aurillac, n'est visible dans aucun musée là-bas.

— Il faudrait élargir la recherche, Ari. Ce n'est pas parce que cet astrolabe était à Reims au XIIIe siècle qu'il y est encore aujourd'hui.

— Je t'avoue que je ne sais plus trop où chercher...

— Tu as essayé l'Institut du monde arabe ? Il me semble qu'ils ont plusieurs astrolabes dans leur musée, et en tout cas il y a de fortes chances que le conservateur de l'IMA s'y connaisse en la matière. J'ai vu un jour une expo là-bas sur la science dans le monde musulman ; je suis certaine qu'il y avait des astrolabes.

Ari attrapa les mains de son amie entre ses paumes.

— Tu n'es pas bête, tu sais, ma petite Iris, dit-il en souriant.

— Ça fait deux fois que tu me le dis aujourd'hui, je vais finir par te croire.

— C'est ouvert le dimanche, l'IMA ?

— Oui, comme la plupart des musées, répondit Krysztov.

— On y va ?

— Si tu veux, mais je te préviens, je sors pas dans la rue avec un type qui pue comme ça et qui s'est pas rasé depuis quatre jours.

— OK… OK… Je vais me préparer !

D'un bond, Ari disparut dans la salle de bain.

Iris attrapa le chat Morrison qui passait entre ses jambes et le caressa longuement avec un sourire satisfait.

91.

Ils arrivèrent au milieu de l'après-midi devant l'Institut du monde arabe. L'imposante bâtisse argentée se dressait face à la Seine comme un grand cube tombé du ciel. Ils traversèrent le grand parvis blanc dans le froid de plus en plus glacial de cet hiver qui n'en finissait pas, puis ils ouvrirent les portes de verre fumé.

Pour entrer, il fallait passer un détecteur de métaux. Ari était armé, ainsi qu'Iris et Krysztov. Il se dirigea vers l'agent de sécurité et exhiba sa carte de police.

— Bonjour monsieur.

— Bonjour, répondit le gardien avec courtoisie. Je peux vous aider ?

— Nous sommes armés tous les trois, mais nous aurions besoin d'entrer à l'Institut.

— Dans quel cadre ?

— Une simple enquête.

— Dans ce cas, je vous demanderai de laisser vos armes ici, vous les récupérerez en sortant.

Ari déposa donc son Manurhin dans un placard et les deux autres l'imitèrent derrière lui.

— Qui voulez-vous voir ? demanda l'agent de sécurité une fois qu'ils furent passés sous le détecteur.

— Nous menons une enquête sur un astrolabe et nous aurions aimé rencontrer le directeur du musée.

— Ça m'étonnerait qu'il soit là un dimanche, rétorqua l'homme en uniforme.

— Vous voulez bien aller vérifier pour nous ?

— Bien sûr, je reviens dans un instant.

L'homme passa quelques coups de fil à l'accueil puis revint vers eux.

— Le directeur n'est pas là, mais le responsable des collections accepte de vous recevoir.

— Parfait.

— Suivez-moi.

Ils montèrent dans un ascenseur en verre et traversèrent un couloir jusqu'à un petit bureau. Un homme d'une quarantaine d'années les accueillit poliment.

— Asseyez-vous, je vous en prie.

— Merci.

Ils prirent place dans la pièce étroite où s'entassaient livres et dossiers.

— Comment puis-je vous aider ?

— Nous enquêtons sur un astrolabe et nous cherchons à le localiser.

— Je vois. De quel astrolabe s'agit-il ?

— Celui qui fut rapporté à Reims par Gerbert d'Aurillac.

L'homme haussa les sourcils, stupéfait.

— Permettez-moi de m'étonner. Je connais très bien l'histoire des astrolabes et personne ne sait vraiment quel est celui dont parle Gerbert d'Aurillac. Il y a eu de nombreuses suppositions, mais il n'a jamais été démontré que tel ou tel astrolabe correspondait à celui mentionné par le pape et qu'il rapporta probablement à Reims, de retour d'Espagne, un peu avant l'an mille. Comment pouvez-vous donc chercher à localiser un astrolabe dont on ignore tout ?

Il était hors de question de montrer les carrés à cet homme, mais Ari avait toujours la photocopie de Paul dans son portefeuille. Il la tendit au responsable des collections de l'IMA.

Celui-ci, intrigué, ajusta ses lunettes et inspecta la feuille.

— C'est... C'est très étonnant ! Quel est ce document ? demanda-t-il, visiblement troublé.

— Un manuscrit du XIIIe siècle, se contenta de répondre Ari.

— Écoutez... Cet astrolabe ressemble trait pour trait à une pièce fort célèbre, que l'on appelle « l'astrolabe carolingien », qui est considéré comme le premier astrolabe de l'Occident chrétien. Les inscriptions dessus ne sont pas en lettres arabes mais en lettres latines. C'est exactement le même, sauf que celui de votre dessin, justement, est vierge. Et puis ces espèces de lunes, là... je n'ai jamais vu ça. Je vous avoue que je suis un peu stupéfait.

— Avez-vous une photo de cet astrolabe ?

L'homme leva la tête, les yeux écarquillés.

— Mais j'ai bien mieux que ça.

— C'est-à-dire ?

— Cet astrolabe fait partie des pièces de notre musée, monsieur. Il est en vitrine, dans une salle juste en dessous de vos pieds.

92.

— L'astrolabe carolingien aurait été construit aux alentours de 980, et il est probablement d'origine catalane : les noms en capitales romaines gravés dessus sont dans une épigraphie proche de certains manuscrits catalans du Xe siècle. Il nous a été légué en 1983 par un collectionneur qui, lui-même, l'avait acquis en 1961 auprès d'un antiquaire parisien.

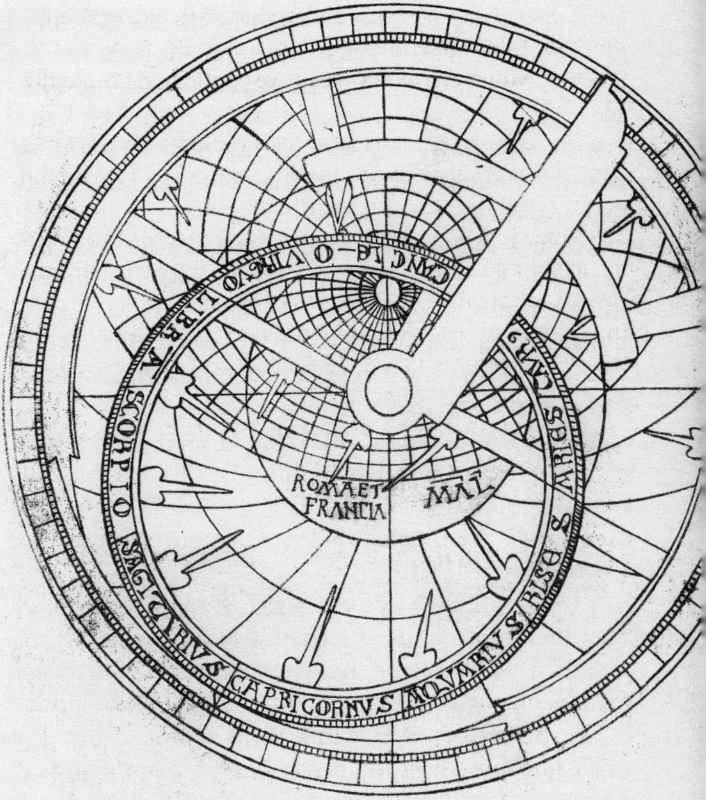
ROMAET
FRANCIA
CAPRICORNVS
SCORPIO
LIBRA
VIRGO
ARIES

L'antiquaire l'aurait quant à lui acheté à un collectionneur espagnol dans le sud de la France. Il nous a été impossible de remonter plus loin en arrière et donc de savoir s'il s'agissait en effet de celui rapporté à Reims par Gerbert d'Aurillac, bien que certains historiens l'aient supposé. Étant donné plusieurs curiosités que comporte cet astrolabe – les index le long de l'araignée ne sont pas justes et aucun nom d'étoile n'y est inscrit, ce qui le rend partiellement inutilisable –, il est fort probable qu'il ait été réalisé en Espagne musulmane, mais que les inscriptions aient été gravées plus tard, après qu'il a été apporté en Occident chrétien.

Ari, Iris et Krysztov écoutèrent attentivement leur interlocuteur en traversant le musée de l'Institut du monde arabe. Ils passèrent devant les manuscrits et objets anciens exposés derrière les hautes vitrines puis descendirent à l'étage inférieur où étaient conservés les nombreux astrolabes.

Mackenzie reconnut d'emblée le premier qui était exposé. C'était très précisément celui dessiné, huit siècles plus tôt, par Villard de Honnecourt. Il comportait en effet de nombreuses inscriptions qui n'étaient pas sur le carré de Paul.

La magnifique pièce en laiton, d'une quinzaine de centimètres de haut, était presque intacte, avec son araignée mobile et ses tympans. Pendue derrière une vitrine, elle brillait comme un trésor inaccessible.

Ari, un sourire aux lèvres, serra le bras d'Iris. Il y avait quelque chose de merveilleux à penser que cet objet du Xe siècle avait traversé le temps et se retrouvait là, sous leurs yeux, comme un clin d'œil de l'histoire, un rébus adressé par les peuples de jadis.

Il sortit la photocopie de sa poche et la compara avec l'astrolabe. Puis il se tourna vers le responsable des collections du musée.

— Excusez-moi, cela vous dérangerait de faire pivoter l'araignée pour mettre l'astrolabe dans la même position que sur ce dessin ?

L'homme hésita, mais finit toutefois par sortir une clef de sa poche et ouvrit la vitrine. Délicatement, il fit tourner la pièce mobile jusqu'à ce qu'elle se trouve exactement dans l'inclinaison dessinée par Villard.

Ari le remercia. Il n'y avait pas le moindre doute possible. C'était, en dehors des inscriptions, très exactement le même objet. En outre, il reconnut aisément, à l'endroit où Villard avait dessiné les différentes phases de la lune, les lettres romaines qui avaient servi à crypter les villes en haut de chaque page. Au détail près, c'était strictement la même écriture. Il lut les mots alignés là, « CANC, LE–O, VIRGVO, LIBRA, SCORPIO, SAGITARIVS », et distingua les paires de lettres qui devaient correspondre à celles écrites par Villard. Il comprit alors comment il allait devoir procéder pour traduire le message crypté. Il était impatient de rentrer chez lui.

— Vous permettez que je prenne une photo avec mon téléphone portable ?

— J'ai des photos de bonne qualité…

— Non, je voudrais juste faire une photo de l'astrolabe dans cette position-là.

— Comme vous voulez.

Ari fit plusieurs clichés, par sécurité, et remercia vivement le responsable des collections.

— Vous n'avez besoin de rien d'autre ? s'étonna l'homme en voyant les policiers pressés de partir.

— Merci, nous avons trouvé ce que nous cherchions.

Leur interlocuteur ne pouvait évidemment pas comprendre l'importance de ce qu'ils venaient de découvrir. Il referma la vitrine, quelque peu désappointé, puis les raccompagna jusqu'à la sortie de l'IMA.

Ari, Iris et Krysztov récupérèrent leur arme et retournèrent d'un pas rapide jusqu'à la BMW garée deux rues plus loin.

Sur le trajet du retour, Iris ne put s'empêcher de regarder plusieurs fois les photos sur le téléphone d'Ari.

— C'est absolument génial, non ? ne cessait-elle de répéter.

— On a eu un coup de bol incroyable, s'amusa Ari.

— En même temps, tu as vu le nombre d'astrolabes qu'ils ont ? L'IMA doit posséder la plus belle collection de France. La probabilité pour qu'on y trouve le nôtre était finalement assez élevée.

— N'empêche, on a eu du bol, et toi, tu as eu du nez ! Je suis impatient de rentrer. Avec ces photos, je pense qu'on devrait pouvoir comprendre le cryptage les titres en haut des pages.

— Tu crois ? Mais on sait déjà ce qu'ils signifient, les titres... Ce sont les noms des villes.

— Oui, mais il faut raisonner à l'envers. Le message qu'il faut décrypter, ce n'est pas celui sur les pages. C'est celui sur l'astrolabe ! C'est ça qui est extraordinaire ! Villard de Honnecourt était un vrai génie !

— Je suis pas sûre de comprendre...

— Si je ne me trompe pas, les lettres en haut des pages vont nous permettre de transformer ce qui est écrit sur l'astrolabe, à l'endroit où Villard, lui, a mis ses petites lunes, et de découvrir un message. En gros, on ne peut décrypter le code de Villard de Honnecourt sans voir l'astrolabe tel qu'il est réellement. C'est un niveau de sécurité supplémentaire qu'il a ajouté à son cryptage...

— Tu veux dire que si l'astrolabe avait disparu, on n'aurait jamais pu comprendre le secret de Villard ?

— Exactement. Ou alors il aurait fallu en trouver une reproduction fidèle.

Ils furent bientôt de retour chez Ari, rue de la Roquette. À peine entrés dans l'appartement, ils se précipitèrent vers la table et étalèrent les six pages du carnet de Villard devant eux, tout en regardant l'une des photos prises par Ari sur son téléphone portable. Zalewski, visiblement, commençait à y prendre goût.

— Alors ? demanda Iris. Comment crois-tu que cela fonctionne ?

— Regardez bien. Villard nous dit de « suivre la marche de la lune à travers les villes de France et d'ailleurs ». Je pense que cela signifie qu'il faut regarder sur l'astrolabe ce qui est écrit à l'endroit où Villard, lui, a dessiné les phases de la lune. À savoir, juste ces six mots-là : « CANC, LE–O, VIRGVO, LIBRA, SCORPIO, SAGITARIUS ». Il faut ensuite prendre toutes ces lettres deux par deux, les retrouver dans les titres des six pages, et les remplacer par la lettre de la ville correspondante...

— Quoi ? Je ne comprends rien, balbutia Iris.

— Mais si ! Regarde. Chaque titre crypté sur les pages de Villard correspond à une ville.

Il lui montra les correspondances sur le papier.

« LE OG SA VI CI RR BR PB » = LAUSANNE
« LE RP –O VI SA » = REIMS
« RI RP BR LE AS –O VS VI » = CHARTRES
« AS VS NC TA RI VO » = FIGEAC
« RI NC TA BR CA IO VO LI –O » = VAUCELLES
« BR SA CO GI LI LE RG VO RP » = PORTOSERA

— En somme, on a des paires de lettres qui symbolisent, chacune, une seule lettre. Dans la première page, LE correspond au L de Lausanne, OG correspond au A, etc.

— Et donc ?

— Donc, les mots *CANC, LE–O, VIRGVO, LIBRA, SCORPIO, SAGITARIUS* qui sont sur l'astrolabe, on les divise en groupe de deux lettres, ce qui donne *CA NC LE –O VI RG VO LI BR AS CO RP IP SA GI TA RI VS*. Il ne reste plus qu'à remplacer chacune de ces paires de lettres en regardant à quoi elles correspondent dans les pages de Villard. Tu comprends ?

— Euh... À peu près... Vous comprenez, vous ? demanda-t-elle à Zalewski.

— Je crois, oui.

— Alors, regardez, la première paire de lettres sur l'astrolabe est CA. Dans les pages de Villard, la première occurrence de CA correspond à la cinquième lettre de Vaucelles. Donc à un E. On en déduit que CA = E.

— OK... Et donc...

— Donc, il suffit de continuer...

Ari prit un stylo et traduisit, deux par deux, les lettres sur son carnet.

CA = E
NC = G
LE = L
–O = I
VI = S
RG = E
VO = C
LI = E
BR = N
AS = T
CO = R
RP = E
IP = L
SA = U
GI = T
TA = E
RI = C
US = E

— Ça fonctionne ! Ça fait « EGLISE CENTRE LUTECE », s'émerveilla Iris.

— Oui. Et à votre avis, qu'est-ce que c'est, « église centre Lutèce » ?

— Notre-Dame ? suggéra le garde du corps.

Ari approuva en souriant.

— Il y a des chances, en effet. C'est étonnant que ce soit en français alors que tout le reste de ses carnets est en picard.

— Sans doute voulait-il que cela soit plus universel.

— Oui, sans doute.

— Mais alors ça veut dire quoi ? demanda Iris, excitée comme un enfant. Qu'il y a un trésor caché à Notre-Dame ?

Ari éclata de rire.

— Non ! D'abord je te signale qu'il ne s'agit pas d'un trésor, mais d'une « entrée oubliée, connue seule des grands anciens du monde grec, et qui permet de visiter l'intérieur de la terre ». Tel est le secret que veut nous livrer Villard de Honnecourt.

— L'entrée de la Terre creuse ?

— C'est en tout cas ce que semblaient croire les membres de la confrérie du Vril.

— Et elle serait sous Notre-Dame ?

— Non, je ne pense pas. Relis le texte de Villard : « Pour bien commencer, tu devras suivre la marche de la lune à travers les villes de France et d'ailleurs. Alors tu prendras la mesure pour prendre le bon chemin. Tu feras 56 vers l'occident. Tu feras 112 vers le méridien. Tu feras 25 vers l'orient. Si tu as bien pris la mesure du Grand Châtelet, aux pieds du saint tu trouveras ce passage oublié, mais prends garde car il est des portes qu'il vaut mieux n'ouvrir jamais. » Si l'on comprend bien son texte, « EGLISE CENTRE LUTECE », ce n'est que le point de départ, pas le point d'arrivée. Ensuite, il faut suivre son jeu de piste, sans doute en partant de Notre-Dame. Faire 56 vers l'occident, etc.

— 56 quoi ? Mètres ?

— Bonne question. Il ne nous donne pas l'unité de mesure... Mais sur la sixième page – celle que n'ont jamais eue les membres du Vril, ce qui explique sans doute qu'ils ne pouvaient trouver la solution –, il mentionne « la mesure du Grand Châtelet ».

— Qu'est-ce que ça veut dire ?

— Je n'en ai pas la moindre idée, ma belle.

— Il faudrait savoir combien mesurait le Grand Châtelet ?

— Ça me paraît un peu étrange, mais pourquoi pas ?

— Tu crois que tu aurais cette information ici, ou bien on va chez moi chercher sur le Net ?

Ari fronça les sourcils.

— Ah ! Vous m'agacez, tous, avec le Net ! On va chercher dans mes encyclopédies, un point, c'est tout ! Tu crois qu'il avait Internet, Villard de Honnecourt ?

Iris haussa les yeux au plafond, puis elle se leva chercher les volumes correspondants dans le placard d'Ari. Ils se répartirent tous trois les différents titres et lurent chacun dans leur coin.

— Je ne vois nulle part la taille du Grand Châtelet... Est-ce qu'on est bien sûr qu'il s'agit du bâtiment qui était à Paris ?

— Étant donné sa proximité avec Notre-Dame, il y a de fortes chances, oui. Allez, cherchez encore !

Ils plongèrent à nouveau le nez dans les livres. Soudain, Mackenzie poussa un cri de victoire.

— J'ai trouvé !

— Quoi ?

— Ce n'est pas la *taille* du Grand Châtelet !

— C'est quoi alors ?

— Écoutez ça : « En France, la toise était surtout utilisée pour mesurer la taille humaine – d'où l'expression "passer sous la toise". Elle était matérialisée à Paris, depuis Charlemagne, par une barre de fer fixée dans le mur du Grand Châtelet et portant deux ergots. » En gros, il y avait sur un mur du Châtelet un étalon qui définissait la hauteur d'une toise. Ce que Villard appelle « la mesure du Grand Châtelet », c'est donc la toise !

— Et ça mesure combien, une toise ? demanda Zalewski.

— Six pieds. Un pied mesurant trente centimètres, une toise fait donc environ un mètre quatre-vingts.

— Il faut donc multiplier les chiffres donnés par Villard par un mètre quatre-vingts ?

— Je pense, oui. Ce qui voudrait dire que, en partant de Notre-Dame, il faut faire, euh...

Ari griffonna plusieurs opérations sur un morceau de papier.

— En arrondissant : 100 mètres vers l'ouest, 200 mètres vers le sud puis 45 mètres vers l'est.

— Donc, ce que nous cherchons n'est pas à Notre-Dame, mais à quelques centaines de mètres de là, conclut Iris. Tu as une carte de Paris qu'on essaie de voir à peu près où ça nous mène ?

— Bien sûr ! Ici même, répliqua Ari en tournant les pages de son encyclopédie.

Il prit une règle et calcula les distances à l'échelle de la carte.

— Regardez, cela nous fait traverser le parvis de Notre-Dame jusqu'au Petit-Pont, puis traverser la Seine, et arriver devant...

— L'église Saint-Julien-le-Pauvre ! s'exclama Iris, de plus en plus excitée.

— « Si tu as bien pris la mesure du Grand Châtelet, aux pieds du saint tu trouveras ce passage oublié. » Aux pieds du saint... Il parle donc de saint Julien le Pauvre.

— Tu crois que cette église existait du temps de Villard ?

— On va vérifier tout de suite.

Ari tourna à nouveau les pages de son encyclopédie.

— Alors... « L'église Saint-Julien le Pauvre, sise square Viviani à Paris, occupe l'emplacement d'un ancien oratoire du VIe siècle, bâti sur la route du pèlerinage de Saint-Jacques-de-Compostelle. » Tiens, tiens... « Reconstruite au Xe siècle, elle fut accompagnée d'un hospice pour pèlerins et voyageurs sans le sou. Au XVIIe siècle, le bâtiment était si endommagé qu'il fut en partie démoli. Servant de grenier à sel pendant la Révolution, l'église fut rénovée et affectée au culte catholique grec melkite à la fin du XIXe siècle. » Bref, elle existait bien au temps de Villard de Honnecourt. Et vous, qu'est-ce que vous avez ?

Iris et Krysztov cherchèrent un instant dans leurs différents volumes pendant qu'Ari prenait des notes sur son carnet.

— Voilà ce que j'ai trouvé, annonça le garde du corps. « L'église Saint-Julien-le-Pauvre a été construite au Xe siècle après que les Normands eurent détruit, lors de leur invasion de 886, l'oratoire qui se trouvait en ce lieu. Située square Viviani en bordure de la Seine, elle est reliée à Notre-Dame de Paris par le pont au Double. Vers 1120, Saint-Julien-le-Pauvre est confiée à l'abbaye bénédictine de Longpont qui la reconstruit entre 1170 et 1225. L'Hôtel-Dieu en fait une chapelle de réunion dépendant de Saint-Séverin de 1655 à la Révolution et l'église ne retrouve sa fonction religieuse qu'en 1826. Aujourd'hui, on peut admirer les deux types architecturaux de ses reconstructions successives : gothique et roman. Les bas-côtés ont conservé leurs voûtes gothiques et les chapiteaux des deux piliers du chœur sont ornés de feuillages et de figures de harpies aux ailes déployées, similaires à ceux de Notre-Dame de Paris et de Saint-Germain-des-Prés. Un puits à armature de fer, dit miraculeux, et qui était autrefois situé à l'intérieur de l'église, est adossé au portail. »

Ari releva la tête, en haussant un sourcil intrigué.

— Qu'est-ce que c'est que cette histoire de puits miraculeux ?

Krysztov sourit.

— J'en sais rien. C'est ce qui est écrit.

— Il faut absolument qu'on aille voir ça.

— Maintenant ? demanda Iris.

— Pourquoi pas ? T'as mieux à faire ?

— Moi ? Non. Et vous, Krysztov ?

— Bah... C'est dimanche.

— Alors allons-y !

Ils rangèrent les affaires sur la table et retournèrent dans la BMW, direction le cœur de Paris.

La nuit hivernale commençait à tomber sur la capitale, noire et glaciale. Les vieux monuments se coloraient de lueurs orangées alors qu'une brume légère glissait sur la Seine. Ils se garèrent dans un parking souterrain près de Notre-Dame.

— On essaie de faire le trajet de Villard ? proposa Iris alors qu'ils arrivaient sur l'immense parvis éclairé de la cathédrale.

— Si tu veux. Mais ça risque d'être très approximatif.

Ils se placèrent tous trois devant le portail de Notre-Dame et marchèrent en direction de l'ouest. Iris compta un peu moins de cent pas et ils arrivèrent à la perpendiculaire du Petit-Pont.

— Je suppose qu'on doit traverser ? dit-elle de sa voix fluette.

— Allons-y.

Ils se mirent en route vers le sud, traversèrent la Seine et arrivèrent rue Saint-Jacques. Iris compta près de deux cents pas et ils arrivèrent à l'angle de la rue qui menait à l'église Saint-Julien-le-Pauvre.

— Si nous ne nous sommes pas trompés, il devrait y avoir environ quarante-cinq pas jusqu'à l'église, expliqua Ari.

Ils partirent vers l'est et se retrouvèrent, en effet, au quarante-cinquième pas, juste devant la petite église biscornue.

Ce fut un instant magique.

Il y avait quelque chose de poétique, de merveilleux dans leur découverte. À l'ombre de l'immense cathédrale, qui se dressait fièrement de l'autre côté de la Seine, cette petite église discrète renfermait donc le fameux secret de Villard de Honnecourt. Ils ne savaient pas vraiment encore lequel, mais une chose était sûre : ici s'achevait le parcours des six pages perdues de ses carnets. À Saint-Julien-le-Pauvre, loin des regards tournés vers la splendide Notre-Dame. Tous les jours, des milliers de personnes passaient devant cette église sans savoir que, peut-être, une porte dérobée s'y trouvait cachée depuis des siècles.

Pendant tout ce temps, une loge compagnonnique avait caché ce que Villard considérait comme son plus grand et plus dangereux secret. « Villard de Honnecourt, alors, te livrera son plus grand savoir car il est un point de la terre où se cache une entrée oubliée, connue seule des grands anciens du monde grec, et qui permet de visiter l'intérieur de la terre. »

L'église avait en elle-même un caractère peu ordinaire. Mélange de ruines, mélange de genres, elle ne ressemblait à aucune autre de la capitale et elle avait les dimensions modestes d'une petite paroisse de campagne. Séparé de la rue par une grille noire, le parvis faisait penser à une discrète cour parisienne. Sur la gauche, dépassant de la façade, un vestige de l'ancien porche gothique aujourd'hui disparu se dressait, anachronique, comme la proue d'un bateau qui déséquilibrait l'ensemble. La façade, plus récente, blanche et lisse, était surmontée d'un fronton triangulaire et flanquée de pilastres doriques. Côté nord, le mur était renforcé par cinq contreforts unis, et côté sud s'élevait une tourelle où se nichait le clocher.

À cette heure, la grille qui donnait sur le petit parvis était fermée. Une camionnette était garée à l'intérieur, mais on devinait derrière elle, à droite du portail, un ancien puits en pierre, recouvert d'une grille en fer rouillé.

À gauche de l'entrée, un panneau de la Ville de Paris retraçait l'histoire de l'église et mentionnait, lui aussi, l'existence de ce puits « miraculeux ».

Ari fit un pas en arrière. À en juger par la position de l'ancienne façade, presque entièrement détruite, on devinait qu'une partie de ce qui était jadis à l'intérieur des murs se trouvait à présent à l'extérieur. Et c'était notamment le cas de ce fameux puits qu'Iris, Ari et Krysztov épiaient sur la pointe des pieds, médusés.

— Tu crois... tu crois que Villard parlait de ce puits ? murmura Iris en se penchant vers son ami.

— En tout cas, un puits, c'est une entrée vers le monde souterrain. Et il dénote un peu, ce puits. Qu'est-ce qu'il faisait au milieu d'une église ? Pourquoi avait-il la réputation d'être miraculeux ?

— Oui. Cela fait bizarre de se dire qu'à une époque il était à l'intérieur, puis qu'on a ensuite reconstruit la façade en retrait... comme si on avait voulu qu'il soit mis dehors.

— Dommage que ce soit fermé. Je serais bien allé voir de plus près.

Ari jeta un coup d'œil autour d'eux. Personne. Il s'agrippa à un pic, se hissa vers le haut de la grille et passa par-dessus.

— Vous venez ?

— T'es sûr ?

— Allez ! Dépêchez-vous !

Zalewski aida Iris à enjamber la grille puis les rejoignit sur le parvis. Ils se précipitèrent derrière la camionnette pour se mettre à l'abri des regards et inspecter le puits de plus près.

— Il est complètement bouché par de la terre, chuchota Ari. Regardez : il y a même de l'herbe qui a poussé. Ça doit faire des siècles que ce puits n'a pas été ouvert.

— Qu'est-ce qu'on fait ? demanda Iris.

— Comment ça, qu'est-ce qu'on fait ?

— Eh ben, je sais pas... T'as pas envie de voir à l'intérieur, toi ?

Ari écarquilla les yeux.

— T'es folle ou quoi ? Madame hésite à passer par-dessus une grille, et maintenant elle voudrait entrer dans un puits ?

— Justement ! Puisqu'on est là, ce serait idiot de ne pas regarder !

— Mais, enfin, Iris ! Ce puits est rempli de terre ! On ne va pas se mettre à creuser comme ça, au beau milieu de Paris ! C'est pas très discret ! Et puis il nous faudrait des outils. De quoi ouvrir la grille, et de quoi creuser...

Iris fit une moue pensive.

— On n'a qu'à revenir un peu plus tard quand il y aura moins de monde... Krysztov, vous avez sûrement des outils dans votre voiture ?

— Je dois pouvoir trouver ça.

— Par moments, je me demande si tu n'es pas encore plus dingue que moi, lança Ari, amusé.

— Allez, on y va !

— Regardez, appela Zalewski en passant à droite du puits, pas besoin d'escalader la grille, il y a une ouverture ici, entre la barrière et le mur !

Ils se faufilèrent au milieu des arbres et sortirent discrètement dans la rue, comme trois garnements qui faisaient l'école buissonnière. Puis ils retournèrent vers le parking souterrain.

93.

Un peu avant minuit, Ari, Iris et le garde du corps étaient de retour avec ce qu'ils avaient pu trouver dans la voiture : quelques tournevis, un pied-de-biche et une vieille lampe de poche.

La nuit noire avait embrassé toute la capitale et un vent froid courait entre les immeubles. La rue Saint-Julien-le-Pauvre était déserte et silencieuse. Les lampadaires dessinaient des ronds de lumière jaune sur le sol et, depuis le square Viviani, des projecteurs éclairaient les murs de l'église, comme un vaisseau sorti des brumes.

Le côté droit du parvis, où se trouvait le puits, était plongé dans l'ombre, derrière quelques platanes. Ils passèrent par la brèche au bout de la grille et, cachés par la camionnette, inspectèrent le vieux puits au pied de la façade de l'église.

Un énorme pot de fleurs en métal était posé sur la grille. Ari tenta de le soulever à bout de bras, mais il se révéla beaucoup trop lourd et, même avec l'aide de Zalewski, il ne parvint pas à le déplacer.

— Il n'y a qu'une solution, murmura-t-il.

Il regarda du côté de la rue pour vérifier que personne ne venait, puis il se mit debout sur le puits afin de porter le pot par le dessus. Krysztov vint lui prêter main-forte et ils le laissèrent glisser jusqu'au sol.

Ils redescendirent et Ari inspecta les vis qui maintenaient la grille fermée.

— C'est des vis plates, mais elles datent de Mathusalem ! maugréa-t-il. Ça risque d'être difficile de les enlever !

Ari prit le tournevis le plus large. Les vis étaient complètement grippées, le pas de la plupart ne permettait même plus d'y insérer la tête du tournevis. Sur les douze, Ari parvint à n'en dévisser que trois, au prix d'un véritable acharnement.

— C'est pas gagné !

— On peut essayer de faire sauter la grille, suggéra Krysztov.

Le garde du corps prit le pied-de-biche puis le fit passer en dessous. Après plusieurs essais, il finit par y arriver. Ils tirèrent tous les trois la grille et la déposèrent par terre.

— Il ne nous reste plus qu'à creuser. Sans pelle, ça risque aussi d'être comique..., murmura Ari tout en cherchant des yeux un outil de substitution.

Iris ramassa une pierre et s'en servit pour gratter la terre qui emplissait le puits. Ne trouvant pas de meilleure idée, Ari et Krysztov l'imitèrent. Petit à petit, ils vidèrent la terre, de plus en plus molle et humide, sur les pavés à leurs pieds.

Soudain, il y eut un bruit de moteur au bout de la rue.

Ari lâcha sa pierre, attrapa Iris par l'épaule et l'obligea à se baisser à côté de lui. Zalewski se plaqua derrière le puits.

La voiture passa lentement devant l'église puis disparut en direction de la Seine. Ari attendit quelques secondes, puis il reprit sa pierre et se remit à l'ouvrage.

Ils avaient déjà enlevé presque un mètre de terre. En essayant de faire le moins de bruit possible, ils continuèrent à piocher jusqu'à ce que, soudain, un bruit de métal retentisse à l'intérieur du puits.

Ari leva les yeux.

— J'ai l'impression d'avoir tapé dans quelque chose de dur.

Il poussa rapidement la terre à la main et dégagea en effet la surface plate d'un couvercle en fer.

— Bingo !

Ils redoublèrent alors d'efforts pour enlever ce qui restait à la surface du puits.

— Ça devrait suffire, chuchota Iris. Essayez de soulever la plaque, les garçons.

Il n'y avait ni poignée, ni anneau, ni encoche. Ari tenta de passer ses doigts dans l'interstice, mais le joint était beaucoup trop étroit.

— Tiens, dit Iris en lui tendant un tournevis.

Il gratta la terre accumulée autour du couvercle, puis essaya de faire glisser le tournevis en dessous. Il ripa plusieurs fois, manquant s'ouvrir la main. Il souffla sur ses doigts pour les réchauffer, puis il essaya à nouveau. En tapant plusieurs fois sur la base du tournevis, il parvint finalement à l'insérer sous la plaque. Il appuya doucement, puis de plus en plus fort jusqu'à ce que le bord se soulève. Krysztov logea alors ses doigts dans l'interstice et tira de toutes ses forces.

— Ça doit être de la fonte, ça pèse une tonne !

Sa voix résonna à l'intérieur.

Ari se mit à pousser de son côté. Ensemble, ils réussirent à redresser le couvercle et le laissèrent reposer sur le bord.

Il faisait trop sombre pour voir dans le trou. Ari, impatient, sortit la lampe de poche, l'alluma et la dirigea vers le gouffre.

Le puits, très profond, était à sec. Il s'arrêtait une dizaine de mètres plus bas, sur ce qui semblait être un fond en terre. Sur la paroi, des échelons rouillés étaient scellés dans la pierre.

— Euh... Je te préviens, Ari, je descends pas là-dedans, prévint Iris.

— Toi qui insistais tout à l'heure...

— Je retire ce que j'ai dit ! Je ne descends pas, un point, c'est tout.

— Tu n'as pas envie de savoir où il mène ? De découvrir de quoi parlait Villard de Honnecourt ?

— Tu me raconteras.

Ari secoua la tête.

— Je vois. Krysztov, vous restez ici avec elle.

— Non, je descends avec vous.

— Je préfère que vous gardiez l'entrée du puits. J'ai pas envie de me faire enfermer. S'il m'arrive quoi que ce soit, je compte sur vous pour me remonter.

Le garde du corps accepta à contrecœur.

— OK. Mais soyez prudent. Après tout ce qu'on a fait ces derniers jours, ce serait quand même con...

— Vous inquiétez pas.

Il inspira profondément en regardant à l'intérieur.

— Bon. Ben, j'y vais, dit-il.

— Fais attention à toi, insista Iris.

La lampe de poche coincée entre les dents, Ari commença sa descente.

Les mains serrées sur les barres glaciales, il s'enfonça dans le trou obscur. À mesure qu'il descendait, l'air était de plus en plus froid. Ses doigts supportaient mal le contact du métal et il regretta vite de n'avoir pas pris de gants. Mais il était tellement excité à l'idée de découvrir enfin le secret de Villard qu'il continua sans hésiter.

La descente lui sembla durer une éternité. Le bruit de ses semelles résonnait au milieu du long cylindre de pierres et il avait même l'impression d'entendre les battements de son propre cœur.

Plus il avançait, plus il ressentait une sorte d'angoisse incontrôlable... Les questions tournaient dans sa tête. Qu'allait-il trouver en bas ? Villard de Honnecourt était-il descendu lui-même, pour visiter l'*Interiora Terrae* ? Fallait-il prendre l'expression au sens propre ou au sens figuré ? Cet endroit pouvait-il crédibiliser les anciennes légendes de la terre creuse ? Allait-il rejoindre l'un de ces mystérieux tunnels ? Ce puits était-il réellement l'une des entrées vers le royaume mythique de l'Agartha, l'une des ramifications des galeries auxquelles tant de mythologies faisaient référence ? Ou bien ne s'agissait-il que d'une entrée de plus vers les catacombes de la capitale, tout simplement ?

Soudain, alors qu'il se perdait dans mille questions qui le hantaient, il sentit la terre ferme sous son pied. Ari prit la lampe dans sa main droite puis, sans lâcher l'échelon de l'autre main, il se retourna pour éclairer l'espace derrière lui.

Il était bien arrivé en bas. Il promena le faisceau de sa lampe alentour et ne vit rien de particulier. À première vue, ce n'était rien d'autre que le fond d'un puits, tout à fait ordinaire. Il posa un pied dans la terre humide. Sa chaussure s'enfonça à peine. Le sol était solide. Il lâcha l'échelon et fit un premier pas au centre du puits. Il inspecta les murs et le sol. Rien. Ce n'était pas possible. S'étaient-ils trompés dans le décryptage de l'énigme ? Il avait de la peine à y croire. Tout collait si bien. Et ce puits « miraculeux », c'était si prometteur.

— Alors ? Tu vois quelque chose ?

La voix d'Iris, une dizaine de mètres plus haut, résonna dans le cylindre de pierre.

— Non. Y a rien !

— T'es sûr ? Y a pas une trappe par terre ou un truc dans le genre ?

— Je regarde.

Il se mit à quatre pattes et commença à sonder le sol. Le fond du puits était couvert de terre. Il se mit alors à creuser ici et là. S'il y avait bien une trappe, elle n'avait pas dû servir depuis des siècles. Elle était peut-être enterrée profondément.

— Alors ? pressa Iris, impatiente.

— Je creuse !

Mackenzie enfonça ses mains dans la terre froide. Il sentit des petits cailloux s'enfoncer sous ses ongles, mais il continua de plus belle. Sa main heurta une surface solide. Du bois. Il se mit à creuser frénétiquement, projetant des poignées de terre autour de lui. Peu à peu, il parvint à dégager une planche rectangulaire, scellée dans le sol. Brûlant d'impatience, il tira de toutes ses forces sur la trappe. Le bois craqua, puis céda enfin.

Ari découvrit alors, hébété, une petite cache. Une simple petite cache. Et, au milieu, un vieux coffre rouillé d'une soixantaine de centimètres de large environ. Il essaya de le soulever. Enfoncée dans la terre, la boîte métallique résista légèrement, puis il parvint à la dégager et la posa à côté de lui. Il l'inspecta avec sa lampe de poche. C'était un magnifique coffre, très ancien, garni de fins décors de caryatides et de feuillages abîmés par le temps. Un cadenas la maintenait fermée.

— T'as trouvé quelque chose ? lança Iris.

Ari releva la tête vers le haut du puits. Ce n'était tellement pas ce qu'il s'était attendu à découvrir !

— Je... Oui... Un coffre ! J'ai trouvé un coffre !

— Non !

— Si ! un petit coffre en métal. Balancez-moi le pied-de-biche !

— T'es sûr ? Tu vas pas te le prendre sur le crâne ?

— Laissez-le tomber à la verticale sur le côté opposé aux échelons. Essayez de pas toucher la paroi.

— OK.

Mackenzie se plaqua contre le mur et entendit l'outil tomber et se planter dans la terre devant lui. Il se précipita, le ramassa et s'attaqua au coffre. Le couvercle s'ouvrit facilement et Ari s'empressa de regarder à l'intérieur. Il secoua la tête, perplexe.

Le coffre contenait des liasses de papiers et plusieurs bourses en cuir visiblement emplies de pièces. Délicatement, il prit les parchemins et, à la lumière de sa lampe, en inspecta quelques-uns au hasard. Les textes étaient dans un français ancien mais tout à fait compréhensible. Il devina rapidement de quoi il s'agissait : des lettres de change et des actes de propriété, et tous étaient au nom de Jean Mancel. Il reposa les feuilles et ouvrit l'une des bourses. Les pièces d'or scintillèrent à l'intérieur. Il en prit une et l'examina. Une face figurait deux lis couronnés, et il déchiffra l'inscription « KAROLVS DEI GRACIA FRANCORVM REX. » Au dos, plusieurs couronnes et un autre texte latin : « XPC VINCIT XPC REGNAT XPC INPERAT. » Un écu or, du XVe siècle probablement. Il lâcha la bourse au fond du coffre d'un air dépité.

— Alors ? Tu l'as ouvert ?

Ari se laissa tomber sur les fesses et se mit à rire nerveusement à haute voix.

— Qu'est-ce qui t'arrive ? lança sa collègue du haut du puits.

— C'est… C'est un putain de trésor à la con, Iris ! J'y crois pas ! Un putain de trésor à la con !

— Comment ça, un trésor ?

— De l'or, des lettres de change…

— Beaucoup ?

— Oui, sans doute, j'en sais rien, on s'en fout ! C'est pas vraiment ce que je cherchais, Iris ! C'est pas possible !

Ari referma lentement le couvercle du coffre en secouant la tête. Il n'arrivait pas à y croire. Tout ça pour ça ? Non. C'était impossible ! Il refusait que toutes ces personnes fussent mortes pour un simple trésor, quelle qu'en fût la valeur ! Et surtout, l'énigme de Villard de Honnecourt ne pouvait pas se résumer à un simple jeu de piste qui menait vers une trappe au fond d'un puits.

Pourtant, il devait bien se rendre à l'évidence. Tout ce qu'il y avait, au fond de ce puits, c'était ce coffre caché par l'ancêtre d'Erik Mancel, une partie, sans doute, de cette fortune disparue après sa mort et qu'il avait cachée là, comme un pied de nez à ses héritiers.

Ari se releva et tourna lentement autour de la trappe. Quelque chose ne collait pas. Que Mancel se soit servi de cet endroit pour y cacher un butin, certes, c'était possible, mais pourquoi aurait-il pris la peine de créer une loge compagnonnique vouée à protéger le secret de Villard ? Et surtout, pourquoi Villard lui-même aurait-il pris tant de peine pour construire une énigme autour d'un simple puits ? En quoi celui-ci permettait-il de « visiter l'intérieur de la terre » ?

Mackenzie refusait de croire que ces questions n'avaient pas de réponses. Il ramassa le pied-de-biche et se laissa tomber sur les genoux.

— Qu'est-ce que tu fabriques ? lança Iris.

— Je continue de chercher. Il ne peut pas y avoir que ça !

Il enfonça le long outil dans la terre, au fond de la trappe, et se remit à creuser. Petit à petit, il trouvait de plus en plus de cailloux, la terre devenait trop dure et il finit par abandonner.

Il se releva en pestant. Mais il refusait d'abandonner. Il y avait sûrement autre chose. Quelque part. Il promena le faisceau de la lampe de poche autour de lui et décida de sonder les murs. Il s'approcha de la paroi et frappa à la surface des pierres avec l'extrémité du pied-de-biche. Lentement, il progressa le long du puits jusqu'à ce que, soudain, la maçonnerie se mit à sonner creux.

Un frisson lui parcourut l'échine. Il se remit à tapoter contre les pierres et parvint à délimiter une zone tout entière, de la taille d'une petite porte, où la paroi semblait donner sur du vide.

Euphorique, il planta la pointe du pied-de-biche entre deux blocs et gratta le joint. Sa lampe de poche coincée entre les dents, après avoir dégagé une pierre complète, il enfonça l'outil sur l'un des côtés et pressa en biais de toutes ses forces. La pierre se descella puis tomba dans un nuage de poussière. Il lâcha le pied-de-biche, glissa ses mains dans l'ouverture et tira de toutes ses forces. Quatre ou cinq autres blocs s'écroulèrent à ses pieds.

— Qu'est-ce que tu fous, Ari ?

Mackenzie ne répondit pas, prit la torche dans sa bouche et l'introduisit à l'intérieur du trou. Il découvrit alors, ébahi, un couloir long et étroit, creusé à même la roche, qui descendait, abrupt, et se perdait au loin dans le noir.

Ari avala sa salive, émerveillé. Il fit un pas en arrière, jeta un coup d'œil vers le haut et aperçut les silhouettes d'Iris et Krysztov, penchés au-dessus du puits.

— J'ai... J'ai trouvé un passage ! cria-t-il, presque sans y croire lui-même.

— Un passage ?

— Ouais ! Je... Je vais voir !

— Ari ! lança Zalewski. Attendez-moi, je viens avec vous !

— Non ! Gardez l'entrée du puits ! Vous êtes gentils, mais j'ai pas envie de me retrouver enfermé ! Je me dépêche, je veux juste voir où ça mène !

Il donna plusieurs coups de pied dans la paroi fragilisée jusqu'à ce que l'excavation fût assez large pour qu'il puisse passer.

Sans doute était-ce une précaution ridicule, mais il sortit le Manurhin de son holster avant de se mettre en route. La lampe dans une main, le revolver dans l'autre, il enjamba les dernières pierres.

Le cœur battant à tout rompre, il commença à descendre dans le couloir humide et froid.

La torche n'éclairait pas très loin, mais suffisamment pour voir où il mettait les pieds. Les parois ressemblaient tantôt à de la pierre dure, tantôt à du calcaire ; c'était difficile d'en juger avec si peu de lumière. Le sol, quant à lui, était couvert d'une fine couche de terre, quelque peu détrempée par endroits.

Il marcha prudemment, les sens aux aguets. La pente du couloir était de plus en plus raide et l'espace plus étroit. Ari n'aurait su dire si c'était l'air qui se raréfiait ou bien la claustrophobie qui le gagnait, mais il avait du mal à garder une respiration calme et régulière. Plus il s'enfonçait dans le cœur de la capitale, plus la possibilité que cela ne fût qu'un accès aux catacombes lui paraissait s'amoindrir. Il ne savait pas jusqu'où allait ce couloir, mais il était presque sûr d'arriver bientôt à une profondeur à laquelle ne descendaient pas les célèbres souterrains parisiens.

Hypnotisé par la curiosité, Ari continua son exploration, oubliant presque ses amis qui l'attendaient en haut du puits. Il perdit lentement la notion du temps et des distances. Le froid mordant crispait ses doigts, sa nuque. La tête commençait à lui tourner. Et ce corridor qui n'en finissait pas de descendre...

Soudain, la lumière de sa lampe de poche se mit à faiblir, à vaciller. Ari s'immobilisa aussitôt. Il tapota sur la torche, croyant à un faux contact, mais au lieu de la raviver, cela la coupa complètement.

Il se retrouva, d'un coup, plongé dans le noir le plus total.

Son premier réflexe fut de ranger son arme dans son holster, la lampe dans sa poche et de coller ses deux mains contre les murs autour de lui.

Il essaya de ne pas se laisser gagner par une légitime panique. Mais l'obscurité absolue était oppressante.

Impossible de continuer plus avant. C'était beaucoup trop dangereux. Il était obligé de faire demi-tour, d'abandonner, sans avoir pu découvrir où menait l'entrée secrète de Villard. Il était si proche du but ! Mais peut-être était-ce mieux ainsi. Ses amis devaient s'inquiéter, et il serait plus sage de revenir avec un équipement plus adapté. Malgré tout, il ne pouvait s'empêcher d'éprouver une énorme frustration.

Ari inspira profondément et, à contrecœur, se remit en route en sens inverse pour remonter vers le puits. Les deux mains plaquées aux parois, il tentait de ne pas perdre l'équilibre mais trébuchait régulièrement. Après quelques instants de marche dans les ténèbres, le froid, la fatigue, le stress, tout se mêla et Ari sentit monter en lui une peur sourde qu'il ne pouvait maîtriser.

Le souffle court, il se mit à marcher de plus en plus vite. À mesure qu'il remontait, il avait l'impression de se retrouver plongé dans un cauchemar de son enfance, poursuivi par un diable qu'il ne pouvait pas voir et incapable de courir, comme si ses jambes refusaient d'obéir et l'empêchaient de fuir. C'était ridicule, bien sûr, insensé, mais cette peur enfantine prenait lentement le dessus.

Soudain son pied glissa et il s'écroula tête la première dans le noir profond. Son front cogna violemment contre une pierre qui dépassait du sol. Le choc fut brutal et la douleur aiguë. Il lui sembla perdre connaissance, peut-être, l'espace de quelques secondes. Étendu sur le dos, sonné, des petits points lumineux dansèrent devant ses yeux au milieu de l'obscurité épaisse et, rapidement, il sentit le sang poisseux couler sur ses tempes.

Il porta les mains à son crâne dans un râle et, quand ses doigts touchèrent sa blessure, il ressentit une piqûre vive qui le fit tressaillir.

Quel tour m'as-tu joué, Villard ?

La douleur était si intense qu'il eut l'impression de perdre la raison. Cloué au sol, il se laissa gagner par la terreur.

Je ne peux pas mourir ici, maintenant.

Il lui sembla qu'une charge immense, invisible, pesait sur tout son corps, à en suffoquer.

Quel tour m'as-tu joué, Villard ? Pourquoi m'as-tu emmené là ?

Le sang coula dans sa bouche. Il eut un haut-le-cœur.

Pourquoi m'as-tu emmené là ? À l'intérieur de la terre ? À l'intérieur de moi-même ? Que veux-tu que je voie, ici ? Dans cette obscurité ?

Ari essaya de se redresser sur ses coudes, mais il s'écroula aussitôt, à bout de forces.

Prends garde, car il est des portes qu'il vaut mieux n'ouvrir jamais.

Il toussa, cracha du sang.

Tu crois que je n'en suis pas capable, c'est ça ? Ouvrir cette porte ? Ça ne me fait pas peur, Villard. Regarder à l'intérieur, vaincre le démon. Je sais ce qu'il y a derrière la porte ! Il y a cette femme, cette femme que j'aime. Et je n'ai pas peur, Villard. Je n'ai plus peur. Je ne serai plus seul.

Il essuya ses lèvres d'un revers de manche.

Je ne serai plus seul.

Sa poitrine se soulevait à un rythme rapide. Il resta un instant sur le dos, espérant que sa tête allait arrêter de le lancer ainsi, mais comme la douleur ne diminuait pas, il tenta de se relever pour de bon.

Il rassembla toutes ses forces et lutta contre le poids qui le fixait à terre. En se hissant sur un genou, Ari crut qu'il allait réellement s'évanouir. Il se rattrapa d'une main contre un mur derrière lui, à l'aveugle. Sa tête tournait de plus en plus. Il avait l'impression d'être au sommet d'un carrousel plongé dans l'espace obscur. Il n'avait, en outre, plus la moindre idée du sens dans lequel il était tourné, à l'intérieur du couloir. De quel côté était l'issue ?

Il souffla, s'efforça de calmer sa respiration et essaya une nouvelle fois de se lever en poussant sur ses jambes, toujours appuyé sur le mur. Quand il fut enfin debout, il s'immobilisa, les pieds écartés, pour retrouver son équilibre. Puis, lorsque le tournis sembla s'apaiser enfin, il chercha son briquet dans sa poche et l'alluma au-dessus de lui.

Les parois du souterrain s'éclairèrent faiblement. Il promena lentement la petite flamme fragile autour de lui et tenta de voir de quel côté montait le corridor. Il lui sembla que c'était sur sa gauche. Il éteignit le briquet et le renfonça dans sa poche. Maintenant qu'il n'avait plus de lampe, mieux valait économiser le gaz, au cas où. Puis, s'appuyant sur les murs des deux côtés, il se mit prudemment en marche. La douleur sur son front faisait comme un tambour lancinant, mais il continua de se battre. Un pied devant l'autre.

Après quelques pas, il fut convaincu d'avancer dans le bon sens ; le sol sous ses pieds semblait bien être incliné vers le haut.

Il progressa prudemment, assurant chaque pas. Les minutes s'enchaînèrent, rythmées par sa respiration bruyante et par les coups violents dans son crâne.

Après avoir marché pendant ce qui lui parut une éternité, il commença à douter à nouveau de lui. Comment se faisait-il qu'il n'était toujours pas arrivé au puits ? Il avait l'impression d'avoir marché beaucoup plus longtemps que lors de sa descente. Combien de temps encore faudrait-il monter ? Il n'en pouvait plus. Le courage, l'envie même s'échappaient de partout. Ari s'arrêta et, le dos contre la paroi, poussa un soupir de désespoir.

Il se laissa lentement glisser et s'assit sur le sol, à bout de forces. Le sang qui avait coulé dans sa nuque avait séché et lui pinçait la peau quand il penchait la tête en arrière.

Il se retint de pleurer tant il se trouvait ridicule, isolé ainsi dans le noir, comme un enfant perdu.

Soudain, comme à l'issue d'un rêve étrange, il entendit la voix de Zalewski sur sa gauche.

— Ari !

Au même moment, une faible lueur apparut au bout du tunnel. Il tourna la tête, incrédule.

— Ari, vous êtes là ?

L'analyste inspira profondément et se releva en titubant. Les mains crispées contre le mur, il se remit en route.

— Krysztov ! balbutia-t-il. Je... Je suis là.

Il longea le mur, chancelant, vers la lumière, réalisant soudain que la sortie n'était qu'à quelques mètres.

Bientôt, il vit la silhouette du garde du corps se dessiner. Il tenait un briquet dans la main, penché par l'ouverture au fond du puits. Il franchit les derniers pas et s'écroula aux pieds du Polonais.

Zalewski s'agenouilla près de lui et le prit par les épaules.

— Mon Dieu ! Mais qu'est-ce qu'il s'est passé, Ari ?

Mackenzie, avec un semblant de sourire, s'agrippa aux bras du garde du corps.

— Je... Je me suis cassé la figure là-dedans.

— Eh bien ! Vous vous êtes bien amoché !

Il l'aida à se relever.

— La pile de ma lampe est morte. Je... Je vous avoue que je me suis fait une belle frayeur. Il faudra qu'on revienne demain avec plus de matériel.

— OK. On sort de là ?

— Plutôt deux fois qu'une !

Krysztov lui tendit le bras. Ils se dirigèrent vers les échelons.

— Vous allez y arriver ?

— Je n'ai pas le choix... Mais, le coffre...

— Pour l'instant, je vous aide à monter. Je reviendrai le chercher tout de suite.

— Ari ? Tout va bien ?

La voix d'Iris, pleine d'inquiétude, résonna au cœur du puits.

— Ça va... On arrive, Iris !

Il passa le premier et commença à escalader l'échelle. La montée fut pénible, mais il était tellement heureux de sortir vivant de cet enfer qu'il grimpa bien plus rapidement qu'il ne s'en serait cru capable.

Arrivé dehors, Ari se laissa tomber par terre, le dos contre le mur de l'église, et partit d'un rire nerveux.

— Qu'est-ce qui t'arrive ? Tu craques ? demanda Iris en se précipitant à ses côtés.

— Un peu, oui... C'est con, mais j'ai bien cru que j'allais y rester, Iris !

Elle sortit un mouchoir de sa poche et lui essuya le front.

— Je descends chercher le coffre, annonça Krysztov.

— Vous n'y arriverez pas, prévint Ari. Il est trop lourd. Prenez votre sac à dos et transvasez tout à l'intérieur.

— OK.

Le garde du corps redescendit rapidement dans le puits. Quand il fut de retour, Iris l'aida à repositionner le lourd couvercle sur le puits pendant qu'Ari reprenait ses esprits. Ils ramassèrent tant bien que mal la terre près du puits pour la remettre par-dessus. Sans pelle, ce n'était pas une opération aisée.

— Alors ? demanda Iris tout en s'activant. Est-ce qu'au moins tu as vu quelque chose ? Il y a quoi là-dedans ?

Ari poussa un long soupir.

— Un couloir qui n'en finit pas de descendre... Je ne sais pas jusqu'où, ma lampe s'est éteinte trop tôt. Mais, crois-moi, ça va loin !

— Mais alors, c'est quoi, à ton avis ?

L'analyste haussa les épaules.

— J'en ai aucune idée. L'entrée de la terre creuse ! plaisanta-t-il.

Quand ils eurent remis suffisamment de terre au-dessus du couvercle, Krysztov essaya de disperser ce qu'il restait au sol en balayant avec ses pieds. Puis il repositionna la grille par-dessus et hissa l'énorme pot de fleurs.

— Ni vu ni connu, lança-t-il en souriant.

Iris retourna auprès de son ami.

— Bon, qu'est-ce qu'on fait ? demanda Mackenzie, encore sonné.

— Écoute, je crois que tu en as assez fait pour ce soir. On reviendra demain. On va te ramener chez toi et soigner cette vilaine blessure.

— Ce n'est pas de refus.

94.

Le lendemain, Ari revint comme prévu, sous le regard curieux de ses collègues, au siège de Levallois. Un bandage sur le crâne, les yeux cernés, il avait l'air d'un vétéran... Il ne s'arrêta pour saluer personne et s'enferma directement dans son bureau du dernier étage.

Il passa la matinée à gérer, aussi bien que possible, tout le retard qu'il avait pris pendant sa longue absence. Les messages téléphoniques s'étaient accumulés, sans compter les nombreux mails qu'il n'avait pas vraiment envie d'ouvrir, les notes empilées sur son bureau...

Rapidement, les gestes, les réflexes lui revenaient. On n'oublie pas les routines. En entrant dans son bureau, toutefois, il avait eu la terrible impression de ne plus y être à sa place. Quelque chose avait changé en lui et il ne se sentait plus à l'aise entre ces murs, si tant est qu'il s'y fût jamais vraiment bien senti...

Vers 13 heures, alors qu'il n'avait pas traité un dixième de ses dossiers, Depierre le convoqua dans son bureau.

Ari se rendit, la mine grave, à l'étage de la direction. Dans l'ascenseur, il croisa Gilles Duboy, le chef de la section Analyse et Prospective. Celui-ci, toujours aussi aimable, le salua à peine, feignant de n'être pas au courant de tout ce qu'Ari avait vécu. Mackenzie ne résista pas à la tentation de le taquiner un peu.

— Alors, Duboy, on ne dit pas bonjour à son agent préféré ?

Le commissaire divisionnaire le toisa du regard.

— Qu'est-ce que vous vous êtes encore fait au crâne, Ari ?

— Je suis tombé dans un couloir.

Duboy haussa les sourcils et sortit de l'ascenseur sans ajouter un mot. Mackenzie traversa l'étage et se dirigea tout droit vers le bureau du directeur central adjoint.

— Comment vous sentez-vous, Ari ? demanda Depierre en lui tendant un siège.

Ari esquissa un sourire. Avec sa nouvelle blessure sur le front, il était encore plus estropié qu'après la dernière fusillade en date. On ne pouvait pas dire qu'il avait l'air dans le meilleur de sa forme.

— En pleine forme, répondit-il d'un ton ironique. En pleine forme !

— Mouais. Je vois ça. Pas trop dur, le retour ?

— Un vrai bonheur.

Depierre secoua la tête d'un air amusé.

— Eh bien, vous êtes mûr pour ce que j'ai à vous annoncer, alors.

— Ah ?

Le directeur adjoint tapota des doigts sur son bureau d'un air embarrassé.

— Je devrais attendre un peu que vous vous soyez remis de vos émotions avant de vous parler de ça, Ari, mais j'ai l'impression de vous devoir un minimum de sincérité.

— Laissez-moi deviner : je suis viré ?

— Non ! Non, vous n'êtes pas viré, Ari. Vos méthodes ne font certes pas l'unanimité, mais tout le monde est bien obligé de reconnaître que c'est vous qui avez résolu l'affaire du trépaneur. Il n'y a aucune raison valable de vous virer... Et vous savez très bien que tant que je serai ici, cela n'arrivera pas.

— C'est trop aimable, monsieur le directeur adjoint. Alors quoi ?

— Vous n'êtes pas sans savoir que, selon la volonté du président de la République, d'ici quelques mois, la DST et la DCRG vont fusionner...

— Je commence à être au courant, oui, répondit Ari qui devinait déjà la suite.

— La nouvelle entité, la Direction du renseignement intérieur, soulève bien sûr l'inquiétude des syndicats, comme vous avez dû le lire dans votre boîte aux lettres.

— Je n'ai pas encore eu ce plaisir.

— Ça m'étonne de vous. Vous êtes toujours le premier à lire ces trucs-là.

— Ah, mais ne vous inquiétez pas, j'ai encore deux ou trois trucs à régler, et je redeviendrai le syndicaliste que vous aimez tant.

— Je n'en doute pas. Eh bien, vous verrez. Le SNOP[1] s'oppose, comme on pouvait s'y attendre, aux modalités du regroupement. Et pour plusieurs raisons. La nouvelle structure comporte pourtant certains avantages : les officiers de la DCRG recevront automatiquement la qualification d'officiers de police judiciaire, et certains le tampon « Secret Défense ». Mais beaucoup craignent un changement des conditions de travail et, surtout, une réduction des effectifs. Le ministre a annoncé que la totalité des agents de la DST serait conservée, mais seulement 80 % de ceux de la DCRG.

— C'est toujours les mêmes qui trinquent.

— Je me garderai de faire tout commentaire.

— Allons, Depierre ! Après tout ce qu'on a vécu, vous et moi, vous pouvez vous lâcher ! On n'est pas sur écoute, là, dans votre bureau !

— Vous savez très bien ce que je pense, Ari.

— Vous pensez, comme moi, que nous vivons une époque formidable, n'est-ce pas ?

— Exactement ! répondit Depierre en souriant.

— Bon, bref, tout ça pour dire que je ne suis pas viré, mais que je suis muté ailleurs, c'est ça ?

— Non. Mais il est fort probable que, dans la nouvelle structure, le groupe Sectes, ou tout du moins ce qu'il en reste, soit démantelé...

Ari ne put retenir un rire nerveux.

— Comme vous dites : « Ce qu'il en reste ». Et c'est pour me dire ça que vous m'avez fait venir dans votre bureau ? Mais ça fait des mois que je sais pertinemment que mon groupe va disparaître, monsieur le directeur adjoint. Ne vous faites pas de souci pour moi ! Je m'y suis préparé.

— Oui, enfin... Je préférais vous le dire tout de suite, officiellement, plutôt que d'attendre le dernier

1. Syndicat national des officiers de police, majoritaire chez les officiers de la DCRG.

moment. Il faudra que vous réfléchissiez à votre réaffectation.

— Je vous remercie. On en reparlera le moment venu. Et vous ? Vous allez hériter de quel poste, dans cette nouvelle structure ?

— Oh, moi, vous savez... Je suis un peu comme vous. Je verrai le moment venu !

— J'ai l'impression qu'on est comme deux vieux flics qui appartiennent à une autre époque.

— C'est un peu ça, Ari.

— Je n'ai jamais que trente-six ans !

— En tout cas, Mackenzie, j'espère sincèrement bosser avec vous pendant de nombreuses années encore. Voilà. Au fond, c'est ça que je voulais vous dire : même si le groupe Sectes disparaît, j'espère qu'on travaillera toujours ensemble. Vous êtes un bon flic.

— Vous êtes pas mal non plus, patron. Je vous embrasse pas, hein, mais le cœur y est. Je peux retourner bosser, maintenant ? J'ai peur que Duboy me mette une mauvaise note.

— Ne dites pas du mal du commissaire divisionnaire, Ari.

— Vous rigolez ? Je l'adore ! Il a toujours été des plus courtois à mon égard ! rétorqua l'analyste en se levant.

— Prenez soin de vous, Ari.

Mackenzie retourna dans son bureau.

Il s'assit lourdement sur sa chaise et regarda longuement son téléphone. Il y avait tant de choses qui se bousculaient dans sa tête ! Et il n'y avait qu'une seule personne à qui il aurait voulu se confier. Une seule. Il approcha ses doigts des touches du clavier, hésita, puis composa finalement le numéro de Lola.

Après dix sonneries dans le vide, il raccrocha et essaya le numéro de son téléphone portable, toujours sans succès. La libraire avait même coupé son répondeur. Il laissa tomber le combiné, dépité.

Il entendait encore, cruelle, la dernière phrase de Lola. *Je te recontacterai*. Ari ferma les yeux et appuya sa tête sur le dossier de son fauteuil. Ces trois petits mots embrassaient à eux seuls les deux sentiments contradictoires qui l'habitaient alors, et pour longtemps sans doute.

Le plus profond désespoir et la plus légitime espérance.

Après quelques minutes, il se remit au travail. Il passa le reste de l'après-midi à avancer sur ses différents dossiers, sans enthousiasme, puis vers 18 heures, il quitta enfin Levallois pour retourner à Bastille. Iris, Krysztov et lui n'avaient rendez-vous qu'à 23 heures devant Saint-Julien-le-Pauvre. Il avait un peu de temps pour se détendre. Et cela faisait longtemps qu'il n'était pas allé dans son bar favori. Rien ne lui faisait tant envie que quelques bons vieux whiskys.

95.

Ari avait garé la MG au bout de la rue Galande. À cette heure-là, en semaine, on arrivait à trouver des places dans le quartier.

Il neigeait à gros flocons et Paris s'était emmitouflée d'un épais manteau blanc. Les nuées de neige virevoltaient autour des réverbères et la ville était plongée dans un silence inhabituel.

Ari remonta la rue, les mains serrées au fond des poches, la tête rentrée dans les épaules. Les flocons qui tombaient dans son cou fondaient et glissaient le long de son dos.

Il était encore dans un état un peu étrange. Il avait sans doute bu un ou deux verres de trop à l'An Vert du Décor. Mais surtout, il était à la fois habité par l'excitation de retourner dans le tunnel de Villard et la frustration de ne point le faire avec Lola. De ne pas être, tout simplement, à ses côtés.

Il avait vécu tant de choses, au cours des derniers jours ! Depuis la mort de Paul jusqu'à la découverte du puits... Et ce long chemin qui le menait ici lui avait fait perdre celle qui comptait le plus pour lui. Jamais, de sa vie, il n'avait éprouvé autant d'émotions contradictoires, et pour tout dire, il se sentait perdu.

Quand il arriva en vue de l'église, un peu en avance, Ari comprit aussitôt que quelque chose clochait.

Il y avait davantage de lumière que la veille à l'entrée du bâtiment et de la fumée se dégageait du parvis.

Il accéléra le pas et s'approcha de la grille, le cœur battant. Il découvrit alors la scène et fut submergé d'une colère immense.

À côté de la camionnette, deux hommes en tenue d'ouvrier lissaient à la truelle une couche de béton à la surface du puits. Autour d'eux, trois autres hommes, en costume noir, semblaient garder les lieux.

— C'est quoi ces conneries ? s'écria-t-il en poussant la grille devant lui.

Deux des trois types en noir se jetèrent sur lui et l'attrapèrent par les épaules.

— Lâchez-moi ! s'exclama Ari, en se débattant. Qu'est-ce que vous faites ?

— Du calme, Mackenzie, rétorqua le troisième homme derrière eux. Du calme !

Il reconnut son visage. C'était le chauve, le « collègue » qui était venu dans sa chambre d'hôpital avec le général Baradat, de la DRM. Ari fit un pas en arrière et, d'un geste brusque, dégagea ses bras de l'emprise des deux molosses. Il les dépassa, se précipita sur leur chef et le saisit par le col.

— Qu'est-ce que vous foutez là ? hurla Ari, fou de rage.

Les deux autres l'attrapèrent, plus fermement cette fois, et le plaquèrent contre la camionnette.

L'homme au costume noir réajusta sa veste et s'approcha d'Ari. Il le fixa droit dans les yeux.

— Ce site est classé Secret Défense, Mackenzie. Vous n'avez rien à faire là. Rentrez gentiment chez vous et laissez tomber tout ça si vous ne voulez pas finir en tôle.

— Secret Défense, mon cul ! C'est moi qui ai découvert cet endroit !

Un léger sourire se dessina sur le visage du chauve.

— Oui. Et nous vous en sommes reconnaissants. Mais cela prouve aussi que vous avez menti au général : vous avez bien récupéré les pages, Ari. Estimez-vous heureux que je ne vous fasse pas arrêter sur-le-champ.

Mackenzie resta bouche bée. Il n'arrivait pas à y croire. Ces ordures de la DRM avaient donc réussi à le doubler ! Sur ordre de qui ? Il ne le saurait sans doute jamais. Et comment avaient-ils su ?

Ari ferma les yeux. Zalewski. Ce ne pouvait être que lui. *Cet enfoiré de Zalewski*. Mais comment avait-il pu être aussi bête ? Le procureur le lui avait dit : le garde du corps lui avait été assigné sur ordre direct du ministre de l'Intérieur. C'était forcément ça ! Il repensa à la phrase du Polonais : « Les légionnaires sont des hommes d'honneur. » Des hommes d'honneur ? *Des traîtres, oui !* Ari serra les mâchoires. Tout lui paraissait tellement évident maintenant. Et le pire était que, la veille, il avait été assez stupide pour demander à Krysztov d'enfermer les parchemins et le trésor dans son coffre. Il était tellement sûr de pouvoir lui faire confiance !

Mackenzie perdit le contrôle de lui-même. D'un geste rageur, il dégagea son bras droit et envoya un coup de poing à l'homme sur sa gauche. Le second riposta aussitôt. La tête d'Ari fut projetée en arrière et heurta la carrosserie de la camionnette. Les deux molosses le firent tomber à terre et l'immobilisèrent contre le pavé du parvis.

— Ne m'obligez pas à vous coffrer, Ari ! lança le chauve d'un air dédaigneux.

Soudain des bruits de pas résonnèrent dans la rue Saint-Julien-le-Pauvre. Ari, cloué au sol, releva la tête avec difficulté. À travers les barreaux, il découvrit alors les silhouettes de Krysztov et Iris qui arrivaient en courant.

Le garde du corps dégaina son arme et s'approcha de l'église en menaçant les deux hommes qui ceinturaient Mackenzie, bientôt imité par Iris.

— Lâchez-le tout de suite ! hurla-t-il en poussant la grille du pied.

— On se calme, Zalewski ! répliqua le chauve.

— Comment connaissez-vous mon nom ?

L'homme sortit lentement son portefeuille de sa poche.

— Direction du renseignement militaire ! annonça-t-il en exhibant sa carte. Rangez tout de suite vos armes avant de faire la plus grosse bêtise de votre vie !

— Lâchez-le d'abord ! rétorqua Krysztov d'un ton agressif, son pistolet toujours pointé vers les deux autres. Lâchez-le tout de suite si *vous* ne voulez pas que je fasse la plus grosse bêtise de ma vie !

Le chauve fit signe à ses deux collègues de libérer Ari.

Celui-ci se releva, le nez en sang, et s'appuya contre la camionnette. Iris se précipita à ses côtés.

— Qu'est-ce qu'il se passe ici ? demanda Zalewski en rangeant son arme dans son holster.

— Ce site a été classé Secret Défense. Vous n'avez plus rien à faire ici.

— Vous déconnez ou quoi ? lança Iris en se retournant.

— Mais qu'est-ce que vous croyez, madame Michotte ? Vous croyez que vous pouvez, comme ça, subtiliser des éléments de preuve et agir tout seuls de votre côté, sans en référer aux autorités ? Ce dossier a été affecté à la DRM, et pour la dernière fois, je vous répète que vous n'avez plus rien à faire ici. Vous avez fait assez de conneries comme ça ! Le détournement d'une preuve, dans le cadre d'une enquête criminelle, est passible de plusieurs années d'emprisonnement, comme nous l'avons rappelé à M. Mackenzie l'autre jour. Alors si vous ne voulez pas qu'on vous poursuive, vous laissez tomber tout ça et vous retournez tranquillement à vos occupations respectives, c'est bien clair ? Et si je lis un seul mot de tout ça dans la presse, je vous fais boucler tous les trois. Maintenant, disparaissez.

Iris se tourna vers Ari. Ils échangèrent un regard entendu. Inutile de lutter : il n'y avait aucun espoir. Elle s'approcha de lui et le tira par la manche.

— Laisse tomber.

Mackenzie se laissa faire et suivit son amie, les yeux rouges de colère. Zalewski leur emboîta le pas, sans quitter du regard les deux molosses qui le dévisageaient avec un air de défi.

En silence, ils remontèrent la rue. Après quelques pas, Ari se retourna vers l'église et la regarda disparaître derrière le rideau de neige.

— J'arrive pas à y croire ! Ces salauds ont récupéré l'affaire !

— Comment ont-ils pu savoir ?

— J'en sais rien, répondit Ari.

Il n'osa pas avouer qu'il avait d'abord cru à une trahison de Zalewski. Il s'en voulait d'avoir douté de la droiture du garde du corps.

— Ils ont dû me suivre, me mettre sur écoutes, je sais pas. J'aurais dû être plus prudent.

— T'es garé où ? demanda Iris.

— Là-bas, dit-il en désignant le bas de la rue Galande.

Ils reprirent leur route au milieu de la nuit.

— Après tout ce que j'ai fait ! Que cette histoire leur retombe entre les mains, c'est tout simplement dégueulasse.

— Mais qui est derrière tout ça ? C'est quand même pas une initiative de la DRM.

— Non, évidemment. Quand ils sont venus me voir à l'hôpital, ils m'ont dit qu'ils étaient là sur ordre de l'Élysée. Mais va savoir. Avec le Secret Défense, ces enfoirés peuvent dire ce qu'ils veulent. On n'a aucun moyen de vérifier.

— On va quand même pas les laisser s'en tirer comme ça ?

— Mais qu'est-ce que tu veux faire, Iris ? Ils ont bouché l'entrée, et tu peux être sûre qu'elle va être sous haute surveillance. Et à qui veux-tu qu'on aille se plaindre ? Je suis pas censé avoir gardé les carrés de Villard ! On est foutus, Iris.

— Tu vas leur rendre les pages ?

Ari secoua la tête.

— Alors là, ils peuvent toujours courir !

— Et le trésor ? demanda Zalewski. On en fait quoi ?

Mackenzie se gratta la tête avec un sourire amusé.

— Quel trésor ? J'ai jamais vu de trésor, moi. Seulement un couloir.

Le garde du corps sourit à son tour.

— Le pire, vous savez, c'est qu'on ne saura probablement jamais ce qu'il y a au bout de ce tunnel. Soit il y a quelque chose, et ils ne nous le diront pas, soit il n'y a rien, et on ne pourra pas les croire quand ils nous le diront...

— À ton avis, qu'est-ce qu'il y a ?

Ari se retourna vers le square Viviani. La tourelle de l'église apparaissait encore à travers la pénombre.

— Je ne sais pas, Iris.

— À ton avis ? insista-t-elle.

— De toute façon, on ne saura jamais. T'as qu'à te faire ta petite idée.

— Mais t'as bien une idée, toi ?

— Peut-être faut-il se fier aux bons vieux principes du rasoir d'Ockham. Choisir l'hypothèse la plus simple...

Iris serra le bras de son ami.

— Va pour le rasoir d'Ockham, dit-elle en souriant.

Leurs manteaux couverts de flocons blancs, ils se mirent en route vers la MG.

— Je vous ramène ?

— Je suis en voiture, répondit Zalewski.

— Moi aussi.

— Alors on se dit au revoir ?

Le garde du corps haussa les épaules.

— Je suppose qu'on va se revoir très vite, non ? Je me payerais bien des petites vacances, moi. Pas vous ?

Mackenzie lui donna une tape amicale sur l'épaule.

— Vous êtes un type bien, Krysztov. Merci pour tout.

Il lui serra la main vigoureusement.

— À bientôt, Ari. Prenez soin de vous.

Le Polonais salua Iris et s'éloigna d'un pas rapide.

— Ça va aller, Ari ?

— Oui, oui.

— Tu vas faire quoi, maintenant ?

L'analyste hésita.

— Je crois que je vais aller voir mon père.

— À cette heure-là ?

— Il est insomniaque, ça le dérangera pas. Et ça me fera du bien.

— T'es sûr ?

— Oui. Rentre chez toi, Iris. On reparlera de tout ça dans les prochains jours.

— OK, comme tu voudras.

Elle lui déposa un baiser sur la joue.

— Merci pour tout, dit Ari en entrant dans sa voiture. Je sais pas ce que je ferais sans toi.

— Encore plus de conneries, sans doute.

La femme lui fit un clin d'œil et partit dans la nuit enneigée.

96.

Jack Mackenzie ne vint pas ouvrir la porte quand son fils appuya sur la sonnette.

Heureusement, Ari possédait un double des clefs et entra, inquiet, dans le petit appartement de la résidence spécialisée de la porte de Bagnolet. Il pénétra dans le salon. La télé était allumée, mais son père n'était pas là. Il partit rapidement vers la chambre, avec un pincement au cœur. Les paroles de Lamia lui revinrent en mémoire. « *Hier, ma mère est morte, Ari... Dites-moi, vous avez des nouvelles de votre père ?* »

Il ouvrit brusquement la porte.

Jack Mackenzie, la mine pâle, était allongé dans son lit et leva lentement la main en voyant entrer son fils.

L'analyste poussa un soupir de soulagement.

— Je... Je t'ai réveillé, papa ? Tu dormais ?

— Non. Je suis ambigu, balbutia le vieil homme, le regard dans le vide.

Ari prit une chaise et la tira près du lit de son père pour s'asseoir à ses côtés. Jack Mackenzie avait des cernes et les yeux rouges.

— J'ai fini mon enquête, papa. J'ai retrouvé la personne qui a tué ton ami Paul Cazo. C'était une femme. Elle est morte, à présent. Je voulais te prévenir.

— Les grands psychotiques de notre type n'ont plus de sexualité.

Ari posa sa main sur le front de son père pour voir s'il avait de la température. Mais il semblait normal, juste épuisé.

— Évidemment, il faudra que quelqu'un nourrisse mes licornes pendant mon absence, continua le vieil homme. J'en ai cent maintenant.

Ari caressa la joue de son père, puis il se leva et partit faire un peu de vaisselle dans la cuisine. L'appartement était moins bien rangé que d'habitude. Jack était certainement dans une mauvaise phase. Sans doute l'absence prolongée de son fils avait-elle perturbé le vieil homme. Ari ne pouvait s'empêcher de se sentir coupable, comme toujours. Il revint dans la chambre avec un verre de whisky dans les mains.

— Tu veux boire quelque chose, papa ?

— Non, il fait froid. Assieds-toi, Ari. Arrête de t'agiter tout le temps. Ça me fatigue.

Ari retourna sur la chaise, tout près du lit. Il sortit son paquet de Chesterfield et en proposa une à son père. Le vieil homme glissa la cigarette dans sa bouche du bout de ses doigts tremblants. Ari alluma les deux cigarettes et se laissa retomber sur le dossier de sa chaise.

— Tu n'as pas l'air bien, mon fils. C'est cette fille, n'est-ce pas ? Cette libraire ?

Ari ne répondit pas. En entrant dans l'appartement, il aurait pu parier que le sujet allait surgir à un moment ou un autre, comme toujours.

— Tu lui as offert les orchidées, tu lui as dit que tu l'aimais, mais ça ne marche pas, c'est ça ? Elle n'est pas amoureuse de toi.

— C'est un peu plus compliqué que ça, papa.

— C'est toi qui n'es pas amoureux ?

— Mais si ! Je te dis que c'est plus compliqué que ça.

— Tu crois qu'un vieux fou comme moi ne pourrait pas comprendre, c'est ça ?

Ari haussa les épaules. Il n'était pas certain en effet que son père fût en mesure de saisir la situation. De rester concentré suffisamment longtemps pour tout entendre et analyser. Après tout, Ari n'était pas sûr de bien comprendre lui-même...

Pourtant, après quelques secondes de silence, il sentit le besoin de se livrer.

— Depuis des années, papa, je me dis que je vais devoir apprendre à vivre seul. Maman est partie, Paul est parti, et puis un jour, toi, tu partiras. Alors je me prépare. Il n'y a rien qui m'angoisse plus, papa. La solitude. Et au fond, je me demande si je ne fais pas fausse route. Je me demande si mon vrai défi, vois-tu, ce n'est pas d'apprendre à vivre seul, mais au contraire d'apprendre à ne plus le faire. Apprendre à vivre avec quelqu'un. Je crois qu'au fond c'est bien plus difficile, et je ne sais pas si j'en suis capable, voilà.

— Tu as peur de t'engager avec elle ? Peut-être que ce n'est pas la bonne, Ari.

— Oh si. Si, papa, c'est la bonne. Il n'y en a jamais eu d'aussi bien, et il n'y en aura jamais de mieux. Elle est parfaite. Elle est belle, magnifiquement belle, elle est douce, elle est drôle, elle est intelligente, elle est forte, elle a la tête sur les épaules et elle sait parfois l'avoir dans les étoiles, elle est émouvante, fragile et forte à la fois…

— Alors dis-lui que tu l'aimes et emmène-la.

— Je ne sais pas si elle est prête à l'entendre. Je l'ai beaucoup déçue.

— Alors bats-toi, mon fils, pour la récupérer.

— Je vais essayer.

— Comment s'appelle-t-elle, déjà ?

— Dolores.

— C'est un prénom bien triste.

— Je l'appelle Lola.

— C'est plus joli, sourit le vieil homme.

Ari se frotta le front, tira une longue bouffée sur sa Chesterfield et avala une gorgée de whisky. C'était tellement étrange et rare, ces moments où les rôles s'inversaient à nouveau, ces moments où son père redevenait père. C'était tellement bon !

Ils fumèrent leur cigarette en silence puis Ari prit la main de son père au creux des siennes et la serra fort.

— Il n'y a pas de commencement, murmura le vieil homme.

Ils restèrent ainsi longtemps, main dans la main, sans prononcer une parole, juste à échanger des regards.

Puis, soudain, Jack se tourna vers son fils et le regarda droit dans les yeux.

— Ari ?

— Oui, papa ?

— Et la petite...

— Quelle petite ? Lola ?

— Non, non. Mona. Qu'est-elle devenue ?

Ari écarquilla les yeux. Il crut que son cœur s'était arrêté.

— Que... Quoi ?

— Qu'est devenue Mona Safran ?

Électrocuté par ce qu'il venait d'entendre, Ari se leva et vint s'asseoir au bord du lit. Il posa ses mains tremblantes sur le bras de son père.

— Tu... Tu la connaissais ?

— Bien sûr.

Ari n'était pas sûr de saisir.

— Mais... Comment ?

Le vieil homme fit un geste vague de la main, comme si ce qu'il venait de dire n'avait pas d'importance.

— Après mon accident... Je ne voulais pas que ce soit toi, Ari. Alors Paul lui a demandé. C'est elle qui m'a remplacé. Mona Safran...

Tout s'embrouillait dans la tête d'Ari. Il essaya de recoller les morceaux. Mais il ne pouvait y croire. Il avait l'impression de rêver. Que tout ceci n'était qu'un autre délire de son père. Une divagation. Pourtant...

— Tu... Tu faisais partie de la loge, papa ?

Le vieil homme se pinça les lèvres, puis ses yeux se tournèrent à nouveau vers le plafond.

— Les types irréprochables, c'est des types qui s'ignorent.

Ari serra plus fort l'épaule de son père.

— Papa ! Réponds-moi ! Tu... Tu faisais partie de la loge Villard de Honnecourt ?

— Il faudra s'occuper de cette saloperie d'hôpital, répondit Jack d'une voix rauque. La bouffe est dégueulasse.

— Papa ! Réponds-moi, merde !

Le vieil homme poussa un long soupir, et des larmes se formèrent au bord de ses paupières.

— On peut concevoir des poèmes qui ont pris corps céleste et où vivent des familles heureuses, murmura-t-il, des sanglots dans la voix.

Ari capitula. Il comprit que ses questions heurtaient son père. Il ne voulait pas le faire souffrir davantage. Il laissa ses mains retomber sur le bord du lit. Puis il se pencha vers lui, colla sa joue contre son crâne et le serra dans ses bras. Il resta longtemps ainsi, en essayant de ne plus penser à rien. Au bout de quelques minutes, le souffle de Jack devint plus fort et plus régulier.

Ari se leva lentement, remonta la couverture sur le corps endormi de son père et sortit de la chambre sans faire de bruit.

Dans le salon, il se laissa tomber sur le fauteuil. Il but quelques gorgées de whisky en regardant, sans vraiment les voir, les images qui passaient sur le petit poste de télévision. Il avait du mal à accepter ce qu'il venait d'entendre, ce qu'il venait de comprendre. Son père avait été flic toute sa vie. Jamais il n'avait mentionné son adhésion au compagnonnage. Cela n'avait pas de sens ! Pourtant, Jack ne pouvait pas l'avoir inventé. S'il connaissait Mona Safran, c'était forcément qu'il avait été compagnon et membre de la loge. Une chose était sûre : cela expliquait ses liens si forts avec Paul Cazo. Mais pourquoi ne lui avait-il jamais avoué ? Comment avait-il pu garder, si longtemps, un secret aussi lourd ? Pour ne pas déroger à la règle des membres de la loge Villard de Honnecourt. Le silence absolu. Ou peut-être avait-il voulu le préserver. Pourtant, il ne pouvait s'empêcher de lui en vouloir.

Il avait l'impression d'hériter d'un terrible fardeau. La mort de Paul, la mort des six compagnons et la démence de son père faisaient de lui le gardien d'un secret ancestral. Car la DRM avait beau avoir scellé l'entrée, le message de Villard de Honnecourt subsistait. Les carrés étaient toujours là. Un jour, il allait devoir décider de ce qu'il allait en faire.

Soudain, des images à la télévision attirèrent son attention et le sortirent de son introspection. Il secoua la tête d'un air dégoûté. Les informations montraient un reportage sur la résolution de l'affaire du trépaneur. On y voyait les mines réjouies du commissaire Allibert et du procureur Rouhet, qui avaient certainement tiré la couverture à eux. Cela ne l'étonna pas vraiment. Au fond, il s'en moquait. Sans doute ces imbéciles se fichaient-ils de ce que la DRM était en train de faire des suites de leur enquête.

Soudain, alors que le reportage se poursuivait, il fronça les yeux et se rapprocha du poste de télé. Il en était certain : il venait de reconnaître un homme, au fond du cadre, dans un plan qui montrait un échange entre le ministre de l'Intérieur et le procureur Rouhet. Il connaissait ce visage. Cet homme aux traits creusés, au teint bilieux, au regard noir. Aucun doute. C'était bien lui. Il avait eu l'occasion de le croiser plusieurs fois au cours de ses enquêtes. Ce type était un illuminé, un mystique qui se faisait appeler « le Docteur » dans les milieux ésotéristes parisiens. Ari n'avait jamais réussi à savoir qui il était vraiment. Mais il se souvenait, à présent, que cet étrange personnage utilisait de nombreux pseudonymes : Marquis de Montferrat, Comte Bellamarre, Prince Ragoczy... Et surtout : Chevalier Weldon.

C. Weldon. Le nom qu'avait mentionné Depierre.

97.

Ari arriva, les chaussures trempées, au pied de son immeuble de la rue de la Roquette.

Pendant le trajet, il avait retourné mille fois les questions dans sa tête. Mais il le savait : il n'y avait qu'une seule explication possible. Une seule hypothèse. Une nouvelle fois, il suffisait de s'en tenir au rasoir d'Ockham.

Le Docteur était derrière tout ça.

Tout le monde, dans cette histoire, avait été manipulé. La loge Villard de Honnecourt, le Vril, Mancel, la DIPJ, lui-même. Tous.

D'une façon ou d'une autre, ce curieux anonyme était parvenu à s'infiltrer dans les plus hautes sphères de l'État pour récupérer l'affaire. Et suffisamment haut pour que la DRM et sans doute les ministres de l'Intérieur et de la Défense fissent classer le dossier Secret Défense. Le secret resterait à jamais scellé. Fin de non-recevoir.

À présent, un seul homme connaissait le véritable mystère de Villard de Honnecourt. Et cet homme n'avait pas de nom.

Debout devant le porche de son immeuble, Ari se fit la promesse solennelle qu'un jour il le trouverait. Qu'il découvrirait son nom. Et son secret.

Il leva la tête vers la plaque commémorative de Paul Verlaine. Un frisson le parcourut. Les trottoirs blancs avaient quelque chose d'irréel et les flocons qui voltigeaient encore dans le cœur de la nuit semblaient ralentir le temps.

Il plongea la main dans son jean, poussa la porte et monta l'escalier de lino rouge.

Tout avait commencé ici. Il se voyait encore dévaler ces marches, le matin où Paul l'avait appelé. Sa gorge se noua. Il grimpa vers son palier, sortit ses clefs et entra dans son vieil appartement. Un coup d'œil vers le répondeur. La diode ne clignotait pas. Aucun message.

Il enleva son trench-coat noir, le jeta sur le portemanteau et se dirigea vers le salon. Arrivé sur le seuil, il sursauta en voyant la silhouette sur son canapé.

Il porta la main à son cœur, le souffle coupé. Puis son visage se détendit lentement. Il avala sa salive. Lola. La libraire était là, assise au milieu de la pièce. Et elle le regardait fixement, de ses grands yeux tristes.

— Tu... Tu m'as fait peur, balbutia-t-il en s'avançant vers elle.

— J'ai toujours les clefs de ton appartement, Ari.

Il s'arrêta à quelques pas de la jeune femme. Son cœur battait à tout rompre. Il mourait d'envie de la prendre dans ses bras. Mais il n'osait pas.

Elle s'approcha de lui d'un pas hésitant, mal à l'aise elle aussi. Elle amena sa main sur le front d'Ari et le caressa tendrement.

— Tu es blessé, murmura-t-elle de sa voix cassée.

Mackenzie inclina légèrement la tête.

— Oui. Mais ce n'est rien.

Lola laissa retomber sa main.

— Je...

Elle s'arrêta, comme si elle ne pouvait trouver les mots justes. Ari fit un pas en avant et prit la main de la jeune femme entre les siennes.

— Je suis désolé, Lola. Je suis tellement désolé. Pour tout.

— Tu m'as manqué, Ari.

N'y tenant plus, il remonta ses mains vers ses épaules et la serra contre lui. Elle passa ses bras dans son dos et le serra à son tour, plus fort encore. Ils restèrent un long moment l'un contre l'autre, sans parler, sans bouger. Ari se laissa enivrer par ce moment qu'il avait tant attendu. Son esprit se vida entièrement de tout ce qui l'avait envahi jusqu'alors et il s'abandonna tout entier à cet instant.

Tout doucement, il approcha sa bouche du cou de la jeune femme. Il savoura, les yeux fermés, le parfum de

Lola. Puis il pencha la tête et susurra à son oreille le plus sincère et le plus tendre des « Je t'aime ».

Parce qu'il n'y avait rien d'autre à dire.

Parce que tout se résumait à ça.

Je t'aime, Lola.

À SUIVRE…

Remerciements

J'ai commencé ce roman en août 2006, dans ma cave secrète de la région parisienne, et je l'ai terminé en octobre 2007, entre le vent d'une petite île du Cap-Vert et celui des collines rouges du Minervois.

Plusieurs amis m'ont aidé pour ce voyage de l'ombre à la lumière, je tiens ici à les remercier tout particulièrement : Emmanuel Baldenberger, Jean-François Dauven, Patrick Jean-Baptiste et Fabrice Mazza.

J'ai également reçu l'aide précieuse de plusieurs érudits dévoués à qui j'adresse toute ma gratitude : Jacques Chaurand, spécialiste du picard et professeur émérite à l'université de Paris-XIII ; Jacqueline Picoche, ancienne directrice du Centre d'études picardes de l'université de Picardie ; Roland Gilles, chargé des collections à l'Institut du monde arabe, ainsi que ces fonctionnaires des renseignements généraux qui m'ont demandé de ne pas les nommer, mais qui se reconnaîtront.

Je voudrais également manifester ma reconnaissance à mon éditrice, Stéphanie Chevrier, et à Virginie Plantard, qui me suivent avec patience depuis trois romans. *Le Rasoir d'Ockham* leur doit beaucoup. Je leur dois encore davantage.

Depuis mon premier roman, il y a maintenant dix ans, j'ai la chance d'être supporté par une famille généreuse : JP & C, les Piche & Love, les Saint-Hilaire, ainsi que le clan Wharmby. Je vous suis éternellement obligé. Il en va de même pour la joyeuse bande d'amis qui me soutient : Bernard Werber, Emmanuel Reynaud, Erik Wietzel, les fous furieux du CAEP, les membres du groupe Kelks et tous les mousquetaires des éditions Bragelonne. Une petite dédicace spéciale aux fidèles d'Internet et du monde de Djar.

Enfin, mes plus tendres pensées vont à mes trois lumières, Delphine la fée, Zoé la princesse et Elliott le dragon.

Table des matières

8832

Composition
Nord Compo

Achevé d'imprimer en France (La Flèche)
par CPI BRODARD ET TAUPIN
le 11 février 2009. 50792

Dépôt légal février 2009.
EAN 9782290011959

ÉDITIONS J'AI LU
87, quai Panhard-et-Levassor, 75013 Paris

Diffusion France et étranger : Flammarion